Knaur

Von der Autorin bereits erschienen:

Die Steine der Fatima
Das Rätsel der Fatima

Über die Autorin:

Franziska Wulf wurde 1967 in Hamburg geboren. Bereits während ihrer Schulzeit verfasste sie Kurzgeschichten. Nach dem Medizinstudium und dreijähriger Tätigkeit als Ärztin beschloss sie, ihre Leidenschaft zum Beruf zu machen, und ist seit 1997 freie Schriftstellerin. Franziska Wulf lebt mit ihrem Mann und ihrer Tochter in Hamburg.

FRANZISKA WULF

Das Auge
der Fatima

Roman

Knaur

Bitte besuchen Sie uns im Internet:
www.droemer-knaur.de

Originalausgabe 2004
Copyright © 2004 bei Knaur Taschenbuch
Ein Unternehmen der Droemerschen Verlagsanstalt
Th. Knaur Nachf. GmbH & Co KG, München
Alle Rechte vorbehalten. Das Werk darf – auch teilweise –
nur mit Genehmigung des Verlags wiedergegeben werden.
Redaktion: Dr. Gisela Menza
Umschlaggestaltung: ZERO Werbeagentur, München
Umschlagabbildung: Artothek
Satz:Ventura Publisher im Verlag
Druck und Bindung: Nørhaven Paperback A/S
Printed in Denmark
ISBN 3-426-62470-2

2 4 5 3

Für Jens-Michael und Marie-Madeleine,
die beiden wichtigsten Menschen in meinem Leben.
Ich danke euch für eure Geduld und euer Verständnis.

I

Nur mühsam unterdrückte Dr. Beatrice Helmer ein Gähnen. Das Licht der blendfreien Lampe fiel auf das vor ihr liegende Operationsgebiet und die zitternden, feuchten Hände der Medizinstudentin, die ihr gegenüberstand. Der Schweiß hatte den Puder in den OP-Handschuhen zu weißen Klumpen verklebt, die sich als dünne Streifen unter dem Latex abzeichneten. Martina Brettschneider war Studentin im letzten Jahr der Ausbildung, im Praktischen Jahr, eine so genannte »PJlerin«. Sie war gerade mit ihrer ersten Wundnaht beschäftigt. Und das bereits seit einigen Minuten.

Beatrice verlagerte ihr Gewicht auf das andere Bein und beobachtete die verzweifelten Bemühungen der PJlerin, den Nadelhalter mit der gebogenen Nadel endlich unter Kontrolle zu bringen und nicht einfach in der offenen Wunde der Patientin zu verlieren. Dabei zog und zerrte sie gleichzeitig mit der Pinzette an der Oberhaut, als hätte sie einen Schiffstampen und nicht die pergamentdünne Bauchhaut einer fünfundneunzigjährigen Frau vor sich. Hoffentlich riss die Haut nicht ein. Einen Bikini würde die alte Dame zwar kaum mehr tragen, doch Wundheilungsstörungen konnte sie bestimmt nicht gebrauchen.

»Der Einstichwinkel muss steiler sein«, sagte Beatrice, als sie es schließlich nicht mehr aushielt, weiterhin untätig zuzusehen. Sie nahm die heiße Hand der jungen Frau und führte sie. Dabei juckte es ihr in den Fingern, Martina Brettschneider einfach Pinzette und Nadelhalter wegzunehmen und die Naht innerhalb kürzester Zeit selbst zu Ende zu bringen. Doch tapfer bezwang sie ihre Ungeduld. Sie selbst hatte schließlich auch einmal – vor unendlich vielen Jahren – ihre erste Wundnaht an einem lebenden Patienten gemacht und dabei die Geduld des OP-Personals auf eine harte Probe gestellt. »Siehst du, Martina? Wenn du die Nadel so hältst, geht sie durch die Haut wie ein Messer durch weiche Butter.«

Die PJlerin schaute auf und warf ihr einen verzweifelten Blick zu, ein stummes Flehen. Hinter den dicken Gläsern ihrer Brille hingen feine Wassertropfen. Weinte sie etwa?

»Nein, Martina«, sagte Beatrice auf die unausgesprochene Frage und schüttelte den Kopf. Ihr jetzt aus Mitleid oder Ungeduld die unangenehme Aufgabe abzunehmen wäre genau der falsche Weg. Martina wäre für immer für die Chirurgie verloren. »Du hast die Naht begonnen und bringst sie selbstverständlich auch zu Ende.« Ein Hustenanfall des Anästhesisten ließ sie aufblicken. »Es sei denn, es kommt etwas dazwischen.«

Hinter dem grünen Vorhang der Anästhesie tauchte Stefans Gesicht auf. Seine Augen funkelten unternehmungslustig. Hoffentlich hatte sie ihn nicht auf einen dummen Gedanken gebracht. Sie selbst wünschte sich ja nichts sehnlicher herbei als eine Durchsage, dass der OP-Saal wegen eines dringenden Notfalls schnellstens geräumt werden müsse.

Während Martina ihren nicht besonders erfolgreichen Versuch, die Wunde zu nähen, fortsetzte, warf die OP-Schwester immer wieder verzweifelte Blicke zur Uhr. Und Stefan fragte die Anästhesieschwester, ob man eine Tischreservierung beim Chinesen wohl ohne Probleme von acht Uhr auf Mitternacht verlegen könne – nur für den Fall, dass es heute länger dauern sollte. Beatrice versuchte diese Bemer-

kung zu ignorieren. Schmunzeln musste sie trotzdem. Wenigstens konnte Martina es durch die OP-Maske nicht sehen.
Das hätte ihr bestimmt den Rest gegeben.

Beatrice seufzte und verlagerte erneut ihr Gewicht. Ja, es
war spät. Ja, diese Wundnaht dauerte bereits viel zu lange. Ja,
auch ihre Mittagspause ging gerade den Bach runter. Die roten, leider immer noch weit auseinander klaffenden Wund-
ränder und die grünen Tücher verschwammen allmählich vor
ihren Augen. Die Magensäure brannte in ihrem Bauch. Wenn
sie nicht bald etwas zu essen bekäme, würde sie sicherlich ein
Loch in die Magenwand ätzen. Und dann – endlich – geschah
das Wunder.

Die Tür des OPs ging auf, und Dr. Thomas Breitenreiter
kam herein.

»Ich wollte doch mal nachsehen, welch ungewöhnliche
Operation euch im OP festhält«, sagte er und trat mit schnellen Schritten an den OP-Tisch. Er warf einen kurzen Blick
über Martinas Schulter auf die Wunde. »Nein, wahrhaftig,
eine Leistenhernie. Eine der letzten wahren Herausforderun-
gen in der Chirurgie. Sagt nur Bescheid, wenn ihr Hilfe
braucht. Ich stelle sofort ein zweites OP-Team zusammen.
Hoffentlich habt ihr Fotos gemacht, um diese medizinische
Sensation zu dokumentieren. Wer weiß, vielleicht springt sogar ein Artikel im *Lancet* dabei heraus.«

Martina Brettschneider war dunkelrot im Gesicht geworden, und jetzt hingen wirklich Tränen hinter ihren Brillenglä-
sern. Beatrice wurde wütend. Sie hätte Thomas ins Gesicht
schlagen können.

»Wenn du keine konstruktiven Vorschläge hast oder helfen
möchtest, solltest du lieber die Klappe halten und verschwinden«, zischte sie. »Oder hast du gerade nichts zu tun?«

»Nichts wirklich Wichtiges. Nur ein paar Leben retten«,
entgegnete er. »Glaubt ihr eigentlich, dass ihr diesen OP für

heute gemietet habt? Hier findet nicht der Kurs für Kunststi-
ckerei statt. Macht endlich, dass ihr mit eurer Hernie fertig
werdet und hier rauskommt. Abgesehen von einem Schwer-
verletzten, der so schnell wie möglich operiert werden muss,
haben wir nämlich noch ein volles Programm.«

Dann rauschte er wieder davon, und mit einem lauten
Knall fiel die Tür hinter ihm ins Schloss. Wütend sah Beatrice
ihm nach. Dieser eingebildete, arrogante Kerl, dieses Rie-
sena… In diesem Moment trafen sich ihre Blicke durch die
Scheiben zum Waschraum. Thomas zwinkerte. Und dann
winkte er ihr sogar fröhlich zu.

Dieser elende Schwindler!, dachte sie und spürte, wie sich
im selben Augenblick ihr Zorn in nichts auflöste. Seine Me-
thoden waren natürlich brutal, erniedrigend, manchmal sogar verabscheuungswürdig. Trotzdem musste sie sich eingestehen, dass sie tief in ihrem Innern Thomas für sein Auftauchen dankbar war.

»Es ist wohl besser, wenn ich jetzt weitermache«, sagte sie
und streckte ihre Hände aus. Widerspruchslos gab Martina
ihr den Nadelhalter und die Pinzette. Vielleicht war sie noch
erleichterter als alle anderen hier im OP.

Schnell und routiniert reihte Beatrice Knoten um Knoten
aneinander, bis die Wunde aussah wie eine Schnur mit in
gleichmäßigen Abständen aufgereihten kleinen roten blau ge-
ränderten Perlen. Es waren nicht einmal zwei Minuten vergangen, als sie bereits die Tuchklemmen lockerte, die sterile
Mullkompresse auf die Wunde legte und das Pflaster darauf
klebte. Die OP war beendet. Endlich. Während Stefan mit der
Ausleitung der Narkose begann, warfen sie und Martina ihre
Handschuhe in den Mülleimer und zogen sich die grünen OP-
Kittel aus.

»Danke«, sagte Martina leise. Ihr Gesicht unter der Maske
war hochrot, ihre Stirn schweißnass. Sie nahm ihre Brille ab

und wischte sie mit einem Zipfel des OP-Hemdes trocken. Ihre Hände zitterten immer noch. Sie schämte sich, das war unverkennbar. »Es tut mir Leid, dass ich mich so ungeschickt angestellt habe. Ich …«

»Ganz egal, was Thomas gesagt hat, es muss dir überhaupt nicht Leid tun«, erwiderte Beatrice freundlich. »Für dich war es schließlich das erste Mal. Du solltest zu Hause in Ruhe die Knoten üben. Ich hatte einen Kommilitonen, der an rohen Schweinefüßen geübt hat, bis ihn seine WG wegen des abscheulichen Gestanks im Kühlschrank rausschmeißen wollte. Aber spätestens wenn du in ein paar Wochen auf die Notaufnahme kommst, wirst du sehr oft Gelegenheit haben, Platzwunden zu nähen. Und dann wirst du es können.«

Martina nickte zwar, aber ihre resignierte Körperhaltung sprach Bände. Sie war total frustriert. Und Beatrice konnte es ihr noch nicht einmal verdenken.

»Was soll ich jetzt tun?«, fragte sie.

Beatrice warf einen Blick auf die große Wanduhr, die an der Stirnseite des Ganges hing. Es war Viertel nach zwei. Zu spät für das Mittagessen. Die Personalkantine schloss gerade in diesen Minuten ihre Pforten. Blieb also höchstens ein Snack beim Imbiss um die Ecke.

»Hast du schon gegessen?«

»Ja.«

»Dann sei so lieb und geh wieder auf die Station. Du kannst schon mit dem Wechseln der Verbände beginnen. Ich werde noch den OP-Bericht diktieren und den Bogen für die liebe Verwaltung ausfüllen. In einer Viertelstunde komme ich nach.«

Beatrice sah der davongehenden Martina hinterher. Sie konnte sich lebhaft vorstellen, welchen schweren Schaden das Selbstbewusstsein der jungen Frau gerade erlitten hatte. Diese Niederlage musste sie als angehende Ärztin erst einmal verkraften. Und das beste Mittel dafür war immer noch – das wusste Beatrice aus eigener Erfahrung – die Arbeit am Patienten.

Nachdem sie in der Schreibecke den Bericht in das dort bereitliegende Diktaphon gesprochen hatte, stieß Beatrice die Tür zum Aufenthaltsraum auf. Sie nahm ihre OP-Maske ab und wischte sich mit dem Ärmel über das Gesicht.

»Du brauchst dich nicht zu bedanken, Bea«, sagte Thomas. Er saß lässig mit lang ausgestreckten Beinen auf einem der uralten Stühle, einen Plastikbecher mit einer dampfenden Flüssigkeit vor sich, und grinste breit.

»Tatsächlich?«, fragte Beatrice und drückte auf eine Taste des Kaffeeautomaten. Es war die Taste für »Schwarz«, die einzige Möglichkeit, dieses künstliche Gebräu, das, abgesehen von der Farbe, keine weitere Ähnlichkeit mit Kaffee hatte, zu ertragen. Sie wollte gerade beginnen, Thomas einen Vortrag über Kollegialität und Fairness zu halten, über Einfühlungsvermögen und Lehrauftrag, doch sie sah ein, dass es keinen Sinn hatte. Außerdem, hatte sie nicht selbst verzweifelt nach einer Ausrede gesucht, um diese elende Vorstellung endlich beenden zu können? »Trotzdem danke. Wenn du uns nicht gerettet hättest, würden wir vermutlich noch heute Abend am Tisch stehen.« Beatrice fischte den heißen Plastikbecher aus der Öffnung am Automaten und ließ sich dann gegenüber von Thomas auf einen der Stühle sinken. »Ich frage mich nur, wer oder was dich auf die Idee gebracht hat. Kannst du Gedanken lesen?«

»Nein. Ich habe mich nur gewundert, weshalb du für eine ganz banale Leistenhernie über eine Stunde brauchst. Und als ich dann die PJlerin da herumwerkeln sah, wurde mir alles klar.« Er machte ein strenges Gesicht. »Du hast ein viel zu gutes Herz, Bea.«

»Ach, red doch keinen Quatsch«, erwiderte Beatrice und

nippte an dem Automatenkaffee. Das Zeug schmeckte kaum besser als Elbschlamm, aber es war wenigstens heiß. Dann beugte sie sich über den dreiseitigen Fragebogen, den sich ein bekanntes deutsches Institut für Unternehmensberatung ausgedacht hatte, um die Wirtschaftlichkeit in Hamburger Krankenhäusern zu überprüfen. Drei Seiten mit Fragen wie »Grund der Operation«, »Beginn«, »Ende«, »Komplikationen«, »Anzahl der Nähte«, »Verwendetes Material« und vieles mehr. Natürlich musste alles maschinell lesbar sein und sorgfältig mit einem eigens dafür bereitgestellten Bleistift ausgefüllt werden. Die Chirurgen hatten schließlich sonst nichts zu tun. Wurden eben ihre Pausen kürzer.

»Die halbe Stunde Nahtunterricht solltest du besser verschweigen«, empfahl Thomas und tippte auf einen der Bogen. »Das würde den Erbsenzählern bestimmt nicht gefallen. Das ist nämlich alles andere als wirtschaftlich. Außerdem gibt es dafür ohnehin kein Feld.«

Beatrice kaute nachdenklich auf ihrer Lippe.

»Ich schreib es unter ›Verschiedenes‹. Immerhin sind wir ein akademisches Lehrkrankenhaus. Wenn wir nicht bereit sind, die Studenten vernünftig auszubilden, können wir auch nicht mit fähigen AiPlern rechnen, die ihre Arbeit gut und zügig erledigen. Das müssten doch sogar diese Wirtschaftsprüfer einsehen.«

»Aber bedenke, Bea: Nicht jeder ist auserwählt«, erwiderte Thomas und schnipste ungerührt die Asche seiner Zigarette in den bereits randvollen Aschenbecher. »Darin gebe ich den Erbsenzählern übrigens Recht. Man muss Prioritäten setzen und entscheiden, bei wem sich die Mühe lohnt.«

Beatrice sah von ihren Fragebogen auf und lächelte.

»Und woran willst du das erkennen?«

Thomas kniff ein Auge zu und inhalierte tief.

»Frag mal, woran ein Gärtner sein keimendes Saatgut vom

Unkraut unterscheidet. Ich erkenne es eben. Da sind ganz bestimmte Merkmale: Ausdauer, Biss, Kreativität, Improvisationstalent, Geschicklichkeit, Humor, hoher IQ …«

»Du hast Arroganz und Zynismus vergessen«, unterbrach Beatrice seine Aufzählung. Doch Thomas achtete nicht auf sie.

»Selbstbewusstsein, Verantwortungsgefühl, Individualität, Risikobereitschaft. Wer diese Eigenschaften besitzt, hat das Zeug zum Chirurgen. Alle anderen …« Er machte eine ausladende Geste.

»Und Martina?«

Thomas schüttelte den Kopf. »Eindeutig Unkraut. Weg damit. Überlass sie den Internisten, Neurologen oder Psychiatern, da ist sie vermutlich gut aufgehoben. Versteh mich nicht falsch, ich behaupte nicht, dass sie dumm ist. Aber in der Chirurgie hat diese Frau nichts verloren.«

Insgeheim gab Beatrice ihm Recht. Martina war sanft und einfühlsam. Sie schien sich lieber mit den Patienten zu unterhalten als manuell an ihnen zu arbeiten. Keine guten Voraussetzungen für ein operatives Fach. Trotzdem wollte sie sich nicht so einfach geschlagen geben.

»Ich sage dir, wenn du mich bei meiner ersten Naht beobachtet hättest, würdest du ganz anders …«

»Nein, Bea. Du bist Chirurgin. Durch und durch. Und das merkt man einfach. Sogar bei der allerersten Naht. So etwas ist angeboren.«

Beatrice musste lachen.

»Soll ich mich jetzt geschmeichelt fühlen? Das ist ziemlich …«

Das Läuten des Telefons, das hinter Thomas an der Wand hing, unterbrach sie. Lässig angelte er nach dem Hörer.

»Breitenreiter«, nuschelte er und machte sich nicht einmal die Mühe, die Zigarette aus dem Mund zu nehmen. »Oh, natürlich. Ich gebe sie Ihnen. Sie sitzt mir gegenüber. Für dich, Bea. Deine Mutter.«

Beatrice runzelte die Stirn. Sie mochte es nicht, wenn ihre Familie bei ihr im Krankenhaus anrief. Sie hatte es ihrer Mutter eingeschärft. Selbst wenn sie Michelle aus dem Kindergarten abgeholt hatte und das bald vierjährige Mädchen unbedingt und jetzt sofort ihre Mama sprechen wollte, hatte sie es den beiden verboten. Michelle konnte bis zum Abend warten. So schwer es manchmal auch für die Kleine war, sie musste sich daran gewöhnen. Im Krankenhaus anzurufen hatte immer den Beigeschmack eines Notfalls, eines Unglücks. Außerdem sah es der Chef nicht gern. Beatrice stand auf und nahm Thomas den Hörer ab.

»Ja?« Sie merkte selbst, wie unwirsch sie klang. Doch als sie die Stimme ihrer Mutter hörte, wich ihr Zorn einer abgrundtiefen Angst. Ihre Mutter klang verzweifelt. Sie hatte geweint. Irgendetwas war passiert. Ein Unglück, etwas ganz Schreckliches.

»O Beatrice ...«, schluchzte sie.

»Was ist?«, unterbrach Beatrice ihre Mutter und merkte, wie die Furcht langsam ihre Kehle zuschnürte. Ihr Vater hatte vor zwei Jahren einen Herzinfarkt erlitten. War er etwa wieder ...? »Was ist passiert? Nun rede doch endlich. Ist etwas mit Papa?«

»Nein«, antwortete Frau Helmer mit tränenerstickter Stimme. »Es ist Michelle, sie ist ...«

»Was?« Beatrice brüllte in den Hörer hinein. Sie fühlte sich, als hätte ein Laster sie gerammt. »Michelle? Was ist mit ihr?«

»O Beatrice! Wir sind im Krankenhaus. Die Ärzte sagen ... Sie sagen, unsere Kleine liegt im Koma!«

Beatrice hatte den Eindruck, der Boden würde unter ihren Füßen nachgeben. Die Welt um sie herum wurde schwarz, und das Blut rauschte in ihren Ohren. Koma. Ihre Tochter, dieses kleine fröhliche Wesen mit den blonden Haaren und den großen leuchtend blauen Augen ... Nein. Sie hatte sich verhört. Sie musste sich verhört haben. Weshalb sollte ihre Tochter denn auch ins Koma fallen? Michelle litt weder an Diabetes noch an einer anderen Stoffwechselkrankheit, und sie hatte keinen Herzfehler. Konnte also höchstens ein Tumor ... oder ein Unfall ... Michelle fuhr so gerne mit ihrem neuen Fahrrad die Straße vor ihrem Haus auf und ab.

»Wo seid ihr jetzt?« Ihre Stimme war kaum mehr als ein heiseres Krächzen.

»Im Wilhelms-Stift. Bitte komm ...«

Doch was ihre Mutter noch sagte, hörte Beatrice nicht mehr. Wie in Trance drückte sie auf die Gabel.

»Welche Piepser-Nummer hat der Chef?«, fragte sie Thomas. Ihre Zunge war so trocken, dass sie am Gaumen klebte.

»3408.«

Sie wählte. Die Wählscheibe drehte sich unendlich langsam. Das war ihr noch nie zuvor aufgefallen. Warum gab es hier eigentlich kein modernes Tastentelefon? Da sollten die Unternehmensberater mal ansetzen. Wertvolle Zeit ging verloren, wenn man so lange auf die Wählscheibe warten musste. Endlich, nach einer halben Ewigkeit, hörte sie das Zeichen, dass der Piepser ihren Ruf akzeptiert hatte, und legte auf. Ihr Blick fiel auf die Uhr, die über der Tür des Aufenthaltsraums hing. Es war zwei Minuten vor halb drei. Eine qualvolle Minute lang wartete sie, dann läutete das Telefon wieder. Die schnarrende Stimme ihres Chefs mit dem singenden österreichischen Akzent meldete sich.

»Dr. Mainhofer, hier Helmer. Ich muss mich abmelden. Meine Tochter wurde eben ins Kinderkrankenhaus eingeliefert.«

»Aha.« Hatte der Kerl nicht mehr dazu zu sagen? Nur

Aha? Kein *Tut mir Leid?* Nichts, was seine Anteilnahme ausdrückte? »Wie sieht es bei Ihnen auf der Station aus?«

Noch nie zuvor war Beatrice die Stimme ihres Chefs so kühl und emotionslos erschienen. Hatte dieser Mann denn gar kein Herz? Ihr Kind, ihre fast vierjährige Tochter lag im Krankenhaus. Sie musste doch zu ihr! Das sollte doch selbst einem Eisblock klar sein. Aber tief in ihrem Innern regte sich eine Stimme, die Dr. Mainhofer verteidigte. Er tat nur seine Pflicht. Egal, von welchen Schicksalsschlägen sein Personal auch betroffen sein mochte, er musste stets zuerst an die Patienten denken. Sie mussten versorgt sein.

»Ich weiß nicht ...«

Konnte Thomas wirklich Gedanken lesen, oder hatte er die Worte ihres Chefs gehört? Er nickte.

»Ich übernehme deine Station und deinen Dienst morgen«, sagte er leise. Keine Spur mehr von Spott oder Zynismus in seiner Stimme.

Beatrice schloss erleichtert die Augen.

»Dr. Breitenreiter hat bereits angeboten, mich zu vertreten«, sagte sie. Ihr Stimme zitterte und bebte. Sie erkannte sie kaum noch.

»Soviel ich weiß, hat er eigentlich bis Montag frei«, erwiderte Dr. Mainhofer kühl. Beatrice fragte sich, ob er es genoss, ihr ein schlechtes Gewissen zu machen. Als ob es nicht schon ausreichen würde, dass ihr vor Angst um ihre kleine Tochter fast das Herz stehen blieb. »Aber wenn er es für richtig hält, dann soll er für sie einspringen. Allerdings soll er sich nicht einbilden, dass ihm diese Überstunden bezahlt werden. Das muss er irgendwann mit Ihnen ausmachen. Sie können gehen, Frau Helmer. Wann werden wir wohl wieder mit ihrer Anwesenheit rechnen können?«

Beatrice schüttelte den Kopf. Nur mühsam gelang es ihr, die Tränen zu unterdrücken.

»Ich weiß es nicht. Ich habe noch keine Ahnung, was eigentlich los ist, und ...«

»Wenn Sie es wissen, melden Sie sich bei meiner Sekretärin, damit wir planen können.«

Er legte auf, und Beatrice warf den Hörer auf die Gabel. Sie war so wütend, dass sogar die Angst um Michelle dahinter zurücktrat. Aber nur für einen kurzen Augenblick. Dann kehrte sie zurück, noch schlimmer als vorher.

Koma. Das Wort hämmerte durch ihr Gehirn, laut und unbarmherzig wie die riesigen stampfenden Kolben eines alten Schiffsmotors. Sie zitterte am ganzen Körper und fror so erbärmlich, als wäre hier im Aufenthaltsraum plötzlich der arktische Winter ausgebrochen.

»Schaffst du es?«, fragte Thomas und berührte sie für einen kurzen Moment sanft am Arm.

Sie sah ihn an. Wie oft hatte sie sich über ihn, sein mangelndes Mitgefühl, seinen Zynismus und seine Arroganz geärgert, die nur noch vom Chef selbst überboten wurden. Mit so viel Einfühlsamkeit und Hilfsbereitschaft hätte sie daher nie gerechnet. Nicht bei Thomas Breitenreiter. Wie man sich doch täuschen konnte.

»Danke«, stieß sie hervor. »Wirklich, ich wüsste nicht, was ich sonst ...«

Er winkte ab. »Schon gut. Mach dich auf den Weg. Aber du solltest dir lieber ein Taxi nehmen, sonst setzt du deinen Wagen noch gegen den nächstbesten Laternenpfahl.«

Sie schüttelte den Kopf. »Nein. Es wird schon gehen.«

Sie trat zur Tür. Jeder einzelne Schritt wurde zur Qual und dauerte ewig. Es kam ihr vor, als hätte die Schwerkraft hier im Krankenhaus plötzlich um ein Vielfaches zugenommen. Die Schwestern, Pfleger und Ärzte auf dem Gang waren stehen geblieben, verharrten mitten in ihren Bewegungen, als wären sie eingefroren. Sie selbst bewegte sich wie in Zeitlupe, kämpfte mit aller Kraft gegen den Stillstand an, der auch von ihr Besitz ergreifen wollte. Als sie dann endlich die Schleuse erreicht hatte, war sie schweißgebadet.

Ausziehen!, dachte Beatrice. Du musst dich doch nur ausziehen. Warum fällt dir das ausgerechnet jetzt so schwer? Jetzt, da es auf jede Minute ankommt?

Sie streifte sich die als Strümpfe dienenden Mullschläuche von den Füßen und warf sie in den Mülleimer.

Hier hat es vor etwas mehr als vier Jahren begonnen, fiel ihr plötzlich ein. Hier, in diesem Raum, war ihr der Saphir, einer der Steine der Fatima, aus der Kitteltasche gefallen. Hier hatte er sie auf ihre erste seltsame Reise mitgenommen, eine Reise, die sie in das arabische Mittelalter geführt hatte, nach Buchara.

Beatrice war überrascht. Sie dachte nur selten an die Steine der Fatima und die beiden Reisen, auf die sie die Steine bereits geschickt hatten. Sie hatte meist viel zu viel zu tun. Es gab andere Dinge, an die sie denken musste – ob sie es schaffen würde, Michelle pünktlich vom Kindergarten abzuholen, was sie noch einkaufen musste, was sie zum Essen kochen wollte. Ganz normale Dinge eben, die wohl jeder berufstätigen Frau und Mutter permanent durch den Kopf gingen. Die Steine der Fatima kamen ihr höchstens mal in den Sinn, wenn sie in der Badewanne oder in ihrem Bett lag. Manchmal träumte sie auch von ihnen. Dann überfielen sie die Erinnerungen. Aber seltsamerweise niemals in diesem Raum. Jeden Tag, wenn sie in den OP musste, kam sie in die Schleuse, und noch nie hatte sie dabei an die Steine der Fatima gedacht. Warum fiel es ihr ausgerechnet jetzt ein? Jetzt, da sie eigentlich nur an eines denken sollte – an Michelle?

Sie zog sich das grüne OP-Hemd und die Hose aus und warf sie in die bereitstehenden Wäschesäcke. Nur in Unterwäsche trat sie durch die zweite Tür in den Umkleideraum, wo ihre Sachen hingen – das weiße Hemd und die weiße Hose. Einen weißen Kittel trug sie in der Regel nur während der Chef-Visite oder zu anderen vergleichbaren Gelegenheiten. Sie zog sich an. Langsam, viel zu langsam, während sie immer wieder an ihre erste Reise denken musste.

Damals hatte sie in Buchara Ali al-Hussein ibn Abdallah ibn Sina kennen gelernt. Er war auch Arzt gewesen, sogar ein sehr berühmter in der damaligen Zeit. Und, so verrückt und seltsam es war, er war Michelles Vater. Wenn er doch nur hier sein könnte! Dann wäre sie in dieser entsetzlichen Situation wenigstens nicht allein.

Beatrice ärgerte sich, als ihr einfiel, dass sie noch einmal auf die Station gehen musste, denn dort lagen verschlossen in ihrem Schrank die Autoschlüssel. Und natürlich musste sie auch den Schwestern sagen, dass Thomas sie vertreten würde. Ihre Gedanken wanderten zu ihrem Kollegen. Was er heute getan hatte, würde sie ihm nie vergessen. Niemals.

Beatrice war selbst überrascht, als sie sich im nächsten Augenblick auf der Station wiederfand. Ihr war gar nicht bewusst gewesen, dass sie gegangen war. Sie ging in das Arztzimmer, trat zu ihrem Schrank und nahm ihre Tasche heraus.

»Frau Dr. Helmer?« Schwester Ursula, die Stationsschwester, kam herein und sah sie besorgt an. »Stimmt etwas nicht?«

»Ich muss weg«, sagte Beatrice und wunderte sich, wie normal ihre Stimme plötzlich klang. Fast so, als hätte sie nur etwas zu Hause vergessen. Etwas vergleichbar Unwichtiges wie ihren Ausweis oder ihr Geld. »Ich habe einen Anruf bekommen. Meine Tochter ist ins Krankenhaus eingeliefert worden. Dr. Breitenreiter wird mich solange vertreten.«

Schwester Ursula sah sie mit dem entsetzten, mitfühlenden Blick eines Menschen an, der genau wusste, was in diesem Moment in Beatrice vorging. Auch sie war Mutter. Sie hatte

20

drei Söhne, die immer mal wieder mit mehr oder weniger schweren Blessuren vom Sport nach Hause kamen.

»Ist es etwas Schlimmes?«

Beatrice schüttelte den Kopf. »Ich weiß es noch nicht.«

Als Beatrice kurz darauf hinter dem Steuer ihres Wagens saß, warf sie einen Blick auf die Uhr. Es war vierzehn Uhr dreiunddreißig. Seit ihrem Telefonat mit dem Chef waren gerade mal fünf Minuten vergangen, dabei kam es ihr vor, als wäre es mindestens eine Stunde her. Offensichtlich war sie doch nicht so langsam gewesen, wie es ihr erschienen war. In der Tat musste sie schneller als der Blitz gewesen sein. Sie trug sogar noch ihre weiße Krankenhauskleidung. Eine Sekunde lang überlegte sie, ob sie wieder zurückgehen und sich umziehen sollte. In weißer Kleidung das Krankenhausgelände zu verlassen, verstieß eigentlich gegen die Vorschrift.

Egal. Wer in so einer Situation kein Verständnis aufbringt, kann mich mal gern haben. Dann zahle ich eben ein Bußgeld.

Beatrice startete den Wagen und fuhr vom Personalparkplatz. Ein alter Mann auf einem gelben Klapprad kreuzte die Ausfahrt. Gerade noch rechtzeitig gelang es ihr zu bremsen.

Vielleicht hättest du doch auf Thomas hören und ein Taxi rufen sollen, dachte sie, während sie dem Alten nachschaute. Unbeirrt trat er weiter in die Pedale, als hätte er gar nicht bemerkt, dass er um ein Haar auf ihrer Motorhaube gelandet wäre. Beatrice legte beide Hände auf das Lenkrad und atmete tief durch. Das war noch einmal gut gegangen.

Du musst dich besser konzentrieren, Bea!, ermahnte sie sich selbst. Sonst kommst du niemals heil am anderen Ende der Stadt im Kinderkrankenhaus an.

Tatsächlich schaffte sie es, ihre Gedanken an Michelle zu verdrängen und sich ganz auf den Verkehr zu konzentrieren. Diese Fähigkeit zur Konzentration hatte sie sich in den vergangenen Jahren angeeignet, sozusagen als Nebenprodukt ihrer chirurgischen Tätigkeit. Wer sich nachts um halb drei nach zwanzig Stunden Dienst nicht selbst wieder aus einem toten Punkt herausreißen konnte, um einen von Messerstichen zerfetzten Magen zusammenzuflicken, konnte auf Dauer in der Chirurgie nicht bestehen.

Trotzdem war sie überrascht, als sie schließlich auf dem Parkplatz des Kinderkrankenhauses ihren Wagen abstellte – ohne neue Beulen in der Stoßstange ihres Wagens und ohne schwerwiegende Verstöße gegen die Straßenverkehrsordnung begangen zu haben.

II

Die ältere Dame, bei der Beatrice sich am Eingang des Krankenhauses nach ihrer Tochter erkundigte, war wirklich sehr nett. Während sie zum Telefon griff, um auf der Aufnahmestation nachzufragen, registrierte Beatrice jede Kleinigkeit an ihr – das sorgfältig hochgesteckte Haar, das dezente Make-up mit dem zartrosa Lippenstift, die manikürten Fingernägel, die frisch gebügelte Bluse. Diese Frau sah aus wie alle anderen Frauen, die überall in den Eingängen der Hamburger Krankenhäuser in ihren Glaskästen saßen und durch den schmalen Sprechschlitz hindurch geduldig und freundlich die Fragen von Patienten und Besuchern beantworteten. Und doch war gerade diese ältere Dame jetzt der wichtigste Mensch in ihrem Leben. Es kam Beatrice vor, als hätte sie allein Michelles und damit auch ihr eigenes Schicksal in der Hand.

»Ich suche eine Michelle Helmer, dreidreiviertel Jahre alt«, sagte die Dame gerade mit freundlicher, angenehmer Stimme in den Telefonhörer. »Sie wurde vor etwa einer Stunde eingeliefert. Ist die Kleine noch bei euch? Die Mutter steht gerade vor mir.« Sie machte eine Pause, um die Antwort zu hören. »Gut. Ich sage es ihr.«

Beatrice spürte, wie ihr Herzschlag aussetzte.

Ich komme zu spät!, schoss es ihr durch den Kopf. Es war alles umsonst.

23

Schreckliche Bilder tauchten vor ihren Augen auf und peitschten wie Stromschläge durch ihr Gehirn. Bilder, die keine Mutter, kein Vater auf der Welt jemals sehen wollte.

Die Pförtnerin legte den Hörer auf.

»Frau Helmer«, begann sie.

Diese sanfte, ruhige und einfühlsame Stimme! So sprach jemand, der eine schlimme Nachricht zu überbringen hatte.

Leider muss ich Ihnen mitteilen, dass ihre Tochter ... Die Ärzte haben wirklich alles getan, aber ... setzte Beatrice den Satz im Stillen fort und versuchte sich gegen die furchtbare Wahrheit zu wappnen. Doch das überstieg ihre Kräfte. Sechsunddreißig Jahre Lebenserfahrung, neun Monate Schwangerschaft, fast vier Jahre Erziehung eines Kindes, nicht einmal die Zeitreisen quer durch die Weltgeschichte hatten sie auf diese Situation vorbereiten können. Ihre Knie wurden weich wie Butter. Mühsam klammerte sie sich an dem schmalen Tresen vor dem Glaskasten fest. Ein nicht einmal zehn Zentimeter breites Stück Sperrholz bewahrte sie davor, hier im Eingang des Kinderkrankenhauses auf den Boden zu sinken.

»Ihre Tochter wurde bereits verlegt«, sagte die Dame freundlich. »Sie befindet sich auf der Intensivstation.«

»Intensivstation?« Beatrices Stimme war kaum mehr als ein Flüstern. Sie spürte eine Woge der Erleichterung über sich hinwegrollen. Intensivstation. Diese Vorstellung war zwar schrecklich genug, aber sie ließ wenigstens noch Raum für Hoffnung. »Wie komme ich dorthin?«

»Vorne rechts den Gang hinunter«, erklärte ihr die Dame bereitwillig und deutete in die entsprechende Richtung. »Außerdem ist es ausgeschildert. Sie können es nicht verfehlen. An der Glastür bitte einmal klingeln. Die Schwestern wissen Bescheid.«

»Danke.«

Beatrice eilte den Gang entlang bis zu einer Glastür. Schon

von weitem konnte sie das Wort »Intensivstation« lesen, das in großen schwarzen Buchstaben auf dem Milchglas prangte. Keuchend blieb sie stehen, um ihre Gedanken zu sammeln. Ihr war gar nicht bewusst gewesen, wie schnell sie gerannt war.

Die Tür war so breit, dass man spielend mit zwei Betten gleichzeitig hindurchfahren konnte – oder mit einem Bett, an dem rechts und links Beatmungsgerät, Monitore für EKG und EEG, Infusionsständer und andere Gerätschaften hingen, die das Überleben eines intensivpflichtigen Patienten sichern sollten. Einer dieser Patienten war nun auch Michelle. Ihre Michelle. Beatrice wurde übel. Sie drückte auf den Klingel-knopf. Ihr Finger zitterte so stark, dass sie die Taste erst nach mehreren Anläufen traf.

Eine Ewigkeit verging, bis sie endlich hinter den Milch-glasscheiben den Schatten einer blau gekleideten Gestalt entdeckte, die sich schließlich ihrer erbarmte und die Tür öffnete.

»Guten Tag«, sagte Beatrice zu der jungen Schwester, die ihr einen überraschten Blick zuwarf. Vielleicht wegen der weißen Kleidung. »Mein Name ist Helmer. Man hat mir ge-sagt, meine Tochter sei hier. Michelle Helmer.«

Die Schwester nickte und lächelte freundlich.

Sie sind alle so freundlich und lächeln, dachte Beatrice nicht ohne Bitterkeit. So als wüssten sie nicht, weshalb du hier bist. Vermutlich lächeln sie auch dann noch, wenn sie dir mitteilen, dass du eben dein Kind verloren hast.

»Kommen Sie, Frau Helmer. Ich bringe Sie zu unserem Wartezimmer. Dr. Neumeier, unser Oberarzt, ist gerade bei Ihrer Tochter. Wenn er seine Untersuchung abgeschlossen hat und die Laborergebnisse da sind, können Sie mit ihm spre-chen und Ihre Tochter sehen.«

Beatrice folgte der Schwester den Gang entlang bis zu einer

zweiten Glastür. Dahinter lag vermutlich die eigentliche Intensivstation, die man, ähnlich wie den OP-Trakt, nur mit besonderer Kleidung betreten durfte. Diese Maßnahme diente der Sicherheit der schwer kranken Patienten, die gegen jedes von außen eindringende Bakterium extrem anfällig waren und denen jede noch so banale Infektion unter Umständen das Leben kosten konnte. Rechts neben der Glastür befand sich eine Tür mit der Aufschrift »Wartezimmer«. Diese Tür öffnete die Schwester.

»Bitte«, sagte sie und ließ Beatrice an sich vorbei eintreten. »Sobald Dr. Neumeier fertig ist, schicke ich ihn zu Ihnen.«

In dem mit grünen Polstersesseln und einem Kaffeeautomaten ausgestatteten Raum befanden sich bereits ein Mann und eine Frau – ihre Eltern.

Ihre Mutter sprang auf und stürzte auf sie zu. Ihr Gesicht war nass und verquollen. Sie schlang ihre Arme um Beatrice und begann laut zu weinen.

»O Kind! Wie gut, dass du jetzt da bist«, schluchzte sie, und für einen kurzen Augenblick empfand Beatrice Wut. War nicht sie es, die eigentlich getröstet werden musste? »Ich weiß nicht, wie das passieren konnte! Ich weiß es wirklich nicht!«

Beatrices Vater kam näher, langsam und schwerfällig, als müsste er eine zentnerschwere Last tragen. Er sprach kein Wort. Er drückte nur Beatrices Arm, wobei eine einzelne Träne seine aschfahle, eingefallene Wange hinablief. Er sah aus wie ein Greis.

Beatrice befreite sich aus der Umarmung ihrer Mutter und setzte sich auf die Kante eines der Sessel, die dem freudlosen Raum wohl einen Hauch von Behaglichkeit und entspannter Atmosphäre verleihen sollten. Doch selbst wenn es sich um einen mit Stacheldraht umwickelten Poller gehandelt hätte, wäre es ihr egal gewesen. Vermutlich hätte sie es noch nicht einmal gemerkt.

»Erzähl bitte der Reihe nach. Was ist passiert. War es ein Unfall? Ist sie mit ihrem Fahrrad ...?«

»Nein«, sagte ihre Mutter. Sie schluchzte immer noch heftig und presste sich das zerknüllte Taschentuch auf die Augen. »Michelle hat zu Hause gespielt. Ich war in der Küche, um ihr einen Apfel zu schälen. Und als ich wiederkam, lag sie auf dem Boden. Ich dachte zuerst, dass sie eingeschlafen ist. Sie war heute nämlich sehr müde, als Papa sie aus dem Kindergarten abgeholt hat. Die Kinder haben wohl den ganzen Vormittag draußen herumgetobt. Ich wollte sie wecken, doch sie hat nicht reagiert, ganz gleich, was wir auch versucht haben. Schließlich bekamen wir es mit der Angst zu tun und haben einen Krankenwagen gerufen.«

Beatrice ließ sich im Sessel zurücksinken und rieb sich die Stirn.

»Und was meinen die Ärzte?«, fragte sie.

»Die wissen immer noch nichts. Aber vielleicht wollen sie uns auch nichts sagen, schließlich sind wir nur die Großeltern.«

»Die Schwester sagte, dass wir mit dem Arzt sprechen können, sobald er seine Untersuchung beendet hat und die wichtigsten Laborergebnisse da sind.«

Beatrice sah ihren Vater an. Seine Stimme klang leise, wie gebrochen. Kein Wunder. Er liebte seine kleine Enkelin wie keinen zweiten Menschen, sodass Beatrice sogar manchmal ein wenig eifersüchtig auf ihre Tochter wurde. Wenn es die Möglichkeit gegeben hätte, er hätte in diesem Moment sicherlich ohne zu zögern mit Michelle die Plätze getauscht.

Wie aufs Stichwort öffnete sich die Tür, und ein Arzt kam herein. Er war so groß, dass er sich beim Eintreten bücken musste. Typischerweise trug er blaue OP-Kleidung. Aus der Tasche des Hemdes ragte der Griff eines Reflexhammers hervor, am Ausschnitt klemmten die Diagnostikleuchte sowie ein blauer und ein roter Kugelschreiber, über seinem Nacken baumelte das Stethoskop. Er sah aus wie jeder auf der Intensivstation tätige Arzt in jedem beliebigen Krankenhaus. Allerdings war sein Stethoskop bunt und der Kopf des Gerätes war ungewöhnlich klein, insbesondere im Vergleich zur Körpergröße des Arztes. Es war ein Kinderstethoskop.

»Frau Helmer?« Er wandte sich fragend an Beatrice, deren Herz plötzlich wie ein Dampfhammer zu klopfen begann. Ihr Mund wurde staubtrocken. Sie fühlte sich, als würde die Zukunft der ganzen Menschheit allein von ihr und dem Verlauf der nächsten Sekunden abhängen.

»Ja«, flüsterte sie. Sie räusperte sich und stand auf. Trotzdem kam sie sich neben dem riesigen Kollegen vor wie ein kleines verschrecktes Mäuschen. »Das bin ich.«

»Neumeier«, sagte er, streckte ihr die Hand entgegen und warf einen kurzen Blick auf ihr weißes Hemd mit dem aufgedruckten Namensschild und dem Wappen des Krankenhauses, in dem sie arbeitete. »Setzen Sie sich doch bitte.«

Er deutete auf den Sessel, wartete, bis Beatrice und ihre Eltern wieder Platz genommen hatten, und setzte sich dann ebenfalls.

»Sie sind Kollegin?«, fragte er.

»Ja. Was ist mit meiner Tochter?«

Er kratzte sich am Kopf, ratlos, unsicher, als wüsste er nicht, wie er es ihr am besten beibringen sollte. Aber was?

»Tja, wie soll ich es ausdrücken«, begann er, runzelte die Stirn und legte die Fingerspitzen gegeneinander. Er hatte große, breite Hände. Beatrice fiel es schwer zu glauben, dass er imstande war, mit diesen riesigen Händen zarte kleine Kinder zu untersuchen. Doch seine Augen waren freundlich. Und das gab den Ausschlag. »Ich will ehrlich zu Ihnen sein. Wir wissen immer noch nicht, was Ihrer Tochter fehlt. Aber vielleicht kommen Sie mit und sehen es sich selbst an.«

Beatrice erhob sich sofort. Dann warf sie einen Blick auf ihre Eltern, die sie anschauten wie zwei Verdurstende.

»Was ist mit ihnen? Sie sind Michelles Großeltern.«

Dr. Neumeier hob bedauernd die Schultern.

»Ich muss Sie bitten, noch eine Weile zu warten. Solange wir nichts Genaues wissen, können wir es nicht riskieren, mehrere Besucher gleichzeitig zu der Kleinen vorzulassen. Bitte haben Sie dafür Verständnis. Es ist im Interesse ihrer Enkelin.«

Beatrices Vater nickte ergeben, doch ihre Mutter schien zuerst empört Einwände erheben zu wollen. Dann überlegte sie es sich wohl anders, sank kraftlos in ihren Sessel zurück und brach wieder in Tränen aus.

Beatrice folgte Dr. Neumeier zur Schleuse, wo er ihr einen jener langen Kittel gab, die Besucher auf Intensivstationen trugen.

»Welcher Fachrichtung gehören Sie an, Frau Helmer?«, erkundigte er sich, während sie sich beide an dem an der Wand hängenden Sterilium-Spender bedienten und ihre Hände damit einrieben.

»Chirurgie«, antwortete Beatrice und versuchte durch den Mund zu atmen. Der vertraute Geruch des Desinfektionsmittels, den sie manchmal sogar lieber mochte als viele teure Designer-Parfüms, verursachte ihr heute Übelkeit.

Dr. Neumeier betätigte den Türöffner, und die Tür glitt automatisch zur Seite. Obwohl Beatrice schon oft auf Intensivstationen gewesen war, sogar im Rahmen ihrer chirurgischen Ausbildung einige Monate dort gearbeitet hatte, war es hier anders. Dabei hing derselbe schwere Geruch nach Desinfektionsmitteln in der Luft. Die Schuhe der Schwestern und Ärzte quietschten ebenso wie überall über das Linoleum, die Beatmungs- und EKG-Geräte piepsten. Aber die Betten, die hier standen, waren klein. Und die Körper, die regungslos und zum Teil bis zur Unkenntlichkeit bandagiert unter den dünnen Decken und Sauerstoffzelten lagen, angeschlossen an hunderte von Schläuchen und Messelektroden, waren klein und zart. Es waren alles Kinder. Kleine Kinder.

Natürlich, dachte Beatrice. Sie befand sich schließlich in einem Kinderkrankenhaus. Trotzdem traf sie die Erkenntnis wie ein Schlag mit einem kalten, feuchten Waschlappen mitten ins Gesicht. Es gab Dinge, die durften einfach nicht passieren, die durfte es nicht geben. Das war nicht richtig, das verstieß gegen die Natur, gegen die gottgewollte Ordnung. Dazu gehörten auch schwer kranke Kinder, die angeschlossen an Geräte auf einer Intensivstation lagen. Und doch war dies hier die Realität.

»Dort liegt Michelle«, sagte Dr. Neumeier und deutete auf ein Bett, das in der Mitte zwischen zwei leeren Betten stand.

Beatrice trat langsam näher. Sie schloss die Augen und versuchte sich gegen den Anblick ihrer schwer kranken Tochter zu wappnen. Doch das, was sie sah, als sie die Augen wieder öffnete, traf sie völlig überraschend.

Michelle lag auf dem Bett, regungslos, mit geschlossenen Augen. Ihr langes blondes Haar breitete sich auf dem Kissen aus wie ein kleiner Heiligenschein. Sie hatte keine sichtbaren Verletzungen, war auch nicht an ein Beatmungsgerät angeschlossen, und ihre Wangen waren rosig. Ein Lächeln umspielte ihre Lippen, als ob sie gerade ein kleines kuschelig weiches Kätzchen streichelte. Wenn das weiße Laken und die anderen Geräte nicht gewesen wären, Beatrice hätte nie geglaubt, dass ihre Tochter schwer krank war. Sie sah aus, als ob sie einfach nur schliefe, tief und friedlich, so wie jede Nacht, wenn sie selbst um halb zwölf auf Zehenspitzen in das Kinderzimmer schlich, um dort noch einmal nach dem Rechten zu sehen.

»Sie atmet selbstständig und regelmäßig«, sagte Dr. Neumeier, als hätte er Beatrices Gedanken gelesen, und sah sich einen der vielen Monitore an.

Nur widerwillig erinnerte sich Beatrice daran, dass sie ebenfalls Ärztin war, dass sie in der Lage war, die Piepstöne und Kurven auf den Monitoren zu interpretieren. Und dann fiel ihr ein, dass sie vielleicht selbst etwas zu Michelles Heilung beitragen konnte. Entschlossen richtete sie den Blick von ihrer Tochter auf die Geräte. Sie fühlte sich, als ob sie gerade erst aufgewacht wäre.

Das EKG sah normal aus, die Atemfrequenz war gleichmäßig, der Blutdruck und die Sauerstoffsättigung waren in Ordnung, und das EEG war ebenfalls normal – sofern sie das beurteilen konnte. Ihre Erfahrungen in der Kinderheilkunde beschränkten sich neben Ernährung und Säuglingspflege auf Schnupfen, Blähungen und Dreitagefieber. Wenn sie jedoch der medizinischen Technik und ihrem rudimentären pädiatrischen Wissen trauen wollte, so hatte sie hier ein gesundes fast vierjähriges Mädchen vor sich, das lediglich fest schlief.

»Wie sind ihre Laborwerte?«, fragte Beatrice und begann unwillkürlich zu flüstern, als hätte sie Angst davor, die Kleine zu wecken.

Dr. Neumeier nahm die Akte vom Fußende des Bettes und blätterte darin. Nach einer Weile schüttelte er den Kopf.

»Nichts. Keine Auffälligkeiten. Alles normal. Hb, Leukozyten, Differenzialblutbild, Blutsenkung, CRP, Glukose, Elektrolyte ... Alles so, wie wir es bei einem gesunden Kind in Michelles Alter erwarten würden. Wir haben keinen Hinweis auf eine Infektion oder eine Stoffwechselstörung. Zur Sicherheit haben wir sogar ein Drogenscreening gemacht und noch einige andere Substanzen getestet, die erfahrungsgemäß bei kindlichen Vergiftungen eine Rolle spielen können, wie zum Beispiel Alkohol und Nikotin.« Er hob beschwichtigend die Hände, um Beatrices Protest bereits im Keim zu ersticken.

»Ich weiß, Eltern sind immer entsetzt, wenn wir darüber sprechen. Aber Sie glauben gar nicht, wie erfinderisch Kinder darin sind, irgendwelche Dinge zu schlucken, angefangen vom Gebissreiniger der Großmutter über Papas Zigarrenvorrat bis hin zu einer ganzen Flasche Champagner auf einmal. Die Kleinen sind große Künstler, wenn es darum geht, Verbotenes aufzustöbern und heimlich zu öffnen. Und da reichen oft schon die zwei Minuten, in denen die Mama zum Briefkasten geht.« Er lächelte, als ob er diese Neigung sehr gut verstehen könnte. »Allerdings bekommen wir in den meisten Fällen einen Hinweis von den Eltern oder Betreuern. Eine leere Packung Zigaretten zum Beispiel, die neben dem Kind gefunden wurde. In Michelles Fall hingegen wissen wir noch gar nichts. Einige Laborwerte stehen zwar noch aus, aber alle Ergebnisse, die uns bislang vorliegen, waren negativ. Ich bin ehrlich«, Dr. Neumeier zuckte mit den Schultern und klemmte die Akte wieder in ihre Halterung, »wir stehen vor einem Rätsel.«

»Haben Sie schon ein CCT gemacht?«, fragte Beatrice. »Vielleicht ist Michelle im Kindergarten vom Gerüst gefallen und hat sich dabei eine Hirnverletzung zugezogen?« Oder es ist ein Tumor. Aber diesen Gedanken sprach sie nicht aus.

»Sie meinen eine Blutung, die erst im Laufe des Nachmittags manifest wurde?« Er nickte. »Sie haben Recht, auch wir haben daran gedacht. Im Kindesalter kommt das gar nicht so selten vor. Aber die Computertomographie war ebenfalls ohne pathologischen Befund. Ihre Tochter hat weder ein subdurales Hämatom noch einen bisher unbekannten Tumor. Zum Glück. Aber wenn ich ehrlich bin, haben wir auch nicht damit gerechnet, denn ihre Reflexe sind ebenfalls völlig normal.« Dann deutete er auf einen der Monitore. »Am meisten Kopfzerbrechen bereitet mir das EEG. Sehen sie diese Kurve?

Wenn ich es nicht besser wüsste, wenn wir nicht schon mit allen Mitteln – inklusive Schmerzreizen – versucht hätten, ihre Tochter zu wecken, würde ich einfach behaupten, dass sie schläft. Diese Hirnströme ähneln verblüffend denen eines lebhaft träumenden Menschen.«

Beatrice strich ihrer kleinen Tochter das Haar aus der Stirn, auf der eine der EEG-Elektroden klebte. Das Kind fühlte sich weder heiß noch kalt an, weder fiebrig noch unterkühlt. Ihre Körpertemperatur war anscheinend ebenso normal wie alles andere. Aber was fehlte ihr dann? Warum um alles in der Welt lag sie im Koma?

»Und was jetzt?«, fragte Beatrice leise. Sie griff nach der schlaffen Kinderhand und streichelte sie behutsam, jeden einzelnen der kleinen Finger. »Was werden Sie jetzt tun?«

»Wir werden Michelle überwachen und weiter nach der Ursache forschen. Wir werden gleich noch eine Rückenmarkspunktion durchführen, um eine auf das zentrale Nervensystem beschränkte Infektion auszuschließen. Aber vielleicht fällt Ihnen oder den Großeltern noch etwas ein, das uns weiterhelfen könnte. Vielleicht haben sie ja bei sich in der Wohnung eine exotische Pflanze oder Pilze im Garten, von denen Michelle ein Stück gegessen haben könnte. Irgendetwas in der Art. Etwas, woran wir nicht auf Anhieb denken würden.« Er fuhr sich durch sein kurzes lockiges Haar. »Wir werden auch noch unseren Psychologen hinzuziehen. Sollte sich allerdings Michelles Zustand innerhalb der nächsten vierundzwanzig Stunden nicht bessern, werden wir sie zur Sicherheit in die Uni-Klinik verlegen. Auf der Kinder-Neurologie ist sie dann besser aufgehoben.«

Beatrice runzelte die Stirn. »Was soll denn ein Psychologe bei Michelle?«

Dr. Neumeier sah Beatrice ernst an. »Ihre Tochter liegt im Koma, Frau Helmer. Und wenn wir keine organische Ursache finden, kann es sich nur noch um ein seelisches Geschehen handeln. Zum Beispiel ein extremer Rückzug in die eigene Person als Reaktion auf einen Schock. Und dem müssen wir auf die Spur kommen, wenn sie wieder aufwachen soll.«

Beatrice nickte. Natürlich gefiel ihr der Gedanke, einen Psychologen in ihrem Privatleben herumstochern zu lassen, überhaupt nicht. Es hatte immer den Beigeschmack von Misshandlung und Vernachlässigung, und welche Mutter ließ sich das schon gerne nachsagen. Abgesehen davon, was sollte sie dem Psychologen erzählen, wenn er Fragen nach dem Vater des Kindes stellte? Aber sie musste zugeben, dass Dr. Neumeier Recht hatte. Irgendeinen Grund musste es schließlich für das Koma geben. Vielleicht lag er ja doch in der Psyche des Kindes. Die Ärzte hier taten für ihre kleinen Patienten, was sie konnten. Michelle war ohne Zweifel in guten Händen.

»Darf ich noch eine Weile bei ihr bleiben?«, fragte sie.

»Natürlich«, antwortete Dr. Neumeier freundlich. »Ein paar Minuten. Ich muss ohnehin erst das Punktionsset vorbereiten.«

Beatrice setzte sich auf den Bettrand und versuchte den Gedanken, dass eine dicke, harte Punktionsnadel in den Rücken dieses zarten Wesens geschoben werden sollte, um Gehirnwasser zu entnehmen, zu verdrängen. Ihr wurde schlecht davon.

Sie streichelte das Gesicht ihrer Tochter. Es sah so friedlich aus. Gar nicht, als ob eine schreckliche, geheimnisvolle Krankheit das kleine Mädchen befallen hätte. Sie erinnerte sich an Dschinkim. Der Bruder Khubilai Kahns, den sie auf der zweiten ihrer seltsamen Zeitreisen in China kennen gelernt hatte, war ebenfalls ins Koma gefallen. Doch er hatte dabei nicht annähernd so friedlich ausgesehen. Seine Gesichtsfarbe war gelb gewesen, er hatte seltsam und unregelmäßig geatmet, und seine Reflexe waren vollständig erloschen. Allerdings war er auch vergiftet worden.

»Wovon träumst du, meine Kleine?«, fragte Beatrice leise und küsste die Hand ihrer Tochter. »Wovon? Hoffentlich ist es etwas Schönes.«

»Frau Helmer«, lautlos wie ein Schatten war die Schwester hinter ihr aufgetaucht, »Sie müssen leider gehen. Sie können nachher wieder bei ihrer Tochter sein, aber jetzt müssen wir die Rückenmarkspunktion durchführen.«

»Ich weiß. Wenn sich etwas ändert, zum Guten oder Schlechten, sagen Sie es mir? Ich bin vorne im Warteraum.«

»Selbstverständlich.«

Beatrice schlich den Gang zurück zur Schleuse. An einigen der kleinen Betten standen Gestalten in den gleichen langen Kitteln, wie sie einen trug. Eltern, die das Schicksal mit ihr teilten. Die ebenfalls hofften und bangten und warteten, voller Verzweiflung, voller Verbitterung.

Sie zog den Kittel aus und betrat wieder den Warteraum.

Fast synchron hoben ihre Eltern die Köpfe.

»Und?«, fragte ihre Mutter mit vor Angst weit aufgerissenen Augen. »Was sagt der Arzt? Haben sie herausgefunden, was mit Michelle los ist?«

»Nein«, antwortete Beatrice und ließ sich müde und erschöpft in einen der Sessel fallen. »Sie wissen immer noch nicht, was ihr fehlt. Es ...«

»Dann sollten wir Michelle in ein anderes Krankenhaus verlegen lassen«, fuhr ihre Mutter empört auf. »Du wirst doch einen fähigen Oberarzt kennen. Wenn die Ärzte hier nicht in der Lage sind ...«

»Mama, die Ärzte hier sind so kompetent, wie man es sich nur wünschen kann. Es ist einfach ...«

»Und warum finden sie dann nichts?« Beatrices Mutter schrie fast. »Das Kind fällt doch nicht einfach so aus heiterem

Himmel ins Koma! Haben sie schon ihren Blutzucker gemessen?« Sie wandte sich an Beatrices Vater, ihre Augen glänzten fiebrig. »Fritz, erinnerst du dich an den Mann von Frau Schmidtke? Er lag eine ganze Weile im Koma, weil er einen viel zu hohen Blutzucker hatte. Vielleicht hat Michelle ja auch …«

Beatrice schüttelte langsam den Kopf. Ein heftiger Schmerz begann hinter ihren Augenbrauen zu pochen.

»Glaub mir, das war einer der ersten Werte, den die Ärzte hier überprüft haben. Michelles Blutzuckerspiegel ist völlig normal. Es ist alles normal – die Laborwerte, das EKG, die Hirnströme, sogar die Röntgenaufnahmen vom Kopf. Dr. Neumeier hat mir die Befunde gezeigt. Trotzdem wacht sie nicht auf. Warum? Ich kann es dir nicht sagen.«

»Wie geht es ihr denn?«, fragte ihre Mutter. »Wie sieht sie aus?«

»Wie ein kleiner Engel.«

Sie spürte ein heftiges Brennen in den Augen. Lange würde sie die Tränen nicht mehr zurückhalten können, bald würden alle Dämme brechen. Und dann? Wer sollte ihren Eltern Kraft geben? Wer von ihnen dreien war in der Lage, mit dieser Situation umzugehen, sie zu durchschauen, wenn nicht sie? Wenn sie jetzt auch noch die Nerven verlor, würde sich dieses Wartezimmer endgültig in den Vorraum zur Hölle verwandeln – mit Heulen und Zähneklappern und allem, was dazugehörte.

Beatrices Mutter schluchzte leise und zog mit zitternden Händen ein neues Taschentuch aus einer Packung.

»Fritz, besorg uns einen Kaffee«, sagte sie. Ihr Vater trottete zum Kaffeeautomaten, willenlos, reflexartig. Nicht dass er jemals Widerspruch gegen die Befehle ihrer Mutter erhoben hätte. Trotzdem war er nur ein Schatten seiner selbst. Er litt, als hätte man ihm eben beide Beine abgeschnitten.

»Und sie wissen wirklich nichts?«, fragte ihre Mutter noch einmal voller verzweifelter Hoffnung. »Gar nichts?«

»Nein.« Beatrice nahm den Plastikbecher mit der dampfenden schwarzen Flüssigkeit, den ihr Vater ihr reichte. Doch sie trank nicht. Sie wärmte lediglich ihre eiskalten Finger daran. »Weil alle Befunde bisher normal sind, haben die Ärzte noch nicht einmal einen Anhaltspunkt. Dr. Neumeier bat mich, darüber nachzudenken. Außerdem wollen sie einen Psychologen hinzuziehen.«

Beatrices Mutter fuhr im Sessel auf, als hätte sie eine Wespe gestochen.

»Glaubst du etwa, dass es meine Schuld ist?«, rief sie. »Glaubst du wirklich, ich würde irgendetwas tun, das unserer Kleinen gefährlich werden könnte? Ich würde sie misshandeln? Ich habe doch nur ...«

»Ich weiß, Mama, ich weiß«, beschwichtigte Beatrice. Sie stellte den Becher auf den Tisch und stützte müde ihren Kopf auf die Knie. Sie fühlte sich, als hätte ihr jemand eine riesige hundertfünfzig Kilogramm schwere Hantel auf die Schultern geladen. »Du passt sehr gut auf Michelle auf. Wenn es anders wäre, würde ich sie dir schließlich gar nicht erst anvertrauen. Und gerade deshalb brauche ich jetzt deine Hilfe. Was hat Michelle getan, nachdem sie aus dem Kindergarten kam? Kann sie etwas getrunken oder gegessen haben, das unter Umständen gefährlich ist? Ist dir irgendetwas an ihr und ihrem Verhalten aufgefallen?«

Beatrices Mutter schien besänftigt zu sein. Sie legte die Stirn in Falten und dachte angestrengt nach.

»Ich habe auch schon überlegt, aber ich weiß nichts«, sagte sie nach einer Weile und zuckte mit den Schultern. »Mir fällt nichts ein.«

Beatrice sprang auf und begann im Warteraum hin und her zu gehen. Sie hielt es nicht mehr aus. Diese Warterei, diese

Hilflosigkeit. Es war gegen ihre Natur. Niemals war sie in einer vergleichbaren Situation gewesen. Niemals hatte sie einfach nur zusehen müssen, wie ein ihr nahe stehender Mensch litt, ohne dass sie wenigstens etwas zur Linderung beitragen konnte.

Nein, korrigierte sie sich, du hast es schon einmal erlebt – Dschinkim. Ihm hast du nicht helfen können.

Natürlich war die Situation eine andere gewesen. Im China des Mittelalters hatte sie keine intensivmedizinische Ausrüstung zur Verfügung gehabt, keine Infusionslösungen oder Gegenmittel, um die heimtückische Vergiftung zu behandeln. Trotzdem wurde ihr Mund jetzt trocken, und ihr Herz begann zu rasen. An die Folgen ihrer Hilflosigkeit konnte sie sich noch schmerzhaft deutlich erinnern. Dschinkim war gestorben.

»Bitte, Mama, es ist wichtig!« Noch versuchte sie sich unter Kontrolle zu halten, doch sie merkte, dass sie dazu nicht mehr lange die Kraft hatte. Bald würde sie schreien. »Versuch wenigstens dich zu erinnern! Wir fangen ganz von vorne an. Was habt ihr heute zu Mittag gegessen?«

Beatrices Mutter lächelte ein wenig.

»Es gab Hühnersuppe mit Reis. Die mag sie doch so gern. Aber sie hat heute wenig gegessen. Sie wollte möglichst schnell nach dem Mittagessen zu euch nach Hause zum Spielen.«

Aha, dachte Beatrice, jetzt kommen wir der Sache schon näher. Im Kinderzimmer gibt es bestimmt tausend Dinge, die ein Kind in den Mund stecken kann und die nicht ganz ungefährlich sind, angefangen mit dieser grässlich bunten Knete, die überall so ekelhafte Krümel und Flecken hinterlässt. Sobald ich wieder zu Hause bin, fliegt das Zeug in den Mülleimer.

»Womit wollte Michelle denn spielen?«, hakte Beatrice nach.

Doch ihre Mutter schüttelte nur den Kopf. »Ich habe keine Ahnung. Hat sie zu dir etwas gesagt, Fritz?«

Beatrices Vater sah aus, als würde er langsam aus einem qualvollen Traum erwachen.

»Ja. Aber sie sagte nicht, dass sie etwas spielen möchte. Sie hat gesagt, sie will nach Hause, um ihren Vater zu besuchen.«

»Was?!« Beatrice verschlug es fast die Sprache. »Wie kommt sie denn da drauf?«

»Unsinn, Fritz«, meldete sich wieder Beatrices Mutter zu Wort, »du musst dich verhört haben. Michelle weiß doch gar nicht, wer ...«

Sie brach ab und warf Beatrice einen hastigen Blick zu. Über diesen Punkt wurde in der Familie nie gesprochen. Beatrice ahnte, dass ihre Eltern Michelle für das Resultat eines einmaligen »Fehltritts« hielten und möglicherweise sogar glaubten, dass sie selbst den Namen des Mannes nicht kannte. Sollten sie ruhig weiter daran glauben. Die Wahrheit hätten sie ohnehin nicht akzeptiert. Wenn Beatrice erzählt hätte, dass Michelles Vater ein berühmter arabischer Arzt aus dem Mittelalter und bereits seit fast tausend Jahren tot war, ihre Eltern hätten sofort die Einweisung in eine psychiatrische Klinik veranlasst und ihr per Gerichtsbeschluss das Sorgerecht entzogen. Und sie hätte es ihnen noch nicht einmal verdenken können. Sogar ihr selbst kam die Wahrheit manchmal ziemlich schizophren vor.

»Ist schon gut«, winkte Beatrice ab. »Darüber können wir zu einem anderen Zeitpunkt reden. Erzähl lieber weiter.«

Sichtlich erleichtert atmete ihre Mutter auf.

»Michelle ist gleich ins Schlafzimmer gegangen. Ich glaube, sie wollte in deinem Kleiderschrank herumwühlen und Prinzessin spielen.«

»Nein«, widersprach Beatrices Vater ungewohnt heftig.

»Michelle hat eindeutig gesagt, dass sie zu ihrem Vater will. Und, das hat sie nämlich auch noch gesagt, sie wisse sogar, wo er ist und wie sie zu ihm kommt.«

»Das soll sie gesagt haben? Und warum habe ich sie dann im Schlafzimmer gefunden, neben dem offenen Schmuckkasten?«, rief Beatrices Mutter triumphierend aus. »Ich bin sicher, sie wollte nichts weiter als Prinzessin spielen.«

Offener Schmuckkasten – Schlafzimmer – Vater. Beatrice spürte, wie ihr das Blut aus den Wangen wich. Ihre Gedanken überschlugen sich. Natürlich, das war eine Möglichkeit. Vielleicht eine abwegige, zugegeben, aber immerhin eine Möglichkeit. Sie bewahrte die Steine der Fatima in einem Holzkasten im Schlafzimmerschrank auf. Aber das konnte doch nicht sein, das war doch undenkbar …

»Mama«, begann Beatrice und lehnte sich gegen den Kaffeeautomaten. Sie brauchte jetzt etwas kaltes, hartes, das sie daran erinnerte, dass sie sich nicht in einem Traum befand. »Wie sah dieser Schmuckkasten denn aus?«

»Es war so ein kleiner, unscheinbarer. Eigentlich kaum mehr als eine Zigarrenschachtel. Ich habe ihn noch nie bei dir gesehen. Er war so gut wir leer. Nur ein Stück blaues Glas lag darin.«

Glas? Bei dem taubeneigroßen »Glas« handelte es sich in Wahrheit um einen makellos reinen Saphir. Allein sein materieller Wert hätte ausgereicht, um ein Jahr lang gut leben zu können. Sein ideeller Wert hingegen war unermesslich. Für diesen Stein waren bereits Menschen gestorben. Beatrice hätte sicher gelacht, wenn sie nicht gleichzeitig so erschrocken über diese Nachricht gewesen wäre.

»Nur einer?«, fragte sie. »Du hast richtig hingeschaut, es war wirklich nur ein blauer Stein?«

»Ja. Aber du meinst doch nicht etwa …?« Beatrices Mutter riss vor Entsetzen die Augen auf. »Glaubst du etwa, Michelle hat deinen Schmuck hinuntergeschluckt? Aber sie ist doch eigentlich schon zu groß, um …«

»Bei Kindern weiß man nie«, erwiderte Beatrice heiser. Ihre Gedanken rasten. So abwegig es auch klingen mochte, die Steine der Fatima konnten so manches an Michelles rätselhaftem Zustand erklären.

»Ich muss nach Hause fahren«, sagte sie und erhob sich.

»Was?« Auf dem Gesicht ihrer Mutter zeigte sich deutlich Empörung. »Dieses blöde Stückchen Glas ist dir wichtiger als deine Tochter? Wie kannst du nur so hartherzig sein! Ausgerechnet jetzt, wo das Kind …«

Doch ihr Vater kam Beatrice zu Hilfe.

»Lass sie, Martha«, sagte er und legte seiner Frau eine Hand auf den Arm. »Ich bin sicher, Beatrice weiß, was sie tut. Vermutlich hat sie eine Idee, die den Ärzten helfen könnte, Michelle wieder gesund zu machen.«

Er warf Beatrice einen so hoffnungsvollen Blick zu, dass es ihr fast ins Herz schnitt.

»Ja, Papa«, sagte sie, während sie ihre Tasche schulterte und in dem darin herrschenden heillosen Durcheinander nach dem Autoschlüssel suchte. »Ich glaube, ich weiß, weshalb Michelle im Koma liegt. Aber ich muss erst ganz sicher sein. Deshalb fahre ich jetzt nach Hause. Sobald ich herausgefunden habe, was ich wissen will, rufe ich hier auf der Station an. Und dann komme ich wieder.«

Ohne ein weiteres Wort abzuwarten, verließ sie den Raum. Beatrice rannte förmlich zum Parkplatz. Ohne dass sie sich erklären konnte, weshalb, hatte sie das Gefühl, es käme nun auf jede Sekunde an.

Hastig schloss Beatrice die Tür zu ihrem Haus auf und schlug sie hinter sich zu. Auf dem Weg zu ihrem Schlafzimmer im ersten Stock konnte sie nur noch an eines denken – an die

Steine der Fatima. Bereits im Auto war Beatrice zu der Erkenntnis gelangt, dass es gar nicht anders sein konnte. Michelle musste in ihrem Kleiderschrank den Kasten entdeckt und mit den Steinen der Fatima gespielt haben. Und aus irgendeinem Grund, vielleicht auch durch puren Zufall, war einer der Steine aktiviert worden und hatte Michelle in ein anderes Zeitalter entführt. Die normalen Laborwerte, das seltsame EEG – alles sprach für diese Theorie. Jetzt brauchte sie nur noch einen Beweis – den Holzkasten mit den Steinen.

Mit weichen Knien betrat Beatrice ihr Schlafzimmer. Ihre Eltern mussten in aller Hast aufgebrochen sein, denn die Türen des Kleiderschranks standen immer noch weit offen, und direkt davor auf dem Boden lag er – der kleine schlichte Kasten aus dunklem, fast schwarzem Holz, den sie vor drei Jahren in einer indischen Boutique gekauft hatte. Sie konnte sich noch gut daran erinnern, wie sie an einem Nachmittag auf dem Weg vom Krankenhaus an dem Geschäft vorbeigekommen war und den mit Samt ausgeschlagenen Kasten im Schaufenster gesehen hatte. Sofort hatte sie gewusst, dass er genau der richtige Aufbewahrungsort für ihre Steine der Fatima war – ein unscheinbares, unauffälliges und trotzdem würdevolles Versteck.

Ihre Hände zitterten, als sie jetzt den Kasten aufhob und öffnete. Auf dem dunklen Samt lag ein Saphir. Er strahlte und leuchtete in seiner vollkommenen Schönheit. Der Anblick hatte sie bisher jedes Mal getröstet und beruhigt. Aber nicht heute. Ein Stein fehlte. Sie hatte es geahnt, gewusst, befürchtet. Und was jetzt?

Doch Beatrice gab nicht auf. Noch wollte sie sich mit dem aberwitzigen Gedanken, dass ihre nicht einmal vierjährige Tochter durch die Zeit irrte, nicht anfreunden. Vielleicht gab es ja eine ganz simple Erklärung? Vielleicht war der Stein beim Spielen einfach unter das Bett oder den Schrank gerollt? Sofort begann sie mit der Suche. Auf allen vieren kroch sie durch das Haus, treppauf und treppab. Sie schaute in jeden Winkel und unter jedem Schrank nach. Sogar den Keller suchte sie ab. Als sie sich schließlich nach mehr als einer Stunde wieder erhob, war sie nicht nur staubig, sondern auch schweißgebadet. Doch ihre schlimmsten Befürchtungen schienen sich zu bestätigen. Der Saphir, der Stein der Fatima, war und blieb verschwunden.

Erschöpft nahm Beatrice den Kasten mit dem verbliebenen Stein und ließ sich im Wohnzimmer auf das Sofa sinken. Natürlich. Sie hatte es ja schließlich schon vorher gewusst, dass der Stein mit Michelles rätselhaftem Zustand etwas zu tun haben musste. Trotzdem weigerte sie sich immer noch, daran zu glauben. Es war einfach zu absurd. Vielleicht hatte sich ein Dieb in das Haus geschlichen und den Saphir gestohlen? Doch sofort verwarf sie den Gedanken wieder. Jeder Dieb, der so geschickt war, am helllichten Tag unbemerkt in ein Haus einzudringen, in dem drei Personen anwesend waren, würde ohne Zweifel den Wert der Steine erkannt und beide mitgenommen haben.

Beatrice legte den Kasten in ihren Schoß und sah in den Garten hinaus. Vor drei Jahren hatte sie ihre Eigentumswohnung im ziemlich noblen Stadtteil Winterhude gegen die Doppelhaushälfte in Billstedt eingetauscht. Die Renovierung des in den zwanziger Jahren erbauten Hauses war zwar immer noch nicht abgeschlossen, aber sie und Michelle fühlten sich hier wohl. Der Garten war ideal zum Spielen, und im Winter, wenn Beatrice noch abends vor dem Ofen saß und dem Prasseln des Feuers lauschte, fühlte sie, dass das Haus es gut mit ihnen meinte. Es beschützte sie. Und die vergangenen Jahre seit Michelles Geburt waren stürmisch genug gewesen. Die Kleine war ein halbes Jahr alt gewesen, als Beatrice ihren Erziehungsurlaub für beendet erklärt und ihre Tätigkeit in der

Chirurgie wieder aufgenommen hatte. Natürlich mit voller Stundenzahl, denn eine Halbtagsstelle in der Chirurgie gab es derzeit nicht, nicht in ihrer Klinik und auch in keinem anderen Krankenhaus in der so sozialen und Freien Hansestadt Hamburg. Wenigstens waren ihr bisher die Nachtdienste erspart geblieben. Natürlich musste sie stattdessen wesentlich öfter als andere Kollegen an Wochenenden und Feiertagen arbeiten – allerdings nie zu Weihnachten. Und zufälligerweise hatte sie an Michelles Geburtstagen bisher immer frei gehabt. Oder war es am Ende gar kein Zufall? Thomas machte die Dienstpläne. Und vielleicht hatte sie diese Rücksichtnahme allein ihm zu verdanken? Nach dem, was er heute für sie getan hatte, war das nicht ausgeschlossen.

Wenn ich wieder im Krankenhaus bin, werde ich ihn fragen, dachte Beatrice. Aber was jetzt? Was sollte sie jetzt tun?

Denk nach, Bea!, ermahnte sie sich. Du musst herausfinden, was geschehen ist.

Sie schloss die Augen und versuchte sich an alles zu erinnern, was sie über die Steine der Fatima wusste und gehört hatte.

Da gab es diese Legende, dass die so genannten Steine der Fatima eigentlich das Auge der Lieblingstochter des Propheten Mohammed darstellten, welches vom Zorn Allahs über die Habgier der Menschen in viele Teile zerschlagen worden war. Es handelte sich um eine scheinbar unbekannte Anzahl Saphire von makelloser Schönheit und ungewöhnlicher Reinheit. Und jedem einzelnen dieser Teile sollte angeblich große Macht innewohnen.

Was heißt angeblich, dachte Beatrice. Immerhin haben mich diese Steine bereits zweimal durch die Weltgeschichte in eine andere Zeit und ein anderes Land geschickt.

Aber sollte das auch ihrer kleinen Tochter passiert sein? Das war doch unwahrscheinlich. Frau Alizadeh, die alte Araberin, die Beatrice den ersten Stein geschenkt hatte, als sie bei ihr eine Schenkelhalsfraktur operieren wollte, hatte zu ihr gesagt, dass man der Weisheit des Steins der Fatima vertrauen könne. Er lasse nichts ohne Grund geschehen. Bisher hatte Beatrice an die Wahrheit dieser Worte geglaubt, doch jetzt hatte sie Zweifel. Welchen Sinn sollte es denn haben, ein kleines Mädchen quer durch die Zeit reisen zu lassen? Michelle konnte niemandem das Leben retten, sie konnte keinem Volk einen medizinischen Fortschritt bringen. Sie war nichts weiter als ein hilfloses kleines Kind.

Beatrice wurde schlecht, als ihr plötzlich bewusst wurde, was Michelle alles zustoßen konnte. Sie konnte irgendwo im mittelalterlichen Europa der Inquisition in die Hände fallen oder das Opfer einer Seuche werden. Sie konnte, wie es ihr selbst auf ihrer ersten Zeitreise ergangen war, in die Hände von Sklavenhändlern fallen. Oder bei den Azteken auf dem Altar landen, dazu auserkoren, ihr Leben zur Besänftigung ihrer ständig hungrigen, blutrünstigen Götter zu lassen. Alles war möglich.

»Ich muss Michelle zurückholen!«, sagte Beatrice laut und stand entschlossen auf. Sie ging mit langen Schritten durch das Wohnzimmer, während sie mit wachsender Verzweiflung überlegte, wie sie das eigentlich anstellen sollte. Wie und wo sollte sie Michelle finden? Die Kleine konnte sich überall in der Weltgeschichte aufhalten, in jedem beliebigen Land, zu jeder beliebigen Zeit. Vielleicht befand sie sich ja in Versailles am Hof Louis XVI. und Marie Antoinettes zurzeit der Revolution? Oder sie irrte voller Angst durch die Steppe des von Engländern besetzten Ostafrika, von gefräßigen Löwen, schwarzen Jägern und indischen Eisenbahnarbeitern gejagt?

Beatrice hatte überhaupt keinen Anhaltspunkt. Und selbst wenn, hätte es ihr wohl kaum genützt. Die Steine der Fatima besaßen schließlich keine Zeiger, die man wie bei der Zeitmaschine von Orson Welles auf ein beliebiges Datum stellen konnte. Beatrice vermochte nicht einmal zu sagen, ob es überhaupt einen Auslösemechanismus gab, um die Macht der Steine zu aktivieren – und sei es nur eine Formel oder ein Gebet. Bislang hatte sie eher den Eindruck gehabt, dass sie zufällig und aus heiterem Himmel auf ihre »Reisen« geschickt worden war. Sie kaute nervös auf ihrer Unterlippe. Vielleicht blieben ihr wirklich nur die Worte von Frau Alizadeh, die sich unaufhörlich in ihrem Gedächtnis wiederholten wie ein Mantra: »Du kannst dem Stein der Fatima vertrauen. Er tut nichts ohne Grund.«

Beatrice kehrte zum Sofa zurück und öffnete den Kasten.

Du hättest ein kindersicheres Schloss anbringen sollen, schimpfte sie mit sich. Dann hättest du allen Beteiligten sehr viel Ärger erspart.

Es hatte keinen Zweck, sich jetzt darüber aufzuregen. Vermutlich hätte sie eine Menge tun können, um diese Situation zu verhindern. Doch irgendwo in einem Winkel ihres Verstandes herrschte die feste Überzeugung, dass sie dem Willen und der Macht des Steins ausgeliefert war. Selbst wenn sie die Saphire in einem Banksafe aufbewahrt hätte, wäre Michelle an sie herangekommen. Irgendwie. Sofern es in der Absicht der Steine lag, das zuzulassen. Wenn sie an Frau Alizadehs Worte glauben wollte, hatte der Stein offensichtlich seine Gründe, Michelle in die Zeit zu entführen – welche das auch immer sein mochten. Und wenn sie an Frau Alizadehs Worte glauben wollte, und das wollte sie, denn eine andere Chance hatte sie im Moment nicht, dann würde der andere Stein sie jetzt gleich dorthin bringen, wo Michelle war.

Sofern er es will, dachte Beatrice in einem Anflug von Bitterkeit. Hatte Frau Alizadeh nicht auch gesagt, der Stein mache zuweilen einen richtig bösartigen Eindruck?

Beatrice holte tief Luft und streckte ihre Hand nach dem

Saphir aus. Er fühlte sich seltsam vertraut an, obwohl sie ihn schon lange nicht mehr in die Hand genommen hatte. Er war so schön. So warm und gleichzeitig kalt. Sie betrachtete ihn eine Weile. Und dann sah sie, dass er tief in seinem Innern zu strahlen und zu funkeln begann. So war es beide Male gewesen. Beide Male, bevor es losging.

»Bitte«, flüsterte sie und schloss ihre Hände um den Stein. »Ich flehe dich an, bring mich zu meiner Tochter. Sie ist doch noch so klein. Sie wird furchtbare Angst haben. Ich möchte bei ihr sein.«

Sie stellte erstaunt fest, dass sie plötzlich keine Zweifel mehr hatte. Sie glaubte fest daran, dass der Stein eine Absicht verfolgte. Sie war überzeugt davon, dass sie jetzt genau das tat, was er von ihr wollte. Er würde sie zu Michelle führen. Vielleicht auf Umwegen, aber er würde sie leiten. Jetzt hatte sie das Vertrauen, von dem Frau Alizadeh gesprochen hatte, wenn auch nur für einen Augenblick. Doch es schien zu reichen.

Beatrice hätte vor Freude beinahe aufgeschrien, als sich die Wände langsam um sie herum zu drehen begannen. Immer schneller und schneller. Nun würde es nicht mehr lange dauern. Bald würde sie in einem anderen Land, in einer anderen Zeit sein. Und dort würde sie Michelle wiederfinden – sofern sie ihr Vertrauen nicht verlor. Voller Zuversicht schloss Beatrice die Augen.

III

Ali al-Hussein ibn Abdallah ibn Sina saß zurückgelehnt in einem Sessel und ließ sich den Bart stutzen. Der Barbier tanzte um ihn herum wie ein Derwisch. Der Mann war jung und lebte noch nicht lange in der Stadt. Erst vor kurzem hatte er sein Geschäft eröffnet. Und dass bereits an einem der ersten Tage Ali al Hussein, der berühmte Gelehrte und Leibarzt des Emirs, den Weg zu ihm gefunden hatte, erfüllte ihn mit Dankbarkeit, Freude und Stolz. Das merkte man ihm deutlich an.

Während der junge Barbier Alis Bart eifrig mit einem köstlich duftenden Schaum einrieb und sich dann geschickt mit seinem Rasiermesser ans Werk machte, stand seine Zunge keinen Augenblick still. Immer wieder pries er Allah für seine außerordentliche Güte, und zwischendurch überschlug er sich fast vor Lob und Begeisterung über die Taten seines berühmten Kunden, die man sich, so sagte er wenigstens, nicht nur in Qazwin, sondern überall in den Städten der Gläubigen erzählte.

Ali versuchte einfach, nicht hinzuhören und die Rasur zu genießen. Nicht etwa, dass er Schmeicheleien gegenüber unempfänglich war. Im Gegenteil. Er hörte sie, wie vermutlich jeder Mensch unter Allahs Sonne, sogar recht gern. Und an jedem anderen Tag hätte er den Eifer des jungen Barbiers mit einem Lächeln quittiert und ihn mit ein paar Anekdoten aus seinem Leben, zum Teil wahr, zum Teil erfunden, belohnt.

Nur nicht heute. Heute war ihm seltsam zumute. Er wollte keine Worte über seinen Edelmut und seine außergewöhnlichen Taten, nichts von seinem ereignisreichen Leben hören. Er wollte nichts weiter als schweigen und dem gleichmäßigen Schaben des Rasiermessers lauschen.

Während der Barbier weiterhin sein Glück pries, das Allah ihm durch die Anwesenheit des großen Arztes geschenkt hatte, versuchte Ali die Ursache für seine sonderbare Stimmung zu ergründen. Wann hatte es begonnen? Wann hatte ihn diese Schwermut befallen? Eine Niedergeschlagenheit, die ihn sogar dazu verleitet hatte, gegen seine Gewohnheit seine Pflichten zu vernachlässigen. Er hatte sein Haus, ohne dass die wartenden Patienten es bemerkt hatten, durch die Hintertür verlassen, um durch die Straßen von Qazwin zu schlendern und sich schließlich den geschickten Händen des jungen Barbiers anzuvertrauen.

»Neigt Euren Kopf jetzt ein wenig zur Seite, Herr«, sagte der Barbier und führte ihn mit sanftem Druck in die gewünschte Richtung.

Gehorsam hielt Ali seinen Kopf zur Seite geneigt. Von seiner jetzigen Position aus konnte er die in der Gasse vorbeieilenden Menschen beobachten. Der Barbier hatte sich für sein Geschäft keine besonders vornehme Gegend ausgesucht. Vermutlich besaß er nicht genügend Geld, um die wesentlich höheren Steuern in einem der besseren Viertel der Stadt bezahlen zu können. Wenigstens jetzt noch nicht. Denn der junge Barbier war außergewöhnlich geschickt. Das würde sich bald herumsprechen.

Noch zwei bis drei Jahre, dachte Ali, dann wird sein Geschäft in der Nähe des Palastes liegen. Und falls ich mich dann immer noch in Qazwin aufhalten sollte, kann ich überall erzählen, dass ich einer seiner ersten Kunden gewesen bin.

Aber das war unwahrscheinlich. In den Jahren, die seit seinem ersten Dienst als Leibarzt des Emirs von Buchara vergangen waren, hatte es Ali in keiner Stadt lange gelitten. Manchmal hatte man ihn zum Gehen aufgefordert, und einmal hatte er sogar Hals über Kopf fliehen müssen. Meistens jedoch war er aufgebrochen, bevor die Lage für ihn zu brenzlig geworden war. Seine Suche hatte ihn dabei immer weitergetrieben. Diese erfolglose, verzweifelte Suche nach etwas, von dem er selbst nicht sagen konnte, was es eigentlich war. Und er glaubte nicht wirklich daran, dass er »es«, was auch immer es sein mochte, ausgerechnet in Qazwin finden würde.

Ali gähnte und betrachtete gelangweilt die Männer und Frauen, die draußen vorübergingen. Es waren einfach gekleidete Menschen, die mit ihrer Hände Arbeit ihr Brot verdienten. Sie waren Bauern, Handwerker, kleine Händler und Tagelöhner, die in geflochtenen Körben ihre Einkäufe - Brot, Gemüse, Obst und Fleisch - vom nahe gelegenen Marktplatz nach Hause trugen.

Wieso, dachte Ali, wurde aus einem Menschen ein Emir, aus dem anderen ein Tagelöhner? Wieso aß der eine von goldenen Tellern, während der andere sein trockenes Brot mit Schweiß und Tränen würzte? Wer legte fest, in welcher Hülle welches Wesen, welcher Geist geboren wurde? War es Vorsehung? Der allmächtige Wille einer höheren Macht oder einfach nur Zufall? Wieso saß er hier in diesem Stuhl und ließ sich bedienen? Wieso gehörte nicht seine Seele in den Körper jenes Mannes, der draußen mit zwei Schläuchen über den Schultern vorbeiging und an die Vorbeieilenden Wasser verkaufte? Ali war fest davon überzeugt, dass er nichts getan hatte, um derartige Privilegien zu rechtfertigen. Wenn er seine Geburt in einem Haus eines sehr reichen Kaufmannes der Gnade eines Gottes zu verdanken hatte, so hatte er diese Gnade sicher nicht verdient.

Während Ali darüber nachdachte, ob Aristoteles, Sokrates, Plato oder einer der anderen griechischen und römischen Philosophen die Antworten auf diese interessanten Fragen kannten, blieb eine Frau direkt vor der Tür des Barbiers stehen. Offensichtlich wollte sie nichts weiter als ihren Korb wieder zurechtrücken, der ihr vom Kopf zu rutschen drohte. Dabei wendete sie jedoch Ali ihr Gesicht zu. Und dieser Blick durchfuhr ihn wie ein glühendes Eisen, riss ihn aus seinen Gedanken. Er sprang auf, ohne zu merken, dass der Barbier ihn dabei mit seinem scharfen Messer ins Ohrläppchen schnitt.

Ali zitterte am ganzen Körper. Er hatte die Augen der Frau gesehen. Diese Augen waren blau, so blau wie der Himmel zu Beginn der Abenddämmerung.

»Beatrice!«, brüllte er, stürmte auf die Straße hinaus und rannte der Frau mit dem Korb hinterher. Doch auf der Straße gingen viele verschleierte Frauen, die Körbe trugen. Welche von ihnen war die mit den blauen Augen? Wohin war sie gegangen? »Beatrice!«, schrie er wieder. »Bea...«

Er brach ab. Die Menschen sahen ihn an, als hätte er den Verstand verloren, und wichen schließlich vor ihm zurück, als wäre er von einem Dämon besessen. Dann bemerkte er, dass er mitten auf der Straße stand mit Seife im Gesicht und einem Handtuch um den Hals. Vielleicht war es ja doch nur ein Trugbild.

»Herr, wo wollt Ihr denn hin? Kommt zurück!« Der Barbier hatte ihn schließlich eingeholt und blieb keuchend neben ihm stehen. »Kommt doch zurück!«

Verwirrt sah Ali den jungen Mann an, der flehend seine Hände hob.

»Vergebt mir meine Ungeschicklichkeit, Herr«, sagte er. »Ich bin wahrlich untröstlich, aber ...«

Ali runzelte die Stirn. War er jetzt wirklich verrückt geworden?

»Wovon sprichst du eigentlich?«

»Von Eurem Ohrläppchen, Herr, das mein Messer ein wenig geritzt hat und Euch ...«

Ali tastete nach seinem Ohr und spürte etwas Warmes,
Klebriges. Dann blickte er auf seine Finger, an denen tatsächlich Blut war. Er hatte den Schnitt nicht bemerkt. Noch einmal sah er auf und ab, in der Hoffnung, die Frau mit den
blauen Augen doch noch zu entdecken. Aber sie war verschwunden. Vielleicht versteckte sie sich irgendwo und wartete, bis der Trubel sich gelegt hatte. Vielleicht. Wahrscheinlicher aber war, dass er sich getäuscht hatte. Überall, sogar hier
in der kleinen Stadt Qazwin gab es Frauen mit blauen Augen.
Dafür sorgten die Sklavenhändler, die in alle Länder bis weit
nach Osten und Westen vordrangen und mit reicher Beute in
die Städte der Gläubigen zurückkehrten.

»Vielleicht hat es mit dem fortschreitenden Alter zu tun«,
sagte Ali leise zu sich. »Allmählich werde ich wohl närrisch
und sehe Personen, die nur in meinen Träumen existieren.«

»Wie bitte, Herr?«, fragte der Barbier und sah Ali so ängstlich an, als würde er erwarten, das Todesurteil aus seinem
Mund zu empfangen. »Was habt Ihr gesagt?«

Und plötzlich verstand Ali. Einen Kunden beim Rasieren zu verletzen war beinahe das schlimmste Unglück, das
einen Barbier treffen konnte. Ein Wort von ihm, und die
Laufbahn des jungen Mannes würde beendet sein, noch ehe
sie richtig begonnen hatte. Dabei war er wirklich geschickt.
Ali bekam Mitleid mit ihm. Dass er geschnitten worden war,
war schließlich seine eigene Schuld. Wäre er nicht so unver-
mittelt aufgesprungen, um einem Trugbild hinterherzujagen,
das Messer des Barbiers hätte ihn niemals verletzt.

»Wie ist dein Name, Freund?«, fragte er und legte beschwichtigend seinen Arm um die bebenden Schultern des
jungen Mannes. Gerade war ihm eine Möglichkeit eingefallen, ihm zu helfen.

»Kasim, Herr«, antwortete der Barbier. Er zitterte jetzt so heftig, dass seine Zähne aufeinander schlugen. Vermutlich glaubte er, dass Ali gleich die Stadtwache rufen, sein Missgeschick als Tätlichkeit darstellen und ihn deswegen anzeigen würde. Die Strafe würde ohne Zweifel hart sein. Das Gefängnis und die Folterknechte von Qazwin hatten einen Furcht einflößenden Ruf.

»Seht her, Leute, seht her!«, rief Ali mit lauter Stimme, sodass die Menschen in der engen Straße stehen blieben und sich um ihn versammelten. »Mein Name ist Ali al-Hussein ibn Abdallah ibn Sina. Ihr kennt diesen Namen, denn ich bin der Leibarzt des Emirs. Dieser Mann hier an meiner Seite ist Kasim, der Barbier. Von seinen großen Taten will ich euch berichten. Sein Geschäft ist dort, gleich neben dem des Tuchhändlers Kemal. Ich war bei ihm, um mir den Bart stutzen zu lassen, als ich durch das Fenster ein Mädchen von so vollendeter Schönheit erblickte, dass es sich nur um einen von Allah gesandten Engel gehandelt haben kann, der an dem Geschäft des Barbiers vorüberging, um ihn zu segnen. Ich sprang auf, um diesem Engel nachzueilen. Durch diese unbedachte Bewegung muss Kasims Messer mein Ohrläppchen getroffen haben, sodass ich, wie ihr jetzt seht, blute. Aber gepriesen sei Allah, der Kasim, den Barbier, mit so begabten Händen gesegnet hat, denn eines sage ich euch: Kasims Rasur ist so sanft, dass ich noch nicht einmal bemerkt habe, wie sein Messer mich geritzt hat! Preist die Güte und Allmacht Allahs, die uns so einen hervorragenden Barbier in die Stadt gesandt hat!«

Die Menschenmenge jubelte und fiel in den Lobpreis Allahs ein. Ali klopfte Kasim aufmunternd auf die Schulter.

»Kehre jetzt zurück, Kasim,«, flüsterte er und wischte sich mit dem Handtuch die Überreste des Schaums vom Gesicht. »Ich bin sicher, es wird nicht lange dauern, bis der Ansturm auf dein Geschäft beginnt.«

Er drückte dem Barbier das schmutzige Handtuch und eine Goldmünze in die Hand. Der junge Mann lächelte unsicher, als könnte er immer noch nicht begreifen, was soeben geschehen war.

»Herr, ich kann kein Geld von Euch annehmen. Ihr habt so freundlich über mich gesprochen, dass ich …«

»Unsinn«, entgegnete Ali. »Gute Bezahlung für gute Arbeit. Außerdem, vielleicht ist wirklich ein Engel Allahs an deinem Haus vorübergeschwebt?«

»Ich weiß nicht, wie ich Euch jemals danken soll, Herr«, stammelte der Barbier. Er verneigte sich vor Ali und griff nach dem Saum seines knöchellangen Gewandes, um ihn zu küssen, doch im letzten Augenblick verhinderte Ali dies. Solche Gesten waren ihm immer peinlich, besonders in der Öffentlichkeit.

»Du kannst mir danken, indem du mir in Zukunft immer den Bart stutzt«, erwiderte er.

»O Herr, das ist wirklich der Ehre …«

»Schon gut, schon gut. Suche mich in sieben Tagen um dieselbe Zeit in meinem Haus auf. Und sei pünktlich, Kasim, ich bin ein viel beschäftigter Mann.«

»Sehr wohl, Herr, sehr wohl!« Kasim verneigte sich wieder und immer wieder.

Ali ging langsam davon. Doch bei einem Tuchhändler blieb er stehen und schaute zurück. Ein Stück Stoff, eine Kostprobe für die Güte und Qualität der hier verkauften Ware, hing vom überstehenden Dach herab und verbarg ihn. Lächelnd beobachtete er, wie sich der junge Barbier umwandte und zu seinem Geschäft zurücklief, gefolgt von mindestens drei Männern, die laut miteinander stritten, wer von ihnen zuerst rasiert werden sollte.

»Herr, habt Ihr die Absicht, Euch ein neues Gewand schneidern zu lassen?«, fragte der Tuchhändler, der in der

Hoffnung, ein Geschäft machen zu können, auf ihn zueilte. »Ich habe einen ganz besonderen Stoff, den ich nur ausgewählten Kunden zeige. Soll ich ...«

»Nein«, unterbrach Ali ihn kühl und ging davon, ohne den Tuchhändler noch eines Blickes zu würdigen. Er kannte diese Sorte Händler nur zu gut. Jedes weitere Wort hätte dazu geführt, dass er nur mit einem Bündel Stoff unter dem Arm wieder entkommen wäre. Er hatte keinen Bedarf an neuer Kleidung. Und wenn, würde er den Stoff gewiss nicht hier, nicht in dieser Gegend kaufen.

Ali schlenderte weiter die engen Gassen und Straßen von Qazwin entlang und lenkte seine Schritte in die vornehmen Viertel in der Nähe des Palastes. Er begutachtete die Auslagen eines Schmuckhändlers, der den Ruf hatte, seine erlesenen Stücke sogar an den Emir zu verkaufen. Er bewunderte die Kunst eines Glasbläsers, der seine zerbrechliche Ware – winzige Phiolen, Parfümfläschchen und feine, in allen Farben des Regenbogens schimmernde Gläser – auf weich gepolsterten Kissen zur Schau stellte. Er blätterte auch in Büchern, die ihm einer der beiden Buchhändler anbot, in deren Geschäften er ein oft und gern gesehener Kunde war. Vor einem Messinghändler blieb er schließlich stehen. Eine große, schlichte Platte zog seine Aufmerksamkeit auf sich. Im Gegensatz zu allen anderen Stücken des Händlers war sie nicht verziert und so blank geputzt, dass Ali sein Spiegelbild darin sehen konnte.

In Gedanken versunken, betrachtete er sich – den dunklen, von immer breiter werdenden grauen Strähnen durchzogenen Bart, das ehemals schwarze, mittlerweile ebenfalls ergrauende Haar, das an beiden Seiten der Stirn zurückwich, als ob es sich vor einem unsichtbaren Schrecken fürchtete, die tiefen Falten um Augen und Mund. Das Gesicht, das er dort in der Messingplatte sah, erinnerte ihn an einen Jüngling, den er einmal gekannt hatte – einst, vor vielen, vielen Jahren.

Selbst wenn die Frau, die am Geschäft des Barbiers vorbei-
gegangen war, Beatrice gewesen wäre, wie hätte sie ihn erkennen sollen? Eine lange Zeit war vergangen, seit jener rätselhafte Saphir sie ebenso unerwartet wieder aus seinem Leben
gerissen hatte, wie sie dort aufgetaucht war. Den Jüngling,
den Beatrice gekannt hatte, gab es nicht mehr. Es war vorbei.
Beatrice gehörte der Vergangenheit an und würde nie wieder
zurückkehren.

Ali schloss die Augen und wandte sich ab. Es schickte sich
nicht für einen Mann, in aller Öffentlichkeit seine Gefühle zu
zeigen. Und doch wäre er am liebsten hier und auf der Stelle
auf die Knie gesunken und hätte laut sein Schicksal beklagt.

Warum? Warum hatte Allah ihm Beatrice, die Liebe seines
Lebens, nach so kurzer Zeit wieder nehmen müssen? Warum
hatte sie nicht einfach bei ihm bleiben und mit ihm alt werden können? Fragen, die er sich selbst und Allah – oder
Jahwe, Gott oder wie auch immer man jene Macht nennen
wollte, die angeblich die Geschicke aller Menschen lenkte –
in den vergangenen Jahren immer wieder gestellt hatte. Jahre,
in denen nichts, keine Arbeit, kein Reichtum, keine Erkenntnis und schon gar keine andere Frau jene Leere hatten ausfüllen können, die Beatrice in seinem Leben hinterlassen hatte.
Jahre, in denen kein Tag vergangen war, an dem er nicht den
Verlust gespürt hatte, selbst wenn er nicht an sie gedacht
hatte.

So ähnlich mussten es jene seiner Patienten empfinden,
denen durch ein Unglück ein Glied fehlte. Sie berichteten
ihm immer wieder davon, dass sie ihren verlorenen Arm
oder ihr Bein weiterhin spürten, dass es dort juckte und
schmerzte und kribbelte. Und genauso fühlte er sich. Manchmal, wenn er morgens aufwachte in seinem einsamen, kalten
Bett, wünschte er nichts sehnlicher, als dass all diese Jahre lediglich ein böser Traum gewesen wären und er sich nur um-

56

zudrehen brauchte, um sie neben sich liegen zu sehen. Beatrice. Die einzige Liebe seines Lebens.

Es war spät, als Ali an diesem Abend nach Hause zurückkehrte. Er war auf seinem Heimweg noch in einem Gasthaus
eingekehrt, hatte Vergessen und Trost in dem Dattelschnaps
gesucht, den der Wirt dort heimlich ausschenkte, obwohl der
Koran den Gläubigen den Genuss von berauschenden Getränken streng untersagte. Natürlich hatte der Schnaps ihm
auch nicht helfen können. Nirgendwo fand Ali, was er suchte – kein Vergessen, kein Vergeben, keinen Frieden. Er blieb
noch eine Weile vor seinem Haus stehen und lehnte sich gegen
die weiß getünchte Mauer, deren Wärme immer noch an die
Hitze des Tages erinnerte. Die Sonne war fast hinter den nahe
gelegenen Bergen versunken und tauchte die Straßen in ein
unwirkliches rotes Licht. Es sah aus, als würden die Steine
und die Mauern der anderen Häuser brennen. Ein schwacher
Wind trug den salzigen Geruch des Meeres nach Qazwin.
Stadtdiener eilten mit Öl und brennenden Dochten an ihm
vorbei, ohne ihn zu beachten. Sie hatten nicht mehr viel Zeit,
um die Lampen in den vornehmen Straßen der Stadt anzuzünden. Schon bald würde die Dunkelheit hereinbrechen.
Wenn sich jedoch die Gassen in völlige Finsternis hüllten, begann die Stunde der Räuber und Diebe, die sich erst in der
Nacht aus ihren Verstecken hervorwagten. Die Lampen sollten sie von den Besitztümern der reichen Bürger abhalten wie
die Lagerfeuer der Hirten die Raubtiere von ihren Herden.

Die Stimme des Muezzin erschallte von dem Minarett der
nahe gelegenen Moschee, um die Gläubigen zum Abendgebet
aufzufordern. Ali schloss die Augen, um der Stimme zu lauschen. Er war kein religiöser Mann, war es nie gewesen. Und
die vergangenen Jahre hatten auch nicht viel dazu beigetragen, daran etwas zu ändern. Doch heute, an diesem seltsamen

grauen, von Schwermut und Trauer durchtränkten Tag fühlte er sich alt, müde und schwach. Und für die Dauer eines Herzschlags wünschte er sich nichts sehnlicher als jenen Frieden, den die einfachen und gläubigen Männer im Gebet fanden, einen Frieden, den wohl nur Allah allein einer von Zweifeln und Unrast geplagten Seele zu schenken vermochte.

Schwerfällig hob Ali den Arm, klopfte an seine eigene Haustür wie ein Fremder und wartete. Mit Wehmut dachte er an seinen alten und treuen Diener Selim. Der Alte hatte immer gewusst, wann sein Herr nach Hause kam. Selbst mitten in der Nacht hatte er genau dann an der Tür gestanden und sie in dem Augenblick geöffnet, wenn Ali gerade angekommen war. Manchmal war es beinahe unheimlich gewesen. Und jetzt? Jetzt stand er hier in der allmählich zunehmenden Dunkelheit und wartete.

Endlich öffnete sich die Tür.

»Seid gegrüßt, Herr«, sagte Mahmud, sein Diener, und verneigte sich ehrfurchtsvoll. Auch das hätte Selim niemals getan. Der alte Kauz hätte nicht einen Augenblick gezögert, Ali darauf hinzuweisen, dass dies nicht die rechte Stunde sei, in der ein rechtschaffener Mann sich noch auf den Straßen der Stadt herumtreiben sollte. »Darf ich Euch Euer Obergewand abnehmen? Im Speisezimmer steht Euer Nachtmahl bereit. Wenn Ihr mir folgen wollt?«

Ali ging seinem Diener hinterher. Er hatte immer noch Schwierigkeiten, sich an Mahmuds sanftes und widerspruchsloses Wesen zu gewöhnen. Dabei war er gleich nach Selims Tod in seine Dienste getreten. Vor nunmehr fünf Jahren. Immer wieder vermisste er den alten griesgrämigen Sonderling, der stets betont hatte, dass er keinen Respekt vor einem jungen Kerl haben müsse, dem er die Windeln gewechselt und die ersten Barthaare gestutzt hatte. Natürlich hätte Selim an ihm den Geruch des Dattelschnapses bemerkt und sofort gerügt.

Ali konnte fast seine Stimme hören, diese ständig ein wenig nörgelnd klingende Stimme. »Ein Gläubiger sollte sich nie, unter gar keinen Umständen betrinken, Herr. Berauschende Getränke sind die Pflastersteine des Weges, der direkt in die Hölle führt. Vergebt mir meine Offenheit, Herr, aber wenn Ihr so weitermacht, seid Ihr auf dem besten Wege dorthin. Und ich wage zu behaupten, dass Euer ehrwürdiger Vater – Allah sei seiner Seele gnädig – keinesfalls erfreut gewesen wäre, Euch in diesem jämmerlichen Zustand zu sehen.« So sehr sich Ali früher auch über diese ständigen Mahnungen geärgert hatte, so sehr vermisste er sie jetzt. Jetzt, da er wusste, dass er sie ebenso wie das schlurfende Geräusch von Selims Schritten nie wieder mit eigenen Ohren hören würde. Sie lebten nur noch in seinen Erinnerungen.

»Hast du die Patienten fortgeschickt, Mahmud?«, fragte er und merkte, dass es ihm schwer fiel, seine Zunge unter Kontrolle zu bringen. Offensichtlich hatte er mehr getrunken, als er gedacht hatte.

»Ja, Herr«, erwiderte Mahmud ehrerbietig. Wenn ihm der trunkene Zustand seines Herrn auffiel, so ließ er sich nichts anmerken. Gar nichts. »Ich habe alles genauso befolgt, wie Ihr es mir aufgetragen habt.«

»Und ist während meiner Abwesenheit etwas vorgefallen?«, erkundigte sich Ali, während er an der Tür zum Speisezimmer seine Schuhe abstreifte. Er spürte, dass er wütend wurde. Der Gleichmut seines Dieners regte ihn auf.

»Ja, Herr«, antwortete Mahmud und sammelte Alis verstreute Schuhe ein. »Die Köchin hat sich beschwert, weil der Ziegenbock sie gestoßen hat, als sie den Hof überqueren wollte. Sie sagte, wenn es mit dem Tier so weitergeht, wird sie ihm noch den Hals umdrehen und Pastete aus ihm machen.«

Die Vorstellung der kleinen, ihm selbst kaum bis zur Brust reichenden, dafür umso beleibteren Köchin, die von dem

grauhaarigen Ziegenbock quer über den Hof getrieben wurde, gefiel Ali. Seine Wut verrauchte, und er musste fast gegen seinen Willen lachen. Vor vielen Jahren hatte er den Ziegenbock von einem Hirten, einem armen, aber aufrichtigen
Mann, als Gegenleistung für die Heilung seines Sohnes erhalten. Damals war er noch ein wenige Wochen altes Zicklein
gewesen. Doch da Ali Ziegenfleisch nicht besonders schätzte,
war das Tier nicht geschlachtet worden und zu einem stattlichen Bock herangewachsen, der seinem Hausherrn in keiner
Weise an Eigensinn und Sturheit nachstand – wie Selim immer betont hatte. Mittlerweile war der Bock ins Alter gekommen. Sicher war das Fleisch zu zäh und tranig, um in der Küche Verwendung zu finden. Höchstens das Fell könnte noch
irgendeinen Nutzen haben. Aber wozu? Er besaß bereits genügend Felle.

»Der Bock bleibt«, sagte Ali bestimmt. Er hatte sich an die
Sturheit, die schlechten Gewohnheiten und das Gemecker des
Tieres gewöhnt – besonders jetzt, da Selim nicht mehr da war.
»Und sollte die Köchin damit nicht einverstanden sein, stelle
ich es ihr frei, ihre Dienste einem anderen Hause anzubieten.
Richte ihr dies aus, Mahmud.«

Der Diener verneigte sich. »Sehr wohl, Herr.«

Ali ging zu dem niedrigen Tisch, auf dem ein Tablett
mit kaltem gebratenem Hühnerfleisch, Brot, getrockneten
Aprikosen und Feigen sowie ein Krug mit klarem Wasser
stand.

»Habe ich eine Nachricht erhalten?«, fragte er, während er
es sich auf dem weichen Sitzpolster bequem machte. Er nahm
eine der Feigen, roch daran und legte sie wieder auf den Teller
zurück. Sie waren von ausgezeichneter Qualität und ohne
Zweifel köstlich, doch heute würde er keine von ihnen hinunterbringen. Er würde gar nichts mehr essen, höchstens einen
Schluck Wasser trinken.

»Nein, Herr«, antwortete Mahmud, schüttelte den Kopf und schenkte Ali das kühle, frische Wasser in einen Becher. »Allerdings haben sich im Laufe des Tages zwei Reisende vor Eurer Tür eingefunden. Obwohl ich ihnen sagte, dass Ihr nicht zu Hause seid, haben sie sich nicht abwimmeln lassen und ...«, er räusperte sich, »nun ja, die beiden haben sehr bestimmt Einlass begehrt. Sie sagten, sie seien gute Bekannte von Euch, Herr.«

Ali runzelte die Stirn. »Bekannte?«, fragte er misstrauisch. »Wer waren die beiden? Du hast sie doch hoffentlich wieder fortgeschickt?«

Mahmud senkte verlegen den Kopf. Sein Gesicht überzog sich mit flammender Röte. Und noch bevor er den Mund aufmachte, wusste Ali, dass sein Diener die beiden Fremden ins Haus gelassen hatte. Natürlich.

»Ihre Namen haben sie mir nicht genannt, Herr«, sagte er leise. »Es sind ein Mann und ein kleines Mädchen. Leider muss ich gestehen, dass ich schließlich ihrem Drängen nachgegeben und sie eingelassen habe. Ich konnte doch nicht die Wahrheit ihrer Behauptung anzweifeln.«

»O Mahmud!«, stöhnte Ali und verbarg sein Gesicht in seinen Händen. Wie konnte ein Diener nur so ungeschickt und dumm sein? Er zweifelte nicht daran, dass Selim Mittel und Wege gefunden hätte, die beiden loszuwerden. »Bist du nicht recht gescheit? Ich habe keine Bekannte, die ohne vorher einen Boten zu schicken und sich anzumelden an meine Haustür klopfen. Ich vermute viel eher, dass du auf Schwindler hereingefallen bist. Wahrscheinlich handelt es sich um Patienten, die sich auf diese hinterhältige Art Zugang zu meinem Haus und meiner Hilfe verschaffen wollten. Wann sind sie wieder gegangen?« Die Schamesröte auf Mahmuds Gesicht wurde noch dunkler, so dunkel, dass seine Haut beinahe die Farbe eines reifen Granatapfels annahm. Ali biss vor Wut die Zähne zusammen. Die beiden Fremden waren also immer noch in seinem Haus. »Also gut. Wo hast du sie untergebracht?«

»Im Besucherzimmer, Herr«, stammelte der Diener und senkte den Kopf.

»Dann werde ich sie eben persönlich wieder vertreiben«, zischte Ali und riss eine Öllampe an sich. »Dieses Gesindel soll nicht einen Augenblick länger den Schutz meines Hauses genießen.«

Er war außer sich. Er brachte viel Verständnis für die Not und die Leiden seiner Patienten auf, für ihre Familien und Angehörigen, die vor Angst und Kummer oft selber schon fast krank wurden. Doch mit hinterhältigen Lügen seinen Diener zu überlisten, sich den Zugang zu seinem Haus zu erschleichen und ihm auf diese Weise seine Hilfe abpressen zu wollen, das ging einfach zu weit. Wenn sich dieses abscheuliche, niederträchtige Verhalten herumsprach, würde er innerhalb weniger Tage in seinem eigenen Haus kein Bett mehr zum Schlafen finden. Dann konnte er ja gleich dieses Gebäude in ein Siechenhaus verwandeln.

Ali stürmte zum Besucherzimmer. Er war gerade in der richtigen Stimmung, jemanden anzuschreien. Trotzdem blieb er erst einmal stehen und lauschte an der Tür. Im Innern schien sich nichts zu bewegen, alles war still. Langsam und vorsichtig öffnete Ali die Tür, hielt die Lampe durch den Spalt und spähte hinein.

Auf den zu einem Bett zusammengeschobenen Strohsäcken lag, eingewickelt in ein paar Decken, ein Kind. Wahrscheinlich war es das Mädchen, von dem Mahmud ihm berichtet hatte. Es drehte ihm den Rücken zu, doch an den gleichmäßigen Atembewegungen des kleinen Körpers erkannte Ali, dass es tief und fest schlief. Neben ihm hockte ein Mann in Reisekleidung. Er hatte den Kopf gegen die Wand gelehnt, sein Gesicht tief in den Falten seines weiten Umhangs verborgen, und schien ebenfalls fest zu schlafen.

Wenigstens sind die beiden wohl keine Diebe, dachte Ali. Er drückte Mahmud die Lampe in die Hand und trat in das Zimmer. Auf Zehenspitzen näherte er sich dem Mann. Vorsichtig streckte er seine Hand aus, um den Umhang fortzuziehen und das Gesicht des Mannes zu betrachten. Doch dazu kam er nicht.

Ali hatte kaum die Kleidung des Mannes berührt, als er sich schon im nächsten Augenblick keuchend und am ganzen Körper zitternd am anderen Ende des Zimmers gegen die Wand gepresst wiederfand. Jemand, wahrscheinlich Mahmud, stieß einen heiseren Schrei aus. Im selben Moment ließ die berauschende Wirkung des Dattelschnapses nach. Ali hatte plötzlich Angst. Und während sich etwas Kaltes, erschreckend Scharfes gegen seinen Hals drückte, sodass er kaum zu atmen wagte und die Augen fest geschlossen hielt, fragte er sich, weshalb er sich auf dieses Abenteuer eingelassen hatte. Ebenso gut hätte er seinen Dienern den Befehl geben können, die beiden Fremden aus dem Haus zu werfen.

»Ali al-Hussein«, sagte der Mann mit einer wohlklingenden Stimme. Ali erstarrte. Er kannte die Stimme des Mannes sehr gut. Er erinnerte sich an sie, als hätten sie sich erst gestern gegenübergestanden. Dabei hatte er diese Stimme schon lange nicht mehr gehört. Ihm lief ein Schauer über den Rücken. »Allah sei Dank, dass du es bist und nicht einer unserer Verfolger.«

Der Druck auf seinem Hals ließ nach, und Ali schlug die Augen auf. Gerade noch erhaschte er einen Blick auf ein schlankes, leicht gebogenes Stück Metall, das im Schein der Lampe gefährlich aufblitzte.

»Saddin!«, stieß Ali mühsam hervor und griff sich an die Kehle. Mahmuds Stimme drang an sein Ohr. Der Diener presste sich ängstlich gegen die offene Tür und hatte mit dem Rezitieren der neunundneunzig Namen Allahs begonnen, als gälte es einen Geist zu vertreiben. Doch vor Ali stand kein Gespenst. Und allmählich begann er zu verstehen, wie knapp er dem Tode entronnen war. Ihm wurde übel. »Saddin, wie bist du hierher …?«

»Verzeih, falls ich dich erschreckt haben sollte«, sagte der Mann, trat einen Schritt zurück und nahm sich die Kapuze vom Kopf.

Erst jetzt wagte es Ali, aufzusehen, und wieder rieselte ein Schauer über seinen Rücken. Er war es wirklich. Saddin. Die Öllampe in Mahmuds zitternden Händen warf heftig zuckende Schatten an die Wände des Besucherzimmers. Und für einen kurzen Augenblick hatte Ali den Eindruck, die Zeit sei zurückgedreht worden. Er stand plötzlich wieder in dem kleinen Patientenzimmer in seinem alten Haus in Buchara, an jenem Abend, als er Saddin das letzte Mal gesehen hatte. Er hatte sich nicht verändert.

»Saddin, was …«

Doch der Nomade legte beschwörend einen Finger auf die Lippen.

»Nicht hier. Wir könnten sie wecken«, sagte er leise und deutete auf das Bett.

Ali sah zu dem immer noch friedlich schlafenden Kind und nickte.

»Gut«, flüsterte er. »Komm mit.«

Leise zog er die Tür hinter ihnen zu. Dann wandte er sich an den immer noch wie Espenlaub zitternden Mahmud, der Saddin anstarrte, als wäre dieser ein Dämon.

»Mahmud, laufe auf der Stelle zur Köchin und sage ihr, sie soll ein ordentliches Nachtmahl zubereiten. Ich habe einen Gast.« Er warf Saddin einen langen Blick zu. »Ein alter Freund ist sehr überraschend zu Besuch gekommen.«

»Freund?«, fragte Saddin spöttisch, nachdem Mahmud verschwunden war. »Habe ich mich eben verhört, oder hast du mich wirklich als Freund bezeichnet?«

Ali antwortete nicht. Er kaute auf seiner Lippe und versuchte sich vorzustellen, weshalb Saddin ausgerechnet heute zu ihm gekommen war. Noch dazu in Begleitung eines Kindes. War das Mädchen seine Tochter? Brauchte es ärztliche Hilfe? Oder wollte der Nomade seinen Lohn einfordern für einen Dienst, den er ihm einst erwiesen hatte. Damals hatte Saddin ihm geholfen, aus Buchara zu fliehen. Ali warf dem Nomaden einen prüfenden Blick zu. Er wirkte zwar erschöpft, so als hätte er eine lange, anstrengende Reise hinter sich, doch seine Kleidung war von erlesener Qualität und machte keinesfalls den Eindruck, als würde er unter Geldnöten leiden. Aber weshalb war er dann gekommen? Nach all den Jahren, in denen er nichts von ihm gehört hatte, tauchte er plötzlich in seinem Haus auf. Und außerdem – wie hatte Saddin ihn überhaupt gefunden? Welches unerfreuliche Schicksal wollte hier sein Spiel mit ihm treiben?

IV

Ein Diener nahm Saddin im Speisezimmer den schweren langen Reisemantel ab. Als Ali nun seinen unerwarteten Gast ohne dieses Kleidungsstück vor sich sah, drückte ihm die Angst die Kehle zu. Unter der dichten Wolle des Umhangs verborgen war der Nomade bewaffnet, als ob er sich auf einem Kriegszug befände. Zwei schimmernde Säbel und nicht weniger als fünf schlanke Dolche hingen an seinem Gürtel. Der Diener warf Ali einen erschrockenen Blick zu.

»Willst du die nicht auch ablegen?«, fragte Ali und deutete auf die Waffen.

»Nein. Es könnte sein, dass ich sie noch brauche.«

Ali spürte, wie ihm bei diesen Worten der Schweiß aus allen Poren ausbrach. War der Nomade etwa gekommen, um ihn zu töten?

»Nun, dann setz dich«, zwang er sich zu sagen und deutete auf eines der am Boden liegenden Polster.

Eine Weile saßen sie einander gegenüber, schweigend, und taxierten sich mit Blicken wie zwei Löwen, von denen einer in das Revier des anderen eingedrungen war. Es war noch nicht entschieden, ob sie gegeneinander kämpfen würden. Ali versuchte Saddins forschendem Blick standzuhalten. Trotzdem war er erleichtert, als endlich ein Diener mit einem Krug herbeieilte und ihnen Wasser in zwei Becher einschenkte.

Während Saddin den Becher nahm und trank, ließ Ali ihn nicht aus den Augen. In den vergangenen Jahren hatte er immer wieder an ihn gedacht. Er hatte versucht sich vorzustellen, was aus dem Nomaden geworden war. Er hatte sich dabei ausgemalt, dass er durch unsteten Lebenswandel fett und hässlich geworden war, mit schütteren, glanzlosen Haaren, schlechter, fleckiger Haut, einem teigigen Gesicht und einem Mund voller Zahnlücken. In Wirklichkeit jedoch hatte sich Saddin kaum verändert. Sein schwarzes, im Nacken zusammengebundenes Haar war immer noch genauso voll und dicht, sein glatt rasiertes Gesicht war ebenso schön wie bei ihrer letzten Begegnung. Seine Hände wie auch seine Gestalt waren schlank und seine Bewegungen so geschmeidig, als wäre seit damals keine Zeit verstrichen. Vielleicht stand Saddin ja unter dem Zauber eines Dämons, der ihm zu ewiger Jugend verhalf? Doch beim näheren Hinsehen merkte Ali, dass auch an Saddin das Alter seine Spuren hinterlassen hatte. Sein schwarzes Haar war von silbernen Fäden durchwirkt, und feine Linien zogen sich um seinen Mund und seine schönen dunklen Augen. Die Erkenntnis traf Ali wie ein schmerzhafter Faustschlag in den Bauch. Während er selbst alt geworden war und langsam, aber sicher den unausweichlichen Verfall seines Körpers spürte, machte den Nomaden das voranschreitende Alter nur noch attraktiver. Natürlich, er hätte es wissen müssen. Luzifer sorgte für seine Söhne.

»Verzeih mir meine Unhöflichkeit«, sagte Ali schließlich und wandte den Blick ab. Er wollte nicht, dass Saddin seine Eifersucht bemerkte. »Ich sollte dich wohl freudiger begrüßen, dich unterhalten und sogleich mit dir ein Gespräch über die vergangenen Jahre beginnen, so wie es eben unter Männern üblich ist, die sich gut gekannt und lange nicht gesehen haben.« Er holte tief Luft. »Doch es tut mir Leid, ich bin noch viel zu überrascht über deinen unerwarteten Besuch, um allen Regeln der Höflichkeit und Gastfreundschaft gerecht zu werden.«

Saddin schüttelte den Kopf und lächelte. Seine makellosen Zähne schimmerten wie weiße Perlen, und Ali spürte, wie nicht einmal er sich dem Charme und dem Zauber dieses Mannes entziehen konnte. Dabei hatte er wohl mehr Gründe, Saddin zu hassen, als jeder andere Mensch auf der Welt. In der Tat, der Nomade war in den vergangenen Jahren noch gefährlicher geworden.

»Glaube mir, Ali, du hast mir bereits jetzt mehr Höflichkeit und Gastfreundschaft erwiesen, als ich jemals erwartet habe«, sagte er mit seiner samtenen Stimme. »Wir waren nicht gerade Freunde, als wir uns das letzte Mal gesehen haben.«

Welch wahres Wort!, dachte Ali. Tatsächlich hatte er Saddin damals nichts weniger als den Tod gewünscht. Und wäre Beatrice nicht gewesen, er hätte ihn bestimmt einfach krepieren lassen.

»Aber wir waren ehrlich zueinander«, fuhr der Nomade fort. »Eine Eigenschaft, die ich über alles schätze. Außerdem sind wir keine Jünglinge mehr. Wir werden weder Floskeln noch Regeln brauchen. Schließlich weiß jeder von uns, wo der andere steht.«

Ali nickte. Saddin wollte also, dass sie ganz offen miteinander sprachen, ohne den Mantel der Höflichkeit, den der Koran als Zeichen der Gastfreundschaft von den Gläubigen forderte. Und das konnte nur bedeuten, dass er nicht vorhatte, ihn zu töten. Wenigstens nicht heute Abend.

»Nun gut, keine höflichen Phrasen mehr. Weshalb bist du hier, Saddin?«, fragte er und sah den Nomaden forschend an. »Warum kommst du ausgerechnet zu mir? Geht es um das Mädchen?«

Saddin neigte den Kopf.

»Ist sie deine Tochter?«, fragte Ali barsch und goss sich erneut Wasser ein. Mit einem Mal verspürte er das dringende
Bedürfnis zu trinken, viel zu trinken. Vermutlich würde er an
diesem Abend einen ganzen Krug allein leeren. Und doch
würde das Wasser aller der Stadt Qazwin zur Verfügung stehenden Brunnen wahrscheinlich nicht ausreichen, um jenes
Feuer zu löschen, das in ihm brannte; diese schmerzhafte Erinnerung, die bereits den ganzen Tag in ihm geschwelt hatte
und durch Saddins unwillkommenes Auftauchen zu einem In-
ferno entfacht worden war. »Braucht sie die Hilfe eines Arztes? Wenn dies der Fall ist, warum hast du nicht jemand anderen aufgesucht? Es gibt hunderte von Ärzten in allen Städten
der Gläubigen. Warum bist du nicht nach Bagdad, Isfahan
oder Gazna gegangen? Wieso bist du ausgerechnet zu mir gekommen? Und warum hast du von Verfolgern gesprochen?
Bist du etwa mit dem Mädchen auf der Flucht?«

Saddin antwortete nicht sofort. Er sah Ali lange an, ernst
und nachdenklich.

So als ob er sich plötzlich nicht mehr sicher wäre, ob er mir
vertrauen kann, dachte Ali nicht ohne Bitterkeit. So, als ob er
seine Entscheidung, mich um Hilfe zu bitten, noch einmal
überdenken müsste.

»Auf welche Frage soll ich dir zuerst eine Antwort geben?«, erwiderte Saddin schließlich und starrte auf den Boden. Seine schlanken, lediglich mit zwei silbernen Ringen geschmückten Hände drehten unablässig den schweren Messingbecher hin und her. »Zuerst möchte ich mich bei dir für
mein unerwartetes Erscheinen entschuldigen. Hätte ich die
Möglichkeit gehabt, ich hätte dir einen Boten gesandt, um
meinen Besuch anzukündigen und dir die Gelegenheit zu geben, einen anderen, einen besseren Zeitpunkt für unser Treffen zu wählen. Aber es ging nicht. Ich hatte keine andere
Wahl. Ich musste schnell handeln.« Er blickte auf. »Dieser

Besuch, Ali al-Hussein, ist kein Besuch, wie er unter Geschäftspartnern üblich ist. Und sofern ich eine Möglichkeit gesehen hätte, dich nicht in dieser Angelegenheit zu belästigen, hätte ich diese ergriffen. Glaube mir, ich habe lange darüber nachgedacht, aber es gab keine Alternative. Ich kam zu dir, weil du, Ali al-Hussein, der einzige Mann auf der Welt bist, zu dem ich gehen konnte.«

Ali spürte, wie sich seine Nackenhaare zu sträuben begannen. Etwas in der Stimme des Nomaden verriet ihm, dass dies hier eine überaus ernste Sache war, etwas, bei dem es um mehr als Leben und Tod ging. Falls es so etwas überhaupt gab.

»Sprich«, sagte er und hoffte, dass Saddin seine innere Spannung nicht bemerkte. »Worum geht es?«

»Ich werde weiter ausholen müssen, damit du es verstehst. Es dreht sich in der Tat um das Mädchen, das bei mir ist«, antwortete Saddin. »Ihr Name ist Michelle. Und, um eine deiner zahlreichen Fragen zu beantworten, sie ist nicht meine Tochter. Sie stammt noch nicht einmal aus diesem Teil der Welt. Obwohl sie noch klein ist, ist sie schon weit gereist, sehr weit. Weiter als du oder ich jemals reisen werden.« Er sah an Ali vorbei in die Ferne. »Vor etwa einem Monat fand ich Michelle mitten in der Wüste. Mein Pferd stolperte beinahe über sie. Sie war allein, weit und breit gab es keinen Menschen, keine Spuren, gar nichts. Sie lag einfach dort im Staub und schlief, als hätte ein Engel sie auf seinem Weg durch die Wüste aus seinen Armen verloren. Damit das Mädchen nicht verdurstete oder gar Sklavenhändlern oder einem Raubtier zum Opfer fiel, entschloss ich mich, es mitzunehmen.«

»Die Kleine lag einfach so in der Wüste?«, fragte Ali mit heiserer Stimme. Sein Herz klopfte bis zum Hals. Er hatte schon einmal eine ähnliche Geschichte gehört. Damals, als der Emir von Buchara eine Sklavin für seinen Harem gekauft hatte, die Sklavenhändler mitten in der Wüste »gefunden« hatten. Ali hatte den Befehl bekommen, sie zu untersuchen. Diese Sklavin war Beatrice gewesen. »Bist du sicher?«

Saddin nickte. »Ja. Ich weiß, woran es dich erinnert. Auch ich musste sofort an …«, er brach ab und schloss kurz die Augen, »… an sie denken. Und tatsächlich hat Michelle ebenfalls einen Stein bei sich. Es ist wieder ein Saphir …«

»Ein Saphir?« Ali sprang erregt auf. »Etwa einer der Steine der Fatima? Du willst also damit sagen, dieses kleine Mädchen ist auch mit einem Stein der Fatima gereist?«

Wieder nickte Saddin, langsam und bedächtig.

»Es ist kein Zweifel möglich. In den vergangenen Jahren habe ich mich überall nach den Steinen der Fatima umgehört. Ich bin zwar kein Gelehrter wie du, und viele Quellen des Wissens stehen mir nicht zur Verfügung, dafür höre ich die Sagen und Legenden der Alten, die Geschichten der Mönche und Wahrsager. Ich weiß mittlerweile, dass diese Steine die Macht haben, ihre Hüter auf seltsame Reisen zu schicken. Und ich weiß auch, woran man einen Stein der Fatima von einem gewöhnlichen Saphir unterscheiden kann. Jener Stein, den Michelle in ihrer Hand hielt, als ich sie weitab von jeder menschlichen Siedlung in der Wüste fand, trug alle Merkmale.« Er machte erneut eine Pause. »Außerdem sind bereits die Häscher auf der Spur des Steins. Allah allein weiß, auf welchen dunklen Wegen diese Ratten vom Stein der Fatima Wind bekamen, denn ich war allein, als ich Michelle fand, und du bist der Erste, mit dem ich darüber spreche. Dennoch tauchten nur wenige Tage später Fidawi in meinem Lager auf. Es kam zu einem heftigen Kampf. Es gelang mir zwar, zwei von ihnen zu töten, doch die anderen beiden konnten leider entkommen. Daraufhin beschloss ich, mit dem Kind zu fliehen, um es in Sicherheit zu bringen. In Sicherheit bei dem einzigen Mann, von dem ich weiß, dass ich ihm in diesem Fall vertrauen und ihm die Wahrheit erzählen kann – bei dir, Ali al-Hussein.«

Ali räusperte sich. »Diese Fidawi, was sind das für Männer?«

»Sie sind Mitglieder eines geheimen Ordens«, antwortete Saddin.

»Mönche?«, fragte Ali ungläubig. »Du willst damit sagen, dass es Mönche waren, die euch angegriffen haben?«

»Wenn du sie so nennen willst, ja. In gewisser Weise kann man sie wirklich als Mönche bezeichnen. Sie fasten, sie beten, sie haben den Verlockungen der Welt entsagt und lehnen sogar die Beziehung zu Frauen ab. Aber sie sind auch bereit, den Koran zu verteidigen. Ihrem Großmeister, dessen Namen und Gesicht außer ihnen niemand kennt, schulden sie blinden Gehorsam. Er wählt sie persönlich aus, und er oder einer seiner engsten Vertrauten bereitet sie auf ihre Aufgabe vor – für den Koran zu töten und dabei, falls nötig, selbst zu sterben. Für manch einen sind sie Heilige, Märtyrer.« Saddin zuckte gleichmütig mit den Schultern. »Wenn du jedoch meine ehrliche Meinung über sie hören willst, ich glaube, sie sind nichts weiter als in allen Kampfkünsten ausgebildete Mörder. Fanatisch bis zum Wahnsinn und beseelt von dem einzigen Gedanken, die Welt von den Menschen zu befreien, die sie selbst als Ungläubige bezeichnen, schrecken sie vor nichts zurück. Gerüchten zufolge nehmen sie sogar freudig ihren eigenen Tod in Kauf. Angeblich soll Allah sie zur Belohnung sofort in das Paradies aufnehmen und ihre Namen im Buch der Gerechten aufzeichnen.« Er schnaubte verächtlich. »Meinen Informationen nach muss ihr Schlupfwinkel hier irgendwo in den Bergen von Qazwin liegen. Aber leider weiß ich nichts Genaues.« Er sah träumerisch in die Ferne. »Ich würde mein Leben geben, wenn es mir gelänge, diese Bande auszuräuchern und ihnen das Handwerk zu legen, bevor sie sich über die ganze

Welt ausbreiten können wie die Pest. Aber wer weiß, vielleicht gelingt es ja einem anderen.«

Ali griff an seinen Kragen und lockerte sein Gewand. Es schien mit einem Mal merkwürdig eng zu sein.

»Und diese Fidawi sind deine Verfolger.«

»Ja. Wie ich vorhin sagte, sind zwei von ihnen leider entkommen. Dass es mir gelungen ist, diese Ratten zu vertreiben, bedeutet nämlich nicht, dass sie ihre Verfolgung auch aufgeben werden. Fidawi sind unerbittlich. Nur der Tod kann sie davon abhalten, eine einmal begonnene Jagd nicht zum Ende zu bringen.« Saddin runzelte die Stirn. »Sie werden unsere Spur finden, Ali. Früher oder später. Sie werden uns verfolgen, bis sie ihr Ziel erreicht haben.«

»Bis sie uns alle getötet haben?«, flüsterte Ali.

Saddin nickte. »Es sei denn, es gelingt uns, ihnen zuvorzukommen.«

Ali wurde still. Er sollte also das Mädchen vor den Fidawi beschützen. Verlangte Saddin etwa, dass er angesichts der ihm zugedachten Aufgabe in Jubel ausbrach? Das war wirklich zu viel verlangt. Immerhin ging es hier nicht um irgendetwas. Wenn Saddin sich nicht geirrt hatte, wenn dem Mädchen wirklich diese Fidawi auf den Fersen waren und diese Männer das waren, was Saddin befürchtete, wurde es mehr als nur gefährlich. Dann konnte allein die Tatsache, dass er das Mädchen beherbergte, seinen Tod bedeuten.

»Und nur, weil ich auch schon mal etwas vom Stein der Fatima gehört habe, soll ich mich jetzt um dieses Mädchen kümmern?«, fragte er schwach.

»Nein. Du kannst mir nichts vormachen, Ali al-Hussein, du weißt viel mehr, als du jetzt zugeben willst. Denn auch du hast in den vergangenen Jahren nach den Steinen geforscht. Du kennst ihre Macht, auch wenn du sie vielleicht noch nicht verstehst.«

»Woher …« Er brach ab und riss die Augen auf, als er begriff. »Du hast mich beobachten lassen? All die Jahre hindurch? Natürlich. Ich hätte es mir ja gleich denken können. Wie hättest du mich sonst hier in Qazwin finden sollen.«

»Ja, ich gebe zu, dass ich zu jeder Zeit wusste, wo du dich gerade aufhältst.« Saddin lächelte und machte eine Geste, als wollte er sich entschuldigen. »Keiner von uns beiden hat sich in den vergangenen Jahren geändert, Ali. Dich beschäftigen weiterhin die Sterne, die Wissenschaften und deine Bücher. Mich hingegen interessieren immer noch Informationen.«

»Dann musst du ja auch wissen, was du da von mir verlangst«, rief Ali aufgebracht. Er sprang auf und begann im Zimmer hin und her zu gehen. »Ich habe diesen Fidawi nichts entgegenzusetzen, Saddin. Ich bin kein Krieger oder Schwertkämpfer, ich bin Arzt! Noch dazu einer, der wegen seiner Ideen und Ansichten ohnehin immer wieder mit Herrschern und Geistlichen aneinander gerät, sogar mit solchen, die ich nicht als Fanatiker bezeichnen würde. Oder warum habe ich wohl in den vergangenen Jahren so oft meinen Aufenthaltsort gewechselt? Oft genug war ich selbst schon auf der Flucht, und so mancher Fürst in den Städten der Gläubigen wünscht sich meinen Tod. Die Fidawi werden sich alle Finger danach lecken, mich zu töten – eine weitere Sprosse auf ihrer Leiter zum Paradies. Es wird ihnen eine Freude sein, mich in Stücke zu schneiden und über dem Feuer zu rösten.«

»Natürlich blieben mir deine Schwierigkeiten keineswegs verborgen, Ali«, erwiderte Saddin ruhig. »Ich kenne die Gründe für deine rastlosen Wanderungen sehr gut. Trotzdem ist Michelle bei dir am sichersten. Denn falls ihre Mutter kommt, um nach ihr zu suchen, wird sie zuerst zu dir gehen.«

Ali sah Saddin verständnislos an.

»Und wieso?«

»Weil ihre Mutter dich kennt, und weil …« Er fixierte Ali mit seinem Blick. »Weil sie dich einst geliebt hat.«

Ali zuckte zusammen, als hätte Saddin ihm einen Kübel eisig kaltes Gebirgswasser über den Kopf geschüttet. Er begann zu zittern.

»Du meinst …« Seine Stimme erstarb. Er weigerte sich, den Gedanken weiterzuspinnen aus Angst, Saddin würde seine zart keimende Hoffnung mit einer einzigen Geste, einem einzigen Wort wieder zunichte machen.

»Ja, Ali. Ihre Mutter ist Beatrice.«

Ali ließ sich wieder auf sein Polster fallen und sank kraftlos in sich zusammen.

»Hast du …«, er stockte und fuhr mit seiner Zunge über seine trockenen Lippen. »Hast du sie gesehen? Beatrice? Bist du ihr begegnet?«

Saddin schüttelte den Kopf. »Nein. Ich sah sie das letzte Mal an jenem Tag, als ich Buchara verlassen habe.«

»Woher weißt du dann, dass dieses Mädchen ihre Tochter ist?«, fuhr Ali ihn an. »Wie kannst du so etwas wissen?«

Ein Lächeln überzog das Gesicht des Nomaden, ein Lächeln voller Zärtlichkeit.

»Du brauchst diesem Kind nur in die Augen zu sehen. Sie ist Beatrices Tochter. Sie hat die gleichen Augen, das gleiche Lächeln, das gleiche goldene Haar. Wenn man sie beobachtet, haben sogar ihre Gesten Ähnlichkeit.«

Ali schloss die Augen. Ihm wurde plötzlich schwindlig. Sollte es tatsächlich wahr sein? Sollte Saddin Recht haben und dieses Mädchen, das jetzt auf den Strohsäcken in seinem Besucherzimmer lag und friedlich schlief, Beatrices Tochter sein? Das war schier unvorstellbar. Mit zitternder Hand griff er nach dem Wasserkrug, schenkte sich den Becher bis zum Rand voll und stürzte ihn in einem Zug hinunter. Das kalte Wasser rann durch seine ausgedörrte Kehle, doch das Schwindelgefühl blieb. Er bekam kaum noch Luft. Das konnte alles nicht wahr sein. Saddin trieb lediglich sein Spiel mit ihm, so wie er es schon immer getan hatte. Das Spiel einer Katze mit einer Maus.

»Du lügst«, stieß er hervor. Und in diesem Augenblick, da er die Worte ausgesprochen hatte, wurde es ihm zur Gewissheit. Der Nomade hatte ihn angelogen. Das Märchen vom Stein der Fatima, von rätselhaften Verfolgern und Geheimorden hatte er sich nur ausgedacht. Es konnte gar nicht anders sein. Erfolgreich unterdrückte er jene innere Stimme, die ihm etwas anderes zuflüstern wollte. Der Dattelschnaps half ihm dabei. »Du lügst mit jedem Wort, das aus deinem Mund ...«

»Ich habe dich noch nie belogen, Ali al-Hussein«, unterbrach ihn Saddin scharf. »Weshalb sollte ich es ausgerechnet jetzt tun?«

»Wirklich?« Ali lachte auf. »Du hast mich doch vom ersten Tag an belogen, als wir uns begegnet sind. Du hasst mich. Du hast mich schon immer gehasst, weil Beatrice mich geliebt hat und nicht dich. Weil sie bei mir geblieben ist. Und jetzt willst du mir dieses Kind unterschieben. Und du hast diese ... diese Fidawi auf meine Spur gelockt, falls sie überhaupt existieren. Du hast sie auf meine Fährte geführt, damit sie endlich das vollbringen, was du selbst nicht geschafft hast – mich zu töten. Du willst ...«

Saddin erhob sich. Sein Gesicht war weiß vor Zorn.

»Du gehst zu weit, Ali al-Hussein«, sagte er, und seine Stimme zitterte vor mühsam unterdrückter Wut. »Selten hat ein Mann es gewagt, mich derart zu beleidigen. Jeder andere würde jetzt bereits mit durchschnittener Kehle zu meinen Füßen liegen. Du solltest deinem Schöpfer dankbar sein.« Saddin ging mit langen Schritten durch das Speisezimmer. »Wenn es jemals meine Absicht gewesen wäre, dich zu töten, Ali al-

Hussein, hätte ich es schon längst getan. Schon vor Jahren. Und ich habe es gewiss nicht nötig, dir zu erklären, dass ich dazu nicht auf die Hilfe der Fidawi angewiesen bin.«

Ali spürte, dass er zu weit gegangen war. Dennoch hob er trotzig sein Kinn.

»Und warum bist du dann bei mir aufgetaucht?«

Saddin fuhr herum. »Dummkopf!«, herrschte er ihn an. »Ich dachte, das hätte ich dir eben erklärt. Hast du mir nicht zugehört? Hast du nicht ein Wort von dem verstanden, was ich dir gerade gesagt habe? Michelle braucht deine Hilfe. Die Fidawi sind ihr auf den Fersen, weil sie einen Stein der Fatima besitzt. Und sie ist Beatrices Tochter. Wenn Beatrice kommt, um nach ihr zu suchen, wird sie es natürlich zuerst bei dir tun. Hast du es jetzt begriffen?« Er machte eine Pause. Es schien ihn große Mühe zu kosten, nicht endgültig die Kontrolle über sich zu verlieren. Die Muskeln an seinen Schläfen arbeiteten. »Vermutlich fällt es dir schwer, mir zu glauben, aber ich habe dich nie gehasst, nicht einen Augenblick lang. Vielleicht hätte ich dich aus Eifersucht töten können, damals, in jenen Tagen, bevor ich Buchara verließ. Aber es hätte ohnehin nichts genützt. Beatrice war eine Frau, wie sie mir weder vorher noch nachher jemals wieder begegnet ist. Sie hatte ihren eigenen Willen, sie war frei und unabhängig wie ein Mann. Sie konnte zwischen uns beiden entscheiden, und ihre Wahl ist auf dich gefallen. Hätte ihr Entschluss anders gelautet, keine Macht der Welt hätte sie daran hindern können, mit mir zu kommen.« Saddin sah Ali an. Plötzlich glätteten sich die zornigen Falten auf seiner Stirn, und Erstaunen trat auf sein Gesicht. »Jetzt verstehe ich. Du hast es nicht gewusst. Nie warst du dir sicher, ob es wirklich der Stein war oder ob sie nicht doch mit mir fortgegangen ist.«

»Ich ... ich ...«, stammelte Ali. Er war verwirrt. Saddin hatte ausgesprochen, was er bislang nicht einmal vor sich selbst zugegeben hatte. »Beim Barte des Propheten!«, rief er schließlich aus. »Woher hätte ich es denn wissen sollen?«

Der Nomade ließ sich wieder auf sein Polster sinken. Er stützte den Kopf auf die Knie und strich sein Haar zurück.

»O Ali al-Hussein, was bist du doch für ein Narr, ein blinder, tauber Narr! Die Zeit, die du mit ihr verbracht hast, die Jahre des Forschens, dein Wissen über die Steine der Fatima – das alles hat nicht ausgereicht, um dir Gewissheit zu geben? Die vergangenen Jahre müssen für dich die Hölle gewesen sein.« Er sah Ali an, und in diesem Blick lag Verständnis. »O Ali! Hast du denn nie gemerkt, wie sehr sie dich geliebt hat? Beatrice hätte dich niemals verlassen. Nicht für alles Gold der Welt und für keinen anderen Mann. Auch nicht für mich.«

»Aber was war dann mit euch beiden?«, fragte Ali sofort. »Erzähle mir nicht, dass zwischen euch nichts gewesen ist, dass ihr euch nicht geliebt habt. Ich habe es doch mit eigenen Augen gesehen. Sie hat dich geküsst! Noch dazu in meinem Haus!«

»Ja, Ali. Und doch … Was zwischen mir und Beatrice war, ist etwas ganz anderes. Es lässt sich nicht vergleichen. Wir haben von Anfang an gewusst, dass es nur von begrenzter Dauer sein würde. Es war wie ein Sprung in den kühlen See einer Oase nach einem langen, heißen Ritt durch die Wüste. Doch niemand kann für immer in kaltem Wasser baden, ohne irgendwann zu frieren. Und so wäre es auch uns beiden ergangen. Eines Tages hätten wir genug voneinander gehabt.« Saddin lächelte. »Allah hat uns in seiner unendlichen Güte genau so viel gemeinsame Zeit geschenkt, wie wir ertragen konnten.«

Ali spürte, wie sich sein Magen verkrampfte. Der Nomade war wie ein Mann, der einen Blick auf einen sagenumwobenen Schatz hatte werfen dürfen und diesen aus eigenem Willen abgelehnt hatte, weil er erkannt hatte, dass das Gold und die Juwelen ihm kein Glück bringen konnten.

»Du bist zu beneiden, Saddin«, sagte Ali leise.

Der Nomade zuckte mit den Schultern. »Jeder trägt das Schicksal, das Allah ihm zugedacht hat.«

»Ja, nur scheint es, als ob manche Menschen schwerere Lasten zu tragen hätten als andere.«

»Wirklich?« Saddin warf Ali einen kurzen Blick zu und sah dann auf seine Hände hinab. Er zog seine Augenbrauen zusammen, als ob er plötzlich Schmerzen hätte. »Ich habe dir nicht erzählt, dass bei den Kämpfen mit den Fidawi auch zwei Kinder gestorben sind. Einer meiner Söhne und meine Tochter. Sie war kaum älter als Michelle. Ich konnte sie nicht mehr retten. Die Fidawi waren zu schnell.« Er rieb sich die Stirn. »Natürlich hätte ich Michelle einfach dort lassen können, wo ich sie gefunden habe. Ich hätte uns – meiner Familie, meinen Männern und ihren Familien – viel Leid ersparen können. Aber ich tat es nicht. Soll ich mich jetzt etwa darüber grämen, mir die Haare raufen und vor Verzweiflung gegen die Brust schlagen, weil Allah mir einen Verstand und einen freien Willen gegeben hat und ich beides genutzt habe, um eine Entscheidung zu treffen? Eine Entscheidung, die mich vermutlich ebenfalls mein Leben kosten wird?« Er sah Ali an, und ein seltsames Lächeln umspielte seine Lippen. »Ich bitte dich nicht darum, mir zu helfen, Ali al-Hussein. Ich werde dein Haus noch vor dem Morgengrauen wieder verlassen und hoffen, dass es mir gelingt, die Fidawi von Qazwin fort auf meine Spur zu locken. Ich bitte dich für Michelle, die Tochter von Beatrice. Nimm das Mädchen auf und gib ihm ein Zuhause, als wäre es dein eigenes Kind.«

Ali wurde erneut schwindlig. Vielleicht lag es an dem Datelschnaps, der immer noch seine Wirkung in seinem Körper entfaltete, vielleicht aber auch an dem Sturm, der in seinem

Innern tobte, ausgelöst durch all das, was er an diesem Abend erfahren hatte.

»Lass uns nach oben gehen, auf den Turm«, keuchte er. »Ich brauche frische Luft. Ich muss nachdenken, ich muss ...«

»Ich kann dich verstehen«, sagte Saddin, erhob sich leichtfüßig und half Ali auf die Beine. »Doch ich flehe dich an, denke nicht zu lange nach. Die Zeit ist knapp.«

Ali stützte sich auf den Nomaden wie ein altersschwacher, vom Leben gebeugter Greis. In diesem Augenblick hätte sicherlich niemand vermutet, dass sie in Wahrheit gleichaltrig waren. Langsam und bedächtig stiegen sie die Stufen zum Turm empor. Saddin öffnete die Tür, und sie traten gemeinsam auf die Plattform hinaus. Über der Stadt lag die Stille der Nacht. Nur vereinzelt waren an der nahe gelegenen Palastmauer die Feuer der Wachen zu sehen. Schwarz und drohend wie ein mahnender Finger erhob sich das Minarett der Moschee in den klaren Nachthimmel.

Hier stehe ich immer, dachte Ali und atmete gierig die kühle Luft ein. Hier stehe ich mit meinem Fernrohr und beobachte die Sterne, wenn ich nachts nicht schlafen kann. Wenn mich Träume wecken oder die Gedanken an Beatrice mich keinen Schlaf finden lassen. Beatrice. Immer wieder Beatrice.

»Was wirst du tun, wenn ich das Kind nicht in meinem Haus aufnehme?«, fragte Ali.

Saddin sog hörbar die Luft ein.

»Ich weiß es nicht«, erwiderte er leise. »Ich ... Ehrlich gesagt habe ich darüber gar nicht nachgedacht, weil ich fest damit gerechnet habe ...« Er brach ab und stützte sich auf die hüfthohe Mauer, welche die Plattform umgab. Es hatte fast den Anschein, als ob ihm jetzt zur Abwechslung schwindlig wäre. »Ich hatte angenommen, dass ich dich überzeugen könnte.« Er sah Ali an. »Ich konnte dich doch überzeugen, oder?«

Ali starrte in den Sternenhimmel hinauf, nur um Saddins Blick nicht erwidern zu müssen. In den dunklen Augen des Nomaden lag keine Verachtung, kein Zorn, sondern nur Fassungslosigkeit und abgrundtiefe Verzweiflung.

»Verstehe mich nicht falsch, Saddin, aber ich habe Schwierigkeiten, in die ich kein Kind hineinziehen möchte. Diese Kleine hat das nicht verdient. Wer weiß, vielleicht muss ich schon nächsten Monat Qazwin wieder verlassen, vielleicht sogar noch früher. Sie würde ein rastloses Leben führen, nirgendwo wäre sie zu Hause. Ich lebe wie auf Treibsand. Sobald dem Emir meine Nase nicht mehr gefällt oder ich ein falsches Wort sage, gehöre ich zu den Verrätern und werde verfolgt. Ich ...« Er holte tief Luft und versuchte das bohrende Gefühl in seinem Bauch zu ignorieren, bei dem es sich ohne Zweifel um sein Gewissen handelte. »Ich fürchte einfach, ich bin dieser Aufgabe nicht gewachsen.«

Saddin schloss die Augen.

»Es tut mir Leid«, sagte Ali und legte dem Nomaden eine Hand auf die Schulter. »Wirklich. Aber du weißt ja, wie so etwas ist. Immer auf dem Sprung. Nie kann ich sicher sein. Jederzeit bin ich bereit, meine Sachen zu packen und die Stadt zu verlassen. Abgesehen davon bin ich kein Krieger, Saddin. Bei dir ist die Kleine wirklich besser aufgehoben.« Er zog seine Hand wieder zurück. Sein Gewissen schien ihm ein Loch in den Leib brennen zu wollen. »Was wirst du jetzt tun? Gehst du zu deinen Leuten, zu deiner Familie zurück?«

Saddin schüttelte den Kopf. Er wirkte ein wenig benommen, so als müsste er sich erst von einem Faustschlag erholen. Dem gewaltigen Faustschlag eines Riesen.

»Die Fidawi haben bereits vier meiner Männer getötet, sie

haben meiner eigenen Familie großes Leid zugefügt. Ich kann sie nicht noch einmal dieser Gefahr aussetzen.« Er sah hinauf in den Sternenhimmel, und Ali hatte den Eindruck, dass in den Augen des Nomaden Tränen schimmerten. Dieser Anblick war kaum zu ertragen. Doch was sollte er tun? Er hatte wirklich keine Wahl. »Wahrscheinlich werde ich mit Michelle einfach weiterreiten. Kreuz und quer durch die Wüste und keine zwei Tage am selben Ort verbringen. Wer weiß, vielleicht haben wir Glück. Vielleicht ist Allah gnädig, und die Fidawi verlieren irgendwann unsere Spur. Oder es gelingt mir, sie rechtzeitig zu töten.«

»Saddin, ich ...«

Ali brach ab. Er hörte hinter sich ein leises Klatschen, als ob etwas auf den Steinboden des Turms gefallen wäre. Saddin fuhr herum, und im selben Augenblick kletterten zwei Schatten geschickt und nahezu lautlos über die Turmmauer.

»Fidawi!«, zischte der Nomade grimmig und zog seine Schwerter. »Diese Söhne einer räudigen Hündin haben uns gefunden. Falls du mir jetzt immer noch nicht glaubst, Ali, so gehe auf sie zu. Wer weiß, vielleicht gelingt es dir sogar, einfach durch diese Trugbilder hindurchzugehen.«

Ali schluckte. Er wusste, dass er im Grunde seines Herzens keinen Augenblick an der Wahrheit von Saddins Worten gezweifelt hatte.

»Was sollen wir jetzt tun?«, flüsterte er verzweifelt.

»Lauf zu dem Kind. Verriegle die Tür von innen. Ich versuche die beiden aufzuhalten.«

»Und du? Was ist ...«

»Denk an Michelle! Beeile dich!«

Zögernd trat Ali auf die Tür zu. Er sah noch einmal zurück. Das Licht des Mondes schimmerte auf Saddins schwarzem Haar, seine gekreuzten Schwerter funkelten. Seine Kleidung leuchtete so strahlend weiß, als wäre er ein Engel, gesandt, um gegen die finsteren Geschöpfe der Hölle zu streiten, die sich ihm lauernd näherten. Dann zog Ali die Tür zu und verriegelte sie. So schnell ihn seine Beine trugen, rannte er die steile Treppe hinunter. Er stolperte und hätte fast Mahmud umgestoßen, der gerade heraufgestiegen kam.

»Herr, das Nachtmahl ist ...« Der Diener brach ab und schien erst jetzt den Ausdruck auf Alis Gesicht zu bemerken. »Herr, was ist? Und wo ist Euer Gast?«

»Er ist oben auf dem Turm. Komm mit, wir müssen zu dem Mädchen«, antwortete Ali keuchend.

»Zu dem Mädchen? Aber warum denn, Herr? Es schläft doch, und ...«

Aber Ali lief schon weiter und zog den Diener am Ärmel hinter sich her. Er hatte keine Zeit, Mahmud alles genau zu erklären. Nicht jetzt, da er wusste, dass Saddin oben auf dem Turm um sein Leben kämpfte und dass das Mädchen, die Kleine, die er noch nicht einmal kannte, in tödlicher Gefahr schwebte.

Als Ali im Besucherzimmer ankam, war er außer Atem. Seit langem, seit vielen Jahren war er nicht mehr so schnell gelaufen. Doch die Angst, dass die Fidawi ihm zuvorgekommen sein könnten, dass sie bereits in sein Haus eingedrungen waren und Michelle entweder entführt oder gar getötet hatten, verlieh seinen Schritten Flügel. Aber als er die Tür öffnete, war alles friedlich. Das Kind schlief.

Ali beugte sich über das kleine Mädchen und sah ihm zum ersten Mal ins Gesicht. Es war das Gesicht eines Engels, umrahmt von feinem goldenem Haar. Dieser Anblick schnitt ihm tief ins Herz. Ein heilsamer Schnitt, wie er ihn manchmal selbst anwendete, um Eiter aus einer Wunde abfließen zu lassen. Ja, Saddin hatte Recht. Dieses Kind war wirklich und wahrhaftig Beatrices Tochter. Und plötzlich wusste er, was er zu tun hatte. Das Kind würde bei ihm bleiben, egal was noch geschehen mochte. Ali berührte das Mädchen sachte an der Schulter.

»Michelle!«, sagte er. »Wach auf!«

Das Mädchen bewegte sich, schlug die Augen auf und blinzelte ihn verschlafen an. Und da fiel Ali ein, dass ihn die Kleine vermutlich gar nicht verstehen konnte, dass sie wahrscheinlich kein Arabisch sprach. Wie sollte er ihr klar machen, dass sie mit ihm kommen und sich verstecken musste?

»Ali«, sagte er und deutete mit dem Zeigefinger auf sich. Dann streckte er seine Hand aus. »Komm mit. Schnell.«

Das Mädchen runzelte die Stirn.

»Saddin?«, fragte es und sah Ali mit denselben blauen Augen an, mit denen auch Beatrice ihn immer angesehen hatte.

»Er kommt bald. Du musst dich jetzt verstecken.«

Ob sie ihn wirklich verstanden hatte, konnte Ali nicht sagen. Vielleicht hatte sie auch auf ihrer Flucht mit Saddin bereits so viele Erfahrungen gesammelt, dass sie ahnte, um was es hier ging. Sie ergriff Alis Hand mit ihrer kleinen und sah ihn mit ihren großen blauen Augen an. In diesem Blick lag so viel Vertrauen, dass es Ali förmlich die Kehle zuschnürte, und ihm kamen die Tränen. Gleich würde er es Saddin sagen. Er würde ihm sagen, dass er sich keine Sorgen mehr zu machen brauche. Michelle würde bei ihm bleiben. Zur Not für immer.

Gemeinsam liefen sie quer durch das Haus zu seinem Arbeitszimmer. Dort gab es eine alte Truhe, groß genug, um sogar einem ausgewachsenen Mann als Versteck dienen zu können. Hastig warf Ali ein paar Kissen hinein. Ohne dass er auch nur ein Wort zu sagen brauchte, kletterte die Kleine in die Truhe und duckte sich. Ali breitete eine Decke über sie und legte beschwörend seinen Finger auf die Lippen. Sie nickte. Dann hauchte er einen Kuss auf die Stirn des Mädchens und klappte schweren Herzens den Deckel zu. Er konnte nur hoffen, dass dieses Versteck sicher war. Dass, sollten die Fidawi in sein Haus eindringen, keiner von ihnen auf die Idee käme, in einer alten, wurmstichigen Truhe, in der er Tücher und anderes Verbandsmaterial aufbewahrte, nach dem Mädchen zu suchen.

Hastig holte Ali aus einem Schrank einen etwas angestaubten Säbel heraus, ein Erbstück seines Großvaters, und machte sich wieder auf den Weg zum Turm. Er wusste zwar noch nicht, wie er Saddin helfen sollte, aber eines war klar, er konnte den Nomaden nicht einfach allein gegen zwei dieser Fidawi kämpfen lassen. Das bohrende Gefühl in seinem Magen war verschwunden. Jetzt, da er wusste, was er zu tun hatte, hatte er kein schlechtes Gewissen mehr. Er hatte nicht einmal mehr Angst. Und mit jedem Schritt wurde er sich seiner Sache sicherer.

Trotzdem wurden Alis Knie weich, als er langsam und so leise er konnte die Treppe zum Turm emporstieg. Atemlos lauschte er an der geschlossenen Tür. Es war nichts zu hören. Keine Stimmen, kein Waffengeklirr, kein Laut. War der Kampf etwa schon beendet? Stellten die Fidawi ihm eine Falle? Behutsam zog er den Riegel zurück und öffnete die Tür einen Spalt, sodass er gerade eben hindurchspähen konnte. Eine schwarze Gestalt hing quer über der Turmmauer, als gäbe es in der zehn Meter tiefer liegenden Straße etwas besonders Interessantes zu beobachten. Ali versuchte die Tür ganz zu öffnen, doch etwas Schweres versperrte ihm den Weg. Mit aller Kraft schob und drückte er, bis der Spalt breit genug war, sodass er sich, wenn auch nur mit Mühe, hindurchzwängen konnte. Dabei wäre er fast über ein Paar regloser Beine gestolpert. Fassungslos sah er auf den Körper des Mannes hinab, der ihm zu Füßen lag. Er war ganz in Schwarz gekleidet. Der Blick seiner weit aufgerissenen Augen in seinem bärtigen Gesicht war entsetzlich. Überrascht und voller ungläubiger Bestürzung starrte er in den Himmel hinauf, als hätte Allah selbst in seinem Zorn das Schwert gegen ihn erhoben. Unter seinem Kinn klaffte eine entsetzliche, ohne Zweifel tödliche Wunde. Trotzdem kniete sich Ali neben ihm nieder. Nicht einmal jetzt konnte er vergessen, dass er Arzt war, dass er diesem Mann, sofern in ihm noch ein Hauch von Leben steckte, helfen musste. Er tastete nach dem Herzschlag des Mannes. Doch auf seiner Brust war nichts außer klebriges, im Mondlicht schwarz glänzendes Blut. Der Fidawi war tot. Ali wischte seine blutigen Finger an der schwarzen Kleidung des Mannes ab und erhob sich. Leise, auf Zehenspitzen schlich er zu dem anderen Mann, der immer noch bewegungslos über der Mauer hing. Dabei merkte er zu seinem großen Entsetzen, dass er sich nichts sehnlicher wünschte, als dass auch dieser Mann tot wäre. Seine Hoffnungen wurden erfüllt. Der Bauch des Mannes war aufgeschlitzt, sodass sich seine Eingeweide auf der Mauer verteilten wie die eines Opfertiers in einem abscheulichen, barbarischen Ritus. Angewidert wandte Ali sich ab. Die beiden Fidawi waren also tot, gestorben durch die Hand des Nomaden. Aber wo war Saddin?

In diesem Moment hörte Ali ein leises Stöhnen und drehte sich um. Und da sah er ein helles Bündel im Schatten neben dem Eingang zur Treppe liegen. Sein Magen verkrampfte sich. Langsam, als würde eine unsichtbare Kraft seine Beine am Boden festhalten, trat er näher. Tatsächlich, es war Saddin. Er lag zusammengesunken, beide Hände auf den Bauch gepresst und mit geschlossenen Augen, gegen die Wand gelehnt da. Seine Kleidung war zerrissen und blutdurchtränkt.

Ali kniete neben ihm nieder und legte ihm behutsam eine Hand auf die Brust. Sein Herzschlag war erschreckend schwach. Zahlreiche Schnittwunden bedeckten seine Arme und Beine, doch keine von ihnen schien gefährlich zu sein. Wenigstens auf den ersten Blick nicht.

»Ali!« Saddin schlug die Augen auf, griff nach Alis Schulter und zog sich mühsam hoch. Sein Gesicht war bleich im Mondlicht, seine Augen glänzten fiebrig. »Was ist ... mit ... Michelle? Ist sie ...?«

»Die Kleine ist in Sicherheit. Ich habe sie gut versteckt.«

Saddin schloss erleichtert die Augen und ließ sich wieder zurücksinken.

»Allah sei Dank!«, flüsterte er. Dann sah er Ali an, und ein grimmiges Lächeln umspielte seine Lippen. »Diese Ratten haben bezahlt. Diesmal habe ich sie alle erwischt. Sie sind tot, Ali.«

»Ich weiß, ich habe sie gesehen«, erwiderte Ali und zog Saddins Hände behutsam zur Seite. Sofort sprudelte Blut aus einer klaffenden Wunde hervor, als hätte sich im Leib des Nomaden eine Quelle geöffnet. Ali schluckte. Er war ein erfahrener Arzt. Er erkannte eine tödliche Verletzung, wenn er sie sah. Instinktiv presste er seine Hand auf den Bauch des Nomaden, obwohl er genau wusste, wie sinnlos es war. Diese Blutung würde niemand stillen können. Vermutlich nicht einmal Beatrice mit all ihren erstaunlichen Künsten aus einer fernen Zukunft. »Saddin, du solltest jetzt nicht ...«

Doch der Nomade schüttelte den Kopf. »Du brauchst mir nichts vorzumachen. Ich habe dem Tod oft genug in die Augen gesehen, ich kenne sein Gesicht. Ich werde sterben.«

Ali erinnerte sich an das seltsame Lächeln, das er vorhin auf Saddins Gesicht gesehen hatte. Der Nomade hatte geahnt, was geschehen würde. Bereits zu jenem Zeitpunkt hatte er es geahnt.

»Was wird jetzt aus Michelle?«

»Sie wird bei mir wohnen«, antwortete Ali. »Ich wollte es dir gerade sagen. Ich habe mich anders entschieden. Sie wird bei mir bleiben, und ich werde sie aufziehen, als wäre sie mein eigenes Kind.«

Saddin schloss die Augen, und eine einzelne Träne rann über seine Wange.

»Du hast ihr in die Augen gesehen. Habe ich Recht?« Saddin lächelte. »Du hast in ihrem Gesicht gesehen, was ich gesehen habe – Beatrice.«

Ali nickte. »Ja, ich …«

»Herr«, Mahmuds Stimme unterbrach Ali. »Kann ich Euch …«

Der Blick des Dieners fiel auf Saddin und die Blutlache, die ihn umgab, und er wurde bleich. Voller Entsetzen presste er eine Hand auf den Mund.

»Herr«, keuchte er schließlich. »Allah sei uns gnädig! Seid Ihr … seid Ihr unversehrt?«

»Ja, das bin ich«, sagte Ali und spürte plötzlich wieder dieses dumpfe, bohrende Gefühl in seiner Magengrube. Saddin würde sterben. Der Nomade hatte sein Leben für die Sicherheit des Mädchens – und letztlich auch für ihn – gegeben. Und was hatte er getan? Er war im Haus herumgelaufen wie ein aufgeschrecktes Weib und hatte nach einem sicheren Versteck gesucht, statt ebenfalls zu kämpfen. Saddin verblutete vor seinen Augen, und er selbst hatte nicht einmal einen Kratzer davongetragen.

»Allah sei gelobt und gepriesen, dass Er in Seiner großen Güte und Gnade Euer Leben verschont hat!«, stieß Mahmud mit deutlichem Zittern in der Stimme hervor. »Aber, Herr, was ist mit Eurem Gast? Sollen wir ihn hinuntertragen, damit Ihr seine Wunden versorgen könnt?«

Ali sah auf seine Hand hinab, die er immer noch auf den Leib des Nomaden gepresst hatte. Blut quoll zwischen seinen Fingern hervor, frisches, warmes Blut. Und in diesem Moment war ihm klar, dass Saddin das Patientenzimmer nie erreichen würde. Es blieb ihm nicht mehr viel Zeit. Er mußte sich entscheiden. Rasch.

»Nein«, sagte er. »Aber bringe eine Decke und einen Krug mit Wasser. Und beeile dich!«

Während Mahmud sich auf den Weg machte, um die Befehle seines Herrn auszuführen, wandte sich Ali wieder Saddin zu. Das Gesicht des Nomaden war jetzt geradezu erschreckend blass.

»Ich muss dir noch vieles sagen, Ali«, meinte Saddin und versuchte erneut sich aufzusetzen. »So vieles. Du musst ...«

»Nicht jetzt, Saddin, bleib liegen«, wehrte Ali ab und drückte ihn sanft auf den Boden zurück. »Du solltest deine Kräfte schonen.«

Doch da begann Saddin zu lachen. Er lachte und verzog gleichzeitig das Gesicht vor Schmerz.

»Wofür sollte ich jetzt noch Kräfte sparen, Ali al-Hussein? Auf ein paar Atemzüge mehr oder weniger kommt es doch wahrlich nicht mehr an, oder?«

Ali öffnete den Mund, um zu widersprechen, um, wie es seine Gewohnheit war, trostreiche Worte für den Patienten zu finden, im letzten Augenblick des Lebens noch Hoffnung zu spenden. Doch ihm fiel ein, was Saddin an diesem Abend zu ihm gesagt hatte. Sie waren immer ehrlich zueinander gewesen.

»Du hast Recht«, antwortete er schließlich. »Es kommt nicht mehr darauf an. Was willst du mir sagen?«

Saddin ergriff seinen Arm.

»Höre mir gut zu, denn möglicherweise bleibt mir weder die Zeit noch die Kraft, es dir ein zweites Mal zu erzählen. Hier in Qazwin lebt ein Mann namens Moshe Ben Levi. Er ist Ölhändler ...«

»Ein Jude?«, fragte Ali überrascht. Saddin sprach so leise und hastig, dass er schon glaubte, er hätte sich verhört.

»Ja, ein Jude. Doch Name und Geschäft sind nur Tarnung. In Wahrheit heißt er Rabbi Moshe Ben Maimon. Auch er ist ein Reisender. Ein Reisender und Gelehrter. Er hat die Geheimnisse der Steine der Fatima erforscht wie kein anderer. Er weiß mehr über sie, als jemals ein Mensch wissen wird. Gehe zu ihm. Sage ihm, Saddin schickt dich. Er kennt mich. Ich traf ihn schon oft und habe mit ihm über die Steine gesprochen. Er wird dir und Michelle helfen. Obendrein wird er dir vieles erklären können, was du noch nicht weißt.« Saddin machte eine Pause und rang nach Atem. »Außerdem will ich dich warnen. Die Fidawi trachten dir und Michelle nach dem Leben. Von dem Ziel, euch beide zu töten, werden sie nicht ablassen, bis sie den Stein in ihren Händen haben. Deshalb traue keinem Menschen. Niemandem. Nicht einmal denen, die du schon seit Jahren zu kennen glaubst. Sogar Weiber und Kinder stehen in den Diensten der Fidawi. Nirgendwo seid ihr beide wirklich sicher, weder auf dem Basar noch beim Barbier, noch in der Wohnung eines angeblichen Freundes.« Er schloss die Augen. Ein Zittern durchlief seinen Körper. »Lass Michelle niemals allein, nicht für einen einzigen Augenblick. Hörst du? Versprich mir das!«

»Ich verspreche es dir«, sagte Ali und drückte zur Bekräftigung Saddins Hand.

Ein Lächeln huschte über das Gesicht des Nomaden.

»Trage stets einen Dolch bei dir, Ali al-Hussein. Du musst jederzeit darauf vorbereitet sein, dich und Michelle zu verteidigen. Die Fidawi sind wahre Meister in der Kunst der Tarnung. Hinter dem Gesicht eines harmlosen Händlers, Bettlers oder Dieners können sie sich ebenso gut verbergen wie in den Schatten der Dunkelheit. Versprichst du mir, dass du immer daran denken wirst?«

Ali nickte.

»Gut.« Der Nomade sank zurück. Er wirkte erleichtert. »Allah war gnädig. Ich habe dir alles gesagt, was es zu sagen gibt. Nur eines noch: Hüte dich vor den Herrschern von

Gazna, Ali al-Hussein. Sie sind Fanatiker und auf der Suche nach dir. Meinen Informationen nach haben sie engen Kontakt zu den Fidawi. Möglicherweise ist der Emir selbst sogar jener Großmeister, den die Fidawi ›den Alten vom Berg‹ nennen. Sie sind gefährlich. Hüte dich vor ihnen. Wenn du Schutz suchst, gehe nach Isfahan. Der dortige Emir ist ein kluger und vernünftiger, ein vertrauenswürdiger Mann. Ich habe mit ihm gesprochen. Er ist bereit, dich an seinem Hof aufzunehmen und dir Schutz zu gewähren, wenn für dich die Zeit gekommen ist, Qazwin zu verlassen.«

Ali lächelte. In diesem Augenblick vermochte er nicht zu verstehen, wir er jemals Saddin für seinen erbittertsten Feind hatte halten können.

»Ich danke dir von ganzem Herzen. Du hast wirklich an alles gedacht.«

»Ich bemühe mich nach Kräften«, erwiderte Saddin und fuhr sich mit der Zunge über die Lippen. Auf seiner Stirn standen Schweißperlen.

»Gibt es etwas, das ich für dich tun kann?«, fragte Ali. »Möchtest du, dass ich deine Familie benachrichtige?«

»Nein. Sie wissen, dass sie mich nicht wiedersehen werden. Wenigstens nicht in dieser Welt.«

Mahmud kehrte mit der Decke und einem Krug Wasser zurück.

»Herr, soll ich ...«

»Nein, lass uns allein. Und sorge auch dafür, dass uns niemand stört«, sagte Ali zu seinem Diener, während er die Decke über Saddin breitete, seinen Freund. Sein Freund? Ali war nicht mehr überrascht. Vielleicht war Saddin sogar der einzige wahre Freund gewesen, den er je in seinem Leben gehabt hatte. Diese Erkenntnis kam spät, doch es war noch nicht zu spät. Noch konnte er etwas tun, um seine Freundschaft zu beweisen. Und er wollte nicht, dass ein Unbeteiligter dieses zarte Band durch seine Anwesenheit zerstörte. Ihnen blieb ohnehin nicht mehr viel Zeit. »Ich werde dich rufen, falls ich deine Hilfe doch noch benötigen sollte.«

Ob Mahmud verstand, worum es hier ging, konnte Ali nicht sagen. Doch er verneigte sich widerspruchslos und ging.

»Hast du Durst?«, fragte Ali.

»Nein, mir ist nur kalt. Entsetzlich kalt.«

Ali wickelte die Decke enger um ihn, obwohl er wusste, dass es nicht mehr viel nützen würde. Die Kälte, die der Nomade jetzt spürte, war ohne Zweifel eine Folge des Blutverlustes, einer der Vorboten des nahen Todes.

»Ich bin so müde«, flüsterte Saddin. »So unendlich müde.«

»Dann solltest du versuchen ein wenig zu schlafen.«

Doch Saddin schüttelte heftig den Kopf. »Ganz gewiss nicht. Ich werde noch genug schlafen können«, sagte er, und seine Stimme klang beinahe wie sonst – klar und selbstbewusst. Doch es war offensichtlich, dass dies ein letztes Aufbäumen seiner Kräfte war. »Nein, ich will die Sterne sehen, solange ich dazu in der Lage bin. Ich will ihren Anblick dorthin mitnehmen, wohin ich bald gehen werde.«

Ali spürte einen Kloß in seiner Kehle. Das Gesicht des Nomaden wirkte fast durchsichtig, so als würde er nicht einfach sterben, sondern allmählich vor seinen Augen verschwinden.

»Gibt es etwas, dass du dir noch von der Seele reden möchtest?«

»Beichten, solange ich noch dazu in der Lage bin?« Saddin lachte und verzog erneut das Gesicht vor Schmerz. »Nein. Allah hat mir ein reiches, ein erfülltes Leben geschenkt. Nie musste ich mich vor einem anderen beugen. Ich bereue nichts, keinen Augenblick. Was auch immer ich getan habe an Gutem oder Schlechtem, Allah wird mein Richter sein.«

Ali nickte. Er konnte nichts mehr sagen. So gern er auch etwas für seinen Freund getan hätte, es gab nichts mehr zu tun. Er bettete den Kopf des Nomaden auf seinen Schoß, und schweigend blickten sie gemeinsam in den Sternenhimmel hinauf. Er spürte, wie Saddin mit jedem Atemzug schwächer und schwächer wurde. Es ging jetzt sehr schnell. Viel zu schnell.

»Es ist so weit, Ali«, sagte Saddin nach einer Weile. Seine Stimme war kaum mehr zu hören. Und dann lächelte er. Es war ein so schönes Lächeln, dass Ali den Eindruck hatte, der Flügel eines Engels hätte seine Wange gestreift. »Hättest du jemals gedacht, dass ausgerechnet ich in deinen Armen sterben würde, so als wären wir zeit unseres Lebens Freunde gewesen?«

Die Augen des Nomaden weiteten sich, als wollte er noch einmal den ganzen Sternenhimmel mit einem einzigen Blick umfassen. Sein Brustkorb hob sich in einer letzten, sanften Bewegung. Dann war er still. Ali schluckte.

»Wir waren immer Freunde«, sagte er leise, obwohl Saddin es nicht mehr hören konnte. »Auch wenn wir beide das die meiste Zeit nicht gewusst haben.«

Er strich dem toten Mann in seinen Armen das Haar aus der Stirn und sah ihm in die Augen. Sie wirkten nicht so starr und gebrochen wie bei den meisten Toten, die er bisher gesehen hatte. Und nicht so entsetzt wie die der beiden Fidawi. In den schönen dunklen Augen des Nomaden spiegelte sich das Licht der Sterne, als hätte er seinen Wunsch, ihren Anblick in den Tod mitzunehmen, erfüllt bekommen. Und ein Sternbild erstrahlte ganz besonders hell – es hatte die Form eines großen leuchtenden Auges.

V

Nur langsam und widerwillig kam Beatrice zu sich. Sie fühlte sich benommen, so als würde sie aus einer Vollnarkose erwachen. Sie wollte ihre Glieder strecken, sich bewegen, um dem Bedürfnis, wieder einzuschlafen, nicht nachzugeben. Doch etwas ungewohnt Hartes, Spitzes bohrte sich in ihren Rücken. Es fühlte sich an, als hätte ihr jemand aus Bosheit einen scharfkantigen Felsbrocken ins Bett gelegt. Überhaupt war die Matratze, auf der sie lag, ungewöhnlich hart und unbequem. Es erinnerte sie an den Futon, den Markus Weber bei sich in der Wohnung stehen gehabt hatte. Während jener drei Jahre, die sie mit diesem Mann zusammengelebt hatte, war sie jeden Morgen mit Rückenschmerzen aufgewacht. Und jedes Mal, wenn sie Markus davon erzählt und ihn gebeten hatte, seinen Futon doch gegen ein ganz gewöhnliches Bett zu tauschen, hatte er ihr stundenlange Vorträge über gesunden Schlaf, fernöstliche Philosophie und erstklassiges Design gehalten. Irgendwann hatte sie es aufgegeben und Markus schließlich verlassen. Natürlich nicht nur wegen des Futons. Welten trennten sie voneinander. Aber das Ganze war inzwischen viele Jahre her. Als sie Markus Weber das letzte Mal gesehen hatte, war sie schwanger gewesen, und sie hatten sich so heftig gestritten, dass sie ihn aus ihrer Wohnung geworfen und kurz danach vorzeitige Wehen bekommen hatte. Sie hatte sich ins Krankenhaus bringen lassen müssen, und am nächsten Morgen war Michelle geboren worden – zehn Wochen zu früh. Michelle …

Beim Gedanken an ihre kleine Tochter fiel Beatrice alles wieder ein – die Intensivstation des Kinderkrankenhauses, den Bericht ihrer Eltern, ihre verzweifelte Suche nach dem fehlenden Stein der Fatima, die Gewissheit, dass ihre Tochter sich auf einer Reise befand. Einer jener seltsamen Reisen, von denen sie selbst auch schon zwei unternommen hatte und vielleicht gerade in diesem Augenblick die dritte begann. Sie konnte sich noch daran erinnern, wie sie in ihrem Wohnzimmer auf dem Sofa gesessen und den Stein der Fatima mit dem festen Vorsatz in die Hand genommen hatte, sich erneut auf ein Abenteuer einzulassen. Es schien funktioniert zu haben. Dies hier war ganz bestimmt weder ihr Sofa noch der Holz-dielenboden in ihrem Wohnzimmer. Und in ihrer Hand fühlte sie den Stein.

Eigentlich wollte Beatrice auf den Saphir und die Macht, die hinter ihm stand, wütend sein. Wie konnte der Stein der Fatima es wagen, Michelle zu entführen? Ein nicht einmal vierjähriges Mädchen einfach irgendwohin zu bringen, ohne seine Mutter vorher zu fragen oder ihr wenigstens eine Nach-richt zu hinterlassen? O ja, sie hatte genügend Gründe, auf den Stein der Fatima wütend zu sein. Trotzdem gelang es ihr nicht. Eine Stimme in ihrem Innern sagte ihr, dass alles seinen Sinn hatte. Ganz egal, wie aberwitzig und verrückt es auch er-scheinen mochte, ein Kind kreuz und quer durch die Zeit rei-sen zu lassen, irgendeine Absicht stand dahinter. Es gab einen Grund, auch wenn sie ihn noch nicht kannte.

Ich hoffe, dass du mich wenigstens genau dorthin gebracht hast, wo Michelle auch gerade ist, dachte sie und ballte in ihrer Verzweiflung ihre Faust so fest um den Saphir, dass seine Bruchkante ihr beinahe in die Handfläche schnitt. Dann nahm sie all ihren Mut zusammen und schlug die Augen auf.

Über ihr wölbte sich ein blassblauer Himmel. Unbarmherzig brannte die Sonne auf sie herab, keine Wolke war zu sehen. Ganz hoch oben kreisten zwei Vögel, von denen Beatrice annahm, dass es Geier waren. Geier, die sich in Erwartung eines Festmahls zusammengefunden hatten und nun darauf harrten, dass ihr Opfer endlich starb. Dieses Opfer war zweifelsohne sie.

Beatrice setzte sich auf und stellte erfreut fest, dass sie die Reisekleidung der Beduinen trug. Anscheinend befand sie sich wieder in einem arabischen Land. Sie würde sich also mit den Einwohnern verständigen können – ein großer Vorteil bei ihrer Suche nach Michelle. Doch dann blickte sie sich um, und ihr Mut sank auf den Nullpunkt. Selten hatte sie eine ödere Landschaft gesehen. Selbst die mongolische Steppe mit ihren schier endlosen grasbewachsenen Hügeln war abwechslungsreicher als diese Gegend. Hier gab es weit und breit nichts. Gar nichts – abgesehen von Geröll, grauweißem Staub und nur vereinzelt wachsendem dürrem, niedrigem Gestrüpp. Und natürlich den beiden Geiern, die voller Hoffnung über ihr kreisten. Es gab keine Anzeichen, dass hier in der Nähe Menschen lebten, keine Geräusche außer dem Wind, der in vereinzelten, überraschend auftretenden Böen den Staub vor sich hertrieb und das trockene Gras rascheln ließ. Das hier hätte ebenso gut der Mond sein können.

Unendliche Weiten!, dachte Beatrice. Wir schreiben Sternzeit 1243,3. Auf ihrem Weg durch die Zeit befindet sich Dr. Beatrice Helmer auf der Suche nach fremden Zivilisationen.

Sie wusste nicht, ob sie lachen oder weinen sollte. Vieles hatte sie erwartet, doch damit, dass der Stein sie diesmal ganz allein mitten in der Wüste absetzen würde, hatte sie nicht gerechnet. Was sollte sie jetzt tun? Als der Stein der Fatima sie das letzte Mal in eine ähnliche Landschaft gebracht hatte, waren Maffeo Polo und Dschinkim gekommen. Die beiden waren auf der Jagd gewesen und hatten sie aufgelesen, noch bevor sie das Bewusstsein erlangt hatte. War sie einfach nur zu früh aufgewacht? Sollte sie also jetzt einfach hier sitzen bleiben und warten? Warten, bis endlich jemand vorbeikam – eine Karawane, Hirten, die drei Weisen aus dem Morgenland? Sie untersuchte ihre Kleidung. Doch die beiden Beutel, die unter dem weiten Reisemantel an ihrem Gürtel hingen, waren leer. Abgesehen von dem Saphir hatte sie offensichtlich nichts bei sich – kein Messer, keinen Proviant, kein Wasser. Nichts, das ihr in einer derart kargen Landschaft hätte nützlich sein können.

Beatrice hörte die Schreie der Geier. Es klang triumphierend, so als hätten die Vögel sie genau beobachtet und erkannt, dass sie hilflos war. Sie blickte zu ihnen empor. Mittlerweile waren es drei. Offensichtlich verschickten die Biester sogar schon Einladungen für das bevorstehende Festbankett.

Nein. Beatrice wurde wütend und erhob sich. So weit kommt es noch. Nach allem, was ich bereits durchgestanden habe, werde ich nicht als Galadiner für Geier enden.

Sie klopfte sich energisch den Staub von ihrer Kleidung und zog sich das breite wollene Tuch zum Schutz gegen die Sonne über den Kopf. Diese Geier würden sich einen anderen Kadaver suchen müssen. Sie dachte nicht daran zu sterben. Wenigstens nicht so lange, bis sie wusste, was aus Michelle geworden war. Aber wohin sollte sie jetzt gehen?

Beatrice hielt den Saphir gegen die Sonne. Die Strahlen brachen sich in dem Stein, der in ihrer Hand zu wachsen schien. Das gleißende blaue Funkeln wurde so intensiv, dass es sich geradezu schmerzhaft in ihre Augäpfel bohrte und sie schließlich den Blick senken musste. Da sah sie vor sich in einigen Metern Entfernung einen leuchtenden blauen Fleck im Wüstenstaub. Er schaute aus wie ein Finger, der in eine bestimmte Richtung zeigte. Im ersten Moment glaubte Beatrice, sie hätte sich getäuscht. Sie nahm an, dass ihre geblendeten Augen ihr einen Streich spielten. Es konnte sich nämlich auf gar keinen Fall um ein physikalisches Phänomen handeln. Sie war zwar nie eine Leuchte in Physik gewesen, aber so viel wusste sie immerhin noch, dass beim derzeitigen Stand der Sonne ein Reflex, hervorgerufen durch das in den Saphir einfallende Sonnenlicht, hinter ihr hätte auftauchen müssen. War das etwa ein Zeichen? Aber das war doch Unsinn, so etwas gab es nicht, außer in Märchen und Legenden – oder den unglaubwürdigen Berichten von Esoterikern. Trotzdem begann Beatrice sich zu drehen und den Saphir mal in die eine, mal in die andere Richtung zu halten. Und das Unglaubliche trat ein. Der blaue Finger war zwar mal schwächer, mal deutlicher zu sehen, er wurde mal kürzer und mal länger, doch immer, egal, von welcher Seite das Licht der Sonne in den Saphir fiel, zeigte der blaue Finger auf dem staubigen Wüstenboden in dieselbe Richtung. Beatrice dachte angestrengt nach und versuchte eine natürliche Erklärung zu finden. Aber nach einiger Zeit gab sie auf. Mit den ihr bekannten physikalischen Formeln ließ sich dieses Phänomen gewiss nicht erklären. Also blieb nur noch eine Möglichkeit – es war ein Zeichen. So etwas wie der brennende Dornbusch, das Wasser, das in der Wüste aus dem Felsen sprudelte, das Manna, das vom Himmel fiel. Jemand – eine höhere Macht – sorgte für sie und zeigte ihr, wohin sie gehen musste.

Beatrice zögerte nicht länger. Sie steckte den Saphir in einen der Beutel an ihrem Gürtel und ging los, voller Zuversicht, dass sie auf dem richtigen Weg war und dass, egal, wie weit er auch sein möge, an seinem Ende Michelle auf sie wartete.

»Mein Herr.« Der Diener verneigte sich tief. »Ich bitte um Vergebung für die Störung. Ich belästige Euch nur ungern so kurz vor dem Beginn des Mittagsgebets, doch draußen vor der Tür steht ein Bettler, der um Einlass bittet. Und ich habe mich daran erinnert, dass Ihr mir vor einiger Zeit die Anweisung gegeben habt, jeden Hilfsbedürftigen, der an Eure Tür klopft, zu Euch vorzulassen.«

»Ich weiß«, erwiderte Hassan. Natürlich dachte sein Diener, dass er als gläubiger Muslim lediglich dem Gebot der Almosengabe folgen wollte. Niemand hier, weder seine Freunde noch seine Brüder und sein Vater ahnten, dass er in Wahrheit einen Boten erwartete, einen Boten, der wie ein Bettler gekleidet sein würde. »Führe den Armen herein. Er soll sein Anliegen ohne Scheu vortragen dürfen.«

Der Diener verneigte sich wieder und verschwand. Hassan wandte sich um und sah zum Fenster hinaus. Kaum einen Steinwurf von ihm entfernt stand die Moschee. Majestätisch erhob sie sich über die Dächer von Gazna, die schlanken Säulen ihrer Minarette streckten sich wie mahnende Finger gen Himmel, eine ewige Erinnerung daran, worauf der Gläubige sein Herz und sein ganzes Streben richten sollte. Oft hatte er es als Zeichen gedeutet, dass ausgerechnet er von seinem Fenster aus einen ungehinderten Blick auf die goldenen Kuppeln der Moschee hatte. Jetzt starrte er ohne auch nur ein einziges Mal zu blinzeln hinaus, in der Hoffnung, Antwort auf seine Fragen zu erhalten. Er starrte hinaus, bis ihm das von den goldenen Dächern reflektierte Sonnenlicht Tränen in die Augen trieb. Nur mühsam vermochte er seine Erregung zu beherrschen. Konnte es wirklich sein, dass endlich die ersehnte Nachricht kam? Dass man es gefunden hatte – dieses heilige Kleinod von so erlesener Schönheit, wie sie nur Allah in Seiner unermesslichen Zuneigung zu den Gläubigen erschaffen konnte? Und dass es nur noch wenige Augenblicke dauern würde, bis er es mit seinen eigenen Händen berühren durfte? Doch wenn dies nicht der Bote war, auf den er schon so lange wartete? Wenn dieser Mann nichts als ein gewöhnlicher Bettler war? Nun, dann würde er eben ein Goldstück opfern, so wie Allah es in Seiner Güte und Barmherzigkeit von den Gläubigen forderte.

Er hörte, wie sich die Tür hinter seinem Rücken öffnete. Mit schnellen leisen Schritten näherte sich jemand und blieb schließlich ein paar Fuß von ihm entfernt stehen.

»Herr.« Das war die Stimme seines Dieners.

Erst jetzt gestattete sich Hassan ein Blinzeln und wandte sich schließlich um. Grellbunte Lichtkreise tanzten vor seinen geblendeten Augen, und nur undeutlich erkannte er einen in erbarmungswürdige Lumpen gehüllten Mann, dessen Gesicht in einem Schleier aus brennend heißen Tränen verschwamm. Doch in dem Strudel aus Farben und Formen nahm der Mann die Gestalt eines Mönches an, und aus seinen Augen schlug ihm in hellen Flammen das heilige Feuer entgegen. War das ein Zeichen?

»Salam!«, sagte Hassan und tastete sich vorsichtig durch den Raum, dessen Möbel und Polster plötzlich ihre Farben gewechselt zu haben schienen. Einen einfältigen Mann hätte dieses Phänomen sicher beunruhigt, doch er war am Rande der Wüste aufgewachsen. Er wusste, dass er einfach zu lange in die Sonne gesehen hatte, und schloss die Augen, um ihnen Ruhe zu gönnen. Und als er sie wieder aufschlug, konnte er beinahe normal sehen.

Der Bettler war noch sehr jung. Im Grunde war er noch ein halbes Kind, mager, blass und bartlos. Doch in seinen dunklen, fast schwarzen Augen loderte ein heiliges Feuer, wie Hassan es bislang nur bei den Mitgliedern seiner Bruderschaft gesehen hatte. Trotzdem wusste er schon in diesem Moment, dass sie den Stein immer noch nicht hatten, selbst wenn dies der Bote war, den er so sehnlich erwartete. Osman hätte es niemals gewagt, ein Kind mit dem Stein der Fatima zu ihm zu schicken.

»Du brauchst dringend neue Kleider«, sagte Hassan und öffnete eine Schatulle, in der er stets eine Hand voll Golddinare aufzubewahren pflegte. »Außerdem hast du bestimmt Hunger. Geh mit meinem Diener. Er wird dich zur Küche begleiten, wo man dir eine reichliche Mahlzeit geben wird.«

Der junge Mann nahm das Goldstück und betrachtete es. Dabei machte er einen derart verwirrten Eindruck, als hätte Hassan ihm statt des Geldes einen Dattelkern in die Hand gedrückt.

»Ihr seid gütig und barmherzig, Herr. Allah möge Euch dafür segnen und Euch ein langes und gesundes Leben schenken. Aber ich wollte doch nicht ...« Der junge Mann hob den Kopf und sah Hassan an. »Die Taube fliegt zum Berg.«

Hassan lächelte. Er hatte sich also nicht getäuscht. Der Junge gehörte zu ihnen.

»Und kehrt mit einem Ölzweig wieder zurück«, antwortete er und wandte sich an seinen Diener. »Geh, ich verspüre Hunger. Bereite mir etwas Sesampaste mit Honig zu, so wie nur du sie zuzubereiten verstehst.« Er wartete, bis der Diener den Raum verlassen hatte. »Sprich, Knabe.«

»Verzeiht, Herr, dass ich Euch mit meiner Anwesenheit zu belästigen wage. Doch Meister Osman schickt mich mit diesem Brief zu Euch. Es ist dringend.«

Der Junge holte aus einer unter den Lumpen verborgenen Tasche ein zusammengefaltetes Stück Pergament hervor und reichte es Hassan. Sorgfältig breitete er es aus und las. Es waren nur wenige Zeilen.

»Ich hoffe, ich bringe gute Nachrichten«, sagte der Junge und drehte seinen verschlissenen, schmutzigen Fez verlegen in den Händen.

Hassan seufzte. »Leider nein«, sagte er und schaffte es nur mühsam, seine Tränen zurückzuhalten. Es waren Tränen des Schmerzes, der Enttäuschung und des Zorns. In diesem kurzen Brief wurde ihm mitgeteilt, dass es dem verfluchten Nomaden gelungen war, mit dem Mädchen – und natürlich auch dem heiligen Stein – zu entkommen. Außerdem fehlte von den vier Mitbrüdern, die beiden auf den Fersen gewesen waren, jede Spur. Und der Stein der Fatima befand sich immer noch in den Händen der Ungläubigen und Unwürdigen. Welch eine Niederlage. »Wie ist dein Name, mein Sohn?«

»Mustafa, Herr«, antwortete der Junge und trat von einem Fuß auf den anderen.

»Gute Männer sind vielleicht gestorben, Mustafa. Männer, die ohne zu zögern bereit sind, ihr Leben für Allah zu opfern. Nun ist es an uns zu handeln.«

»Was sollen wir tun?«, fragte der Junge, ohne auch nur einen Augenblick zu zögern. »Gebt mir einen Befehl, und ich werde ihn befolgen. Sagt mir, dass ich die Frevler töten soll, und ich werde es tun, selbst wenn ich dabei sterben muss. Ich bin bereit.«

Hassan musste lächeln. Wahrlich, Allah hatte treue Männer um ihn versammelt. Selbst wenn er eines Tages nicht mehr sein würde, um sie zu führen, würden die Brüder standhaft bleiben.

»Ich weiß. Allah wird dich eines Tages für deine Treue belohnen und dir große Aufgaben erteilen, doch nicht heute. Gehe zu meinem Diener und lass dir etwas zu essen bringen. Danach gönne dir eine gründliche Reinigung im Bad. In der Zwischenzeit werde ich einen Brief schreiben, den du auf dem schnellsten Wege zu Osman bringen musst. Das ist mein einziger Befehl. Diesmal.«

Der Junge verneigte sich tief.

»Ich danke Euch für das in mich gesetzte Vertrauen, Herr«, sagte er. »Und ich bete zu Allah, dass ich es nicht enttäuschen werde.«

»Sofern dein Herz treu bleibt und stets den heiligen Worten des Korans folgt, wirst du mein Vertrauen rechtfertigen.« Er legte dem Jungen eine Hand auf das lockige schwarze Haar. »Allah möge jeden deiner Schritte segnen. Gehe jetzt. Uns bleibt nicht viel Zeit.«

Als der Junge verschwunden war, setzte sich Hassan an seinen Schreibtisch. Der Ebenholzkasten, in dem er sein Schreibzeug aufbewahrte, war ebenso schlicht wie die Einrichtung seines Zimmers. Manchmal lachten seine Brüder über ihn, nannten ihn »den Asketen« oder »den Mönch«. Sie sagten, er übertreibe das Gebot ihres Vaters zur Mäßigkeit vielleicht doch etwas. Allah habe ihnen schließlich nicht den Reichtum geschenkt, damit sie ihn nicht nutzten. Aber er wusste es besser. Im Dienst für Allah gab es keine Übertreibungen. Es gab nur »ganz« oder »gar nicht«. Und er hatte sich schon als Knabe für die erste Variante entschieden.

Er tauchte die Feder in das Tintenfass und begann zu schreiben. Es waren nur wenige hastige Zeilen. Osman musste sofort und auf der Stelle eine Spur der verschwundenen Brüder finden. Denn eines war gewiss – dort, wo diese Spur hinführte, würden sie das Mädchen finden. Und wo sie war, da befand sich auch der Stein der Fatima. Zum Schluss setzte er noch eine Zeile hinzu – eine Empfehlung an Osman, den Jungen Mustafa sofort in seine Obhut zu nehmen und ihn auszubilden. Sein junges, glühendes Herz ließ sich noch willig schmieden und formen. Auf Männer wie ihn würde man sich stets verlassen können.

Hassan streute eine Hand voll Sand zum Trocknen über die Tinte und blies ihn fort. Dann faltete er das Pergament sorgfältig zusammen und verschloss es mit Wachs. Er setzte sein Siegel darauf, ein Siegel, das nicht die Insignien seiner Familie trug, eines wohlhabenden alten Geschlechts, das schon viele Herrscher hervorgebracht hatte. Selbst wenn er der äl-

teste Sohn gewesen wäre, hätte er auf die Nachfolge seines
Vaters verzichtet. Er wollte ein anderes, ein größeres Reich
aufbauen, eines, das Bestand haben würde bis in alle Ewigkeit. Aus diesem Grund trug sein Siegel nichts als den Schriftzug »Allah ist groß«.

Er erhob sich und trat wieder ans Fenster. Die Sonne war
weitergewandert, ihr Licht schien jetzt milder auf die goldenen Kuppeln der Moschee und brannte nicht mehr in den Augen. Er konnte sehen, wie der Muezzin auf den Balkon des
Minaretts hinaustrat. Hassan rollte seinen Gebetsteppich aus
und kniete sich nieder. Während die Stimme des Muezzins
über den Dächern von Gazna schwebte, betete Hassan für die
vier Männer. Er wusste, dass er nicht für ihre Seelen beten
musste. Alle Mitbrüder waren darauf vorbereitete, jederzeit
ihr Leben zu lassen. Doch mit den vieren war auch einer seiner eigenen Brüder dem Nomaden und dem Mädchen auf den
Fersen gewesen. Nuraddin war nur zwei Jahre jünger als er
selbst und der einzige seiner vier Brüder, der ebenfalls den Ruf
Allahs vernommen und ihm mit ganzem Herzen gefolgt war.
Wenn er tot war, wie sollte er das seinem Vater erklären?

Beatrice war bereits seit Tagen unterwegs. Trotzdem schien es
ihr, als ob sie nicht einen Schritt vorangekommen wäre. Obwohl sie mit den ersten Strahlen des Morgens aufstand und
weitermarschierte, bis die Sonne als blutroter Ball im Westen
unterging, änderte sich die Landschaft nicht. Stets war es der
gleiche trostlose Anblick: Geröll, Staub und dürres, grau ver-
blichenes Gras, das im heißen Wüstenwind raschelte und
knisterte wie Alufolie. Ihre Kleidung bot zwar ein wenig
Schutz vor den unbarmherzigen Strahlen der Sonne, doch sie
litt unter Hunger und einem beinahe mörderischen Durst.
Nie hätte sie es für möglich gehalten, dass Durst einen Menschen derart quälen konnte. Ihre Zunge klebte am Gaumen,

ihre Lippen waren trocken und aufgesprungen, und ihre Fantasie gaukelte ihr Bilder von eisgekühlten, in bunten Dosen abgefüllten Erfrischungsgetränken und vor klarem Wasser überquellenden Brunnen vor. In ihrer grenzenlosen Verzweiflung wischte sie sich immer wieder mit einem Zipfel ihres Mantels den Schweiß von der Haut. Und während sie gierig die wenigen Tropfen Flüssigkeit aus dem mit winzigen Salzkristallen überzogenen Stoff saugte, schwor sie sich, nie wieder auch nur einen Fuß vor die Haustür zu setzen, ohne eine bis zum Rand gefüllte Wasserflasche in der Tasche zu haben. Vorausgesetzt natürlich, dass sie diese schier endlose Wanderung durch die staubigste aller Höllen überlebte. Ihren Hunger versuchte Beatrice mit den dürren, harten Gräsern zu stillen, die wie Streichhölzer schmeckten und ihr beim Kauen den Gaumen aufrissen. Einmal fing sie einen Käfer. Es war ein großes Exemplar mit einem glänzenden schwarzen Panzer, einem Skarabäus nicht unähnlich. Sie erinnerte sich an die Worte eines Hamburger Bäckers und Überlebenskünstlers, der in einer Fernsehsendung Insekten als »Proteinlieferanten« empfohlen hatte. Aber nachdem sie den Käfer eine Stunde in ihrer hohlen Hand mit sich herumgetragen und seine zappelnden, krabbelnden Beine gespürt hatte, ließ sie ihn doch laufen. Sie konnte sich nicht überwinden, das Tier zu essen. Vielleicht aus Mitleid mit dem einzigen lebenden Geschöpf weit und breit, abgesehen von ihr und den drei Geiern. Vielleicht war aber auch ihr Hunger noch nicht groß genug. Während sie den Käfer beobachtete, wie er eilig davonkrabbelte und sich schließlich hastig in den Sand eingrub, hoffte sie, dass sie diese Entscheidung nicht noch bereuen würde.

Erst nachts, wenn die letzten Strahlen der Sonne verschwunden waren und es dunkel wurde, machte Beatrice Rast. Sie war nicht wählerisch und gab sich auch keine große Mühe bei der Suche nach ihrem Schlafplatz. Sie ließ sich einfach dort auf den staubigen Boden fallen, wo die Dunkelheit sie gerade eingeholt hatte. Dann rollte sie sich zusammen und wickelte sich in ihren Reiseumhang. Trotzdem fror sie so erbärmlich, dass ihre Zähne aufeinander schlugen. Bislang hatte sie es nie so recht glauben wollen, wenn sie Berichte über die krassen Temperaturunterschiede zwischen Tag und Nacht in den Wüstenregionen gehört hatte. Sie hatte immer gedacht, dass es etwas mit dem subjektiven Empfinden nach der mörderischen Hitze des Tages zu tun hatte. Aber jetzt kamen ihr doch Zweifel. Und manchmal, wenn sie mitten in der Nacht aus ihrem oberflächlichen, unruhigen Schlaf auf-schreckte, hatte sie den Eindruck, dass ihr Atem auf dem Stoff ihres Umhangs gefror.

Von Tag zu Tag fiel es ihr schwerer, morgens aufzustehen und ihren Weg fortzusetzen. Trotz der harten Ledersohlen der Stiefel, die sie trug, spürte sie die spitzen Steine. Ihre Füße wa-ren übersät mit großen blutigen Blasen, und jeder Schritt schmerzte, als würde sie über glühende Kohlen laufen. Mehr als einmal war sie kurz davor, sich einfach fallen zu lassen und sich an Ort und Stelle ihrem Schicksal zu ergeben. Aber sie konnte nicht. Sobald sie die Augen schloss, sah sie Mi-chelle vor sich, wie sie auf der Intensivstation lag, umringt von piepsenden Monitoren und gefangen in einem Traum, aus dem es so lange kein Erwachen gab, bis es ihr gelingen würde, das kleine Mädchen zu finden und es wieder zurück-zubringen. Nach Hause.

Die Geier verfolgten sie weiterhin hartnäckig. Sie waren mittlerweile ein so vertrauter Anblick, dass Beatrice ihnen in-zwischen sogar Namen gegeben hatte. Sie waren der einzige Beweis, dass es in dieser Gegend abgesehen von ihr noch an-deres Leben gab. Am Abend, wenn Beatrice sich zum Schla-fen hinlegte, ließen sich auch die Geier nieder. Sie kamen von Tag zu Tag näher. Den größten der drei, ein besonders abstoßender, zerrupft aussehender Geier mit blutunterlaufenen Augen, der offensichtlich der Anführer war, hatte sie Dr. Mainhofer getauft. Der zweite, kleiner und ein wenig rundlicher als seine Kumpane, hieß Nuh II. Am meisten fürchtete sie sich jedoch vor Senge. Er war groß, mager und hatte fast schwarzes Gefieder. Wenn sie diesem Vieh in die Augen sah, hatte sie immer den Eindruck, dass er sein Mahl liebend gern bereits begonnen hätte und dass nur die Autorität von Dr. Mainhofer ihn davon abhielt, ihr mit seinem spitzen Schnabel bei lebendigem Leib das Fleisch von den Knochen zu reißen. Wie lange würden sie sich noch von ihr fern halten? Wie lange würde sie noch gehen müssen, bis sie endlich auf Menschen traf? Und wie lange konnte sie das noch aushalten? Beatrice nahm den Stein der Fatima in die Hand. Immer wieder hatte sie dies in den vergangenen Tagen getan, um sich zu vergewissern, dass sie nicht den falschen Weg eingeschlagen hatte. Doch der leuchtend blaue Finger zeigte stets in dieselbe Richtung – nach Nordwesten.

Es war gegen Mittag des sechsten Tages. Die Sonne hatte ihren höchsten Stand erreicht und brannte Beatrice unbarmherzig auf den Rücken. Schweiß lief ihr in Strömen am Körper hinab. Dabei fühlte sie sich beinahe ebenso ausgetrocknet und gedörrt wie das spärliche graugrüne Gras, und sie fragte sich, welchen geheimen Reserven ihr Körper die Mengen an Flüssigkeit überhaupt noch entlocken konnte. Halb von Sinnen vor Hitze und Durst stolperte sie voran, immer Richtung Nordwesten, als ein jäh einsetzender Schmerz sie wieder in die Realität zurückholte. Es war ein Gefühl, als ob ihr jemand einen rostigen Nagel in den linken Fuß getrieben hätte. Sie schrie vor Schmerz und biss sich gleich darauf auf die Lippe. Vom Himmel erklang ein so triumphierendes Krächzen, und die drei Geier begannen so tief über ihr zu kreisen, als ob ihr Ende nun unmittelbar bevorstehen würde. Mühsam raffte

Beatrice sich auf und humpelte weiter, doch nach einer Stunde gab sie schließlich auf. Ihr linker Fuß schmerzte bei jedem Schritt, als würde man sie zwingen, über scharfe Messerklingen zu laufen. Mit zusammengebissenen Zähnen zog sie sich den Stiefel aus und betrachtete entsetzt ihren Fuß. Kein Wunder, dass sie solche Schmerzen hatte. Es war keine neue aufgeplatzte Blase, wie sie anfangs vermutet hatte, sie war in einen Dorn getreten. Er steckte tief in ihrem blutunterlaufenen Fleisch, und die Gegend um den Einstich herum war hochrot und berührungsempfindlich. Offensichtlich hatte sich der Fuß bereits entzündet. Mit großer Willensanstrengung quetschte sie ihren heftig schmerzenden Zehenballen, bis endlich der Dorn ein winziges Stück aus der Haut herausragte, sodass sie ihn mit Daumen und Zeigefinger greifen konnte. Es war ein schweres Stück Arbeit. Ihre Hände waren durch Sonne und Trockenheit rau und rissig geworden, ihre Fingernägel schmutzig und eingerissen. Außerdem tanzten vor ihren Augen Lichtkreise, sodass sie die kleine schwarze Spitze des Dorns nicht einmal richtig erkennen konnte. Hätte sie in diesem Augenblick eine Fee getroffen, die bereit gewesen wäre, ihr einen einzigen Wunsch zu erfüllen, sie hätte nicht lange nachzudenken brauchen – sie hätte sich eine Pinzette gewünscht. Beatrice quetschte und versuchte den Dorn zu greifen, kniff sich dabei jedoch immer wieder in den Fuß und stöhnte vor Schmerz auf. Endlich, nach Stunden, wie es ihr schien, hatte sie es geschafft. Sie bekam die Spitze des Dorns zu fassen und zog ihn aus der Wunde – ein fast zwei Zentimeter langes Folterinstrument, dem Blut und Eiter folgten. Beatrice drückte und presste ihren Ballen, um das Wundsekret zu entfernen. Die Prozedur trieb ihr die Tränen in die Augen, doch sie versuchte tapfer jeden Schmerzensschrei zu unterdrücken. Sie hatte die Befürchtung, es könnte die Geier auf falsche Gedanken bringen. Sie kamen ohnehin schon erwartungsvoll näher gehüpft, krächzten, als ob sie ihren Körper bereits unter sich aufteilen würden, und nickten dabei lebhaft mit ihren Köpfen.

»Haut ab!«, schrie Beatrice wütend und warf Steine nach den Vögeln. Allein durch Gesten ließen sich die drei schon lange nicht mehr verscheuchen.

Allerdings flogen sie diesmal nicht davon wie sonst, wenn Beatrice sie mit Steinen bewarf. Sie wichen nur ein paar Meter weiter zurück und beobachteten sie, neugierig, lauernd. In ihren seltsam kalten Vogelaugen glaubte sie so etwas wie hoffnungsvolle Erwartung zu lesen. Ob die Geier in der Lage waren, den Geruch von Blut und Eiter wahrzunehmen? Wenn sie das konnten, wussten sie bestimmt auch, dass ihr Warten bald ein Ende haben würde. Mit diesem Fuß würde sie nicht mehr in der Lage sein, weit zu laufen. Aus eigener Kraft würde sie keine menschliche Siedlung mehr erreichen können. Und dann konnte ihr nur noch ein Wunder helfen.

Während Beatrice notdürftig ihren Fuß mit Fetzen aus ihrem Reiseumhang umwickelte und hoffte, dass die Entzündung nicht weiter voranschritt und möglicherweise auf die Sehnen oder gar die Knochen übergriff, haderte sie mit ihrem Schicksal. Sollte es wirklich so weit kommen? Sollte tatsächlich so ein gemeiner, blöder Dorn ihrer Suche nach Michelle ein vorzeitiges Ende bereiten? Außerdem fragte sie sich, weshalb die Pflanzen in dieser unwirtlichen Gegend es überhaupt nötig hatten, Dornen zu entwickeln. Weit und breit gab es keine Tiere, vor deren Fraß sie sich hätten schützen müssen. Oder hatte einfach eine unheilvolle Macht ihr den Dorn in den Weg gelegt, um sie aufzuhalten? Beatrice seufzte und wischte sich den Schweiß von der Stirn. Es klang verrückt, aber bei so viel Pech konnte man beginnen, an bösartige Kobolde, Dämonen oder gar den Teufel selbst zu glauben.

Mit zunehmender Nervosität beobachtete Beatrice die Geier. Es sah aus, als würden sie ihre Köpfe zusammenstecken und sich unterhalten. Ihr unheilverkündendes Krächzen klang in ihren Ohren, als ob sie sich streiten würden. Beatrice konnte sich auch vorstellen, worum es ging. Senge wollte bestimmt schon mit dem Festmahl beginnen, während Dr. Mainhofer ihn auf irgendein Geier-Gesetz verwies, nach dem man doch wenigstens so höflich sein sollte zu warten, bis die Festtagsspeise nicht mehr lebte. Doch plötzlich, wie auf ein geheimes Zeichen hin, hoben die Geier ihre Köpfe und waren still. Nuh II. breitete seine Flügel aus, erhob sich in die Lüfte und flog in die Richtung, aus der sie gekommen waren. Als er wenig später zurückkehrte, schien er den anderen beiden etwas zu erzählen. Dr. Mainhofer warf Beatrice einen wütenden Blick zu, krächzte einmal und stieg dann gemeinsam mit Nuh II. auf. Nur Senge wartete noch. Er hüpfte näher. Sein schwarzes Gefieder funkelte in der Sonne, sein spitzer, scharfer Schnabel neigte sich ihr bedrohlich entgegen. Beatrice wusste, dass es Unsinn war, dass ein Vogel niemals wirklich solche Gedanken hegen konnte. Trotzdem hatte sie den Eindruck, dass er sie voller Wut und Hass anstarrte. Er stieß ein heiseres Krächzen aus, das beinahe wie ein Fluch klang, dann breitete auch er seine Flügel aus und folgte den anderen. Beatrice sah den Geiern verblüfft nach. Es war kein Zweifel möglich, die drei entfernten sich. Nachdem sie ihr sechs Tage lang hartnäckig gefolgt waren, flogen sie jetzt einfach so davon. Warum?

Beatrice musste nicht lange auf die Antwort warten. Schon wenig später hörte sie ein gleichmäßiges Donnern. Ein dumpfes Trommeln, als ob ...

Hufe, dachte Beatrice und lauschte so angestrengt, dass sie am liebsten sogar ihrem Herzen befohlen hätte, mit dem Schlagen auszusetzen. Jetzt glaubte sie sogar ein Schnauben zu hören. Das mussten Pferde sein. Reiter kamen näher.

»Hallo!«, schrie sie so laut sie konnte und erhob sich. Die

Schmerzen in ihrem Fuß waren für den Augenblick vergessen. Sie dachte nur noch daran, wie sie die Reiter auf sich aufmerksam machen konnte. Die Angst, dass sie an ihr vorbeiritten, ohne sie zu bemerken, verlieh ihr Kräfte, von deren Existenz sie bislang nichts geahnt hatte. Sie sprang auf und ab wie ein Gummiball, winkte mit beiden Armen und ruderte, als ob sie die Absicht hätte, einem Windrad Konkurrenz zu machen. »Hallo!«

Die Staubwolke wurde immer größer, und Beatrice jubelte. Die Reiter kamen wirklich direkt auf sie zu. Fasziniert beobachtete sie, wie die schwarzen Punkte am Horizont wuchsen und mehr und mehr Farben und Konturen annahmen. Sie verschwendete keinen Gedanken daran, dass es womöglich Räuber oder Sklavenhändler waren. Und als sich schließlich doch noch Bedenken einstellten – welcher Mensch begab sich schon freiwillig in diese Hölle, wenn ihn nicht düstere Absichten trieben –, war es zu spät. Die Reiter waren bereits bei ihr.

Es waren vier Männer, eingehüllt in die weite wüstentaugliche Kleidung der Beduinen. Ihre Gesichter waren zum Schutz gegen die Sonne und gegen den Sand hinter Tüchern verborgen, die nur die Augen frei ließen. Es waren dunkle Augen, mit denen sie Beatrice voller Misstrauen betrachteten, als ob sie sich noch nicht sicher wären, zu welchen Wesen die Frau vor ihnen gehörte – zu den Menschen oder den Geistern.

»Salam, Ihr edlen Herren!«, sagte Beatrice. Ihre Zunge klebte am Gaumen, und ihre Stimme klang so heiser, dass sie nur hoffen konnte, dass die Männer sie auch verstehen würden. Sie verneigte sich und berührte mit ihrer Hand Brust, Mund und Stirn. »Allah sei gepriesen für Seine Barmherzigkeit und Güte. Sein Name sei gelobt, dass er Eure Schritte zu mir gelenkt hat. Ich hatte die Hoffnung auf Rettung bereits aufgegeben.«

Einer der Männer löste sein Tuch von seinem Gesicht. Er war jung und außergewöhnlich hübsch, und Beatrice hätte schwören können, dass seine Augen mit Kohle geschminkt waren.

»Welch unerfreuliches Schicksal mag es sein, welches ein einsames Weib mitten in das Herz der Wüste treibt?«, fragte er und ließ seinen skeptischen Blick an Beatrice hinabgleiten.

»Ich wollte die Wüste durchqueren. Und …«

»Wohin wolltest du, Weib?«, unterbrach sie einer der anderen Männer. Seine Stimme drang dumpf und mürrisch unter seinem Tuch hervor.

»Man sagte mir, dass dort im Nordwesten eine Oase liegt«, erwiderte Beatrice ohne lange darüber nachzudenken, was sie den vieren erzählen sollte. »Ich wollte dorthin. Eine Cousine zweiten Grades wird in den nächsten Tagen heiraten.«

»Zur Hochzeit nach Qum?«, fragte der dritte der Männer mit ungläubigem Staunen. Die Stimme klang jung, fast noch kindlich, und unwillkürlich stellte sich Beatrice unter dem Tuch das glatte, unschuldige Gesicht eines halbwüchsigen Jungen vor. »Aber dorthin wollen wir doch …«

»Schweig, Assim!«, herrschte ihn der an, der zuerst mit Beatrice gesprochen hatte. »Hör nicht auf ihn, Weib, mein Bruder redet oft unsinniges Zeug daher. Sprich weiter. Weshalb reist du allein? Und wo ist dein Pferd?«

»Als ich von zu Hause aufbrach, hatte ich mich einer Gruppe von Händlern angeschlossen, die sich bereitwillig anboten, mich bis zu der Oase zu begleiten. Ich konnte ja nicht ahnen, dass sich hinter der freundlichen und hilfsbereiten Fassade gemeine Betrüger verbargen. Als ich eines Morgens aufwachte, waren sie fort. Und mit ihnen mein Pferd und das Packtier mit Wasser, Proviant, meinen Kleidern, meinem Schmuck und den Hochzeitsgeschenken für meine Cousine.« Beatrice war selbst überrascht, wie glatt und mühelos ihr die Lüge über die Lippen kam. Diese Geschichte klang so einleuchtend, dass sie sie beinahe selbst für die Wahrheit hielt. »Anfangs beklagte ich mein unerfreuliches Schicksal und wartete auf Rettung. Doch dann raffte ich mich auf und begann zu Fuß weiterzugehen, in der Hoffnung, irgendwann auf eine Menschenseele zu treffen. Und nun hat Allah endlich in Seiner unermesslichen Güte meine Bitten erhört, und ich stehe vor Euch, Ihr edlen Herren, angewiesen auf Eure Gnade und Euer Erbarmen.«

Sie verneigte sich wieder.

»Wie lange ist das jetzt her?«, fragte der Anführer. Seine Stimme klang bereits deutlich milder. »Seit wann bist du zu Fuß unterwegs?«

»Ich habe mein Gefühl für die Zeit verloren, Herr, doch es müssen fünf oder sechs Tage sein«, antwortete Beatrice. »Und jetzt verlässt mich allmählich meine Kraft. Ich fürchte, wenn Ihr mich erst morgen gefunden hättet, hätten die Geier bereits mit ihrem grausigen Geschäft begonnen.«

Die jungen Männer warfen einander kurze Blicke zu und nickten schließlich.

»Wir haben die Geier gesehen«, sagte der Anführer und glitt vom Pferd. Mit gierigen Augen beobachtete Beatrice, wie er einen fellbezogenen Beutel vom Sattel nahm. Er trat auf sie zu und reichte ihn ihr. »Trink.«

Beatrice traten die Tränen in die Augen. Nie hätte sie es für möglich gehalten, dass der Anblick eines einfachen, mit Ziegenfell bezogenen Wasserschlauchs so ein Glücksgefühl in ihr auslösen könnte. Ehrfürchtig streichelte sie über das kurze dunkelbraune Fell und schickte Dankgebete in den Himmel. In diesem Schlauch befand sich vermutlich kaum mehr als ein Liter Wasser. Trotzdem war es für Beatrice viel kostbarer als der Inhalt sämtlicher Bulgari- und Cartier-Geschäfte auf der ganzen Welt.

Langsam!, ermahnte sie sich und zwang sich dazu, in kleinen, winzigen Schlucken zu trinken. Sie war schließlich Ärztin und wusste, dass bei ihrer Ausgedörrtheit zu viel Wasser
gefährlich sein konnte. Trotzdem kostete es sie eine Willensanstrengung, die sie nicht für möglich gehalten hätte.

Aufmerksam beobachteten die Männer sie. Schließlich
nahm der Anführer ihr den Wasserschlauch wieder ab und
nickte anerkennend. Offensichtlich hatte sie gerade eine Prüfung bestanden. Sie schienen nun zu glauben, dass sie trotz
ihrer blauen Augen eine erfahrene Wüstenbewohnerin war.

»Du hast wahrlich Glück, dass wir diesmal einen anderen
Weg nach Qum eingeschlagen haben als gewöhnlich«, sagte
er und verstaute den Wasserschlauch wieder an seinem Sattel.
»Allah muss einen mächtigen Engel an deine Seite gestellt haben. Steig hinter Assim auf das Pferd. Wir werden dich nach
Qum mitnehmen.« Er half ihr auf das Pferd hinauf. »Übrigens, mein Name ist Malek.«

»Ich heiße Sekireh«, erwiderte Beatrice ohne nachzudenken. Ein unbestimmtes Gefühl sagte ihr, dass es besser sei,
nicht ihren richtigen Namen zu nennen.

Sie zog sich ihr Tuch wieder fest vor das Gesicht und legte
ihre Arme um die Taille des jungen Mannes vor ihr.

»Glaubst du, du bist überhaupt in der Lage zu reiten?«,
fragte Assim besorgt. »Bist du nicht zu schwach?«

»Keineswegs«, antwortete Beatrice. »Ich will nur endlich
die Wüste hinter mir lassen. Dafür würde ich sogar bis zum
Ende der Welt reiten.«

Assim lachte. Es war das fröhliche, unbeschwerte Lachen
eines Kindes.

»So weit ist es zum Glück nicht mehr, Sekireh«, sagte er.
»Gegen Abend werden wir Qum erreichen.«

Er trat dem Pferd in die Flanken und folgte den anderen
Männern, die bereits weitergaloppierten.

Das Licht der untergehenden Sonne begann gerade, den Himmel in Brand zu setzen, als sie endlich ihr Ziel vor Augen sahen. Vor ihnen am Horizont erhob sich die Oase Qum. Die Männer zügelten ihre Pferde und genossen einen Moment lang den Anblick von Häusern und grünen Bäumen, die sich so plötzlich aus dem Sand und Geröll der Wüste erhoben, als hätte der Geist aus der Wunderlampe sie dorthin verfrachtet. Beatrice hielt den Atem an. Etwas Schöneres hatte sie noch nie gesehen.

»Los, weiter!«, rief Malek. Er stieß einen wilden Schrei aus und trat seinem Pferd in die Flanken.

»Weshalb hat er es so eilig, nach Qum zu gelangen?«, fragte Beatrice überrascht.

Assim lächelte. »Ist es denn ein Wunder? Ich dachte, das weißt du. Du willst doch auch zur Hochzeit. Mein Bruder freut sich natürlich auf Yasmina, seine Braut, die ihm schon seit mehr als zehn Jahren versprochen ist. Meine Brüder und ich sind nur seine Begleitung. Und morgen, wenn die Sonne aufgegangen ist, wird Yasmina endlich seine Frau.«

Assim trat seinem Pferd in die Flanken, um seinen Brüdern zu folgen, und nur wenig später erreichten sie die Oase.

Es war ein herrlicher Ort. Beatrice wandte den Kopf unablässig von rechts nach links und konnte sich doch nicht satt sehen. Überall wuchsen Schatten spendende Bäume, die schwer an ihren Früchten trugen – an köstlich duftenden Pfirsichen, goldgelben Äpfeln und leuchtend roten Kirschen. Rosen und viele Blumen, deren Namen Beatrice nicht kannte, blühten in allen nur erdenklichen Farben. An den weiß getünchten Hauswänden und Mauern rankte Jasmin und betäubte mit seinem unvergleichlichen Duft die Sinne. Das Licht der untergehenden Sonne ließ alle Farben nur noch intensiver leuchten. Alles um sie herum war grün; es war ein so herrliches, gesundes, lebendiges, sattes Grün, dass es Beatrice beinahe die Tränen in die Augen trieb. Sie kam sich vor, als ob sie von den Toten auferstanden wäre. Schafe blökten, Ziegen meckerten, Hühner liefen durcheinander, Menschen lachten und Kinder schrien. Dies hier war das Leben – der krasse Gegensatz zu der Einöde, die beinahe ihr Grab geworden war. Beatrice konnte es kaum fassen. Sie hatte es geschafft. Sie hatte tatsächlich die Wüste hinter sich gelassen.

Sie kamen an einen See, dessen gegenüberliegendes Ufer – ein breiter dunkelgrüner Streifen am Horizont – von einem großen, kantigen Gebäude beherrscht wurde, ägyptischen Tempelanlagen nicht unähnlich. Ein paar niedrige Boote schwammen auf dem Wasser. Die Fischer entzündeten kleine Laternen am Bug, um die Fische anzulocken, und warfen ihre Netze aus. Sie sahen aus wie Irrlichter, die im voranschreiten-den Dunkel über das Wasser schwebten. Vögel sangen in den Zweigen der Bäume ihre Abendlieder, und Schmetterlinge tanzten von Blume zu Blume. Beatrice sah sich fassungslos um. Sie kam sich vor wie ein Außerirdischer, der zum ersten Mal Kontakt zu Menschen hatte. Wie konnte die Natur ei-nerseits so karg und unwirtlich sein und andererseits, nur we-nige Schritte vom Nichts entfernt, einen derart fruchtbaren und blühenden Garten hervorbringen? Es war ein Wunder. So und nur genau so mussten sich die Menschen des Alten Testaments das Paradies vorgestellt haben. Es war, als hätte Gott ein Stück vom Garten Eden auf der Erde vergessen. Fast beiläufig registrierte sie das Fehlen jedes Anzeichens von technischem Fortschritt. Es gab keine Stromleitungen, keine Transformatoren, sie sah keine Autos und hörte auch keine Motorengeräusche. War sie etwa schon wieder im Mittelalter gelandet?

»Wir sind da!«, rief Assim fröhlich, nahm sich das Tuch vom Gesicht und glitt vom Pferd. »Das Haus dort vorne, das mit den erleuchteten Fenstern, ist das Haus von Yasminas Vater. Da sie deine Cousine ist, wirst du sicherlich unter ihrem Dach übernachten. Malek, Murrat, Kemal und ich hingegen werden von Yasminas Onkel beherbergt. Er wohnt auf der gegenüberliegenden Seite.«

Er breitete seine Arme aus, um Beatrice beim Absteigen zu helfen. Als sie jedoch auf den Boden aufkam, schrie sie vor Schmerz auf. Ihre Füße fühlten sich an wie unförmige, geschwollene Klumpen rohen Fleisches. Sie konnte nicht einmal mehr stehen.

»Was ist?«, fragte er besorgt.

»Meine Füße!«, stöhnte Beatrice und versuchte sich auf das Pferd zu stützen, das jedoch unwillig zur Seite tänzelte. »Auf meinem Weg durch die Wüste bin ich in einen Dorn getreten und habe mir den Fuß verletzt.«

»Warte, Sekireh!«, sagte Assim sofort. »Ich werde einen der Diener herbeiholen, damit wir dich ins Haus tragen können.«

Und schon im nächsten Augenblick war er davongelaufen, dem hell erleuchteten Haus entgegen. Beatrice sah ihm mit gemischten Gefühlen nach. So schön es war, endlich die schreckliche Wüste hinter sich gelassen und wieder fruchtbares grünes Land erreicht zu haben, so unwohl war ihr jetzt zumute. Es war nur noch eine Frage der Zeit, bis ihre Lüge entdeckt werden würde. Yasmina und ihre Eltern würden natürlich sofort wissen, dass sie keine Cousine namens Sekireh zur Hochzeit erwarteten, und ihren Schwindel bemerken. Und dann? Was sollte sie tun, wenn man Rechenschaft von ihr forderte? Sollte sie leugnen? Sollte sie die Wahrheit sagen oder einfach alles mit sich geschehen lassen, in der Hoffnung, dass man Mitleid mit der Fremden haben würde, die einsam und ohne Wasser und Nahrung tagelang durch die Wüste geirrt war? Aber was würde man mit ihr tun? Wenn sie viel Glück hatte, würde man sie einfach wieder zurück in die Wüste jagen. Doch daran glaubte sie nicht. Viel wahrscheinlicher war es, dass man sie in den Kerker sperren oder gleich an Ort und Stelle steinigen, ihr die Hände abhacken oder etwas ähnlich Schreckliches tun würde. Die Strafen, die das islamische Gesetz für alle möglichen Arten von Vergehen vorsah, waren drakonisch. Und sie gab sich nicht der trügerischen Hoffnung hin, dass die Strafen für Lügner milder sein würden als für Diebe.

Beatrice bekam Angst. Ihr Herz klopfte bis zum Hals, ihr wurde speiübel. Sollte sie davonlaufen und sich verstecken, bevor es zu spät war? Doch kaum hatte sie diesen Einfall in Erwägung gezogen, als sie ihn auch schon wieder verwarf. An Flucht war überhaupt nicht zu denken. Nicht mit ihren wunden, blutig gelaufenen Füßen. Sie würde keine hundert Meter weit gehumpelt sein, bis die Männer sie eingefangen hatten. Und danach hätte sie bestimmt keine Gnade mehr zu erwarten. Abgesehen davon hatte sie ohnehin keine Zeit mehr. Assim kam bereits zurück, einen breitschultrigen, hoch gewachsenen Mann im Schlepptau. Was sollte sie jetzt tun? Was konnte sie jetzt überhaupt noch tun, ohne sich auf Anhieb verdächtig zu machen? Beatrice griff in ihren Beutel, in dem der Stein der Fatima lag, und wünschte sich in diesem Augenblick nichts sehnlicher, als dass es in der Macht des Saphirs stünde, seine Trägerin bei Bedarf unsichtbar werden zu lassen.

»Schau nur, Sekireh!«, rief Assim schon von weitem und winkte ihr fröhlich zu. Er konnte ja nicht ahnen, was wirklich in ihr vorging. »Schon bin ich wieder zurück. Und bei mir habe ich ein Paar starker Arme, die dich schneller als der Wüstenwind ins Haus tragen werden!«

»Du hast dich wirklich sehr beeilt«, erwiderte Beatrice und versuchte wenigstens so zu tun, als ob sie sich über den Anblick des Dieners freuen würde. Der Mann war jung, sah gut aus, und er war riesig. Er trug ein ärmelloses Hemd, sodass seine mehr als gut entwickelten Muskeln wirklich optimal zur Geltung kamen. Vor ihr, zum Greifen nahe, stand Mister Universum. Beatrice schluckte. Allerdings waren seine Muskeln nicht das Produkt von isometrischen Übungen, Anabolika und proteinhaltiger Spezialnahrung. Sie waren echt. Hinter diesen Muskeln steckte Kraft. Vermutlich war der Mann in der Lage, ihr mit einem einzigen Griff seiner großen Hände den Arm zu brechen.

Vielleicht wäre es doch besser gewesen, davonzulaufen?, dachte Beatrice und lächelte ihn gequält an. Würden sie sich in Hamburg befinden und sie in einer Werbeagentur arbeiten, hätte sie ihm auf der Stelle einen Casting-Termin angeboten. Aber in ihrer Situation konnte sie sich über seinen Anblick nicht freuen. Nicht in einer Oase mitten unter Beduinen.

»Herrin«, sagte der Diener und verneigte sich vor ihr. Seine Muskeln bewegten sich unter seiner makellosen braunen Haut, die schimmerte, als hätte er sich mit einem kostbaren Öl eingerieben. »Vertraut mir.«

Und ohne auf eine Antwort zu warten, hob er sie auf seine Arme, als wäre sie leicht wie eine Feder, und ging mit ihr dem hell erleuchteten Eingang entgegen.

»Bis morgen, Sekireh!«, rief Assim ihr fröhlich nach. »Wir sehen uns bei der Hochzeit!«

Doch Beatrice achtete kaum auf ihn. Sie waren etwa fünfzig Meter vom Haus entfernt. Sie wurde immer nervöser. Was sollte sie tun? Was sollte sie sagen, wenn sie den Hausherren vorgestellt würde? Noch vierzig Meter.

O bitte, Stein der Fatima, hilf mir!, flehte sie stumm und umklammerte den Saphir voller Verzweiflung. Noch dreißig Meter. Dieser Diener ging erschreckend schnell.

Bitte lass mich ohnmächtig werden. Dann kann ich wenigstens nach dem Erwachen eine Amnesie vortäuschen.

Noch zwanzig Meter. Die Haustür stand weit offen. Dahinter sah sie den mit Fackeln hell erleuchteten Innenhof. Schatten huschten vorbei. Vielleicht waren es Diener, vielleicht waren es aber auch die Hausherren, die ihr entgegenkamen, um ihren Gast, die weit gereiste »Cousine«, willkommen zu heißen.

Zu spät!, dachte Beatrice, und ihr Magen verkrampfte sich zu einem harten, schmerzhaften Klumpen. Es ist zu spät! Gleich werden sie deinen Schwindel durchschauen, und dann …

Nur noch zehn Meter.

»Hab Vertrauen!«, flüsterte ihr eine Stimme zu, die verblüffende Ähnlichkeit mit der Stimme von Frau Alizadeh hatte, jener Frau, die ihr vor Jahren ihren ersten Stein der Fatima geschenkt hatte. »Der Stein weiß immer, was er tut.«

Beatrice schloss die Augen. Sie war jetzt auf das Schlimmste gefasst.

Der Diener setzte seinen Fuß über die Schwelle.

Ich vertraue dir, ich vertraue dir, ich vertraue dir …

VI

Doch es kam alles ganz anders. Als Beatrice ihre Augen wieder aufschlug, befand sie sich mitten in einem wunderschön angelegten Innenhof mit blühenden Beeten und Brunnen, die leise vor sich hin plätscherten. Hunderte von brennenden Fackeln und Talglichtern sorgten anstelle von elektrischem Licht für Helligkeit. Diener liefen mit Krügen und dampfenden Schüsseln umher, aus denen ein so köstlicher Duft aufstieg, dass Beatrice augenblicklich das Wasser im Mund zusammenlief. Das Trockenobst, das die vier Brüder ihr gegeben hatten, war eben doch nicht ausreichend, um den Magen nachhaltig zu füllen. Eine kleine, schmale Frau, gekleidet in ein knöchellanges Gewand aus dunkelblauem Stoff, kam mit eiligen Schritten auf sie zu.

»Ist das unsere liebe Cousine?«, fragte sie den Diener.

Der Mann nickte. Beatrice hielt den Atem an, als sich die Frau ihr zuwandte. Jetzt war es so weit. Gleich würde sie sagen, dass sie Beatrice nicht kenne, dass dies nie im Leben eine Cousine sei, dass sie eine Schwindlerin sei, eine Hochstaplerin, deren Hände man abhacken sollte, deren Zunge man herausschneiden ...

»Sei willkommen, Sekireh«, sagte sie rasch und atemlos, so als hätte sie eigentlich überhaupt keine Zeit, hier zu stehen und Gäste zu empfangen. Ein nervöses Lächeln glitt hektisch über ihr Gesicht. »Es freut mich, dass du uns besuchst. Vor allem freut es mich, dass du die Gefahren deiner weiten Reise wohlbehalten hinter dich gebracht hast und rechtzeitig zum Abendmahl bei uns eingetroffen bist.«

Beatrice wusste vor Verblüffung nicht, was sie erwidern sollte. Sie glaubte ihren Ohren nicht zu trauen. Hatte man sie etwa erwartet?

»Vielen Dank ... Aber woher ... Ich weiß, ich ...«, stammelte sie hilflos.

Doch die kleine Frau winkte ab. »Du brauchst mir nicht zu danken, mein Kind«, sagte sie und gab Beatrice einen flüchtigen, hastigen Kuss auf jede Wange. »Assim, einer der Brüder des Bräutigams, hat mir bereits alles erzählt. Komm mit. Nima trägt dich zu deinem Zimmer, damit du dich frisch machen und umkleiden kannst. Und dann wird man dich zum Festsaal bringen, wo wir in Kürze unser Abendmahl einnehmen werden. Ich bin sicher, Yasmina wird sich ebenso freuen, dich zu sehen, wie ich.«

Während der Diener Beatrice durch das große, luxuriös ausgestattete Haus trug, konnte sie es immer noch nicht fassen. War es Zufall? Hatte sie einfach nur Glück, noch mehr Glück, als man brauchte, um dreimal hintereinander den Jackpot im Lotto zu knacken? Oder hatte der Stein für sie gesorgt? Hatte er ihr Aussehen so verändert, dass man sie für eine andere Frau hielt? Sie sah sich aufmerksam um, um etwas mehr über ihre Gastgeber in Erfahrung zu bringen. Überall in den Gängen standen mit Messing- und Elfenbeineinlegearbeiten verzierte Truhen aus edlen Hölzern, kostbare Teppiche und farbenfrohe Mosaike schmückten die Wände. Welchem Handwerk oder Geschäft Yasminas Eltern auch immer nachgingen, sie waren offensichtlich sehr wohlhabend dabei geworden.

Schließlich blieben sie vor einer Tür stehen.

»Da sind wir!«, sagte die Frau in geschäftigem Ton und öffnete die Tür. »Ich schicke gleich eines der Mädchen vorbei, damit sie dir beim Umkleiden behilflich ist. Assim erzählte, dass diese verfluchten Diebe dir sogar deine Kleider gestohlen haben?« Beatrice nickte, und die Frau runzelte zornig die Stirn. »Die Hilflosigkeit einer Frau in der Wüste auf so schmähliche Weise auszunutzen. Man sollte diesen frechen Kerlen auf der Stelle beide Hände abhacken. Aber Allah wird sie schon richten. Ich hoffe, dass sie jämmerlich in der Wüste verenden.« Sie schüttelte angewidert den Kopf. Dann fuhr sie in ruhigerem Ton fort: »Ich werde dir frische Kleidung bringen lassen. Jetzt ruhe dich aus, Sekireh. Wir werden dir einen Diener schicken, der dich zum Festsaal geleiten wird, sobald das Mahl bereit und es Zeit zum Essen ist.«

Und noch ehe Beatrice sich bedanken konnte, war die Frau auch schon wieder verschwunden. Sie war allein.

Das Zimmer war sehr bequem ausgestattet, mit mehreren Lagen weicher, farbenfroher Teppiche auf dem Boden, Sitzpolstern, niedrigen Tischen und einem breiten, sehr bequem wirkenden Bett in der Mitte des Raums. Beatrice humpelte langsam und mühsam zu dem Bett und ließ sich ächzend darauf fallen. Ihr tat jedes einzelne Glied weh, am ganzen Körper hatte sie blaue Flecken. Die Vorstellung, nicht mehr auf dem harten, mit spitzen Steinen übersäten Wüstenboden, sondern endlich wieder in einem richtigen weichen Bett, mit warmer Decke und möglicherweise sogar einem nach Jasmin, Orangenblüten und Melisse duftenden Kräutersäckchen unter dem Kopfkissen schlafen zu können, war so verlockend, dass sie sich nur mühsam bezwingen konnte. Am liebsten hätte sie trotz Hunger auf das Festmahl verzichtet, sich stattdessen auf dem Bett ausgestreckt, die Augen geschlossen und der Müdigkeit einfach nachgegeben. Doch dazu durfte sie sich unter gar keinen Umständen hinreißen lassen. Zu viel gab es, worüber sie noch nachdenken musste, bevor man sie zum Essen abholte.

Beatrice zwang sich, sich wieder aufzusetzen. Bald würde jemand kommen – eine Dienerin, ein Diener, vielleicht sogar diese kleine Frau selbst. Sie musste überlegen, wie sie sich dann verhalten sollte.

Wer war diese kleine Frau? War sie die Hausherrin? Und wenn ja, wie sollte sie sie ansprechen? Beatrice versuchte sich aus ihrer Zeit in Buchara in Erinnerung zu rufen, wie sich die Frauen gegenseitig genannt hatten. Sollte sie einfach »Tante« sagen? Wäre sie wirklich eine Cousine der Braut gewesen, hätte sie vermutlich den Namen dieser Frau gewusst und sie bei ihrem Namen genannt. Aber so?

Es klopfte, und die Tür ging auf. Ein kleines mageres Mädchen erschien im Türrahmen, beladen mit weißen Tüchern, frischer Wäsche, Schüsseln und einem Krug, aus dem Dampfwolken aufstiegen.

»Komm herein«, sagte Beatrice freundlich. Aus ihrer Zeit im Harem des Emirs von Buchara wusste sie, dass die jungen Dienerinnen, meistens völlig verängstigte, schüchterne Wesen, für ein nettes Wort und ein Lächeln mehr als dankbar waren. Für ein bisschen Freundlichkeit taten sie beinahe alles.

»Herrin«, sagte das Mädchen und verneigte sich. »Die Herrin befahl mir, Euch bei der Reinigung und beim Umkleiden zu helfen.«

»Ich danke dir«, erwiderte Beatrice und begann bereits damit, ihre staubige, verschwitzte Reisekleidung auszuziehen. »Vor allem brauche ich jedoch warmes Wasser, ein Fläschchen Myrrhe und saubere Tücher für meine Füße.«

»Ich habe schon alles dabei, Herrin«, sagte das Mädchen. »Außerdem habe ich noch einen Tiegel mit Salbe aus Ziegenfett mitgebracht. Damit könnt Ihr Eure wunden Füße behandeln.«

Und dann kniete sich das Mädchen auf den Boden vor

Beatrice nieder und begann ihr vorsichtig die Stiefel auszuziehen.

Während das Mädchen mit sanften und geschickten Händen ihre Füße badete, sie abtrocknete und das Myrrheöl auftupfte, dachte Beatrice an ihre Zeit in Buchara zurück. Sie hatte lange gebraucht, um sich an die ständige Anwesenheit der Diener zu gewöhnen. Es war ihr schwer gefallen zu akzeptieren, dass die Mädchen ihr jeden noch so kleinen Handgriff abnahmen. Manchmal hatte sie sich gefühlt, als hätte man sie in eine Zwangsjacke gesteckt. Und bis zum Schluss hatte sie es abgelehnt, die Diener so zu betrachten, wie alle anderen es taten. Für die anderen Frauen im Harem waren die Diener nichts als lebloses, allerdings sehr nützliches und daher unentbehrliches Inventar gewesen. Möbelstücke – zwar anwesend, aber ohne Augen, ohne Ohren und auch ohne Gefühle.

Nur wenig später war Beatrice fertig angekleidet. Sie trug ein knöchellanges Kleid aus federleichter hellblauer Wolle. Ihre Füße waren verbunden und steckten in weichen bunt bestickten und mit Schaffell gefütterten Pantoffeln. Das Mädchen war gerade dabei, Beatrices Haare zu bürsten und sie mit zierlichen Kämmen aus Perlmutt an den Seiten festzustecken, als es an der Tür klopfte. Die Dienerin lief hin und sprach ein paar hastige Worte, dann eilte sie zu Beatrice zurück.

»Nima ist da, Herrin, um Euch zum Festsaal zu bringen«, sagte sie und fuhr Beatrice mit der Bürste ein wenig schneller durch die Haare. »Das Festmahl zu Ehren unserer jungen Herrin Yasmina beginnt in wenigen Augenblicken.«

»Sind viele Gäste heute Abend anwesend?«, fragte Beatrice so beiläufig wie möglich.

»O ja, Herrin!«, antwortete das Mädchen und strahlte über das ganze Gesicht. »Alle Frauen des Dorfes sowie alle weiblichen Verwandten der Familie sind heute geladen. Sogar wir«, sie zeigte auf sich, »die Dienerinnen des Hauses, dürfen an den Festlichkeiten zu Ehren unserer jungen Herrin teilnehmen. Heute Abend nimmt sie Abschied.«

»Abschied?«, fragte Beatrice und versuchte ihre Erleichterung zu verbergen. Wenn viele Gäste da waren, würde man ihr selbst sicher nicht so viel Aufmerksamkeit schenken.

»Ja.« Das Mädchen nickte eifrig, und Beatrice hatte den Eindruck, dass sich ihre Augen mit Tränen füllten. »Abschied von den unbeschwerten Tagen der Jugend, Abschied von der Jungfräulichkeit, Abschied von dem Haus, in dem sie geboren wurde und aufgewachsen ist, Abschied von Qum. Morgen gleich nach Sonnenaufgang wird Yasmina ihren Bräutigam heiraten, dem sie seit vielen Jahren versprochen ist. Und wenn die Hochzeitsfeierlichkeiten vorüber sind, wird sie gemeinsam mit ihm Qum verlassen und in seine Heimat ziehen – in das ferne Gazna.« Sie schluckte. »Verzeiht, Herrin«, sagte sie und wischte sich mit dem Handrücken die Tränen von den Wangen. »Ich weiß, ich sollte mich für Yasmina freuen, ist doch die Heirat neben der Geburt des ersten Sohnes das Schönste, das im Leben einer Frau geschehen kann. Es verleiht ihrem Leben Glanz, gibt ihrem Dasein einen Sinn. Und dennoch ... ich werde unsere junge Herrin vermissen. Wir alle werden sie vermissen ...«

Beatrice runzelte unwillig die Stirn und umklammerte die Armlehnen des Sessels. Ihr fielen auf Anhieb wenigstens hundert Dinge ein, die wunderbar geeignet waren, dem Leben einer Frau Glanz und Sinn zu verleihen und die gleichzeitig nichts mit Hochzeit oder Söhnen zu tun hatten. Trotzdem hielt sie den Mund. Dies war nicht der richtige Zeitpunkt, um mit einer Dienerin über die Rolle der Frau in der Gesellschaft zu diskutieren. Außerdem musste sie sich immer wieder in Erinnerung rufen, dass sie sich nicht im christlichen Europa und vermutlich auch nicht im 21. Jahrhundert befand. Dies hier war der Orient, vielleicht sogar das Mittelalter. Die kleine Dienerin hätte sie bestimmt nicht verstanden.

In den Augen der Kleinen muss ich wirklich zutiefst unglücklich sein, eine Versagerin auf ganzer Linie, dachte Beatrice nicht ohne einen Anflug von Humor. Mein Leben ist verpfuscht. Ich habe nichts als eine Tochter und bin noch nicht einmal verheiratet. Eigentlich ist es ein Wunder, dass ich meinem unglücklichen, minderwertigen Dasein nicht schon längst ein Ende bereitet habe.

Das Mädchen steckte den letzten Haarkamm an Beatrices Hinterkopf fest und betrachtete zufrieden ihr Werk. Dann reichte sie ihr ein Tuch aus dunkelblauer Wolle, das so groß war, dass Beatrice sich mühelos ganz und gar darin hätte einwickeln können. Sie legte es Beatrice über den Kopf und schlang die eine Seite kunstvoll über die Schulter. Offensichtlich war dies der Schleier. Bei Bedarf konnte man ihn sich einfach vor das Gesicht ziehen, ohne den ganzen Tag vermummt wie ein Bankräuber herumlaufen zu müssen. Eine wesentlich angenehmere Interpretation des Verschleierungsgebots, als sie es noch von Buchara gewohnt war.

Beatrice schlurfte mühsam zur Tür, vor der der Diener immer noch geduldig wartete. Er verneigte sich stumm vor Beatrice und hob sie wieder auf seine Arme.

»Dein Name ist Nima?«, fragte Beatrice, bevor er sich in Bewegung setzte.

»Ja, Herrin.«

»Ich möchte dich um einen Gefallen bitten, Nima.«

»Ja, Herrin?« Er sah sie aufmerksam aus Augen an, die die Farbe von Schokolade hatten, leckerer, verführerisch köstlicher Schokolade.

»Setze mich wieder ab, noch ehe wir den Festsaal erreichen, Nima«, sagte Beatrice. »Wenn ich meiner Cousine und ihren Gästen gegenübertrete, möchte ich nicht getragen werden wie eine alte lahme Frau, sondern dies auf eigenen Füßen tun.«

»Wie Ihr es wünscht, Herrin«, entgegnete der Diener in einem Ton, der ihr deutlich zeigte, dass es ihm im Grunde egal war, ob er sie nur den Gang hinunter oder einmal quer durch die Oase tragen musste. Doch ihr war es nicht egal. Sie kannte schließlich ihr eigenes Geschlecht. Im Festsaal zu erscheinen, getragen von diesem kraftstrotzenden jungen gut aussehenden Mann würde ohne Zweifel Aufsehen erregen. Alle Frauen würden den Diener anstarren, jede seiner Bewegungen beobachten, ihre Köpfe zusammenstecken und über ihn reden – und dabei zwangsläufig auch sie selbst bemerken. Und das wollte Beatrice auf keinen Fall riskieren. Je weniger Aufmerksamkeit sie an diesem Abend auf sich ziehen würde, umso besser.

Nima hielt sein Wort und setzte Beatrice außer Sichtweite des Eingangs zum Festsaal ab. Die restlichen Meter legte sie mühsam zurück, jeder einzelne Schritt wurde zur Qual. Ihre Füße fühlten sich an, als würde sie jetzt auf den blanken Knochen laufen. Doch sie biss tapfer die Zähne zusammen und war dankbar, dass niemand ihr nicht besonders anmutiges Schlurfen sehen konnte. Sie würde ihr Tuch vor das Gesicht ziehen, sich ein sicheres Plätzchen in einer unscheinbaren Ecke des Saals suchen und sich nicht eher wieder erheben, bis das Mahl beendet war.

Als sie jedoch durch die weit offene Tür in den Festsaal trat, blieb ihr fast das Herz stehen. Darin befanden sich wohl über zweihundert Frauen jeden Alters. Sie alle waren festlich gekleidet. Ihre kunstvollen Frisuren waren mit Haarkämmen verziert, an denen Perlen, Edelsteine, Gold und Perlmutt im Licht hunderter Öllampen schimmerten. Die Frauen unterhielten sich, lachten und riefen sich Begrüßungen zu, ohne nicht auch die anderen mit kritischen, zum Teil auch neidischen Blicken zu mustern. Nicht eine der Frauen war verschleiert.

Noch mehr Kopfzerbrechen als die fehlende Möglichkeit, sich zu verhüllen, bereitete Beatrice jedoch die Sitzordnung. Im Gegensatz zu üblichen arabischen Festmählern, bei denen niedrige Tische kreuz und quer im ganzen Raum verteilt waren, um die sich dann die Gäste in kleinen Gruppen zusammenfanden, gab es hier lediglich zwei große Kreise – einer für die älteren Frauen, einer für die jungen. Die Tische und Sitzpolster waren dabei so angeordnet, dass jede Frau mit dem Gesicht zur Kreismitte hin saß. Und dort, im Zentrum, thronten die Hausherrinnen auf einem mit Teppichen und Polstern ausgestatteten Podest – mit einem ungetrübten Blick auf jeden Einzelnen ihrer Gäste.

Ein Mädchen eilte auf Beatrice zu und führte sie an ihren Platz im Kreis der jungen Frauen. Kraftlos ließ sie sich auf das Polster sinken.

Jetzt ist es vorbei!, dachte sie unglücklich und suchte nach einer passenden Antwort oder einer Fluchtmöglichkeit.

Doch zu ihrer großen Erleichterung schien Yasmina keine Notiz von ihr zu nehmen. Sie lag lässig ausgestreckt auf ihrem Podest, ein Bild wie eine Prinzessin aus einem Hollywood-Märchenfilm der fünfziger Jahre, und unterhielt sich gerade mit einer Frau auf der anderen Seite des Kreises. Beatrice schöpfte wieder Hoffnung. Vielleicht würde ja trotzdem alles gut gehen. Yasmina konnte wohl kaum ihr Essen genießen und gleichzeitig alle zweihundert Frauen um sich herum im Blick behalten.

Doch erst als die Diener das Essen hereinbrachten und Yasmina sie immer noch keines Blickes gewürdigt hatte, entspannte sich Beatrice ein wenig und wandte ihre Aufmerksamkeit den Speisen zu. Die Messingplatten und Teller bogen sich fast unter dem Gewicht der eingelegten Oliven, dem in Scheiben geschnittenen kalten Fleisch, den kleinen, nach Knoblauch und Lamm duftenden Würsten, Brot und Käse. Verstohlen betrachtete Beatrice die Frauen, die rechts und links neben ihr saßen. Beide waren junge, magere Geschöpfe, sicher kaum älter als vierzehn, die so gierig die Speisen in sich hineinstopften, als hätten sie ebenfalls eine Wüstenwanderung hinter sich gebracht. Dieses Verhalten war so ungewöhnlich für Damen aus gutem Hause, dass Beatrice davon ausging, dass es sich bei ihren Tischnachbarinnen um Dienerinnen handelte.

Umso besser, dachte Beatrice erfreut und nahm sich eine der mit Schafskäse gefüllten und in Knoblauchöl eingelegten Oliven, die fast die Größe von Hühnereiern hatten. Wenn sie viel essen, können sie wenigstens nicht mit mir sprechen und mir dumme Fragen stellen.

Sie begann allmählich Gefallen an dem Essen zu finden. Beiläufig registrierte sie, dass sie ausschließlich von gut gewachsenen jungen Männern bedient wurden. Trotzdem schienen die Frauen nicht einen Moment daran zu denken, ihre Schleier vor die Gesichter zu ziehen und sich – so wie es sich eigentlich gehörte – zu verhüllen. Im Gegenteil. Offensichtlich war es hier wie überall auf der Welt. Vor der Ehe durfte Yasmina noch einmal den Anblick anderer Männer in vollen Zügen genießen. Und vermutlich tat Malek, der Bräutigam, in eben diesem Augenblick das Gleiche.

»Wie ist dein Name?«

Eine ruhige, klare Stimme riss Beatrice aus ihren Gedanken, und sie sah erschrocken auf. Es dauerte eine Weile, bis sie begriff, dass es die Stimme von Yasmina war und dass sie selbst angesprochen worden war. Plötzlich schienen alle Gespräche zu verstummen und alle Blicke sich auf sie zu richten, so als hätte jemand das Licht im Saal ausgeknipst und nur sie selbst säße jetzt direkt im Kegel eines Spotlights.

Beatrice wurde abwechselnd heiß und kalt. War sie unvorsichtig gewesen? Hatte sie durch eine unbedachte Geste Yasminas Aufmerksamkeit erregt? Sie spürte, wie ihr die Röte ins Gesicht schoss. Nun war es doch so weit. Jetzt würde alles ans Licht kommen. Man würde sie davonjagen, und dann ...

»Mein Name ist Sekireh«, antwortete sie und hoffte inständig, dass ihre Stimme nicht zu sehr zittern möge.

»Ach, natürlich, Sekireh«, sagte Yasmina und lachte leise. »Meine liebe Cousine, die einen so beschwerlichen Weg hinter sich gebracht hat, nur um am Tage meiner Hochzeit meine Freude mit mir zu teilen. Meine Mutter erzählte mir von deiner Wanderung durch die Wüste. Vergib mir, dass ich dich nicht sofort erkannt habe.«

Yasmina verneigte sich, berührte Mund und Stirn mit ihrer Hand und lächelte. Doch ihre Augen, beinahe erschreckend helle, kluge und wachsame Augen, waren dabei so forschend auf Beatrice gerichtet, dass ihr der Schweiß ausbrach. Es gab keinen Zweifel, diesen Augen entging nichts. Yasmina wusste, dass sie nicht ihre Cousine war. Aber weshalb schlug sie dann nicht Alarm? Weshalb gab sie nicht einfach den Dienern den Befehl, sie aus dem Festsaal zu entfernen und in Ketten zu legen? Oder sparte sie es sich als Krönung für einen ganz besonderen Augenblick auf?

Den Rest der Mahlzeit konnte Beatrice nicht mehr genießen. Sie rührte kaum noch etwas an und ließ sogar die Süßspeisen – köstliches, nach Mandeln, Honig, Rosenblüten und Zimt duftendes Gebäck, Pfannkuchen mit Sirup und reife Pfirsiche – stehen. Die Tänzerinnen, die unter dem johlenden Gelächter und Klatschen der Frauen einen ziemlich frivolen Tanz aufführten, beachtete sie kaum. Sie überlegte fieberhaft, was Yasmina wohl vorhatte und was sie dagegen unternehmen konnte. Und jedes Mal, wenn sie von ihrem Becher oder Teller aufsah, waren die hellen Augen der jungen Frau auf sie gerichtet.

Endlich war das Festmahl vorüber. Zu ihrer großen Erleichterung brachen fast alle Gäste gleichzeitig auf, sodass Beatrice sich unter die anderen mischen und den Saal verlassen konnte. Auf ihrem mühevollen Weg durch das Haus sah sie sich immer wieder um, doch niemand schien ihr zu folgen, und ohne Schwierigkeiten gelangte sie zu ihrem Zimmer.

Es war spät in der Nacht. Beatrice lag hellwach auf ihrem Bett. Obwohl sie mittlerweile so müde war, dass sie beinahe schon Doppelbilder sah, konnte sie nicht einschlafen. Sie verfolgte die huschenden Schatten, die das Licht der Talglampe an die weiß getünchte Zimmerdecke malte, und dachte über Yasmina nach. Dass sie sie durchschaut hatte, darauf hätte Beatrice ihren rechten Arm verwettet. Aber warum hatte sie dann während des Festmahls nichts gesagt? Warum hatte die junge Frau nicht die Diener gerufen?

Plötzlich öffnete sich die Tür lautlos und langsam, wie von Geisterhand bewegt. Eine Gestalt, bekleidet mit einem knöchellangen weißen Gewand, huschte herein, und noch bevor Beatrice sie genauer erkennen konnte, wusste sie bereits, um wen es sich handelte. Es war Yasmina.

Die junge Frau blieb stehen. Offensichtlich war sie überrascht über die brennende Lampe. Beatrice hörte ihre schweren, heftigen Atemzüge und nahm an, dass sie überlegte, was sie als Nächstes tun sollte.

»Du bist wach?«, fragte sie schließlich barsch.

Beatrice setzte sich auf.

»Ja, ich konnte nicht schlafen.«

Sie sah Yasmina am Fußende ihres Bettes stehen. Das Licht der kleinen Lampe fiel auf das blasse, entschlossene Gesicht der jungen Frau und auf das, was sie in ihren zitternden Händen hielt – ein silbrig glänzendes schlankes Stück Metall. Es war ein Dolch.

Beatrice schluckte. Doch bereits im nächsten Augenblick verflog ihre Angst, und Wut packte sie. Sie war auf der Suche nach ihrer Tochter, einem kleinen, nicht einmal vierjährigen Mädchen, das mutterseelenallein durch die Zeitgeschichte irrte. Und sie war nicht gewillt, sich aufhalten zu lassen. Nicht von der Wüste, nicht von einer Meute hungriger Geier, und schon gar nicht von einem nervösen jungen Mädchen, das am Abend vor seiner Hochzeit noch unbedingt Heldin spielen wollte.

»Was willst du?«, fragte Beatrice kühl und war entschlossen, sich durch nichts einschüchtern zu lassen. Wenn unbedingt nötig, würde sie sogar mit Yasmina kämpfen. »Bist du gekommen, um mich zu erstechen?«

Yasmina presste die Lippen zu einem schmalen Strich zusammen und trat ein paar Schritte näher.

»Es kommt ganz auf dich an«, stieß sie hervor und packte den Griff des Dolches fester, so als hätte sie die Absicht, ihn jeden Augenblick in Beatrices Herz zu stoßen. »Wenn du meine Fragen wahrheitsgemäß beantwortest, lasse ich dich vielleicht sogar laufen.«

»Gut, dann fang an«, erwiderte Beatrice und zuckte gleichmütig mit den Schultern. »Ich habe nichts zu verbergen.«

»Wer bist du wirklich? Und woher kommst du?«, fragte Yasmina. Sie ließ sich langsam und vorsichtig auf das Fußende des Bettes sinken, als würde sie einem Tiger oder einer gefährlichen Kobra gegenüberstehen. »Ich will keine Ausflüchte hören! Mich kannst du nämlich nicht so leicht täuschen wie meine Mutter. Sie ist immer so beschäftigt, dass man ihr sogar einen vierten Sohn unterschieben könnte, ohne dass sie es bemerken würde. Aber ich weiß, dass es in unserer

Familie keine Cousine mit dem Namen Sekireh gibt. Noch dazu eine mit blauen Augen und goldenem Haar. Du hättest dir eine andere, eine glaubhaftere Geschichte ausdenken sollen. Ich will jetzt die Wahrheit hören.«

Beatrice dachte kurz nach. Und dann, aus einem Impuls heraus, beschloss sie, Yasmina genau das zu geben, was sie von ihr verlangte – die Wahrheit.

»Gut, wie du willst«, sagte sie, »ich werde dir erzählen, was wirklich geschehen ist.«

Während Beatrice erzählte, vom Stein der Fatima, von ihrer Tochter, die zu Hause im Koma lag, von ihrer mühevollen Wanderung durch die Wüste und wie die vier Brüder sie schließlich gefunden hatten, sah Yasmina sie unverwandt an. Ihre schönen, fast grünen Augen schienen jede Geste, jede Mimik von Beatrice genau zu registrieren und dabei zu prüfen, ob sie sie anlog oder nicht.

»Und dann nahm Assim mich auf sein Pferd, und die vier brachten mich hierher«, beendete Beatrice ihren Bericht.

Yasmina schwieg eine Weile und runzelte die Stirn.

»Und das soll ich dir glauben?«, fragte sie.

Beatrice zuckte mit den Schultern. »Ich habe dir die Wahrheit erzählt, so wie du es wolltest. Ob du sie nun glaubst oder nicht, das bleibt allein dir überlassen.«

»Falls das wirklich die Wahrheit ist. Warum hast du Malek und den anderen nichts davon erzählt?«, fragte Yasmina. »Weshalb hast du das Märchen von der Cousine erfunden und dich wie ein gemeiner Betrüger und Dieb in unser Haus eingeschlichen?«

»Das war nie meine Absicht!«, entgegnete Beatrice scharf. »Assim hat dafür gesorgt, dass ich in euer Haus aufgenommen werde. Ich wollte nichts anderes, als endlich diese entsetzliche Wüste hinter mir lassen. Ich hatte Durst, ich hatte Hunger. Die Geier kreisten bereits über meinem Kopf. Ich hatte den Tod vor Augen. Was hätte ich denn deiner Meinung nach in so einer Situation tun sollen?« Beatrice strich sich das Haar aus dem Gesicht. »Ehrlich gesagt, ich weiß selbst nicht, warum mir das mit der Hochzeit und der Cousine eingefallen ist. Es war eine Art Eingebung. Aber ich bin sicher, dass weder Malek noch einer seiner Brüder mir auch nur ein Wort geglaubt hätte, wenn ich ihnen erzählt hätte, wer ich wirklich bin. Sie hätten in mir eine Hexe vermutet und mich auf der Stelle getötet.«

Yasminas Augen verengten sich zu schmalen Schlitzen. Drohend hob sie ihren Dolch.

»Und warum sollte ich dir jetzt mehr Glauben schenken als Malek?«

Beatrice sah sie an. Ihr Daumen glitt unablässig über die glatte Oberfläche des Saphirs unter ihrer Bettdecke, und in ihrem Kopf kreisten immer wieder dieselben Worte: Ich vertraue dir, ich vertraue dir, ich vertraue dir ...

»Mein Gefühl sagt mir, dass ich dir vertrauen kann. Dass du, auch wenn du dich noch dagegen sträubst, tief in deinem Herzen meinen Worten Glauben schenkst, dass du sogar *weißt*, dass ich dir die Wahrheit gesagt habe.«

»Und wenn es so wäre ...« Yasmina wandte sich ab und stand auf. Langsam und nachdenklich ging sie durch den Raum, legte schließlich den Dolch an das Fußende des Bettes und setzte sich neben Beatrice.

»Wie heißt du wirklich, Sekireh?«, fragte sie. »Wer oder was bist du? Bist du eine Magierin, bewandert in den schwarzen Künsten?«

»Nein. Mein Name ist Beatrice Helmer«, entgegnete Beatrice ruhig. »Und ich bin Chirurgin, Ärztin. Ich habe an der Universität in meiner Heimatstadt Medizin studiert.«

Yasminas Augen weiteten sich vor Staunen, und Beatrice wusste, dass sie gewonnen hatte. Yasmina glaubte ihr.

»Du hast studiert? Dort, wo du herkommst, werden Frauen an den Universitäten geduldet?«

»Ja. Aber das liegt nicht allein an meinem Heimatland. Welches Jahr haben wir?«

»407.«

Beatrice rechnete kurz nach. Das Jahr 407 nach islamischer Zeitrechnung entsprach in etwa dem Jahr 1017. Ein gutes Datum, ein sehr gutes sogar. Bedeutete es doch, dass sie bei ihrer Suche nach Michelle auch Ali wiederbegegnen konnte, begegnen würde, denn vermutlich war Michelle auf dem Weg zu ihm. Ali ... Wie er wohl jetzt aussah? Ob er glücklich war? Ob er geheiratet hatte? Vielleicht hatte er ja sogar Kinder und ... Plötzlich fiel ihr ein, dass sie nicht allein war. Sie räusperte sich.

»407. In etwa tausend Jahren wird es fast überall auf der Welt Frauen und Männern gleichermaßen möglich sein, zu studieren und ihren Beruf frei zu wählen. Egal, ob Handwerker, Kaufmann, Arzt oder Künstler – es bleibt jedem selbst überlassen.« Na, wenigstens soweit die wirtschaftlichen Verhältnisse und das Angebot an freien Stellen dies erlauben.

»Was für ein herrlicher Traum«, erwiderte Yasmina und seufzte tief. »Darf ich den wundersamen Stein einmal sehen?«

Beatrice zog ihre Hand unter der Bettdecke hervor und reichte Yasmina den kostbaren Saphir. Sie hielt ihn einen Augenblick in der Hand und betrachtete ihn beinahe sehnsüchtig. Dann gab sie ihn Beatrice zurück.

»Du hast Recht. Ich glaube dir. Der Stein der Fatima ...«

Sie schüttelte fassungslos den Kopf. »Es ist kaum zu begreifen. Aus dem Nebel der Geschichten tritt er plötzlich hervor und liegt hier leibhaftig auf meiner Hand. Fast vergessene Märchen und Legenden werden wahr. Ich wünschte, er könnte auch mich fortbringen – weit weg von hier. Vielleicht sogar in eine andere Zeit.«

Beatrice ahnte schon, dass Yasmina sich keineswegs ausgelassen über die bevorstehende Hochzeit freute. Ob sie einen anderen Mann liebte? Aber vielleicht hatte die junge Frau einfach nur Angst. Angst vor den einschneidenden Veränderungen, die ab dem morgigen Tag ihr Leben völlig umkrempeln würden.

»Fürchtest du dich vor morgen?«, erkundigte sie sich und legte Yasmina mitfühlend eine Hand auf den Arm.

»Ja und nein«, antwortete sie und knetete nervös ihre Hände in ihrem Schoß. »Es ist nur, dass ich ... Ich weiß, ich sollte dankbar sein und Allah für die kluge Wahl meines Vaters preisen. Malek ist ebenso jung wie ich. Er stammt aus einer wohlhabenden, angesehenen Familie. Er ist sogar sehr hübsch, das habe ich heimlich von meinem Fenster aus gesehen. Und Gazna ist eine bedeutende Stadt mit Universitäten und Basaren, auf denen man sogar Bücher kaufen kann – ganz anders als Qum. Wahrscheinlich wird es mir bei Malek besser ergehen als den meisten anderen Frauen, die ich kenne. Eine meiner Freundinnen musste zum Beispiel einen Mann heiraten, der mit ihrem Großvater zur Falkenjagd gegangen ist, als beide noch Knaben waren. Aber ...«

»Aber?«, fragte Beatrice sanft. »Du liebst Malek nicht.«

Yasmina sah Beatrice überrascht an.

»Das eben weiß ich ja gar nicht. Woher soll ich wissen, ob ich ihn liebe oder nicht, wenn ich ihn das erste Mal in meinem Leben heute Abend bei einem flüchtigen Blick aus meinem Fenster gesehen habe?« Plötzlich warf sie ihren Kopf in den Nacken und stampfte zornig mit dem Fuß auf. »Warum muss ich überhaupt einen Mann heiraten, den ich mir nicht selbst ausgewählt habe und den ich noch nicht einmal kenne? Das ist ungerecht. Meine Familie muss nicht den Rest ihres Lebens mit ihm teilen, sondern ich!« Sie runzelte die Stirn und starrte mit düsterem Blick auf ihre nackten Füße. »Wie soll ich überhaupt jemals wissen, ob ich Malek wirklich liebe, wenn ich die Liebe nie kennen gelernt habe und er der erste und einzige Mann meines Lebens sein wird? Ich bin wie ein junger Adler, dem die Flügel bereits gestutzt werden, noch bevor er sie das erste Mal ausgebreitet hat, um zu fliegen.«

Beatrice schwieg. Natürlich konnte sie Yasmina verstehen. Sehr gut sogar. Und es lag ihr auf der Zunge, die Worte drängten förmlich aus ihr heraus, die junge Frau in ihrem Wunsch nach Freiheit, nach dem Recht auf Selbstbestimmung zu bestärken. Doch sie hielt den Mund. Sie musste an Jambala denken. Das arme Mädchen hatte sich in Buchara ohne Schleier vor die Augen der Männer getraut und war daraufhin vom Emir so schwer bestraft worden, dass es schließlich an den Folgen der Misshandlungen gestorben war. Vielleicht war sie jetzt feige, da sie Yasmina ihre wahre Meinung verschwieg. Vielleicht war sie aber auch durch ihre Reisen in andere Zeiten und Kulturen klüger geworden. Ihre eigenen Wertvorstellungen, die Errungenschaften des 20. und 21. Jahrhunderts passten nicht in jede Zeit, nicht in jede Gesellschaft. Manchmal waren sie wie ein todbringendes Gift. Ein Gift, an dessen Dosis sich die Menschen ihres eigenen Jahrhunderts bereits gewöhnt hatten und gegen das sie immun waren.

»Nehmen wir mal an, ein Dschinn käme vorbei und würde dir deinen Wunsch erfüllen. Du wärst frei und dürftest tun, was auch immer dein Herz begehrt. Was würdest du mit dieser Freiheit anfangen?«

Yasmina sah auf, ihre Augen begannen zu leuchten.

»Ich würde Qum auf der Stelle verlassen und auf Reisen gehen«, antwortete sie ohne nachzudenken. »Fremde Menschen und Länder sehen und darüber schreiben.«

»Schreiben?«

»Ja. Für mich ist es das Lebenselixier. Ohne zu schreiben – ganz gleich, ob es sich um Gedichte, Liebes- und Abenteuergeschichten oder Märchen handelt – könnte ich vermutlich nicht existieren. Die Geschichten sind überall, ich kann sie überall sehen. Sie hängen wie reife Früchte an den Bäumen, sprießen wie Blumen aus der Erde, sie liegen zwischen den Steinen in der Wüste und den Muscheln am Ufer des Sees und warten nur darauf, aufgehoben und aufgeschrieben zu werden. Sie kommen sogar im Traum zu mir. Und das würde ich tun. Mein ganzes Leben lang. Und vielleicht, irgendwann, wenn er mir wirklich gefiele, würde ich sogar Malek heiraten – und eine neue Geschichte schreiben.« Sie lächelte. »Ich würde nicht mehr heimlich schreiben müssen, nachts, wenn alle anderen schlafen. Ich würde es bei Tage tun, und jeder würde es wissen. Niemand könnte es mir verbieten.« Ihr Lächeln erstarb. »Aber stattdessen sitze ich Nacht für Nacht unter meiner Bettdecke, zitternd vor Angst, dass das Tintenfass umstürzen und verräterische Flecken auf dem Laken hinterlassen, oder ein Lichtschein durch die Türritzen nach außen dringen und mich verraten könnte. Denn selbstverständlich darf ich nicht schreiben. Ich bin schließlich nur eine Frau. Und Frauen sollen nicht schreiben. Sie sollen auch nicht die Werke der großen Dichter lesen – wundervolle Verse, die demjenigen, der sie liest, Tränen der Sehnsucht in die Augen treiben. Es reicht, wenn Frauen die Verse des Korans kennen.« Sie lachte bitter. »Mein Vater hat mir sogar den Unterricht verweigert. Während meine Brüder von ihm selbst in die köstliche Kunst des Schreibens eingewiesen wurden, musste ich mit meiner Mutter zusammen in der Küche hocken und die Gewänder meiner Brüder mit Stickereien verzieren. Doch ich habe nicht aufgegeben. Abends, wenn alle schliefen, habe ich mir ihre Blätter genommen und anhand ihrer Schreibübungen Buchstaben mit dem Finger auf meine Bettdecke oder in den Sand vor unserem Haus gemalt.«

»Aber glaubst du nicht, dass du auch als Ehefrau immer

noch schreiben könntest? Dass Malek vielleicht sogar Verständnis für diese Leidenschaft haben wird?«

Yasmina schnaubte. »Er ist ein Mann. Weshalb sollte er anders sein als mein Vater und meine Brüder? Und wenn ich erst einmal verheiratet bin, habe ich nicht einmal mehr die Stunden der Nacht zur Verfügung. Dann wird nämlich mein Ehemann sein Recht von mir fordern.«

Beatrice wusste nicht, was sie dazu sagen sollte, denn im Geheimen teilte sie Yasminas Befürchtungen.

»Hättest du Lust, mir eines deiner Werke vorzulesen? Natürlich nur, falls du nicht zu müde bist, denn immerhin hast du morgen einen langen und anstrengenden Tag vor dir.«

Yasmina fuhr auf und sah Beatrice mit großen Augen an.

»Wirklich? Ist das dein Ernst? Ich soll dir wirklich ...«

»Aber ja. Wenn du magst, ich würde gern eine deiner Geschichten hören.«

»Oh, ich ...«, Yasmina sprang vom Bett auf. »Ich bin gleich wieder da!«

Es waren kaum zwei Minuten vergangen, als die junge Frau schon wieder zurückkkam, in den Armen einen riesigen Stapel Papier, den sie aufgeregt auf dem Bett ausbreitete. Sie strich sich ihr langes schwarzes Haar aus dem Gesicht, das vor Freude glühte.

»Ich weiß nur nicht, ob ...«, stammelte sie und sah Beatrice an. In ihren hellen Augen glomm Verzweiflung und Schüchternheit. »Ich möchte deine Ohren nicht beleidigen. Du musst wissen ... nun ja, ich ... du bist der erste Mensch, dem ich von meinen Geschichten und Gedichten erzählt habe. Bislang war es mein Geheimnis. Und daher bist du auch der erste Mensch, dem ich eines meiner Werke vorlese, und ich ...«

»Nur Mut«, sagte Beatrice und lächelte aufmunternd.

»Und du wirst mir bestimmt deine ehrliche Meinung darüber sagen? Ich meine, ich würde mich nämlich gern verbessern, Fehler ausmerzen und ...« Sie wühlte zwischen den Blättern und kaute dabei nervös auf ihrer Unterlippe. »Womit fange ich nur an? Ja, vielleicht dies hier.«

Yasmina nahm ein Blatt in die Hand, auf dem, wie Beatrice im Gegenlicht erkennen konnte, nur einige wenige Zeilen standen. Sie räusperte sich und begann dann mit leiser Stimme zu lesen.

Bereits mit den ersten Worten verließ Beatrice das Zimmer. Sie war draußen am See, der Abend brach an, und die Fischer begannen mit ihren Booten hinauszufahren. Es war in seiner Schlichtheit eines der schönsten Gedichte, das Beatrice jemals gehört hatte. Sie bat Yasmina, noch mehr vorzulesen. Und Yasmina las mit vor Freude geröteten Wangen, bis der erste Lichtstrahl durch das Fenster fiel und sich ein neuer Morgen ankündigte. Erst als die Vögel ihren Morgengesang anstimmten, ließ Yasmina die Blätter sinken und sah hinaus.

»Du darfst auf keinen Fall aufhören zu schreiben, Yasmina«, sagte Beatrice in die Stille hinein. »Allah hat dir eine wundervolle, eine seltene Gabe gegeben. Das ist mehr als ein Geschenk. Es ist geradezu eine Verpflichtung. Deine Gedichte und Geschichten müssen bekannt werden. Die Menschen müssen sie hören. Sie werden sie glücklich machen, sie trösten.«

Yasmina wandte ihr Gesicht wieder Beatrice zu, und sie sah, dass die junge Frau weinte.

»Aber wie, Beatrice? Wie soll ich das tun?« Sie schüttelte verzweifelt den Kopf. »Ich bin doch nur eine Frau.«

»Das bedeutet aber noch lange nicht, dass es keine Wege gibt, die dich zu deinem Ziel führen können. Natürlich wird es für dich schwieriger sein als für andere Dichter. Trotzdem, du solltest nicht so einfach aufgeben. Allah macht keine Fehler.« Beatrice lächelte. »Ich werde darüber nachdenken. Vielleicht fällt mir eine Lösung ein.«

»Ich bin so froh, dass der Stein dich hierher geführt hat«, sagte Yasmina und schlang Beatrice ihre Arme um den Hals. »Du bist der erste Mensch, dem ich mich anvertrauen konnte, der mich versteht. Ich möchte, dass du nachher bei meiner Hochzeit direkt an meiner Seite stehst, als meine Cousine Sekireh.«

VII

Beatrice stand am Fenster ihres Zimmers und sah hinaus. Von hier aus hatte sie einen herrlichen Blick über den See, dessen Oberfläche still und unberührt dalag wie ein gigantischer Spiegel, in dem die Sterne und der blassblaue Morgenhimmel reflektiert wurden. Am Horizont stieg ein schwacher Dunst vom Wasser auf. Es war ein leichter Nebel, der sich wie ein dünner Schleier aus einem Märchen oder einer Sage über das Grabmal des Heiligen am gegenüberliegenden Ufer legte und die scharfen, kantigen Konturen des Gebäudes milderte. Es gab keine Grenzen mehr. Wo begann der Himmel, wo das Wasser? Was war Realität, was Traum? Das Grabmal, das noch am Abend zuvor fast zum Greifen nahe gewesen war, schien nun mitten in den Wolken zu schweben wie ein sagenumwobenes Schloss.

Avalon. Oder Xanadu. Mit Wehmut dachte Beatrice an die herrliche Sommerresidenz des Khubilai Khan zurück, in der sie auf einer ihrer beiden seltsamen Zeitreisen mehrere Wochen gelebt hatte. Mittlerweile gehörte Shangdou – so der eigentliche Name dieser Stadt – in das Reich der Sagen, eine Wohnstatt der Elfen, Feen und toten Helden. Wie Dschinkim einer gewesen war.

Beatrice wandte sich vom Fenster ab. Durch die geschlossene Tür hörte sie die Diener. Trotz der frühen Stunde hasteten sie wie aufgeschreckte Hühner durch das Haus, um die zahlreichen Familienmitglieder und Gäste anzukleiden und dabei den hektischen und oft widersprüchlichen Befehlen der Hausherrin zu folgen, deren aufgeregte Stimme unablässig wie ein defekter Feuermelder durch das ganze Haus schrillte. Alles und jeder bereitete sich auf die bevorstehende Hochzeit vor. Sogar die Haustiere – Esel, Schafe, Katzen und Hühner – waren gestriegelt und geschmückt worden. Vermutlich saß auch Yasmina bereits in ihrem Zimmer, bekleidet mit einem wunderschönen und kostbaren Brautschleier, und wartete darauf, dass jemand sie in das Trauungszimmer bringen würde. Trauung, Hochzeit, Ehe. Normale, unbedeutende Worte, die man fast täglich in den Mund nahm, ohne großartig darüber nachzudenken. Trotzdem bekamen sie plötzlich einen unangenehmen, fast schmerzhaften Widerhall in ihrem Kopf. Und sie fragte sich, ob sie selbst wohl jemals ihre eigene Hochzeit erleben würde, ein Fest zu ihren und den Ehren eines Mannes, an dessen Seite sie den Rest ihres Lebens zu verbringen gedachte. Doch schon im nächsten Augenblick ärgerte sie sich über sich selbst. War sie nicht eine emanzipierte, selbstständige Frau? Konnte sie sich nicht glücklich schätzen? Sie hatte einen Beruf, den sie liebte und den sie selbst gewählt hatte, und ein eigenes, von ihr selbst bezahltes Haus, in dem sie sich wohl fühlte. Sie hatte Freunde – natürlich auch männliche. Und sie hatte sogar eine Tochter. Sie war der lebende Beweis, dass jenes Klischee, Frauen sehnten sich im Grunde ihres Herzens nach nichts anderem als einer intakten Familie, antiquiert, verstaubt und grenzenlos überholt war. Und trotzdem, gerade in diesem Moment fühlte sie sich wie eine alte, von Männern verschmähte Jungfer – einsam, hässlich und vertrocknet. Es war einfach lächerlich.

Um sich von diesen sentimentalen Gedanken abzulenken, die letztlich zu nichts führten und höchstens in einer Depression endeten, konzentrierte sie sich ganz auf die junge Braut.

144

Seit Yasmina kurz nach Sonnenaufgang ihr Zimmer verlassen hatte, zerbrach sich Beatrice den Kopf darüber, wie sie ihr am besten helfen könnte. Auf welche Weise sie dafür sorgen konnte, dass Yasmina auch in Zukunft ihren schriftstellerischen Neigungen nachzugehen vermochte und dass ihre Werke – obwohl sie eine Frau war – veröffentlicht werden würden. Und dann fiel ihr plötzlich ein, dass sie über Yasminas Problem ihre eigenen Schwierigkeiten fast vergessen hatte. Vergessen? Natürlich nicht. Den Anblick ihrer kleinen Tochter auf der Intensivstation, angeschlossen an die piepsenden Geräte, den konnte sie nicht einfach vergessen. Das war absurd. Trotzdem hatte sie die ganze Nacht nicht mehr an Michelle gedacht, hatte die Gedanken an den Grund ihrer Anwesenheit in Qum sehr erfolgreich verdrängt.

Statt Mäzen einer jungen arabischen Dichterin zu spielen, solltest du dich wohl besser um das Naheliegende kümmern, dachte sie grimmig und machte sich selbst schwere Vorwürfe. Immerhin ist deine Tochter verschwunden.

Das schlechte Gewissen ließ ein Gefühl in ihrem Magen zurück, als hätte sie gerade einen Klumpen Blei hinuntergeschluckt. War sie etwa eine schlechte Mutter? War sie zu egoistisch gewesen, weil sie weiterhin ihrem Beruf nachgehen wollte? Hatte der Stein ihr das Kind deshalb entführt? Natürlich waren diese Gedanken nichts als blanker Unsinn. Sie war keine schlechte Mutter, nur weil sie ihr eigenes Leben nicht vollständig für das Kind aufgab, weil sie für sich auch noch Wünsche hatte und an ihr Leben Ansprüche stellte. Sie liebte ihre Tochter. Sie sang und tanzte und lachte und spielte mit ihr. Sie hatten Spaß und kuschelten und tobten, bastelten und kochten. Jede freie Minute verbrachten sie gemeinsam. Normalerweise.

Beatrice wurde es schwer ums Herz. Michelle war irgendwo da draußen. Da war sie sich sicher. Aber wie sollte sie die

Kleine finden? Und wo sollte sie mit der Suche beginnen? Sie wusste ja noch nicht einmal, ob sie sich im selben Teil der Welt aufhielt wie Michelle, geschweige denn, dass sie davon ausgehen konnte, dass dies auch die richtige Zeit war. Nüchtern betrachtet war das ganze Unternehmen hoffnungslos.

Die Tür hinter ihr öffnete sich.

»Es ist so weit, Herrin«, sagte eine Dienerin schüchtern. »Die Hochzeit wird gleich beginnen, und die Braut wünscht Euch an ihrer Seite.«

Beatrice nickte. »Gut, ich komme«, erwiderte sie und warf noch einmal einen Blick aus dem Fenster. Der See hatte sich nicht verändert. Er lag immer noch so ruhig da wie ein blanker Spiegel. Und doch kam es ihr so vor, als würden die Sterne auf seiner Oberfläche ein Auge formen, ein großes, strahlendes Auge, das voller Güte und Freundlichkeit auf sie gerichtet war. Unwillkürlich straffte sie die Schultern und hob ihr Kinn. Sie weigerte sich, den Kopf hängen zu lassen, jetzt schon, noch bevor sie wirklich mit der Suche nach Michelle begonnen hatte. Das Auge auf dem See war eindeutig ein Zeichen. Und so irreal es auch sein mochte. Zeichen, Omen, Glaube, Hoffnung und Vertrauen waren das Einzige, auf das sie sich in ihrer verzweifelten Lage stützen konnte.

»Michelle«, flüsterte sie und sah vor ihren Augen das kleine hübsche Gesicht ihrer Tochter, umrahmt von seidigen blonden Haaren. »Hab keine Angst. Wo auch immer du bist, ich werde dich finden. Das verspreche ich dir.«

In einer einzigen geschmeidigen Bewegung erhob sich Hassan aus der knienden Haltung und rollte den Gebetsteppich zusammen. Die morgendliche Gebetszeit, der Lobpreis Allahs, war vorüber. Ein neuer Tag wartete auf ihn, ein Tag voller Pflichten und Probleme, die es zu lösen galt. Noch schien niemand Nuraddin, seinen jüngeren Bruder, zu vermis-

sen. Sie waren klug genug gewesen, die Mitbrüder, mit denen
Nuraddin fortgezogen war, um der Spur des Nomaden und
des kleinen Mädchens zu folgen, als Händler zu tarnen, die
angeblich mit dem Ziel Damaskus aus Gazna aufgebrochen waren. Die Reise dorthin konnte unter Umständen
Monate dauern. Doch selbst diese Zeit ging nun langsam vorbei, und der Tag rückte unaufhaltsam näher, an dem irgend-
jemand – einer seiner Brüder, sein Vater, einer der Diener –
beginnen würde sich zu fragen, wo Nuraddin so lange blieb
und weshalb man keine Nachricht von ihm erhielt. Noch
konnte Hassan aufatmen. Noch war es nicht so weit. Sein
ältester Bruder bereitete sich gerade auf seine Hochzeit
vor, und über die Feierlichkeiten waren alle so aufgeregt,
dass alles andere dahinter zurücktrat. Sogar sein Vater, gewöhnlich ein in sich und dem Vertrauen auf Allah ruhen-
der gewissenhafter Mann schien von dem allgemeinen Fieber
gepackt worden zu sein. Er vernachlässigte zum Teil sogar
seine Pflichten gegenüber seiner Familie und seinem Volk in
einer Art und Weise, wie Hassan es nie für möglich gehalten
hätte. Nein, zurzeit würde niemand Fragen nach Nuraddin
stellen. Doch irgendwann würde der Glanz der Hochzeit verblassen, die junge Braut würde sich eingewöhnt haben, und
das Leben in Gazna würde seinen gewohnten Gang gehen.
Und dann, da war er sich ganz sicher, würden die Fragen
kommen.

Hassan stellte den Gebetsteppich in eine Ecke des Raums.
Osman war sein Freund, sein engster Vertrauter. Mit ihm
verband ihn mehr als mit seinem Vater oder seinen leibli-
chen Brüdern. Sie hatten die gleichen Gedanken, die gleichen
Träume und Ziele, in ihnen loderte dasselbe heilige Feuer. Er
würde Osman noch heute eine Nachricht schicken. Er musste
ihn treffen, so bald wie möglich. Er würde sich mit ihm beraten. Und gemeinsam würde ihnen eine Lösung für dieses Pro-

blem einfallen – Allah würde sie ihnen zeigen, so wie Er es in Seiner unermesslichen Güte bisher immer getan hatte.

Ein leises Klopfen an der Tür ließ Hassan aufhorchen. Lautlos und flink wie ein Schatten trat sein Diener ein.

»Verzeiht, dass ich Euch störe, Herr«, sagte er und verneigte sich, »doch ein Bote hat dies für Euch abgegeben mit der Bitte, es Euch auf der Stelle auszuhändigen. Er sagte, es handle sich um eine wichtige Nachricht, die keinen Aufschub dulde.«

Er reichte Hassan ein zusammengefaltetes Pergament.

»Wie sah der Bote aus?«, fragte Hassan, nachdem er einen kurzen Blick auf das Siegel geworfen hatte.

»Er war gekleidet wie ein Händler, Herr«, antwortete der Diener und verneigte sich erneut. Ein seltsames Leuchten trat dabei in seine Augen. »Er ist sofort wieder gegangen. Ich bitte vielmals um Vergebung für meine Ungeschicklichkeit, Herr, doch ich konnte wahrlich nicht ahnen, dass Ihr diesen Mann zu sprechen wünschtet. Hätte ich das gewusst, so hätte ich ihn auf der Stelle zu Euch geführt oder ihn doch wenigstens festgehalten.«

»Du hast richtig gehandelt«, erwiderte Hassan kühl. Schon oft hatte er den Verdacht gehabt, dass sein Diener mehr wusste oder wenigstens ahnte, als für ihn gut war. Allmählich wurde er gefährlich – ein weiteres Problem, das es zu lösen galt. Allerdings war dies hier sehr viel unbedeutender. »Du kannst dich wieder entfernen.«

Der Diener hatte kaum die Tür hinter sich geschlossen, als er auch schon das Siegel aufbrach. Es war derselbe, schlichte und dennoch so ergreifend schöne Schriftzug, mit dem er ebenfalls seine Briefe zu versiegeln pflegte. Mit zitternden Händen entfaltete er das Pergament.

»Ich muss dringend mit dir sprechen. Komme daher in wenigen Tagen nach Gazna. Bereite alles vor.

Allah ist groß.

Osman.«

Ein paar Tage würde er die Familie ohne Schwierigkeiten noch hinhalten können, falls sie Fragen nach Nuraddin stellen sollten. Und dann würde er sich mit Osman beraten können. Endlich. So wie er es herbeigesehnt hatte.

»Allah ist groß«, flüsterte Hassan ehrfürchtig, während er das Pergament an die Flamme einer Öllampe hielt und zusah, wie es Feuer fing und allmählich in einer Messingschale zu Asche verbrannte. Man konnte nicht vorsichtig genug sein. Alle Diener waren neugierig. »Groß, weise und gütig.«

In der Tat war es ein Wunder. Allah hatte seine Gebete erhört, noch bevor er sie überhaupt ausgesprochen hatte.

Die Hochzeit war genau so gewesen, wie sich Beatrice immer die Hochzeiten in orientalischen Märchen vorgestellt hatte. Haus und Garten waren festlich geschmückt, in den Brunnen und Wasserbecken schwammen hunderte von Talglichtern zwischen Rosenblättern. Überall duftete es nach Rosen, Jasmin und Weihrauch, der in Räucherschalen verbrannt wurde. Die geladenen Männer, Frauen und Kinder trugen ihre besten Kleider – prächtige, mit Gold und Silber bestickte Gewänder aus schwerer Seide und schimmerndem Samt. Flötenspieler und junge hübsche Tänzerinnen unterhielten die Gäste mit fröhlichen Weisen, Akrobaten jonglierten mit gläsernen Kugeln, liefen über Messerrücken und spien Feuer. Das Essen, eine schier unüberschaubare Fülle der unterschiedlichsten kalten und warmen, süßen, salzigen und scharfen Speisen, war ein Märchen für sich. Ein Gericht war köstlicher als das andere, sodass Beatrice sich darüber ärgerte, dass die Aufnahmefähigkeit ihres Magens begrenzt war. Denn selbst bei aller Bescheidenheit in der Größe der Portionen gelang es ihr nicht, aus jeder Schüssel und von jedem Teller zu kosten, und schon bald hatte sie das Gefühl zu platzen. Alle amüsierten sich. Die Gäste lachten und unterhielten sich angeregt miteinander, die Kinder staunten über die Akrobaten und mischten sich unter die Tänzerinnen. Und Beatrice war nicht wenig verwundert, dass Männer und Frauen unbefangen gemeinsam feierten. Offensichtlich waren die Sitten hier mitten in der Wüste nicht ganz so streng wie in Buchara. Der einzige Mensch, der von alldem unberührt zu bleiben schien, war die Braut selbst. Schön wie eine Prinzessin aus einem Märchen saß Yasmina neben ihrem frisch angetrauten Gemahl inmitten von Rosen-knospen auf einem Polster unter einem reich bestickten Bal-dachin und sah ernst, fast sogar traurig dem munteren Trei-ben zu. Doch niemand außer Beatrice schien es zu bemerken. Jeder feierte, aß und trank und wünschte dem frisch vermähl-ten Paar das Allerbeste. Maleks Brüder sangen Spottlieder auf ihn, und das fröhliche, farbenfrohe Spektakel dauerte bis weit in die Nacht hinein.

Beatrice hatte den Eindruck, sich gerade erst ins Bett gelegt zu haben, als es auch schon wieder an ihrer Tür klopfte. Je-mand trat ein, ohne dass sie die Erlaubnis dafür erteilt hätte. Unwillig drehte sie sich im Bett um und zog verärgert ihre De-cke hoch bis zum Kinn. Sie wollte noch nicht aufstehen, sie wollte noch kein Frühstück haben. Es war noch mitten in der Nacht, und außerdem ...

Jemand rüttelte heftig an ihrem Arm.

»Beatrice! Beatrice! Wach auf, ich muss dir etwas sagen!«

Das war doch Yasminas Stimme? Nur widerwillig öffnete Beatrice die Augen. Gleißendes Licht fiel durch das Fenster und blendete sie.

»Yasmina!«, stöhnte sie und zog sich das Kissen über den Kopf. Obwohl sie keinen Tropfen Alkohol getrunken hatte – schließlich handelte es sich um eine muslimische Hochzeit –, fühlte sie sich, als hätte sie einen Kater. »Bitte nicht. Es ist doch noch so früh. Ich möchte noch schlafen.«

»Aber Beatrice«, rief Yasmina und schüttelte sie erneut, »es ist wichtig! Ich muss mit dir sprechen. Ich habe etwas herausgefunden. Über deine Tochter. Stell dir vor, sie war hier!«

Von einer Sekunde zur nächsten war Beatrice hellwach. Sie setzte sich auf und packte Yasminas Arm, als könnte sie sich jeden Moment in Luft auflösen, wenn sie nicht festgehalten wurde.

»Was hast du eben gesagt?«, fragte sie nach, vorsichtshalber, ehe sie sich zu große Hoffnungen machte. Vielleicht hatte sie sich ja doch verhört.

»Deine Tochter war hier. Hier bei uns in der Oase. Sie war ...«

»Dann muss ich zu ihr, sofort«, sagte Beatrice. »Wo ist sie?« Sie warf die Decke zur Seite und wollte aufstehen, doch Yasmina hielt sie zurück.

»Warte, Beatrice, nicht so schnell. Ich sagte doch, sie *war* hier. Allerdings hat sie Qum bereits vor einiger Zeit wieder verlassen.«

Beatrice sank in die Kissen zurück.

»Wie hast du das herausgefunden?«

Yasmina zuckte mit den Schultern. »Ich habe einfach herumgefragt. Du hast so viel für mich getan, dass ich dir auch einen Gefallen tun wollte. Die alte Fatma hat es mir schließlich erzählt. Es ist etwa zwei Monate her. Ein Reiter kam auf seinem Weg durch die Wüste in die Oase. Er war gekleidet wie ein Nomade und hatte ein kleines Kind bei sich, ein Mädchen, etwa vier Jahre alt mit goldenem Haar und leuchtend blauen Augen. Die Alte erinnert sich deshalb noch so genau daran, weil sie es für ein gutes Omen hielt. Sie hat die beiden in ihrem Haus aufgenommen. Sie blieben allerdings

151

nur eine Nacht. Bereits am folgenden Morgen sind sie weiter-
gezogen.«

Beatrices Mund wurde trocken vor lauter Aufregung. Ein
Nomade? Wer konnte das gewesen sein? Ob Ali sich verkleidet hatte, um nicht als Arzt aufzufallen?

»Und? Hat der Mann gesagt, wo er hinwollte? Oder hat er
seinen Namen genannt?«

Yasmina schüttelte den Kopf. »Nein. Fatma sagte, er sei
sehr schweigsam gewesen. Sie hatte den Eindruck, dass er
und das Mädchen verfolgt würden und sie in großer Gefahr
schwebten.« Beatrice wurde bleich, und Yasmina fuhr schnell
fort: »Aber ich an deiner Stelle würde nicht so viel auf das Geschwätz der Alten geben. Vermutlich will sie sich damit nur
wichtig tun. Fatma schmückt die Wahrheit gern aus, um sie
spannender zu machen. Sie konnte mir nur sagen, in welcher
Richtung die beiden Qum am nächsten Morgen wieder verlassen hatten. Sie ritten nach Nordwesten.«

Beatrice nickte entschlossen. »Gut, dann werde ich auch
nach Nordwesten reiten. Und zwar noch heute. Ich brauche
ein Pferd und ...«

Doch Yasmina schüttelte bedächtig den Kopf.

»Tu das nicht, Beatrice. Du würdest nur Kraft und Zeit
vergeuden und dich in unnötige Gefahr begeben. Überall lauern Räuberbanden und Sklavenhändler. Natürlich könnte der
Mann wirklich nach Nordwesten geritten sein. Dort liegt die
Stadt Qazwin. Doch sollte Fatma Recht haben, sollte er mit
deiner Tochter tatsächlich auf der Flucht gewesen sein, so war
sein Weg nach Nordwesten vielleicht einfach nur ein Täu-
schungsmanöver, um seine Verfolger zu verwirren. Es gibt in
diesem Land viele Städte. Er könnte unbemerkt in der Wüste
seine Richtung geändert haben und ebenso gut nach Isfahan,
Gazna, Hamdan, vielleicht sogar bis nach Bagdad geritten
sein.« Yasmina sah Beatrice an, als ob sie sich bei ihr dafür

entschuldigen wollte. »Verstehst du, was ich damit zu sagen versuche? Dieser Mann kann mittlerweile überall sein.«

Beatrice fuhr sich verzweifelt durchs Haar.

»Aber was soll ich dann deiner Meinung nach tun, Yasmina? Wie soll ich Michelle finden, wenn ich nicht irgendwo mit der Suche beginne?«

»Das weiß ich, Beatrice. Deshalb wollte ich dir auch vorschlagen, dass du uns morgen nach Gazna begleitest«, sagte sie. »Gazna ist die größte Stadt im Umkreis von zehn Tagesritten. Selbst wenn dieser Mann nicht dort sein sollte und auch nicht durchgereist ist, so ist es ein Leichtes, von Gazna aus weitere Nachforschungen anzustellen. Viele Karawanen und Händler aus allen Ländern kommen nach Gazna. Sie hören und sehen viel auf ihren Reisen. Vielleicht ist einem von ihnen deine Tochter begegnet. Außerdem ist Maleks Familie sehr wohlhabend. Wir könnten einen Boten ausschicken, der an deiner Stelle die Gegend durchstreift.«

Beatrice dachte nach und wog die Argumente gegeneinander ab. Was Yasmina gesagt hatte, klang einleuchtend. Außerdem scheute sie sich vor der Aussicht, erneut allein in der Wüste herumzuirren. Dieses Mal hatte sie noch Glück gehabt und war mit dem Leben davongekommen. Es war fraglich, ob ihr das Schicksal das nächste Mal ebenso wohlgesonnen sein würde.

»Gut, ich komme also mit«, sagte sie. Dann sah sie Yasmina an. Und mit einem Schlag wurde ihr die Bedeutung dessen bewusst, was ihre Freundin ihr gerade erzählt hatte. Sie war nicht nur in derselben Zeit wie Michelle gelandet, sie hatte durch Zufall sogar dieselbe Oase erreicht, in der ihre Tochter eine Nacht verbracht hatte. Oder war es vielleicht gar kein Zufall? Stand hinter allem eine bestimmte Absicht, die der Stein verfolgte und die sie nur noch nicht kannte? Heiße Tränen traten in ihre Augen. »Mein Gott, Yasmina, es ist also wirklich wahr. Ich habe mich nicht getäuscht! Michelle ist hier. Es ist kaum zu glauben, dass ich tatsächlich eine Spur von ihr gefunden habe. Dabei seid ihr und Malek und seine Brüder die ersten Menschen, denen ich nach meiner Ankunft begegnet bin.«

Sie schlug die Hände vors Gesicht und begann zu weinen. Erst jetzt merkte sie, wie erschöpft sie war, wie ausgelaugt. Offensichtlich hatte sie bislang mehr an ihrer Intuition gezweifelt – und natürlich auch am Stein der Fatima –, als sie sich selbst hatte eingestehen wollen.

Yasmina legte ihr tröstend eine Hand auf die Schulter.

»Ja, du hast eine Spur von ihr gefunden«, sagte sie leise und lächelte aufmunternd. »Und ich bin mir sicher, dass es nun nicht mehr lange dauern wird, bis du deine Tochter endlich wieder in die Arme schließen kannst.«

VIII

Bereits kurz vor Anbruch des nächsten Tages wurde Beatrice von einer Dienerin geweckt. Rasch kleidete sie sich an und nahm ein hastiges Frühstück aus Brot, Käse und mit Zitronensaft gewürztem Wasser zu sich. Ihre Füße taten zwar immer noch weh, als sie langsam die Treppe zum Hof hinunterstieg, doch die konsequente Behandlung mit Myrrhe und der stark riechenden Salbe aus Ziegenfett hatte ebenso wie die Ruhe dazu beigetragen, dass sie nicht mehr auf die starken Arme eines Dieners angewiesen war, um sich zu bewegen. Allerdings war sie froh darüber, dass sie kein Gepäck zu tragen hatte.

Im Hof wurde Beatrice schon von Yasmina und Malek erwartet. Die Diener liefen kreuz und quer durcheinander, sodass man meinen konnte, an diesem Tag würde eine zweite Hochzeit stattfinden. Allerdings fehlte die durchdringende, aufgeregte Stimme der Hausherrin. Diese stand mit vom Weinen geröteten Augen dicht bei Yasmina und hielt deren Arm umklammert, als wollte sie ihre Tochter nun doch nicht fortgehen lassen. Und auch Yasmina hatte Tränen in den Augen. Verständlicherweise. Vermutlich würden sie sich höchstens einmal im Jahr wiedersehen, wenn überhaupt. Die Reise nach Gazna schien nicht gerade ungefährlich zu sein. Und nur für einen kurzen Besuch zum Tee nahm man die damit verbundenen Strapazen gewiss nicht in Kauf.

»Beeilt euch«, drängte Malek die Frauen ungeduldig. »Meine Brüder warten sicher schon auf uns. Wir wollen gemeinsam zum Treffpunkt mit unserem Karawanenführer gehen.«

»Guten Morgen!«, wurden sie fröhlich von Assim begrüßt, als sie vor das Haus traten. Er lachte ihnen zu, verneigte sich vor Yasminas Eltern und Malek und ging dann zu Beatrice. »Es freut mich, dass du wieder mit uns reist, Sekireh.«

»Mich auch«, sagte Beatrice und erwiderte sein Lächeln. Sie mochte Assim. Die Fröhlichkeit und Unbeschwertheit dieses Jungen wirkte ansteckend. »Allerdings werde ich dir diesmal nicht wieder zur Last fallen und hinter dir auf deinem Pferd reiten müssen.«

Assim zuckte mit den Schultern. »Das war doch nicht schlimm. Weder ich noch mein Pferd haben deine Anwesenheit als Last empfunden. Aber du hast Recht, diesmal wirst du gemeinsam mit Yasmina und ihren beiden Dienerinnen in der Sänfte reisen.« Er verzog sein hübsches Gesicht. »Ich kann mir das zwar nicht vorstellen, es muss ziemlich stickig unter den dicken Stoffen werden, aber für eine Frau ist diese Art zu reisen sicherlich viel angenehmer.«

Wenig später marschierten Malek, Yasmina, ihre Eltern und Brüder sowie alle Diener des Hauses und Beatrice quer durch das Dorf. Alles war still. Ein einzelner Hund schlug an und bellte hysterisch, offensichtlich kam ihm die Menschenansammlung im Morgengrauen verdächtig vor, doch eine durchdringende Frauenstimme brachte ihn schnell zum Schweigen.

Der Himmel über ihnen war noch dunkel, und die Sterne schimmerten, doch am Horizont zeigte sich bereits ein schmaler Silberstreif als erster Vorbote der nahen Morgendämmerung. Sie hatten den Treffpunkt am Rande der Oase noch nicht erreicht, als ihnen auch schon eine Gestalt entge-

genkam. Das bodenlange weiße Gewand, das Kopf und Körper gleichermaßen einhüllte, hob sich so deutlich von der
noch herrschenden Dunkelheit ab, dass es im ersten Augenblick aussah, als würde sich ihnen ein Geist nähern.

»Allah sei gepriesen. Ihr kommt spät, aber Ihr kommt!«,
sagte der Mann mit einer tiefen, rauen Stimme, deren spötti-
scher Unterton nur schwer zu überhören war. »Ich wollte
mich gerade zu Euch auf den Weg machen. Ich dachte schon,
Ihr habt es Euch kurz vor Beginn der Reise anders überlegt.«

Beatrice lief ein wohliger Schauer über den Rücken. Etwas
an diesem Mann kam ihr bekannt vor, erinnerte sie an etwas
oder jemanden. Doch es war nicht die Stimme. Es dauerte
eine Weile, bis sie begriff, dass es sein weicher, leicht singen-
der Akzent war, der ihr so vertraut zu sein schien. Dieser
Mann war ein Nomade. Wie Saddin.

»Sei auch du gegrüßt, Jaffar«, entgegnete Malek kühl
und berührte flüchtig Mund und Stirn mit der linken Hand.
Sein hübsches Gesicht nahm einen überraschend hochmüti-
gen Ausdruck an. Es war ihm deutlich anzumerken, dass er
nur deshalb die Regeln der Höflichkeit wahrte, um allen Anwesenden zu zeigen, welche unüberbrückbare Kluft zwischen
ihm und dem Nomaden lag. »In meiner Familie ist es üblich,
dass ein Mann zu seinem Wort steht. Wie ausgemacht möchten wir, dass ihr uns nach Gazna begleitet.«

Jaffar hob seine buschigen Augenbrauen und verneigte
sich. Offensichtlich spürte auch er den Unterschied, der zwischen ihm und Malek bestand. Allerdings hätte Beatrice Wetten darauf abschließen mögen, dass er ganz anders darüber
dachte.

»So bitte ich Euch, mir zu folgen, Ihr edlen Herren!«, sagte
er. »Ich werde Euch zu unserem Sammelpunkt geleiten.«

»Sammelpunkt?«, fragte Malek überrascht. »Weshalb ...«

»Wir erwarten noch einige Juwelenhändler, die ebenfalls

auf dem Weg nach Gazna sind. Sie hörten gestern Abend von unserer Karawane und haben sich entschieden, sich uns anzuschließen.« Jaffar lächelte, doch diesmal hatte sein Lächeln etwas Drohendes. Seine weißen Zähne blitzten im flackernden Schein der Fackeln auf. Er sah aus wie ein zähnefletschendes Raubtier. »Ich hoffe, Ihr habt nichts dagegen einzuwenden, edler Herr?«

»Nein«, beeilte sich Malek zu versichern, und Beatrice konnte ihm nur beipflichten. Sie an Maleks Stelle hätte auch auf eine Konfrontation mit diesem Mann verzichtet. »Du führst die Karawane. Es ist alles in Ordnung.«

»Gut, Herr«, erwiderte Jaffar und verneigte sich erneut. »Ich wusste, dass Ihr ein kluger und verständiger Mann seid.«

Inzwischen hatten sie den Rand der Oase erreicht. Sie passierten die letzte Baumreihe und standen auf einer Grasfläche, die nach etwa hundert Metern beinahe nahtlos in die Wüste überging. Die Sonne tauchte langsam über dem Horizont auf, und die dunklen Silhouetten der zahlreichen Pferde und Reiter hoben sich deutlich vom silbrigen Himmel ab. Yasmina war umringt von ihrer Familie und den Dienern, die in lautes Jammern und Wehklagen ausbrachen. Jeder Einzelne von ihnen wollte ausgiebig Abschied von ihr nehmen. Beatrice stand allein etwas abseits der Familie. Sie kam sich fremd und verloren vor, und gleichzeitig war es ihr peinlich, einfach dazustehen und dabei in die Intimsphäre einer ihr letztlich vollkommen fremden Familie einzudringen. Also beschloss sie, sich ein wenig umzusehen. Gemächlich schlenderte sie über den Platz zu den Pferden, die bereits fertig gesattelt und gezäumt auf ihre Reiter warteten. Mitten unter den gewöhnlichen Pack- und Reitpferden standen zehn Schimmel. Sie waren ein Geschenk von Yasminas Vater an Maleks Familie. Schon auf den ersten Blick erkannte Beatrice, wie wertvoll die

Tiere waren. Sie waren ohne Zweifel Vollblüter edelster Herkunft, möglicherweise ließ sich ihr Stammbaum sogar bis zu den fünf Lieblingsstuten des Propheten zurückverfolgen. Alle zehn Pferde hatten die schlanke, zierliche Statur der Araber-Pferde. Ihr schneeweißes Fell schimmerte im Morgenlicht silbern, und ihre langen, vollen Mähnen und Schweife glänzten wie kostbare Seide. So schöne Pferde wie diese hatte Beatrice erst einmal in ihrem Leben zu Gesicht bekommen – in Shangdou, im Garten von Khubilai Khan, dem berühmten Herrscher der Mongolen und Chinesen. Beatrice streckte ihre Hand aus und ließ sie von einem der Tiere beschnuppern. Sie tätschelte den schlanken Hals. Das Fell war so weich, als würde es aus Flaumfedern bestehen. Sie flüsterte dem Pferd gerade ein paar Koseworte ins Ohr, als plötzlich Jaffar und einer seiner Männer auftauchten. Die beiden kamen näher und sahen sich um, als ob sie sich vergewissern wollten, dass niemand außer ihnen in der Nähe war.

Beatrice dachte nicht lange nach, sondern versteckte sich hinter dem Pferd. Natürlich hätte sie einfach davonschleichen, ja, vermutlich hätte sie sogar unbefangen an den beiden Männern vorbeigehen können. Sie war schließlich ein Mitglied der Karawane, sie hatte das Recht, sich hier umzusehen. Trotzdem blieb sie in ihrem Versteck. Eine Stimme in ihrem Innern sagte ihr, dass es besser wäre, wenn sie wüsste, was die beiden Männer zu besprechen hatten. Sie duckte sich und spähte unter dem Hals des Pferdes hindurch.

»Es ist niemand da, Aziz«, sagte Jaffar zu dem anderen Mann und sah sich noch einmal nach allen Seiten hin um. »Schnell, sprich, bevor einer von ihnen kommt. Was hast du herausgefunden?«

»Wenig, Jaffar, leider nur wenig«, erwiderte der Mann. Er war mindestens einen Kopf kleiner als der Karawanenführer und dabei so schmal und zierlich, als wäre er eigens dafür geschaffen worden, durch Gitterstäbe, Türspalten und Fenster zu huschen.

Eigentlich sieht er aus wie ein Frettchen, dachte Beatrice.

»Das Mädchen mit dem goldenen Haar und den blauen Augen war hier in Qum, Jaffar«, fuhr er fort. »So viel steht fest. Aber wohin sie und ihr Begleiter dann geritten sind, scheint niemand zu wissen.«

Beatrice hielt die Luft an und presste instinktiv die Hand auf den Mund, um vor Überraschung nicht zu schreien. Ihr Herz begann einen Trommelwirbel zu schlagen, und ihr wurde glühend heiß. Diese beiden Kerle sprachen von Michelle! Da war sie sich ganz sicher. Aber was wollten sie von ihrer Tochter? Waren sie etwa diejenigen, vor denen Michelles Begleiter angeblich auf der Flucht war?

»Hm«, brummte Jaffar sichtlich verärgert. »Das ist wahrlich nicht viel.«

Der kleine Mann hob entschuldigend die Schultern.

»Es tut mir Leid, ich kann nichts dafür. Die Spur ist bereits einige Wochen alt. Wir können überhaupt von Glück sagen, dass sich hier noch jemand an die Kleine erinnert. Immerhin kommen Tag für Tag viele Reisende durch Qum.«

»Ich weiß, Aziz, ich weiß«, sagte Jaffar ungeduldig. »Aber kannst du mir verraten, was ich jetzt denen in Gazna erzählen soll?« Er stöhnte. »Sie werden nicht besonders erfreut sein von uns zu hören, dass wir keine deutliche Spur von dem Mädchen gefunden haben.«

»Und was nun?«, fragte der kleine Mann. »Soll ich vorausreiten und den Fidawi ...«

Beatrice zuckte zusammen. Fidawi? Sie kannte dieses Wort, hatte es irgendwo schon einmal gehört. Aber wo und in welchem Zusammenhang? Fidawi. Was auch immer dieses Wort bedeuten mochte, es hatte keinen guten Klang. Ganz und gar nicht.

»Beim Barte des Propheten! Bist du dumm? Wie kannst du dieses Wort in den Mund nehmen!«, herrschte Jaffar seinen Untergebenen an und schlug ihm mit der flachen Hand auf den Hinterkopf. Dann sah er sich um, als wollte er erneut sichergehen, dass sie nicht belauscht wurden. »Habe ich dir nicht eingeschärft, dass wir vorsichtig sein müssen? Dass unter gar keinen Umständen jemand etwas erfahren darf?«

»Ja, aber ...«

»Schweig jetzt. Wir werden diese Leute nach Gazna begleiten, so wie wir es besprochen haben. Vielleicht schickt mir Allah ja auf dem Weg dorthin einen rettenden Gedanken. Wir wollen nur hoffen, dass alles gut geht und wir nicht noch zusätzlich in einen Hinterhalt geraten. Ich habe wirklich andere Sorgen, als mich jetzt auch noch mit Räubern und Sklavenhändlern herumzuschlagen. In Gazna wartet schon genug Ärger auf uns. Und jetzt verschwinde. Ich glaube, dieses junge Großmaul und seine Brüder sind im Anmarsch.« Er knirschte hörbar mit den Zähnen. »Wenn ich nicht wüsste, welch gutes Geschäft mir entgehen würde, würde ich diesen Burschen am liebsten in der Wüste verdursten lassen.«

Von einem Augenblick zum nächsten verschwand der kleine Mann nahezu lautlos zwischen den Pferden.

Wirklich wie ein Frettchen. Oder wie eine Ratte, dachte Beatrice voller Abscheu. Fidawi – was war das noch? Wenn ich mich doch bloß erinnern könnte.

Inzwischen waren Malek und seine Brüder näher gekommen.

»Ah, hier bist du, Jaffar. Endlich finden wir dich.«

»Junge edle Herren!«, rief Jaffar übertrieben herzlich aus und verneigte sich tiefer, als es üblich war. »Weshalb habt Ihr mich denn gesucht? Womit kann ich Euch behilflich sein? Es wird mir eine Freude sein, Euch zu dienen.«

Wie gut sich doch manche Menschen verstellen können, dachte Beatrice voller Zorn und beschloss, den Karawanenführer auf ihrer Reise ganz besonders im Auge zu behalten.

»Wo sind deine Männer, Jaffar?«, fragte Malek, ohne auf die Worte des Nomaden einzugehen. Seine Stimme klang streng. »Die Sonne zeigt sich bereits am Horizont. Ich wäre erfreut, wenn deine Leute dies auch täten. Wir hatten die Absicht, früh aufzubrechen.«

»Ich verstehe Euren Unmut nicht«, sagte Jaffar und deutete vage in alle Richtungen. »Meine Männer sind doch schon lange hier. Noch während Ihr Eure Pflichten als frisch vermählter Ehemann erfüllt habt, haben sie damit begonnen, ihrerseits ihre Pflicht zu tun. Sie füllen die Wasserschläuche auf, überprüfen die Vorräte, die Pferde, geben den Tieren noch etwas zu trinken ...«

»Ja, ja, ja. Das habe ich auch gesehen. Aber ich habe nur vier Männer gezählt«, unterbrach ihn Malek unwirsch. »Ist das dein Ernst? Du hast wirklich nur vier Männer dabei? Oder warten die restlichen außerhalb der Oase auf uns?«

Jaffar schüttelte den Kopf. »Ich versichere Euch, fünf von unserem Schlag sind mehr als genug, um Euch, Eure junge Gemahlin und Euren wertvollen Besitz auf dieser Reise zu beschützen«, erwiderte er und richtete sich zu seiner vollen Größe auf. »Jeder, der es wagen sollte, dieser Karawane zu nahe zu kommen, wird seinem Schöpfer eher gegenüberstehen, als er es sich je zu träumen gewagt hat.« Zur Bekräftigung seiner Worte griff der Nomade an seinen Gürtel, sodass seine Dolche und Säbel klirrten. Dabei lachte er, als ob das Ganze für ihn nichts weiter als ein amüsanter Ausflug wäre. »Entschuldigt mich, Ihr edlen Herren«, sagte er schließlich und verneigte sich vor Malek und seinen Brüdern. »Ich muss mich jetzt um meine Männer kümmern.«

Er ging mit selbstsicheren, schwingenden Schritten davon.

Das Pferd schnaubte und stieß Beatrice auffordernd an.

»Pst, sei leise!«, flüsterte sie erschrocken und fuhr fort, den Hals des Tieres zu tätscheln.

Malek und seine Brüder waren noch da, kaum drei Meter von ihr entfernt. Auch wenn sie – im Gegensatz zu Jaffar – nichts zu verbergen hatten, so wären sie bestimmt nicht erfreut gewesen zu entdecken, dass sie belauscht wurden. Noch dazu von einer Frau.

»Was ist mit dir, Malek?«, fragte Assim seinen ältesten Bruder, der Jaffar immer noch gedankenverloren nachschaute. »Stimmt etwas nicht?«

»Und ob!«, antwortete Murrat an Maleks Stelle. Der drittälteste Bruder war ein stämmig gewachsener junger Mann, der immer aussah, als ob er schlechte Laune hatte. »Ich sagte dir gleich, wir können diesem Kerl nicht trauen. Wir hätten die Reise nach Gazna besser allein antreten sollen.«

»Ich weiß, Murrat, ich weiß«, erwiderte Malek. »Auch ich traue Jaffar nicht eine Handbreit über den Weg. Aber du vergisst, dass wir durch gefährliches Gebiet reisen müssen. Räuber und Sklavenhändler lauern überall, hinter jedem Hügel, hinter jedem Felsvorsprung. Wie sollten wir allein meine junge Gemahlin vor dieser tödlichen Gefahr beschützen?«

»Und doch wäre es klüger gewesen«, sagte Murrat grimmig, »denn jetzt müssen wir auch noch die Nomaden im Auge behalten. Wer weiß, vielleicht steckt dieses Pack sogar mit den Räubern unter einer Decke. Möglich, dass sie uns geradewegs in einen Hinterhalt führen. Lohnen würde es sich. Allein die Schimmel sind ein Vermögen wert. Und ich möchte nicht wissen, welche Schätze die Juwelenhändler in ihren Taschen herumtragen.«

»Murrat, glaubst du nicht, dass du mal wieder alles viel zu schwarz siehst?«, fragte Kemal, der zweitälteste der vier Brüder mit seiner stets ruhigen und sanften Stimme. »Nur weil diese Männer zum Volk der Nomaden gehören, muss das noch lange nicht heißen, dass sie Betrüger sind.«

Doch Murrat verzog verächtlich die Mundwinkel. »Ich habe noch nie einen Nomaden getroffen, dem ich vertrauen konnte. Du etwa?«

»Nun, wenn ich ehrlich bin, steht mir darüber kein Urteil zu«, erwiderte Kemal mit einem sanften Lächeln. »Diese Männer sind nämlich die ersten Nomaden, deren nähere Bekanntschaft ich machen darf.«

Murrat schnaubte und verschränkte die Arme vor der Brust. Es sah nicht so aus, als würden ihn die Worte seines Bruders überzeugen.

»Hast du denn nie zugehört, wenn Großvater berichtet hat, wie er ...«

»Kemal hat Recht, Murrat«, lenkte Malek ein. »Wir wissen nichts über Jaffar und seine Männer. Wir sollten erst einmal abwarten.«

»Ja habt ihr denn alle keine Augen im Kopf?«, rief Murrat aus. »Vier Männer als Begleitung für eine Karawane! Noch dazu eine, welche die Mitgift einer wohlhabenden frisch vermählten Frau und die Waren von Juwelenhändlern transportiert. Das stinkt doch zum Himmel! Allah allein mag wissen, was diese Kerle im Schilde führen. Aber wenn ihr tatsächlich erst darauf warten wollt, dass sie uns ausrauben, verschleppen oder gar töten, so solltet ihr euch besser jetzt gleich ...«

»Murrat!« Maleks Stimme klang scharf. »Sei jetzt sofort still. Assim beginnt bereits sich zu fürchten!«

»Tu ich gar nicht«, mischte sich Assim empört ein. »Ich fürchte mich überhaupt nicht. Behandle mich nicht immer wie ein Kind, Malek. Ich bin schon fast vierzehn. Ich kann selber ...«

»Schweig!«, riefen Murrat und Malek gleichzeitig. Assim hielt seinen Mund. Doch er verschränkte seine Arme vor der

164

Brust, runzelte zornig die Stirn und stampfte mit dem Fuß auf. Ohne dass er es wollte, sah er jetzt wirklich wie ein Kind aus. Wie ein schmollender unzufriedener, kleiner Junge, der es nicht ertragen konnte, von seinen großen Brüdern fortgeschickt worden zu sein, die lieber ohne ihn Fußball spielen wollten.

»Malek, höre mir zu. Diese Karawane besteht aus mindestens dreißig Personen. Dazu kommt noch etwa die doppelte Anzahl an Pferden«, begann Murrat die Diskussion wieder. »Sogar für den Fall, dass die Nomaden nicht mit dem Räubergesindel unter einer Decke stecken sollten, wird so eine stattliche Karawane Schurken aus dem ganzen Land anlocken wie Pferdemist die Fliegen. Dieses elende Geschmeiß wird sich wie ausgehungerte Geier auf uns stürzen. Und wenn sich dann nicht herausstellen sollte, dass die Nomaden über besondere Fähigkeiten oder gar Zauberkräfte verfügen, werden wir Gazna niemals lebend erreichen.«

Malek seufzte hörbar. »Ich weiß, Murrat. Auch ich kann mir nur schwer vorstellen, woher Jaffar seine Selbstsicherheit nimmt, mit nur vier Männern diese Karawane ausreichend beschützen zu wollen«, sagte er. »Aber du vergisst eines, mein Bruder. Jaffar und seine Männer sind nicht die Einzigen auf unserer Reise, die es verstehen, mit Schwert und Dolch umzugehen. Über die Juwelenhändler und ihre Diener kann ich zwar kein Urteil fällen, aber wir sind immerhin auch noch da. Und mit uns, mein Bruder, sind es mindestens acht Männer, die in der Lage sind ...«

»Neun!«, rief Assim empört dazwischen. »Immer vergesst ihr mich. Ich kann doch auch ...«

Murrat packte den Griff seines Schwertes.

»Jawohl«, sagte er grimmig, ohne auf Assims Einwand zu achten. »Beim Heiligtum von Mekka, du kannst dich darauf verlassen, dass ich meine Augen offen halten werde. Ich werde deine junge Braut beschützen, Malek, zur Not mit meinem Leben.«

Malek legte ihm eine Hand auf die Schulter.

»Ich danke dir, mein Bruder. Ich danke dir von ganzem Herzen für deine Treue«, sagte er. »Doch nun lasst uns gehen. Vermutlich werden wir gleich aufbrechen, und ich will nicht, dass Yasmina unruhig wird. Oder gar einer von Jaffars Männern ihr zu nahe kommt.«

Beatrice wartete noch eine Weile, bis die vier Brüder außer Sichtweite waren. Erst dann wagte sie sich aus ihrem Versteck hervor. Gedankenverloren ging sie zu Yasmina zurück. Was sie innerhalb weniger Augenblicke erfahren hatte, gab ihr genügend Stoff zum Nachdenken.

»Wo warst du, Sekireh?«, erkundigte sich Assim, als sie schließlich die anderen erreichte. Anscheinend hatte er bereits die Auseinandersetzung mit seinen Brüdern vergessen, denn er strahlte über das ganze hübsche Jungengesicht, als läge ein spannendes Abenteuer vor ihm. »Wir wollen gleich aufbrechen. Bist du schon einmal mit so einer großen Karawane unterwegs gewesen? Ich nicht. Malek und Murrat und Kemal meinen sogar, dass es gefährlich werden könnte, dass in den Bergen Räu… «

»Assim!« Murrats scharfe Stimme ließ ihn zusammenzucken. »Haben wir dir nicht gesagt, du sollst den Mund halten? Du bist klatschsüchtiger als ein Waschweib. Ich habe Malek gleich gesagt, dass wir dich zu Hause lassen sollen. Du machst nichts als Ärger.«

»Mach ich gar nicht«, widersprach Assim, und vor lauter Empörung traten ihm sogar Tränen in die Augen. »Ich wollte doch nur …«

»Hör nicht auf ihn, Assim«, sagte Kemal sanft und legte seinem jüngsten Bruder beschwichtigend eine Hand auf den

Kopf. »Geh jetzt zu deinem Pferd und prüfe noch einmal nach, ob die Gurte auch wirklich fest angezogen sind, ob du deine Verpflegung dabei hast und dein Wasserschlauch aufgefüllt ist und keine Löcher aufweist. Wir brechen gleich auf.«

Der Junge wischte sich rasch mit dem Ärmel seines Reisemantels die Tränen aus den Augenwinkeln und ging dann ohne ein weiteres Wort zu seinem Pferd.

»Verzeih, Sekireh«, sagte Kemal. »Ich hoffe, Assim hat dir mit seinem Geschwätz keine Angst gemacht. Er ist noch ein Kind. Und Allah hat diesen Jungen mit einer ausgeprägten Einbildungskraft gesegnet, die manchmal zu erschreckenden Einfällen führt.«

»O nein, du kannst beruhigt sein, er hat mir keine Angst gemacht«, erwiderte Beatrice und dachte, dass Assim keinesfalls ein Kind war, das sich Geschichten ausdachte. Vermutlich war er einfach noch zu jung, um erkennen zu können, wann es besser war zu lügen. Im Gegensatz zu seinen Brüdern. »Ich kann Wahrheit und Fantasie in der Regel gut unterscheiden.«

Sie strahlte Kemal unbefangen an.

»Ja ... ja, natürlich«, stammelte er, und sein freundliches Lächeln wurde ein wenig unsicher. »Ich muss mich jetzt auch um mein Pferd kümmern. Entschuldige mich.«

Er verneigte sich hastig und verschwand.

Yasmina küsste und umarmte noch ein letztes Mal ihre Eltern und Brüder, bevor sie, Beatrice und die beiden Dienerinnen eine Sänfte bestiegen, die von vier Pferden getragen wurde. Beatrice war wenig begeistert über diese Aussicht. Wenn sie selbst hätte entscheiden dürfen, wäre sie viel lieber den ganzen Weg bis nach Gazna geritten. Doch man ließ ihr keine Wahl. Sie war eine Frau. Und eine ehrbare Frau hatte nur in seltenen Ausnahmefällen etwas auf einem Pferderücken verloren. Im Übrigen sollte sie bescheiden, sittsam und vor den Augen fremder Männer verborgen in ihrer Sänfte bleiben. Mit einem flauen Gefühl im Magen bestieg sie mit Hilfe eines treppenähnlichen Podests die Sänfte. Ihre Erfahrungen mit dieser Form der Fortbewegung hatten bisher jedes Mal zu blauen Flecken, Rückenschmerzen und Übelkeit geführt. Doch diese Sänfte schien anders zu sein. Sie war sehr lang und breit und so geräumig, dass die vier Frauen nicht nur bequem beieinander sitzen konnten, ohne sich gegenseitig einzuzuengen, sie konnten sich richtig ausstrecken und hinknien, wenn sie wollten. Es gab sogar zwei Tische, auf denen bereits Schalen mit frischem Obst und vier Becher standen. Eine große Zahl dicker Polster und noch mehr Kissen versprach eine wenigstens einigermaßen stoßfreie Reise. Jetzt blieb nur noch zu hoffen, dass es unter den dichten, schweren Stoffen im Laufe des Tages nicht zu heiß im Innern der Sänfte werden würde.

Als es sich alle vier Frauen bequem gemacht hatten, öffnete eine der Dienerinnen den Vorhang einen Spaltbreit und spähte hinaus.

»Seht nur, Herrin, es geht los!«, rief sie aufgeregt, als sich die Karawane auf einen schrillen Pfiff hin in Bewegung setzte.

Yasmina tupfte sich mit einem seidenen Tuch die Tränen von den mit Kohle geschminkten Augen. Sie machte nicht den Eindruck, als ob sie die Freude und Erregung ihrer Dienerin teilen würde.

»Ja«, erwiderte sie tonlos. »Etwa zehn Tage sind wir unterwegs, bis wir Gazna erreichen. Und was dort auf mich wartet, weiß nur Allah.«

»Du hast mir gestern erzählt, dass Gazna cine große Stadt sei«, sagte Beatrice und sah Yasmina bedeutungsvoll an. »Meiner Erfahrung nach sind in großen Städten viele Dinge möglich, die anderswo nie geschehen könnten. Man erzählt sich so viel. Wer weiß, vielleicht ist Gazna sogar ein Ort, an dem Träume wahr werden können.«

Unter ihrem Blick verschwand die Traurigkeit und Hoffnungslosigkeit von Yasminas Gesicht, und schließlich lächelte sie sogar.

»Du hast Recht. Ich sollte nicht traurig sein über das, was ich hinter mir lasse«, erwiderte Yasmina. »Vielmehr sollte ich mich auf das freuen, was vor mir liegen mag. Natürlich ist alles ungewiss, verborgen hinter den dichten Schleiern der Zukunft. Doch gerade diese Ungewissheit birgt viele Möglichkeiten, unendlich viele. Und es mag sein, dass bei näherer Betrachtung die meisten davon sogar sehr schön sind.«

»Seid nicht betrübt, Herrin, wenn Euch Ängste plagen. Ihr seid noch jung und unerfahren. Doch ich bin sicher, dass Euch das Leben an der Seite Eures Ehemannes gefallen wird«, sagte die Dienerin, die natürlich nicht begriff, dass Yasmina von anderen Dingen als der Ehe sprach. »Euer Gemahl ist so ein edler, schöner und großmütiger Herr. Wenn Ihr meine eigene Tochter wärt, ich würde Euch keinen anderen Gemahl wünschen. Ihr werdet sehen, dass ich Recht habe, Herrin. Ihr werdet glücklicher sein, als Ihr es je zuvor wart. Und wenn sich dann eines Tages alle Eure Hoffnungen erfüllen und Euch die ersehnten Söhne geboren werden ...«

Ein derart seliges Lächeln verklärte das Gesicht der Dienerin, dass man den Eindruck gewinnen konnte, in Wahrheit sei sie es, die gerade frisch vermählt worden war.

»Du hast Recht, Mahtab«, sagte Yasmina, doch ihr Lächeln wirkte gequält. »Mich erwartet gewiss ein schönes Leben voller Glück und Zufriedenheit.«

»Und Liebe, Herrin«, fügte die andere Dienerin hinzu.

»Ja, natürlich, Liebe.« Yasmina sprach so leise, dass nur noch Beatrice direkt neben ihr sie verstehen konnte. »Ich denke die ganze Zeit über an nichts anderes.«

Bereits vom ersten Tag ihrer Reise an begann sich die Landschaft zu verändern. Sie war bei weitem nicht mehr so karg
und lebensfeindlich wie die, die Beatrice auf ihrem Weg nach
Qum durchquert hatte. Die Grasbüschel wurden immer dichter, und ihre Farbe wechselte von dem halb vertrockneten,
ungesunden Grau zu einem lebendigen, saftigen Grün. Vereinzelt wuchsen sogar kleine verkrüppelte Bäume, die trockene, wie verschrumpelte Lederbeutel aussehende Früchte
trugen. Die Steine schienen zu wachsen, bis aus dem überall herumliegenden Geröll richtige Felsen geworden waren,
manche von ihnen so riesig, dass ein Reiter sich ohne Schwierigkeiten dahinter verstecken konnte. Das Land wurde immer
hügeliger, und der dunkelgraue Schatten, anfänglich kaum
mehr als ein Streifen, der sich am Horizont in die Höhe erhob, wurde beinahe von Stunde zu Stunde größer. Je näher sie
dem Gebirge kamen, umso fruchtbarer wurde auch das Land.
Wenn sie die dichten Vorhänge einen winzigen Spalt öffnete,
sah Beatrice immer öfter schmale Bäche, in denen das Wasser
träge über die Steine floss, als würde es sich vor der nahen
Wüste fürchten. Sie sah Schaf- und Ziegenherden, Gemüse-
beete und Getreidefelder. Anfangs waren die Tiere noch mager, und Obst und Gemüse wuchs nur vereinzelt auf den kargen grobscholligen Äckern. Doch Schafe und Ziegen wurden
allmählich dicker und Gurken und Melonen immer größer.
Und sie sah Häuser. Niedrige Häuser mit flachen Dächern
und winzigen Schießscharten ähnlichen Fenstern. Schließlich
erblickte sie sogar vereinzelte Wälder.

Von diesen optischen »Höhepunkten« einmal abgesehen,
verlief ihre Reise überaus eintönig. Den ganzen Tag ertrugen
sie tapfer die Hitze und ließen sich träge von den gleichmäßigen Bewegungen hin und her schaukeln, die zwar lästig, aber
keinesfalls so schlimm waren, wie Beatrice befürchtet hatte.
Vermutlich lag es an der Größe der Sänfte. Das ständige Auf

und Ab war kaum schlimmer als das leichte Schaukeln einer Elbfähre bei ruhigem Seegang. Zu tun hatten sie nichts. Sie konnten sich noch nicht einmal mit Stickerei oder anderen Handarbeiten die Zeit vertreiben. Das Gespräch war die einzige Beschäftigung. Und da Yasmina sich zunehmend in Schweigen hüllte und Amina, die andere Dienerin, eher von stiller Natur war, blieb Beatrice das einzige Opfer der schwatzhaften Mahtab. Schon nach zwei Tagen wusste Beatrice alles, was es an Wissenswertem über die beiden Dienerinnen, Yasminas Eltern, Brüder und die Dienerschaft in ihrem Elternhaus gab. Sie wusste, dass die schwatzhafte Mahtab überall Zeichen und Omen sah und auch die Existenz von Dschinnen, Hexen, Feen und Elfen nicht ausschloss. Sie las Beatrice die Zukunft aus den Handlinien und prophezeite ihr ein langes, glückliches Leben, einen wohlhabenden Ehemann und nicht weniger als vier Söhne und zwei Töchter.

Was Beatrice zu Beginn der Reise noch amüsiert hatte, begann ihr schon bald lästig zu werden. In den Jahren ihrer Tätigkeit in der Chirurgie hatte sie sich die Fähigkeit erworben, in jeder nur erdenklichen Lage und Position einschlafen zu können – und sei es aufrecht auf dem Stuhl in der Morgenbesprechung vor den Augen aller Kollegen. Jetzt zahlte sich diese Fähigkeit aus. Sie hörte einfach nicht mehr auf Mahtabs Geschwätz, sondern döste vor sich hin, horchte auf die Stimmen der Männer, die an der Sänfte vorbeiritten, und dachte über die Gespräche nach, die sie in der Oase belauscht hatte. Sie wusste immer noch nicht, wer oder was die Fidawi waren, doch jedes Mal, wenn ihr dieses Wort einfiel, bekam sie aus unerklärlichen Gründen vor Angst Bauchschmerzen. Während sie sich den Kopf darüber zerbrach, nickte sie in unregelmäßigen Abständen ein und gab zustimmende Laute von sich, sodass Mahtab nicht einmal bemerkte, dass sie ihr gar nicht wirklich zuhörte. Dabei hoffte sie inständig, dass die

Eintönigkeit ihrer Reise irgendwann ihre Wirkung auch auf Mahtab zeigen und ihrem Redefluss endlich ein Ende setzen würde.

Jeden Abend, wenn die Sonne unterging, hielt die Karawane an. Dann schlugen die Männer rasch ein Zelt für die vier Frauen auf, in dem sie mit verhüllten Gesichtern verschwanden und das sie bis zum nächsten Morgen nicht mehr verließen. Malek war der Einzige, der jeden Abend zu ihnen ins Zelt kam, um sich nach dem Wohlergehen seiner jungen Frau zu erkundigen. Ansonsten langweilten sie sich auch hier tödlich. Zum ungewohnten Nichtstun verdammt, sank Beatrices Laune auf den Tiefpunkt. Sie war so weit, dass sie sogar mit Freuden damit begonnen hätte, ihren Keller aufzuräumen, wenn sie die Möglichkeit gehabt hätte. Allerdings schien es Yasmina noch schlimmer zu ergehen. Beatrice merkte ihr an, wie es ihr in den Fingern juckte, ihre Erlebnisse und Gedanken niederzuschreiben. Doch vor den wachsamen Augen ihrer Dienerinnen schien sie es nicht zu wagen, Pergament und Federkiel hervorzuholen. Die junge Frau war wie eine Süchtige auf Entzug. Von Stunde zu Stunde wurde sie nervöser und reizbarer, und die Atmosphäre zwischen den vier Frauen knisterte geradezu vor unterdrückten Spannungen.

Es war gegen Mittag des sechsten Tages. Sie hatten etwa die Hälfte der Strecke hinter sich gebracht, als die Karawane so plötzlich anhielt, dass Amina einen Becher umstieß. Das Wasser ergoss sich über Yasminas Kleidung. Sofort begann sie so laut zu schimpfen und zu zetern, als hätte die Dienerin ein verabscheuungswürdiges Verbrechen begangen. Die ganze angestaute Gereiztheit der vergangenen Tage entlud sich mit der Gewalt einer vulkanischen Eruption. Es war, als hätte Amina versehentlich einen Tropfen Wasser in ein Fass mit Nitroglyzerin fallen lassen.

Während sich Yasminas ungerechter Zorn immer noch über Aminas geduldigem Haupt ergoss und Mahtab hektisch versuchte die Kleidung ihrer Herrin mit einem Seidentuch zu trocknen, öffnete Beatrice den Vorhang einen Spalt, um zu sehen, was eigentlich geschehen war. War es jetzt etwa so weit? Wurden sie überfallen? Ihr Herz klopfte wie ein Dampfhammer, während sie sich alle möglichen Horrorszenarien ausmalte. Sie sah sich sogar schon nur leicht bekleidet mit Hand- und Fußfesseln auf dem Sklavenmarkt stehen, schutzlos den lüsternen Blicken einer geifernden Schar von dickbäuchigen Männern mit grauen Vollbärten und Halbglatzen ausgesetzt.

Doch da war nichts. Die Landschaft war mittlerweile so frisch und grün wie der Garten Eden selbst. Das war aber auch schon alles. Sie sah weder Reiterhorden in der Ferne, die sich ihnen rasch näherten, noch Staubwolken, und es gab auch keinen Lärm, der auf einen Kampf hätte schließen lassen. Das Einzige, was sie hörte, war Murrats gereizte Stimme. Aber nicht einmal das war ungewöhnlich.

»Wir hätten den Kleinen zu Hause lassen sollen!«, sagte er gerade zu seinem Bruder Kemal, während die beiden an der Sänfte vorbeiritten.

Das klang, als ob sie über Assim sprachen. Aber warum? War etwas geschehen? Hatte der Junge eine Dummheit begangen? Angestrengt schaute Beatrice hinaus, verrenkte sich beinahe den Hals und versuchte zu verstehen, was draußen vor sich ging, während Yasmina in ihrem Rücken immer noch schimpfte. Jetzt richtete sich ihr Zorn jedoch gegen Mahtab.

Endlich, nachdem mindestens eine halbe Ewigkeit vergangen sein musste, kam Malek herangeritten. Gerade noch im richtigen Augenblick zog Beatrice den Vorhang wieder zu, bevor er den Kopf zu ihnen in die Sänfte steckte. Und sofort wusste sie, dass etwas Furchtbares geschehen sein musste. Der junge Mann war kreidebleich.

»Was ist los, Malek?«, fragte Yasmina, die sich offenbar durch den Anblick ihres Ehemannes schlagartig wieder beruhigt hatte. »Warum bleiben wir stehen und setzen unsere Reise nicht fort?«

»Assim«, antwortete Malek mit so unheilschwerer Stimme, dass Beatrice mit dem Schlimmsten rechnete. »Er ist weit vorausgeritten, weil er die Gegend erkunden wollte. Er war allein, niemand war bei ihm, als es geschehen ist. Einer der Nomaden hat ihn gefunden. Er muss vom Pferd gestürzt sein.«

»Und?«, mischte sich Beatrice ein. »Wie geht es ihm? Ist er verletzt?«

Vielleicht war Malek ein fortschrittlicher junger Mann, der die strengen Sitten seiner Landsleute nicht so ernst nahm. Vielleicht war er aber auch einfach nur zu schockiert durch den Unfall seines Bruders, um Beatrices unverschämtes Verhalten zu bemerken und sie dafür zu tadeln. Oder es lag an ihrer ungeduldigen »Chirurgenstimme«, wie ihr Vater es immer nannte, wenn sie etwas sofort wissen wollte und keinen Widerspruch duldete. Malek sah sie zwar überrascht an, antwortete jedoch gehorsam.

»Ich weiß es nicht. Niemand weiß es. Er liegt regungslos auf der Erde. Er steht nicht auf und gibt auch keine Antwort. Keiner wagt es, ihn anzurühren. Es macht fast den Eindruck, als hätte ihn ein Blitz getroffen und zu Boden geschmettert.«

»Ich muss sofort zu ihm«, sagte Beatrice und schob Amina unsanft zur Seite, um aus der Sänfte steigen zu können.

»Aber Sekireh, was …«, begann Yasmina.

»Ich muss ihn mir ansehen«, erklärte Beatrice. »Vielleicht kann ich ihm helfen.«

Sie schob sich an Malek vorbei aus der Sänfte hinaus und blickte sich um.

»Wo ist er?«, fragte sie Malek.

»Dort«, antwortete er und zeigte sichtlich verwirrt zur Spitze ihres Zuges. »Dort vorne haben wir ihn gefunden. Aber …«

»Lass mich zu dir in den Sattel steigen, Malek«, sagte Beatrice. »Dann bin ich schneller bei ihm. Und je eher, umso besser.«

»Aber was willst du von meinem Bruder?« Der junge Mann schien allmählich wütend zu werden. »Was führst du im Schilde, Weib? Bist du von Sinnen? Warum …«

»Ich bin Ärztin«, antwortete Beatrice, ohne darüber nachzudenken, dass diese Botschaft wohl kaum in Maleks Weltbild passte. »Ich bin der Heilkunde mächtig, wenn du so willst. Und ich versichere dir, wenn es jemanden in dieser Karawane gibt, der deinem Bruder – vielleicht – noch helfen kann, dann bin ich es.« Sie machte eine Pause und sah ihn streng an. »Nun, was ist? Willst du mich jetzt endlich zu ihm bringen, bevor wirklich jede Hilfe zu spät kommt?«

Offenbar wusste Malek der Autorität einer Frau, die sich im 21. Jahrhundert als allein erziehende Mutter in einem Männerberuf zu behaupten verstand und zusätzlich Erfahrungen mit zwei Zeitreisen hatte, nichts entgegenzusetzen. Sprachlos vor Überraschung klappte er seinen Mund wieder zu und zog Beatrice gehorsam zu sich in den Sattel hinauf. Dann trat er seinem Pferd in die Flanken, und sie ritten los, als wäre der Teufel persönlich hinter ihnen her.

Schon von weitem sahen sie die Männer, die einen engen Kreis bildeten. Die abergläubischen Nomaden murmelten vor sich hin und malten mit den Daumen seltsame Zeichen auf ihre Stirnen, einige der Händler riefen Allah um Hilfe und Vergebung an. Beatrice glitt vom Pferd und bahnte sich unter Schubsen und Drängeln einen Weg durch die Menge. Erst als sie den Verletzten erreicht hatte und neben ihm niederkniete, erhob sich um sie herum ein missmutiges Murren, so als hätten die Männer erst jetzt begriffen, dass es eine Frau gewesen war, die sie zur Seite gestoßen hatte. Zwei der Nomaden waren darüber sogar so erbost, dass sie ihr mit den Fäusten drohten, doch zum Glück gebot Malek ihnen Einhalt.

»Lasst sie«, sagte er. »Sie weiß, was sie tut. Und außerdem ist Assim mein Bruder.«

Beatrice sah kurz zu ihm auf. Malek nickte ihr zu. Allerdings machte er den Eindruck, als ob er ein halbes Vermögen gegeben hätte, um seinen eigenen Worten glauben zu können. Doch für beruhigende Worte hatte sie jetzt keine Zeit. Sie wandte ihre ganze Aufmerksamkeit dem Verletzten zu.

Assim lag mit geschlossenen Augen auf der Seite.

»Assim?«, sprach sie ihn an, während ihr Blick rasch über ihn hinwegglitt. Er sah nicht aus, als ob er verletzt wäre, nirgendwo konnte Beatrice Blut entdecken, Arme und Beine wiesen keine Deformierungen auf. Selbstverständlich gab es Verletzungen, die keine oder nur geringe äußere Spuren hinterließen. Besonders beim Sturz vom Pferd. Und das war unter Umständen viel gefährlicher als ein Knochenfragment, das sich für jeden Trottel sichtbar durch die Haut gebohrt hatte.

»Assim, bitte nicht erschrecken, ich werde dich jetzt anfassen, um dich zu untersuchen«, sagte sie, obwohl sie nicht sicher war, dass er sie hörte. Er schien bewusstlos zu sein. Trotzdem. Dies war eine der obersten Regeln aller Notfallmediziner: Immer den Patienten ansprechen, egal, wie tief das Koma zu sein schien.

Rasch und ohne ihn zu bewegen tastete sie Assims Schädel ab. Glücklicherweise spürte sie dabei nicht das ekelhafte Knirschen und Reiben unter ihren Fingerspitzen, das die Chirurgen Crepitatio nennen und das nur dann auftritt, wenn die Bruchkanten von Knochenstücken gegeneinander reiben. Weder aus den Ohren noch aus der Nase floss Blut, er schien auch kein Brillenhämatom zu entwickeln. So weit sie es in der

Kürze der Zeit beurteilen konnte, hatte Assim also keine Fraktur des Schädels oder der Schädelbasis erlitten. Das war doch schon mal etwas.

»Assim?«, fragte sie nochmals und hob seine Augenlider. Der plötzliche Lichteinfall ließ seine Pupillen rasch enger werden. Wunderbar. Er hatte eine Pupillenreaktion, und das sogar gleichmäßig auf beiden Seiten. Ein weiterer Punkt für die Guten. »Assim, kannst du mich hören? Ich bin es, Bea... « Gerade noch rechtzeitig konnte sie sich bremsen. Sie hustete, um ihre Verlegenheit zu verbergen. »Sekireh«, verbesserte sie sich.

»Ich weiß!«, flüsterte Assim, ohne die Augen zu öffnen. »Ich habe deine Stimme erkannt.«

»Schön, dass du bei uns bist, Assim«, sagte sie und strich ihm beruhigend über das dichte schwarze Haar. »Ist dir übel? Hast du irgendwo Schmerzen?«

»Mein Rücken ...« Assim stöhnte und versuchte seinen Arm so zu drehen, dass er Beatrice die Stelle zeigen konnte, doch sie hielt ihn zurück.

»Nicht, Assim, jetzt nicht bewegen. Ich werde deinen Rücken zuerst untersuchen. Dafür brauche ich deine Hilfe. Du musst meine Fragen beantworten und genau das tun, was ich dir sage, aber auf gar keinen Fall mehr. Hast du mich verstanden?«

»Ja.«

»Gut.«

Überaus vorsichtig tastete sie die Hals- und Brustwirbelsäule des Jungen ab. Sie hatte noch nicht einmal die Mitte der Wirbelsäule erreicht, als Assim vor Schmerz stöhnte.

»Dort tut es weh?«

»Ja.«

Sie tastete vorsichtig den Bereich ab, und trotz der Erfahrungen von zehn Jahren chirurgischer Tätigkeit wurde ihr schlecht. Die Dornfortsätze zweier Wirbelkörper ließen sich bewegen wie bei diesen Gummiskeletten, die es um Halloween herum überall in den Läden zu kaufen gab. Anatomisch gesehen war das eine Unmöglichkeit.

»Was ist passiert?«, fragte sie, während sie noch vorsichtiger als bisher Wirbelkörper für Wirbelkörper bis zur Lendenwirbelsäule nach unten abtastete und dabei nach weiteren Frakturen suchte. »Kannst du dich daran erinnern?«

»Mein Pferd hat gescheut. Vielleicht war eine Schlange im Gras oder eine Maus, ich weiß es nicht. Jedenfalls konnte ich mich nicht mehr im Sattel halten. Und dann bin ich gefallen.«

»Auf den Rücken?«

»Ja.«

Beatrice presste die Lippen zusammen. Eine Wirbelkörperfraktur war immer eine überaus heikle Angelegenheit. Noch schlimmer wurde die Sache dadurch, dass sie hier keine vernünftigen diagnostischen Möglichkeiten hatte. Sie konnte ja noch nicht einmal ein Röntgenbild machen, um herauszufinden, welche Wirbelkörper gebrochen waren und ob es Trümmer gab, die den Rückenmarkskanal einzuengen drohten. Das Einzige, was ihr blieb, waren ihre fünf Sinne und ihr Verstand. Damit konnte sie allerdings nur feststellen, ob die Frakturen jetzt bereits das Rückenmark in Mitleidenschaft gezogen hatten oder nicht.

»Los, bringt eine Trage her, und zwar schnell!«, rief sie den umstehenden Männern zu.

»Was?«, rief Jaffar, und seine buschigen dunklen Augenbrauen zogen sich missmutig zusammen. »Wer bist du, elendes Weib, dass du es wagst, mir oder meinen Männern Befehle zu erteilen? Noch ein Wort, und ich werde dich ...«

Drohend trat er auf Beatrice zu, doch Malek stellte sich ihm in den Weg.

»Dieses Weib, Jaffar, ist eine sehr berühmte Heilerin«,

178

stieß er zornig hervor. Beatrice sah angesichts dieser Lüge überrascht auf. »Sie sorgt seit vielen Jahren für das Wohlerge-hen aller Mitglieder unserer Familie. Und noch nie hat je-mand es gewagt, Sekirehs Wort zu widersprechen, wenn es um die Genesung eines der Unsrigen ging. Ich rate dir also, dich ebenfalls an diese Regel zu halten, Jaffar, oder du wirst dich mit mir und meinen Brüdern messen müssen!«

Malek schlug seinen Mantel zurück und legte den Griff des Schwertes frei, das an seinem Gürtel hing. Jaffar bedachte ihn und Beatrice mit wütenden Blicken, doch schließlich zog er die Hand vom Griff seines Säbels zurück.

»Das ist die Sache nicht wert«, sagte er verächtlich, doch Beatrice hatte den Eindruck, dass er in Wirklichkeit Angst vor ihr bekommen hatte. Sie war blond und blauäugig, und viele Nomaden waren abergläubisch. Vielleicht hielt er die Ge-schichte über ihre Heilkünste nur für einen Teil der Wahrheit und glaubte, sie sei in Wirklichkeit eine Hexe. Und gegen die Zauberkraft von Hexen konnte man bekanntlich mit einem Schwert nichts ausrichten. »Sich zu streiten wegen eines Wei-bes ist eines Mannes nicht würdig.«

Der Nomade machte auf dem Absatz kehrt und rauschte mit hoch erhobenem Kopf davon. Malek atmete sichtlich er-leichtert auf und nickte Beatrice zu.

»Sage mir, was du brauchst, Sekireh. Wir werden es dir schon beschaffen.«

»Zuerst benötige ich eine stabile, weich gepolsterte Trage. Und dann müssen mir zwei von euch dabei helfen, Assim auf diese Trage zu legen.«

»Aber woher sollen wir eine Trage nehmen?«, fragte Ke-mal. »Wir haben keine in unserem Gepäck, und außerdem ...

»Soviel ich weiß, befinden sich unter Yasminas Besitz doch auch Möbelstücke«, sagte Beatrice. »Sicher sind auch Tische dabei. Dreht zwei oder drei von ihnen um und nagelt oder bindet sie fest zusammen. Dann nehmt ihr Kissen und Decken und polstert die Trage damit aus.«

»Du willst wirklich auf das Geschwätz dieses Weibes hören, Malek?«, rief Murrat empört. »Bist du von Sinnen?«

Kemal warf Malek einen kurzen Blick zu. Auch er schien in diesem Moment an dem Verstand seines älteren Bruders zu zweifeln.

»Malek, du weißt, ich gebe Murrat für gewöhnlich nicht Recht, aber in diesem Fall …«

»Ihr habt gehört, was Sekireh gesagt hat, Kemal«, unterbrach ihn Malek, und seine Stimme duldete keinen Widerspruch. »Lauft! Und beeilt euch!«

Murrat starrte auf Assim hinab, als wäre der Junge schuld an allem, was auf dieser Welt gerade schief lief.

»Ich habe doch gesagt, dieser Bursche macht nur Ärger«, brummte er, während Kemal bereits losgegangen war, um dem Wort seines älteren Bruders zu gehorchen. »Wir hätten ihn besser zu Hause lassen sollen.«

Widerwillig drehte auch er sich um und lief schließlich hinter seinem Bruder her. Malek wandte sich an Beatrice. Sein Gesicht war düster vor Sorge – aber auch vor Misstrauen.

»Du hast meine Brüder gehört, Sekireh«, sagte er so leise, dass nur sie es hören konnte. Die Art, wie er den Namen aussprach, ließ sie erkennen, dass er ihr nicht mehr glaubte. Ob ihm ihr Versprecher aufgefallen war? »Und ich traue dir ebenso wenig. Wir wissen nichts über dich, außer dass wir dich in der Wüste gefunden haben. Alles andere stammt nur aus deinem eigenen Mund.«

»Und weshalb vertraust du mir dann deinen Bruder an?«, fragte Beatrice. »Und warum hast du Jaffar belogen?«

»Weil ich glaube, dass Assim zurzeit keine andere Chance hat als dich. Außerdem, so abwegig es auch klingen mag, habe ich den Eindruck, dass du tatsächlich weißt, was du tust. Lass dir jedoch eines gesagt sein.« Er näherte sich Beatrice so, dass sie hören konnte, wie er die Zähne zusammenbiss. »Sollte Assim etwas geschehen, werde ich dich persönlich in siedendem Öl ertränken, so wie man es mit Hexen macht.«

Beatrice sah in seine dunklen, vor Zorn blitzenden Augen und schluckte. Malek meinte es ernst, daran gab es keinen Zweifel.

Allah, dachte Beatrice, da bin ich ja mal wieder in eine ganz tolle Lage geraten. Was mache ich, wenn Assim vom Scheitel bis zur Sohle gelähmt ist? Aber selber schuld. Warum musste ich auch schon wieder die Notärztin im Dienst spielen?

»In meiner Heimat habe ich geschworen, den Kranken zu dienen und sie nach bestem Wissen und Gewissen zu behandeln. Wir nennen es den ›Eid des Hippokrates‹«, sagte sie ebenso leise. »Sei also gewiss, selbst wenn mir Assim und sein Schicksal gleichgültig wären, wäre ich durch diesen Schwur dazu verpflichtet, alles zu tun, was in meiner Macht steht. Allerdings sind auch mir manchmal die Hände gebunden. Und da ich nicht über Zauberkräfte verfüge, kann ich dir also nichts versprechen.«

»Gut«, sagte Malek und richtete sich auf. »Wir werden sehen.«

Kurz danach kamen die beiden anderen Brüder mit der improvisierten Trage herbei. Sie hatten tatsächlich in Yasminas Besitz ein paar Tische gefunden, die sie aneinander gebunden hatten. Und viele der Kissen, die sie bei sich hatten, kamen Beatrice bekannt vor. Es sah so aus, als hätten sie die halbe Sänfte geplündert.

»Sehr gut«, sagte sie. »Jetzt legt die Trage direkt neben Assim auf den Boden.«

Der Junge lag immer noch mit geschlossenen Augen auf

der Seite. Dann zeigte sie Malek und seinen Brüdern, wo und wie sie Assim anfassen mussten, um ihn vorsichtig und ohne die Wirbelsäule zu drehen oder zu quetschen auf die Trage hinüberzuheben.

»Auf drei!«, kommandierte Beatrice. »Eins, zwei und ... drei!«

Assim stöhnte auf, doch gleich darauf lag er sicher und weich gepolstert auf der Trage. Tränen rollten über sein hübsches Jungengesicht.

»An dir ist ein Mann verloren gegangen, Sekireh!«, sagte er und lächelte zaghaft. »Schon lange hat niemand mehr es gewagt, meinem Bruder Malek Befehle zu erteilen.«

Beatrice lächelte, auch wenn ihr gerade nicht danach zumute war. Am Krankenbett sollte ein Arzt nicht weinen. Nicht einmal dann, wenn die Tapferkeit eines vierzehnjährigen Jungen einem derart ans Herz ging.

»Assim, höre mir jetzt gut zu«, sagte sie und beugte sich so über ihn, dass er sie ansehen konnte, ohne den Kopf dabei zu drehen. »Ich werde jetzt mit der Untersuchung fortfahren. Du beantwortest bitte schnell und ohne zu überlegen meine Fragen. Dies ist keine Prüfung deines Wissens oder Könnens. Ich brauche nur eine ehrliche Antwort.«

Beatrice klopfte das Herz bis zum Hals, als sie einen langen Grashalm herausriss und mit ihm über die Innenseite der Arme des Jungen strich. Was, wenn er nichts spürte? Wenn beim Sturz nicht nur die Wirbelsäule, sondern auch das Rückenmark verletzt worden war? Wenn er querschnittsgelähmt war? In diesem Augenblick dachte sie nicht einmal mehr an Maleks Drohung. Sie hatte den fröhlichen, unbeschwerten Assim innerhalb dieser kurzen Zeit so fest in ihr Herz geschlossen, dass der Gedanke, ihn für den Rest seines Lebens im Rollstuhl sitzen zu sehen, schier unerträglich war.

»Fühlst du das?«, fragte sie und wartete unruhig auf die Antwort.

»Ja, das kitzelt«, sagte Assim, und Beatrice hätte ihn dafür küssen können. »Ist das ein Grashalm?«

»Richtig geraten. Und wie ist es damit?«

Sie krempelte die Beine seiner weiten Hose hoch und strich mit dem Grashalm über die Haut der Oberschenkel.

»Das kitzelt auch.«

Beatrice zog die Stiefel von Assims Füßen und berührte seine Zehen.

»Und das?«

»Beim Barte des Propheten! Willst du mich etwa foltern?«, rief Assim aus. »Hör auf damit, ich bin kitzlig!«

Beatrice fiel der erste Stein vom Herzen. Anscheinend hatte er keine Störungen in der Sensibilität. Aber was war mit seiner Motorik? Die musste sie auch noch prüfen.

»Das hast du alles sehr gut gemacht, Assim. Jetzt lege die Fingerspitzen aneinander.« Er schaffte es ohne Probleme. »Und nun drücke meine Hände so fest du kannst. Das reicht!«, rief sie lachend. »Du zerquetschst mir ja die Hand! Und jetzt, das ist auch schon das Letzte, was ich von dir verlange, wackle mit den Zehen.«

Alle zehn Zehen bewegten sich gleichmäßig. Beatrice schloss für einen Moment die Augen und schickte ein Dankgebet zum Himmel. Ihr war fast schwindlig vor Erleichterung.

»Was ist mit mir?«, fragte Assim.

Beatrice beugte sich wieder über sein Gesicht, sodass sie ihm direkt in die Augen sehen konnte.

»Du hast dir beim Sturz die Wirbelsäule verletzt«, sagte sie und strich ihm über das Haar. »Aber du brauchst keine Angst zu haben. Du wirst bald wieder gesund werden. In ein paar Wochen wirst du wieder aufstehen und reiten und vom Pferd fallen können. Vorausgesetzt, du bist ein braver Junge und tust genau das, was ich dir sage.«

»Ja«, erwiderte er und sah sie mit dem vertrauensvollen, treuen Blick eines Hundes an. »Ich werde alles tun, was du von mir verlangst.«

»Ich weiß«, sagte sie und lächelte. »Du wirst den Rest unserer Reise auf dieser Trage verbringen. Du darfst deine Arme bewegen und deinen Kopf nach rechts und links drehen, mehr nicht. Du musst versuchen deine Beine still zu halten und den Kopf nicht anzuheben. Und auf gar keinen Fall und unter gar keinen Umständen darfst du dich aufsetzen. Hast du mich verstanden?«

Assim nickte vorsichtig und langsam.

»Ich lasse dich in die Sänfte bringen, Assim«, sagte Beatrice und erhob sich. »Yasmina wird sich um dich kümmern und versuchen dir die Zeit ein wenig zu vertreiben. Sie kennt viele Geschichten und Gedichte, die sie dir bestimmt gern erzählen wird. Du magst doch Geschichten?«

Der Junge nickte wieder.

»Murrat, Kemal!«, kommandierte Malek seine beiden Brüder. »Ihr habt Sekireh gehört. Bringt Assim in die Sänfte.«

»Aber seid um alles in der Welt vorsichtig«, ermahnte Beatrice sie noch. »Ihr dürft auf keinen Fall stolpern.«

Die beiden Brüder hoben behutsam die Trage vom Boden auf und trugen sie langsam, jeden Schritt sorgfältig erwägend, zu der Sänfte zurück. Nachdem sich Murrat und Kemal mit der Trage entfernt und die Menschenmenge sich etwas zerstreut hatte, packte Malek Beatrice am Arm und zog sie zur Seite.

»Was ist wirklich mit meinem Bruder?«, fragte er leise und eindringlich. »Du hast ihm nicht die volle Wahrheit gesagt, das sehe ich dir an. Ich habe ein Recht darauf, es zu erfahren. Solange mein Vater und meine Mutter nicht bei ihm sind, bin ich als sein ältester Bruder für Assim verantwortlich. Also sprich endlich!«

Beatrice holte tief Luft. Sie wollte Malek ja gern die Wahrheit sagen, aber wie?

»Assim hat sich die Wirbelsäule gebrochen«, begann sie. »Das ist, ähnlich wie ein Beinbruch, an sich nicht lebensbedrohlich. Außerdem habe ich ihn gründlich untersucht, er hat bisher keine Schäden davongetragen. Aber sollte er in der Zeit, die seine Knochen für die Heilung benötigen, eine falsche Bewegung machen oder abermals stürzen, ist es nicht ausgeschlossen, dass die Verletzung schwerwiegender wird.«

»Was willst du damit sagen?« Malek sah sie voller Angst an. »Ich verstehe nicht, was du ...«

»Um es ganz deutlich auszudrücken, bei falscher Behandlung besteht die Gefahr, dass Assim gelähmt wird. Für immer.«

Malek wurde kreidebleich. »Ein Krüppel?«, flüsterte er. »Allah! Das darf nicht geschehen! Meine Eltern waren ohnehin dagegen, dass er uns nach Qum begleitet. Und sie haben nur eingewilligt, weil Assim nicht aufhören wollte, sie anzuflehen. Sie haben ihn mir anvertraut, und ich habe ihnen mein Wort gegeben, dass ihm nichts zustoßen wird. Wenn er nun für den Rest seines Lebens ein lahmer Krüppel bleiben sollte ... Ich würde es mir nie verzeihen. Nie wieder könnte ich meinem Vater oder meiner Mutter unter die Augen treten.« Er drückte Beatrices Arm so fest, dass es schmerzte. »Ich weiß nicht, wer oder was du bist, Weib, aber ich flehe dich an, tu alles, was in deiner Macht steht, um meinen jüngsten Bruder vor diesem furchtbaren Schicksal zu bewahren. Bitte!«

»Was ich konnte, habe ich bereits getan, Malek. Jetzt liegt Assims Schicksal in den Händen Allahs. Bitte Ihn um seine Gnade. Und sorge du ebenso dafür, wie ich es auch tun werde, dass Assim so lange ruhig liegen bleibt, bis die Knochen seiner Wirbelsäule geheilt sind. Dann wird er in einigen Wochen wieder fröhlich umherlaufen, als wäre niemals etwas gewesen.«

»Das verspreche ich«, sagte Malek eifrig. »Und ich schwöre bei Allah und allen Seinen Heiligen: Sollte mein Bruder wirklich wieder ganz gesund werden, so werde ich dich so reich belohnen, wie noch nie eine Frau vor dir belohnt wurde. Man soll dir den Titel ›Größte Heilerin aller Zeiten‹ verleihen und ...«

»Lass gut sein, Malek. Darüber sollten wir besser erst dann reden, wenn es so weit ist.«

»Ja, ja, natürlich, ich wollte nur ...«

»Ich wäre dir dankbar, wenn ich jetzt ein Pferd bekommen könnte. Assim braucht Platz und Ruhe in der Sänfte, und ich habe nicht die Absicht, den Rest des Weges nebenherzulaufen.«

Maleks Gesicht übergoss sich mit Röte.

»Natürlich. Du wirst sogleich eines der besten Pferde zugewiesen bekommen.« Bevor er ging, drückte er ihr wieder die Hand und führte sie zu seiner Stirn. Eine ehrfürchtige Geste, wie Beatrice sie bisher nur von Enkeln ihren Großeltern oder Schülern ihren Lehrern gegenüber gesehen hatte. »Ich danke dir, Sekireh. Allah möge dich und deine Nachkommen segnen.«

»Malek!«, rief Beatrice ihm nach. Er blieb stehen und warf ihr einen überraschten, fragenden Blick zu. »Mein richtiger Name ist Beatrice.«

IX

Ali al-Hussein stand auf der Plattform seines Turms und betrachtete die Sterne durch sein Fernrohr. Es herrschten ideale Bedingungen in dieser Nacht. Die Stadt war still und friedlich. Die feierlichen Umzüge zum Ende des Ramadan mit den lärmenden, trommelschlagenden Menschenmassen und den von hunderten von Fackeln und Laternen taghell erleuchteten Straßen waren endlich vorüber. Wegen des Festes hatte Ali drei Nächte lang die Sterne nicht beobachten können. An diesem Abend jedoch waren die Fackeln in den Straßen schon recht früh niedergebrannt, und der schwache Lichtschein der Wachfeuer von der nahe gelegenen Palastmauer störte ihn nicht. Endlich hatte er wieder eine freie, ungetrübte Sicht auf den sternklaren Himmel. Und trotzdem fand er es nicht, jenes rätselhafte Sternbild mit der Form eines Auges. Dieses große strahlende Auge hatte direkt über seinem Turm gestanden – an jenem Abend, als Saddin Michelle zu ihm ins Haus gebracht hatte. Seit jenem Abend stieg er Nacht für Nacht seinen Turm hinauf und suchte den Himmel danach ab. Er sah durch die schmale Mündung des Fernrohrs, bis seine Augen vor Anstrengung und Müdigkeit brannten – vergeblich.

Er kam nicht mehr zur Ruhe, konnte kaum noch schlafen. Dabei war er sich mittlerweile nicht einmal mehr sicher, ob es dieses Sternbild überhaupt gab, ob er es wirklich gesehen hatte. Sein Verstand sagte ihm, dass es wahrscheinlich nichts als ein Trugbild gewesen sei. Eine Erscheinung ähnlich denen, die Reisende manchmal in der flirrenden Hitze der Wüste überfielen, hervorgerufen durch seine von den Ereignissen jenes Abends aufgewühlten Gedanken und Gefühle. Und dennoch – ein Teil von ihm glaubte fest an die Existenz dieses Sternbilds und wollte es finden, um jeden Preis. Der Anblick des großen strahlenden Auges war so außerordentlich tröstend gewesen. So als hätte es ihm ein Versprechen gemacht. Das Versprechen, ihm endlich jenen Frieden zu geben, nach dem er sich so sehnte.

Mittlerweile begannen am Horizont die ersten Sterne zu verblassen. Bald würde die Sonne aufgehen. Es hatte keinen Zweck, den Himmel heute noch länger abzusuchen. Wahrscheinlich war es sogar klüger, die Suche ganz abzubrechen. Das Sternbild war fort. Weggewischt, als wäre es nicht viel mehr als ein paar Kreidestriche gewesen, die ein Riese an das tiefschwarze Firmament gemalt hätte. Falls es überhaupt jemals da oben gewesen war.

Ali begann sein Fernrohr abzubauen. Und noch während er die Linsen aus dem blank polierten Messingrohr nahm, wusste er bereits, dass er seinen Vorsatz nicht durchhalten würde. In der kommenden Nacht würde er wieder hier oben stehen und den Himmel absuchen, voller Hoffnung, dass er diesmal Erfolg haben würde. Sorgsam putzte er die kostbaren Linsen mit einem weichen Baumwolltuch, wickelte sie in feinen indischen Samt und legte sie neben das Messingrohr in den Holzkasten zurück. Wenn es nur jemanden gegeben hätte, den er nach dem Sternbild hätte fragen können. Aber es gab niemanden. In Qazwin arbeiteten keine Astronomen. Der Emir lehnte diese Wissenschaft vermutlich aus religiösen Gründen ab und hatte alle Gelehrten aus der Stadt vertrieben, die sich mit den Sternen beschäftigten. Und die wenigen Sternenkarten, die er selbst besaß, konnten Ali auch nicht weiterhelfen. Er hatte zwar den Buchhändlern den Auftrag gegeben, für ihn nach weiteren Sternenkarten zu suchen, doch bislang ohne Erfolg. Außerdem war dies eine überaus heikle Sache. Wenn er nicht vorsichtig war, würden bald die ersten Gerüchte über ihn im Zusammenhang mit Hexerei und dunkle Künste laut werden, und dann würde es nicht mehr lange dauern, dann würde er auch Qazwin als Flüchtling verlassen müssen.

Natürlich hatte Ali daran gedacht, Saddins Rat zu befolgen und sich an den jüdischen Ölhändler zu wenden. Doch nachdem er sich endlich dazu durchgerungen und einen Boten zu dem Geschäft des Juden geschickt hatte, um einen Zeitpunkt für ein Treffen vorzuschlagen, war der Bote mit der Nachricht zurückgekehrt, dass Moshe Ben Levi nicht zu sprechen sei. Weitere Nachrichten, die Ali dem Ölhändler geschickt hatte, waren entweder unbeantwortet geblieben oder kamen mit der lapidaren Mitteilung zurück, dass Ali, sofern er Öl kaufen wolle, sich doch bitte an die üblichen Geschäftszeiten halten möge.

Ali hatte keine Hoffnungen mehr, dass man seinen Wunsch nach einem Gespräch mit dem Ölhändler jemals beherzigen würde. Seiner Erfahrung nach hatten diese Juden gar nicht die Absicht, mit anderen außer den Angehörigen ihres eigenen Volkes zu verkehren. Wie Saddin es geschafft hatte, an Moshe Ben Levi heranzukommen, mochte allein Allah wissen. Allerdings waren auch in Buchara Fäden aus allen Teilen der Stadt – angefangen von den Diebesbanden bis hin zu den höchsten Ämtern im Palast des Emirs – in den Händen des Nomaden zusammengelaufen.

Ali ließ das Schloss des Kastens zuschnappen und hob ihn hoch. Sein Blick fiel auf die Tür. Dort, direkt neben dem Eingang, war Saddin gestorben. Am folgenden Morgen hatten Männer aus seiner Sippe die Toten abgeholt, um Saddin und die Fidawi ihren Traditionen gemäß zu bestatten, und noch am selben Tag hatten die Diener alle Spuren des Kampfes beseitigt. Trotzdem hatte Ali jedes Mal den Eindruck, er könne im Sternenlicht immer noch die Blutlache neben der Tür sehen. Manchmal kam er sogar im Laufe des Tages hier herauf, nur um im Licht der Sonne sicherzugehen, dass das Blut des Nomaden nicht doch unauslöschbare Flecken auf dem steinernen Boden hinterlassen hatte.

»Herr.« Die Tür öffnete sich, und Mahmud streckte seinen Kopf hindurch. »Das Kind ist eben aufgewacht. Es verlangt Euch zu sehen.«

»Ich bin hier ohnehin fertig, Mahmud. Ich gehe gleich zu ihr«, erwiderte Ali und wunderte sich wieder einmal über seinen Diener. Michelle war bereits seit mehreren Wochen bei ihm, und trotzdem brachte Mahmud immer noch nicht ihren Namen über seine Lippen. Er sah ihr noch nicht einmal ins Gesicht, so als würde er sich vor dem kleinen Mädchen fürchten.

»Soll ich Euch den schweren Kasten abnehmen, Herr?«, fragte Mahmud und streckte seine Hände aus.

»Ja«, antwortete Ali und dachte gleichzeitig voller Wehmut an seinen alten Diener Selim. Selbst wenn man ihm mit dem Tod gedroht hätte, hätte er den Kasten nicht einmal mit den Fingerspitzen berührt. Zeit seines Lebens hatte der alte Mann Alis Fernrohr für Teufelswerk gehalten. Und der Klang von Selims Gebeten für die Rettung der Seele seines Herrn hatte Ali jede Nacht begleitet, solange er die Sterne beobachtet hatte. »Bringe das Fernrohr in mein Arbeitszimmer, und schließe es dort in die Truhe.«

»Jawohl, Herr«, sagte Mahmud, verneigte sich und ging davon. Dabei trug er den Kasten so vorsichtig, wie man es von einem Untergebenen angesichts eines wertvollen Gegenstandes erwarten konnte.

Mahmud ist wahrlich ein ausgezeichneter Diener, dachte Ali. Er ist loyal und gehorsam, und nie höre ich ein Wort der Klage oder des Widerspruchs. Aber trotz allem, alter Selim, ich vermisse dich.

Schwerfällig stieg er die schmalen Stufen in sein Haus hinunter. Es hatte den Anschein, als ob er dazu verdammt wäre, immer von den Menschen, die ihm etwas bedeuteten, verlassen zu werden. Erst war es Beatrice, dann Selim und nun auch noch Saddin. Für einen kurzen Augenblick blitzte in seinem Gehirn ein Gedanke auf. Noch vor wenigen Wochen hätte er den Nomaden gewiss nicht zu seinen Freunden gezählt, im Gegenteil.

Manchmal belehren die Ereignisse einen Mann eines Besseren, dachte Ali voller Schwermut. Und manchmal ist es dann zu spät. Man kann nichts mehr ändern, die Zeit lässt sich nicht zurückdrehen. Das Schicksal lässt es nicht zu, die Fehler der Vergangenheit zu korrigieren.

»Ali?«

Eine liebliche Mädchenstimme riss ihn aus seinen düsteren Gedanken. Und kurz darauf hörte er in dem Zimmer am Ende der Treppe das Tappen von kleinen nackten Füßen auf dem Marmorboden. Es war Michelle.

»Ali, bist du hier?«

»Ja, meine Kleine«, antwortete Ali und trat in das Zimmer ein. Der Anblick des kleinen Mädchens, der Klang seiner Stimme spülte jeden Schmerz und Kummer aus ihm heraus wie reinigendes Wasser den Eiter aus einer verschmutzten Wunde. Michelle stand vor ihm, barfuss, die langen blonden Haare hingen offen über ihren Schultern. Im Arm trug sie ein Bündel Tücher, das sie eigenhändig zu etwas verknotet hatte, das sie »Rehkitz« nannte. Der Saum ihres Nachthemds schleifte fast auf dem Boden, so klein war sie. Dieses Kind war ein Geschenk. Mehr noch, ohne es zu wissen, war es seine Rettung. Ali ging in die Knie und breitete seine Arme aus. »Konntest du nicht mehr schlafen?«

Die Kleine kam auf ihn zugelaufen und schlang ihre Arme um seinen Hals.

»Nein.«

»Hast du Hunger? Wollen wir frühstücken?«

»Ja«, sagte sie und nickte eifrig. »Gibt es Honig?«

»Natürlich, meine Kleine. Honig und Pfannkuchen. Auch Sirup, wenn du magst.« Er erhob sich und reichte ihr die Hand. »Komm, wir gehen gemeinsam hinunter.«

Auf dem Weg zum Speisezimmer hüpfte sie neben ihm fröhlich auf und ab. Gerührt sah Ali ihr zu. Michelle hatte die Welt, wie sie sie kannte, hinter sich gelassen. Eine Weile war Saddin ihr ständiger Begleiter gewesen, und jetzt hatte er die Aufgabe übernommen, sie zu beschützen. Das kleine Mädchen war von grausamen Männern verfolgt worden, und seine Mutter war mehr als meilenweit von ihr entfernt. Sie waren durch Äonen voneinander getrennt, und doch nahm die Kleine diese Situation mit einem Gleichmut und mit einer Anpassungsfähigkeit hin, die ihn immer wieder in Erstaunen versetzte. Viele erwachsene Männer und Frauen hätten in einer ähnlichen Lage ihren Verstand verloren. Und sie vergoss nicht einmal Tränen. Obwohl sie so klein und zerbrechlich wirkte, war sie unglaublich stark. Und manchmal, wenn er in Michelles klare blaue Augen sah, hatte er den Eindruck, dass sie mehr wusste, viel mehr, als einem etwa vierjährigen Mädchen zustand.

Nach dem Frühstück begann Ali wie an jedem Morgen mit seiner Arbeit. Vor den Toren seines Hauses warteten bereits Scharen von Patienten. Einige waren sogar mehrere Tage gewandert, nur um sich von dem berühmten Arzt behandeln zu lassen. Mahmud brachte einen nach dem anderen zu ihm ins

Arbeitszimmer, wo Ali tränende Augen untersuchte, eiternde Wunden aufschnitt, Verbände anlegte, Salben und Kräuterelixiere verordnete. Die meisten seiner Patienten sahen ihn mit den großen, hoffnungsvollen Augen von Kindern an. Sie folgten jeder seiner Anweisungen ohne Widerspruch und küssten manchmal sogar beim Gehen den Saum seines Gewands. Doch es gab auch andere, unangenehme Zeitgenossen, die jedes einzelne seiner Worte dreimal umdrehten, bis sie ihm endlich glaubten – oder auch nicht. Bei diesen Patienten stellte er sich regelmäßig die Frage, weshalb sie überhaupt zu ihm gekommen waren.

So wie der etwa sechzigjährige Mann, den Mahmud kurz vor der Mittagszeit zu ihm führte. Dieser Mann gehörte eindeutig zu den besonders unangenehmen Patienten. Er war einer der Muezzins von der nahe gelegenen Moschee. Laut seinen Angaben litt er bereits seit einigen Wochen unter Heiserkeit und einem Schmerz im Mund und Hals, sodass er die Gebetszeiten nicht mehr ausrufen konnte und sich mittlerweile von einem seiner Schüler vertreten lassen musste. In der Tat ähnelte die Stimme des Mannes dem heiseren Krächzen einer Krähe. Für den Muezzin offenbar ein so unhaltbarer Zustand, dass er sogar bereit gewesen war, Ali al-Hussein, den unter den Geistlichen in Qazwin höchst verfänglichen Arzt mit dem skandalösen Lebenswandel, aufzusuchen.

Ali wusste, dass er sich bei diesem Patienten auf gar keinen Fall auch nur den geringsten Fehler leisten durfte, wenn er nicht Qazwin noch schneller als erwartet wieder verlassen wollte. Besonders sorgfältig tastete er den Hals ab. Das war kein leichtes Unterfangen bei dem stattlichen weißen Bart, der dem Muezzin bis auf die Brust hinabhing.

Trotzdem spürte Ali bei seiner Untersuchung unter den Fingerspitzen jene kleinen Knoten an der Unterseite des Kiefers, die Beatrice »Lymphknoten« genannt hatte. Sie hatte ihm erzählt, dass diese kleinen Knoten einen Hinweis darauf geben konnten, ob sich in einer Körperregion eine Entzündung abspielte oder nicht. Ali konnte sich zwar bis heute nicht genau vorstellen, wie das alles zusammenhing und was Beatrice genau damit gemeint hatte, doch hatte er in den vergangenen Jahren stets Recht gehabt, wenn er sich an diesen Hinweis gehalten hatte.

»Öffnet den Mund«, forderte Ali den Muezzin auf und holte aus einer Schublade eine kleine Öllampe und einen Messingspatel, an dessen Ende ein kleiner runder Spiegel befestigt war. Dieses Instrument hatte er nach Beatrices Anweisungen anfertigen lassen.

Beatrice. Jedes Mal spürte Ali einen schmerzhaften Stich, wenn er an die wunderschöne Zeit zurückdachte, in der er gemeinsam mit ihr seiner Arbeit nachgegangen war; als sie nächtelang über Medizin und Philosophie diskutiert hatten, wie er es nie zuvor hatte tun können, auch mit keinem Mann, den er kannte; als sie sich gegenseitig ihre Künste gelehrt hatten.

Der Muezzin sah ihn mit gerunzelter Stirn an.

»Was tut Ihr da?«, fragte er, und seine heisere Stimme hatte einen so vorwurfsvollen Klang, als hätte Ali ein Symbol der Christen oder etwas noch Schlimmeres aus seiner Schublade hervorgeholt.

»Sofern Ihr es gestattet, werde ich Euch in den Mund schauen«, erklärte Ali, obwohl es ihm schwer fiel, weiterhin höflich zu bleiben. Nichts auf dieser Welt hasste er mehr als Intoleranz, gepaart mit Rückständigkeit. »Sollte eine Krankheit Euch dort befallen haben, kann ich es sehen. Der kundige Arzt kann die Zeichen lesen, die Allah in Seiner Güte und Weisheit hinterlassen hat«, fügte er noch hinzu, um seinen tiefreligiösen Patienten davon zu überzeugen, dass er weder vorhatte ihn zu ermorden noch seine unsterbliche Seele in die ewige Verdammnis zu schicken.

Allerdings schien der Muezzin keinesfalls überzeugt zu sein. Er bedachte den Spiegel mit einem finsteren Blick.

»Und was ist das da?«, krächzte er.

»Mein Instrument. Wenn Ihr jetzt bitte Euren Mund öffnen würdet. Bedenkt, je schneller ich die Ursache Eures Leidens finde, umso schneller werde ich Euch von dieser Krankheit befreien können. Und umso schneller könnt Ihr Euren heiligen Dienst für Allah und Seine Gläubigen wieder aufnehmen.«

Dieses Argument schien nun endlich zu greifen. Trotzdem fügte sich der Muezzin nur mit deutlichem Widerwillen Alis Anweisungen.

Vermutlich wird er den Rest des Tages mit rituellen Waschungen und Gebeten verbringen, um sich von diesem Erlebnis zu reinigen, dachte Ali, während er dem Muezzin in den Mund schaute.

Dank des Spiegels reichte das Licht der Lampe aus, um die ganze Mundhöhle optimal auszuleuchten. Und tatsächlich hatten auch diesmal die kleinen Knoten am Unterkiefer Recht behalten – der Übergang zum Schlund war hochrot und geschwollen. Ali zog sein Instrument wieder zurück und warf es zur Reinigung in eine Schüssel.

»Ihr habt tatsächlich das, was ich eine Halsentzündung nenne. Aber zum Glück habe ich eine sehr gut wirkende Arznei, die schon bald Eure Beschwerden lindern wird.«

Er stand auf und ging zu dem Schrank, in dem er die Arzneien aufbewahrte – hunderte von Säcken mit Kräutern aus aller Welt, große Töpfe mit Salben, Flaschen mit den unterschiedlichsten Tinkturen und Ölen. Und natürlich kleine Beutel, Tiegel und Phiolen, um die kostbaren Arzneien für seine Patienten abzufüllen. Unter dem immer noch feindseligen Blick des Muezzins holte er eine große Flasche hervor und goss etwas von der dunkelbraunen Flüssigkeit in eine Phiole. Dann verschloss er diese sorgfältig mit einem Korken.

»Gebt dreimal am Tag einen Tropfen dieser Tinktur in einen Becher mit Wasser und spült Euren Mund damit aus. Und in wenigen Tagen wird Euch Euer Leiden nicht mehr plagen.«

Der Muezzin nahm die Flasche und starrte sie so finster an, als würde er vermuten, dass sich darin Gift befand.

»Was ist das?«

»Ein Elixier, hergestellt aus Salbei, Myrrhe und Thymian«, antwortete Ali. Den Alkohol, den er stets bei der Zubereitung seiner Tinkturen verwendete, verschwieg er. Den Gläubigen war der Genuss von berauschenden Getränken verboten. So stand es im Koran. Und die wahren Gläubigen, zu denen ohne Zweifel auch der Mann ihm gegenüber gehörte, machten nie und unter gar keinen Umständen eine Ausnahme. Nicht einmal, wenn es sich um eine alkoholhaltige Arznei handelte und ein einziger Tropfen davon ausreichen würde, ihr Leben zu retten. »Diese Mischung wird sehr erfolgreich bei der Behandlung von Halsentzündungen verwendet.«

»So.« Der Muezzin hielt die kleine Phiole gegen das Sonnenlicht, das durch das offene Fenster hereinflutete, so als würde er erwarten, darin einen Geist zu entdecken. »Was sagtet Ihr? Myrrhe, Salbei und Thymian?«

»Ja. Drei vortreffliche Kräuter, die Allah den Gläubigen in Seiner unendlichen Güte und Weisheit geschenkt hat, um ihre Leiden zu lindern.«

Ali setzte ein freundliches Lächeln auf, doch in seinem Innern brodelte es. Der Wunsch, dem Alten einfach »Sauf oder stirb, aber lass mich in Ruhe« ins Gesicht zu schreien, wurde allmählich so mächtig, dass er nicht mehr wusste, wie lange er sich noch unter Kontrolle halten konnte.

Der Muezzin sah zu Ali auf und hob eine Augenbraue, so als hätte er in diesem Haus nicht mit so viel Frömmigkeit gerechnet. Dann stand er ebenfalls auf.

»Ja, wahrlich, Ali al-Hussein, Ihr habt wahr gesprochen. Allah ist groß, Allah ist mächtig, Allah ist gütig. Er sorgt für die Gläubigen«, krächzte er. »Wir haben Euch bei den Feierlichkeiten zum Ende des Ramadans in der Moschee vermisst. Allah möge es verhüten, aber Ihr wart doch hoffentlich nicht selbst das Opfer einer heimtückischen Erkrankung?«

Ali biss die Zähne aufeinander und ballte hinter seinem Rücken die Fäuste. Nicht mehr lange und die angestaute Wut würde einfach aus ihm herausplatzen. Hatte man denn in dieser Stadt gar keine Ruhe? Musste jeder einzelne Schritt beobachtet und registriert werden? War er nicht ein freier Mann? Hatte er es wirklich nötig, über jede seiner Handlungen Rechenschaft abzulegen? Es gab Tage, da sehnte er sich weit fort. Irgendwo auf dieser Welt musste es doch einen Ort geben, an dem ein freier Mann wirklich frei leben konnte – ohne dass er von seinen lieben Mitmenschen ständig beobachtet wurde.

»Ich musste im Hause bleiben«, antwortete er und war selbst überrascht, wie kühl und beherrscht seine Stimme immer noch klang. »Das Kind fühlte sich nicht wohl, und ich konnte es nicht mit gutem Gewissen allein den Dienern überlassen. Deshalb haben wir den Abschluss des Ramadans mit einem kleinen, bescheidenen Fest in meinem Hause gefeiert.«

Der Muezzin nickte langsam. »Ach ja, das Kind, das bei Euch lebt. Ich hörte davon. Es ist ein Mädchen, nicht wahr?«

»Ja.« Und diesmal fiel Alis Antwort deutlich schärfer aus.

»Es ist mir unangenehm, Euch darauf aufmerksam zu

machen«, fuhr der Muezzin fort. »Wirklich. Doch so mancher der Gläubigen in dieser Stadt nimmt Anstoß daran, dass Ihr als einflussreicher und gebildeter Mann ein Kind – noch dazu ein Mädchen – in Eurem Haus beherbergt. Sie fürchten, dass Euer Beispiel bei den Menschen niederer Herkunft und schlichten Verstandes Schule machen könnte. Die Sitten und der Glaube in Qazwin seien in Gefahr, so sagen sie. Erst gestern kamen zwei Mitglieder der Gemeinde zu mir, beides unbescholtene, ehrliche Männer, und baten mich um meinen Beistand in dieser Angelegenheit.« Ein Lächeln umspielte seine Lippen. »Ich will aufrichtig zu Euch sein, Ali al-Hussein. Ich kann die Sorge dieser Menschen verstehen, obwohl ich natürlich ihre Bedenken nicht teile. Ich weiß, dass Ihr ein rechtschaffener, gottesfürchtiger Mann seid. Aber immerhin seid Ihr nicht verheiratet.« Er hob bedauernd die Schultern. »Ihr kennt das einfache Volk, Ali al-Hussein. Sie denken nicht nach. Sie sehen nur, was ihnen offen vor Augen liegt. Ihr umgebt Euch mit seltsamen Dingen, beschäftigt Euch mit Wissenschaften, die sie nicht verstehen, und sucht nur äußerst selten die Moschee auf. Wie soll ich Euch verteidigen? Allah hat mir in Seiner unendlichen Güte das Wohl Seiner Gläubigen anvertraut. Als Muezzin der Stadt Qazwin habe ich die Pflicht, diese Kleinen vor dem Verderben zu schützen, ihre Seelen rein zu halten und sie zu Allah zu führen, damit sie eines Tages mit lauteren Herzen in das Paradies gelangen können. Sollte ich das Seelenheil der mir Anvertrauten gefährdet sehen, muss ich mich an den Emir wenden mit der Bitte, sich des Problems anzunehmen und gemeinsam mit Euch nach der besten Lösung zu suchen. Die Stadt würde mit Euch den besten Arzt verlieren, den sie je hatte, obwohl es natürlich niemals mein eigener Wunsch wäre.«

»Ja, natürlich nicht«, erwiderte Ali und biss die Zähne zusammen, dass ihm beinahe die Tränen in die Augen traten. Eigentlich sollte man meinen, dass er im Laufe seines Lebens genügend Erfahrungen mit der Verbohrtheit der Menschen gesammelt hatte, um sich davon nicht mehr erschüttern zu lassen. Trotzdem ärgerte es ihn immer wieder – und jedes Mal regte er sich ein bisschen mehr darüber auf. Am liebsten hätte er dem Muezzin das falsche Lächeln vom Mund gewischt und ihm seine Faust so lange ins Gesicht geschlagen, bis er seinen eigenen und die neunundneunzig Namen Allahs dazu vergessen hatte. »Aber Ihr könnt den Gläubigen sagen, dass sie beruhigt sein können. Dieses Mädchen, von dem Ihr gesprochen habt, ist nämlich meine Tochter. Meine Frau starb kurz nach der Geburt des Kindes. Und da ich als Mann mit der Pflege von Säuglingen nicht vertraut bin, haben sich die Verwandten meiner verstorbenen Frau bereit erklärt, das Kind in ihrem Hause großzuziehen. Jetzt sahen sie jedoch den Zeitpunkt gekommen, das Mädchen bei seinem Vater aufwachsen zu lassen. Und ich habe mit Freuden diese heilige Pflicht angenommen, die Allah mir in Seiner Güte übertragen hat.«

Der Muezzin schürzte die Lippen. Er schien Ali immer noch nicht wirklich zu glauben, konnte allerdings nichts dagegen einwenden.

»Gut«, sagte er schließlich. Doch Ali vermutete, dass er bereits darüber nachdachte, auf welche Weise sich seine Geschichte überprüfen ließ. »Ich werde diese Botschaft an die Gläubigen weitergeben, wenn sie mich aufsuchen, um erneut meinen Rat zu erbitten.« Er verneigte sich knapp vor Ali. »Der Friede Allahs sei mit Euch.«

»Mit Euch ebenso«, erwiderte Ali und verneigte sich ebenfalls. »Und vergesst nicht, Eure Arznei regelmäßig einzunehmen.«

Als sich die Tür hinter dem Muezzin endlich wieder schloss,

sank Ali erleichtert auf ein Sitzpolster in einer Ecke des Raums. Er fühlte sich, als hätte er mehrere Tage und Nächte durchgearbeitet. Wenn es einen Gott gab, dann brauchte er keine ewige Verdammnis, um die Sünder zu bestrafen. Die Hölle hatten sich die Menschen bereits auf Erden selbst bereitet. Müde rieb er sich die Stirn.

»Ali?« Die Tür zu seinem Arbeitszimmer öffnete sich einen Spalt, und Michelle streckte ihren blonden Schopf herein. Sie stand auf den Zehenspitzen, um den Türgriff festhalten zu können. »Darf ich hereinkommen?«

Ali lächelte. »Natürlich, meine Kleine. Komm nur. Den letzten Patienten habe ich gerade eben fortgeschickt.«

Das Mädchen hüpfte zu ihm und sprang ihm auf den Schoß.

»Den Mann mit dem langen Bart?«, fragte sie. »War das der Weihnachtsmann?«

Ali hatte keine Ahnung, was »Weihnachtsmann« bedeutete. Vermutlich war das ein Begriff aus Michelles Welt, der Welt einer ihm gänzlich unbekannten Zukunft.

»Ich weiß es nicht«, sagte er deshalb wahrheitsgemäß. »Ist der Weihnachtsmann denn lieb, oder ist er böse?«

»Er ist lieb«, antwortete Michelle. Ein strahlendes Lächeln huschte über ihr hübsches kleines Gesicht und ließ ihre Augen leuchten. »Er hat einen langen Bart und einen Schlitten. Und Rentiere. Er bringt Geschenke.«

»Dann war der Mann eben gewiss nicht der Weihnachtsmann«, erklärte Ali voller Überzeugung und vergrub sein Gesicht in ihrem weichen, nach Rosenöl duftenden Haar. Michelle trug ein Kleid aus roter Seide mit gelber Stickerei am Saum. So wie dieses Kind stellten sich vermutlich die Gläubigen einen Engel vor. Und für einen kurzen Augenblick dachte Ali daran, wie es wohl wäre, wenn er den Muezzin nicht angelogen hätte. Wenn dieses atmende, warme, lebendige Men-

schenkind mit den strahlend blauen Augen und dem reizends-
ten Lächeln der Welt tatsächlich sein Kind wäre. Seine eigene
kleine Tochter.

Das wäre wundervoll, dachte er und seufzte.

»Was ist?«, fragte Michelle und sah ihn ernst an. Zwischen ihren Augenbrauen bildete sich dabei eine kleine Falte,
die ihn an Beatrice erinnerte. Sie hatte ihn oft genauso angesehen.

»Nichts«, antwortete Ali und strich dem Mädchen lächelnd über den Kopf. »Ich habe nur an etwas besonders
Schönes gedacht.«

Michelle schien mit dieser Antwort zufrieden zu sein und
lehnte sich wieder an ihn. Dann plötzlich, als wäre ihr gerade
etwas Wichtiges eingefallen, erhob sie sich wieder und suchte
nach etwas. Schließlich reichte sie ihm voller Stolz ein zusammengerolltes Stück Pergament.

»Das habe ich für dich gemalt.«

»Vielen Dank«, sagte Ali und sah gerührt auf den Bogen hinunter, auf dem sich eine große Anzahl undefinierbare
Kleckse, Striche und Kreise befand. Offensichtlich hatte Michelle irgendwo Tinte und Feder gefunden und damit herum-
experimentiert. »Was soll das denn sein?«

Voller Eifer setzte sich Michelle auf.

»Das bist du. Und das bin ich«, sagte sie und deutete mit
ihrem winzigen tintenbeschmierten Zeigefinger auf ein paar
Kreise, die man mit einer großen Portion Einbildungskraft
tatsächlich als Köpfe identifizieren konnte. Seltsame lange
Fäden sprossen zu allen Seiten aus ihnen heraus. Ali vermutete, dass diese Fäden die Haare sein sollten. »Und das ist
Saddin. Er passt auf uns auf.«

Ali versetzte es einen Stich. Das klang, als würde Michelle
den Nomaden wie einen Engel betrachten. Dabei hatten sie
nie über seinen Tod gesprochen. Ob sie etwas ahnte? Jemand

hatte ihm mal berichtet, dass Kinder in manchen Dingen ein sehr feines Gespür hatten und vieles wussten, ohne dass man es ihnen jemals erzählt hatte. Aber vielleicht hatte sie auch gehört, wie die Diener sich über den Tod des Nomaden unterhalten hatten.

»Und was ist das hier?«, fragte Ali und deutete auf den vierten Kreis, der sich am linken oberen Bildrand befand und größer war als die anderen. »Ist das die Sonne?«

Michelle zuckte mit den Schultern. »Nee, weiß ich nicht«, sagte sie. »Das ist bloß Krickelkrakel.«

Doch Ali schluckte. Er fand, dass dieses »Krickelkrakel« die Form eines Auges hatte. Und je länger er das Bild betrachtete, umso deutlicher sah er es.

Michelle schmiegte sich wieder an ihn und drehte mit ihren Händen den Saum ihres Kleides bis zum Bauch hoch.

»Wann kommt meine Mama?«

Ali seufzte. Von allen Fragen, die dieses Kind ihm stellen konnte, war das diejenige, vor der er sich am meisten fürchtete. Was sollte er sagen? Sollte er ihr einfach irgendeinen beliebigen Zeitraum nennen und darauf hoffen, dass Michelle ihn nicht der Lüge überführen würde, da sie ja ohnehin noch kein Zeitgefühl hatte? Doch nein, das konnte er nicht. Er konnte dieses Kind nicht anlügen. Nicht um alles in der Welt.

»Ich weiß es nicht«, sagte er deshalb leise. »Und glaube mir, ich wünschte, ich könnte es dir sagen.«

Er streichelte ihr sanft über den Kopf und sah dabei gedankenverloren das Bild an, das Michelle für ihn gemalt hatte. Das Auge war nun so deutlich, dass er sich fragte, weshalb er die Zeichnung nicht sofort erkannt hatte. Und plötzlich fiel ihm etwas ein, es war fast wie eine Eingebung. Wenn er schon nicht sagen konnte, ob und wann Beatrice kommen würde, konnte ihm vielleicht ein anderer helfen. Er würde den Mann noch an diesem Abend aufsuchen. Persönlich. Und heute würde er sich nicht so einfach abweisen lassen. Er würde so lange vor der Tür stehen bleiben, bis er endlich zu dem Juden vorgelassen wurde. Zur Not bis zum nächsten Morgen. Das schwor er sich.

X

Es wurde bereits dunkel, als Ali das Haus verließ. Er hatte Michelle wie jeden Abend selbst ins Bett gebracht und ihr dann noch eine Geschichte erzählt. Ganz unmerklich hatte es sich zu einem jeden Abend wiederkehrenden Ritual entwickelt, einer Gewohnheit, die er sehr genoss – vermutlich sogar mehr als das kleine Mädchen. Jetzt lag sie liebevoll zugedeckt in einem Bett, das für sie eigentlich viel zu groß war, umgeben von einem Dutzend seidener Kissen, in denen duftende, den Schlaf fördernde Kräuter eingenäht waren. Trotzdem war er unruhig. Hoffentlich plagten Michelle keine Albträume, hoffentlich wachte sie während seiner Abwesenheit nicht auf und suchte verzweifelt nach ihm.

Narr!, schalt er sich, du verhältst dich schon wie eine hysterische Amme. Dabei ist sie noch nicht einmal deine Tochter. Aber Michelle ist die Tochter von Beatrice, widersprach eine andere, leise Stimme in ihm. Und das ist im Grunde genommen dasselbe. Außerdem hast du Saddin versprochen, Michelle niemals allein zu lassen, sie immer zu beschützen. Denk an die Fidawi! Wenn sie jetzt kommen, gerade heute Nacht ...

Das schlechte Gewissen begann in seinem Bauch wie Feuer zu brennen. Ali war kurz davor, wieder ins Haus zurückzukehren. Doch im letzten Augenblick besann er sich eines Besseren. Er musste Antworten bekommen auf seine Fragen, er musste mit diesem Juden reden. Noch heute. Es war wichtig. Nicht nur für ihn, sondern gerade auch für Michelle. Selbst wenn er es gewollt hätte, er hätte das kleine Mädchen nicht dorthin mitnehmen können. Und außerdem war sie gar nicht allein. Ihr Schlaf wurde wie jede Nacht von einer besonders zuverlässigen Dienerin bewacht, zu der die Kleine Vertrauen hatte und der er selbst auch vertrauen konnte. Dennoch war er besorgt – und das lag nicht nur an dem Versprechen, das er einem Sterbenden gegeben hatte. Er, der bislang sein freies, ungebundenes Leben ohne die leidigen Verpflichtungen eines Ehemannes und Familienvaters in vollen Zügen genossen hatte, der sich stets gesagt hatte, wie glücklich er sich schätzen könne, dass weder Kindergeschrei noch das Gezeter einer übellaunigen Frau seine wohlverdiente Ruhe störte oder ihn brutal aus seinen Studien riss – für ihn war plötzlich das Wohlergehen eines kleinen Kindes wichtiger geworden als alles andere auf dieser Welt.

Er wickelte sich in seinen Mantel. Einer der Stadtdiener war gerade damit beschäftigt, die an dem gegenüberliegenden Haus befestigte Lampe anzuzünden. Ali wartete, bis der Mann fertig war und seine Arbeit ein paar Häuser weiter fortsetzte, dann ging er in die entgegengesetzte Richtung. Sein Weg führte ihn vorbei am Marktplatz und durch die schmalen Gassen des Basars. Die schweren Tische, auf denen bei Tage Messingwaren, Tuche, Geschirr, Gewürze und alle erdenklichen Waren aus der ganzen Welt ausgebreitet lagen und auf Käufer warteten, waren zu dieser vorgerückten Stunde leer. Die Türen der Geschäfte waren zugesperrt, die Fensterläden fest verschlossen. Es herrschte eine eigentümliche Stille in diesem Teil der Stadt, die in krassem Gegensatz zum Lärm und dem lebhaften Treiben des Tages stand. Ali war unheimlich zumute, während er die schmale Gasse der Tischler entlangging. Im spärlichen Licht der wenigen Sterne schimmer-

ten die Häuser seltsam bleich. Mit ihren dunklen Fensterläden sahen sie aus wie die Schädel von gigantischen Toten,
die mit ihren düsteren Augenhöhlen jeden seiner zögerlichen
Schritte verfolgten und ihn dabei hämisch angrinsten. Mehr
als einmal ertappte Ali sich dabei, dass er sich erschrocken
umdrehte und über die Schulter blickte. Natürlich war das alles Unsinn. Es gab keine Geister, die ihn jagen wollten. Das
Einzige, was er zu fürchten hatte, waren Diebe, die ihm hinter
Mauervorsprüngen und in Hauseingängen auflauern und um
seine Barschaft erleichtern konnten. Und selbst das war hier
in dieser Gegend unwahrscheinlich. Diese Gasse war nach
Einbruch der Dunkelheit stets verlassen und menschenleer,
niemand ging hier entlang. Hier brannten keine Lampen, hier
gab es weder Gasthäuser noch Moscheen, noch öffentliche
Bäder, und niemand wohnte hier. Nicht einmal die Huren, die
sonst überall in der Stadt zu finden waren, hatten sich diesen
Ort ausgesucht, um in den düsteren Winkeln auf Freier zu
warten. Die Gasse führte nirgendwohin, wohin man nach
Einbruch der Dunkelheit noch hätte gehen wollen. Sie endete
direkt an der Stadtmauer. Und dahinter, verborgen von einem
großen schwarzen Tor, lag nichts mehr, nur der Friedhof.

Ali beschleunigte seine Schritte. Die Geschäfte der Tischler
hatte er längst hinter sich gelassen. Danach kamen die niedrigen Häuser jener Händler und Handwerker, die ihr Brot mit
dem Tod anderer Menschen verdienten – Leichenbestatter,
Steinmetze, jene Weber, die die Grabtücher herstellten. Lei-
chenzüge kamen hier vorbei, weinende, klagende Witwen
und Witwer, Waisen und Eltern, die ihre Kinder verloren hatten. Wer auch immer durch diese Gasse ging, den führte ein
trauriger, schmerzvoller Anlass hierher. Vielleicht war das der
Grund, weshalb niemand hier wohnen wollte. Sogar die
Händler und Handwerker verließen bei Einbruch der Dunkelheit ihre Geschäfte und kehrten zurück in ihre Häuser, die

in anderen, erfreulicheren Vierteln der Stadt lagen. In Vierteln, in denen das Lachen nicht im Halse stecken blieb.

Doch nicht alle Wohnungen waren verlassen. Ganz am Ende der Gasse, geduckt und dicht aneinander geschmiegt wie verängstigte Kinder, standen etwa ein Dutzend Häuser. Viele Leute sagten, diese Häuser seien verflucht. Selbst die Ärmsten der Armen schliefen lieber unter freiem Himmel, als hier auch nur eine Nacht zu verbringen. Und Ali konnte es ihnen nicht verdenken. Auch er spürte die seltsame Atmosphäre, die am Ende der Gasse herrschte. Sogar das Licht der Sterne schien hier blasser zu sein. Das schwarze Tor lag unmittelbar vor ihm. Düster und bedrohlich wirkte es eher wie die Pforte zur Hölle denn wie ein gewöhnliches Tor, durch das Menschen nach Belieben ein und aus gehen konnten.

Ein schwacher, ungewohnt eisiger Wind wehte Ali ins Gesicht und ließ ihn schaudern. Es war wie der Hauch des Todes, der vom kaum einen Steinwurf entfernten Friedhof herüberwehte und seine Wange streifte. Hastig sah er sich um, als würden sich sogleich Dämonen, Gespenster und andere Höllenwesen auf ihn stürzen, um ihm sein Leben zu rauben und ihn hinab in den finsteren Schlund ihrer Hölle zu ziehen. Für einen Moment dachte er daran, wieder umzukehren. Weshalb kam er nicht einfach bei Tageslicht zurück, wenn das Sonnenlicht alle Schatten vertrieben hatte und wieder Menschen die leeren Gassen bevölkerten?

Dummkopf, schalt er sich selbst im gleichen Augenblick. Wenn du jetzt davonläufst, wie willst du dann jemals Antworten auf deine Fragen finden?

Denn ausgerechnet hier, am Ende dieser Gasse, in diesen Häusern, die alle anderen als verflucht betrachteten, wohnten die Juden von Qazwin. Und einer von ihnen war der Ölhändler Moshe Ben Levi, der Mann, der ihm angeblich alle Fragen beantworten konnte. Der Jude war zwar Ölhändler, aber bei ihm gab es kein Speise- oder Lampenöl zu kaufen, sondern nur das schwer duftende, salbenartige Öl, das bei Bestattungen Verwendung fand.

Ali nahm seinen Mut zusammen und trat vor die Tür des Ölhändlers. Eine einsame Lampe brannte mit jämmerlicher Flamme neben dem Eingang und beleuchtete nur notdürftig das Schild, auf dem sowohl in arabischer als auch hebräischer Schrift der Name Levi geschrieben stand.

Dieses Mal, wenn ich leibhaftig vor ihnen stehe, werden sie mich nicht so leicht abweisen können, dachte Ali. Sein aufkeimender Zorn über die Arroganz der Juden vertrieb beinahe das Unbehagen, das wie ein Klumpen geschmolzenes Metall in seinem Magen drückte. Aber nur beinahe. Sie werden es nicht wagen, einen Gläubigen abzuweisen.

Er pochte mit dem schweren Türklopfer gegen die Tür. Es waren dumpfe Schläge, die unheilvoll in den Ohren klangen.

Als ob ich an die Pforten der Unterwelt geklopft hätte, dachte Ali und hätte sich nicht gewundert, wenn ihm beim Öffnen der Tür ein dreiköpfiger Cerberus gegenübergestanden hätte.

Während er wartete, sah er sich den Türsturz an. Das Holz war ungleichmäßig dunkel, so als hätte ein ungeschickter Mann versucht, sie mit einem in dunkle Farbe getauchten Reisigbündel zu streichen. Wie aus heiterem Himmel fielen ihm all jene Geschichten ein, die man sich unter den Gläubigen über die Juden erzählte – von seltsamen Bräuchen und grausamen Ritualen, bei denen Dämonen und Geister beschworen, Flüche über die Gläubigen verhängt und das frische Blut von Opfern an die Türen geschmiert wurden. Manche sprachen dabei von Hunden, denen die Kehle durchgeschnitten wurde, um sie langsam ausbluten zu lassen. Auch von Ratten, Schweinen, schwarzen Katzen war die Rede, und sogar von Menschen …

Ali erschauderte und zweifelte erneut daran, dass es eine gute Idee gewesen war, mitten in der Nacht hierher zu kommen. Bei Tageslicht, in seinem Haus oder in den von hunderten von Menschen bevölkerten Straßen des Bazars hätte er über seinen fehlenden Mut gelacht. Er hätte die Gerüchte über die Juden als das abgetan, was sie vermutlich auch waren – Spukgeschichten, mit denen man die Kinder erschrecken und von den Häusern der Juden fern halten wollte. Doch hier in dieser finsteren Gasse mit dem Eingang zur Hölle im Rücken galten andere Regeln. Hier war er ohne. weiteres bereit, jede noch so haarsträubende, furchteinflößende Geschichte zu glauben.

Endlich hörte er Schritte, die sich dem Tor näherten. Ein paar Schlösser wurden geöffnet, mindestens drei Riegel zurückgeschoben, und dann ... Nein, es war kein dreiköpfiger Cerberus, der ihm öffnete, und auch keine andere furchteinflößende Kreatur der Unterwelt. Es war ein hoch gewachsener schlanker junger Mann mit einem schmalen blassen Gesicht. Nicht ein einziger Blutfleck war auf seinem makellos weißen, knöchellangen Gewand zu finden. Er sah ebenso harmlos aus wie alle jungen Männer, bei denen die Tage des ersten Bartwuchses noch nicht lange vorüber waren. Der einzige Unterschied zu seinen Altersgenossen bestand in einer runden, kaum Handteller großen Kappe auf seinem Kopf und den beiden seltsamen gedrehten Schläfenlocken – ein Merkmal, an dem man die Juden für gewöhnlich schon von weitem erkennen konnte.

»Was wollt Ihr?«, fragte der junge Mann barsch. »Das Geschäft ist bereits geschlossen. Falls Ihr Öl benötigt, so kommt übermorgen wieder.«

»Ich hatte nicht die Absicht, Öl zu kaufen«, sagte Ali entschlossen und legte so viel Autorität in seine Stimme, wie er es bei seinen Dienern zu tun pflegte, wenn sie seine Wünsche

nicht schnell genug erfüllten. »Ich bin Ali al-Hussein ibn Abdallah ibn Sina. Und ich wünsche Moshe Ben Levi zu sprechen. Jetzt, auf der Stelle.«

Der junge Mann warf ihm einen finsteren Blick zu und
schüttelte den Kopf, sodass die Schläfenlocken hin und her
schlackerten.

»Der Meister ist nicht zu sprechen«, entgegnete er. Weder
Alis Name noch sein Auftreten schienen ihn sonderlich zu beeindrucken. »Außerdem benötigt er zurzeit weder den Beistand noch den Rat eines Arztes. Geht.«

Mit wachsendem Zorn registrierte Ali, dass der junge Jude
sehr wohl wusste, wen er vor sich hatte. Und trotzdem wollte
dieser Bengel, dieser nichtsnutzige Grünschnabel, der noch
nicht einmal alt genug war, um einen richtigen Bart zu tragen,
ihn abweisen. Ihn, Ali al-Hussein ibn Abdallah ibn Sina. Das
war ein starkes Stück. Er dachte nicht im Traum daran, sich
nach Hause schicken zu lassen, als wäre er nichts weiter als
ein verlauster Bettler, der an die Tür geklopft hatte, weil er
um ein paar jämmerliche Speisereste und ein Almosen bitten
wollte.

»Nein«, sagte er grimmig und stellte seinen rechten Fuß in
die Tür, die sich bereits vor seiner Nase zu schließen drohte.
»Ich habe nicht den beschwerlichen Weg mitten in der Nacht
auf mich genommen, um jetzt unverrichteter Dinge wieder
umzukehren. Falls also Moshe Ben Levi verhindert ist, so
wäre ich auch damit zufrieden, mit Rabbi Moshe Ben Maimon ein paar Worte zu wechseln.«

Der junge Mann starrte ihn noch finsterer an als zuvor,
und Ali machte sich bereit, sich mit seinem ganzen Körperge-
wicht gegen die Tür zu werfen. Er würde heute noch mit diesem Juden reden, und wenn er sich den Zutritt zu seinem
Haus erst mit seinen Fäusten erkämpfen musste.

»Ich fürchte, jemand hat Euch eine falsche Auskunft gegeben«, sagte der junge Mann barsch. Doch Ali spürte, dass er unsicher geworden war. Er konnte die plötzliche Nervosität des jungen Mannes vor ihm fast riechen. »Hier wohnt kein Rabbi, sondern nur der Ölhändler Moshe Ben Levi. Es steht auch dort auf dem Schild, wie Ihr seht. Den Namen, den Ihr eben genannt habt, habe ich noch nie zuvor gehört. Selbstverständlich steht es Euch frei, in den Häusern unserer Nachbarn nachzufragen. Allerdings glaube ich nicht, dass einer von ihnen diesen Rabbi kennt, den Ihr sucht. Ihr müsst Euch irren. Es kann gar nicht anders sein.«

Ali kochte vor Wut. Er spürte das dringende Verlangen, dem Juden seine Faust ins Gesicht zu schmettern. Natürlich kannte der Kerl Moshe Ben Maimon. Saddin hatte den Namen genannt, und er hatte keinen Grund, an den Worten des Nomaden zu zweifeln.

»Tatsächlich?«, sagte er spöttisch. »Ich weiß, dass ich mich nicht irre. In diesem Haus wohnt Rabbi Moshe Ben Maimon. Und ich will ihn sprechen. Also geh jetzt zu deinem Rabbi und richte ihm aus, dass Ali al-Hussein ibn Abdallah ibn Sina auf ihn wartet. Und«, er lächelte grimmig, als ihm Saddins Worte wieder einfielen, »sollte sich auch dein Meister nicht mehr an seinen wahren Namen erinnern können, so richte ihm aus, dass Saddin mich schickt. Vielleicht wird das seinem Gedächtnis wieder auf die Beine helfen.«

Von einem Augenblick zum nächsten war der finstere Ausdruck vom Gesicht des jungen Mannes wie weggewischt, und er lächelte so freundlich, als hätte er in Ali plötzlich einen lange verschollen geglaubten Verwandten oder geliebten Freund aus Kindertagen erkannt.

»Das hättet Ihr gleich sagen sollen, Herr«, erwiderte er und verneigte sich. Dann machte er einen Schritt zur Seite. »Bitte, tretet ein, Ali al-Hussein ibn Abdallah ibn Sina. Wenn Ihr mir bitte folgen wollt?«

Und ehe Ali sich's versah, betrat er das Haus, das ihm bis zu diesem Augenblick besser verschlossen und bewacht zu sein schien als der Palast des Emirs von Qazwin. Er wurde in einen sehr geschmackvoll ausgestatteten Raum geführt. Der junge Mann deutete auf ein paar Sitzpolster.

»Nehmt bitte Platz und stärkt Euch. Ich werde dem Rabbi sogleich Eure Ankunft melden.«

Dann verschwand er. Ali ließ sich erleichtert und verwirrt zugleich auf einem der Polster nieder. Er verstand immer noch nicht. Was hatte er gesagt, dass der Gehilfe plötzlich so zuvorkommend und freundlich war? Es kam ihm fast so vor wie in einer der Geschichten der Märchenerzähler auf dem Basar – kaum hatte er das geheime Zauberwort ausgesprochen, hatte sich auch schon der Fels zur Seite bewegt und den Eingang zur Schatzhöhle freigegeben. War es wirklich allein der Erwähnung von Saddins Namen zu verdanken, dass er vom unerwünschten Eindringling und Bittsteller zum geschätzten Gast emporgestiegen war? Zählte der Name des Nomaden mehr als der von Ali al-Hussein ibn Abdallah ibn Sina, dessen Ruf als geschickter und erfahrener Arzt mittlerweile sogar bis nach Bagdad reichte? Ali spürte einen schmerzhaften Stich in seiner Brust. Er kannte diesen Schmerz. Es war Eifersucht. Jene quälende, bohrende Eifersucht, die er stets dem Nomaden gegenüber empfunden hatte. Und nicht einmal die Tatsache, dass Saddin tot war, hatte ihn von diesem niederen Gefühl befreien können. Es war schändlich.

Um sich abzulenken, ließ er seinen Blick durch den Raum schweifen. Auf einem niedrigen Tisch neben ihm standen zwei Schalen. In der einen lagen geröstete Mandeln, in der anderen ein paar frische Datteln. Ali, der plötzlich Hunger verspürte, nahm eine Mandel und roch daran. Sie duftete wahrhaft köstlich. Er warf die Mandel in den Mund. Sie war so frisch geröstet, dass sie noch warm war, und ein wunderbarer, nie gekannter Geschmack, eine ungewöhnliche, aber überaus delikate Komposition der verschiedensten Gewürze breiteten sich auf seiner Zunge aus. Ali griff wieder zu und wieder. Er konnte kaum noch aufhören. Gerade wollte er sich erneut eine der köstlichen Mandeln nehmen, als plötzlich die Tür aufging. Der junge Jude war zurückgekehrt. Erschrocken, als hätte man ihn bei einem Diebstahl ertappt, ließ Ali seine Hand wieder sinken. Es war nur noch eine einzige Mandel auf dem Teller übrig. Doch wenn der Jude das bemerkte und sich darüber wunderte oder amüsierte, so ließ er es sich wenigstens nicht anmerken.

»Der Rabbi ist jetzt bereit, Euch zu empfangen, Herr«, sagte er so höflich, wie man es sich nur wünschen konnte, und verneigte sich. »Wenn Ihr mir bitte folgen wollt?«

Ali wurde durch das Haus geführt, vorbei an einem zauberhaften Innenhof, in dem Rosen und Mandelbäume blühten und ihren lieblichen Duft verbreiteten. Der Jasmin wuchs hier so üppig, dass er die Mauern, die den Garten umgaben, fast vergessen ließ. Ein Marmorbrunnen, in dessen Mitte blühende Seerosen schwammen, plätscherte leise vor sich hin und übertönte das grausige Pfeifen des eisigen Windes, der hoch über ihren Köpfen hinwegwehte. An einigen besonders lauschigen Plätzen standen steinerne Bänke, und zahlreiche Statuen von Löwen und Delfinen bewachten den Garten. Hier war nichts mehr von der düsteren Atmosphäre der Gasse. Und obwohl Ali sicher war, das direkt hinter der Mauer der Friedhof lag, war von der Nähe der Toten, von Trauer, Schmerz, Abschied und Verzweiflung nichts zu spüren. Im Gegenteil, es schien, als wäre es dem Juden Ben Maimon gelungen, mitten in der Trostlosigkeit dieser Gegend ein Bollwerk gegen den Tod zu errichten und dem Leben ein Denkmal zu setzen.

Die beiden Männer stiegen eine schmale Treppe zum ersten Stockwerk hinauf und betraten ein hell erleuchtetes Zimmer. Durch die offenen Fenster wehte der Duft der Blumen herein. Und obwohl die Fenster weit offen standen, war es nicht kalt in diesem Raum, da in einer Ecke ein lebhaftes Feuer brannte.

»Kommt herein, Ali al-Hussein ibn Abdallah ibn Sina«, sagte ein Mann, der auf einem Stuhl mit ungewöhnlich hoher Lehne saß. »Kommt herein.«

»Salam, Moshe Ben Maimon!«, erwiderte Ali, verneigte sich, wie es die Regeln der Höflichkeit geboten, und betrachtete seinen Gastgeber.

Ihm war nicht klar, was er erwartet hatte, wie er sich den Rabbi, der angeblich alles über die Steine der Fatima wusste, vorgestellt hatte, doch er konnte nicht leugnen, dass er überrascht war. Moshe Ben Maimon war ein kleiner, zerbrechlich wirkender Mann mit schlohweißem Haar, der auf seinem großen Lehnstuhl fast zu verschwinden schien. Und er war alt, sehr alt, obwohl Ali ebenfalls nicht genau klar war, woher er das wusste, denn das Gesicht des Rabbis war beinahe jugendlich glatt. Nur seine Haut war weiß und wirkte fast durchsichtig. Und seine hellen, freundlichen Augen waren so voller Weisheit und Güte, dass es gar keine andere Möglichkeit gab. Er musste alt sein.

»Shalom, Ali al-Hussein!«, erwiderte Moshe Ben Maimon den Gruß auf jüdische Art. »Es freut mich, Euch endlich in meinem Haus willkommen heißen zu dürfen.«

Ali runzelte die Stirn. Der alte Jude klang, als hätte er ihn bereits seit langem sehnsüchtig erwartet. Doch hatte er nicht mehrere Briefe mit der Bitte um ein Treffen an den Juden geschickt? War er nicht bisher jedes Mal abgewiesen worden, wenn man überhaupt geruht hatte, ihm zu antworten? Wenn der Jude ihn also unbedingt zu sehen wünschte, weshalb hatte er ihn dann nicht schon viel früher empfangen? Obwohl es ihn reizte, den Alten auf diesen Widerspruch aufmerksam zu machen, schwieg er. Er war zur Höflichkeit erzogen worden.

»Vergebt mir, dass ich Euch bisher nicht auf Eure Briefe geantwortet habe«, sagte Moshe Ben Maimon, und Ali fragte sich, ob ihm seine Gedanken so deutlich auf der Stirn geschrieben standen. »Allerdings war ich mir nicht sicher, ob die Briefe auch wirklich von Euch stammten und nicht eine Falle waren. Ich muss überaus vorsichtig sein. Und außerdem ... Aber setzt Euch doch.«

Ali stellte fest, dass er sich plötzlich unbehaglich fühlte. Es war das erste Mal, dass er sich im Haus eines Juden aufhielt. Fremder hätte er sich auch nicht fühlen können, wenn ihn das Schicksal wie den Reisenden Ahmad ibn Fadlan mitten unter die wilden Nordmänner verschlagen hätte. Dabei war er noch nicht einmal eine halbe Wegstunde von seinem eigenen Haus entfernt. Der alte Moshe machte einen freundlichen, gütigen und gastlichen Eindruck. Außerdem hatten die Juden denselben Stammvater wie die Gläubigen, wenn man den alten Schriften glauben wollte. Er und Ali waren sozusagen Halbbrüder. Objektiv betrachtet gab es also überhaupt keinen Grund, sich unbehaglich zu fühlen.

Abraham. Plötzlich fielen Ali die Geschichten aus dem Koran ein, die ihm Selim immer vor dem Einschlafen erzählt hatte, als er noch ein kleiner Junge gewesen war. Und ihm kam in den Sinn, dass Abraham in seiner Fantasie stets so wie Moshe ausgesehen hatte. Natürlich hatte er niemals darüber gesprochen, denn sich den Stammvater aller Gläubigen bildlich vorzustellen, war streng verboten.

»Setzt Euch, Ali al-Hussein, Ihr müsst müde und erschöpft sein von der Wanderung durch die halbe Stadt. Isaak, schnell, bring einen Stuhl für unseren berühmten Gast.«

Isaak!, dachte Ali amüsiert, und sein Unbehagen war im selben Moment verflogen. Sieh mal an, wie passend. Wurde nicht so der Halbbruder Ismaels genannt, der andere Sohn Abrahams, auf den sich die Juden berufen?

Der junge Jude lief rasch an Ali vorbei und schob einen zweiten Lehnstuhl an das Feuer.

»Bitte, Herr, setzt Euch«, sagt er höflich und schob den Stuhl so zurecht, dass Ali sich nur noch drauffallen lassen musste.

Zögernd ließ Ali sich auf der Kante nieder. Er hatte noch nie zuvor einen Stuhl benutzt. Und obwohl er natürlich wusste, dass insbesondere im Abendland solche Möbelstücke üblich waren, hatte er doch stets die herkömmlichen Sitzpolster vorgezogen. Stühle waren ihm immer unbequem und hart erschienen. Allerdings musste er sich jetzt korrigieren. Dieser Stuhl war sehr bequem und seine Sitzfläche so weich gepolstert, wie man es sich nur wünschen konnte.

Vielleicht sollte ich mir doch ein solches Möbelstück zulegen, dachte er und ließ seine Hände über das glatte dunkle Holz der Armlehnen gleiten.

»Diese Stühle sind angenehm, nicht wahr?«, riss ihn die Stimme seines Gastgebers erneut aus seinen Gedanken. »Vor allem bereitet es entschieden weniger Mühe, sich daraus wieder zu erheben. Eine Annehmlichkeit, die man im Alter nicht unterschätzen sollte.«

Erschrocken und peinlich berührt, doch noch bei einer Unhöflichkeit ertappt worden zu sein, wandte Ali seine Aufmerksamkeit wieder seinem Gastgeber zu. Das fröhliche Funkeln in den hellen Augen des Juden machte ihn unsicher. Unwillkürlich setzte er sich kerzengerade auf.

»Ihr habt Recht«, entgegnete Ali, und seine Stimme klang eine Spur schärfer, als er beabsichtigt hatte. »Vor allem aber ist es angenehm, sich auszuruhen, wenn man lange Zeit vor einer verschlossenen Tür stehen musste.«

»Ihr sprecht von Isaak?« Moshe lächelte voller Güte und

Liebe. »Ich kann Euren Unmut verstehen, Ali al-Hussein. Trotzdem bitte ich Euch, dem Jungen zu verzeihen, falls er Euch unhöflich behandelt hat. Ich bitte Euch um Euer Verständnis. Was auf Euch wie Unhöflichkeit und mangelnde Gastfreundschaft wirken muss, ist für uns eine Frage des Überlebens. Wir Juden sind hier in Qazwin ...« Moshe Ben Maimon runzelte die Stirn und schnalzte mit der Zunge. »Nun, wir werden geduldet, um es höflich auszudrücken. Dennoch warten so manche der ›Gläubigen‹ nur auf die erstbeste Gelegenheit, uns ein für alle Mal aus der Stadt zu vertreiben – oder gar zu töten. Was den meisten sogar noch lieber wäre. Deshalb ist man hier, am Ende der ›Gasse der Toten‹, wie wir sie nennen, sehr misstrauisch Fremden gegenüber – insbesondere dann, wenn sie am Vorabend des Sabbat mitten während der Vorbereitungen an unsere Türen klopfen.«

Ali spürte, dass er rot wurde. Er wusste nicht viel über die Bräuche der Juden, aber er wusste, dass der Sabbat ähnlich wie der Freitag bei den Gläubigen der Tag war, an dem sie zu ihrem Gott beteten. An diesem Tag waren stets alle jüdischen Geschäfte, die er jemals kennen gelernt hatte, geschlossen gewesen.

»Ich bitte um Vergebung«, sagte er und fragte sich, weshalb er diesem alten Mann, der so schwach und zerbrechlich aussah, nicht mit dem gleichen Selbstbewusstsein gegenübertreten konnte wie anderen. Er war nicht Abraham. Er war ein Händler, ein Kaufmann, ein gewöhnlicher alter Mann, nichts weiter. Und trotzdem ... Selbst Abraham war letztlich nichts als ein Hirte gewesen. »Es war nicht meine Absicht, Euch bei Euren Zeremonien zu stören.«

»Ich weiß, Ali al-Hussein, ich weiß. Es ist nicht Eure Schuld. Diese ständigen Sticheleien, die Angst, die wir andauernd um unser Hab und Gut, um unser Leben ausstehen müs-

217

sen, ist nur ein Teil des uralten Bruderstreits, des Streites zwischen Rahels und Sarahs Kindern.«

Die beiden Frauen Abrahams, dachte Ali. Seltsam, dass der Alte ausgerechnet sie erwähnt. Ob er Gedanken lesen kann? Oder ist er am Ende sogar wirklich und wahrhaftig …? Er sah den alten Juden an. Das war nicht möglich, das konnte nicht sein, selbst bei allem, was er über die Steine der Fatima wusste, konnte dieser Mann niemals …

Moshe lächelte, aber diesmal wirkte sein Lächeln traurig.

»Wir beide, Ali al-Hussein, werden in unserer Lebensspanne den Streit zwischen den Brüdern nicht schlichten können, ganz gleich, wie viel Mühe wir uns geben mögen. Und das wird sich auch in hunderten von Jahren nicht ändern. Dabei ist dieser Streit so töricht.« Er seufzte. »Aber Ihr habt nicht den Weg in diesen entlegenen Winkel der Stadt auf Euch genommen, um dem Geschwätz eines alten Mannes zu lauschen. Was habt Ihr auf dem Herzen, Ali al-Hussein ibn Abdallah ibn Sina?«

Ali hatte sich seine Worte sorgfältig zurechtgelegt. Den ganzen Tag über und sogar noch auf dem Weg hierher hatte er genau gewusst, was er dem Juden sagen wollte. Doch in diesem Augenblick fiel ihm nichts mehr davon ein. Gar nichts. Es war, als hätte der eisige Wind in der Gasse alle Gedanken aus seinem Kopf vertrieben.

»Saddin schickt mich«, sagte er und ärgerte sich schon im nächsten Augenblick über sich selbst. Das klang ja beinahe, als sei er nichts weiter als der Bote eines anderen! »Ich meine, er hat mir empfohlen, mich an Euch zu wenden, falls ich jemals Fragen in einer ganz bestimmten Angelegenheit haben sollte. Er sagte, Ihr könntet mir helfen.«

»Sagte er das?« Erneut glitt ein Lächeln über das Gesicht des alten Mannes. »Nun, dann wird es wohl stimmen. Und?«

Unter dem erwartungsvollen Blick des alten Juden wurde

Ali heiß. Plötzlich kam er sich töricht vor, und der Wunsch, einfach aufzustehen und wieder nach Hause zu gehen, wurde übermächtig.

Bleib!, befahl eine innere Stimme. Denk immer daran, wer du bist. Du bist Ali al-Hussein ibn Abdallah ibn Sina, der Leibarzt des Emirs. Du brauchst dich nicht vor einem alten Juden zu fürchten. Außerdem wirst du das Rätsel niemals lösen können, wenn du jetzt feige bist.

»Es geht um ein Sternbild«, sagte er schließlich.

Moshe Ben Maimon setzte sich auf seinem Stuhl auf.

»Ein Sternbild?«, fragte er, als glaubte er sich verhört zu haben. »Vergebt mir meine Überraschung, Ali al-Hussein, aber ich fürchte, da kann ich Euch nicht weiterhelfen. Ich bin ein bescheidener Ölhändler und Rabbi. Ich kenne mich in der Welt des Handels und den heiligen Schriftrollen meines Volkes aus und könnte Euch vermutlich fast jede Frage hierzu beantworten, aber ich bin wahrlich kein Sterndeuter. Ich fürchte, Ihr müsst Euch an jemanden wenden, der …«

»Natürlich handelt es sich nicht um ein gewöhnliches Sternbild«, unterbrach ihn Ali verärgert. Hatte Saddin nicht gesagt, dass dieser Jude alles wisse? Nun schien es so, als hätte sich der Nomade nur einen Scherz mit ihm erlaubt. Oder stand er etwa vor dem falschen Mann? »Es ist auf keiner der mir bekannten Sternkarten verzeichnet. Das Sternbild, von dem ich spreche, hat die Form eines Auges.«

Der alte Jude ließ sich langsam auf seinem Stuhl zurücksinken.

»Ein Auge? Das klingt in der Tat interessant«, sagte er. Doch Ali hatte den Eindruck, dass er vorsichtig geworden war. Die hellen Augen fixierten ihn, als wollte er bis in die Tiefen seiner Seele hinabschauen. »Aber es war nicht meine Absicht, Euch zu unterbrechen. Fahrt fort.«

Ali erhob sich und begann in dem Zimmer auf und ab zu

gehen. Einerseits konnte er sich so besser konzentrieren, andererseits entkam er auf diese Weise dem forschenden Blick des alten Mannes.

»Seit vielen Jahren schon pflege ich regelmäßig den Sternenhimmel zu beobachten. Doch jenes Sternbild sah ich bisher erst ein einziges Mal«, sagte er und dachte im selben Augenblick, dass sich die ganze Geschichte für einen Außenstehenden wohl ziemlich unglaubwürdig anhörte. Aber das hätte er sich vorher überlegen müssen. Jetzt gab es kein Zurück mehr. »Es war in einer sternenklaren Nacht vor einigen Wochen. Es stand direkt über meinem Haus. Ich brauchte nicht einmal ein Fernrohr, auch mit bloßem Auge war es deutlich zu erkennen. Seit jener Nacht jedoch ist es verschwunden. Und ich frage mich ...«

»Wie ich Euch schon sagte, bin ich kein Sterndeuter. Doch ist dieses Phänomen nicht bekannt?«, wandte Moshe ein. »Ich glaube, ich habe bereits von Sternen und Sternkonstellationen gehört, die nur zu bestimmten Jahreszeiten, an bestimmten Tagen oder sogar nur alle paar Jahre sichtbar sind. Wenn mich nicht alles täuscht, so behaupten zum Beispiel die Christen, dass über dem Geburtshaus von Jesus Christus solch ein Stern stand, der den Hirten den Weg gewiesen haben soll und den seither kein menschliches Auge mehr gesehen hat. Könnte es nicht sein, dass ...«

»Aber doch nicht so!«, fiel Ali dem Juden aufgebracht ins Wort. »Seit frühester Jugend beschäftige ich mich mit der Astronomie. Und natürlich weiß ich, dass sich der Sternenhimmel jeden Tag verändert. Sterne, ja, ganze Sternbilder kommen und gehen wieder. Aber jede dieser Umwandlungen dauert eine gewisse Zeit, und seien es nur Tage oder Stunden. Das Auftauchen und Verschwinden von Sternbildern kann man für gewöhnlich beobachten. Doch sooft ich den Himmel auch mit meinem Fernrohr nach diesem Auge absuche, es bleibt unsichtbar. Es ist, als wäre es einfach fortgewischt worden. Aber wie kann das sein? Sterne können nicht einfach verschwinden! Es ist so …« Er brach ab auf der Suche nach den passenden Worten. »Es verwirrt mich. Manchmal bin ich mir noch nicht einmal mehr sicher …«

»Ob Ihr das Sternbild wirklich gesehen habt?«, fragte Moshe Ben Maimon. Ein seltsames Lächeln umspielte seine Lippen. In diesem Augenblick war Ali sicher, er stand vor dem richtigen Mann. Der alte Jude wusste etwas über dieses Auge. »Ich kann Euch versichern, dass Ihr Euch nicht geirrt habt. Es gibt dieses ›Auge‹, wie Ihr es nennt. Allerdings spielt diese Frage keine Rolle, Ali al-Hussein. Viel wichtiger ist, weshalb Ihr es unbedingt wiederfinden wollt.«

Die Stimme des Juden klang sanft und verständnisvoll. Vielleicht wirkte sie gerade deshalb auch so eindringlich auf Ali, eindringlich und fordernd wie die Stimme seines alten, klugen Lehrers, dessen Erklärungen und Unterweisungen er bis heute nicht vergessen hatte. Natürlich war er erleichtert, dass er sich nicht getäuscht, sich keine Erscheinung eingebildet hatte. Das Sternbild existierte, das hatte Moshe soeben zugegeben. Er konnte seinen Sinnen noch trauen. Trotzdem fühlte er sich seltsam hilflos. So hatte er sich das letzte Mal gefühlt, als er im Alter von neun Jahren vor seinem Lehrer gestanden hatte und über das Buch eines griechischen Gelehrten geprüft worden war, das er gar nicht gelesen hatte.

»Wie soll ich es erklären«, begann er und beschloss nach kurzem Nachdenken, die Wahrheit zu sagen. Warum auch sollte er sich vor dem alten Juden fürchten? Er würde es gewiss niemandem weitererzählen. Höchstens seinen Nachbarn. Und wenn sich eine Hand voll Juden über ihn lustig machte, brauchte es ihn nicht zu kümmern. Diese Leute zählten in der Gemeinschaft der Gläubigen nicht, und ihr Urteil hatte kein Gewicht. »Dieses Sternbild war wunderschön. Es

wirkte so tröstlich, so beruhigend. Es gab mir Hoffnung.«
Hoffnung? Worauf eigentlich? Hoffentlich fragte der Rabbi
nicht danach.

Moshe Ben Maimon legte die Spitzen seiner knochigen,
vom Alter gekrümmten Finger aneinander. Eine Weile betrachtete er Ali eingehend.

»Ali al-Hussein ibn Abdallah ibn Sina«, sagte er leise, wobei er jede einzelne Silbe betonte. »Der berühmte Arzt und
Gelehrte, ein Mann, der nur darauf vertraut, was er mit seinen Augen und seinem Verstand erfassen kann. Ein Mann,
der sogar dem Glauben, in dem er erzogen wurde, nicht viel
Bedeutung beimisst.« Ali wollte etwas erwidern, doch der
Alte gebot ihm mit einer Geste zu schweigen. »Versteht mich
nicht falsch, Ali al-Hussein, ich kann und will nicht über
Euch Recht sprechen. Ich will Euer Verhalten weder guthei-
ßen noch verdammen. Wir haben mit Saddin sehr oft von
Euch gesprochen, und deshalb frage ich mich, ob Ihr bereit
seid zu hören, was ich Euch zu sagen habe. Überlegt es Euch
gut. Wollt Ihr wirklich die Wahrheit wissen, selbst wenn sie
jenseits dessen liegen sollte, was sich mit Hilfe des Verstandes
erklären lässt?«

Ali schwieg. Er war überrascht und gleichzeitig wütend.
Was fiel Saddin und diesem alten Juden ein, über ihn zu reden? Und warum tat Moshe Ben Maimon so geheimnisvoll?

»Ja«, antwortete er bestimmt. »Natürlich will ich die
Wahrheit wissen.« Das will ich stets, fügte er in Gedanken
hinzu.

Der alte Jude nickte langsam. »Gut. Dann setzt Euch wieder.«

Er klatschte zweimal in die Hände, und sofort erschien der
junge Mann, der Ali die Tür geöffnet hatte.

»Isaak, bringe uns etwas zu essen und zu trinken. Hole
auch Wein aus dem Keller.«

»Wein?«, erkundigte sich Ali überrascht, nachdem Isaak den Raum wieder verlassen hatte. »Ihr wagt es, mir Wein anzubieten? Dafür könnte ich Euch in den Kerker werfen lassen. Ihr wisst doch sicher, dass den Gläubigen der Genuss von berauschenden Getränken verboten ist?«

»Den Gläubigen. Ja, das weiß ich«, sagte Moshe. Diese Worte klangen so leicht, so beiläufig, doch unter dem wissenden Lächeln des alten Mannes errötete Ali wie ein Schüler, der von seinem Lehrer beim Mogeln ertappt worden war. Ob Saddin Moshe sogar erzählt hatte, dass er es mit der Einhaltung der Gebote des Korans nicht so genau nahm? Dass einige Gläubige ihn für einen Gotteslästerer hielten und er deswegen von manchen Herrschern verfolgt wurde? Es war wirklich beschämend, wie gut der Alte über ihn Bescheid wusste. Und er? Was wusste er über den Juden? Nichts – außer seinem Namen.

»Saddin muss Euch wirklich alles über mich erzählt haben.«

»Ihr klingt verbittert, Ali al-Hussein«, bemerkte Moshe. »Aber Ihr solltet Saddin nicht zürnen. Wenn er über Euch spricht, so ...«

»Sprach«, verbesserte Ali den Alten. »Er ist tot.«

Moshe wurde bleich. Er schloss die Augen, seine Lippen bewegten sich wie im Gebet. Nach einer Weile wischte er sich mit der Hand über das Gesicht. »Verzeiht mein Entsetzen, Ali al-Hussein, doch diese Nachricht trifft mich unvorbereitet. Ich habe mehr verloren als einen wertvollen Verbündeten.« Er schüttelte traurig den Kopf. »Umso weniger dürft Ihr Saddin jetzt noch zürnen, denn wenn er über Euch sprach, so stets als Freund, der um Eure Sicherheit und Euer Leben besorgt war.«

»Ich wünschte nur, er hätte über Euch ebenso bereitwillig gesprochen«, erwiderte Ali.

Moshe zuckte mit den Schultern. »Vermutlich hatte er seine Gründe. Doch wir sollten uns lieber Eurer Frage widmen. Saddin sagte mir, dass Ihr Euch selbst mit den Steinen der Fatima beschäftigt habt. Trifft das zu?«

»Ja, das ist richtig«, antwortete Ali und fragte sich, was sein Sternbild mit dem Saphir zu tun haben könnte. »Allerdings muss ich gestehen, dass ich trotz umfangreicher Nachforschungen bisher wenig herausgefunden habe, das mir weiterhelfen konnte. Nur ein paar törichte, fast vergessene Legenden, Geschichten oder Märchen, an die sich höchstens eine Hand voll alter Menschen erinnern. In den Schriften der Philosophen und Gelehrten hingegen fand ich keine Hinweise. Lediglich einer von ihnen beschäftigt sich mit der Heilkraft von Steinen. Doch dieses Werk ist sehr allgemein gehalten. Jener Saphir, der den Beinamen ›Stein der Fatima‹ trägt, wird darin mit keiner Silbe erwähnt.«

Moshe lächelte. »Nein, natürlich nicht. In diesen Büchern werdet Ihr gewiss keine Hinweise auf den Stein finden. Aber in den Legenden ...«

»Wollt Ihr damit etwa behaupten, dass die Sagen, es handle sich bei dem Saphir um einen Teil des Auges der Fatima, der Lieblingstochter des Propheten, der Wahrheit entsprechen?«, unterbrach ihn Ali. »Das kann ich nicht glauben.«

»Doch gerade darum geht es. Denn alles, was mit dem Stein zu tun hat, ist eine Frage des Glaubens«, erwiderte der alte Jude. »Ob es sich nun wirklich um das Auge der Lieblingstochter des Propheten handelt oder nicht, das sei dahingestellt. Aber lassen wir das für den Moment. Ihr seid schließlich nicht zu mir gekommen, um nach dem Saphir zu fragen. Euch geht es um das Sternbild. Das Auge, das Ihr gesehen habt, existiert wirklich. Und wenn es auf den Sternkarten nicht verzeichnet ist, so braucht Euch das nicht zu verwundern, denn es erscheint nur selten am Himmel, meist sogar nur für wenige Momente, und dann ist es oft nicht einmal für jeden sichtbar. In Eurem Volk wird es ›Auge der Fatima‹ genannt, und es taucht immer im Zusammenhang mit dem Stein auf. Es ist ein Zeichen.«

Ali schüttelte heftig den Kopf. »Aber das ist nicht möglich!«, rief er aus. »Sterne können nicht einfach aus dem Nichts auftauchen und wieder verschwinden. So etwas gibt es nicht.«

»Wer hat denn gesagt, dass die Sterne verschwinden?«, entgegnete Moshe und lächelte, sodass Ali den Eindruck bekam, der Alte mache sich über ihn lustig.

»Treibt keine Spielchen mit mir!« Er verlor allmählich die Geduld. »Dafür habe ich den Weg quer durch die Stadt nicht auf mich genommen. Ich suche Antworten auf meine Fragen. Und solltet Ihr sie mir nicht geben können – oder nicht geben wollen –, so sagt es jetzt, bevor ich noch mehr von meiner kostbaren Zeit verschwende.«

Moshe Ben Maimon hob eine Augenbraue. War er nur überrascht, oder war es ein Zeichen der Nachsichtigkeit und des Spottes? Ali konnte es nicht deuten. Er wurde nicht schlau aus dem Alten.

»Ihr wollt also eine überzeugende Erklärung für das, was Ihr beobachtet habt? Nun, so lasst uns dieses Phänomen so betrachten, wie Gelehrte und Philosophen es vermutlich betrachten würden«, sagte er. Dabei wirkte er amüsiert wie ein Lehrer, der seinem widerspenstigen, begriffsstutzigen Schüler noch einmal die Grundbegriffe der Mathematik erklären musste. »Allah – so nennt Euer Volk Gott doch? – ist der Schöpfer des Himmels und der Erde. Stimmt Ihr mir zu?«

Ali zuckte mit den Schultern. »Ich weiß zwar nicht, was das mit unserem Problem zu tun hat, aber …«

»Stimmt Ihr mir zu, Ali al-Hussein?«

»Nun … So steht es wenigstens im Koran.«

»Und nicht nur im Koran, sondern auch in der Bibel der Christen und in den heiligen Schriften meines Volkes.« Moshe nickte zufrieden. Sein Schüler hatte ihm die erwartete Antwort gegeben. »Gehen wir also davon aus, dass dieser Satz stimmt. Allah ist der Schöpfer des Himmels und der Erde.«

Ali verdrehte die Augen. Er kam sich vor, als hätte ihn der Imam zu einem Gespräch über die Pflichten eines Gläubigen in die Moschee geladen. Doch der alte Jude gebot ihm mit einer Geste zu schweigen, noch bevor er seiner Ungeduld Luft machen konnte.

»Wenn Allah also der Schöpfer des Himmels und der Erde ist, so ist Er allmächtig. Erde und Himmel unterstehen Seinem Willen. Stimmt Ihr mir zu?« Ali nickte gelangweilt. »Gut. Wenn jetzt also Allah allmächtig ist und Erde und Himmel Seinem Willen unterstehen, so steht es Ihm natürlich auch frei, zu jeder Zeit und ganz nach Seinem Belieben die Konstellation der Sterne zu verändern.«

Einen Augenblick lang war Ali zu überrascht, um etwas zu erwidern. Er brauchte Zeit, um über die Bedeutung der Worte des Juden nachzudenken. Die Theorie des Alten klang plausibel, einleuchtend. In sich war sie geschlossen und logisch. Doch sie hatte einen gravierenden Schwachpunkt.

»Das kann nicht Euer Ernst sein«, sagte er schließlich. »Ihr könnt nicht wirklich glauben, was Ihr mir eben gerade erzählt habt. Allah soll die Sterne durcheinander gewirbelt und ein Auge daraus geformt haben? Ihr erlaubt Euch einen Scherz mit mir.«

Doch der alte Jude lachte nicht. Im Gegenteil, er wirkte plötzlich sehr ernst. So ernst, dass Ali Angst bekam, der Alte könnte mehr verstanden haben, als ihm lieb war.

»Ich begreife es einfach nicht! Warum um alles in der Welt hat Saddin mich zu Euch geschickt?«

»Weil er weiß, dass es Dinge gibt, die der menschliche Verstand nicht begreifen und schon gar nicht erklären kann. Und weil er bereit ist, daran zu glauben. Im Gegensatz zu Euch.«

»Aber ...«

»Ich habe Euch gefragt, ob Ihr die Wahrheit wissen wollt«, sagte Moshe. »Erinnert Ihr Euch?«

»Ja, natürlich«, erwiderte Ali ärgerlich. »Aber damit meinte ich doch nicht weitere Märchen und Geschichten. Ich wollte die Wahrheit wissen. Ich wollte wissen, was wirklich geschieht und woher und weshalb dieses Sternbild ...«

Der alte Jude schüttelte den Kopf und erhob sich ächzend von seinem Stuhl.

»Ich möchte Euch bitten zu gehen, Ali al-Hussein. Jetzt.«

Ali starrte den alten Mann an. Er konnte nicht glauben, was er eben gehört hatte. Warf ihn der Jude wirklich hinaus, als wäre er nichts weiter als ein streunender Hund? Das war ungeheuerlich. Ihm wurde von einem Augenblick zum nächsten heiß vor Wut, und seine Hände begannen zu zittern.

»Wie könnt Ihr es wagen ...«

»Nein!« Moshe Ben Maimon fuhr ihn so heftig an, dass Ali erschrocken aufsprang. »Wie könnt *Ihr* es wagen zu behaupten, Ihr wärt auf der Suche nach der Wahrheit? Ihr wollt die Wahrheit doch gar nicht wissen. Ihr sucht nur nach einer bequemen Erklärung, einer Antwort, die sich nahtlos in Eure Lebensanschauung einfügt, ohne dabei Euren eigenen Ideen zu widersprechen. Aber solch eine Antwort kann und will ich Euch nicht geben. Dabei geht es nicht einmal um religiöse Überzeugungen. Es geht lediglich um die Bereitschaft, seinen Geist und seine Seele auch für das Unbekannte, Ungewöhnliche zu öffnen. Und so Leid es mir auch tut, die Angst davor kann ich Euch nicht nehmen.« Er machte eine Pause und schnappte nach Luft. Dann fuhr er deutlich ruhiger fort: »Ja, Ihr habt Angst, Ali al-Hussein. Ihr habt erbärmliche Angst. Ihr fürchtet, dass die Wahrheit Euer Weltbild, das Ihr Euch so mühevoll in all den Jahren zusammengetragen habt, zum Einstürzen bringen könnte. Deshalb verschließt ihr lieber die Augen vor allem, was Euren eigenen, beschränkten Horizont überschreiten könnte. Ich weiß, Ihr wollt das von mir nicht hören. Ihr seid schließlich ein ›Gelehrter‹, der die Werke aller Philosophen gelesen und vielleicht sogar verstanden hat. Euer Geist ist ja angeblich so frei und unabhängig, Euer Verstand so scharf, dass Ihr Euch nicht einmal mehr an jene Glaubensregeln zu halten braucht, die Euch als Kind gelehrt wurden. Doch in Wahrheit unterscheidet Ihr Euch in keiner Weise von denen, die Euch in ihrer eigenen Engstirnigkeit als Gotteslästerer bezeichnen und deswegen verfolgen.« Er schüttelte den Kopf. »Es tut mir Leid, Ali al-Hussein, aber ich kann Euch nicht helfen. Wenigstens jetzt noch nicht. Kommt wieder, wenn Ihr dazu bereit seid.«

Alis erste Regung war, etwas zu entgegnen, sich gegen die infamen, haarsträubenden Anschuldigungen des alten Juden zu verteidigen, doch dann siegte sein Stolz. Abrupt drehte er sich um und ging zur Tür. Was sollte er diesem greisen Kerl sagen? Weshalb sollte er sich gegen diese Beschimpfungen zur Wehr setzen? Hatte er das nötig? Nein. Er war Ali al-Hussein ibn Abdallah ibn Sina, ein Gelehrter, ein Wissenschaftler, der Leibarzt des Emirs. Während andere Jungen seines Alters auf den Straßen gespielt hatten, hatte er allein in seiner Kammer über den Büchern gesessen und studiert – Mathematik, Philosophie, Medizin, Astronomie. Er hatte sein Leben in den Dienst der Wissenschaft gestellt und bereits als Jüngling mehr gewusst als alle seine Lehrer zusammen. Und jetzt sollte er sich von diesem Juden beleidigen lassen? Nein. Er würde schon noch eine glaubhafte, überzeugende Erklärung für oder gegen die Existenz und das plötzliche Auftauchen und Verschwinden dieses seltsamen Sternbildes finden. Auch ohne die Hilfe eines Moshe Ben Maimon.

An der Tür stieß Ali um ein Haar mit Isaak zusammen, der gerade mit einem Tablett mit Speisen und Wein zurückkehrte. Der junge Mann warf Ali einen überraschten Blick zu und sah dann seinen Herrn fragend an.

»Unser Gast will bereits gehen, Isaak«, sagte der alte Jude hinter Alis Rücken. »Leider. Bitte, geleite den Leibarzt des Emirs zur Tür.«

»Spart Euch die Mühe«, erwiderte Ali über die Schulter hinweg. »Den Weg finde ich auch allein.«

Mit langen Schritten eilte er die Treppe hinunter durch den Garten. Voller Zorn warf er die Tür hinter sich zu, froh, endlich dem Haus des Juden entronnen zu sein. Wie konnte Moshe Ben Maimon es wagen, ihn derart zu beleidigen? Ein vermutlich schon seniler Greis, den die Gicht an sein Haus fesselte und der es noch nicht einmal wagte, unter seinem wahren Namen in der Öffentlichkeit aufzutreten, wollte ihn belehren? Das war einfach lächerlich. Ali schäumte vor Wut. Die Stimme des Alten hallte in seinem Kopf nach, und die Verleumdungen brannten in ihm, als hätte man ihm ein glühendes Eisen auf seine Stirn gepresst. Nicht einmal dem kalten Nachtwind gelang es, seine Wangen zu kühlen. Doch am wütendsten war Ali über sich selbst. Deutlich hörte er die Enttäuschung, die in den zornigen Worten des alten Juden mitgeschwungen hatte. Und eine leise, eindringliche Stimme tief in seinem Innern sagte ihm Dinge, die er eigentlich nicht hören wollte: Hatte Moshe Ben Maimon vielleicht sogar Recht mit seinen Anschuldigungen? Ein Gelehrter, ein Wissenschaftler musste stets bereit sein, seine eigenen Lehren und Überzeugungen zu überdenken, abzuändern oder gar fallen zu lassen, um sie zu verbessern und den eventuell neu hinzugewonnenen Erkenntnissen anzupassen. War er dazu wirklich nicht bereit? Fürchtete er sich etwa tatsächlich davor, einer Wahrheit zu begegnen, die imstande war, sein ganzes Weltbild auf den Kopf zu stellen? Wenn ja, dann war er in der Tat nicht besser als jener Muezzin, der heute Vormittag in sein Haus gekommen war und ihm vorgeworfen hatte, zu selten in der Moschee zu erscheinen. Dann war er auf seine eigene Art ebenso verbohrt und verstockt. Und dieser Gedanke gefiel Ali al-Hussein überhaupt nicht.

XI

Fidawi.

Beatrice setzte sich ruckartig im Bett auf und wusste nicht mehr, wo sie war. Sie hatte geschlafen, so viel war klar. Und aus den unergründlichen Tiefen eines Traums, an den sie sich noch nicht einmal mehr erinnern konnte, war gerade dieses Wort aufgetaucht, das sie vor gar nicht so langer Zeit in der Oase von Qum gehört hatte. *Fidawi.*

Zitternd zog sie sich die seidene Bettdecke um die Schultern. Doch es war nicht die Kälte, die ihre Zähne so heftig aufeinander schlagen ließ, dass sie sich anhörten wie die alte Nähmaschine ihrer Großmutter. Sie hatte Angst, panische Angst. Es war eine abgrundtiefe, existenzielle Furcht, die ihren Puls beschleunigte und ihr kalten Schweiß auf die Stirn trieb, denn plötzlich wusste sie es wieder. Sie wusste, wo sie dieses Wort vorher schon einmal gehört hatte. Und sie wusste auch wieder, was es bedeutete, was hinter diesen unschuldigen sechs Buchstaben steckte. *Fidawi.*

Beatrice erinnerte sich daran, als wäre es erst gestern gewesen. Sie hatte von Saddin geträumt, damals, in jener Nacht, als Michelle geboren worden war. Er hatte ihr von den Fidawi erzählt. Irgendwann danach, ein paar Wochen später, hatte sie im Internet recherchiert. Was sie dabei herausgefunden hatte, war haarsträubend gewesen. Beatrice schloss die Augen, während sie alle Fakten über die Fidawi aus ihrem Gedächtnis hervorkramte, an die sie sich noch erinnern konnte.

Die Fidawi waren Angehörige des geheimen Ordens der Assassinen gewesen, der von einem fanatischen Islamisten etwa im 11. Jahrhundert westlicher Zeitrechnung gegründet worden war. Unter den Mitgliedern dieses Ordens bildeten die Fidawi eine eigene Schicht. Sie wurden besonders sorgfältig und nach langen, schweren Prüfungen vom Großmeister persönlich ausgewählt und schließlich in einer geheimen, versteckt in den Bergen liegenden Festung zu gerissenen Mördern ausgebildet. Von dort aus wurden sie in alle Himmelsrichtungen ausgesandt. Sie warteten im Verborgenen, lebten jahrelang unerkannt unter den Menschen, oft getarnt als harmlose Kaufleute, Handwerker und Bauern, bis sie schließlich eines Tages der Befehl ihres Großmeisters erreichte. Und dann wurden von einem Tag zum nächsten aus den freundlichen Männern von nebenan grausame, unerbittliche Killer, bereit, in blindem Gehorsam und ohne jede Gnade die »Feinde des Islam« zu töten. In den fast zwei Jahrhunderten ihrer Existenz hatten die Fidawi ihre Herrschaft überall im Orient gefestigt und sogar unter ihren eigenen Glaubensbrüdern Angst und Schrecken verbreitet. Jeder Moslem, der nicht buchstabengetreu den Wortlaut des Korans befolgte, musste damit rechnen, auf einer ihrer gefürchteten Todeslisten zu erscheinen. Ahmad, der Finanzminister Khubilai Khans, war einer von ihnen gewesen. Vermutlich war er sogar einer der letzten überlebenden Fidawi, einer der wenigen, die dem vernichtenden Feldzug des Mongolen Hülegü entronnen waren. Beatrice hatte Ahmads Hass deutlich zu spüren bekommen. Damals in Taitu hatte sie diese lodernde, alles verschlingende Feindseligkeit und Verbitterung nicht verstanden und geglaubt, sie würden sich ausschließlich gegen sie richten, weil sie – eine »Ungläubige« – einen der Steine der Fatima besaß.

Erst viel später, als sie von ihrer Zeitreise wieder nach Hause zurückgekehrt war, hatte sie begriffen, dass Ahmad ihren Saphir begehrt hatte, um sein eigentliches Ziel zu verwirklichen. Ein Ziel, das eines Fidawi würdig war – die Zerschlagung seines Ordens zu rächen und das gesamte mongolische Volk zu vernichten. Das waren die Fakten. Selbst zu Hause vor ihrem Computer hatten sie Beatrice geängstigt, obwohl es den Orden der Assassinen bereits seit den Tagen des Mongolenfürsten Hülegü nicht mehr gab – angeblich.

Doch jetzt, gerade in diesem Augenblick, hielt sie sich im 11. Jahrhundert auf. Der geheime Orden der Assassinen gehörte nicht einer nebulösen, verschwommenen Vergangenheit an, wie es das Mittelalter aus der Sicht des 21. Jahrhunderts war. Dies hier *war* das Mittelalter. Es gab die Fidawi. Sie lebten mitten unter den Menschen. Hier. In dieser Stadt. Unter jedem Tuch, Fez oder Turban in den engen Gassen von Gazna konnte einer von ihnen stecken, jederzeit bereit zu töten. Lebende Zeitbomben, deren Auslöser und Zeitpunkt der Explosion nur einer kannte – der Großmeister persönlich. Und diese religiösen Fanatiker waren jetzt hinter Michelle her. Hinter ihrer kleinen, fröhlichen Michelle, deren größtes Verbrechen darin bestand, mit zwei bunten Steinen gespielt zu haben, die sie in einer Kiste im Kleiderschrank ihrer Mutter gefunden hatte. Beatrice wurde übel.

Sie stand auf, ging zum Fenster und schob die schweren seidenen Vorhänge zurück. Ein angenehm kühler Wind drang zwischen den Stäben des geschnitzten Holzgitters zu ihr herein. Sie atmete ein paarmal tief durch, und allmählich verschwand die Übelkeit wieder. Vor ihr lagen im fahlen Licht der Sterne die Kuppeln der Stadt. Für einen kurzen Augenblick glaubte sie, wieder in Buchara zu sein, doch die Moschee stand nicht an ihrem gewohnten Ort. Zudem konnte sie von ihrem Fenster aus über viele Dächer hinweg den Palast des Emirs sehen. Die Umrisse seiner Kuppeln und Türme, der Erker und Mauern hoben sich dunkel vom nächtlichen Himmel ab. Lediglich ein einzelnes der zahllosen Fenster war schwach erleuchtet. Vermutlich gab es dort jemanden, der ebenso wenig schlafen konnte wie sie.

Natürlich war dies hier nicht Buchara und auch nicht der Harem eines Emirs. Dies hier war Gazna. Sie genoss dankbar die Gastfreundschaft von Yasmina, Malek und dessen Familie. Es waren überaus freundliche und aufgeschlossene Menschen, die keinen Augenblick gezögert hatten, die Fremde willkommen zu heißen und bei sich aufzunehmen.

Beatrice lehnte ihre Stirn gegen das Fenstergitter. Die Dächer der Stadt waren schwarze Löcher in der Dunkelheit. Unter irgendeinem von ihnen verbargen sich die Fidawi. Dort schmiedeten sie ihre Ränke, dort planten sie ihre Morde. Sie stellte sich vor, wie die Fidawi, eingehüllt in lange schwarze Kutten und auf riesigen schwarzen Pferden reitend, das Land durchstreiften, um Michelle aufzuspüren, ihrer Spur nachzuschnüffeln, um sie schließlich mit eisig kalten, todbringenden Klauen zu packen. Natürlich war dieser Gedanke Unsinn. Die Fidawi waren schließlich keine »Schwarzen Reiter«, wie sie von Tolkien im *Herrn der Ringe* beschrieben wurden. Obgleich Beatrice sie kaum weniger beängstigend fand. Der Gedanke daran, dass sie vielleicht schon eine Spur von Michelle hatten, war schrecklich genug. Vielleicht befand sich ihre Kleine zu diesem Zeitpunkt sogar bereits in der Gewalt dieser Fanatiker. Vielleicht war sie längst von ihnen …

Nein! An so etwas durfte sie gar nicht erst denken.

Beatrice schluckte und wischte sich eine Träne aus dem Augenwinkel. Heulen half ihr jetzt ebenso wenig weiter wie Verzweiflung und Resignation. Immerhin hatte der Nomade Jaffar den Fidawi auch nicht mehr erzählen können, als sie selbst wusste. Das war ein Trost, wenn auch nur ein schwacher, denn seit sie in Gazna war, war sie mit ihren Nachforschungen nicht einen Schritt vorangekommen. Sie hatte nicht einmal einen Hinweis, wo sie ihre Suche nach Michelle fortsetzen sollte. Wie viele Kundschafter hatten hingegen die Fidawi abgesehen von Jaffar noch ausgeschickt, um Michelle zu finden? Sie kannten dieses Land, sie kannten die Menschen. Sie konnten nicht nur auf ihre treuen Gefolgsleute zurückgreifen, sondern auch mit Drohungen und Einschüchterungen arbeiten. Diese Kerle hatten so unendlich viel mehr Möglichkeiten als sie. Es war zum Verzweifeln.

Am Horizont zeigte sich ein schwacher Lichtschein. Nicht mehr lange, höchstens noch eine halbe Stunde, dann würde der Muezzin von der Spitze des Minaretts den Weckruf der Gläubigen verkünden. Beatrice wandte sich vom Fenster ab und begann sich zu waschen und anzukleiden. Heute musste sie endlich ein Mitglied der Familie um Hilfe bitten. Vielleicht Yasmina. Zwischen ihnen hatte sich in den vergangenen Tagen eine tiefe Freundschaft entwickelt. Sie würde sie sicherlich am ehesten verstehen können. Ja, sie würde Yasmina fragen. Später. Zuerst würde sie sich jedoch ihrer täglichen Visite bei Assim widmen.

Die Stimme des Muezzins war kaum verklungen, als Beatrice auch schon vor Assims Zimmertür stand. Natürlich verschleiert. Das gehörte sich eben so, wenn man als weiblicher Gast beabsichtigte, den Männern des Hauses unter die Augen zu treten. Allerdings hätte die Art ihrer Verschleierung wohl bei den meisten strenggläubigen Muslimen einen Sturm der Empörung ausgelöst. Der Schleier bestand nämlich nicht aus jenem schweren dunklen, absolut blickdichten Wollstoff, wie sie ihn aus Buchara kannte, sondern aus seidener Spitze, fein und zart wie Spinnweben. Er war so durchsichtig, dass er eigentlich mehr enthüllte als verbarg. Ihn zu tragen war im Grunde genommen eine Farce, weil er ihr Gesicht keinesfalls vor den Blicken der männlichen Hausbewohner versteckte, doch er war schön. Er war sogar so schön, dass Beatrice ihn jeden Morgen gern anlegte. Am Tag ihrer Ankunft hatte Maleks Mutter ihr diesen Schleier geschenkt und ihr erklärt, wie sie sich verhalten musste. Seit Mahmud ibn Subuktakin Herrscher in Gazna war, galt das Verschleierungsgebot in der Stadt überall – sogar im eigenen Haushalt. Das stehe angeblich im Koran. Allerdings hatte ein findiges Mitglied der Familie entdeckt, dass der große Prophet ganz offensichtlich vergessen hatte, genauere Angaben zu der Beschaffenheit dieses Schleiers zu machen. Nur wenn die Frauen das Haus verlassen wollten, mussten sie den in Gazna üblichen dunklen, schweren und bodenlangen Schleier tragen, um in der Öffentlichkeit kein Aufsehen zu erregen. Und wegen der strengen Sitten durften sie außerhalb des Hauses nicht einmal ein Wort über die Interpretation des Korans in der Familie verlieren. Wären diese skandalösen Zustände im Palast bekannt geworden, man hätte vermutlich nicht gezögert, alle Angehörigen der Familie, Männer wie Frauen, schwer zu bestrafen. Beatrice war zwar erst seit zehn Tagen in Gazna, doch so viel hatte sie schon begriffen – der Emir war ein religiöser Fanatiker, der sich an jeden einzelnen Buchstaben des Korans klammerte, nur seine eigene Auslegung für gültig hielt und Andersdenkenden weder Sympathie noch Verständnis entgegenbrachte. Kein Wunder also, dass sich die Fidawi Gazna als Schlupfwinkel ausgesucht hatten. Hier lebten sie unter Gleichgesinnten.

Beatrice öffnete die Tür und betrat leise Assims Zimmer. Sie war nicht überrascht, als sie Malek sah. Wie jeden Morgen seit ihrer Ankunft in Gazna stand er am Fußende des Bettes und blickte nachdenklich auf seinen schlafenden Bruder hinab. Vermutlich hatte er auch diese Nacht wieder bei ihm Wache gehalten.

»Er schläft so tief und fest«, sagte er leise, als Beatrice auf Zehenspitzen neben ihn trat. »Selbst der Weckruf des Muezzins ist spurlos an ihm vorübergegangen.«

»Das habe ich gehofft«, flüsterte Beatrice zurück. »Aus diesem Grund habe ich ihm noch am späten Abend ein Schlafpulver gegeben. Das reglose Liegen könnte ihn auf Dauer ungeduldig und reizbar machen. Und wenn er schläft, verliert er wenigstens nicht seine Beherrschung.«

»Wie lange muss mein Bruder noch auf diese Weise das Bett hüten?«

Beatrice zuckte mit den Schultern. Zu Hause hätte sie anhand der Röntgenbilder eine eventuell vorhandene OP-Indikation feststellen und die Frakturen mit einer Plattenosteosynthese versorgen können. Oder das Ganze hätte sich als nicht so schlimm entpuppt, und sie hätte dem Jungen ein Stützkorsett verpasst. In beiden Fällen wäre Assim bereits wieder auf den Beinen gewesen und würde, unterstützt von einem Physiotherapeuten, Bewegungsübungen im Wasser machen. Doch sie war nicht zu Hause. Und aus diesem Grund lag Assim in einem improvisierten, mit Tüchern abgepolsterten Gipsbett aus Lehm, unbeweglich von den Schultern an abwärts.

»Sechs bis acht Wochen«, sagte sie. »Sofern er Glück hat. Ich rechne jedoch eher mit zehn.«

»Noch zehn Wochen?« Malek starrte sie entgeistert an und vergaß beinahe, leise zu sprechen. »Bei Allah! Wie soll Assim das denn aushalten? Heute ist erst der fünfzehnte Tag. Wäre ich an seiner Stelle, müsstest du mich am Bett festketten oder mich bewusstlos schlagen. Ich wäre schon längst verrückt geworden. Gibt es wirklich keinen anderen Weg zu seiner Heilung als dieses unerträgliche stille Liegen?«

Beatrice schüttelte den Kopf. Nein, es gab keine Alternative, nicht hier, nicht im Mittelalter. Wenigstens hatte sie bisher keinen Grund zur Sorge. Täglich prüfte sie Assims Tast- und Wärmeempfinden und die Beweglichkeit von Armen und Beinen – so weit sie bereit war, Bewegungen ohne hilfreiche Röntgenkontrollen und die Möglichkeit einer Notoperation zu riskieren. Über Assims Wirbelsäulenfraktur wusste sie schließlich nur, was sie getastet hatte. Wie die Bruchkanten genau verliefen, wie groß die Gefahr für das Rückenmark und wie weit der Heilungsprozess bereits fortgeschritten war, darüber tappte sie im Dunkeln. Jedes Mal, wenn sie darüber nachdachte, tröstete sie sich damit, dass der Junge keine sensiblen Ausfälle hatte und die Motorik ebenfalls intakt zu sein schien. Wenigstens bisher.

»Nein, es gibt keinen anderen Weg. Assim wird wieder laufen können, so als wäre nichts gewesen«, sagte sie zum wiederholten Male. Gespräche wie dieses führte sie mit Malek jeden Tag mehrmals. »Ich habe ihn oft genug untersucht, alle Ergebnisse sprechen dafür, aber nur, wenn er wirklich still liegen bleibt. Solange die Knochen seiner Wirbelsäule nicht vollständig geheilt sind, kann jede unbedachte Bewegung seine Nerven so stark schädigen, dass er für den Rest seines Lebens an das Bett gefesselt bleiben wird. Assim wird durchhalten müssen, ob er will oder nicht.«

»Aber wie soll er das schaffen?«, fragte Malek. Der junge Mann war sichtlich verzweifelt. »Assim ist noch nicht mal vierzehn, er ist doch noch fast ein Kind. Er liebt es zu reiten und gemeinsam mit seinen Freunden auf die Falkenjagd zu gehen. Wie soll er sich nur so lange im Zaum halten? Und wenn er dann für immer …«

Er schloss die Augen und klammerte sich am Pfosten des Baldachins fest, als wäre ihm plötzlich schwindlig geworden. Offensichtlich machte er sich immer noch schwere Vorwürfe.

Er war blass, und seine Lider waren gereizt, als hätte er seit langer Zeit keinen Schlaf mehr gefunden. Vermutlich grübelte er Tag und Nacht darüber nach, auf welche Weise er den Unfall seines Bruders hätte verhindern können.

»Mach dir keine Sorgen um ihn, Malek«, sagte Beatrice und legte ihm tröstend eine Hand auf den Arm. Sie hätte ihm gern geholfen, ihm die Last der Schuldgefühle abgenommen oder wenigstens erleichtert, aber sie war schließlich Chirurgin und kein Psychologe. An therapeutischen Möglichkeiten stand ihr kaum mehr zur Verfügung als ihr Mitgefühl. Und natürlich ihre chirurgischen Kenntnisse. »Assim ist sehr viel stärker und zäher, als du glaubst. Er weiß, was für ihn auf dem Spiel steht. Und deshalb bin ich sicher, dass er sich an meine Anweisungen halten wird.«

»Hast du es ihm etwa gesagt?«

»Natürlich. Warum hätte ich es ihm verschweigen sollen? Er ist alt genug, um Verantwortung für sich selbst zu übernehmen. Und nur wenn er die Wahrheit kennt, wird er auch bereit sein, meinen Anordnungen Folge zu leisten.« Sie warf einen kurzen Blick auf Assim. »Eigentlich wollte ich ihn jetzt untersuchen, doch wir sollten ihn noch schlafen lassen. Ich komme später wieder, sobald er aufgewacht ist. Und du solltest auch gehen, etwas essen, einen Mokka trinken und dir ein wenig Ruhe gönnen. Die Diener werden uns bestimmt rufen, sobald er aufwacht.«

Und mit sanfter Gewalt schob sie den jungen Mann aus dem Zimmer. Draußen vor der Tür sah Malek Beatrice lange an – neugierig, bewundernd.

»Du bist eine seltsame Frau, Beatrice«, sagte er schließlich, als ihr sein Blick schon unangenehm wurde und sie sich zu fragen begann, was Yasmina wohl denken würde, wenn sie ihren frisch angetrauten Ehemann hier so mit ihr sehen würde. »Niemand von uns weiß, woher du eigentlich kommst. Keiner kennt deine wahren Absichten. Du hast uns belogen und uns einen falschen Namen genannt. Und doch hast du bereits jetzt mehr für meine Familie getan, als wir dir jemals werden vergelten können. Du bist klug. Du kennst dich in der Heilkunde besser aus als die besten Ärzte in Gazna. Du erteilst Männern so furchtlos Befehle, als wärst du ihr Hauptmann. Ich kann mit dir sprechen wie mit einem meiner Brüder, meiner Freunde oder meinem Vater, und du sagst deine Meinung, auch wenn sie nicht mit meiner übereinstimmt. Und doch bist du eine Frau. Eine Frau, die imstande ist, mit ihrer Schönheit und Anmut den Geist eines Mannes zu betören.« Ein Lächeln huschte über sein Gesicht. »Murrat hält dich für eine Hexe. Doch wäre eine Hexe in der Lage, so schön, so klug und gleichzeitig so warmherzig und selbstlos zu sein?«

Beatrice schluckte und wich Maleks Blick aus. Ihr wurde heiß, und am liebsten hätte sie einen Vorwand gefunden, das Gespräch auf der Stelle abzubrechen. Falls Malek zudringlich werden sollte, was sollte sie dann tun? Ihm eine Ohrfeige geben? Einfach davonlaufen? Um Hilfe schreien? Oder sollte sie dieser Flut von maßlos übertriebenen Komplimenten mit einigen mit Ironie und Zynismus gewürzten Worten begegnen?

Sei vernünftig, Malek, bitte, ich flehe dich an! Sei vernünftig, bevor es uns beiden Leid tut.

Doch es kam ganz anders. Malek schüttelte den Kopf. »Ich werde nicht schlau aus dir, Beatrice. Manchmal wünschte ich … Gibt es etwas, das wir – mein Vater, meine Brüder und ich – für dich tun können?«

Braver Junge, Yasmina wäre stolz auf dich, dachte Beatrice. In einer amerikanischen Fernsehserie hätte man jetzt bestimmt das Poltern der Steine hören können, die ihr in diesem Augenblick vom Herzen fielen.

»Ja, in der Tat, es gibt etwas.« Sie hob ihren Kopf und sah

Malek geradeheraus an. Warum sollte sie sich länger verstecken? Wenn sie Michelle jemals wiederfinden und vor den Klauen der Fanatiker bewahren wollte, musste sie auch etwas dafür tun. Sie musste kämpfen. Noch vor weniger als einer Stunde hatte sie sich vorgenommen, jemanden um Hilfe zu bitten. Und die Hilfe des angesehensten Teppichhändlers der Stadt Gazna und seiner Söhne, die sogar Kontakte bis in den Palast des Emirs unterhielten, war sicher nicht der schlechteste Ausgangspunkt. Außerdem war eines sicher – in diesem angesichts des Zeitalters fast als revolutionär zu bezeichnenden Haushalt verbarg sich ganz gewiss kein Fidawi. »Ich suche meine Tochter.«

»Deine Tochter?« Malek sah sie so ungläubig an, als könnte er nicht begreifen, dass eine Frau wie Beatrice ebenso Kinder bekommen konnte wie jede andere.

»Ja, genau, meine Tochter. Sie wurde vor einiger Zeit entführt. Und vermutlich sind jetzt Fidawi …«

Sie hatte das Wort kaum ausgesprochen, da packte Malek sie so heftig am Arm, dass sie vor Schmerz aufschrie. Er riss sie mit sich und zog sie schließlich in eine hinter einem Wandteppich verborgene Nische. Dabei sah er sich immer wieder hastig um, als ob er fürchten würde, dass jemand in der Nähe sie belauscht haben könnte.

»Sprich dieses Wort nicht aus«, flüsterte er schließlich. Sein Gesicht war noch bleicher als zuvor, seine Augen weit aufgerissen. Es machte fast den Eindruck, als hätte Beatrice einen Dämon heraufbeschworen. Welche Kraft in diesen harmlosen sechs Buchstaben steckte. »Du darfst es nie wieder erwähnen. Niemals. Nicht auf der Straße und schon gar nicht hier in diesem Haus, hörst du?« Er schnappte mehrmals nach Luft. Und ganz langsam schien er sich wieder zu beruhigen. Nervös strich er sich eine Strähne seines dichten schwarzen Haars aus der Stirn. »Es ist bereits gefährlich, dieses Wort überhaupt zu kennen. Noch gefährlicher ist es jedoch zu wissen, was – oder wer – sich dahinter verbirgt. Wenn das bekannt wird, könnte man dich in den Kerker werfen, dich sogar töten. Und meine Familie ebenfalls.«

»Es tut mir Leid, Malek«, stotterte Beatrice. Sie wusste nicht, was sie mehr erschreckte, Maleks heftige Reaktion oder das Ausmaß der Macht der Fidawi. »Ich wollte dich und deine Familie ganz gewiss nicht in Gefahr bringen. Aber ...«

»Uns in Gefahr bringen? Du?« Malek lachte auf. »Sei getrost, Beatrice, du bringst uns keine Gefahr, die wir nicht schon seit Jahren kennen. Seit unser jetziger Herrscher auf seinem Thron sitzt, ist die Gefahr ein täglicher Gast in diesem Haus. Wir müssen vorsichtig sein und jedes Wort sorgfältig prüfen, das unser Haus verlässt, weil es uns das Leben kosten könnte.« Er schüttelte den Kopf. »Gazna ist nicht mehr die Stadt, die sie einst war. Früher, in den Tagen meines Großvaters, war Gazna eine blühende, eine gastfreundliche Stadt. Aus allen Ländern und allen Völkern kamen die Menschen hierher. Dichtkunst und Musik wurden gepflegt, und die Bibliothek mit den Werken fast aller bekannter Dichter war weit über die Grenzen des Landes der Gläubigen hinaus berühmt. Und heute? Der Herrscher hat Musik verbieten lassen, und die Dichter wurden bis auf wenige Ausnahmen vertrieben. Mein Vater konnte gerade noch eine Hand voll Schriften aus der Bibliothek vor dem Verbrennen retten, heimlich natürlich. Noch immer setzt Subuktakin die Tradition seiner Vorgänger fort und schart Gelehrte und Wissenschaftler um sich. Doch sie müssen sich eingehenden Prüfungen unterziehen. Und erst, wenn sie als rechtschaffene Gläubige gelten und vor dem Thron Gnade gefunden haben, dürfen sie hier in der Stadt bleiben.« Er blickte Beatrice wieder an. »Wie du siehst, ist unsere Lage überaus kompliziert. Jeden Tag steht mindestens ein Mitglied unserer Familie mit einem Bein im

Kerker. Wir haben also für deine Situation Verständnis. Ist deine Tochter in der Gewalt dieser Männer?«

»Ehrlich gesagt weiß ich nicht, ob sie bei ihnen ist. Ich weiß nur, was ich in der Oase gehört habe. Michelle war dort in Begleitung eines Mannes. Die beiden waren nur auf der Durchreise und haben die Oase gleich am nächsten Tag wieder verlassen. Und die Fi… « Sie räusperte sich, als sie sich daran erinnerte, dass Malek sie gebeten hatte, dieses Wort nicht auszusprechen. »Diese Männer suchen meine Tochter. Sie sind hinter ihr her. Wahrscheinlich, weil sie etwas besitzt, das sie selbst gern hätten.«

»Woher weißt du das?«

»Ich habe in der Oase ein Gespräch belauscht«, erklärte Beatrice. »Diese Männer haben andere damit beauftragt, nach meiner Tochter Ausschau zu halten.«

Malek runzelte die Stirn und kaute an seiner Unterlippe.

»Gib mir Zeit, Beatrice«, sagte er schließlich. »Ich möchte dir wirklich gern helfen, aber es ist gefährlich, sehr gefährlich. Wenn du wüsstest, wer sie sind …« Er schüttelte sich, als ob ein eiskalter Schauer über seinen Rücken gelaufen wäre. »Ich muss erst darüber nachdenken und mit meinen Brüdern sprechen, welcher Weg der beste ist.« Er schob den Teppich beiseite und trat auf den Gang hinaus. »Ich bitte dich, habe noch etwas Geduld. Nur ein paar Tage.«

Mit langen Schritten ging Malek davon. Beatrice sah ihm nach. Sie war erleichtert und enttäuscht zugleich. Erleichtert, weil sie die ersehnte Hilfe gefunden hatte, enttäuscht, weil nicht sofort etwas geschah.

Geduld! Nur noch ein paar Tage!, dachte sie. Malek hat gut reden.

Was konnte alles in ein paar Tagen geschehen? Doch durfte sie eines nicht vergessen, sie war nicht zu Hause. Im 21. Jahrhundert, im Zeitalter von PC und Internet geschah immer alles sofort, innerhalb weniger Minuten oder wenigstens Stunden. Mit dem Flugzeug legte man Strecken innerhalb kürzester Zeit zurück, für die man im Mittelalter Jahre gebraucht hätte. Und per Knopfdruck oder Mausklick gelangte man in Sekundenschnelle beinahe an jede gewünschte Information. Die Menschen im Mittelalter rechneten in ganz anderen Zeiträumen. Das galt nicht nur für Malek, sondern auch für die Fidawi. Auch sie kamen nur so schnell von einem Ort zum anderen, wie ein Mann, ein Pferd oder ein Kamel laufen konnte. Das war wenigstens ausgleichende Gerechtigkeit. Und es musste als Trost ausreichen.

Doch Beatrices Geduld wurde gar nicht auf eine so harte Probe gestellt, wie sie befürchtet hatte. Schon zwei Tage danach kam Malek zu ihr.

Es war spät in der Nacht. Der Abend war lang und anstrengend gewesen. Am Vortag war eine schon lange ersehnte Karawane mit Teppichen aus dem Süden endlich in Gazna eingetroffen, und das Haus war seit den Mittagsstunden voller Gäste, die gemeinsam mit dem Karawanenführer, seinen Söhnen und der Familie des Teppichhändlers den glücklichen Ausgang der Reise feiern wollten. Nun waren die letzten Gäste endlich gegangen. Beatrice lag im Bett und versuchte die quälenden Gedanken an Michelle zu verdrängen, um wenigstens noch ein paar Stunden Schlaf zu finden, als plötzlich die Tür geöffnet wurde und eine weiße Gestalt in ihr Zimmer huschte.

Beatrice setzte sich kerzengerade in ihrem Bett auf.

»Wer bist du?«, zischte sie und griff instinktiv zu dem Messingkrug, der auf einem niedrigen Tisch neben ihrem Bett stand. Er war aus reinem, massivem Messing gearbeitet und sehr schwer. Auf jeden Fall schwer genug, um zur Not einen erwachsenen Mann außer Gefecht zu setzen. »Los, nenne mir deinen Namen, oder ich schreie.«

»Hab keine Angst, Beatrice, ich bin es.«

Obwohl der nächtliche Eindringling flüsterte, erkannte sie, dass es sich um einen Mann handelte. Und seine Stimme war ihr nicht fremd. Zaghaft tastete sie nach der Öllampe und zündete den Docht wieder an.

»Malek!«, rief sie überrascht aus, als das Licht auf den jungen Mann fiel. »Was machst du denn hier? Weißt du denn nicht, wie spät es ist? Es ist mitten in der Nacht.«

»Ich weiß, ich weiß«, entgegnete Malek hastig und legte beschwörend einen Finger auf die Lippen. »Bitte sei leise, niemand soll mitbekommen, dass ich hier bin. Wusstest du, dass Assim angefangen hat zu schreiben? Es sind wunderbare Verse, so schön, wie ich sie noch nie zuvor gelesen habe.«

»Tatsächlich?«, sagte Beatrice und tat erstaunt. Malek brauchte nichts von der Übereinkunft zwischen seiner hochbegabten Frau und seinem hilfsbereiten, warmherzigen Bruder zu wissen.

»Ja. Sobald die Karawane wieder aufbricht, werden wir seine Werke nach Bagdad schmuggeln, um sie dort veröffentlichen zu lassen. Jeder im Land der Gläubigen sollte die Möglichkeit haben, diese Gedichte zu lesen.«

Ganz meiner Meinung, dachte Beatrice und freute sich für Yasmina, die endlich ein breites Publikum haben würde – wenn auch unter falschem Namen.

»Assim wird sich bestimmt darüber freuen. Aber das hättest du mir doch auch morgen erzählen können.«

»Natürlich«, erwiderte er und wurde feuerrot im Gesicht. »Deshalb bin ich eigentlich auch gar nicht gekommen. Ich habe dir etwas mitgebracht.«

Er legte ein Paket vor ihr auf die Bettdecke. Neugierig öffnete Beatrice die Schnüre.

»Kleidung?«, fragte sie überrascht, als sie das Bündel endlich ausgepackt hatte. »Aber das sind ja …«

»Richtig«, fiel ihr Malek ins Wort und setzte sich auf die Bettkante. »Männerkleider. Endlich ist mir eine Möglichkeit eingefallen, um dir zu helfen. Höre mir gut zu.«

Hassan schlief schlecht. Seit vielen Nächten warf er sich unruhig auf seinem Bett hin und her oder schreckte immer wieder hoch, geplagt von Träumen, die ihm den Schweiß auf die Stirn trieben. Diese Nacht nun war es besonders schlimm gewesen. Er war von einem furchtbaren Albtraum geweckt worden, nur um am Stand der Sterne vor seinem Fenster festzustellen, dass er erst kurze Zeit vorher eingeschlafen war. An den Inhalt seines Traums konnte er sich nicht mehr erinnern. Doch sobald er die Augen schloss, sah er immer wieder denselben Mann vor sich, einen Mann mit langen schwarzen silbrig schimmernden Haaren und einem Gesicht, glatt und schön wie das eines Engels. Er hielt ein Schwert in seinen Händen, und aus der Klinge dieses Schwertes schlugen Hassan helle Flammen entgegen, deren Hitze ihm die Haut zu versengen drohten. Danach hatte er überhaupt keinen Schlaf mehr gefunden. Und schließlich, als die Sterne die Hälfte ihrer Bahn zurückgelegt hatten, war er aufgestanden und an das Fenster seines Schlafgemachs getreten. Und dort stand er immer noch.

Draußen war es dunkel. Nur in einem Fenster gewahrte er einen schwachen Lichtschein. Möglicherweise eine Mutter, die ihr Kind trösten musste, ein Kranker, vielleicht Liebende. Oder einfach ein Mann, der ebenso wie er keinen Schlaf fand. Es würde noch eine ganze Weile dauern, bis die Sonne aufgehen und der Muezzin mit seiner Stimme die Gläubigen zum morgendlichen Lobpreis Allahs aufrufen würde. Dicht neben Hassan brannte wie jede Nacht das Talglicht, das verabredete Zeichen, und warf sein lebhaft zuckendes Licht hinaus in die Finsternis. Den anderen Fensterflügel hatte er weit geöffnet.

Er wartete. In den vergangenen Nächten hatte er oft hier am Fenster gestanden, in der Hoffnung, endlich die ersehnte Nachricht zu erhalten. Immer wieder rechnete er nach, zählte die Tage, die Nächte und versuchte alles zu bedenken, was es zu bedenken gab, während er hier stand und mit vor Müdigkeit brennenden Augen in die Dunkelheit hinausstarrte, über die leblosen schwarzen Dächer der Stadt hinweg. Doch jedes Mal kam er zum selben Ergebnis. Egal, wie er es auch drehte und wendete, Osman war überfällig. Er hätte bereits vor zehn Tagen bei ihm sein sollen.

Hassan rührte sich nicht. Hätte jemand in diesem Moment sein Schlafgemach betreten und ihn dort am Fenster gesehen, hätte er sicher geglaubt, er sei zu Stein erstarrt – oder gar tot. Nur seine Hände verrieten, dass er noch unter den Lebenden weilte, gaben seine innere Anspannung preis. Sie öffneten und schlossen sich pausenlos. Dabei umklammerten sie jedes Mal das Fenstergitter vor seinem Gesicht so fest, dass das Holz wie in einer Schraubzwinge ächzte und zu brechen drohte. Hassan merkte es kaum.

Vielleicht gab es überhaupt keinen Grund zur Besorgnis. Vielleicht war Osman in Alamut, der geheimen, versteckt in den Bergen von Qazwin liegenden Festung ihrer Bruderschaft, aufgehalten worden. Doch Hassan wusste, dass dies nicht der Grund für die Verspätung sein konnte. Er kannte Osman. Nie und unter gar keinen Umständen würde er ihn warten lassen. Wenn er in Alamut aufgehalten worden wäre, wüsste Hassan es bereits. Osman hätte ihm eine Nachricht geschickt. Doch es war nichts angekommen – kein Bote, keine Taube, nichts. Blieben also nur noch zwei Möglichkeiten. Entweder hatte Osmans Nachricht ihn nicht erreicht, weil sie auf dem Weg zu ihm verloren gegangen war, oder aber …

»Allah!«, flüsterte Hassan. »Ich flehe Dich an! Beschütze

Osman. Ich brauche ihn. Ohne ihn werde ich das Werk, das Du mir anvertraut hast, niemals vollenden können.«

Ein hohes Sirren wie von einem Pfeil erfüllte die Luft. Im selben Augenblick wich die Erstarrung von ihm, und in einer instinktiven Bewegung warf Hassan sich zur Seite auf den Boden. Kurz darauf gab es einen lauten Aufprall. Metall schabte über den steinernen Boden seines Schlafgemachs, und im flackernden Licht der Talglampe erkannte Hassan, um was es sich handelte. Es war kein Pfeil, abgeschossen in der Absicht, ihn zu ermorden, wie er es anfangs vermutet hatte. Es war ein Wurfhaken. Langsam schob sich das schwere Eisenteil über den Boden zurück zum Fenster, kletterte die Mauer hoch und biss sich schließlich mit zweien seiner drei spitzen gebogenen Haken am Fenstersims fest. Ein paarmal ruckte der Wurfhaken noch, dann spannte sich das Seil. Hassan schloss die Augen, Schwindel packte ihn. War das etwa … Vorsichtig richtete er sich auf, kroch zum Fenster und spähte über den Sims in die Tiefe. Er konnte die Gestalt nicht erkennen, die langsam am Seil hoch zu seinem Fenster kletterte. In der Dunkelheit war sie kaum mehr als ein schwarzer Fleck auf der hellen Mauer, eine an ihrem Faden hängende Spinne, allerdings monsterhaft groß, ein Fleisch gewordener Albtraum. Sie kam immer näher.

Hassan zog sich rasch vom Fenster zurück, presste seinen Rücken gegen die Wand und zückte seinen Dolch. Er atmete ruhig und gleichmäßig. Vielleicht war es Osman, sein Freund. Er hoffte es von ganzem Herzen. Doch es konnte ebenso gut ein Feind sein, der ihre Nachrichten abgefangen hatte und ihm nun eine Falle stellen wollte. Nicht allein Saddin, dieser verfluchte Nomade, und seine jüdischen Kumpane wollten ihm und den Brüdern an den Kragen. Gottlose Frevler gab es überall. Er war auf alles vorbereitet.

»Die Taube fliegt zum Berg«, sagte jemand leise, und im

selben Moment schob sich eine Hand in einem schwarzen Handschuh vorsichtig über den Sims.

»Und kehrt mit einem Ölzweig wieder zurück«, entgegnete Hassan. Erleichterung und Dankbarkeit ließen seine Knie weich werden. Diese Stimme kannte er besser als jeder andere auf dieser Welt. Doch der Moment der Schwäche ging ebenso schnell vorüber, wie er gekommen war. Er steckte den Dolch wieder an seinen Gürtel und griff nach der anderen Hand des Mannes. Geschickt zog sich dieser vollständig hoch und landete mit einem geschmeidigen Sprung in Hassans Schlafgemach. Einen Augenblick standen sich die beiden Männer schweigend gegenüber. Dann, als hätten sie sich ein geheimes Zeichen gegeben, gingen sie gleichzeitig aufeinander zu und umarmten sich.

»Allah ist groß, Sein Name sei gepriesen«, sagte Hassan, während er seinen Freund rechts und links auf die Wange küsste. »Du bist unversehrt, Allah hat meine Gebete erhört. Doch weshalb kommst du so spät, Osman? Wer oder was hat dich aufgehalten? Und weshalb hast du mir keine Nachricht geschickt?«

»Das ist eine lange Geschichte«, antwortete Osman. Trotz des schwachen Lichts konnte Hassan deutlich erkennen, wie erschöpft sein Freund aussah. Sein schmales Gesicht war bleich, dunkle Schatten umrandeten seine Augen, und Sorgen hatten tiefe Falten um seinen Mund und seine Nasenflügel gegraben. Sein buschiger dunkler Bart wirkte ungepflegt, beinahe schon verfilzt. Und seine Kleidung war schmutzig, so als hätte er seit vielen Tagen keine Gelegenheit gehabt, sie zu wechseln. Das konnte nur eines bedeuten. Hassan atmete tief ein und bereitete sich auf schlechte Nachrichten vor.

»Setz dich, Osman«, sagte er und zeigte auf die Sitzpolster, die in einer Ecke seines Gemachs lagen. »Und dann erzähle.«

Nicht im Traum wäre ihm eingefallen, dem erschöpften

Freund etwas zu essen oder zu trinken anzubieten. So wie er selbst hätte auch Osman das als Beleidigung empfunden. Ihre Körper waren an Fasten und jede Art von Entbehrungen gewöhnt. Und niemals und unter gar keinen Umständen hätte einer von ihnen die Bedürfnisse des Fleisches vor die wirklich wichtigen Dinge gestellt. Der Dienst für Allah hatte Vorrang. Das galt immer. Und ohne Ausnahme.

»Du hast Recht, Hassan, ich wurde aufgehalten. Wie ich es ursprünglich geplant hatte, bin ich kurz nachdem ich dir die Nachricht gesandt hatte, aus Alamut aufgebrochen. Ich hatte bereits die Hälfte des Weges zurückgelegt, als mich zwei unserer Brüder in der Wüste einholten und mich dringend baten, umzukehren.« Wie es seine Gewohnheit war, verzichtete Osman auch diesmal auf jede höfliche Floskel und Einleitung und begann mit seinem Bericht ohne Umschweife. Eine der Eigenschaften, die Hassan an seinem Freund besonders schätzte. »Einer der Brüder hatte etwas entdeckt, das ich mir unbedingt ansehen sollte. Es duldete keinen Aufschub, sodass ich nicht einmal mehr nach Alamut zurückkehren oder einen der beiden Brüder dorthin zurückschicken konnte. Deshalb hast du auch keine Nachricht von mir erhalten.«

Hassan neigte seinen Kopf. Er nahm die Entschuldigung an.

»Und, was war es?«, fragte er. »Was haben die Brüder gefunden?«

»Ein Grab.«

Hassan hob eine Augenbraue und schnalzte mit der Zunge. Gräber gab es überall. Genau genommen war die Wüste ein einziger riesiger Friedhof. Immer wieder starben Reisende an Krankheiten, Auszehrung oder wurden von Räubern oder habgierigen Mitreisenden ermordet. Meist wurden die Unglücklichen an Ort und Stelle verscharrt. Wenn also die Brüder sich die Mühe gemacht hatten, Osman von seiner wichtigen Mission zurückzurufen, und ihn hier in Gazna vergeblich warten ließen, so musste es etwas Besonderes mit diesem Grab auf sich haben.

»Das Grab lag in der Nähe von Qazwin, genauer gesagt auf halbem Wege zwischen Qazwin und Alamut. Es trug das Zeichen des Auges.«

»Und?«, fragte Hassan obwohl er die Antwort bereits kannte. Das Auge war das Zeichen der Anhänger einer Sekte, die sich »Die Hüter der Steine der Fatima« nannten – eine willkürliche Ansammlung von Tagedieben, Verrückten, Ketzern, Gottlosen und Juden, die sich dem »Schutz« der Steine der Fatima verschrieben hatten. So nannten *sie* es wenigstens. In Wahrheit jedoch hatten diese Kerle nur ein einziges Ziel im Auge – die Steine der Fatima in ihren Besitz zu bringen, sie den Söhnen Allahs, den wahren Erben des heiligen Auges der Fatima, wieder abzujagen. Natürlich hätte es sich um das Grab des Nomaden und des Mädchens mit den goldenen Haaren handeln können. Sie hatten einen der heiligen Saphire. Außerdem vermutete Hassan, dass sie ebenfalls Mitglieder dieser Sekte waren. Doch dann wäre Osman wohl kaum so abgerissen und erschöpft bei ihm aufgetaucht.

»Es war das Grab unserer vermissten Brüder.«

Hassan hielt den Atem an. Obwohl er mit dieser Nachricht gerechnet hatte, trafen ihn die Worte doch schwerer als der Hammerschlag eines Schmiedes.

»Wie könnt ihr euch dessen so sicher sein?«

Osmans Gesicht wirkte wie versteinert. Nur die Muskeln an seinen Schläfen arbeiteten, und eine steile Falte stand zwischen seinen dichten Augenbrauen. Dies war also noch nicht das Ende der Katastrophe.

»Wir haben sie ausgegraben, Hassan. Keine Sorge«, fügte er rasch hinzu, »wir haben uns nicht mit der Sünde der Leichenschändung besudelt. Zwei abgerissene Bettler, bereit, für ein paar lausige Kupfermünzen ihre Seele an den Teufel zu verkaufen, haben das für uns erledigt.«

»Und sie waren es? Unsere Brüder?«

»Ja. Alle vier.« Osman schluckte. Sein Gesicht war weiß, und seine Stimme zitterte vor mühsam unterdrücktem Zorn, als er weitersprach. »Ihre Körper waren in einem furchtbaren Zustand. Diese verfluchten Kerle haben sie behandelt wie die Tiere. Notdürftig im Sand verscharrt und nicht einmal mit einem Tuch umwickelt, sodass die Körper unser Brüder den Käfern und Insekten schutzlos ausgeliefert waren. Und dann ihre Wunden ...« Er brach ab und biss so fest die Zähne zusammen, dass es hörbar knirschte. »Sie sahen aus, als hätte ein Dämon sie in seinen Klauen gehabt. Erkan fehlte das rechte Bein. Anwar war von so vielen Wunden bedeckt, dass man sie nicht einmal mehr zählen konnte. Jussuf hatte man den Bauch aufgeschlitzt ...«

Hassan schloss die Augen. Die Trauer und der Schmerz, die er anfangs empfunden hatte, waren verschwunden. Jetzt übermannte ihn der gleiche Zorn, den auch Osman spürte. Gerechter Zorn. Heiliger Zorn, der nach Rache und Vergeltung schrie.

»Und Nuraddin?«, fragte er. »Was war mit ihm?«

»Ihm ist die Kehle durchgeschnitten worden.« Osmans geballte Faust schlug auf den niedrigen Tisch, sodass Messingteller, Becher und Wasserkrug bebten und klirrten. »Solange ich lebe, werde ich diesen Anblick nicht vergessen.«

Hassan erhob sich und ging langsam im Zimmer auf und ab.

»Habt ihr Spuren gefunden?«

Osman schüttelte den Kopf. »Natürlich nicht. Dafür war schon zu viel Zeit verstrichen. Außerdem weißt du ja, wie gerissen und vorsichtig diese ›Hüter‹ sind.« Seine Stimme bebte vor Zorn. »Sie tauchen auf und verschwinden wieder, sodass man meinen könnte, sie stünden mit der Hölle und allen ihren Dämonen und Geistern im Bunde.«

Wieder donnerte seine Faust auf den kleinen Tisch hinab und ließ das Geschirr erzittern.

»Ich verstehe deine Wut, mein Freund«, sagte Hassan. »Und so wahr ich hier stehe, sage ich dir, dass diese gottlosen Frevler für ihre Sünden bezahlen werden. Jetzt herrscht endgültig Krieg zwischen uns und ihnen, ein heiliger Krieg. Wir werden ihre geheimen Schlupfwinkel aufspüren, sie daraus vertreiben und sie und ihre Brut bis an das Ende der Welt jagen. Sie werden keine Ruhe und keinen Schlaf mehr finden, nirgendwo werden sie vor unserem heiligen Zorn sicher sein. Und für jeden unserer getöteten Brüder werden wir mindestens zehn von ihnen töten.« Er machte eine Pause. »Was habt ihr mit unseren Brüdern gemacht?«

»Wir haben sie nach Alamut gebracht, damit sie dort in allen Ehren bestattet werden können. Außerdem gab ich den Auftrag, ein Grabmal zu bauen, das Heiligen würdig ist.«

Hassan nickte anerkennend. »Du hast wahr gesprochen, Osman. Ja, sie sind Heilige. Märtyrer, die ihr Leben für Allah und Seine Kinder geopfert haben. Und was ist mit den Bettlern?«

»Sie haben ihren Lohn erhalten«, erwiderte Osman und lächelte grimmig. »Ihre Körper füllen jetzt das Loch in der Wüste. Für den Fall, dass die ›Hüter‹ zur Stätte ihrer Schandtat zurückkehren.«

»Wäre ich selbst da gewesen, ich hätte es nicht besser machen können«, sagte Hassan. »Jetzt musst du mir nur noch helfen, meinem Vater Nuraddins Tod beizubringen.«

Osman nickte. »Ich werde ihm die Geschichte einer reichen Karawane erzählen, die in einen Hinterhalt geriet. Nur wir beide konnten entkommen. Leider wurde Nuraddin im

Kampf gegen die feigen Räuber so schwer verwundet, dass er auf dem Weg nach Gazna in meinen Armen gestorben ist.«

»Sehr gut. Allah wird dir diese Lüge vergeben. Doch weshalb wolltest du ursprünglich zu mir?«

»Das ist wohl kaum weniger bedeutend, Hassan. Wir haben eine Nachricht erhalten, die dich interessieren wird. Ali al-Hussein ibn Abdallah ibn Sina, der Arzt, der uns wegen seiner abscheulichen Schriften wohl bekannt ist, soll ein Freund dieses Nomaden sein.«

Hassan nickte. »Das kann ich mir vorstellen. Fliegen und Asseln finden immer zueinander. Möglich, dass der Kerl mit dem Mädchen zu ihm unterwegs war.«

»Ja. Doch damit nicht genug. Einer unserer Freunde hat das Auge der Fatima am Himmel gesehen. Es stand über der Gegend von Qazwin.«

Hassan spürte, wie sein Herz für einen Moment aussetzte. Das Auge der Fatima.

»Wann?« Seine Stimme klang plötzlich unnatürlich heiser.

»Es ist mittlerweile lange her. Es muss noch vor Beginn des Ramadan gewesen sein.«

Von jähem Zorn übermannt, stürzte sich Hassan auf Osman, packte ihn bei den Schultern, zog ihn vom Boden hoch und schüttelte ihn wie einen räudigen Hund.

»Schon vor dem Ramadan? Und wieso erfahre ich erst jetzt davon? Weshalb hat man mir nicht schon viel früher Bescheid gegeben? Warum …«

»Ich weiß, dass es sich um einen Fehler handelt, den man nur schwer verzeihen kann, Großmeister«, stammelte Osman. »Doch ich bitte Euch um Nachsicht und Vergebung. Unser Freund in Qazwin ist ein einfacher Mann, ein Hirte, der seine Ziegenherde außerhalb von Qazwin und in den Bergen grasen lässt. Er musste lange darüber nachdenken, was er tun sollte. Er hat das Sternbild nur während einer einzigen Nacht gesehen und war sich nicht sicher, ob er es sich nur eingebildet hatte. Und die Nachrichten über den Arzt sind kaum mehr als jene Gerüchte, die man aufschnappen kann, wenn man den klatschsüchtigen Weibern am Brunnen zuhört. Niemand weiß wirklich, wo ibn Sina sich zurzeit versteckt. Unser Freund wollte uns nicht unnötig belästigen.«

Hassan ließ Osman los, sodass er zurücktaumelte und wieder auf die Polster fiel.

»Während einer einzigen Nacht, sagst du?« Er wandte sich ab und durchquerte das Zimmer mit großen Schritten. »Warum nur so kurz?«

»Ich weiß es nicht«, antwortete Osman und warf Hassan einen Blick zu, als wollte er sich vergewissern, wen er jetzt vor sich hatte – den Freund, mit dem er Kindheit und Jugend verbracht hatte, oder den Großmeister des Ordens der Assassinen, dem er als Mitglied und Untergebener Respekt und Gehorsam schuldete. »Vielleicht waren der Nomade und das Mädchen auf der Durchreise und haben eine Nacht in Qazwin verbracht. Vielleicht wollte Allah uns in Seiner unermesslichen Güte ein Zeichen senden, das uns auf die Spur der Frevler führt, und hat deshalb das Sternbild am Himmel erscheinen lassen. Vielleicht führt die Spur aber auch zu ibn Sina, der einen Schlupfwinkel in Qazwin hat.«

»Ja, vielleicht«, erwiderte Hassan nachdenklich und strich sich durch den Bart. »Vielleicht liegen die Dinge aber auch anders. Vielleicht bedeutet es ja ...« Er brach ab. Dann wandte er sich abrupt zu Osman um. »Wir müssen mit der Möglichkeit rechnen, dass sich der Stein der Fatima immer noch in Qazwin befindet, Osman. Gleich nach dem Morgengebet, wenn du mit meinem Vater gesprochen und ihm von Nuraddin erzählt hast, wirst du wieder nach Alamut zurückkehren. Du wirst zwei Männer nach Qazwin schicken. Sie sollen dort nach dem Mädchen, dem Nomaden und natürlich dem Stein der Fatima suchen.«

Osman verneigte sich.

»Jawohl, Großmeister. Hattet Ihr an zwei bestimmte Männer gedacht?«

»Nein, nicht ... doch, warte!« Hassan schnalzte mit der Zunge, als ihm plötzlich eine Idee kam. »Vor einiger Zeit hast du einen Jungen als Boten zu mir geschickt. Wie hieß er noch?«

»Du meinst Mustafa?« Osman konnte seine Überraschung kaum verbergen. »Aber er ist noch sehr jung, nicht einmal dem Knabenalter entwachsen, und außerdem ist seine Ausbildung noch nicht abgeschlossen.«

»Doch in ihm brennt das heilige Feuer, Osman. Er wird treu sein und seine Aufgabe für Allah erfüllen, da bin ich mir sicher. Wenn du in Alamut bist, ernennst du ihn zu einem Fidawi und schickst ihn nach Qazwin. Stelle ihm einen erfahrenen älteren Bruder an die Seite, einen, der die Mängel seiner Jugend ausgleichen und seine Ausbildung abschließen kann. Die Wahl überlasse ich dir. Die beiden sollen jeden Freitag eine Nachricht nach Alamut schicken. Ich werde in der Zwischenzeit die Suche nach ibn Sina verstärken.« Er lächelte grimmig. »In dieser Angelegenheit ist mein Vater ein guter Verbündeter. Er hält von ibn Sina ebenso wenig wie wir. Ich muss ihm nur von seinen neuesten Schandtaten berichten, und er wird ihn von seinen Soldaten suchen lassen. Vielleicht sollten wir sogar einen Steckbrief malen lassen ...« Hassan lächelte, als er Osmans erschrockenes Gesicht sah. Der Koran verbot die Darstellung von Mensch und Tier. So stark der Freund auch in seinem Glauben sein mochte, er besaß nicht die Gabe, falsch und richtig zu unterscheiden. Für treue, rechtschaffene Männer wie Osman hatte Allah Seinem Propheten die Worte des Korans diktiert. Er selbst hingegen wusste, dass Allah ihm verzeihen würde, wenn er von ibn Sina ein Bild anfertigen ließ, um endlich einer der schlimmsten, gefährlichsten Kreaturen der Hölle habhaft zu werden und dadurch hunderte Seelen vor der ewigen Verdammnis zu bewahren. »Komm jetzt, Osman, und mach dir keine Sorgen mehr«, sagte er und legte seinem Freund eine Hand auf die Schulter. »Die Sonne wird gleich aufgehen. Es ist Zeit, sich auf das Gebet vorzubereiten.«

XII

In dem großen, schlicht eingerichteten Saal hielten sich mindestens drei Dutzend Menschen auf. Es war ein buntes Gemisch von Männern und Frauen in Festtagsgewändern, Einheimischen und den Gesandten anderer Völker, die an ihrer ungewohnten Kleidung, der Hautfarbe oder ihren fremd klingenden Akzenten zu erkennen waren. Sie alle waren beladen mit Geschenken für Seine Exzellenz Mahmud ibn Subuktakin, den Emir von Gazna. Die meisten der Männer und Frauen mussten dabei wesentlich tiefer in ihre Taschen gegriffen haben, als sie es sich eigentlich leisten konnten. Einige von ihnen würden sicherlich eine Zeit lang hungern müssen. Allerdings kam jeder der Anwesenden mit einem Anliegen oder einer Bitte hierher. Und da war es sicherlich nicht schlecht, der Gnade und dem Wohlwollen des Herrschers durch eine besonders großzügige Gabe auf die Sprünge zu helfen. Beatrice machte keine Ausnahme. Sie hatte ebenso wie Malek einen Teppich bei sich, der für Subuktakin bestimmt war. Bestechung – eines der ältesten politischen Mittel und zu allen Zeiten und in allen Kulturen gleichermaßen wirksam.

Beatrice klammerte sich an ihrem zusammengerollten Teppich fest und betrachtete einen Mann, der sich auf einem der Sitzpolster ausgestreckt hatte. Seine Kleidung war staubig und zerknittert, er machte einen atemlosen, erschöpften Ein-

258

druck – offensichtlich ein Bote, gerade zurück von einer langen Reise. Er war der Einzige, dem die Wartezeit höchst willkommen zu sein schien, denn eingewickelt in seinen langen Reisemantel schlief er so tief, dass sogar sein Schnarchen zu hören war. Die meisten anderen Wartenden standen unschlüssig herum oder gingen unruhig auf und ab und unterhielten sich nur in gedämpftem Flüsterton – die Luft schien vor Spannung und Nervosität zu knistern. Trotzdem war Beatrice der festen Überzeugung, dass niemand hier im Saal aufgeregter war als sie.

In der Nacht, als Malek ihr seinen Vorschlag unterbreitet hatte, hatte sie voller Begeisterung zugestimmt. Es war ein exzellenter Plan, gut durchdacht und sicherlich die einzige Möglichkeit, mehr über Michelle und Ali al-Hussein herauszufinden. Dieser Meinung war sie wenigstens noch in der Nacht gewesen. Und auch Yasmina, die als einziger Mensch außer Malek noch von dem Plan wusste, war dieser Meinung gewesen. Jetzt war sie sich nicht mehr so sicher. Ihr Blut rauschte in den Ohren, ihre Hände zitterten, und ihre Zunge ließ sich kaum noch vom Gaumen lösen, als ob sie dort mit Alleskleber befestigt worden wäre. Sie hatte so wenig Speichel im Mund, dass es in ihrem Hals und ihren Bronchien kratzte und sie sich unentwegt räuspern musste.

»Malek«, flüsterte sie. Ihre Stimme bebte in einem Anfall von Panik. Und dann wurde aus dem Kratzen in ihrem Hals ein trockener, quälender Reizhusten, der ihr die Tränen in die Augen trieb. Wie sollte sie so vor den Emir treten? Sie würde kein Wort hervorbringen können. »Das wird niemals funktionieren. Vielleicht sollten wir doch lieber …«

»Aber warum denn nicht?«, fragte Malek erstaunt zurück. »Sieh dich doch um. Wir fallen überhaupt nicht auf.«

Unruhig schaute Beatrice sich um. Tatsächlich starrte niemand sie an. Alle Anwesenden waren viel zu sehr mit sich selbst beschäftigt. Aber da … In einer Ecke stand eine tief verschleierte Frau, die sie plötzlich ansah. Doch im selben Moment senkte sie auch schon ihren Blick. Vermutlich irrten die Augen der Frau ebenso ziellos im Raum umher wie ihre eigenen, verzweifelt auf der Suche nach einer Ablenkung von der steigenden Nervosität. Dass sich ihre Blicke begegnet waren, war ein Zufall. Nichts anderes. Oder etwa doch nicht?

»Aber die Frau dort drüben, die hat …«

»Unsinn, du bildest dir nur etwas ein«, sagte Malek energisch. »Es läuft alles nach Plan.« Er legte ihr aufmunternd eine Hand auf den Arm, aber sein Gesicht blieb ernst. »Kopf hoch. Denke immer daran, weshalb du das tust. Denke an deine Tochter – und die Gefahr, in der sie schwebt.«

Beatrice hustete, versuchte zu schlucken, irgendwie einen Tropfen Feuchtigkeit in ihre kratzende, ausgedörrte Kehle zu bringen und nickte. Sie versuchte sogar zu lächeln. Vermutlich sah sie dabei wesentlich tapferer aus, als sie sich zurzeit fühlte. Dann wanderte ihr Blick wieder zu dem Boten. Der Mann schlief immer noch. Die Nachricht für den Herrscher musste dringend sein, wenn er sich noch nicht einmal die Zeit genommen hatte, sich seiner schmutzigen Kleidung zu entledigen. Ob er einer jener Boten war, die nach Michelle suchen sollten? Ausgeschlossen war es nicht. Falls er sie oder eine Spur von ihr gefunden hatte, dann musste sie es erfahren. Und dafür gab es nur einen Weg. Unwillkürlich straffte sie die Schultern und hob das Kinn. Malek hatte Recht, sie musste das hier durchstehen. Für Michelle.

In diesem Augenblick trat ein Diener zu ihnen.

»Verehrter Malek al-Said ibn Tariq«, sagte er und verneigte sich leicht. »Unser edler Herrscher, Mahmud ibn Subuktakin, Herr von Gazna und Beschützer der Gläubigen, erweist Euch die Gnade, Euch jetzt zu empfangen.«

Malek nickte. Beatrice fühlte, wie ihr Herzschlag für einen Moment aussetzte. Trotz ihrer vor kaum einer Sekunde gefassten Vorsätze wurden ihre Knie weich, und der Boden gab unter ihr nach, als bestünde er aus einem besonders weichen Schaumstoff. Zuletzt hatte sie sich so gefühlt, als sie zum ersten Mal allein für eine große Operation verantwortlich war, und das war schon etliche Jahre her. Im Nachtdienst war ein Mann mit einem Magendurchbruch eingeliefert worden. Alle anderen erfahrenen Kollegen – inklusive Oberarzt und Chef – waren mit zwei Schwerstverletzten beschäftigt gewesen. Als der Patient dann auch noch begonnen hatte, im Schwall Blut zu spucken, hatte sie nicht mehr auf die anderen warten können. Mit weichen, zittrigen Knien war sie in den OP gewankt. Trotzdem hatte sie es damals geschafft, ihre Angst zu überwinden, und die erforderliche Magenteilresektion allein durchgeführt. Mit Erfolg, der Patient hatte überlebt. Jetzt war die Sachlage natürlich eine andere. Doch die Konsequenz war ähnlich – sie war Michelles einzige Chance. Und wenn sie es einmal fertig gebracht hatte, ihre Angst und Nervosität zu besiegen, so sollte sie es jetzt auch können. Erst recht für ihre Tochter.

Beatrice straffte erneut die Schultern, hob ihr Kinn und nickte Malek zu. Dann folgten sie gemeinsam dem Diener durch die große Doppeltür in den angrenzenden Saal.

Der Thronsaal war in seiner Ausstattung kaum weniger schlicht als der Wartesaal, aus dem sie gerade kamen. Nur vereinzelte, wenn auch ohne Zweifel sehr kostbare Teppiche bedeckten den Boden. Die Wände wurden von schönen, in allen erdenklichen Farben glasierten Kacheln geschmückt, auf denen in goldenen Buchstaben Worte standen, von denen Beatrice nur vermuten konnte, dass es sich um Zitate aus dem Koran handelte. Beim Anblick dieser Schriftzeichen erlitt Beatrice eine erneute Panikattacke. Selbst wenn Maleks

Plan gelingen sollte und Subuktakin sie tatsächlich an seinem Hof aufnahm, würden diese Schriftzeichen sie früher oder später in Verlegenheit bringen. Irgendwann würde man nämlich von ihr verlangen, etwas vorzulesen. Und dann würde man merken, dass sie die arabische Schrift gar nicht lesen konnte. Was sollte sie dann tun? Wie sollte sie sich da herausreden?

Warte es doch erst einmal ab!, versuchte ihre innere Stimme sie zu beruhigen. Wenn es so weit ist, wird dir schon etwas einfallen. Dir ist bislang immer etwas eingefallen.

Allerdings hatte sie sich nie zuvor in ein derart großes Wagnis gestürzt. Es gab so viele Dinge, die schief gehen konnten, so unendlich viele Fallstricke.

Die gab es auch, als du Nuh II. das Nasenbein gebrochen hast, widersprach energisch ihre innere Stimme.

Ja, doch das war etwas anderes. Damals in Buchara hatte sie im Affekt gehandelt. Sie hatte gar keine Zeit zum Nachdenken gehabt. Aber hier ... Beatrice schnappte mühsam nach Luft. Schon spürte sie das leichte Kribbeln in den Fingerspitzen, das typische erste Anzeichen für eine Hyperventilation. Sie mahnte sich zur Ruhe und zwang sich, einen Augenblick lang die Luft anzuhalten. Hier direkt vor seinen Augen zusammenzubrechen würde bei Subuktakin auf keinen Fall den Eindruck hinterlassen, den sie eigentlich erwecken wollte. Da vorne, in etwa zwanzig Meter Entfernung, stand der Thron. Dort musste sie hin. Das konnte doch nicht so schwer sein, es waren schließlich nur zwanzig Meter. Aber ihre Füße schienen mit jedem Schritt schwerer zu werden, und eine unsichtbare Macht zog sie unerbittlich zurück zur Tür, zurück zum rettenden Ausgang, zurück in die Freiheit. Nur weg von hier! Aber es war bereits zu spät.

»Kommt schon!«, rief eine scharfe, ungeduldige Stimme. »Ich gestatte euch, euch zu nähern.«

Malek gab ihr einen freundschaftlichen Stoß in den Rücken und schob sie vorwärts. Gemeinsam durchquerten sie den Saal, bis sie etwa drei Meter vom Thron entfernt stehen blieben. Bevor sie sich tief verneigten, warf Beatrice einen kurzen Blick auf den Herrscher. Subuktakin war ein hagerer Mann mit einer scharf gebogenen Nase, die aussah wie ein Geierschnabel. Er trug makellose weiße Kleidung wie ein Mekkapilger und saß steif und reglos auf seinem Thron. Nur seine tief liegenden, dunklen, unablässig umherwandernden Augen verrieten, dass er ein Wesen aus Fleisch und Blut war und keine Marmorstatue. Sein langer gepflegter grau melierter Bart reichte ihm bis zur Brust. Beatrice wusste zwar nicht, ob es im Koran genaue Maßangaben für die Länge männlicher Bärte gab, doch sollte es sie geben, so war sie sicher, dass dieser Bart die geforderte Länge nicht um einen einzigen Millimeter über- oder unterschritt. Subuktakin machte eher den Eindruck eines Geistlichen denn eines Herrschers, ein Asket, der allen fleischlichen Genüssen entsagt hatte. Mit Nuh II., dem genussfreudigen Emir von Buchara mit seinem ausschweifenden Lebenswandel, ließ er sich auf gar keinen Fall vergleichen.

»Seid gegrüßt, Mahmud ibn Subuktakin, edler Herrscher und Beschützer der Gläubigen von Gazna. Allah sei gepriesen und möge Euch ein erfülltes und gesundes Leben schenken, reich an Jahren, Glück und Zufriedenheit.« Malek verneigte sich noch tiefer. »Ich danke Euch für die Gnade, mich zu empfangen, Euren untertänigen Diener Malek al-Said ibn Tariq, und biete Euch diesen Teppich zum Geschenk und als Beweis der Hochachtung meines Vaters, Eures untertänigen Dieners, an.«

Malek rollte vor dem Thron einen wunderschönen Teppich aus.

»Ich weiß dieses Geschenk zu schätzen, Malek al-Said.

Richte auch deinem Vater meinen Dank aus, Allah möge ihn segnen«, erwiderte der Herrscher und verzog seine schmalen Lippen zu einem dünnen, freudlosen Lächeln. »Doch du kommst heute nicht allein?«

Malek erhob sich und lächelte ebenfalls, während sich Beatrice noch tiefer verneigte, sodass ihre Stirn beinahe den Boden berührte.

»In der Tat, o Herr und Beschützer der Gläubigen von Gazna, ich habe einen Freund mitgebracht. Das ist Saddin al-Assim ibn Assim, ein hochgeschätzter Freund unserer Familie. Er hat eine weite Reise auf sich genommen, um Euch seine Dienste als Arzt anzubieten.«

»Eure Worte sind freundlich, Malek al-Said, doch soll dein Gast für sich selbst sprechen«, hörte Beatrice Subuktakin sagen. »Erhebe dich und schaue mich an, damit ich dir ins Gesicht sehen kann.«

Und in deine Seele, fügte sie in Gedanken hinzu. Ihr Herz klopfte wie ein Dampfhammer, und sie hätte Wetten darauf abschließen mögen, dass sie in diesem Augenblick alles andere als eine gesunde Gesichtsfarbe hatte. Dennoch schaffte sie es, ihren Kopf zu heben und den Blick des Emirs zu erwidern.

Schweigend sah er sie an. Seine Augen drangen durch sie hindurch, tastend und suchend wie die Nebelleuchten eines Seenotrettungskreuzers bei Nacht und schlechter Sicht. Und sie hatte nur einen einzigen Gedanken: Hoffentlich durchschaut er mich nicht!

»Deine Augen sind blau«, sagte Subuktakin schließlich, nachdem eine halbe Ewigkeit verstrichen war. Es klang, als hätte er etwas herausgefunden, was vor ihm noch niemand bemerkt hatte.

»Ja, Herr«, erwiderte Beatrice und versuchte so unterwürfig und bescheiden wie möglich zu klingen. Sie musste diese

Prüfung bestehen. Unter allen Umständen. Für Michelle. »Ein Vermächtnis meines Großvaters.«

Das war noch nicht einmal eine Lüge.

Subuktakin hob eine Augenbraue. »Du bist fremd in Gazna. Du hast einen ungewöhnlich klingenden Akzent«, fuhr er fort. »Woher kommst du?«

»Meine Heimat ist Granada, Herr. Ich bin erst vor zwei Tagen mit einer Karawane in Gazna angekommen.«

»Oh, ein Gast aus dem fernen El-Andalus? Weshalb hast du diese weite Reise auf dich genommen?«

Hatte Malek das nicht bereits erklärt? Was sollte dieses Katz-und-Maus-Spiel? Hatte Subuktakin sie etwa doch durchschaut?

Beatrice nahm ihren ganzen Mut zusammen.

»Meine Familie und die des Teppichhändlers Mahmud von Gazna stehen seit vielen Jahren in enger Verbindung. In jedem Brief war von Euch die Rede, Herr, von Eurer Weisheit und Weitsicht, die Euch veranlasst, Gelehrte aller Wissenschaften an Eurem Hof zu versammeln. Nun endlich, nach Beendigung meiner Ausbildung, kam ich in der Hoffnung nach Gazna, Euch meine Dienste anbieten zu dürfen, Herr.«

Malek stieß ihr unmerklich einen Zeigefinger in die Rippen und deutete auf den Teppich. Obwohl sie ihn immer noch fest zusammengerollt unter den Arm geklemmt hatte, hätte sie ihn in der Aufregung fast vergessen. Offensichtlich war jetzt der geeignete Zeitpunkt gekommen, dem Willen des Herrschers mit dem richtigen »Argument« auf die Sprünge zu helfen. »Ich habe Euch dies hier mitgebracht, als Zeichen meiner Verehrung und Hochachtung vor der Größe und Weitsicht Eures Geistes.«

Sie entrollte den Teppich – und hielt im selben Augenblick vor Staunen den Atem an. Vor ihr lag ein Gebetsteppich, nur wenig größer als eine herkömmliche Fußmatte,

265

und trotzdem war es ohne Zweifel der schönste und wert-
vollste Teppich, den Beatrice jemals zu Gesicht bekommen
hatte. Er war nicht aus Wolle, sondern aus Seide geknüpft,
die im Licht der Öllampen sanft schimmerte und glänz-
te. Die Farben des wunderschönen Musters waren so rein
und klar, als wären sie nicht von Menschenhand hergestellt worden. Über die Knotenzahl konnte sie nur vage Ver-
mutungen anstellen, aber sie musste extrem hoch sein. Beatrice schätzte den Wert dieses Teppichs auf mindestens fünfhunderttausend Euro. Auch Subuktakin konnte sich seiner
Schönheit nicht entziehen. Der Herrscher erhob sich von
seinem Thron, trat näher und befühlte den Teppich. Ein
Leuchten huschte über sein Gesicht. Vielleicht sah er sich
schon bei der nächsten Gebetszeit auf diesem Teppich knien
und Richtung Mekka verneigen.

Subuktakin nahm wieder auf seinem Thron Platz. Und obwohl er nachdenklich die Stirn runzelte, sah er schon viel
freundlicher aus als zuvor. Offensichtlich war das Argument
gut gewesen.

»Du bist Arzt?«

»Ja, Herr, ich wurde an der Universität von Cordoba in der
Heilkunde ausgebildet.«

»Wie war noch dein Name?«

»Saddin al-Assim ibn Assim, Herr«, antwortete Beatrice
und bat Saddin um Verzeihung für die Verwendung seines
Vornamens. Doch in der Nacht hatte sie keinen besseren Namen gefunden. Anfangs hatte sie sich Ali al-Hussein ibn Abdallah ibn Sina nennen wollen, doch dann war ihr wieder eingefallen, dass Ali zu dieser Zeit noch lebte. Vielleicht kannte
ihn hier am Hof von Gazna sogar jemand, und sie hatte diese
Idee gleich wieder verworfen.

»Also, Saddin al-Assim aus El-Andalus, eigentlich steht
bereits eine ausreichende Anzahl von Ärzten in meinen

Diensten. Warum also sollte ich deiner Bemühungen bedürfen?«

Beatrice musste ein Lächeln unterdrücken. Sie war unendlich erleichtert. Jetzt war es nichts anderes mehr als ein Einstellungsgespräch, eine Situation, die sie kannte und mit der sie fertig werden konnte. Damals hatte Dr. Mainhofer fast die gleichen Fragen gestellt wie jetzt der Emir von Gazna. Damals hatte sie ihren Mut und ihr Selbstbewusstsein zusammengenommen – und die ersehnte Stelle in der Chirurgie erhalten. Und sie hatte nicht vor, es diesmal anders zu machen. Sie hob ihr Kinn.

»Allah hat mir in Seiner unendlichen Güte ausgezeichnete Lehrer und eine schnelle Auffassungsgabe geschenkt«, sagte sie und rief sich alles in Erinnerung, was sie über den Emir von Gazna wusste. »Seit frühester Jugend habe ich die Heilkunst studiert, ich habe ihr mein Leben gewidmet. An Eurem Hofe zu dienen, hier in Gazna meine Studien fortsetzen zu dürfen und dabei noch mehr zu lernen, zur Ehre Allahs und zum Wohle der Gläubigen, wäre mein größter Wunsch und würde die Krönung meines Lebens bedeuten.«

Beatrice verneigte sich und hoffte, dass sie nicht zu dick aufgetragen hatte.

»Wenn du ein ebenso geschickter Arzt wie Redner bist, Saddin al-Assim, so wärst du in der Tat eine Bereicherung für Gazna.« Ein kurzes, kaum sichtbares Lächeln huschte über das Gesicht des Herrschers. »Also gut, ich gestatte dir, dich an meinem Hof unter Beweis zu stellen. Ich gebe dir einen Monat Zeit. Sofern ich mit deinen Diensten zufrieden bin, darfst du dich fortan als Mitglied meines Hofstaats betrachten. Wenn nicht, werde ich dafür sorgen, dass du die nächstbeste Karawane begleitest, die von Gazna in Richtung deiner Heimat aufbricht.«

»Jawohl, Herr«, sagte Beatrice und verneigte sich tief. Malek war ein Schatz. Was hatte sie taxiert? Fünfhunderttausend Euro? Dieser kleine Teppich war unbezahlbar. Ein Monat war genau die Zeit, die sie brauchte. Wenn sie bis dahin nichts über Michelle herausgefunden hatte, musste sie ohnehin woanders ihre Suche fortsetzen. »Ich danke Euch, dass Ihr mir die Gelegenheit gebt, Euch zu dienen.«

»Melde dich sofort bei meinem Schreiber, und lasse dich zu Abu Rayhan Muhamad ibn Ahmad al-Biruni führen. Er wird dich in die Gepflogenheiten am Hof einweisen und dir deine Aufgaben nennen.«

»Danke, Herr, für Eure Güte und ...«

»Schluss jetzt«, unterbrach Subuktakin Beatrice unwirsch. »Ich habe noch viel zu tun. Weitere Gläubige warten darauf, von mir angehört zu werden.«

Malek und Beatrice verneigten sich und gingen rückwärts unter vielen Verbeugungen zur Tür.

Im Wartesaal stieß Malek Beatrice lächelnd in die Seite.

»Siehst du, es ist alles nach Plan gelaufen«, sagte er. »Du bist jetzt Arzt am Hofe unseres Herrschers!«

»Ja, das hat geklappt!«, erwiderte Beatrice.

Ihr Blick glitt über die Wartenden hinweg. Es waren noch mehr geworden. Und immer noch wanderten sie ziellos auf und ab, mit ineinander verkrampften Händen und angespannten, bleichen Gesichtern. Sie selbst hingegen fühlte sich seltsam leicht und schwerelos. So mussten es die Astronauten empfunden haben, als sie zum ersten Mal den Mond betreten hatten. Doch da fiel ihr Blick auf den Boten. Er lag immer noch zusammengerollt in seiner Ecke und schlief. Und obwohl sie nicht wusste, welche Nachricht er dem Emir bringen wollte, war dieser Mann ein Symbol für Beatrice. Eine Mahnung, zu jeder Zeit auch an unvorhergesehene Nachrichten und Ereignisse zu denken. Sie musste aufpassen, um die Bodenhaftung nicht zu verlieren.

»Ich bin jetzt Arzt am Hofe des Emirs. Aber ich fürchte, damit fangen die Schwierigkeiten erst an.«

XIII

Nachdenklich betrachtete Beatrice ihr Spiegelbild. Es war seltsam fremd, dieses glatte Gesicht, umrahmt von kurzen blonden Haaren. War es wirklich das Gesicht eines Mannes? Konnte sie die Gelehrten, die Diener, den Emir auf Dauer wirklich täuschen? Ohne jeden weiblichen Schmuck, ohne Schminke – vielleicht. Mit Bartwuchs wäre es sicher authentischer gewesen, doch der ließ sich nun mal nicht so einfach herbeizaubern wie ein anderer Haarschnitt.

Der Schreiber des Herrschers hatte ihr ein Zimmer in einem Nebengebäude des Palastes zugewiesen, in dem sie fortan wohnen sollte. Auch einen Diener sollte sie zugeteilt bekommen. Sie wandte sich vom Spiegel ab und trat an das Fenster. Wenn sie hinaussah, konnte sie direkt gegenüber die vergitterten Fenster des Harems erkennen. Eigentlich hätte sie dort wohnen müssen, unter den anderen Frauen. Stattdessen hatte sie sich in eine ihr völlig unbekannte Männerwelt hineingeschmuggelt. Sie wusste nur das, was sie bislang von anderen Frauen gehört und was Malek ihr in der Nacht erzählt hatte. Es waren interessante Details, spannende Geschichten, ausreichend, um in einem Roman Erwähnung zu finden. Aber es war viel zu wenig, um hier zu leben – als Mann.

Mein Gott, worauf habe ich mich nur eingelassen, dachte sie und stützte sich schwer auf den Fensterrahmen. Hinter einem der Gitter am gegenüberliegenden Gebäude nahm sie eine Bewegung wahr. Sie wurde beobachtet. Offensichtlich hatten die Frauen in Subuktakins Harem ebenso wenig zu tun wie die in Buchara. Vielleicht sogar noch weniger, wenn er wirklich so asketisch lebte, wie allgemein erzählt wurde. Langeweile machte erfinderisch – in jeder Hinsicht. Beatrice trat vom Fenster zurück. Sie wollte den Frauen dort drüben keinen unnötigen Gesprächsstoff liefern.

Nachdenklich wanderte sie durch den bescheiden, aber geschmackvoll ausgestatteten Raum. Was sollte sie nur sagen, wenn ihr Diener morgens kam, um sie zu rasieren oder gar zu waschen? Wenn sie – wie es durchaus üblich war – von anderen Männern ins Bad eingeladen wurde? Wie lange konnte sie die Täuschung aufrechterhalten? Einen Tag? Zwei? Und dann? Sie brauchte keinen Abschluss in Soziologie oder arabischer Geschichte und auch keine hellseherischen Fähigkeiten, um diese Frage beantworten zu können. Sie würde sich auf dem Schafott vor ihrem Henker wiederfinden und sich eingestehen müssen, dass die ganze Geschichte ziemlich blödsinnig und das Ende vorhersehbar gewesen war. Beatrice wurde übel. Bestimmt gab es noch andere Möglichkeiten, mehr über Michelle herauszufinden. Wenn sie doch nicht so ungeduldig gewesen wäre. Sie hätte nur etwas länger darüber nachdenken müssen. Ihr wäre mit Sicherheit etwas eingefallen.

Es klopfte an der Tür.

»Herein!« Beatrice gab sich Mühe, ihre Stimme so forsch und herrisch klingen zu lassen, wie man es von einem gelehrten Mann am Hofe des Emirs erwarten konnte.

Ein Diener trat ein. Er war höchstens Mitte zwanzig und sah geradezu unverschämt gut aus.

»Ich heiße Euch am Hofe des Emirs willkommen, Herr«, sagte er mit einer wohlklingenden Stimme. »Mein Name ist

Yassir, Herr. Auf Befehl unseres edlen Herrschers stehe ich Euch fortan als Diener zur Verfügung.«

»Ja, gut, danke«, stammelte Beatrice und räusperte sich. Sie musste sich Mühe geben, den jungen Mann nicht ungebührlich lange anzusehen. Fast sehnsüchtig dachte sie an Selim, den alten, buckligen und humpelnden Diener Alis mit dem schütteren Haar und dem zahnlosen Mund. Warum hatte man ihr nicht so einen Diener zuteilen können? Musste das Schicksal sie immer auf eine derart harte Probe stellen? »Der Schreiber sagte, ich solle hier warten ...«

»Ja, Herr. Doch ich komme, um Euch mitzuteilen, dass Abu Rayhan jetzt gewillt ist, Euch zu empfangen. Und sofern Ihr bereit seid, werde ich Euch zu ihm bringen.«

Yassir verneigte sich.

Torfkopf!, beschimpfte Beatrice sich. Wäre Yassir eine hübsche junge Frau, würdest du dich nicht scheuen, ihn anzusehen. Also willst du nun einen Mann spielen oder nicht?

»Yassir?«

Der junge Mann richtete sich wieder auf und sah sie fragend an.

»Ja, Herr, habt Ihr noch einen Wunsch?«

»Bevor du mich zu dem weisen Abu Rayhan geleitest, möchte ich noch etwas klarstellen«, sagte Beatrice. »Ich weiß nicht, ob man dich darüber in Kenntnis gesetzt hat, dass ich in diesem Land fremd bin. Es ist also nicht ausgeschlossen, dass ich hin und wieder gegen eine Sitte verstoße oder mich in irgendeiner Weise ungeschickt verhalte. Solltest du einen solchen Fehltritt bemerken, so bitte ich dich, Nachsicht mit mir zu üben und mich auf meinen Irrtum aufmerksam zu machen. Außerdem wünsche ich, dass du mich in die besonderen Gepflogenheiten am Hof einführst. Wie du weißt, gibt es überall Persönlichkeiten, deren besondere Vorlieben unter allen Umständen berücksichtigt werden müssen.«

»Sehr wohl, Herr, ich verstehe«, erwiderte Yassir und verneigte sich erneut. Ein breites Lächeln lag auf seinem Gesicht. »Ich werde mich zur gegebenen Zeit daran erinnern. Ihr könnt Euch ganz auf mich verlassen.«

»Ich danke dir«, sagte Beatrice und lächelte ebenfalls – vor Erleichterung. Das schien doch viel einfacher zu sein, als sie befürchtet hatte. Endlich konnte sie sich ganz normal verhalten. Sie konnte offen und frei sagen, was ihr in den Sinn kam. Sie konnte mit jedem sprechen, ohne erst auf die Erlaubnis warten zu müssen. Und abgesehen vom Harem würde sie überall hingehen dürfen – allein und unverschleiert. Sogar auf den Basar. Oder zu Malek. Wenn das kein Fortschritt war.

Während sie einen langen, verwinkelten Flur entlangschritten und eine Wendeltreppe emporstiegen, tastete sie in ihrer Hosentasche nach dem Stein der Fatima. Eine wohlige Wärme ging von ihm aus, wie von einer Tasse Tee nach einem langen Ritt durch die eisige Steppe bei Taitu. Und Beatrice bildete sich ein, der Saphir wolle ihr sagen, dass ihre Entscheidung, sich als Mann an Subuktakins Hof zu schmuggeln, richtig gewesen war.

Nach einer Weile blieb Yassir vor einer Tür stehen.

»Wir sind da, Herr«, sagte er leise, so als wollte er vermeiden, dass andere sie hören konnten. »Vor Abu Rayhan braucht Ihr Euch nicht zu fürchten. Er ist ein kluger, freundlicher Mann und gehört nicht zu denen, die andere verurteilen, nur weil sie nicht dieselben Sitten und Bräuche pflegen. Leider hat er nicht immer die Möglichkeit, seinen wahren Gedanken Ausdruck zu verleihen.«

»Welche Aufgabe hat er? Welcher Wissenschaft widmet er seine Aufmerksamkeit?«

»Er ist der Hofastronom und Chronist unseres edlen Herrschers, Herr«, antwortete Yassir. »Eine Position, die hier in

Gazna nicht nur Vorteile mit sich bringt – wenn Ihr versteht, was ich meine.«

Beatrice nickte. Sie verstand nur zu gut. Nach allem, was sie bisher über Subuktakin gehört hatte, bedeutete dies, dass Abu Rayhan mehr als alle anderen Gelehrten auf einem Schleudersitz lebte, während der Daumen des Herrschers über dem Auslöser schwebte. Yassir pochte an die Tür, und ein paar Sekunden später stand Beatrice in einem Raum, der ihr förmlich die Sprache verschlug.

Es handelte sich um ein Turmzimmer, eher wohl ein Arbeitszimmer oder eine Bibliothek, denn die Wände waren mit Regalen voll gestellt, deren obere Fächer nur mit Hilfe einer Leiter zu erreichen waren. Die Fülle der Bücher war geradezu unglaublich. Es gab Folianten, die aufgeschlagen mindestens einen Quadratmeter groß sein mussten, Bücher, die so dick waren, dass man sie nicht einmal mehr unter den Arm klemmen konnte, und Bände, deren Rücken so wunderschön verziert waren, dass Beatrice sich mühsam beherrschen musste, sie nicht sofort aus dem Regal zu nehmen. Dieser Raum war ein Paradies für jeden Antiquar, und allein der materielle Wert, den die hier angesammelten Bücher bereits im Mittelalter darstellen mochten, war kaum schätzbar. Überall standen niedrige Tische und Stehpulte mit aufgeschlagenen Büchern, Glaskolben mit Flüssigkeiten und verschiedenfarbigen Pulvern sowie mit römischen Ziffern nummerierte Holzkästen in allen erdenklichen Größen. Auf einem riesigen auseinander gerollten Pergament konnte Beatrice Zeichen und Punkte entdecken, die eine Sternkarte darzustellen schienen. Und das Licht der Fackeln und Talglichter warf geheimnisvolle Schatten an die Wände.

Fehlen eigentlich nur der obligatorische Schädel und die auf einer Stange sitzende Eule, und wir hätten das Gemach eines Zauberers aus einem Märchenfilm, dachte sie und richtete ihren Blick zu der hohen gewölbten Decke hinauf. Dort oben befanden sich mehrere große Fenster, die in alle Himmelsrichtungen zeigten. Eine schmale Holztreppe führte zu einer Galerie empor, auf der ein Mann stand und durch ein Fernrohr sah – der eigentliche Arbeitsplatz des Astronomen.

»Willkommen, Herr«, sagte ein Diener, der in einer Ecke des Raums offensichtlich damit beschäftigt war, kreuz und quer auf einem Tisch liegende Pergamentschriften zusammenzurollen und sie wieder an ihren ursprünglichen Platz zu ordnen. »Ich werde meinem Herrn sogleich Eure Ankunft melden.«

Er verneigte sich kurz, lief leichtfüßig die schmale Holztreppe zu der Galerie hinauf und kam wenig später gemeinsam mit seinem Herrn wieder herunter. Beatrice war fast enttäuscht, als sie sah, dass Abu Rayhan weder einen spitzen Hut noch einen mit Monden, Sternen und anderen geheimnisvollen astronomischen Symbolen verzierten Mantel trug. Er hatte nicht einmal einen langen weißen Bart. Gar nichts an ihm erinnerte an einen Alchemisten oder Zauberer. Im Gegenteil, er sah ebenso normal und unauffällig aus wie jeder beliebige arabische Mann auf der Straße.

»Ich danke Euch, dass Ihr mir die Ehre erweist, mich zu empfangen, Abu Rayhan«, sagte Beatrice und verneigte sich. Dass man auf Höflichkeit viel Wert legte, galt für Frauen und Männer gleichermaßen. »Mein Name ist Saddin al-Assim ibn Assim.«

»Es freut mich, Euch begrüßen zu dürfen, Saddin al-Assim«, erwiderte Abu Rayhan und verneigte sich ebenfalls. Doch Beatrice hatte den Eindruck, dass er sie dabei musterte, so als ob er sich über ihr Äußeres wundern würde. Vielleicht vermisste er den Bartwuchs, oder ihre blonden Haare und blauen Augen irritierten ihn. Nun, an erstaunte Blicke würde sie sich wohl oder übel gewöhnen müssen. Dies hier war nicht ihre erste Prüfung und würde mit Sicherheit auch nicht ihre letzte sein. »Kommt und setzt Euch.«

Er legte ihr eine Hand auf den Rücken – eine intime Geste, die er sich niemals erlaubt hätte, wenn er gewusst hätte, dass sie eine Frau war – und geleitete sie zu einer mit Sitzpolstern ausgestatteten Ecke des Raums. Sie nahmen beide Platz, und Abu Rayhan klatschte zweimal in die Hände.

»Sala, bring uns ein paar Erfrischungen.«

»Ja, Herr.«

Der Diener verneigte sich und ging zur Tür. Dabei warf er Yassir einen kurzen Blick zu.

»Herr?« Yassir trat zu Beatrice. »Solltet Ihr meine Dienste zurzeit nicht benötigen, so würde ich ...«

»Nein, Yassir, ich brauche dich nicht«, sagte Beatrice und fragte sich gleichzeitig, was dieser Blick zwischen den beiden Dienern wohl zu bedeuten hatte. Es war so ein seltsam vertrauter Blick gewesen. »Geh ruhig, vielleicht kannst du Sala behilflich sein.«

Beatrice sah den beiden kurz nach. Das Lächeln auf Yassirs Gesicht, das Leuchten in seinen Augen, die leichte Röte auf seinen Wangen, die sich, soweit sie es aus der Entfernung erkennen konnte, auch auf Salas Gesicht widerspiegelte – das alles ließ eigentlich nur einen Schluss zu. Auch wenn Beatrice sich darüber wunderte, wie das in einem arabischen Land überhaupt möglich war und was wohl der Emir dazu sagen würde.

»Man erzählt sich, Ihr seid Arzt«, begann Abu Rayhan das Gespräch, und Beatrice fragte sich, ob er den Blick zwischen den beiden Dienern gar nicht bemerkt hatte oder ob er zu sehr mit seinen eigenen Problemen beschäftigt war, um sich auch noch darum zu kümmern. Er machte einen abgehärmten, müden Eindruck. »Wo habt Ihr Eure Kunst erlernt, Saddin al-Assim?«

»In Cordoba, Abu Rayhan.«

»Ja, richtig. Verzeiht, ich vergaß, dass man mir erzählte, Ihr würdet aus El-Andalus stammen. Seid Ihr mit dem Schiff hierher gereist oder ...«

»Nein, ich kam mit einer Karawane hier an.«

Er hob überrascht eine Augenbraue.

»Oh, auf dem Landwege also. Und Ihr habt den weiten, beschwerlichen und gefahrvollen Weg hinter Euch gebracht, um hier am Hofe des Emirs von Gazna zu dienen?«

»Gewiss«, erwiderte Beatrice. Irgendwie hatte sie den Eindruck, dass Abu Rayhan ihr nicht so recht glaubte. Eigentlich nur verständlich. Für den Weg, den sie angeblich zurückgelegt hatte, hätte sie mit Pferden und Kamelen vermutlich mehr als ein Jahr gebraucht. Abgesehen davon wäre sie unterwegs an Istanbul, Jerusalem, Damaskus und Bagdad vorbeigekommen, Städte, die bereits im Mittelalter Weltstadtcharakter hatten mit Universitäten, die sich vor denen im 21. Jahrhundert nicht zu verstecken brauchten. Kaum vorstellbar, dass sich ein wissbegieriger, verhältnismäßig junger Arzt von diesen Stätten der Gelehrsamkeit abwandte, um sein Heil in einem abgelegenen Provinznest wie Gazna zu suchen. Aber nun war es zu spät. Sie hatte sich für diese Version entschieden. »Ich habe so viel Gutes über den edlen und weisen Herrscher von Gazna, Mahmud ibn Subuktakin gehört, dass die Reise mir der Mühe wert zu sein schien.«

»Natürlich«, erwiderte Abu Rayhan mit einem dünnen, spöttischen Lächeln. »Vielleicht seid Ihr aber auch nur der Ansicht, dass die Schönheit eines Rubins in der Gesellschaft von gewöhnlichen Flusskieseln besser ins Auge fällt als unter seinesgleichen.«

Beatrice runzelte die Stirn. Obwohl sie natürlich nicht der Lehre wegen nach Gazna gekommen war, trafen sie diese

Worte. Wer ließ sich schon gern unterstellen, er hätte keine anderen Motive außer Eitelkeit und Geltungsbewusstsein.

»Ihr solltet nicht so voreilig von Euch auf andere schließen, Abu Rayhan«, sagte sie und hob stolz den Kopf. »Als ich zu Euch kam, habe ich nicht damit gerechnet, beleidigt zu werden. Falls das die Absicht Eurer unhöflichen Bemerkung gewesen ist, so seid gewiss, dass ich Euch ...«

»Ich bitte um Vergebung, Saddin al-Assim«, sagte Abu Rayhan und verneigte sich. »Ich war überaus unhöflich und nehme meine Worte hiermit zurück. Aber ich musste Euch prüfen und ...«

»Und?« unterbrach ihn Beatrice. »Habe ich die Prüfung bestanden?«

»Ja. Ihr seid ...«

»Schön für Euch. Dennoch werde ich jetzt gehen.«

Beatrice war so wütend über den Hofastronomen, dass sie ihm am liebsten eine Ohrfeige gegeben hätte. Sie erhob sich. Doch sie hatte die Tür noch nicht erreicht, als Abu Rayhan sie zurückhielt.

»Bleibt!«, rief er und legte ihr eine Hand auf den Arm. »Ich bitte Euch, geht nicht.«

Seine Stimme klang so kläglich, und seine Augen flehten sie an, sodass Beatrice einwilligte.

»Gut, ich bleibe«, sagte sie und setzte sich wieder, »aber nur unter der Bedingung, dass Ihr mir dieses seltsame Gebaren erklärt. Wieso wagt Ihr es, mich zu beleidigen?«

Abu Rayhan starrte auf seine Hände.

»Ihr seid erst seit wenigen Tagen in Gazna, Saddin al-Assim, daher könnt Ihr keine Ahnung haben von ...« Er brach ab und schluckte. »Es gibt Tiere, die verstecken sich, wenn sie die Schritte der Menschen hören, andere laufen davon oder machen sich größer, als sie in Wirklichkeit sind, wieder andere beißen zu. Jedes Tier sucht sich seinen Weg, um am Leben zu bleiben und sich gegen seine Feinde zu verteidigen. Könnt Ihr mir folgen?«

»Ich denke schon«, antwortete Beatrice. »Wenn ich Euch richtig verstehe, gehört Ihr zu denjenigen, die erst einmal zubeißen.«

Abu Rayhan seufzte. »Ich musste Mittel und Wege finden, um Freunde und Feinde unterscheiden zu können.«

»Und deshalb nehmt Ihr es in Kauf, jemanden zu vertreiben, der Euch wohlgesonnen ist und sogar Euer Freund werden könnte?«

»Ja. Es ist besser, einen möglichen Freund zu vertreiben als einem möglichen Feind zu vertrauen.«

»Vor Euch liegt ein einsames Leben, Abu Rayhan«, sagte Beatrice und erhob sich wieder. Sie war immer noch nicht gewillt, dem Astronomen zu verzeihen. Die Grundregeln der Höflichkeit galten zu jeder Zeit. Ganz gleich, wie verzweifelt er sein mochte, wie stark die Bedrohungen auch waren, er hatte nicht das Recht, andere zu beleidigen.

»Ich verstehe Euren Zorn, Saddin al-Assim«, erwiderte er. »Doch wenigstens weiß ich jetzt, dass Ihr ein Mann der Ehre seid, der diese auch zu verteidigen bereit ist. Das ist gut. Die Ehre ist ein kostbarer Besitz, der schnell verloren gehen kann. Insbesondere hier in Gazna.«

Ihre Blicke trafen sich, und Beatrice wurde plötzlich klar, was Abu Rayhan ihr mitteilen wollte und was Yassir ihr bereits gesagt hatte. Die Gelehrten an Subuktakins Hof waren nur so lange frei, wie ihre Aussagen und Forschungsergebnisse mit der Meinung des Herrschers übereinstimmten – eben ein totalitäres Regime wie hundert andere auch. Und trotzdem ... Doch dann sah sie plötzlich Michelle vor sich, ihr blondes Haar und die leuchtenden blauen Augen. Nein, Stolz hin oder her, sie musste sich mit Abu Rayhan gut stellen. Wenn jemand am Hof etwas über den Verbleib von Michelle wissen konnte, dann er. Und nach dieser Episode würde er bestimmt noch eher bereit sein, ihr zu helfen.

»Nun gut, ich verzeihe Euch«, sagte sie und kehrte abermals zu den Sitzpolstern zurück.

Eine Weile saßen sie sich schweigend gegenüber. Es war ein unbehagliches Schweigen, und beide waren erleichtert, als Yassir und Sala mit einem Krug und einem Tablett mit Brot, Käse und in Öl und Knoblauch eingelegtem Gemüse zurückkehrten. Sie bedienten sie, gossen ihnen das köstlich nach Zitronen duftende Wasser in zwei schwere Messingbecher und warteten auf neue Befehle.

»Du kannst gehen, Sala«, sagte Abu Rayhan. »Doch entferne dich nicht zu weit, damit du mich hörst, falls ich dich brauche.«

Sala verneigte sich. Yassir warf Beatrice einen fragenden Blick zu. Sie nickte, und auch er verschwand. Sie hatte nicht den Eindruck, dass einer von beiden dies bedauerte.

Abu Rayhan bot Beatrice den Messingteller an. Sie brach sich ein Stück Brot ab, wickelte ein Stück Zwiebel und Gurke darin ein und biss hinein. Es schmeckte wirklich köstlich. Seit ihrem Aufenthalt in Buchara hatte sie eine Schwäche für die orientalische Küche entwickelt. Zum Glück gab es in Hamburg ausreichend syrische, pakistanische, afghanische und türkische Restaurants, um diese Leidenschaft zu befriedigen, und Kochbücher mit entsprechenden Themen füllten in ihrer Küche bereits ein ganzes Regal. Trotzdem war das alles nicht mit den Kochkünsten im Palast eines Emirs zu vergleichen. Ob es an der Frische der Zutaten lag oder einfach daran, dass diese Küche noch von den Einflüssen der Neuen Welt verschont und daher unverfälscht war, konnte sie nicht sagen. Aber es war wie das Eintauchen in ein Märchen aus *Tausendundeiner Nacht*. Das gute Essen und das köstlich duftende Wasser taten ihre Wirkung. Ihre Stimmung hob sich merklich. Und auch Abu Rayhan lächelte wieder.

»Erzählt mir von Eurer Heimat, Saddin al-Assim«, begann er das ins Stocken geratene Gespräch wieder. »Leider hatte ich nie die Möglichkeit, El-Andalus zu bereisen. Es soll sehr schön dort sein.«

»Ja, in der Tat«, erwiderte Beatrice. Und dann begann sie aus einer Laune heraus Abu Rayhan von Andalusien vorzuschwärmen. Glücklicherweise hatte sie vor ein paar Jahren eine mehrwöchige Urlaubsreise dorthin gemacht und sich Sevilla, Granada, Cordoba, Cadiz und die ganze andalusische Küste angesehen. Doch bereits während sie von der Schönheit des Löwenhofes in der Alhambra berichtete, fiel ihr ein, dass sie einen folgenschweren Fehler begangen haben könnte. Sie wusste zwar, dass der Stein sie in das Jahr 1017 oder 1018 geschickt hatte – so hatte sie es zumindest nach Yasminas Angaben errechnet –, doch ihr Wissen über die Geschichte Andalusiens war eher dürftig, und Jahreszahlen hatte sie sich noch nie merken können. Gab es den Löwenhof zu diesem Zeitpunkt schon? Existierte die Alhambra überhaupt, und wenn ja, welchen Namen hatten ihr die Araber gegeben? Oder hatten vielleicht gerade jene Kriege stattgefunden, in denen die Spanier die Mauren endgültig von der Iberischen Halbinsel vertrieben und beinahe alles in Schutt und Asche gelegt hatten, was nur auf irgendeine Weise maurisch aussah? Gab es überhaupt noch ein maurisches Andalusien?

Mein Gott, Bea, dachte sie voller Entsetzen, warum musst du nur immer reden, ohne vorher gründlich nachzudenken? Doch dann fiel ihr ein, dass Maleks Vater gerade erst Teppiche von einer Karawane aus Andalusien erhalten hatte, dass Subuktakin sie sogar dorthin zurückschicken wollte, und sie entspannte sich wieder.

Abu Rayhan sah sie fragend an. Zu spät merkte Beatrice,

dass sie mitten im Satz abgebrochen hatte und nun den Faden nicht mehr wiederfand.

»Und?«, fragte er. »Wie geht es weiter?«

»Ach«, wehrte Beatrice ab und betete inständig zu Gott, dass sie wenigstens dieses eine Mal nicht rot werden würde. Wahrscheinlich vergeblich, denn ihre Ohrläppchen waren bereits heiß, als hätte man sie mit Chilipulver eingerieben. »Ich will Euch nicht mit meinen Geschichten langweilen. Ihr habt bestimmt viel zu tun. Eure Studien werden Euch doch sicher …«

»Aber nein!« Abu Rayhan lächelte. »Ihr vergesst, dass ich Chronist bin. Erzählungen von fremden Ländern und anderen Völkern interessieren mich immer.«

»Nun, ich wollte nur …«, stammelte Beatrice und kam sich dabei ziemlich albern vor. »Wisst Ihr, eigentlich kam ich zu Euch, weil der weise und gerechte Mahmud ibn Subuktakin mir empfohlen hat, mich an Euch zu wenden. Er sagte, Ihr würdet mich in die Gepflogenheiten bei Hof und in meine Aufgaben einweisen.«

»Natürlich«, erwiderte Abu Rayhan und nickte. Doch er sah Beatrice dabei so seltsam an, dass sie plötzlich den Verdacht bekam, er hätte sie durchschaut. Vielleicht hatte sie tatsächlich einen schwerwiegenden Fehler begangen, als sie ihm so bereitwillig von Andalusien erzählt hatte. Er war schließlich Chronist. Unter Umständen kannte er Reiseberichte, die sich nicht mit ihrem deckten. Wie denn auch. Sie hatte ihm Andalusien so beschrieben, wie sie es während ihres Urlaubs im Sommer 1997 gesehen hatte. Und in fast tausend Jahren konnte sich sogar eine Landschaft deutlich verändern. »Ich werde Euren Wunsch erfüllen und Euch alles erklären, was Ihr wissen solltet, sofern Euch ein langer und erfüllender Dienst am Hof des Emirs von Gazna am Herzen liegt.«

Beatrice schluckte. Diese Worte klangen beinahe bedrohlich, so als würde er eigentlich meinen: Wenn Euch Euer Leben lieb ist.

»Ihr seid Arzt, Saddin al-Assim. Ihr werdet Euch also hauptsächlich um die Gebrechen und Leiden der Höflinge kümmern. Der Tag beginnt selbstverständlich bei Sonnenaufgang mit dem Morgengebet. Nach dem Frühstück werden Euch die Kranken in Eurem Arbeitszimmer aufsuchen. Ich nehme an, dass es Euch noch heute zugewiesen wird. Da alle hier bei Hofe ihr Leben in den Dienst Allahs gestellt haben und einen Ihm gefälligen Lebenswandel führen, werdet Ihr feststellen, dass es hier weniger für Euch zu tun gibt als in Häusern anderer Herrscher. Der Emir duldet keine ausschweifenden Feste, keine Musik, keinen Tanz, keine Völlerei oder anderweitiges zügelloses Gebaren. Berauschende Getränke, Wasserpfeifen, Opium und Ähnliches sind ohnehin bei schweren Strafen verboten. Mahmud ibn Subuktakin ist ein heiliger Mann. Er folgt den Worten des Korans. Mäßigung ist eines der obersten Gebote in dieser Stadt. Ihr werdet es also kaum mit verdorbenen Mägen oder Kopfschmerzen zu tun bekommen und somit sehr viel Zeit haben, Euch Euren Studien zu widmen. Zu diesem Zweck steht Euch die Bibliothek jederzeit zur Verfügung. Außerdem treffen sich dort jeden Tag nach dem Mittagsgebet alle Gelehrten. Wir nehmen unser Mittagsmahl ein und sprechen über die Ergebnisse unserer Studien, fragen die anderen Gelehrten um Rat, damit Allah unsere Gedanken erleuchten möge, falls uns die Lösung eines Problems verschlossen bleibt.« Hatte Beatrice sich getäuscht, oder schwang tatsächlich eine Spur von Ironie in Abu Rayhans Stimme mit? »Abends nehmen wir dann alle am gemeinsamen Abendessen mit dem Emir und dem ganzen Hofstaat teil. Und nach dem Nachtgebet endet der Tag. Das ist der Tagesablauf an jedem Tag in der Woche. Für Euch gibt es nur eine Ausnahme. Am heiligen Freitag gewährt der edle

Subuktakin dem Volk von Gazna die Gunst, das ganze Ausmaß seiner Güte und Großzügigkeit zu erleben.« Wieder hatte Beatrice den Eindruck, dass Abu Rayhan seine Worte nicht wirklich ernst meinte. Doch ungerührt und ohne eine Miene zu verziehen, fuhr er fort. »Die Leibärzte des Emirs gehen in die unterschiedlichen Viertel der Stadt, um dort die Kranken unentgeltlich zu behandeln. An diesem Tag steht es Euch frei, an dem Gespräch der Gelehrten teilzunehmen oder nicht. Es liegt an Euch, wie viel Zeit Ihr inmitten des gemeinen Volkes verbringen wollt. Allerdings legt der Emir sehr viel Wert darauf, dass alle Höflinge – also auch die Ärzte – beim Freitagsgebet in der Moschee anwesend sind.« Abu Rayhan machte eine kurze Pause. »Habt Ihr alles verstanden?«

Beatrice nickte. »Ja.«

»Wenn Ihr diese Regeln befolgt und Euch keiner Gotteslästerung oder einer ähnlich abscheulichen Schandtat schuldig macht, so erwartet Euch ein angenehmes, sorgloses Leben in Gazna.«

»Und wenn nicht?« Beatrice war selbst überrascht, dass sie sich traute, offen danach zu fragen.

Abu Rayhan nahm einen langen Schluck aus seinem Becher und sah Beatrice an. Vermutlich dachte er in diesem Augenblick darüber nach, wie er seine Antwort formulieren sollte, ohne sich der Gefahr auszusetzen, eines Tages über die eigenen Worte zu stolpern.

»Mahmud ibn Subuktakin, unser edler Herrscher und Beschützer der Gläubigen von Gazna, hat sehr viel Geduld. Er hört seine Untergebenen an, wenn sie ihm voller Sorge über die Verfehlungen anderer berichten. Und wie ein liebender Vater versucht er jene Männer, die sich den Ratschlägen und Geboten des Korans widersetzen, auf den richtigen Weg zurückzuführen. Wem es gelingt, durch seine Aufmerksamkeit und Mithilfe die Seele eines dieser Unglücklichen zu retten, wird – verständlicherweise – reich belohnt. Nur die Unverbesserlichen, denen nicht mehr geholfen werden kann, weil ihr Herz und ihr Verstand bereits dem Teufel gehören, werden bestraft – so, wie der Koran es verlangt. Doch selbst ihnen gewährt unser Herrscher in seiner über alles gepriesenen Güte die Gelegenheit, ihre Sünden zu bereuen und ihre Seelen zu reinigen, damit sie mit geläuterten Herzen vor Allah treten und mit erhobenem Haupt um Einlass in das Paradies bitten können. Die Sorge um das Wohl der ihm anbefohlenen Seelen lässt unserem Herrscher keine Ruhe. Unermüdlich ist er auf der Jagd nach den Frevlern, die vom Teufel ausgesandt wurden, die Gläubigen in Versuchung zu führen. Deshalb hat man Subuktakin auch die ehrenvollen Beinamen ›Beschützer der Gläubigen‹, ›Vater der Gottesfürchtigen‹ und ›der Gerechte‹ gegeben.«

Beatrice schluckte. Das war mehr als deutlich. Wer sich nicht fügen wollte und dabei erwischt wurde, landete also in den Folterkammern von Gazna und schließlich vor dem Henker. Und irgendein anderer Höfling freute sich über eine stattliche Belohnung oder Beförderung, weil er seinen Nachbarn verpfiffen hatte – ganz egal, ob der nun wirklich schuldig war oder nicht. Wunderbare Aussichten. Unwillkürlich griff sie sich an den Kragen. Aus einem unerklärlichen Grund schien ihr Gewand plötzlich enger geworden zu sein. Wer hatte eigentlich diese blödsinnige Idee gehabt, sie als Mann verkleidet an den Hof des Emirs zu schicken, wo hinter jeder Truhe und in jeder Nische Spitzel und Verräter lauerten?

»Ist Euch nicht wohl, Saddin al-Assim?«, fragte Abu Rayhan, und Beatrice schoss der beängstigende Gedanke durch den Kopf, dass er möglicherweise ebenfalls zu den Spionen gehörte. Und vielleicht kam sie jetzt gerade recht, damit er seinen Kopf aus einer bereits für ihn geknüpften Schlinge ziehen konnte? Allerdings sah er sie so mitfühlend an, dass es ihr schwer fiel, daran zu glauben.

»Ich kann Euch verstehen«, sagte er leise und nippte wieder an seinem Wasser. »Das Leben hier in Gazna ist voller Steine und Hindernisse für einen ehrlichen Mann. Oft genug ist der Mund gezwungen, Ja zu sagen, selbst wenn das Herz Nein meint. Ich hoffe, dass ich Euch hiermit alle Fragen beantwortet habe.«

Beatrice nickte. »Ja, ich danke Euch – für Eure Ratschläge ebenso wie für das vorzügliche Mahl«, sagte sie und erhob sich. »Ich sollte jetzt wohl besser gehen. Das Mittagsgebet ist nicht mehr fern, und bei seinem Dienst für Allah sollte ein Mann ungestört sein.«

»Gut gesprochen, Saddin al-Assim«, erwiderte Abu Rayhan. Ihre Blicke trafen sich, und in diesem Moment wusste Beatrice, dass er von erzwungenen religiösen Pflichten dasselbe hielt wie sie. »Doch bevor Ihr geht, möchte ich Euch noch den Rat eines Freundes mit auf den Weg geben. Der ehrgeizige Schreiber unseres ehrwürdigen Herrschers Subuktakin, ein Mann mit dem Namen Abu Said, brüstet sich damit, dass sein Vater aus El-Andalus stammt. Solltet Ihr ihn jemals treffen, so vermeidet dieses Thema. Abu Said ist ein seltsamer, starrsinniger Mensch, und es könnte sein, dass er Teilen Eurer Erzählung keinen Glauben schenkt.«

Beatrice spürte, dass sie rot wurde. Jetzt war es amtlich. Abu Rayhan hatte sie tatsächlich durchschaut.

»Ich weiß nicht ... würde Euch gern ... aber ...«, stammelte sie.

Doch er schüttelte den Kopf und legte ihr eine Hand auf die Schulter. »Nein, Saddin al-Assim, behaltet für Euch, was Ihr jetzt sagen wollt. Was Ihr verschweigt, kann auch kein anderer ausplaudern. Nicht einmal unter der liebevollen Aufmerksamkeit unseres Herrschers«, sagte er lächelnd. »Geht,

Saddin al-Assim, der Friede Allahs sei mit Euch. Wir sehen uns nachher in der Bibliothek. Euer Diener wird Euch hingeleiten.«

Beatrice erreichte mit Yassir ihr Zimmer gerade noch rechtzeitig, bevor die Stimme des Muezzins laut über Gazna erschallte. Vermutlich wurden in ungezählten Zimmern hier im Palast jetzt die Gebetsteppiche ausgerollt. Wenn sie Abu Rayhan richtig verstanden hatte, so war man nur während der Gebetszeiten vor den Spitzeln sicher. Welcher Verräter würde es auch wagen, dem zutiefst religiösen Herrscher zu erklären, er habe die Zeit des Gebetes genutzt, um anderen hinterherzuspionieren, anstatt seine heilige Pflicht zu erfüllen?

Yassir hatte das Zimmer verlassen. Es war nicht üblich, dass ein Diener und sein Herr die Gebetszeiten gemeinsam verbrachten. Während der eintönige Singsang alle anderen Geräusche verstummen ließ, trat Beatrice ans Fenster. Natürlich hatte Abu Rayhan Recht. Wenn sie ihm nichts von ihren wahren Beweggründen erzählte, konnte er selbst unter der Folter nichts verraten. Doch fragte sie sich, wie er ihr dann bei der Suche nach Michelle helfen sollte. Schon bald würde sie ihn wohl oder übel einweihen müssen – und somit unweigerlich einer vermutlich tödlichen Gefahr aussetzen.

Beatrice seufzte. Sie war zwar wie gewünscht im Palast aufgenommen worden, doch wie sie jetzt ihre Nachforschungen fortsetzen sollte, war ihr ein Rätsel. Wo sollte sie ihre Suche nach Michelle beginnen? Ihre Hand glitt in die Hosentasche, und sie umschloss den Stein der Fatima mit ihrer Faust. Er war kühl und fühlte sich schroff an, fast als ob ihm etwas nicht gefiele. Doch noch während sie darüber nachdachte und sich fragte, welchen Fehler sie wohl begangen hatte, wurde der Saphir warm. Und plötzlich dachte sie, dass es wohl am sinnvollsten wäre, in der Bibliothek mit ihrer Suche zu beginnen. Allerdings war ihr noch nicht klar, wonach sie eigentlich suchen wollte. Einen Zeitungsartikel über die Entführung ihrer Tochter würde sie hier wohl kaum erwarten können. Aber vielleicht fand sie Hinweise auf die Fidawi und ihre Schlupfwinkel, die ihr weiterhelfen konnten – oder neue Informationen über die Steine der Fatima.

Eine mittelalterliche Bibliothek nach brauchbaren Hinweisen zu durchforschen, stellte sich Beatrice nicht allzu schwierig vor. Immerhin waren Pergament, zum Schreiben geeignetes Leder oder gar echtes Papier kostbar, und die Kunst des Schreibens war sogar im Orient mit einem im Vergleich zum mittelalterlichen Abendland hohen Bildungsstand nicht jedem zugänglich. Johannes Gutenberg war zu diesem Zeitpunkt noch nicht einmal geboren worden und der Weg zum ersten erschwinglichen Druckerzeugnis somit noch weit. Bücher wurden von Hand abgeschrieben; eine mühsame Arbeit, die nicht selten Monate, manchmal sogar Jahre in Anspruch nahm. Es war daher nicht verwunderlich, dass es ein Privileg der Reichen war, Bücher zu besitzen. Sie wurden mit Gold und Edelsteinen aufgewogen. Die Bibliothek des Emirs von Gazna konnte also nicht besonders umfangreich sein.

Das einzige echte Problem, mit dem sie sich beschäftigen musste, stellte die Schrift dar. Immerhin war dies eine arabische Stadt in einem muslimischen Land. Die meisten hier befindlichen Bücher waren sicher in arabischer Schrift verfasst und würden somit für sie unlesbar sein. Aber wie konnte sie einen Dolmetscher um Hilfe bitten, ohne Verdacht zu erwecken? Natürlich hätte sie Yasmina fragen können, die Freundin hätte ihr ohne Zweifel gern und mit viel Kompetenz beim Lesen geholfen. Doch Yasmina war eine Frau, und Frauen war der Zutritt zur Bibliothek verboten. Und die Bibliothek von Gazna war keine öffentliche Bücherhalle. Man konnte sich die Bücher nicht einfach ausleihen und irgendwohin mitnehmen. Außerdem hatte Maleks Familie schon genug für sie getan. Sie durfte diese Menschen nicht zusätzlich dadurch in Gefahr bringen, dass sie ihnen verbotenerweise Schriften zur Übersetzung ins Haus schmuggelte. Aber was sollte sie tun? Da fiel ihr Alis private Bibliothek ein, und sie erinnerte sich daran, dass etliche der Werke, die er besaß, zweisprachig verfasst worden waren, dass er sogar seine eigenen Aufzeichnungen und Abhandlungen zweisprachig verfasst hatte. Der arabische stand dabei stets neben dem griechischen oder lateinischen Text. Das gab Beatrice neue Hoffnung. Sie beherrschte Latein. Und mit ein bisschen Mühe würde es auch sicher wieder mit dem Altgriechisch klappen, obwohl sie in der Schule diese Sprache nie gemocht und sie so schnell wie möglich abgewählt hatte. Ja, gleich nach dem Gespräch der Gelehrten würde sie in der Bibliothek bleiben und dort nach einem Hinweis suchen. Und sie war fest davon überzeugt, dass sie auch schnell fündig werden würde.

XIV

Voller Hoffnung und Zuversicht folgte Beatrice Yassir nach Beendigung der Gebetszeit zur Bibliothek. Doch als sie dann diesen Raum betrat, traf sie fast der Schlag.

Sie stand in einer riesigen Halle. Mindestens fünfzig, vielleicht sogar noch mehr schlanke Säulen aus hellgrauem Stein stützten das hohe Deckengewölbe. Und überall standen Regale – Regale, Regale und noch mehr Regale, so weit das Auge reichte. Sie waren meterhoch und bis zum Bersten angefüllt mit Büchern, Schriften und Pergamentrollen. Beatrice schnappte mühsam nach Luft. Was hatte sie in ihrer bodenlosen Einfalt geglaubt? Sie würde hier etwas mehr als hundert Büchern gegenüberstehen? Das mussten weit über tausend sein. Diese Bibliothek hätte sich spielend mit jeder beliebigen Universitätsbibliothek des 21. Jahrhunderts messen können. Und dabei war Gazna nichts als ein Provinznest.

Ein kleiner, schmächtiger Mann in einem knöchellangen hellgrauen Gewand eilte ihr entgegen. Seine Lederpantoffeln schlurften dabei über den dunkelgrauen Boden, sodass es klang, als würde er die großen Steinfliesen mit feinem Schleifpapier bearbeiten.

»Willkommen, willkommen, welch eine Freude, ein neues Gesicht!«, rief er aus. »Ein junges Gesicht, ein sehr junges sogar, wie ich sehe. Der Friede Allahs sei mit Euch. Ich vermute, Ihr seid ...«

»Ich bin Saddin al-Assim ibn Assim«, antwortete Beatrice und verneigte sich höflich. Sie wusste nicht so recht, was sie von dem kleinen Mann halten sollte. Seine Stimme klang so übertrieben fröhlich, wie Beatrice es eigentlich nur von manisch-kranken Patienten kannte.

»Seid gegrüßt, seid gegrüßt«, erwiderte der Mann und verneigte sich ebenfalls. »Mein Name ist Reza. Ich bin der Bibliothekar.«

Beatrice war nicht überrascht, das zu hören. Sein Gesicht war voller Runzeln und hatte fast die gleiche graue Farbe wie sein Haar, sein Gewand und die Kappe auf seinem Kopf. Er sah aus, als wäre er nicht einfach nur der Bibliothekar, er schien geradezu ein Teil der Bibliothek zu sein, geschaffen aus dem gleichen hellgrauen Stein wie die Halle. War das nur ein Zufall, oder gab es hier in dieser Halle giftige mineralische Stäube, die nicht nur Haut, Haar und Kleidung färbten, sondern durch Inhalation, zum Beispiel beim regelmäßigen Abstauben der Bücher, auch schädigende Einflüsse auf die Psyche hatten? Ausgeschlossen war es nicht.

Der klassische Fall einer umweltmedizinischen Erkrankung, dachte Beatrice. Wenigstens lächelt dieser Reza freundlich.

»Gefällt sie Euch?« Er deutete mit der Hand empor und beschrieb mehrere Kreise in der Luft. »Die Bibliothek, meine ich.«

»O ja«, antwortete Beatrice und fragte sich, ob sie tatsächlich so verwirrt und desorientiert aussah, wie sie sich gerade fühlte. »Ich muss gestehen, ich bin überrascht. Die Bibliothek ist wirklich sehr groß.«

»Nun ja.« Er trat so rasch von einem Fuß auf den anderen, dass es aussah, als ob er hüpfen würde. Es war ihm deutlich anzumerken, wie geschmeichelt er sich fühlte. »Natürlich lässt sich die Bibliothek hier in Gazna nicht mit denen in Bagdad und Damaskus vergleichen. Oder gar Jerusalem!« Er rieb sich die Hände, und ein eigenartiges gieriges Funkeln trat in seine Augen, so als ob er sich gerade die Frage stellen würde, ob es nicht an der Zeit wäre, Subuktakin einen Eroberungsfeldzug vorzuschlagen, um endlich die Bibliothek von Jerusalem plündern zu können. »Wir geben uns Mühe, und die Zahl der hier aufbewahrten Bücher steigt fast wöchentlich. Unser Herr und Gebieter, der edle Mahmud ibn Subuktakin, Beschützer der Gläubigen – Allah möge ihn segnen und ihm ein langes und erfülltes Leben schenken –, unterstützt uns dabei nach Kräften.« Er räusperte sich und trat nahe an Beatrice heran. Sehr nahe. Ein eigentümlicher Geruch wie von feinen Metallspänen ging von ihm und seiner Kleidung aus und bestätigte Beatrices Vermutung. Seine Stimme senkte sich zu einem verschwörerischen Flüstern. »Ihr habt nicht zufällig ein paar Bücher aus Eurer Heimat mitgebracht, die Ihr unserer Bibliothek zur Verfügung stellen wollt? Allah wird Eure Spende segnen und Euch ein langes Leben und viele Nachkommen schenken.«

»Nein, leider habe ich gar keine Bücher bei mir«, erwiderte Beatrice hastig und wich unwillkürlich ein paar Schritte von dem kleinen Bibliothekar zurück. Da war etwas in seinen Augen, das sie anwiderte. Wenn man ihr erzählt hätte, dass schon etliche Fremde spurlos verschwunden und nichts von ihnen außer ihren Büchern zurückgeblieben wären, so hätte es sie keinesfalls überrascht. »Aufgrund der langen Reise konnte ich mich nicht mit viel Gepäck belasten. Ich war gezwungen, mich auf das Allernötigste zu beschränken. Ich habe noch nicht einmal viele Kleider bei mir.«

»Ein Gelehrter ohne Bücher, wie traurig!«, sagte er, schüttelte den Kopf und lächelte dann wieder. Doch Beatrice kam dieses Lächeln falsch vor. Falsch und gefährlich. »Dann werdet Ihr die Annehmlichkeiten unserer Bibliothek ohne Zweifel besonders zu schätzen wissen. Wenn Ihr Fragen habt, so wendet Euch getrost an mich. Ihr findet mich zu jeder Zeit hier. Ich kenne jedes Buch und jedes Pergament, das hier aufbewahrt wird.«

»Ich danke Euch vielmals für Eure Freundlichkeit«, entgegnete Beatrice und zwang sich zu einem Lächeln. Sie hoffte inständig, dass Reza ihr wirklich glaubte. Trotzdem nahm sie sich vor, vorsichtig zu sein. Wenn der Kerl wirklich alle hier stehenden Bücher kannte, so wusste er bestimmt auch eine Menge über die Zubereitung und Anwendung von Giften. »Ich werde gern darauf zurückkommen und Eure Hilfe sicher des öfteren in Anspruch nehmen.«

Der Bibliothekar verneigte sich leicht.

»Herr, es ist Zeit für das Gespräch der Gelehrten. Die Herren sind bereits alle eingetroffen und haben sich um den Tisch der Weisen versammelt, das Mahl wird gerade aufgetragen. Folgt mir, Saddin al-Assim, damit Ihr Euren Platz in ihrer Mitte einnehmen könnt.«

Der »Tisch der Weisen« entpuppte sich als ein etwa dreißig Quadratmeter großer, fensterloser Raum am gegenüberliegenden Ende der Bibliothek. Die Decke war hier niedriger, auf kleinen Mauervorsprüngen standen Lampen aus Messing und spendeten Licht. Das Mobiliar war einfach und machte einen beinahe schäbigen Eindruck. Die Steinfliesen waren mit verschlissenen Teppichen und ausgeblichenen Polstern bedeckt, die ihre besten Tage schon lange hinter sich hatten. Und die niedrigen Tische waren abgestoßen und verschrammt. Überall standen achtlos abgestellte Tabletts herum, beladen mit Obst, Gemüse und Käse, Teller mit Brot, dampfende Schüsseln und Krüge. Und daneben stapelten sich Bücher. Es waren Unmengen von Büchern – dicke, dünne, große und kleine. Etwa ein Dutzend Männer hatten sich hier versammelt. Sie diskutierten laut und hitzig, fielen einander ins Wort, blätterten dabei immer wieder in den Büchern und machten sich eifrig mit kleinen Kohlestücken Notizen, während sie sich ganz nebenbei und scheinbar wahllos die Speisen in den Mund stopften. Es war ein Bild, wie Beatrice es noch aus der Mensa im Universitätskrankenhaus in Hamburg kannte. Auch dort hatten sich die Studenten an wackligen Tischen zusammengefunden, Fälle diskutiert, die Prüfungsfragen erörtert und die Wälzer zur Inneren Medizin, Pharmakologie oder Chirurgie zu Rate gezogen und es irgendwie fertig gebracht, sich nicht an den Splittern und Rissen im Sperrholz zu verletzen. Das Essen war dabei nichts anderes als die notwendige und daher unumgängliche Nahrungsaufnahme zur Erhaltung der Gehirnfunktion. Der Geschmack des einheitlich braunen und zerkochten Breis auf den Plastiktrögen war – wenigstens beinahe – egal. Das sperrmüllreife Design des Mobiliars – Nebensache. Kein Wunder also, dass die Mensa der Mediziner in Hamburg den schlechtesten Ruf von allen hatte. Hoffentlich war hier in Gazna wenigstens das Essen besser. Immerhin war sie mit den Jahren anspruchsvoller geworden.

»Willkommen, Saddin al-Assim«, sagte Abu Rayhan so laut, dass mit einem Schlag alle Gespräche verstummten und sich ein Dutzend Augenpaare gleichzeitig auf sie richteten. Er erhob sich von seinem Platz und kam ihr sogar ein paar Schritte entgegen.

Beatrice verneigte sich.

»Ich danke Euch, dass Ihr mich eingeladen habt, an Eurer Runde teilzunehmen«, sagte sie, vermied es jedoch, jemanden dabei ins Gesicht zu sehen. Sie hatte das Gefühl, dass die Blicke der anderen Gelehrten sie förmlich durchbohrten, neugierig, fast feindselig.

»Eingeladen? Hört, hört!«, rief auch sofort ein erstaunlich korpulenter Mann mit schneidender Stimme. Seinem Akzent und seiner Kleidung nach zu urteilen stammte er aus dieser Gegend. »Ihr solltet zuerst unter Beweis stellen, dass Ihr Euch diesen Platz verdient habt, Saddin al-Assim.«

Beatrice schluckte. Auch das noch. Sollte sie jetzt etwa eine Prüfung ihres Könnens ablegen? Ihr blieb doch wirklich gar nichts erspart.

»Ein Ansinnen, das mein Verständnis und meine Zustimmung findet«, erwiderte sie und lächelte. Dieser arrogante Kerl sollte doch nicht glauben, dass sie sich von ihm einschüchtern ließe. »Bitte, stellt mir Eure Fragen, und gebt mir somit die Gelegenheit, mich Eurer Gemeinschaft würdig zu erweisen.«

Während sie sich verneigte, fragte sie sich, woher sie eigentlich diese Kaltblütigkeit nahm. Eine falsche Antwort, und ihre bisherigen Bemühungen wären umsonst gewesen. Bestenfalls würde sie dann die kommende Nacht wieder in Maleks Haus verbringen und von vorne anfangen. Sie warf Abu Rayhan einen kurzen Blick zu. Er lächelte zuversichtlich. Offenbar glaubte er fest daran, dass sie diese Prüfung bestehen würde. Wenn sie doch nur selbst auch so optimistisch wäre.

»Woher stammt Ihr, Saddin al-Assim?«

»Aus El-Andalus.«

»Man sagt, Ihr seid Arzt?«, fragte Abu Rayhan, und Beatrice dankte ihm im Stillen dafür. Offensichtlich hatte er die Absicht, die anderen so schnell wie möglich von dem für sie durchaus verfänglichen Thema Andalusien abzulenken.

»Ja.«

»Oh, ein Kollege! So könnt Ihr mir sicher die Doshas und ihre Merkmale nennen, nach denen sich die Menschen und ihre Erkrankungen einteilen lassen, nicht wahr?«

Der Mann, der diese Frage stellte, war sehr dünn. Und obwohl auch er auf einem der niedrigen Polster saß, war deutlich zu erkennen, dass er wesentlich größer war als die anderen. Er trug muslimische Kleidung, und sein gepflegter Vollbart reichte ihm bis zur Brust, doch seine Haut war dunkel, und er sprach mit einem so starken Akzent, dass Beatrice ihn kaum verstehen konnte. Vermutlich ein Inder, den es – aus welchen Gründen auch immer – nach Gazna verschlagen hatte.

Na wunderbar, dachte Beatrice. Das fängt ja gut an. Ausgerechnet über ayurvedische Medizin wusste sie so gut wie nichts. Trotzdem hob sie ihr Kinn und sah dem Mann gerade in die Augen.

»Ich weiß, dass man die drei Doshas Vata, Kapha und Pitta nennt und dass ein Gleichgewicht derselben anzustreben ist«, sagte sie und klaubte mühsam aus ihrem Gedächtnis zusammen, was sie in den Frauenzeitschriften gelesen hatte, die im Aufenthaltsraum der Notaufnahme auslagen. Vergeblich. Die »Gesundheitsrubriken« überblätterte sie meist. Sie waren nur selten gut recherchiert. »Allerdings endet hiermit auch schon mein Wissen über die ayurvedische Medizin.«

»Das ist nicht viel für jemanden, der von sich behauptet, Arzt zu sein«, sagte der Inder und verzog verächtlich die Mundwinkel. »Wer sich der Behandlung von Kranken widmen will, sollte wenigstens über umfangreichere Kenntnisse in der Heilkunde verfügen als ein Barbier.« Er warf einen Blick in die Runde und erntete Gelächter. Beatrice wurde wütend.

»Sofern Ihr die ayurvedische Medizin Eures Heimatlandes mit der Heilkunde im Allgemeinen gleichsetzt, mögt Ihr Recht haben. Da wo ich herkomme konzentriert man sich jedoch auf andere Aspekte der Heilkunde, wie sie zum Beispiel in der Tradition der hellenistischen und arabischen Schule gelehrt werden. Ich persönlich habe mich bei meinen Studien dem Gebiet der Chirurgie gewidmet. Ich weiß natürlich, dass die ayurvedische Medizin den Patienten in vielen Fällen Linderung ihrer Leiden und manchmal sogar Heilung bringt, doch wenn ich offen sein darf, würde ich eine Pfeilwunde lieber mit einer guten, sauberen Naht als mit einem warmen Ölguss und exotisch gewürzten Speisen behandeln.«

Ihr Blick streifte kurz die anderen Gelehrten. Einige nickten zustimmend, andere sahen sie neugierig an, gespannt darauf, wer wohl diesen Disput gewinnen würde. Das Gesicht des Inders verfinsterte sich.

»Nun, wir werden ja sehen, welche Methode der anderen überlegen ist«, sagte er. »Hochmut steht einem Gelehrten nicht gut zu Gesicht, Saddin al-Assim.«

»Ihr sagt es. Darin bin ich ganz Eurer Meinung. Allerdings sprach ich nicht von der Überlegenheit einer der beiden Behandlungsmethoden, sondern lediglich von ihren Grenzen. Und davon, dass sie sich gegenseitig vorzüglich ergänzen können. Ich bin sicher, die anwesenden Kollegen haben mich sehr wohl verstanden.«

Abu Rayhan hustete. Möglicherweise hatte er sich verschluckt, doch in Beatrices Ohren klang es eher nach einem mühsam unterdrückten Lachen. Vielleicht mochte er den Inder auch nicht.

»Will sich noch jemand ...«, begann Abu Rayhan, doch er wurde von einer klaren, angenehmen Stimme unterbrochen, und mit einem Schlag wurde es still im Raum. Es war so still, dass man Rezas schlurfende Schritte aus den Tiefen der Bibliothek hören konnte.

»Saddin al-Assim ibn Assim, Ihr sagt, Ihr hättet Euch mit der Chirurgie beschäftigt.« Beatrice war überrascht, als sie sah, dass die Stimme zu einem alten Mann gehörte. Er musste sehr alt sein, denn sein Gesicht war runzlig, und die Haut wirkte dünn und trocken wie Reispapier. Bedächtig und erstaunlich akzentuiert kamen die Worte aus seinem zahnlosen Mund. Und jeder, sogar der arrogante Inder, schien wie gebannt an seinen Lippen zu hängen. Auch Beatrice wartete voller Spannung auf die nächsten Worte des Alten, als würde das Schicksal der ganzen Menschheit von dem abhängen, was er sagen wollte. Es war wie eine Hypnose. Sie war nicht einmal mehr in der Lage, den Blick von ihm abzuwenden. In seinem weiten Gewand wirkte er klein, mager und gebrechlich, als könnte ihm bereits eine heftige Windböe gefährlich werden. Er schien sogar so schwach zu sein, dass er sich beim Sprechen auf einen Stock stützen musste, einen knorrigen, von Sand und Sonne geblichenen und durch häufige Benutzung blank polierten Ast von der Dicke eines Männerarms. Und doch ging eine Kraft und Vitalität von dem Alten aus, die beinahe erschreckend war. Es dauerte eine Weile, bis Beatrice begriff, dass es seine Augen waren, die sie irritierten. Diese Augen waren ebenso weiß wie sein Gewand, sein Haar und sein Bart. Einen derart ausgeprägten grauen Star hatte sie noch nie zu Gesicht bekommen. Rein medizinisch war es unmöglich, dass der Alte mit solch einer schweren Trübung der Linsen mehr sehen konnte als den Unterschied zwischen Licht und Schatten. Wahrscheinlich war er sogar blind. Trotzdem hatte Beatrice den Eindruck, dass er sie *ansah*. Nicht so wie andere Blinde oder Sehbehinderte, die sich anhand von Geräuschen, Umrissen oder Bewegungen orientierten. Nein, dieser Mann sah ihr wirklich ins Gesicht. Und Beatrice hatte den Eindruck, dass er dabei mehr erkannte als jeder andere hier im Raum.

»Ihr seid Chirurg, ist das richtig?«, fragte er. »Oder habe ich mich verhört?«

Es war eine rein rhetorische Frage. Sicher funktionierte das Gehör des Alten ausgezeichnet.

»Nein, Ihr habt es richtig verstanden, ich bin in der Chirurgie ausgebildet worden«, sagte sie und hielt dem Blick der weißen Augen stand aus Angst, er könnte sie sonst bitten, ihn wieder anzusehen.

»Nun gut, dann habe ich noch eine Frage an Euch, Saddin al-Assim ibn Assim. Eine kleine, unbedeutende Frage, lediglich dazu gedacht, die kindische Neugier eines alten Mannes zu befriedigen. Denn wer bin ich, Euer Wissen in Zweifel zu stellen, wenn Abu Rayhan Euch für würdig erachtet, in den Kreis der Gelehrten aufgenommen zu werden.« Ein seltsames Lächeln huschte über sein faltiges Gesicht. Ein fröhliches, unbeschwertes Lächeln. Ein Lächeln, das ihr den Schweiß auf die Stirn trieb. »Wer hat Euch in El-Andalus an der ehrwürdigen Universität zu Cordoba in der Chirurgie unterrichtet?«

Diese Frage traf Beatrice wie ein Peitschenhieb. Was sollte sie darauf antworten? Sie kannte doch keine arabischen Gelehrten, die in der fraglichen Zeit in Andalusien gelebt hatten. In dieser Runde konnte sie nicht einfach behaupten, dass sie den Namen ihres Lehrers vergessen habe, so wie zum Beispiel den Namen ihres Professors für Pathophysiologie. Obwohl ihr seine Arroganz und seine fehlende Bescheidenheit noch sehr gut in Erinnerung geblieben war, weil sie sich zwei Semester lang jede Woche in der Vorlesung über ihn aufgeregt hatte, fiel ihr nur noch sein Vorname ein – Andreas. Doch es war hier nicht wie in Hamburg, wo beinahe ebenso viele Dozenten wie Studenten herumliefen. Im Mittelalter herrschten andere Verhältnisse an den Universitäten. Professoren und Studenten kannten sich gut, oft nicht nur mit Namen. Sie waren so eng miteinander verbunden, dass sie beinahe eine Familie bildeten. Und wer konnte sich nicht an den Namen seines Onkels erinnern? Die Gelehrten sahen sie erwartungsvoll an. Sie musste jetzt schnell eine Antwort finden. Wie viel Zeit mochte schon seit der Frage verstrichen sein? Bald würden sie unruhig und misstrauisch werden, und dann …

»Ich hatte eine Reihe von Lehrern, da ich mich nicht nur in einer chirurgischen Schule weiterbilden wollte«, begann sie und hoffte wenigstens etwas Zeit zu gewinnen, bis ihr die Namen von ein paar mittelalterlichen Ärzten einfielen. Oder ein Wunder geschah. »Anfangs habe ich die Werke von Hippokrates, Asklepios und anderer großer Ärzte gelesen. Davon ausgehend wurde ich unterrichtet von ...«

»Ruhe! Haltet ein!«, ertönte plötzlich eine laute, tiefe Stimme hinter Beatrice.

Sie wandte sich um und schaffte es gerade noch rechtzeitig, zur Seite zu springen, bevor sie von dem Eindringling und seinen beiden Begleitern umgerannt wurde. Ohne auf sie zu achten, stürmten die drei an ihr vorbei. Abu Rayhan erhob sich.

»Salam, Hassan, Sohn unseres edlen Herrschers, seid gegrüßt«, sagte Abu Rayhan, verneigte sich, berührte dabei Herz, Mund und Stirn mit der rechten Hand und wirkte sichtlich überrascht. »Wir haben Euch nicht erwartet, Herr. Was kann ich ...«

»Verzeiht, dass ich Eure Runde stören muss, Abu Rayhan«, sagte Hassan mit einer Stimme, die deutlich machte, dass es sich lediglich um eine höfliche Floskel handelte. Männern wie ihm war es egal, wen sie gerade wobei störten. »Wir bringen Euch schlimme Nachrichten.« Beatrice schluckte. Waren die drei etwa wegen ihr hier? War dem Herrscher zu Ohren gekommen, dass sich eine Frau in den Kreis der Gelehrten eingeschlichen hatte? Dieser Hassan sah kräftig aus und machte wie seine Begleiter den Eindruck, dass er durchaus mit den beiden Säbeln umgehen konnte, die rechts und links von seinem Gürtel herabhingen. »Nachrichten von Verschwörung, Verrat und noch schlimmeren gottlosen Taten.« Unwillkürlich wich sie einen Schritt zurück. Gleich würde es so weit sein. Gleich würde man sie verhaften und sie vor den Richter zerren. Welche Strafe wurde wohl hier in Gazna für Betrug verhängt? Der Tod durch Steinigung? Vielleicht sollte sie fliehen, solange sie noch Zeit dazu hatte. Oder sollte sie bleiben und sich wehren? »Nuraddin, mein geliebter Bruder, ist nicht mehr. Er wurde hinterrücks ermordet.«

Einige der Gelehrten erhoben sich vor Erregung von ihren Polstern. Andere begannen zu klagen oder schlugen sich, laut um Allahs Beistand flehend, die Hände vor das Gesicht. Beatrice hingegen wurden die Knie weich – vor Erleichterung. Sie kannte diesen Nuraddin nicht. Und dass er gestorben war, tat ihr wirklich Leid. Allerdings hätte die Nachricht seines Todes zu keinem besseren Zeitpunkt kommen können. Ihr hatte das den Job im Palast des Emirs gerettet, wahrscheinlich sogar das Leben.

»Ruhig, Brüder, seid ruhig«, sagte Abu Rayhan und gebot seinen Kollegen mit einer Geste zu schweigen. Dann wandte er sich wieder Hassan zu. »Mir fehlen die Worte, um Euch meinen Schmerz und meinen Zorn über diese ruchlose Tat auszudrücken, Hassan. Ich weiß, wir sind nur Gelehrte, die sich mehr auf die Schriften denn auf das Kriegshandwerk verstehen, doch solltet Ihr unsere Hilfe bei der Aufklärung dieses Verbrechens benötigen, so werden wir Euch beistehen.« Er verneigte sich.

»Ich danke dir, Abu Rayhan, aber wir kennen die Täter bereits«, sagte Hassan. Beatrice hatte den Eindruck, dass er vor Zorn fast überschäumte. »Es handelt sich um eine Verschwörung, die sich gegen alles richtet, was heilig und ehrenhaft ist. Die Ketzer haben gedungene Räuber damit beauftragt, meinem Bruder in der Wüste aufzulauern und ihn zu töten. Doch wir kennen bereits viele Namen und Gesichter der Verräter, und unter der Befragung werden diese die Namen jener preisgeben, die uns noch nicht bekannt sind. Wir haben den heiligen Schwur geleistet, dafür zu sorgen, dass sie alle für ihre ruchlosen Taten sühnen.« Er berührte kurz den goldfarbenen Griff seines Säbels. »Zum Ausdruck der Trauer über den Tod meines geliebten Bruders und zum Zeichen des heiligen Gedenkens an ihn hat mein Vater ein Schweigen angeordnet, das bis zum Sonnenaufgang andauern soll. Außerdem finden von dieser Stunde an keine Versammlungen mehr statt, die Geschäfte in den Basaren bleiben geschlossen, und die freitäglichen Besuche der Ärzte bei den Armen fallen aus. Jeder Bewohner der Stadt soll fasten, bis der schändliche Mord an meinem Bruder gerächt ist. Die ganze Stadt hüllt sich in eine heilige Trauer, bis auch der Letzte der Frevler mit seinem Blut bezahlt hat und sein Kopf die Zinnen unseres Palastes schmückt. Möge dies all jenen zur Abschreckung dienen, die es wagen, die heiligen Gebote Allahs mit Füßen zu treten.«

Welch ein Pathos, welch eine Übertreibung. Beatrice schüttelte unmerklich den Kopf und verdrehte die Augen. Hassan kam ihr vor wie einer dieser Fernsehprediger, die – mit erhobener Stimme und so viel Enthusiasmus, dass man meinen konnte, die Auferstehung aller Seelen stünde unmittelbar bevor – unablässig »Halleluja« und »Amen« riefen. Allerdings konnte ihr diese Entwicklung nur recht sein. In den nächsten Stunden würde sie Gelegenheit haben, sich in der Bibliothek umzusehen, ohne dabei lästige oder gar gefährliche Fragen beantworten zu müssen. Sogar der geschwätzige Reza würde sich an das Schweigegebot halten müssen, wenn er nicht im Kerker landen wollte. War das wirklich Glück – oder war es Fügung?

Abu Rayhan verneigte sich wieder.

»Herr, ich bin sicher, dass keiner von uns die Absicht hat, das heilige Schweigen zu brechen. Zu mächtig und zu tief ist die Trauer, die durch die Nachricht vom Tod Eures geliebten Bruders unsere Herzen ergriffen hat.«

Einige der Gelehrten stimmten durch Zwischenrufe zu, andere nickten nur beifällig.

»Das freut mich zu hören«, erwiderte Hassan. »Auf den Basaren erzählt man sich nämlich bereits, dass sich diese verfluchten Ketzer auch in den Reihen der Gelehrten von Gazna verbergen sollen. Natürlich sind das nur Gerüchte. Das Gerede von Menschen, denen Bildung fremd und die vielfältigen Künste der Gelehrten unbekannt und unheimlich sind. Doch wie Ihr wisst, enthält das Geschwätz der Händler und Barbiere oft genug auch ein Körnchen Wahrheit. Seid deshalb nicht beunruhigt, wenn ständig das wachsame Auge meiner Getreuen auf Euch ruht, denn in Zeiten wie dieser ist es unsere heilige Pflicht, auch dem geringsten Hinweis zu folgen.«

Beatrice sah, dass Abu Rayhan blass wurde, und hoffte um seinetwillen, dass Hassan es nicht auch bemerkt hatte. »Zerstreut Euch jetzt. Das heilige Schweigen beginnt.«

Hassan zischte seinen beiden Begleitern einen Befehl zu, und die drei rauschten davon. Doch bevor sie den kleinen Raum verließen, streifte sein Blick Beatrice, und für einen kurzen Moment hatte sie Gelegenheit, ihm in die Augen zu sehen. Dieser Bruchteil einer Sekunde reichte aus, um sie davon zu überzeugen, dass sie sich gründlich geirrt hatte. Hassan war alles andere als ein Maulheld, Betrüger oder Schönschwätzer, der nur seinem Vater nach dem Mund redete. Jedes einzelne Wort meinte er bitterernst. Maleks vor Furcht und Entsetzen bleiches Gesicht fiel ihr wieder ein, als sie es gewagt hatte, das Wort »Fidawi« auszusprechen. Er hatte es zwar nicht deutlich gesagt, aber zwischen seinen Worten meinte sie heraushören zu können, dass er den Schlupfwinkel der Fidawi mitten in Gazna vermutete. Doch war es möglich, dass die Kontakte der Fidawi bis in den Palast des Emirs reichten? Vielleicht gehörte Hassan sogar zu ihnen. Die Art, in der er von den Frevlern gesprochen, und die Weise, wie er den Tod seines Bruders verklärt hatte, ging über ein gewöhnliches Maß an Wut und verständlicher Trauer weit hinaus. Und dann war da sein Blick. Er hatte dunkle Augen, die vor Hass, Zorn und einem fanatischen Eifer glühten und trotzdem erschreckend kalt waren. Dieser Blick machte ihr Angst. Es war der Blick eines Mannes, der jederzeit bereit war, Flugzeuge zu entführen, Hochhäuser in die Luft zu sprengen oder Züge entgleisen zu lassen, und der es in Kauf nahm, dabei Menschen zu töten. Im Gegenteil, je mehr Leben eine Aktion forderte, umso größer war der Triumph und umso näher kam er seinem eigentlichen Ziel – der Bestrafung der Ungläubigen. Dabei war er noch jung. Beatrice wagte kaum zu atmen. Sie, die Fremde mit den blauen Augen und blonden Haaren, deren Herkunft niemand außer sie selbst bezeugen konnte, stand gewiss ganz oben auf der Liste der Verdächtigen.

Doch der kurze Moment ihrer Begegnung ging vorüber, ohne dass Hassan sie ansprach oder sie gar angriff. Beatrice war sich noch nicht einmal sicher, ob er sie auch wirklich wahrgenommen hatte. Erleichtert atmete sie wieder auf. Die Gefahr war vorüber. Fürs Erste. Doch wenn sie diesem Radikalen auch in Zukunft nicht in die Hände fallen wollte, würde sie bei ihren Nachforschungen vorsichtig sein müssen. Noch vorsichtiger, als sie ursprünglich angenommen hatte.

XV

Das Talglicht auf dem Lesepult flackerte in einem schwachen Luftzug. Unablässig wehte er durch die kleinen schmalen Fenster hoch oben im Deckengewölbe der Bibliothek, strich um die schlanken Säulen und ließ schließlich am Ende seiner Reise Beatrice frösteln. Sie wickelte sich enger in ihren Mantel, zog sich den Fes tiefer über die Ohren und blies warme Atemluft in ihre klammen Fäuste. Doch alle diese Maßnahmen brachten keinen Erfolg. Unbeirrt kroch der Windhauch ihr bis unter die Kleider und blies ihr eiskalt in den Nacken wie der Atem eines Gespenstes, das ihr heimlich beim Lesen über die Schulter sah. Wie spät mochte es wohl sein? Mitternacht war sicher schon lange vorüber.

Es war unheimlich zu dieser Stunde in der Bibliothek. Zwei Fackeln brannten an der breiten Eingangstür, und die langen Schatten der Säulen tanzten unruhig über den Steinboden wie eine Horde lautloser Geister, die der schwache Lichtschein aus ihren Schlupfwinkeln gelockt hatte. Beatrice war allein. Oder wenigstens beinahe, denn irgendwo zwischen den Regalen, irgendwo in den unergründlichen Tiefen der Bibliothek geisterte Reza herum. Man konnte meinen, dass der Bibliothekar niemals schlafen musste. Wenn er wirklich manisch krank war, so wie sie vermutete, vermochte er tatsächlich Tage, unter Umständen sogar ein oder zwei Wochen ohne Schlaf auszukommen, so lange, bis die manische Phase vorüber war und einem Zustand tiefer Depression und Erschöpfung wich. Aber vielleicht hielt er sich auch aus einem anderen Grund wach. Vielleicht hatte er den Auftrag, sie nicht aus den Augen zu lassen. Vielleicht sollte er sie genau beobachten, um erzählen zu können, was sie tat und in welchen Büchern sie gerade las.

Beatrice hob den Kopf und lauschte. Da war er wieder. Irgendwo in der Bibliothek, vor ihren Augen durch Regale und Säulen verborgen, stand er und blätterte in einem Buch. Doch in der Dunkelheit und Stille klang das Knistern der Seiten eher wie das Rascheln von Nagetieren zwischen dem Pergament, und seine hastigen, schlurfenden Schritte hörten sich an wie das Getrappel von Rattenfüßen. Sie konnte nicht einmal sagen, welcher Gedanke sie mehr in Panik versetzte – die Vorstellung, dass sie in der riesigen Bibliothek allein mit einem Psychopathen war oder dass eine Horde von fetten, gefräßigen, bösartigen Ratten sie aus der Dunkelheit heraus belauerte.

Warum bist du eigentlich noch hier? Du könntest jetzt ebenso gut in deinem warmen, weichen Bett liegen und dich morgen bei Tageslicht ans Werk machen. Frisch und ausgeschlafen und ohne Geräusche und Fantasien, die einem Horrorfilm entsprungen sein könnten. Warum tust du dir das an?

Diese Frage stellte sie sich bereits zum wiederholten Mal in dieser Nacht. Doch die Antwort kannte sie nur zu gut. Sie lag für jeden auf der Hand, der rechnen konnte. Seit ihrer Ankunft in der Wüste waren inzwischen etwas mehr als vier Wochen vergangen. Von dem ausgehend, was Yasmina ihr erzählt hatte, war Michelle mindestens zwei Monate länger hier. Das waren über drei Monate, in denen sich ihre Tochter in einem fremden Land, einer fremden Zeit zurechtfinden musste, ständig auf der Flucht vor den Fidawi. Ihr kleines Mädchen war der Willkür und dem Hass dieser brutalen Männer schutzlos ausgeliefert. Sie kannte die Sprache nicht, sie verstand nicht, was mit ihr geschehen und wo ihre Mama abgeblieben war. Und sie hatte bestimmt Angst. Nein, Beatrice hatte keine Zeit mehr, die sie mit Schlaf vertrödeln konnte. Jede Stunde war kostbar, jede Minute zählte. Selbst wenn sie vor Müdigkeit Kopfschmerzen bekam und vor Kälte am ganzen Leib zitterte, sie durfte nicht aufhören.

Seit Hassan die Besprechung der Gelehrten unterbrochen hatte, hatte sie die Bibliothek nur zweimal verlassen. Sie hatte am Abendgebet teilgenommen und auch noch das Nachtgebet besucht, um durch ihre Abwesenheit nicht jetzt schon den Verdacht der anderen auf sich zu lenken. Nach dem Nachtgebet hatte sie Yassir zu verstehen gegeben, dass sie noch zu arbeiten habe und er daher ihr Bett nicht zu richten brauche. Und dann war sie erneut in der Bibliothek verschwunden.

Sie schloss für einen kurzen Moment ihre brennenden Augen und rieb sich die Nasenwurzel. Sie hatte gerade den Tiefpunkt erreicht, der sich regelmäßig während Nachtdiensten einstellte. In der Notaufnahme hatte sie ihre Strategien dagegen. Es gab Freunde und Kollegen, mit denen man sich unterhalten konnte, starken Kaffee in rauen Mengen und natürlich den Job, der genügend Adrenalin durch die Adern pumpte, um selbst aus der tiefsten Krise innerhalb weniger Sekunden wieder herauszufinden. Doch was gab es hier außer Stille und Dunkelheit? Sie war allein mit einem verrückten Bibliothekar und einer Unmenge staubiger Bücher.

Beatrice schüttelte sich und konzentrierte sich wieder auf das Buch, das vor ihr auf dem Lesepult lag. Den ganzen Tag hatte sie gebraucht, um herauszufinden, nach welchen Kriterien die Bücher geordnet waren. Einige Regale dicht beim Eingang waren noch nach Autoren und Wissensgebieten geordnet, doch dieses System verlor sich rasch, je weiter man in die Tiefen der Bibliothek vordrang. Die meisten Regale wirkten einfach nur willkürlich vollgestellt, so als hätte hier jemand aufgeräumt, der nicht lesen konnte. Erst gegen Abend war sie dahinter gekommen, dass Reza während seiner Amtsperiode damit begonnen hatte, die Bücher einfach nach dem Zeitpunkt ihres Eintreffens in Gazna zu sortieren. Dabei hatte sich der Bibliothekar noch nicht einmal die Mühe gemacht, die Sprachen zu unterscheiden, in denen die Bücher verfasst waren. Das vereinfachte ihre Suche nicht gerade – wonach auch immer.

Ziel- und planlos ging sie die langen Reihen der Regale ab, leuchtete mit ihrem Talglicht auf die Buchrücken, nahm hier und da einen der Bände heraus, der ihr interessant erschien, und las ein wenig darin, sofern er in lateinischer oder griechischer Sprache verfasst war. Im Moment hatte sie ein Werk des Pythagoras vor sich, das sowohl in arabischer als auch lateinischer Sprache geschrieben war. Sie konnte selbst nicht sagen, was sie in diesem Buch zu finden gehofft hatte, warum sie sich überhaupt die Mühe gemacht hatte, die schmale, wacklige Leiter hinaufzusteigen und das Buch aus dem Regal zu nehmen. Wie konnte ihr der berühmte griechische Mathematiker und Philosoph bei ihrem Problem behilflich sein? Sie seufzte. Bei dieser chaotischen Suchmethode ohne jedes System war es kein Wunder, dass sie bisher nichts gefunden hatte.

Müde und frustriert klappte sie es nach einer Weile wieder zu und ging zu der Regalreihe zurück, aus der sie es genommen hatte. Mühsam, das Buch unter den Arm geklemmt, das flackernde Talglicht in der einen, die wurmstichigen Sprossen in der anderen Hand, kletterte sie die Leiter zum wohl hundertsten Mal in dieser Nacht empor. Ihre Beine waren mittlerweile schwer wie Blei, und bei jedem Schritt rechnete sie damit, ins Leere zu treten. Dass sie nicht schon längst mit gebrochenen Knochen auf den Steinfliesen lag, grenzte bei dem

Zustand der Leiter ohnehin fast an ein Wunder. Doch das morsche Ding hielt wider Erwarten auch diesmal. Unversehrt kam Beatrice oben an und stellte den Wälzer in das Regal zurück.

Erneut hob sie das Talglicht und leuchtete die Buchrücken entlang. Sie hatte eigentlich keine Hoffnung, diesmal etwas Brauchbares zu finden, aber aufgeben mochte sie auch nicht. Und plötzlich, als sie bereits die Leiter wieder hinuntersteigen und sich einem anderen Regal zuwenden wollte, wurde sie stutzig. Etwas an den Büchern, die gerade vor ihr standen, kam ihr bekannt vor. Etwas fiel ihr ins Auge, stach von den hunderten von Buchrücken ab, die sie an diesem Tag und in dieser Nacht schon betrachtet hatte. Etwas, das sie offenbar schon vorhin im Unterbewusstsein registriert haben musste. Etwas, dass sie letztlich dazu bewogen hatte, gegen jede Logik den Pythagoras herauszuziehen. Doch was war es? Nachdenklich nahm Beatrice das nächste Buch in die Hand. Es war ein Werk des Aristoteles, ein schmaler, unscheinbarer Band ohne irgendwelche Besonderheiten. Dennoch regte sich etwas in ihr, etwas, das Ähnlichkeit hatte mit der vagen Erinnerung an einen Traum in den Sekunden nach dem Aufwachen. Sie stellte den Band wieder zurück und sah sich die nächsten an – Hippokrates, Seneca, wieder Aristoteles, Al-Farabi. Beatrice schaute überrascht auf. Wieso konnte sie plötzlich die arabische Schrift lesen? Woher wusste sie, dass diese hübsch anzusehenden Schnörkel die Silben »al-fa-ra-bi« bildeten? Da sie keine hellseherischen Fähigkeiten besaß und auch nicht so recht an göttliche Erleuchtung glauben mochte, gab es darauf nur eine logische Antwort. Sie kannte dieses Buch, woher auch immer. Ihr Herz begann plötzlich heftig zu schlagen, und zögernd, als könnte das Buch ihr in die Hand beißen, schlug sie die erste Seite auf. Das Werk war in arabischer Schrift verfasst. Allerdings enthielt es nicht nur die gleichmäßig geschriebenen Zeilen seines Urhebers. Überall, zwischen den Zeilen, an den Seitenrändern und in jeder erdenklichen Textlücke standen Notizen. Manchmal war es nur ein Wort, manchmal gleich mehrere Sätze hintereinander, winzige, hastig mit schwarzer Tinte dahingekritzelte Zeichen. Natürlich konnte sie nicht lesen, was dort stand, aber sie erkannte die Schrift. Auf den ersten Blick.

Beatrice schloss die Augen. Sie sah ein Arbeitszimmer vor sich. Es war ein Raum mit einem niedrigen Schreibtisch, einigen Sitzpolstern und einem Schrank voller Kräuter, Tinkturen und medizinischer Instrumente. Das Beeindruckendste jedoch war das große Regal, das fast die ganze Breite der Wand einnahm und so mit Büchern voll gestopft war, dass es fast unter ihrem Gewicht zusammenzubrechen drohte. Es war Alis Arbeitszimmer in Buchara. Denn diese Notizen im Werk von Al-Farabi hatte niemand anderer als Ali al-Hussein geschrieben, ihr Ali. Natürlich wusste sie jetzt, weshalb ihr die Bücher so vertraut vorgekommen waren und weshalb sie sich überhaupt mit dem Pythagoras herumgeschlagen hatte. Alle Bücher, die hier in diesem Regal standen, hatten einst Ali gehört.

Beatrice klappte das Buch zu und presste es an sich wie ein Ertrinkender einen Rettungsring. Wie oft hatten sie und Ali zusammengesessen und über Fragen diskutiert, die das Lesen der Werke des Aristoteles oder des Hippokrates aufgeworfen hatten? Wie oft war über diese Gespräche schon die Morgendämmerung angebrochen, bevor sie endlich ins gemeinsame Bett gefunden hatten? Und wie oft hatte sie Ali dabei beobachtet, wenn er sich während ihrer Diskussionen hastig Notizen machte und dabei die Feder so flink über das Pergament huschte, dass er manchmal sogar vergaß, sie rechtzeitig in das Tintenfass zu tauchen? Dann musste er mühsam seine Gedanken neu ordnen, um sie unter Flüchen und den Wün-

schen nach einer Feder, mit der man ohne lästige Unterbre-
chungen schreiben könne, erneut aufzuzeichnen.

In Erinnerungen versunken, streichelte Beatrice den Ein-
band. Und für einen kurzen Augenblick bildete sie sich ein,
sie würde nicht das trockene, rissige Leder unter ihren Fingerspitzen fühlen, sondern Alis Wange. Sein raues Gesicht mit
dem Vollbart, der sie so oft gekitzelt und geärgert hatte. Tränen traten ihr in die Augen. Sie vermisste ihn. Doch dann
schreckte sie jäh auf. Warum standen die Bücher hier? Was
hatten sie in der Bibliothek von Gazna verloren? Freiwillig
hatte Ali sie gewiss nicht hergegeben. Seine Leidenschaft für
Wissenschaft und Lehre war so ausgeprägt, dass er sich lieber
von seinem ganzen Besitz getrennt hätte als von einem einzigen seiner Bücher. Was konnte das bedeuten? Waren ihm die
Bücher auf einer seiner vielen Reisen gestohlen worden? Oder
hatte man sie ihm gewaltsam abgenommen? War er etwa ...

Beatrice geriet in Panik. Verzweifelt versuchte sie sich wieder die einzelnen Stationen im Leben des berühmten arabischen Arztes Ali al-Hussein ibn Abdallah ibn Sina ins Gedächtnis zu rufen. Sein Wirken als Leibarzt des Emirs in Buchara, seine Flucht, als Nuh II. vertrieben wurde, sein kurzer
Aufenthalt in der Stadt Hamdan ... Sie kannte sie fast aus-
wendig, so viele Biografien hatte sie in den vergangenen Jahren über ihn gelesen, über den berühmten arabischen Arzt
Avicenna, wie Ali auch genannt worden war. Ihr Ali. Hatte er
irgendwann in Gazna gelebt?

Sie rieb sich die Stirn. Sie konnte nicht nachdenken, wenn
sie so nervös war. Die Geschichtszahlen tanzten in ihrem Hirn
Ringelreihen, und plötzlich war sie sich nicht einmal mehr sicher, in welchem Jahr sie sich gerade befand. Ihren bisherigen
Berechnungen zufolge musste dies eigentlich das Jahr 1017
oder 1018 sein. Ali würde noch leben und irgendwo auf seiner ziellosen Reise durch die arabische Welt sein. Doch war

sie sich dessen wirklich sicher? Es gab Schaltjahre und erhebliche Unterschiede zwischen der christlichen und der muslimischen Zeitrechnung. Das Jahr war unterschiedlich lang, und wenn sie nicht wirklich alles berücksichtigt hatte, konnte sie sich gut und gerne um mehr als zwanzig Jahre verrechnet haben. Ali al-Hussein war, wenn man den Historikern glauben durfte, im Jahre 1037 gestorben. Vielleicht war es schon so weit. Vielleicht hatten ihn Subuktakin und seine Soldaten geschnappt, getötet und die wertvolle Bibliothek an sich genommen. Sie meinte sogar darüber in einer Biografie gelesen zu haben. Beatrice wurde schwindlig. Plötzlich wurde ihr klar, dass sie, seitdem sie zu Hause das Fehlen des Saphirs bemerkt hatte, davon ausgegangen war, dass Ali noch lebte. Sie hatte nicht einen Augenblick daran gezweifelt, dass Michelle zu ihrem Vater gegangen war. Ohne sich dessen bewusst gewesen zu sein, hatte sie angenommen, dass sie das Kind dort letztlich auch finden würde – bei Ali. Jetzt wusste sie, wie sie vorgehen musste. So bald wie möglich würde sie Ali aufsuchen. Doch vor allem brauchte sie jetzt einen Kalender. Denn erst mit dem genauen Datum würde sie wissen, wo sie Ali finden konnte. Sie würde Yassir damit beauftragen, ihr einen Kalender zu besorgen.

Rasch stellte sie das Buch ins Regal zurück und kletterte die klapprige Leiter hinunter. Sie hatte gerade das Ende erreicht und wollte zum Ausgang, um die Bibliothek zu verlassen, als sie heftig erschrak. Direkt vor ihr, nicht einmal eine Armlänge von ihr entfernt, stand Reza. Der Schein des Talglichts zuckte wild über sein Gesicht, das seltsam starr wirkte. Starr und grau, so als wäre er tatsächlich aus Stein gemeißelt – oder aus einem Grab auferstanden. Es war eine Begegnung wie aus einem Horrorfilm.

»Verzeiht«, flüsterte Beatrice und wollte sich gerade vor dem Bibliothekar rechtfertigen, als ihr das Schweigegebot

wieder einfiel und die drakonischen Strafen, die Hassan ange-
droht hatte. Vielleicht hatte Reza die Absicht, sie zu provozie-
ren, sie in eine Falle zu locken, um sie gleich morgen früh, sobald die Sonne aufgegangen war, bei einem Mitglied der
Herrscherfamilie zu denunzieren.

Sie trat einen Schritt zur Seite, um rasch an dem Bibliothekar vorbeizugehen, doch er stellte sich ihr wieder in den
Weg. Erneut versuchte sie an ihm vorbeizugehen, vergeblich.
Sobald sie einen Schritt machte, tat er es auch. Auf diese
Weise war an ein Durchkommen zwischen den eng nebeneinander stehenden Regalen nicht zu denken. Beatrice biss
die Zähne zusammen und runzelte zornig die Stirn. Am liebsten hätte sie Reza in Grund und Boden gestampft, doch sie
bezwang sich. Sie durfte das Schweigen nicht brechen, unter
gar keinen Umständen. Wütend starrte sie den Bibliothekar
an, der sich jedoch überhaupt nicht aus der Ruhe bringen
ließ. Im Gegenteil. Statt zur Seite zu treten und ihr den Weg
freizugeben, entblößte er nur seine schiefen gelben Ratten-
zähne zu einem Lächeln. Es war ein widerliches, wissendes
Grinsen voller Häme und Triumph. Dann trat er endlich beiseite und ließ Beatrice mit einer übertriebenen Verbeugung an
sich vorbei.

Auf dem ganzen Weg durch die Bibliothek blieb Reza
dicht hinter ihr. Beatrice spürte seine Blicke in ihrem Nacken, und seine hastigen, schlurfenden Schritte klangen in
ihren Ohren. Sie versuchte ruhig zu bleiben – wenigstens äu-
ßerlich. Doch ihre Hände waren so feucht, dass sie in regelmäßigen Abständen Schweißtropfen auf dem Boden hinter-
ließ. Diverse Film- und Buchszenen flimmerten durch ihren
Kopf – wie immer zum unpassendsten Moment. Sie dachte
an Filme und Bücher wie *Das Schweigen der Lämmer*, *Sieben*, *Hannibal*, *Der rote Drache*, *Knochenjäger* und *Das
Parfüm*. Wohl hunderte von Psychopathen geisterten durch

die Film- und Literaturgeschichte, die genau in diesem Augenblick alle aus den Tiefen ihrer Erinnerungen emporgekrochen kamen, um sie zu erschrecken. Doch dies hier war keine Filmszene. Sie war wirklich hier, in dieser dunklen, verlassenen Bibliothek, und hinter ihr schlurfte dieser Verrückte her. Jede Sekunde rechnete sie damit, dass er sich mit einem animalischen Schrei auf sie stürzen würde. Dabei wäre ein Dolch im Rücken vermutlich noch das geringste Übel. Ebenso gut konnte er sie bewusstlos schlagen und in ein finsteres Loch sperren, wo er sie verhungern ließ oder folterte oder eine andere, besonders ekelhafte Todesart für sie vorbereitet hatte.

Beatrice versuchte sich an alle Regeln zu halten, die – den einschlägigen Filmen und Büchern zufolge – im Umgang mit gewaltbereiten Psychopathen galten: Verhalte dich ruhig. Sei selbstbewusst. Vermeide hektische, unerwartete Bewegungen. Und zeige vor allem keine Angst.

Die haben gut reden, dachte sie und bemühte sich nach Leibeskräften, ihre Beine davon abzuhalten, einfach loszulaufen. Diesen Schreiberlingen sollte man gehörig auf die Finger klopfen. Offensichtlich haben sie selbst niemals eine derartige Situation erlebt.

Ganz normal, so als wäre nichts Besonderes geschehen, ging Beatrice an den endlosen Regalreihen entlang. Doch Reza ließ sich nicht abschütteln. Er war dicht hinter ihr und kam immer näher. Sie hörte sogar schon seine schnellen Atemzüge. Sie klangen erregt, angespannt, so als würde jeden Augenblick der dünne Spinnfaden reißen, der noch seinen krankhaften Trieb zügelte. Vielleicht war Reza nicht nur manisch, vielleicht hörte er geheimnisvolle Stimmen, die ihm gerade jetzt befahlen, dem seltsamen Mann, der sich Saddin al-Assim ibn Assim nannte, die Kehle durchzuschneiden. Wie viele Fremde mochte er wohl schon in der Stille und Dunkelheit der Bibliothek beseitigt haben? Wie viele Leichen ruhten unter den Steinplatten der Bibliothek? War Ali vielleicht eine von ihnen?

Endlich sah sie die Tür, sie war kaum zehn Meter von ihr entfernt. Beatrice schöpfte neue Hoffnung. Wenn sie es bis dahin geschafft hatte, wenn es ihr gelingen würde, die Tür zu öffnen und die Bibliothek zu verlassen, würde sie in Sicherheit sein. Reza würde bestimmt nicht den Schutz der Bibliothek verlassen, ihr kreuz und quer durch den Palast folgen und sich dabei der drohenden Gefahr einer Entdeckung durch die Palastwachen aussetzen.

Es waren höchstens noch fünf Meter bis zur Tür. Allmählich musste es auch Reza klar sein, dass seine Beute ihm unweigerlich durch die Lappen ging, wenn er nicht bald handelte. Instinktiv bereitete Beatrice sich darauf vor, sich gegen einen Angriff zu verteidigen oder loszulaufen. Sie versuchte zu erraten, wo Reza gerade war und was er gerade tat. Allerdings wagte sie es nicht, sich umzudrehen und ihn anzusehen. Diese Geste konnte eine der Regeln im Umgang mit Psychopathen verletzen. Mit unabsehbaren Folgen.

Und dann stand sie endlich vor der Tür und umklammerte den kalten Griff aus Eisen mit beiden Händen. Sie zog mit aller Macht. Schließlich hing ihr Leben davon ab, ob es ihr gelingen würde, die Tür innerhalb der nächsten Sekunden zu öffnen.

Und wenn sie verschlossen ist?, schoss es ihr durch den Kopf. Wenn du dich gleich umdrehst und er voller Schadenfreude mit dem Schlüssel winkt? Dann bist du verloren.

Ein Schrei machte sich in ihr bereit, als die innere Panik so übermächtig wurde, dass ihr beinahe schon schwarz vor den Augen wurde. Doch es gelang ihr, sich zu beherrschen. Sie musste einen kühlen Kopf bewahren, egal, was passieren würde. Und dann geschah das Wunder – die Tür bewegte sich in ihren Angeln. Sie war nicht abgeschlossen. Allerdings war sie schwer, und es kostete Beatrice große Anstrengung, sie auch nur einen Spaltbreit zu öffnen. Doch nun kam ihr ein neuer, beängstigender Gedanke. Vielleicht war dies der Augenblick, auf den Reza gewartet hatte? Sie war jetzt abgelenkt. Sie konzentrierte sich auf das Öffnen der Tür und wähnte sich bereits in Sicherheit. Jetzt zuzuschlagen würde für Reza ein Höchstmaß an Triumph bedeuten, einen Höhepunkt seiner Macht. Und sie wäre eine besonders leichte Beute.

Beatrices Herz klopfte wie eine Kesselpauke. Jeder einzelne Schlag dröhnte in ihren Ohren und in ihrem Brustkorb, als würde sie bei dem Konzert einer Heavymetal-Band direkt neben den Lautsprechern stehen. Langsam, unendlich langsam wie in Zeitlupe schwang der Türflügel weiter auf und gab den Blick auf ein Panorama frei, das Beatrice in seiner Unschuld und Harmlosigkeit vorkam, als wäre ein Stück vom Garten Eden auf die Erde gefallen. Vor ihr lag der breite Gang, durch den sie vor Stunden zur Bibliothek gekommen war. Aber wie schön sah er aus! Im Vergleich zur düsteren Bibliothek war er hell erleuchtet wie ein Ballsaal kurz vor Eintreffen der Gäste. Das Licht der Fackeln spiegelte sich auf den blank polierten weißen Marmorwänden. Rosenblüten schwammen in Messingbecken und verbreiteten ihren betörenden Duft, der an Feen, Prinzen und laue Sommernächte erinnerte. Aus der Ferne erklangen die schweren Schritte der Palastwachen, doch in ihren Ohren hörte es sich an wie Musik, wie Trommelwirbel in einem Karnevalszug mitten in Rio de Janeiro. Sie hatte es geschafft. Am liebsten hätte sie laut gejubelt.

Triumphierend drehte Beatrice sich zu Reza um und nickte ihm zum Abschied zu. Doch in seinen Augen sah sie weder Enttäuschung noch das irre, zornige Glitzern eines unbefriedigten Triebes, wie sie es erwartet hatte. Er hatte weder Schaum vor dem Mund, noch versuchte er sie in einer letzten verzweifelten Anstrengung zu packen und wieder in die Bibliothek zu ziehen. Er grinste nur. Tückisch, bösartig, widerwärtig, als hätte er genau das erreicht, was er erreichen wollte. Dann verbeugte er sich vor ihr und zog die Tür der Bibliothek zu.

Ihre Knie drohten nachzugeben, und für einen Moment lehnte sich Beatrice erleichtert gegen das kühle Holz der Tür. Gott sei Dank, sie war in Sicherheit.

Doch war sie das wirklich? Es dämmerte ihr, dass Reza vermutlich nicht einen Augenblick die Absicht gehabt hatte, sie zu überfallen und zu töten. Das alles entsprang nur ihrer lebhaften Fantasie, genährt durch ihre Vorliebe für Thriller – zugegeben ziemlich brutale und düstere Thriller, nach denen sie meistens das Licht im Flur brennen ließ. Gut, Reza war ihr durch die Bibliothek gefolgt, aber er hatte ihr nichts getan. Doch warum hatte er dann so höhnisch gelächelt? Was hatte er vor? Welche diabolischen Gedanken spukten wohl durch sein verrücktes, von irgendwelchen giftigen Stäuben oder Dämpfen verseuchtes Gehirn?

Auf dem Weg zu ihrem Gemach dachte Beatrice angestrengt darüber nach. Und gerade als sie ihre Zimmertür erreicht hatte und ihre Hand bereits auf dem Türgriff lag, kam ihr ein Gedanke. Wie lange hatte Reza sie wohl schon beobachtet, bevor sie ihm in die Arme gelaufen war? Hatte er die ganze Zeit über zugesehen, welche Bücher sie gelesen hatte? Wusste er, dass es sich um die Bücher von Ali al-Hussein handelte? War er in der Lage, die Zusammenhänge zu begreifen? Und wenn ja, wem würde er wohl von seinen Beobachtungen erzählen? Abu Rayhan? Subuktakin? Oder gar Hassan? Jede einzelne dieser Möglichkeiten konnte sie in ungeahnte Schwierigkeiten bringen und die Suche nach Michelle mit einem Schlag beenden. Beatrice öffnete die Tür und trat in ihr Gemach.

In der Mitte des Zimmers stand Yassir, starr und unbeweglich wie eingefroren, als hätte sie ihn beim Eintreten mit flüssigem Stickstoff beschossen. Der junge Diener war gerade damit beschäftigt, das Bett neu zu beziehen. Weshalb er das mitten in der Nacht tat, das war nicht schwer zu erraten, denn Yassir war nicht allein. Er und Sala waren weiß wie frisch gekalkte Wände.

»Herr, ich … bitte, wir …«, stotterte Yassir.

»Herr, ich flehe Euch an …«, fügte Sala hinzu. Seine Stimme bebte so stark, dass Beatrice ihn kaum verstehen konnte. »Wenn mein Herr oder der edle Subuktakin erfährt, dass wir …«

Beatrice lächelte mitfühlend. Entweder liefen hier in Gazna erstaunlich viele Menschen herum, deren Lebensweise und Ansichten gründlich von denen der Herrscherfamilie abwichen, oder sie zog diese Menschen geradezu magisch an – Yasmina, Maleks Familie, Abu Rayhan und jetzt auch noch Yassir und Sala. Subuktakin würde vor Empörung vermutlich der Schlag treffen, wenn er von den beiden Dienern erführe. Und Hassan? Er würde bestimmt vor »heiligem Zorn« überschäumen und unter fürchterlichem Geschrei den beiden armen Kerlen die schlimmste Todesstrafe angedeihen lassen, die sich ein Mensch ausdenken konnte.

»Macht euch keine Sorgen. Was ihr getan habt, geht mich nichts an. Das ist ganz allein eure Sache«, wagte sie in diesem Raum trotz des Schweigegebots zu sagen.

Die beiden Diener sahen sich verblüfft an.

»Herr«, begann Yassir vorsichtig. »Ihr wollt nicht die Soldaten rufen? Jetzt gleich?«

»Warum sollte ich das tun?«

»Nun, wir sind schließlich ...« Sala räusperte sich und wurde vor Verlegenheit dunkelrot im Gesicht. »Jeder andere würde nicht zögern und uns auf der Stelle in den Kerker werfen lassen.«

»Ich wüsste nicht, weshalb ich das tun sollte«, sagte sie. »Ihr seid pflichtbewusste Diener, wie man sie sich nur wünschen kann. Und wenn einem von euch mal ein Missgeschick passiert und auf das Betttuch ein wenig Lampenöl oder Wasser tropft, so ist das doch noch lange kein Verbrechen, oder?«

»Nein, natürlich nicht, aber ich verstehe nicht ...« Doch Yassir stieß Sala seinen Ellbogen in die Seite, und dann strahlten beide über das ganze Gesicht. Immer wieder verbeugten sie sich vor Beatrice und ergriffen ihre Hände und den Saum ihres Gewandes, um sie zu küssen.

»Herr, wie sollen wir Euch je ...«

»Ihr braucht mir nicht zu danken«, sagte sie und schob die beiden Männer sanft zurück. »Geht jetzt, bitte. Ich habe lange gearbeitet und möchte nun schlafen.«

»Ja, Herr, Euer Wunsch ist uns Befehl«, erwiderte Yassir.

Die beiden verbeugten sich noch ein paarmal, dann verschwanden sie. Beatrice sah noch einen Moment die geschlossene Tür an, durch die Yassir und Sala gerade das Zimmer verlassen hatten. Sie konnte es immer noch nicht fassen. Das Schicksal hatte es mal wieder gut mit ihr gemeint. Denn ganz gleich, was die nächsten Tage bringen würden und um welche Dienste sie würde bitten müssen – auf Yassir und Sala würde sie zählen können.

Hassan betrachtete den schlichten, nur mit wenigen Möbeln schlechter Qualität eingerichteten Raum. Es war ärmlich, geradezu erbärmlich, doch für sein Vorhaben war es perfekt. Das Haus stand in einem der Armenviertel der Stadt, weit entfernt vom Palast und den nächtlichen Patrouillen der

Stadtwachen. Die Häuser rechts und links neben diesem waren nichts als verlassene Ruinen und so baufällig, dass nicht einmal die Bettler hier Unterschlupf suchten. Sie waren allein. Niemand würde sie stören, niemand würde sie beobachten, wenn man von ein paar mageren Katzen absah, die in der Dunkelheit Ratten und Mäuse jagten. Das Haus war perfekt, der Plan war perfekt. Und doch ging er in dem Zimmer auf und ab, unruhig und gereizt wie ein Raubtier in einem Käfig. Wo waren nur sein Vertrauen und die Gewissheit, dass er Allahs Willen erfüllte? Normalerweise wusste er, dass er das Richtige tat, dass er den richtigen Weg ging und dass Allahs Engel ihm dabei hilfreich zur Seite standen. Doch jetzt? Wo war diese Sicherheit jetzt? Er war nervös, unsicher und zweifelte letztlich sogar an seiner eigenen Entscheidung. Es war unbegreiflich. Er, dem mittlerweile mehr als hundert Glaubensbrüder absoluten Gehorsam geschworen hatten, zweifelte.

Wütend starrte Hassan den Mann an, den Urheber des Übels, den Grund für seine Zweifel und seine Schwäche. Er kniete vor dem Fenster – schmutzig und in zerfetzte, stinkende Lumpen gehüllt, mit langen ungepflegten Haaren, die seit Jahren weder gewaschen noch geschnitten worden waren, und einem derart staubigen, verfilzten Bart, dass er bis zu seinem Bauch hinabhing und dabei aussah wie die wilden Flechten an der verwitterten Rinde eines uralten Baums. Und doch war ihm dieses Gesicht seltsam vertraut.

Zum wiederholten Male fragte er sich, weshalb er überhaupt diesen dreckigen, stinkenden Kerl aus seinem Verlies geholt und hierher geschleift hatte. Weshalb hatte er ihn nicht einfach vergessen und in seinem Loch gelassen, damit er dort langsam verfaulte? Doch es gab einen Grund. Einen sehr guten sogar.

»Du stinkst wie ein schimmliger Abfallhaufen«, sagte Hassan und hielt sich angewidert ein mit duftendem Öl getränktes Tuch vor die Nase. Für Allah musste er das erdulden. Für Allah musste er seine Zweifel und den Gestank ertragen, musste diese Prüfung über sich ergehen lassen – um am Ende zu siegen.

»Verzeiht, Herr, dass ich kein Bad genommen habe, bevor Ihr mich zu Euch gerufen habt«, sagte der Mann mit einer seltsam rauen, krächzenden Stimme, die nach altem, brüchigem Schuhleder oder den rostigen Scharnieren einer lange nicht mehr benutzten Tür klang. »Doch unglücklicherweise waren meine Diener sehr beschäftigt. Sie hatten nicht einmal mehr genug Zeit, meine Festkleider zu richten.«

Hassan erstarrte. War der Kerl etwa wahnsinnig? Nein. Sein Gesicht war zwar bleich und hohlwangig wie der Schädel eines Skeletts, doch seine Augen waren klar und lebendig. Es war erschreckend. In diesem Mann steckte eine geradezu übermenschliche, eine diabolische Kraft, die nicht einmal der Kerker hatte auslöschen können. Andere, bessere Männer wurden schon nach wenigen Tagen Haft verrückt. Doch dieser hier hatte ausgeharrt, im Dunkeln, fast ohne Nahrung und Wasser. Wäre er ein Sohn des Höchsten, Allah hätte ihn in Seiner großen Güte und Barmherzigkeit schon längst von seinem Leiden erlöst und ihn zu sich in sein Paradies geholt. Doch der Kerl lebte noch. Und es gab nur einen, der ihm dabei geholfen haben konnte. Hassan erschauerte.

Allah!, flehte er, gib mir Kraft, standhaft zu bleiben, mich nicht von ihm reizen zu lassen, um seinem schändlichen Werk vorschnell ein Ende zu setzen. Gib mir die Kraft, diese Aufgabe zu beenden, denn nur so wird es uns gelingen, das Heer Deiner Widersacher endgültig zu vernichten.

»Was willst du von mir, Hassan? Warum hast du mich aus dem Kerker geholt?«, fragte der Mann, der einem Gespenst nicht unähnlich war, einem Geist, emporgestiegen aus den

Albträumen einer längst erloschenen Vergangenheit. »Warum hast du mich nicht einfach dort gelassen?«

»Du hast nicht das Recht, Fragen zu stellen«, sagte Hassan und gab dem am Boden knienden Mann einen Tritt gegen die Schulter. Der Gefangene stöhnte vor Schmerz auf und taumelte zurück, doch er verlor nicht das Gleichgewicht. Und dann erklang ein seltsames, glucksendes Geräusch. Es dauerte eine Weile, bis Hassan begriff, dass der Mann zu seinen Füßen lachte. Bei allen Heiligen Allahs, woher nahm der Kerl die Kraft, den Mut und die Frechheit zu lachen?

»Ich verstehe schon. Du brauchst mich, mein Freund«, sagte der Mann mit seiner heiseren Stimme. »Nicht wahr, so ist es doch? Du brauchst mich. Deshalb hast du dich wieder an mich erinnert – nach all den Jahren.«

»Schweig!« Hassan war fassungslos. Er wusste noch nicht, welches Gefühl in ihm die Oberhand gewinnen würde – der Zorn über diesen gottlosen Frevler, der in seiner mottenzerfressenen Kleidung vor ihm auf dem Boden hockte und es wagte, ihn zu verspotten, oder die Furcht vor der diabolischen Macht, die in dieser mageren, knochigen Gestalt zu stecken schien. »Du kennst Ali al-Hussein ibn Abdallah ibn Sina?«

»Den Arzt?« Ein Lächeln umspielte die blutleeren Lippen des Mannes. »Natürlich. Das weißt du doch. Wir beide kennen ihn, Hassan. Er hat dir das Leben gerettet. Damals, als du vom Pferd gestürzt bist. Erinnerst du dich noch? Natürlich waren es andere Zeiten – Zeiten der Freundschaft, der Treue. Wir waren auf der Falkenjagd, du und ich ...«

»Ruhe!«, brüllte Hassan. Er hielt sich die Ohren zu. Auf gar keinen Fall wollte er dieser Stimme noch länger zuhören. Es war die Stimme des Versuchers, die danach trachtete, ihn zu verführen und vom richtigen Weg abzubringen.

Hassan begann mit der Aufzählung der neunundneunzig

Namen Allahs, er rief die Engel um Schutz und Beistand an. Trotzdem taten die Einflüsterungen des Teufels bereits ihre Wirkung. Bilder tauchten vor seinem inneren Auge auf, Bilder, die er gar nicht sehen wollte. Bilder aus einer Vergangenheit, an die er sich nicht erinnern wollte, weil sie schlecht war, weil sie tot war, weil sie aus einer Zeit stammte, als er den Weg noch nicht gekannt hatte, den Allah für ihn vorherbestimmt hatte. Und dennoch konnte er sich nicht wehren. Er sah die beiden Falken, die am Himmel kreisten, und die Jungen, die nebeneinander ritten.

Was sie taten, war verboten, das wussten sie beide, denn sie durften noch nicht allein in die Berge reiten. Sie waren noch viel zu jung, ihre Väter hatten es ihnen untersagt. Aber sie waren voller Ideen, Tatendrang und Lebensfreude. Und sie waren Freunde. Sie konnten sich aufeinander verlassen. Keiner würde den anderen jemals verraten. Doch dann war es geschehen. Eines der beiden Pferde scheute, warf seinen jungen Reiter ab und lief davon. Der Junge stürzte einen Abhang hinunter und geriet mit seinem Fuß in eine Felsspalte. Es war mitten in den Bergen, weit und breit gab es nichts und niemanden, der ihnen hätte zu Hilfe eilen können. Also stieg der andere Junge den Abhang hinunter und befreite seinen Freund. Mühevoll schleppte er ihn auf seinem Rücken wieder nach oben und setzte ihn auf sein eigenes Pferd. Der Fuß stand in einem seltsamen Winkel ab, und obwohl der Junge nichts von der Heilkunst verstand, erkannte er, dass das Gelenk seines Freundes gebrochen war.

»Wir müssen nach Hause«, sagte er zu seinem Freund, der immer noch tapfer versuchte die Tränen zurückzuhalten. »Du brauchst einen Arzt.«

»Nein!«, schrie der andere Junge. »So trete ich meinem Vater nicht unter die Augen. Lieber sterbe ich.«

Doch was nach Stolz und Tapferkeit klang, war in Wahrheit nichts anderes als Furcht. Die Furcht vor dem strengen, unnachgiebigen Vater, der keinen Widerspruch und keinen Ungehorsam duldete. Und natürlich die Furcht vor den empfindlichen Strafen, vor Schlägen und Demütigungen, die zu Hause auf ihn warten würden. Ob der andere Junge davon wusste, konnte er nicht sagen. Er sah ihn lange an. Und schließlich nickte er.

»Gut. Einen Tag lang werden wir weitergehen. Wenn wir jedoch bis zum Abend keine Hilfe gefunden haben, kehren wir morgen früh bei Tagesanbruch nach Hause zurück. Ich lasse es nicht zu, dass du hier in den Bergen stirbst.«

Die Stimme des Freundes duldete keinen Widerspruch. Und dann gingen sie los. Der Freund führte das Pferd, während der Junge sich verzweifelt und halb ohnmächtig an den Sattel klammerte. Schmerz, Hitze, Durst – das waren die einzigen verbliebenen Erinnerungen an ihre lange, einsame Wanderung durch die Berge.

»Nein!« Hassan schüttelte heftig den Kopf, als könnte er dadurch den Bildern aus der Vergangenheit Einhalt gebieten. »Ich will davon nichts mehr hören!«

Der Mann zuckte gleichgültig mit seinen mageren Schultern wie einer, der nichts mehr zu verlieren hatte.

»Gut. Was also willst du von mir?«

»Ich will ein Bildnis von ibn Sina.«

Der Mann blinzelte, neigte seinen Kopf zur Seite und sah Hassan an, als hätte er die Worte nicht verstanden.

»Was willst du?«

»Du hast richtig gehört. Ich will, dass du ein Bildnis von Ali al-Hussein ibn Abdallah ibn Sina zeichnest. Jetzt. Hier. In diesem Raum.«

»Aber ... Das ist doch verboten.«

»Mach dich nicht lächerlich«, erwiderte Hassan und begann zu lachen. Plötzlich, wie ein Geschenk vom Himmel, waren sie wieder da, seine Sicherheit, sein Wille, seine Stärke. Er wusste wieder, was zu tun war, er wusste, dass es richtig war. Und die Ausflüchte dieses elenden Geschöpfs waren in der Tat eher kindisch und grotesk als ernst zu nehmend. »Du hast dich doch noch nie darum geschert, was verboten ist. Oder warst du es etwa nicht, der sich ›Künstler‹ nannte und ketzerische Zeichnungen von allen möglichen Geschöpfen Allahs angefertigt hat?«

»Ja, schon, aber einen Menschen ...« Die Blicke des Mannes irrten kreuz und quer durch das Zimmer, ohne zwischen Staub und Verfall einen Punkt zu finden, auf dem sie ruhen konnten. Doch Hassan ließ sich nicht täuschen. Der Gefangene fürchtete nicht die Aufgabe. Hassan hatte es ihm zwar nie wirklich nachweisen können, doch er *wusste*, dass dieser Kerl schon früher die Gesichter – und sogar die nackten Körper – von Menschen gezeichnet hatte. Jetzt suchte er nur nach Ausreden, windigen Vorwänden, um den Befehl verweigern zu können. Kein Wunder, die Söhne des Teufels hielten zueinander. »Warum, Hassan? Wozu brauchst du ein Bild von ibn Sina?«

Dieser plötzliche, klare, offene Blick und die direkte Frage brachten Hassan wieder aus dem Gleichgewicht, aber nur für einen kurzen Moment.

»Das geht dich eigentlich nichts an«, sagte er und wandte dem Mann den Rücken zu, »aber wenn du es durchaus wissen willst – wir lassen ihn suchen. Wir benötigen gute Ärzte in Gazna und ...«

»Nein, Hassan, das ist nicht der wahre Grund. Es arbeiten ausreichend Ärzte an deines Vaters Hof. Und Dankbarkeit kann auch nicht dein Beweggrund sein, denn sonst hättest du ibn Sina schon längst nach Gazna geholt. Nein, da muss etwas anderes dahinter stecken.« Der Mann kaute auf seiner trockenen, spröden Lippe herum. Und dann fuhr sein Kopf plötzlich empor. »Jetzt verstehe ich!«, stieß er hervor. »Doch glaube mir, ich werde dir nicht dabei helfen, diesen Mann zu töten.«

Hassan schüttelte den Kopf. »Ibn Sina ist ein Frevler, ein Ketzer. Er ist schlimmer als ein Ungläubiger. Er ist ein Gottloser. Er tritt das Gesetz mit Füßen, er tritt die heiligen Worte des Korans mit Füßen, er …«

»Er hat dir das Leben gerettet, Hassan! Hast du das etwa vergessen?«, unterbrach ihn der Mann. Er stand auf. Irgendwie schaffte er es, sich trotz der schweren eisernen Ketten, mit denen er an Händen und Füßen gefesselt war, zu erheben und näher an Hassan heranzutreten. »Wenn er nicht gewesen wäre, wärst du jetzt nicht hier. Wenn er damals deinen Fuß nicht gerichtet und geschient hätte, wärst du mit Sicherheit …«

Der Gefangene stand jetzt so dicht vor ihm, dass sein Gesicht nur eine Handbreit von Hassans entfernt war. Unwillkürlich wich er einen Schritt zurück. Diese zornig funkelnden Augen flößten ihm eine unerklärliche Furcht ein.

»Es war Allah, der mich gerettet hat«, entgegnete Hassan. »Er hat unsere Schritte zu dem Lagerfeuer von ibn Sina gelenkt. Er hat in Seiner unendlichen Barmherzigkeit …«

»Und doch war es die Hand von ibn Sina, die dir Kräuter gegen das Fieber und gegen die Schmerzen eingeflößt hat. Wenn er nicht gewesen wäre, wärst du in den Bergen gestorben, Hassan. Noch in jener Nacht. Du bist verblendet von deinen eigenen Irrlehren und …«

Hassan ertrug es nicht länger. Er holte aus und schmetterte dem Mann seine Faust mitten ins Gesicht. Der von Hunger und Durst geschwächte Gefangene knickte zusammen wie ein Grashalm und stürzte zu Boden. Doch er gab sich immer noch nicht geschlagen.

»Was willst du jetzt tun, Hassan? Mich umbringen? Mich

foltern? Mir alle Knochen brechen? Tu es. Doch du wirst mich nicht dazu bringen, einen guten, ehrlichen Mann zu verraten. Ich gehöre nicht zu der Schar von Dummköpfen, die bereit sind, dir auf deinem Weg in die Hölle zu folgen.«

Hassan packte den Gefangenen an dem, was vor Jahren ein Kragen gewesen sein mochte, und zog ihn vom Boden hoch.

»Hüte deine Zunge, Elender!«, zischte er. »Du vergisst, wer von uns beiden dem Teufel seine Seele verkauft hat.«

»Manchmal frage ich mich, ob ibn Sina dich nicht besser hätte sterben lassen sollen«, flüsterte der Mann, während Blut an seinem Kinn hinunterlief. »Vielleicht ist das die einzige unverzeihliche Sünde, die er in seinem Leben begangen hat. Doch Allah möge barmherzig sein, denn er tat es aus Unwissenheit. Er glaubte, er würde einem Jungen das Leben retten. Er konnte nicht ahnen, welch eine Bestie sich hinter dem unschuldigen Gesicht verbarg.«

»Du Sohn einer …« Der morsche Stoff der Kleidung des Gefangenen gab nach, und der Mann stürzte wieder zurück zu Boden. Hassan verlor das Gleichgewicht, taumelte und konnte sich gerade noch rechtzeitig abfangen, bevor er auf dem Rücken landete wie ein hilfloser Käfer. Er sprang auf und lief mit langen Schritten durch das Zimmer. Zorn packte ihn. Ein unbändiger Zorn, der sich in einem animalischen Schrei aus seiner Brust befreien wollte. Er sah blendend weiße Kreise vor seinen Augen, seine Fäuste öffneten und schlossen sich, er biss die Zähne zusammen, bis er glaubte, sie würden ihm aus dem Kiefer herausbrechen. Dann packte er in einer einzigen Bewegung den Griff seines Säbels, zog die Waffe aus der Scheide an seinem Gürtel und wirbelte zu dem Gefangenen herum, der am Boden kauerte und sich das Blut von Mund und Nase wischte. Jetzt würde er diesen gottlosen Kerl richten. Hier, auf der Stelle würde er mit seiner Klinge, die am

Grab eines Heiligen gesegnet worden war, den Kopf dieses Spötters vom Rumpf trennen und ihn endlich dorthin schicken, wohin er eigentlich schon seit vielen Jahren gehörte – in die Hölle..

Der Säbel sauste nieder, auf den schmutzigen dünnen Hals des Gefangenen zu, der seinen drohenden Tod nicht kommen sah. Ungeschützt lag er vor Hassan. Doch mitten in der Bewegung stoppte er. Der Säbel schwebte über dem Nacken des Gefangenen, die Klinge zitterte in seiner Hand, gefährlich im Licht der Öllampen schimmernd. Nein, er durfte ihn nicht töten. Wenigstens jetzt noch nicht. Er brauchte ihn noch. Er brauchte das Bildnis von ibn Sina. Und – bei Allah! – er würde es auch bekommen.

Hassan zog den Säbel zurück und steckte ihn in die Scheide. Mit einem Schlag fühlte er sich wieder ruhig. Er war stark geblieben, er hatte die Prüfung bestanden. Und er wusste jetzt, wie er vorgehen musste.

Der Gefangene sah zu ihm empor. Immer noch lief frisches Blut über sein Gesicht. Doch an seinem Blick erkannte Hassan, dass er nichts bemerkt hatte als einen schwachen Luftzug an seinem Hals. Er ahnte nicht, dass er weniger als eine Handbreit vom Tod entfernt gewesen war. Er ahnte nicht, wie viel Glück er soeben gehabt hatte.

»Nun, du kennst sicher noch Omar al-Kazar, den Mosaikleger?« Zu seiner großen Genugtuung sah er, dass der Gefangene zusammenzuckte. Er wirkte erschrocken. »Er ist im Kerker wegen ähnlicher Vergehen wie du. Und auch er kannte ibn Sina. Wenn du das Bildnis nicht malen willst, er wird es gewiss tun – für Wasser, frische Kleidung oder sogar die Freiheit.«

»Ja, das fürchte ich auch«, murmelte der Mann und versuchte sich aufzurichten. Er mühte sich ab wie ein Fohlen bei seinen ersten Stehversuchen, immer wieder knickten seine dürren, ausgemergelten Arme unter ihm zusammen. »Das wäre in der Tat ...«

Jetzt hast du keine Macht mehr über mich, dachte Hassan und lächelte. Jetzt, da du weißt, dass du nicht der Einzige bist, dass du entbehrlich bist, dass ich dich töten lassen und trotzdem mein Ziel erreichen kann. Das Gefühl des bevorstehenden Triumphes breitete sich in ihm aus. Er konnte förmlich sehen, wie der Gefangene seine Chancen gegen seine eben noch wortreich mitgeteilten Prinzipien abwog, sich dabei seinen eigenen Lohn ausmalend. Und wirklich, der Mann änderte sein Verhalten.

»Al-Kazar ist ein Stümper«, sagte er schließlich und rümpfte die blutige Nase. »Wenn du ihn das Porträt malen lässt, wird niemand auf der ganzen Welt ibn Sina darauf erkennen können. Du solltest mir den Auftrag geben.«

»Oh, ich dachte du wolltest – wie sagtest du vorhin noch? – ach ja, du wolltest einen guten Mann nicht verraten?«

»Nein, natürlich nicht, aber ...« Der Gefangene kroch auf Knien näher, rang seine Hände und leckte sich über die trockenen, aufgesprungenen und geschwollenen Lippen. Seine Stimme klang plötzlich sanft und einschmeichelnd. »Du hast mir nichts davon gesagt, dass ich ... Was bekomme ich, wenn ich ...«

Heuchler!, dachte Hassan und sah auf den Mann vor ihm hinab. Bis vor wenigen Augenblicken hatte er sich vor ihm beinahe gefürchtet. Er hatte seine Kraft, seine Standhaftigkeit fast bewundert. Doch in Wahrheit war er nichts als ein armseliges, bedauernswertes, fehlgeleitetes Geschöpf. Er kam angekrochen wie ein Hund, den man mit Tritten verscheuchen und gleich darauf mit einem halb verfaulten Knochen wieder anlocken kann. Gier galt nicht umsonst als eine der Todsünden.

»Was willst du denn haben?«

Der Mann leckte sich die schmutzigen Finger, schmatzte und griff nach dem Saum von Hassans Gewand. Ekelhafter Gestank wallte zu ihm empor, und ihm wurde übel. Er riss sich los und wich einen Schritt zurück.

»Nicht viel. Viel weniger als dieser Stümper. Etwas zu essen natürlich. Und Wasser, frisches Wasser. Und, und ... frische Kleidung. Außerdem würde ich gern ein Bad nehmen, falls sich das machen ließe.«

Er sprach schnell, hastig. Sein Blick war ängstlich, so als würde er fürchten, dass es für ihn bereits zu spät war, dass Hassan sich nicht mehr umstimmen ließe.

Gut, dachte Hassan, jetzt habe ich ihn genau dort, wo ich ihn haben wollte. Er tat, als ob er über den Vorschlag des Gefangenen erst nachdenken müsste.

»Gut«, sagte er schließlich, »es sei so. Du sollst alles erhalten, was dein Herz begehrt. Aber erst nachdem du das Bildnis fertig gestellt hast – in vierfacher Ausführung.«

Der Gefangene nickte so heftig, dass eine Staubwolke von seinen schmutzigen Haaren aufstieg.

»Ja, natürlich, ich werde sogleich mit der Arbeit beginnen.«

»Ausgezeichnet«, sagte Hassan und amüsierte sich dabei im Stillen über den beinahe kindischen Eifer, den der Mann plötzlich an den Tag legte. Und das nur für die Aussicht auf eine Kelle frisches Wasser und einen Teller Linsen. »Pergament und Tinte liegen dort auf dem Tisch.«

Der Gefangene machte sich augenblicklich an die Arbeit. Hassan sah nicht zu, wie er sein gottloses Werk ausführte. Er wandte ihm den Rücken zu und hörte nur das emsige Kratzen der Feder, während er seinen Blick aus dem Fenster auf die verlassene Straße richtete und die Katzen auf ihrer Jagd nach Ratten und Mäusen beobachtete. Dabei betete er wie jedes

Mal, wenn er irgendwo zum Warten gezwungen war, um den glücklichen Ausgang seines Vorhabens. In dieser Nacht jedoch hatte er noch mehr Zeit für das Gebet als gewöhnlich. Die Sterne begannen bereits zu verblassen, als der Gefangene endlich die Feder zur Seite legte, aufstand und hinter ihn trat.

»Die Bilder sind fertig«, sagte er und reichte ihm einen Bogen Pergament.

Wahrhaftig. Vor Hassans staunenden Augen lag nicht weniger als viermal das Gesicht desselben Mannes. Die Bilder glichen einander bis zum letzten Barthaar. Und der Mann sah dabei so lebendig aus, dass er glaubte, jeden Augenblick würde sich der Mund bewegen und zu sprechen beginnen. Es war ein richtiger, echter Mensch mit jeder Falte seiner Haut, jedem einzelnen Haar seiner Augenbrauen, jeder Locke seines Bartes. Es fiel schwer zu glauben, dass er nicht aus Fleisch und Blut, sondern nur aus Tinte und Pergament bestand. Es war unheimlich, gespenstisch. Und doch ... Hassan kniff die Augen zusammen.

»Dies ist wohl das Bildnis eines Mannes«, sagte er nach einer Weile, »allerdings kann ich keine Ähnlichkeit mit ibn Sina feststellen.«

»Doch, doch, seht Euch nur einmal die Augen an, Herr«, ereiferte sich der Gefangene, und Hassan fiel auf, dass dieser ihn nicht mehr mit seinem Namen ansprach. Vielleicht hatte er endlich begriffen, dass sie einander nicht ebenbürtig waren – zu keiner Zeit. »Ihr müsst Folgendes bedenken, Herr: Seit Ihr ibn Sina in den Bergen getroffen habt, sind viele Jahre verstrichen. Ihr sucht nicht mehr den jungen Mann, den Ihr damals gesehen habt. Er ist ebenso älter geworden wie Ihr selbst, er muss sich folglich ebenso verändert haben. Deshalb habe ich versucht ihn altern zu lassen und ihn so darzustellen, wie er jetzt, mehr als zehn Jahre nach Eurer Begegnung mit ihm, aussehen könnte. Sonst würde ihn doch niemand erken-

nen.« Ein strahlendes kindliches Lächeln glitt über sein einge-
fallenes, schmutziges Gesicht. »Ich glaube nicht, dass al-Kazar ebenfalls daran gedacht hätte.«

»Du magst Recht haben«, sagte Hassan und musterte die
Bilder erneut. Ja, wirklich, bei längerer Betrachtung waren
die Augen tatsächlich ibn Sinas Augen. Und das Kinn, unter
einem dichten, krausen, bereits ergrauten Bart versteckt, war
das von ibn Sina – soweit er sich nach all den Jahren noch erinnern konnte. Er nickte.

»Gut. Bereits in wenigen Stunden werden Reiter mit dem
Bildnis in alle vier Himmelsrichtungen unterwegs sein.«

Er war zufrieden. Mit diesem Porträt in den Händen dürfte
es keine Schwierigkeiten mehr bereiten, ibn Sina zu finden –
diesen Dämon, der sich, wie es schien, unsichtbar machen
und überall verstecken konnte, obwohl ihm schon seit einigen
Jahren die Fidawi auf den Fersen waren.

»Ich möchte jetzt meinen Lohn, Hassan.«

Hassan sah auf. Plötzlich hatte er das Gefühl, dass hier irgendetwas nicht stimmte. Der Gefangene klang merkwürdig,
kleine Schweißperlen standen auf seiner Stirn. Er sah aus wie
jemand, der im Fieber lag oder große Angst hatte. Und dann
sein Blick ...

Vielleicht ist es die Gier in den Augen eines Mannes, die Erwartung auf die vergänglichen Freuden des Fleisches, dachte
Hassan und schob seine Bedenken beiseite.

»Ja, du sollst deinen Lohn bekommen«, sagte er und lächelte. Endlich war es so weit. Endlich konnte er das tun, was
er beinahe, in einem Augenblick der Schwäche schon vorhin
getan hätte. Er griff nach seinem Säbel.

Doch in eben diesem Moment, kurz vor Vollendung seiner
Mission, stürmten zwei Männer in den Raum. Sie waren ge-
kleidet wie die Stadtwachen, trugen Helme, breite, plumpe
Schwerter, Schilde und die schweren, eisenbeschlagenen Stie-

fel der Soldaten. Natürlich hatte er mit ihnen gerechnet. Doch sie kamen zu früh. Verärgert ließ Hassan seine Hände wieder sinken und den Säbel in der Scheide stecken. Erneut musste er sich in Geduld üben. Doch hielt nicht Allah Seine gütige, schützende Hand über ihn? Würde Allah ihn, Seinen treuen Diener, jemals im Stich lassen? Nein. Alles kam von Allah. Vielleicht war dies eine Prüfung. Oder vielleicht konnte er den Vorteil dieser unvorhergesehenen Wendung nur noch nicht erkennen.

»Herr, was gibt es?«, fragte der eine der Soldaten, ein hoch gewachsener Kerl mit einer breiten, schiefen Nase – ein sicheres Zeugnis ungezählter Schlägereien. Trotzdem machte er einen aufgeweckteren Eindruck als sein Kamerad, der Hassan mit einem stumpfsinnigen Gesichtsausdruck anstarrte. »Man hat uns hierher geschickt, weil unsere Hilfe gebraucht wird.«

»Ja, ihr kommt gerade recht«, sagte Hassan und biss dabei die Zähne zusammen. Natürlich hatte einer der Brüder die Soldaten zu ihm geschickt. So hatten sie es schließlich verabredet. Aber warum gerade jetzt? Warum konnte er nicht erst … Doch da kam ihm ein Gedanke. Jetzt, mit den beiden Soldaten als Augenzeugen, würde nichts und niemand in Gazna seine Geschichte anzweifeln. Alles würde noch viel glaubwürdiger wirken. Die beiden hätten zu keinem besseren Zeitpunkt auftauchen können. Er musste sich Mühe geben, seinen Triumph nicht zu deutlich zu zeigen. Und so machte er ein finsteres Gesicht und deutete auf den Gefangenen. »Dieser Kerl – verflucht sei sein Name und alle seine Nachkommen! – ist aus dem Kerker entwichen. Doch zum Glück – gepriesen sei Allah! – blieb seine Flucht nicht lange unbemerkt. Es gelang mir, ihm bis zu diesem Haus zu folgen. Hier habe ich ihn schließlich auf frischer Tat bei dem schlimmsten Frevel ertappt, mit dem sich ein Mann besudeln kann. Überzeugt euch selbst!« Er hielt eines der Pergamente hoch, sodass die

Soldaten das Bild sehen konnten. »Dieser Lump hat es gewagt, Allah, den Schöpfer des Himmels und der Erde, zu ver-
höhnen, indem er das Bildnis eines Mannes angefertigt hat.«

Die beiden Soldaten schrien erschrocken auf und wichen
zurück bis zur Wand.

»Was ... was sollen wir mit ihm machen, Herr?«, fragte der größere von ihnen schließlich mit zitternder Stimme.
»Sollen wir ihn in den Kerker zurückbringen und morgen
dem Henker übergeben?«

»Nein«, antwortete Hassan, »das wäre viel zu gefährlich.
Wir können nicht einmal bis zum Morgengebet warten.
Wahrscheinlich steht er mit allen Dämonen der Hölle im
Bunde. Wenn wir auch nur eine Stunde zögern, werden diese
grässlichen Kreaturen die Chance nutzen und ihn abermals
befreien. Nein, wir dürfen keine Zeit verlieren. Wir werden
diesen Sohn der Hölle hier auf der Stelle richten.«

Er wandte sich wieder dem Gefangenen zu und packte zum
dritten Mal in dieser Nacht den Griff seines Säbels. Nur beiläufig registrierte er, dass der Gefangene ihm dabei in die Augen sah, seine Hände aneinander legte und sie dann zum
Himmel hin öffnete wie ein Mann, der ein Gebet sprach. Ein
Gebet zu den Dienern der Hölle. Es würde sein letztes sein.
Hassan holte aus. Die Klinge zuckte durch die Luft, ein kurzes metallisches Blitzen im Licht der Öllampen. Sie sang ein
kurzes kraftvolles Lied des Triumphes. Dann war es auch
schon vorbei.

Hassan atmete langsam und ruhig aus und schloss die
Augen.

Gepriesen sei Allah! Gelobt sei Sein Name! Es ist voll-
bracht. Endlich. Nach all den Jahren ...

Als er die Augen wieder öffnete, stellte er überrascht fest,
dass sich die beiden Soldaten an die Wand pressten wie zwei
verängstigte Jungen bei einem Erdbeben. Regungslos starrten

sie auf den Toten zu ihren Füßen. Keiner von ihnen rührte auch nur einen Finger, keiner von ihnen machte Anstalten, ihre Aufgabe zu erfüllen und den Leichnam wegzuschaffen.

»Dummköpfe!«, fuhr Hassan die beiden ärgerlich an. »Was steht ihr hier herum und starrt ihn an, als könnte eine giftige Schlange oder ein Dämon aus seinem geöffneten Hals hervorkriechen? Der Kerl hat seine gerechte Strafe erhalten. Und es ist gut, dass wir es hier getan haben. Wer weiß, welches Unheil er sonst noch angerichtet hätte.«

»Ja, Herr, gewiss habt Ihr Recht«, sagte der große Soldat und fuhr sich mit der Zungenspitze über die Lippen. Der andere war nicht einmal mehr dazu fähig. Schweiß perlte auf seiner Oberlippe, und seine Augen waren weit aufgerissen, als hätte ein Fluch ihn zu Stein verwandelt. »Aber dieser ... dieser ...«

»Aber was?«, brüllte Hassan. »Schafft ihn endlich fort!«

»Aber wie, Herr, wie sollen wir ...«

»Ihr Trottel. Muss ich euch denn alles sagen? Einer nimmt den Körper, der andere ...«

»Aber Herr, seht doch nur. Sein Gesicht! Seht doch sein Gesicht!«

Hassan verdrehte die Augen. Weshalb mussten ihm die Brüder in dieser Nacht ausgerechnet die stumpfsinnigsten Soldaten zu Hilfe schicken, die jemals in der Stadtwache gedient hatten? Trotzdem ging er in die Ecke des Raums, in die der Kopf gerollt war und beugte sich über ihn, sodass er ihm ins Gesicht sehen konnte. Die Augen des Toten standen weit offen, so wie es bei Enthaupteten oft der Fall war. Trotzdem war es anders als bei anderen Hinrichtungen, deren Zeuge Hassan im Laufe seines Lebens geworden war. Und jetzt verstand er auch die Furcht der Soldaten. Der Tote starrte Hassan an. Nicht anklagend und auch nicht angst- oder hasserfüllt, wie es eigentlich zu erwarten war und wie er es schon oft gesehen hatte. Nein, dieser Tote sah erstaunlich zufrieden und erleichtert aus. Er lächelte sogar.

»Schafft ihn fort«, sagte Hassan. Seine Stimme klang merkwürdig heiser, und er räusperte sich, um das seltsame Kratzen in seiner Kehle zu unterdrücken, die plötzlich enger geworden zu sein schien. Er erhob sich wieder, doch an seinen Schultern schienen Bleigewichte zu hängen. »Nehmt Säcke, wenn ihr euch fürchtet, ihn zu berühren. Bringt ihn vor die Tore der Stadt. Sein Leichnam soll heimlich verbrannt werden. Und vergesst nicht, seine Asche anschließend in alle Winde zu zerstreuen.« Doch die Soldaten machten immer noch keine Anstalten, sich zu rühren. »Beim Barte des Propheten, das ist ein Befehl!«, brüllte Hassan so laut, dass es von den Wänden widerhallte und das baufällige Haus in seinen Grundmauern erzitterte. »Wenn ihr nicht sofort tut, was ich sage, lasse ich euch wegen Verweigerung meiner Befehle auspeitschen.«

Diese Drohung half. Endlich bewegten sich die beiden Männer. Der große Soldat lief davon und kam wenig später mit zwei Säcken zurück, in denen sie gemeinsam und unter Gebeten zu allen heiligen Engeln Allahs die Überreste des Gefangenen verstauten, während Hassan an eine Wand gelehnt dastand und ihnen zusah, als wäre er an der ganzen Angelegenheit völlig unbeteiligt.

Er war tot. Endlich. Tariq, jener Mann, der ihn damals, als sie beide noch Knaben gewesen waren, beinahe auf den falschen Weg gebracht hätte, fort von der reinen Lehre des Korans, hatte nun endlich seine gerechte Strafe erhalten. Doch das Gefühl des Triumphes, das er eigentlich in diesem so lange schon herbeigesehnten Moment hätte empfinden sollen, blieb aus. Stattdessen spürte er ein dumpfes Unbehagen. Es war wie der schale Geschmack von altem, abgestandenem Wasser, das den Durst nicht wirklich zu löschen vermag. Es war die unheilvolle Ahnung, dass er etwas übersehen oder vergessen oder gar einen schwerwiegenden Fehler begangen hatte. Hassan schüttelte den Kopf, um diese seltsamen Gedanken loszuwerden. Vielleicht hatte es mit den Erinnerungen zu tun, die der Gefangene vorhin mit seinem Geschwafel heraufbeschworen hatte. Erinnerungen an eine Vergangenheit, als er in seiner jugendlichen Naivität die verdammenswerten Absichten dieses Gefangenen noch nicht durchschaut und ihn sogar »Freund« genannt hatte. Es musste daran liegen. Welchen Grund konnte es sonst geben? Selbst der eifrigste Diener Allahs war letztlich vor Sentimentalität nicht gefeit. Und manchmal wurde auch das treueste Herz schwach ...

»Herr, wir sind fertig«, sagte der große Soldat, nachdem sie sich sogar die Mühe gemacht hatten, die Blutspuren auf dem Boden und den Wänden zu beseitigen.

Hassan begutachtete alles und nickte schließlich. Er konnte zufrieden sein. Und trotzdem ...

»Bevor ihr geht und eure Arbeit in der Wüste beendet, schwört ihr bei Allah und allem, was euch heilig ist, dass ihr mit keinem Menschen über das, was ihr heute Nacht gesehen habt, reden werdet, weder mit euren Freunden und Vorgesetzten noch mit euren Frauen und Kindern.« Das war eigentlich überflüssig. Die Soldaten der Stadtwache hatten keine Familie und nur selten Freunde. Doch er musste verhindern, dass sie auf der Straße oder in den Armen der Huren mit ihren Erlebnissen prahlten. »Nicht einmal wenn unser edler Herrscher Subuktakin selbst euch danach fragen sollte, werdet ihr ein Wort darüber verlieren. Niemals. Schwört ihr das?«

Beide Männer hoben ihre linke Hand in die Höhe.

»Ja, Herr, wir schwören!«, sagten sie wie aus einem Mund, und Hassan registrierte nicht ohne Erstaunen, dass der kleine Soldat tatsächlich auch sprechen konnte.

»Denkt immer daran, dass eure Seelen die Freuden des Paradieses niemals kennen lernen werden, solltet ihr es jemals wagen, diesen Schwur zu brechen.« Die beiden Soldaten warfen sich einen kurzen Blick zu. Sie waren bleich geworden. »Über das, was heute Nacht hier geschehen ist, Stillschweigen zu bewahren ist unsere heilige Pflicht. Allah hat sie uns in Seiner unermesslichen Güte und in Seinem Vertrauen auf unsere Beständigkeit auferlegt, um die Seelen der Gläubigen, das Volk von Gazna vor der ansteckenden Krankheit des Frevels zu schützen, der hier in diesen vier Wänden geschehen ist.«

Die beiden Männer nickten eifrig.

»Herr, so wahr wir hier stehen, Ihr könnt Euch auf uns verlassen.«

»Gut. So nehmt diesen verfluchten Kadaver und schafft ihn vor die Tore der Stadt. Beeilt euch und sorgt dafür, dass niemand euch beobachtet.«

»Jawohl, Herr!«

Die beiden Soldaten schulterten die Säcke und gingen im Laufschritt davon. Hassan war allein.

Nachdenklich sah er sich um. Nichts deutete mehr darauf hin, dass hier vor wenigen Momenten ein Mann gestorben war. Dann fiel sein Blick auf die vier mit präzisen Tintenstrichen bedeckten Bogen Pergament. Eigentlich sollte er jetzt zufrieden sein, sehr sogar. Er hatte das Porträt von ibn Sina und konnte schon in den nächsten Stunden vier zuverlässige Reiter damit auf die Suche schicken. Der gottlose Maler selbst war tot, und alle Spuren seiner Hinrichtung waren beseitigt. Abgesehen von einer Hand voll Spinnen gab es keine Zeugen, die dem Volk von Gazna von seiner eigenen Schwäche berichten konnten. Und die zwei Soldaten hatten viel zu viel Angst, um auch nur ein Wort darüber zu verlieren. Falls sie in ihrer Einfalt überhaupt alles verstanden hatten. Und trotzdem –

dieses zufriedene Lächeln auf dem Gesicht des Toten wollte ihn einfach nicht loslassen.

»Allah!«, flüsterte Hassan und hob seine Hände zum Gebet. »Was habe ich übersehen? Welchen Fehler habe ich begangen?«

Doch er erhielt keine Antwort. Stattdessen erklang die Stimme des Muezzins und mahnte die Gläubigen zum morgendlichen Lobpreis Allahs. Hassan wandte sich in Richtung Mekka, der heiligen Stadt des Propheten, und kniete sich auf den schmutzigen Brettern nieder. Da er nicht damit gerechnet hatte, dass sein Vorhaben so viel Zeit in Anspruch nehmen würde, hatte er seinen Gebetsteppich im Palast gelassen. Aber Allah würde ihm diese Verfehlung gewiss verzeihen. Hassan neigte sich zu Boden, bis seine Stirn den Staub berührte. Und doch wollte der Trost nicht über ihn kommen, den ihm das Gebet sonst immer verlieh. Während sein Mund mit hunderttausenden von Gläubigen im ganzen Land und auf der ganzen Welt in den Lobpreis Allahs mit einstimmte, kehrten seine Gedanken immer wieder zu dem Gefangenen zurück.

Tariq, dachte er, welches schändliche Geheimnis hast du vor mir verborgen? Welchen teuflischen Plan hast du ausgeheckt, sodass du mich sogar noch im Angesicht des Todes verspottet und ausgelacht hast?

XVI

Beatrice stand auf einem Balkon. Dies musste wohl einer der höchsten Türme des Palastes sein, denn sie konnte den gigantischen Komplex von Kuppeln, Türmen und Mauern weit überblicken, die Palastgärten breiteten sich in ihrer ganzen Schönheit vor ihr aus, und zu ihren Füßen lag die Stadt Gazna. Alles war dunkel und still. In keinem der ungezählten Fenster brannte ein Licht, die Straßen der Stadt waren leer und verlassen, sogar die Wachfeuer auf der Palastmauer waren erloschen. Niemand schien zu dieser Stunde wach zu sein, abgesehen von ihr selbst und den Millionen von Sternen über ihr. Sie konnte sich nicht erklären, weshalb sie hier oben auf dem Turm stand. Sie konnte sich noch nicht einmal daran erinnern, wie sie überhaupt hierher gekommen war. War sie etwa im Schlaf durch den Palast gewandert? Oder hatten die gleichen giftigen Stäube, die auch Reza in der Bibliothek den Verstand geraubt hatten, sie in eine Art Trance versetzt? Noch während sie sich diese Fragen stellte, nahm sie plötzlich einen vertrauten Geruch wahr. Er umwehte sie wie eine sanfte Brise. Es war der Duft von Amber und Sandelholz – ein Duft, der eine Vielfalt von Erinnerungen weckte.

»Saddin?«, flüsterte sie und wandte sich um.

Tatsächlich, kaum einen Meter von ihr entfernt stand er. Er trug die leichte helle Kleidung der Nomaden, und sein langes dichtes Haar hatte er wie üblich im Nacken zusammengebunden. An seinem Gürtel baumelte ein schlanker Säbel. Eigentlich tat er nichts. Nichts Großartiges wenigstens. Er stand einfach nur vor ihr, sah sie mit seinen dunklen Augen an und lächelte auf diese ihm eigene, ganz besondere Art. Das war alles, doch es reichte schon aus, um ihren Puls auf schätzungsweise hundertzwanzig zu beschleunigen und ihre Knie weich werden zu lassen wie die eines Teenagers, der unerwartet auf der Straße seinem Lieblingsstar begegnet. »Saddin? Wie kommst du hierher? Warum …«

Sie brach ab, weil sie nicht wusste, welche Frage sie zuerst stellen sollte. War er schon lange in Gazna? Und wie gelangte er in den Palast? In Buchara hatte er die Fäden der Stadt fest in seinen Händen gehalten. Nichts war geschehen, ohne dass er es gewollt oder wenigstens davon gewusst und es gebilligt hatte. Doch reichte seine Macht auch in Gazna so weit, dass er nach Belieben im Palast ein und aus gehen konnte? Woher wusste er überhaupt, dass sie jetzt hier war? Dass er sie in dieser Nacht hier auf dem Turm treffen konnte, und wieso …

Und plötzlich begriff Beatrice. Sie stand gar nicht wirklich auf diesem Turm. Vermutlich lag sie in diesem Augenblick in ihrem Bett – und träumte. Es gab keine andere Möglichkeit. Dies war nichts weiter als ein Traum. Ein Traum wie jener, den sie in Shangdou gehabt und der sie damals vor Marco und seinen unlauteren Absichten gewarnt hatte.

»Du hast Recht, Beatrice«, sagte Saddin, als könnte er ihre Gedanken lesen. Genau wie damals in Buchara hüllte seine samtene Stimme sie ein, und wohlige Schauer rieselten ihre Wirbelsäule hinab wie ein erfrischender kühler Regen an einem heißen, schwülen Sommertag. Sie hätte ihm stundenlang zuhören können. Diese Stimme war unvergleichlich. Selbst Todesurteile klangen aus Saddins Mund süß und erstrebenswert wie Liebeserklärungen. Sie wusste genau, wovon sie sprach. »Du träumst.«

»Ja«, sagte sie und versuchte sich nicht den Verlockungen eines solchen Traums hinzugeben. In Shangdou hatte Saddin sie warnen wollen. Vielleicht gab es auch diesmal einen Grund für seinen Besuch in einem ihrer Träume. Sie wandte sich von ihm ab und drehte ihm wieder den Rücken zu. So fiel es ihr leichter, einen klaren Kopf zu bewahren. »Was willst du mir diesmal mitteilen, Saddin?«

Beatrice hörte das leise Rascheln seiner Kleidung, als er hinter sie trat, so nahe, dass sie seinen warmen Atem in ihrem Nacken spüren konnte und sein Haar ihre Wange kitzelte. Seine Hände berührten kurz ihre Schultern, während seine Nase ihr Ohrläppchen streifte. Konnten Träume so real sein? Beatrice schloss die Augen und wünschte sich in diesem Moment nichts sehnlicher, als dass sie wieder in Buchara wäre, vor den Toren der Stadt in Saddins Zelt, auf dem weichen, mit Fellen bedeckten Bett und …

»Du hast Recht, Beatrice.« Seine Worte holten sie so jäh aus diesem Wunschtraum zurück, als hätte man ihr kaltes Wasser ins Gesicht gespritzt. Enttäuscht registrierte sie, dass Saddin jetzt neben ihr stand. Seine schlanken, mit zwei breiten Silberringen geschmückten Hände ruhten auf dem zierlichen Geländer des Balkons, als hätten sie dort schon immer gelegen. »Wir haben nur wenig Zeit. Du musst dich konzentrieren und mir zuhören. Du musst Gazna verlassen. Die Stadt ist nicht mehr sicher. Hassan ist bereits misstrauisch geworden. Er ist sich dessen zwar noch nicht bewusst, doch es ist nur noch eine Frage der Zeit, bis er sein Augenmerk auf dich richtet und mit seinen Nachforschungen beginnt. Außerdem ist er Ali al-Hussein auf den Fersen und somit …«

Die Freude durchzuckte Beatrice wie ein Blitzschlag.

»Dann ist es also wirklich wahr?«, unterbrach sie ihn. »Ali lebt?«

Saddin sah sie lange an. »Ja«, sagte er schließlich, und es klang beinahe wie ein Seufzer. »Er lebt.«

»Und?« Beatrice war jetzt so aufgeregt, dass sie Saddin am Arm ergriff. Seltsam, schoss es ihr durch den Kopf, wenn dies wirklich ein Traum ist, weshalb fühlt er sich dann so fest und warm an, so lebendig und menschlich und genau wie früher, überhaupt nicht, wie man sich ein Traumgebilde vorstellt, das sich bei Berührung doch eigentlich in nichts auflösen müsste? »Was ist mit Michelle? Ist sie bei ihm?«

»Ja. Ich selbst habe sie …«

»Natürlich!«, rief Beatrice aus. »Der Nomade! Die Frau in Qum erzählte von einem Nomaden, der Michelle begleitet hat. Das warst du?«

»Sie wollte zu ihm«, sagte Saddin und hob die Hände, als beabsichtigte er, sich bei ihr zu entschuldigen. Doch er lächelte dabei. »Michelle ist seine Tochter. Wie hätte ausgerechnet ich ihr das ausreden können?«

»Ich wusste es!«, sagte Beatrice und ballte die Hand zur Faust. Am liebsten hätte sie vor Freude und Triumph laut geschrien. »Ich wusste, dass Michelle zu ihm will. Ich wusste, dass sie bei ihm ist. Ich muss zu ihnen.«

»Da hast du allerdings Recht«, entgegnete Saddin und wurde wieder ernst. »Und zwar so schnell wie möglich. Als ich vor einiger Zeit Michelle zu Ali gebracht habe, war dies noch der sicherste Ort für sie. Das hat sich nun geändert. Hassan sucht bereits überall nach Michelle. Und jetzt sucht er auch noch nach Ali. In seinem unbeschreiblichen Hass hat er sogar ein Porträt von ihm anfertigen lassen. Schon bald brechen Reiter auf, um im ganzen Reich die Menschen nach ihm zu befragen. Er und seine Brut jagen ihn mit allen Mitteln. Bereite dich also darauf vor, Gazna zu verlassen.«

»Einen Steckbrief?«, fragte Beatrice erstaunt. »Aber ich dachte, dass ist im Islam verboten?«

»In der Tat. Doch wie jeder Wahnsinnige ist Hassan davon überzeugt, dass sein Zweck die Mittel heiligt. Außerdem hat er jenen Mann, der das Bildnis gemalt hat, bereits mit dem Tode bestraft.« Er runzelte die Stirn. »Tariq al-Said war ein überaus tapferer Mann. Er kannte Ali und war ein Bewunderer, vielleicht sogar ein Freund von ihm. Und er war klug.«

Saddin hielt ihr ein Stück Pergament hin. Überrascht sah Beatrice sich das Bild an.

»Soll das etwa ...« Sie runzelte die Stirn. Der Mann auf dem Bild war ihr so fremd wie ein beliebiger Araber irgendwo auf den Straßen von Gazna. »Das ist doch niemals Ali al-Hussein!«

»Nein, natürlich ist er es nicht«, sagte Saddin. Er klang ein wenig ungeduldig, so als müsste Beatrice eigentlich schon längst verstanden haben, was er meinte. »Dieses Bildnis hat ebenso wenig Ähnlichkeit mit ihm wie mit mir. Allerdings glaubt *Hassan*, dass der Mann auf dem Bild Ali ist. Und das allein zählt. Denn eines ist sicher, mit diesem Steckbrief wird er Ali al-Hussein niemals finden.«

Nun endlich begriff auch Beatrice. Und im Stillen dankte sie dem ihr unbekannten Tariq für den Mut und die Umsicht, mit der er gehandelt hatte.

»Dann ist Ali also in Sicherheit?«

»Vorläufig. Doch Hassan ist keinesfalls dumm. Es wird nicht lange dauern, bis er dahinter kommt, dass Tariq ihn betrogen hat. Wenigstens bleibt dir noch genügend Zeit, um Ali zu warnen und mit ihm und Michelle in eine andere, eine wirklich sichere Stadt zu fliehen.«

Beatrice wandte ihren Blick wieder dem Porträt zu. Wie bewundernswert, im Angesicht des Todes den Mut aufzubringen und ein anderes Menschenleben zu retten.

»Ich wünschte, ich könnte mich bei ihm bedanken«, sagte

sie leise. »Wahrscheinlich hat er Ali und Michelle das Leben gerettet.«

»Ja, das hat er. Und er hat sehr viel dabei riskiert, mehr, als du dir vorstellen kannst.« Saddin verschränkte die Arme vor der Brust und sah auf die Stadt hinab. »Es liegt jetzt an euch zu beweisen, dass Tariqs Opfer nicht sinnlos war.«

Beatrice biss sich nachdenklich auf die Lippe. Plötzlich hatte sie ein schlechtes Gewissen, und das wiederum machte sie wütend. Saddin klang beinahe so, als ob die ganze Angelegenheit ihre Schuld wäre. Aber hatte sie damals im OP die alte Frau Alizadeh darum gebeten, ihr einen der Steine der Fatima zu schenken? Nein. Sie hatte den Saphir einfach in ihrer Kitteltasche gefunden. Dadurch war sie in eine Sache hineingezogen worden, mit der sie eigentlich gar nichts zu tun hatte. Und das, obwohl es genügend Freiwillige sowohl in der Vergangenheit als auch in der Gegenwart gab, die es kaum erwarten konnten, einen der Steine der Fatima in ihren Händen zu halten. Ihr jetzt daraus einen Vorwurf zu machen, war ungerecht.

»Ich weiß, dass du nicht darum gebeten hast, die Verantwortung für einen der Steine zu übernehmen – ganz im Gegensatz zu vielen anderen, die ihr Augenlicht oder mehr dafür geben würden, damit Allah sie für diese Aufgabe auserwählt«, sagte Saddin, und Beatrice war jetzt ganz sicher, er konnte wirklich ihre Gedanken lesen. »Allerdings bist du selbst ungerecht, wenn du mit deinem Schicksal haderst. Niemand hat dich gezwungen, die Verantwortung für den Stein anzunehmen. Du hättest ablehnen können. Zu jeder Zeit.«

Beatrice schnappte nach Luft. »Tatsächlich? Welche Wahl hatte ich denn? Dieser Stein hat mich förmlich überfallen. Ich fand ihn während der Arbeit in meiner Tasche. Ich hatte gerade eben einen Blick auf ihn geworfen, als er mich auch schon in die Vergangenheit katapultiert hat. Und kaum hatte

ich mich damit abgefunden, fand ich mich in meiner Gegenwart wieder. Und dann ...«

»Hast du jemals daran gedacht, den Stein zu verschen-
ken?«, unterbrach Saddin sie. Seine Stimme hatte einen spöttischen Unterton, der Beatrice endgültig auf die Palme brachte. »Oder ihn einfach irgendwo zu ›verlieren‹ und abzuwarten, was damit geschieht?«

»Nein, verdammt!«, rief sie und stampfte vor Empörung
mit dem Fuß auf. »Wie hätte ich denn guten Gewissens jemandem diesen Stein überlassen können? Einem völlig Unschuldigen, der dann das Gleiche hätte durchmachen müssen
wie ich – aus heiterem Himmel in eine fremde Zeit und ein
fremdes Land versetzt zu werden?«

»Trotzdem hat dich niemand gezwungen, den Stein zu behalten«, entgegnete Saddin. »Du hast es aus freien Stücken
getan, weil dein Gewissen, dein Gefühl es dir gesagt hat.«

Beatrice runzelte verärgert die Stirn. »Nun, wenn das etwa
für dich bedeutet, dass ich den Stein freiwillig ...«

»Freiwilligkeit hat nichts mit dem freien Willen zu tun,
den Allah uns gegeben hat«, unterbrach Saddin sie. »Du hast
dich entschieden – für dein Gewissen, für den Stein. Und nun
hör auf darüber zu jammern, dass diese Entscheidung die eine
oder andere unangenehme Konsequenz nach sich zieht.«

»Aber ...«

Er schnitt ihr mit einer Geste das Wort ab.

»Sei jetzt endlich still und hör mir zu. Die Sonne wird bald
aufgehen, uns bleibt also nicht mehr viel Zeit.«

Beatrice schwieg. Sie war sauer auf Saddin. Wer gab ihm
das Recht, so mit ihr zu reden?

»Verlasse Gazna in der kommenden Nacht und reite nach
Qazwin. Dort lebt Ali zurzeit, und Michelle ist bei ihm.
Wenn du da bist, suche gemeinsam mit Ali den Ölhänd-
ler Moshe Ben Maimon auf. Ali war zwar schon bei ihm,

aber ...« Er schüttelte ungeduldig den Kopf. »Du kennst ihn. Er ist ein Gelehrter, ein Büchernarr. Er stellt oft genug die falschen Fragen. Moshe ist ebenfalls ein Hüter, und er weiß mehr über die Steine der Fatima als jeder andere Mensch auf der Welt. Im Laufe der Jahre hat er so viele Reisen unternommen, dass sich die Spanne seines Lebens mindestens verdreifachen lässt. Er wird euch alles über die Steine erzählen und euch bestimmt auch erklären, wie ihr sie vor den Fidawi in Sicherheit bringen könnt. Und – selbst wenn es dir schwer fallen sollte – zögere dann nicht, sondern tue, was er sagt.«

»Werde ich Michelle wieder nach Hause holen können?«

Saddin atmete geräuschvoll ein. »Woher soll ich das wissen? Ich führe nur einen Auftrag aus. Und der lautet, auf dich, Michelle und die Steine aufzupassen. Mehr nicht.«

Und was springt für dich dabei heraus?, hätte sie ihn am liebsten gefragt. Denn umsonst oder aus reiner Menschenliebe tat dieser Mann gewiss nichts. Doch Beatrice biss sich auf die Zunge. Saddin machte ohnehin schon einen ziemlich gereizten Eindruck. Außerdem durfte sie nicht vergessen, dass dies ein Traum war und dass er nur in diesem Traum aufgetaucht war, um ihr zu sagen, wo sie Michelle und Ali finden würde. Eigentlich sollte sie ihm dankbar sein.

»Also gut, ich werde mich an deine Worte halten«, sagte sie schließlich und streckte ihm versöhnlich die Hand entgegen. »Ich verspreche es.«

»Du bist das störrischste, eigensinnigste Weib, das mir jemals begegnet ist«, erwiderte er, und ein Lächeln huschte über sein Gesicht, als er ihre Hand ergriff. »Aber ich wusste, dass du dich so entscheiden würdest.«

»Kannst du mir noch einen Tipp geben, wie ich mich am besten aus Gazna davonstehle, ohne gleich das Heer von Subuktakins Soldaten hinter mir herzulocken?«

»Du bist doch klug. Dir wird schon etwas einfallen, Beatrice«, antwortete er. »Da bin ich ...«

Er hielt plötzlich inne und neigte seinen Kopf, als ob er ein Geräusch gehört hätte.

»Ich muss gehen«, sagte er und drehte Beatrice zu sich um. »Denke immer an meine Worte.« Sein Zeigefinger fuhr leicht wie eine Feder die Konturen ihres Gesichts entlang – die Augenbrauen, die Wangenknochen, die Nase. Dabei sah er ihr in die Augen. Es war ein Blick, von dem sich Beatrice nicht losreißen konnte. Sie hatte fast vergessen, wie schön seine Augen waren, sie waren fast so dunkel wie der Nachthimmel. Und nach einer Weile hatte sie sogar den Eindruck, dass sie in ihnen die Sterne sehen konnte. »Allah sei mit dir.«

Dann zog er sie näher zu sich heran und hauchte einen Kuss auf ihre Lippen.

»Werde ich dich bald wiedersehen?«, fragte Beatrice.

»Das kann ich dir nicht sagen. Aber ich verspreche dir, dass ich in deiner Nähe bleiben werde. Wahrlich, Ali kann sich glücklich schätzen.«

Und dann war er weg. Ganz plötzlich, von einer Sekunde zur nächsten und ohne Vorwarnung war er verschwunden.

»Herr? Wacht auf!«

Jemand rüttelte an ihrer Schulter, und eine leise Stimme drang an Beatrices Ohr.

»Wacht auf! Die Zeit des Morgengebets ist bereits vorbei.«

Beatrice schreckte hoch und schrie auf. An ihrem Bett stand Yassir. Der junge Diener schien über ihre heftige Reaktion erschrocken zu sein. Er wurde bleich und wich einen Schritt zurück.

»Verzeiht, Herr, dass ich Euch aus Eurem Schlaf gerissen habe«, sagte er schließlich, »doch der Tag ist schon weit fortgeschritten. Wenn Ihr nicht den Unmut unseres Herrschers, des edlen Mahmud ibn Subuktakin, Beschützer der Gläubigen, auf Euch ziehen wollt, so solltet Ihr Euch jetzt ankleiden. Außerdem hat Abu Rayhan Euch eine Nachricht geschickt. Er möchte mit Euch sprechen und erwartet Euch zu dieser Stunde in seinem Turm.«

Beatrice sah den jungen Diener verständnislos an. Der Traum war noch so real und so lebendig, dass sie sich schwer tat, in die Wirklichkeit zurückzufinden. Sie rieb sich die Augen und fuhr sich durch das kurze Haar.

»Abu Rayhan?«, fragte sie und versuchte ihre Gedanken zu ordnen. Wer war Abu Rayhan? Und wo war Saddin? »Was ...«

»Ihr solltet Euch zuerst erfrischen, Herr«, sagte Yassir und stellte eine große Kupferschüssel auf einen kleinen Tisch neben das Bett. »Ich habe Euch bereits Wasser gebracht. Ich habe mir erlaubt, es mit Eurem Lieblingsduft zu parfümieren. Ich hoffe, es ist Euch recht?«

Beatrice schüttelte verwirrt den Kopf. Sie fühlte sich immer noch, als hätte ihr jemand einen Knüppel über den Schädel gezogen.

»Meinen Lieblingsduft? Aber was ...«

»Amber und Sandelholz, Herr. Ich habe mir die Freiheit gestattet, das Wasser eben damit ...«

»Sagtest du Amber und Sandelholz?«, fragte Beatrice und war mit einem Schlag wach. Natürlich konnte es ein Zufall sein. Vielleicht war Amber und Sandelholz eine unter Männern dieser Gegend beliebte und daher weit verbreitete Duftmischung. Sie kannte schließlich auch mehr als einen Mann zu Hause in Hamburg, der Azzaro benutzte.

»Ja, Herr. Bislang ist es mir an Euch gar nicht aufgefallen. Doch als ich heute früh Euer Gemach betreten habe, duftete der ganze Raum danach.« Er senkte den Blick und knetete

349

verlegen seine Hände. »Ich hoffe, ich habe in meiner Einfalt keine Torheit begangen?«

»Nein«, sagte Beatrice und stützte nachdenklich den Kopf auf die Hände. »Nein. Es ist alles bestens.« Amber und Sandelholz. Dann war Saddin also wirklich hier gewesen. Hier in diesem Zimmer. Genau wie damals in Shangdou. Aber wie war das nur möglich? Wie konnte ein Traum so real werden, dass sogar der Duft … Egal. Noch ein Grund mehr, sich an das zu halten, was er ihr gesagt hatte. Sie musste weg von hier, heute Nacht. Und wenn der Tag bereits fortgeschritten war, so blieb ihr nicht mehr viel Zeit übrig, um sich auf die bevorstehende Reise vorzubereiten. Mit einem Ruck schwang sie sich aus dem Bett.

»Herr, soll ich Euch nicht zuerst rasieren?«, fragte Yassir und deutete auf ein Messer, das neben der Waschschüssel auf einem Handtuch lag. »Ihr könntet solange noch im Bett bleiben und Euch bequem zurücklehnen, wenn ich Euren Bart …«

»Rasieren? Bart?« Beatrice fühlte sich, als ob sie von einem Stier gerammt worden wäre. Natürlich. Männer hatten einen Bartwuchs und rasierten sich. Das war schließlich nichts Neues oder Ungewöhnliches. Die meisten Männer taten es vermutlich jeden Morgen. Aber sie? Was sollte sie jetzt Yassir erzählen? »Ich … Weißt du, ich habe keinen Bartwuchs«, sagte sie schließlich und versuchte das bestürzte Gesicht des jungen Dieners zu übersehen. »Eine Krankheit. Als Junge. Es ist …« Sie zuckte mit den Schultern und hoffte, dass dem Diener diese Erklärung reichen würde und er kein Interesse an medizinischen Details hatte.

»Oh, ich verstehe, Herr«, beeilte sich Yassir zu versichern. Er war bis zu den Ohren rot geworden und tat Beatrice beinahe Leid in seiner Verlegenheit. Er nahm das Handtuch und drehte es zwischen seinen Händen. »Ich … Ich bin fürchterlich ungeschickt. Verzeiht mir, Herr, falls ich Euch durch meine Gedankenlosigkeit verletzt haben sollte. Ich wollte Euch niemals kränken und ...«

»Ist schon gut, Yassir. Ich habe mich daran gewöhnt. Aber dies Geheimnis bleibt unter uns, ja?«

»Natürlich, Herr«, sagte Yassir und nickte eifrig. »Da Ihr gerade davon sprecht. Wegen heute Nacht ...« Er knetete das Handtuch, als wollte er es erwürgen.

»Auch das bleibt unter uns. Ich habe es dir und Sala bereits heute Nacht gesagt. Und ich stehe zu meinem Wort.«

In diesem Moment ging die Sonne auf Yassirs hübschem Gesicht auf, und er strahlte sie an, als würde er direkt aus ihren Händen einen Schluck vom Wasser des Lebens empfangen. Von seinem Standpunkt aus war es vielleicht sogar tatsächlich so. Homosexuelle durften wohl kaum mit Toleranz und Verständnis rechnen. Das galt im 21. Jahrhundert und ganz gewiss im Mittelalter in einem arabischen Land.

»Herr, Eure Güte ist unermesslich, und Euer Edelmut lässt sich nicht mit Worten beschreiben. Ich danke Allah auf Knien für die Gnade, dass Er ausgerechnet mich dazu auserkoren hat, Euch dienen zu dürfen. Wenn ich nur wüsste, wie ich Euch jemals ...«

»Lass gut sein, Yassir«, unterbrach sie ihn, bevor er tatsächlich auf die Knie fallen und ihr gar die Füße küssen konnte. »Ich bin ein wenig in Eile. Lege bitte meine Kleidung zurecht und lasse mich dann allein. Ich werde mich gleich zu Abu Rayhan begeben.«

»Sehr wohl, Herr«, sagte Yassir und verneigte sich. Mit wenigen Handgriffen hatte er die Kleidung so zurechtgelegt, dass Beatrice sie sich nur noch überstreifen musste. Und dann verschwand er – leise und unauffällig, wie es sich für einen erstklassigen Diener gehörte.

Kurze Zeit später war Beatrice bereits auf dem Weg zu Abu Rayhans Turmzimmer. Während sie mit langen Schritten den Gang hinuntereilte, zog und zerrte sie an ihren Gewändern, die einfach nicht so sitzen wollten, wie sie es von ihnen erwartete. Die arabische Frauenkleidung anzulegen bereitete ihr keine Schwierigkeiten mehr. Mittlerweile schaffte sie das sogar mit verbundenen Augen. Doch mit den Kleidungsstücken der Männer war sie überhaupt nicht vertraut. Ihr fehlte die Übung, und das bekam sie jetzt zu spüren. Irgendetwas hatte sie beim Ankleiden falsch gemacht. An der rechten Schulter kniff eine Stofffalte, und sie hatte den Eindruck, dass ihr Gewand hinten kürzer war als vorne. Egal. Sie hatte jetzt keine Zeit, um sich noch einmal umzuziehen. Abu Rayhan wartete, und ihr blieben nur noch wenige Stunden bis zum Einbruch der Dunkelhcit. Sie wollte noch Malek und seine Familie besuchen, Yasmina Anweisungen für Assims Pflege erteilen und sich bei der Familie für ihre Gastfreundschaft bedanken. Dann musste sie sich um Wasser und Verpflegung für ihre Reise kümmern. Sie brauchte eine Landkarte oder etwas Ähnliches, um die Stadt Qazwin, in der sie Ali treffen sollte, finden zu können. Etwas Geld wäre nicht schlecht. Und ein Pferd hatte sie natürlich auch noch nicht … Sie hatte wirklich nicht die Zeit, sich auch noch den Kopf darüber zu zerbrechen, ob ihre Kleider schief saßen oder nicht. Und mit ein bisschen Glück würde das noch nicht einmal auffallen.

»Salam, Abu Rayhan«, sagte Beatrice und verneigte sich höflich. Sala hatte ihr die Tür geöffnet und sie zu der Sitzecke geleitet, die sie bereits von ihrem letzten Besuch kannte. Es fiel ihr schwer zu glauben, dass dies wirklich erst gestern gewesen war. »Verzeiht, falls ich Euch habe warten lassen. Ich …«

Doch die Worte blieben ihr im Hals stecken. Abu Rayhan war nicht allein. Neben ihm auf den Sitzpolstern saß der

weißhaarige blinde Greis. Er hockte da mit untergeschlage-
nen Beinen und stützte sich auf seinen knorrigen Stock. Er
und Abu Rayhan blickten ernst und schweigend zu ihr auf.
Beatrice schluckte. Sie hatte plötzlich das Gefühl, einen Fehler begangen zu haben. Oder war sie bereits ertappt worden?
Wussten die beiden, wer sie wirklich war, und wollten sie sie
zur Rede stellen, bevor die Soldaten sie in den Kerker schleif-
ten? Vielleicht stand Hassan ja auch schon hinter einem der
Vorhänge und wartete begierig auf ihr Geständnis. Verrat,
Mord, Ketzerei – was würde man ihr wohl von allen Verbrechen, die Menschen begehen konnten, vorwerfen?

»Setzt Euch, Saddin al-Assim«, sagte Abu Rayhan und
deutete auf eines der noch freien Sitzpolster. Erleichtert bemerkte sie, dass seine Stimme keineswegs unfreundlich klang.
Vielleicht war es gar nicht so schlimm? »In Anbetracht des
allgemeinen Fastens habe ich heute keine Speisen vorbereiten
lassen. Doch vielleicht darf ich Euch zur Erfrischung einen
Becher Wasser reichen?«

»Ja, danke«, erwiderte Beatrice und konnte die Ungewissheit nun nicht länger ertragen. Was wollten die beiden nur
von ihr? »Weshalb habt Ihr mich rufen lassen, Abu Rayhan?«

Doch Abu Rayhan hatte mit der Antwort keine Eile. See-
lenruhig, als wäre es eine Art Meditation, goss er das Wasser in einen schlichten Messingbecher, während der weißhaarige Greis Beatrice unablässig fixierte, so als könnte er mit seinen unheimlichen weißen Augen mehr sehen als gewöhnliche
Menschen.

»Hier, Saddin al-Assim«, sagte Abu Rayhan. »Trinkt.«

Sie nahm den Becher an und drehte ihn argwöhnisch in den
Händen. Plötzlich hatte sie einen schrecklichen Verdacht.
Was, wenn man gar nicht mit ihr reden wollte, sondern ihr
Todesurteil bereits beschlossene Sache war und sofort voll-
streckt werden sollte?

»Trinkt«, sagte Abu Rayhan noch einmal, und diesmal huschte sogar ein Lächeln über sein Gesicht. Ein wissendes Lächeln voller Verständnis, als ob er sich gut in ihre Lage und ihre Gedanken hineinversetzen könnte. »Seid unbesorgt, das Wasser enthält kein Gift.«

Nun, vielleicht stimmte das sogar. Aber was war mit Wahrheitsdrogen? Den Arabern mit ihren Handelsbeziehungen in alle Welt waren bestimmt selbst im Mittelalter solche Substanzen bekannt.

»Ich danke Euch, aber ich habe in diesem Augenblick keinen Durst«, erwiderte Beatrice entschlossen und stellte den Becher auf den niedrigen Tisch, der zwischen ihnen stand.

Abu Rayhan hob eine Augenbraue. »Gut, ich werde Euch nicht zwingen«, sagte er und lehnte sich ein wenig zurück. »Wie ich sehe, habt Ihr bereits dazugelernt. Das ist lobenswert. Doch tätet Ihr besser daran, Euer Misstrauen und Eure Vorsicht auch an anderen Orten zu pflegen als nur in diesem Turm.«

»Ich möchte keinesfalls unhöflich erscheinen, Abu Rayhan«, sagte Beatrice, »doch ausgerechnet heute habe ich keine Zeit für vage Andeutungen. Ich habe es ein wenig eilig. Würdet Ihr daher die Güte haben, mir ohne Umschweife zu erklären, weshalb Ihr mich zu Euch gebeten habt?«

Abu Rayhan warf dem weißhaarigen Greis einen kurzen Blick zu.

»Treibt Euch die Ungeduld der Jugend, oder wisst Ihr vielleicht schon, was wir Euch sagen wollen?«

Beatrice schloss die Augen und zählte stumm bis zehn. Es kostete sie einiges an Überwindung, nicht ungeduldig mit den Fingern auf ihren Knien zu trommeln oder aufzuspringen und im Zimmer umherzuwandern.

»Eure Studien haben Euch lange in der Bibliothek aufgehalten«, sagte der Greis und sah Beatrice unverwandt mit seinen weißen Augen an. »Sogar bis tief in die Nacht hinein, wie man uns berichtet hat.«

»Und?« Beatrice zuckte mit den Schultern. »Ich wusste nicht, dass das verboten ist. Abu Rayhan sagte, es stehe mir frei, wann und wie lange ich mich in der Bibliothek aufhalte.«

»Natürlich ist es nicht verboten, Saddin al-Assim«, sagte Abu Rayhan beschwichtigend. »Es ist nur ungewöhnlich. Alles Ungewöhnliche aber erregt Aufmerksamkeit, und das ist – wie Ihr gewiss verstehen werdet – in einer Stadt wie Gazna nicht ganz ungefährlich.«

»Außerdem hängt es davon ab, welcher Art die Studien sind«, ergriff nun auch der Greis das Wort. »Wie man uns erzählte, haben Euch hauptsächlich jene Bücher interessiert, die einst Ali al-Hussein ibn Abdallah ibn Sina gehörten. Kennt Ihr diesen Namen?«

Beatrice blinzelte. Sollte sie jetzt leugnen, irgendeine Geschichte erfinden? Sie entschied sich dagegen.

»Ja, natürlich ist er mir bekannt«, sagte sie und lachte. »Habt Ihr schon vergessen, dass ich Arzt bin? Welcher Arzt unter Allahs Sonne kennt ihn wohl nicht, den großen ibn Sina?«

»Hört auf, um den Brei herumzureden«, sagte der Greis und klopfte mit seinem Stock ungeduldig auf den Boden. »Ibn Sinas vortreffliche Schriften über die Heilkunde sind das eine. Doch die Bücher, die ihr studiert habt, hat nicht er selbst geschrieben. Sie stammen lediglich aus seinem Besitz. Es sind Schriften der alten Philosophen und Gelehrten, und wir wollen nur wissen, weshalb sie Euer Interesse fanden.«

Beatrice sah von einem zum anderen. Allmählich wurde sie wütend. Was sollte diese Schnüffelei?

»Ich wüsste nicht, was Euch das …«

»Bitte, versteht uns nicht falsch«, fiel Abu Rayhan ihr ins Wort. »Wir erkundigen uns nicht aus Neugierde, sondern aus

Sorge um Euch. Ihr weilt noch nicht lange in Gazna, und Ihr könnt deshalb nicht wissen, dass Ali al-Hussein, so herausragend seine Fähigkeiten als Arzt auch sein mögen, sich mit Wissenschaften auseinander setzt, die vor den Augen unseres Herrschers keine Gnade finden. Um es deutlich auszudrücken …«

»Um es beim Namen zu nennen, Saddin al-Assim«, sagte der Greis und stampfte erneut mit seinem Stock auf den Boden, »Ali al-Hussein ibn Abdallah ibn Sina gilt in dieser Stadt als ein Ketzer, der nicht nur sein Leben, sondern auch seinen Platz im Paradies verwirkt hat. Und jeder, der sich mit seinen Büchern beschäftigt, ist somit ebenfalls ein Ketzer.«

»Dass bisher weder Hassan noch Subuktakin davon wissen, ist lediglich dem glücklichen Umstand zu verdanken, dass Reza sich stets in allen Fragen zuerst an Kemal al-Fadlan wendet«, fuhr Abu Rayhan fort und deutete auf den Greis neben ihm. »Versteht Ihr uns jetzt? Junger Freund, wir wollen Euch nicht verurteilen. Aber wir fürchten um Eure Sicherheit, um Euer Leben, falls Euer Interesse für ibn Sina und seine verbotenen Wissenschaften im Palast ruchbar würde.«

Beatrice biss sich auf die Unterlippe. Die beiden hatten Recht. Natürlich hatte sie vor, noch in dieser Nacht aus Gazna zu verschwinden, doch vielleicht blieben ihr nicht einmal mehr die wenigen Stunden bis zum Einbruch der Dunkelheit. Vielleicht musste sie Gazna sofort verlassen.

»Wer weiß noch davon?«, fragte sie.

»Niemand außer Kemal, ich und der Bibliothekar«, antwortete Abu Rayhan. »Doch Reza wird misstrauisch werden, sobald er merkt, dass wir nicht die Absicht haben, Euch zu bestrafen. Deshalb …«

»Ihr müsst Gazna verlassen, solange Ihr noch die Möglichkeit habt, es auf Euren eigenen Beinen zu tun«, sagte Kemal, der Greis. »Am besten noch heute.«

»Aber wie ...«

»Unglücklicherweise lassen uns Hassan und seine Vertrauten kaum aus den Augen. Daher sind unsere Möglichkeiten sehr begrenzt.« Abu Rayhan sprach so hastig und leise, als hätte er nur wenig Zeit und würde zugleich fürchten, belauscht zu werden. Er nahm einen Lederbeutel und eine kleine, mit dunklem Leder bespannte Röhre und drückte ihr beides in die Hand.

»Was ist das?«, fragte sie und wog den Beutel. Er war überraschend schwer. Und es klimperte. »Ist das etwa ...«

»In der Steppe vor dem Westtor gibt es einen Kaufmann. Da er sein Geschäft außerhalb der Stadt betreibt, gilt die von Subuktakin auferlegte Zeit der Trauer für ihn nicht. Bei ihm könnt ihr also ein Pferd, Wasser, Proviant und alles, was Ihr außerdem für Eure Reise benötigt, erwerben. Und darin ...«, er deutete auf die Röhre, »... befindet sich eine Landkarte. Sie umfasst das ganze Land bis zu den Bergen.«

»Außerdem möchten wir Euch raten, die Männerkleidung wieder abzulegen«, sagte Kemal so ruhig und gelassen, als würde er ihr empfehlen, den Regenschirm nicht zu vergessen. »Wenn Eure Flucht entdeckt wird, werden Hassan und die Soldaten nach einem Mann suchen. Folglich wird niemand Euch verraten können.«

»Was wollt Ihr damit sagen?«, fragte Beatrice und unternahm den schwachen Versuch, entrüstet zu wirken. Vergeblich. Kemal verzog seinen zahnlosen Mund zu einem Lächeln.

»Ich wusste es vom ersten Augenblick an. Als Allah mir vor vielen Jahren mein Augenlicht nahm, hat Er in Seiner unermesslichen Güte zum Ausgleich mein Gehör geschärft. Es war Eure Stimme. Sie hat Euch verraten.«

Beatrice schnappte mühsam nach Luft. Sie hatte den Eindruck, jemand hätte ihr eine Schlinge um den Hals gelegt, die sich nun langsam zuzog.

»O mein Gott!«, flüsterte sie. »Wer weiß noch, dass ich ...«

»Niemand außer uns beiden«, sagte Abu Rayhan. »Andernfalls hätte man Euch nicht so lange unbehelligt gelassen.«

Lange? Wäre dies alles nicht so beängstigend, sie hätte vermutlich über die Ironie dieser Worte lachen müssen. Sie war doch kaum mehr als vierundzwanzig Stunden hier.

»Und warum habt Ihr mich nicht verraten?«, fragte sie. »Ihr habt eine günstige Gelegenheit verstreichen lassen, Euer Ansehen bei Subuktakin zu verbessern.«

Abu Rayhan warf dem Alten einen kurzen Blick zu.

»Wir sind keine Kleriker, deren Geist sich an jede einzelne Silbe des Korans klammert«, antwortete er. »Wir sind Gelehrte. Kemal und ich wussten zwar sofort, dass Ihr Euch verstellt habt, dass nicht einmal die Berichte über Eure Herkunft der Wahrheit entsprechen, doch in einem Punkt habt Ihr nicht gelogen. Ihr habt die Medizin studiert. Wir haben von Euren Heilkünsten erfahren. Der junge Sohn des Teppichhändlers wird dank Eurer Kunst wieder laufen können. Ein Gelehrter, der über solche Fähigkeiten verfügt, hat unseren Schutz verdient. Und dabei hat es keine Bedeutung, ob es sich um einen Mann oder eine Frau handelt.«

Beatrice stützte den Kopf auf die Hände. Vor Erleichterung war ihr schwindlig. Trotz aller Widrigkeiten und Hindernisse, die sich ihr immer wieder in den Weg stellten, schien sie stets an die richtigen Menschen zu geraten. Immer wenn sie glaubte, es ginge nicht mehr weiter, traf sie Männer und Frauen, denen sie vertrauen konnte und die ohne Gegenleistung bereit waren, ihr zu helfen oder sie zu beschützen. Vielleicht war es Zufall oder einfach nur Glück, vielleicht war es aber auch das Wirken einer höheren Macht. Wenn sie in Qazwin ankam, würde sie so bald wie möglich den Juden aufsuchen, von dem Saddin in ihrem Traum gesprochen hatte. Sie hatte unendlich viele Fragen an ihn.

»Ihr solltet jetzt gehen«, mahnte Kemal. »Je länger Ihr in Gazna verweilt, umso größer ist die Gefahr der Entdeckung. Mein Einfluss auf Reza ist begrenzt, und ich vermag nicht abzuschätzen, wann er sich an Hassan oder Subuktakin wenden wird.«

»Ihr habt Recht«, erwiderte Beatrice und erhob sich. »Jede Stunde ist kostbar.«

»Verzeiht, dass wir nicht mehr für Euch tun können«, sagte Abu Rayhan.

»Ihr habt bereits mehr für mich getan, als ich jemals erhoffen durfte«, entgegnete Beatrice und verneigte sich vor den beiden Männern. Sie war ihnen überaus dankbar. Noch vor wenigen Minuten hatte sie nicht gewusst, wo sie Pferd und Proviant hernehmen sollte, und jetzt hatte sie quasi mit einem Schlag alles beisammen – inklusive Landkarte. »Ich weiß nicht, wie ich Euch das jemals vergelten soll.«

»Das braucht Ihr auch nicht«, sagte Abu Rayhan, ergriff ihre Hände und lächelte. »Ich wünschte nur, Euer Aufenthalt in Gazna wäre von längerer Dauer gewesen. Ich bin sicher, wir hätten viel von Euch lernen können.«

Auch Kemal erhob sich schwerfällig. Als er dann endlich vor ihr stand, legte er Beatrice eine Hand auf die Schulter. Es war eine beinahe väterliche Geste, die sie umso mehr berührte, als sie diesen alten Mann eigentlich für einen Feind gehalten hatte.

»Verlasst Gazna so bald wie möglich und reitet schnell, ohne Euch umzublicken«, sagte er, und seine Stimme klang merkwürdig heiser. »Denkt immer daran, dass es für Euch in Gazna nichts gibt, das Ihr betrauern müsstet.«

Vor ihren Augen tauchten die Gesichter von Yasmina, Malek, Assim und Yassir auf. Und da gab es noch diese beiden hier, Abu Rayhan und Kemal. Es gab hier nichts, was sie betrauern müsste? Beatrice war sich nicht so sicher. Trotzdem nickte sie.

»Allah möge Euch segnen und auf allen Euren Wegen Seine schützende Hand über Euch halten«, sagte sie und verneigte sich noch einmal tief vor den beiden Gelehrten. Dann verließ sie das Zimmer.

XVII

Beatrice genoss den Ritt durch die Steppe. Die Hufe ihres Pferdes trommelten auf den schweren Boden, der frische Wind kühlte ihre Wangen, das dürre Gras roch nach Heu und Wildkräutern, und die untergehende Sonne schien ihr ins Gesicht. Nur vereinzelt stieß sie auf Zeugnisse für die Anwesenheit von Menschen – stillgelegte Zisternen, Feldbegrenzungen aus angehäuften Steinen, halb verfallene Häuser, die von ihren Bewohnern bereits vor Jahren verlassen worden waren. Menschen hingegen sah sie nicht. Zum Glück. Bisher war ihre Flucht besser verlaufen, als sie gedacht hatte, und sie hoffte, dass es so weitergehen würde.

Gleich nachdem sie sich von Abu Rayhan und Kemal verabschiedet hatte, hatte sie sich zu Maleks Haus begeben. Sie hatte Assim noch einmal untersucht. Dem Jungen ging es erfreulich gut, er war diszipliniert und hörte aufmerksam zu, als sie ihm erklärte, wie er sich in den kommenden Wochen verhalten müsse. Beatrice wusste, dass sie kein schlechtes Gewissen zu haben brauchte. Sie konnte ihn getrost für die Zeit bis zu seiner vollständigen Genesung mit seiner Familie allein lassen. Anschließend hatte sie Yasmina aufgesucht, ihr noch Instruktionen für die Pflege von Assim gegeben und die Freundin in ihre Pläne eingeweiht. Selbst wenn man ihre Spur bis zu Maleks Haus verfolgen würde, würde sich Hassan ganz gewiss nicht die Mühe machen, auch noch die Frauen der Familie zu verhören. Sie zählten schließlich nicht. Dann hatte sie Kemals Rat befolgt und ihre Kleidung gewechselt. Als sie wenig später nach einem herzlichen und tränenreichen Abschied wieder auf die Straße getreten war, war Saddin al-Assim ibn Assim verschwunden. An seine Stelle war eine tief verschleierte Frau getreten, die sich von den anderen Frauen durch nichts unterschied. Unbehelligt war Beatrice quer durch die Stadt zum Westtor gegangen. Und obwohl viele Männer und Frauen an diesem Tag dasselbe Ziel hatten wie sie, wurde sie von niemandem beachtet. Nicht einmal die Wachen am Stadttor schenkten ihr besondere Aufmerksamkeit. Sie war nur eine von vielen, die sich an diesem Tag auf den Weg zu dem einzigen Kaufmann gemacht hatten, der trotz der Trauerzeit sein Geschäft betreiben durfte. Der kurze Fußmarsch von etwa zwei Kilometern war Beatrice vorgekommen wie eine Pilgerreise. Eine Pilgerreise zu einem gesegneten Ort, an dem man jedoch keine geweihten Kerzen, sondern Fleisch, Mehl und Hülsenfrüchte erstehen konnte.

Bei dem »Geschäft« handelte es sich um ein kleines Dorf mit einer Hand voll Wohnhäusern, einem Gasthaus, einer Schmiede und einem Stall voller Pferde und Maultiere. Sogar zwei Kamele konnte Beatrice entdecken, in dieser fruchtbaren Gegend ein seltener Anblick. Herzstück und Zentrum des Dorfs aber war der Laden, der so groß war, dass er einem modernen Supermarkt alle Ehre gemacht hätte. Bevor sie jedoch endlich in den Laden hineinging, hatte Beatrice ihren Schleier abgelegt, unter dem sie Reisekleidung trug. Der Kaufmann war ein freundlicher dicker Mann mit einem dichten grauen Bart und fröhlich funkelnden Augen. Er und seine zahlreichen Gehilfen waren geschäftig hin und her geeilt, bemüht, trotz des Andrangs jeden Wunsch zu erfüllen und Linsen, Mehl, Salz und Gewürze an jeden Kunden in den gewünschten Mengen zu verkaufen. Beatrice hatte schon begonnen, sich Sorgen zu machen, dass der Laden bald ausverkauft sein könnte. Doch als sie schließlich an der Reihe war, hatte sie trotz des Andrangs alles erhalten, was ihr Herz begehrte – ein Pferd, ausreichend Proviant für mindestens zehn Tage und zwei gefüllte Wasserschläuche. Dabei waren die Preise trotz der starken Nachfrage erstaunlich niedrig, sodass sie schließlich noch genügend Geld übrig hatte, um einen schlanken Dolch zu kaufen. Sie hoffte zwar inständig, dass sie die Waffe niemals brauchen würde, doch ausgeschlossen war es nicht. Sie musste auf alles vorbereitet sein.

Zufrieden tätschelte sie dem Pferd den Hals. Das Tier war ausdauernd und schnell. Seitdem sie das Dorf des Kaufmanns am frühen Nachmittag verlassen hatte, hatte sie weder sich noch dem Pferd eine Pause gegönnt. Trotzdem zeigte es keine Anzeichen von Müdigkeit oder Erschöpfung. Im Gegenteil, jedes Mal, wenn sie das Pferd zügelte, um es zur Erholung im Schritt gehen zu lassen, warf es den Kopf hoch und wieherte so empört, als wollte es ihr sagen, dass es dieses gemächliche Tempo als Beleidigung empfinde.

Aus den Säcken, die hinter ihr am Sattel hingen, stieg ihr der Duft der kleinen harten Dauerwürste verführerisch in die Nase und sorgte für regen Speichelfluss. Bereits im Laden hatte sie das beinahe unwiderstehliche Verlangen verspürt, in diese leckeren Würste hineinzubeißen. Doch sie musste sich noch ein wenig gedulden. Sie wollte noch bis zum Einbruch der Dunkelheit in westlicher Richtung weiterreiten, dann eine kurze Pause einlegen und essen, um schließlich im Licht der Sterne endlich die Richtung zu wechseln und nach Norden zu reiten, der Stadt Qazwin entgegen. Vielleicht war es übertriebene Vorsicht. Bisher hatte sie keine Verfolger entdecken können, und es war nicht zu erwarten, dass das Pferd auf dem harten Boden viele Spuren hinterlassen würde. Trotzdem – lieber zu vorsichtig als leichtsinnig.

Der Sonnenuntergang war ein großartiges Schauspiel. Wie ein riesiger blutroter Ball versank die Sonne direkt hinter den Hügeln, die vor ihr lagen, und ließ die Ruinen eines verlassenen Bauernhofs glühen. Dabei versteckte sie sich hinter einem grauen Nebel, als würde auch sie sich an das Verschleierungsgebot des Korans halten. Fasziniert beobachtete Beatrice, wie die Sonne immer tiefer sank und der Schleier immer dichter wurde. So etwas hatte sie noch nie zuvor gesehen. Es dauerte eine Weile, bis sie begriff, dass dies kein Naturschauspiel war. Der Schleier war nichts anderes als Rauch, der von einem Feuer aufstieg. Beatrice zügelte erschrocken ihr Pferd. Kaum mehr als hundert Meter von ihr entfernt hatten zwei Männer einen riesigen Reisighaufen in Brand gesteckt. Zum Glück waren die beiden so mit ihrem Feuer beschäftigt, dass sie Beatrice noch nicht bemerkt hatten. Rasch ritt sie zu einer der Ruinen, sprang vom Pferd und versteckte sich hinter den Überresten der Mauer, die wohl einst zu einem Stall gehört hatte. Vorsichtig spähte sie durch eine der Lücken zwischen den Lehmziegeln hindurch.

Der Rauch wurde immer dichter und schwärzer, und jetzt konnte Beatrice das Feuer auch riechen. Es war ein unangenehmer, durchdringender Geruch, beißend und widerwärtig, und sofort wusste sie, worum es sich handelte. Sie kannte diesen Gestank von der Notaufnahme und aus dem OP, wenn statt mit dem Skalpell mit dem elektrischen Messer gearbeitet wurde. Es war der Geruch von verbranntem Fleisch, der sich bei jedem, dessen Nase jemals damit konfrontiert wurde, für den Rest seines Lebens in den Gehirnwindungen festsetzte.

Die beiden Männer trugen zum Schutz gegen den Qualm Tücher vor Mund und Nase. Ob es Hirten waren, die gezwungen waren, ihre Tiere zu verbrennen, um die Ausbreitung einer Seuche zu verhindern? Doch Beatrice wusste, dass diese Vermutung nur ein Wunschdenken war, denn das, was sie zwischen den brennenden Zweigen sehen konnte, hatte keine Ähnlichkeit mit Tieren. Das konnte sie trotz der Entfernung deutlich erkennen. In diesem riesigen Feuer wurden ohne Zweifel die Überreste eines Menschen verbrannt. Gut, sie war natürlich kein Experte. Sie musste nicht gleich an das Schlimmste denken, an Mord und Verschwörung. Ebenso gut konnte es sich um eine Feuerbestattung handeln. Allerdings hatte sie gelesen, dass die Moslems ihre Toten in der Erde oder in Felsenhöhlen bestatteten. Von Verbrennungen hatte sie bislang nichts gehört. Also war sie doch Zeugin eines Verbrechens?

Bestürzt sank Beatrice auf den Boden und lehnte sich gegen die Mauer. Wer hier mitten in der Steppe, weitab von jedem Dorf, eine Leiche verbrannte, war gewiss nicht erfreut darüber, dabei beobachtet zu werden. Es war wohl besser, hier in dem Versteck zu bleiben, bis die beiden Männer fertig waren, und darauf zu hoffen, dass sie nicht über sie stolperten, wenn sie wieder nach Hause ritten. Wenn wenigstens das Pferd solange ruhig blieb.

Erschrocken fuhr Beatrice hoch. Mit einem Schlag war es dunkel geworden. Über ihr wimmelte es von Sternen, deutlich war die Milchstraße zu sehen. Das Pferd neben ihr schnaubte leise und stupste sie an der Schulter an, als wollte es sie drängen, nun endlich weiterzureiten. Sie rieb sich die Augen. Es war kaum zu glauben. Sie musste tatsächlich eingeschlafen sein – trotz der Gefahr, in der sie schwebte. Ob die Männer noch da waren? Vorsichtig erhob sie sich und spähte über die Mauer.

Der Scheiterhaufen war mittlerweile in sich zusammengesunken, schwach leuchtete die Glut in der Dunkelheit. Niemand schien mehr da zu sein, weit und breit war von den beiden Männern nichts zu sehen und zu hören – keine Pferde, kein Lagerfeuer, keine Stimmen, nichts.

Du kannst nicht bis zum Tagesanbruch hier bleiben. Du musst hier weg. Beatrice nahm all ihren Mut zusammen, ergriff die Zügel ihres Pferdes und führte es aus der Ruine hinaus. Eigentlich wäre es das Klügste gewesen, sich so schnell wie möglich aus dem Staub zu machen, einfach Richtung Norden über die Hügel zu reiten und zu vergessen, was sie hier gesehen hatte. Doch sie konnte nicht. Obwohl es sie ekelte und sie sich vorkam wie ein Mitglied der gaffenden, sensationslüsternen Meute, die sich zu einer Hinrichtung auf einem mittelalterlichen Marktplatz versammelt, wurde sie geradezu magisch von dem heruntergebrannten Scheiterhaufen angezogen.

Was willst du da eigentlich?, fragte sie sich, während sie sich der Feuerstelle näherte. Helfen kannst du dem armen Kerl ohnehin nicht mehr. Willst du unbedingt in der Glut herumstochern und die verkohlten Überreste von menschlichen Knochen sehen? Was hast du davon? Du solltest dich schämen.

Sie war nur noch wenige Meter von den Überresten des Feuers entfernt, als sie abrupt stehen blieb. Vor Angst wagte sie sich nicht zu rühren. Ganz offensichtlich hatte sie sich geirrt. Die beiden Männer waren keineswegs fort. Reglos standen sie am Feuer, kaum zehn Meter von ihr entfernt, und starrten in die Glut, als könnten sie aus der Asche die Zukunft ablesen.

Ach du Heiliger!, schimpfte Beatrice mit sich und blickte sich hastig nach einem Versteck um. Da siehst du mal, wohin dich deine Neugier gebracht hat, du dämliche Kuh.

Es gab kein Versteck. Hier war nichts außer der Ruine, die sie gerade verlassen hatte. Wenn sie dorthin zurücklief, würden die Männer sie ohne Zweifel entdecken. Es gab keinen

Ausweg. Es war vorbei. Sie war verloren. Hier war nun endgültig Schluss. Wer hätte gedacht, dass es sie mitten in der Steppe erwischen würde.

Beatrice malte sich bereits aus, wie die beiden sie entdecken, sich auf sie stürzen und ermorden würden, als plötzlich der Wind auffrischte. Er blies ihr direkt ins Gesicht. Und seltsamerweise wurde der beißende Geruch der Asche überlagert von einem anderen, wesentlich angenehmeren Duft, der ihr ebenfalls bekannt vorkam. Es dauerte, bis sie ihn identifiziert hatte, weil sie alles erwartet hätte, nur nicht das, nicht hier, nicht zu diesem Zeitpunkt. Im selben Moment erkannte sie auch die Silhouette eines der beiden Männer. Das Sternenlicht schimmerte auf seinen langen schwarzen Haaren. Es gab keinen Zweifel. Hier mitten in der Steppe, keine zehn Meter von ihr entfernt stand Saddin gemeinsam mit einem anderen Mann und sah sich das Feuer an. Aber wie war das möglich? Träumte sie etwa immer noch? Stand sie gar nicht hier am Feuer, sondern lag noch zwischen den Resten der Lehmziegel in der Ruine? Oder waren er und sein Begleiter diejenigen, die das Feuer angezündet hatten? War sie Zeugin geworden, wie Saddin ein Verbrechen vertuscht hatte? War dies hier einer seiner Aufträge? Sie wusste ja, dass Saddin in kriminelle Machenschaften verwickelt war. Und sie hatte nicht vergessen, wie gefährlich er werden konnte, wenn man ihm dummerweise in die Quere kam.

Vorsichtig und wie in Zeitlupe ging Beatrice Schritt für Schritt zurück, ohne die beiden Männer aus den Augen zu lassen. In dem Bestreben, nur ja kein Geräusch zu machen, wagte sie noch nicht einmal normal zu atmen. Trotzdem waren ihre Bemühungen vergebens. Vielleicht war sie doch zu laut gewesen, vielleicht hatte er ihre Schritte gehört oder die des Pferdes. Sie hatte sich kaum drei Meter vom Feuer entfernt, als Saddin sich zu ihr umdrehte. Beatrice blieb fast das Herz stehen. Jetzt war es endgültig vorbei mit ihr.

Er sah ihr direkt in die Augen und schüttelte den Kopf – tadelnd, so als würde er ihre Gedanken kennen. Dann lächelte er. Es war wieder dieses unwiderstehliche Lächeln, für das man ihm beinahe jedes Verbrechen verzeihen konnte. Er nickte ihr kurz zu, dann wandte er sich an seinen Begleiter.

»Komm, es wird Zeit. Wir müssen gehen«, sagte er leise.

Trotzdem konnte Beatrice seine Worte so deutlich hören, als hätte er direkt neben ihr gestanden und mit ihr gesprochen. Und dann traute sie ihren Augen nicht. Vor ihnen, nur ein paar Meter jenseits des Scheiterhaufens, strahlte plötzlich ein gleißend helles Licht.

Das Licht hatte die Umrisse einer riesigen Tür. Beatrice hielt sich geblendet eine Hand vor die Augen, als der Lichtschein zunehmend heller und heller wurde, während sich langsam die beiden Flügel eines gigantischen Tors öffneten. In der Mitte konnte Beatrice die Umrisse einer Gestalt erkennen. Sie kam ihr ungewöhnlich groß vor, und sie hätte schwören können, dass sie etwas in der Hand hielt, das an eine brennende Waffe erinnerte – ein Flammenwerfer zum Beispiel, nur viel größer und irgendwie anders. Träumte sie noch? Was ging hier vor? Wurde sie etwa gerade Zeugin der Landung von Außerirdischen? Hoffentlich war Saddin nachher, wenn alles vorbei war, bereit, ihr die Fragen zu beantworten.

Doch bevor sie auch nur ein Wort sagen oder etwas tun konnte, hob das riesige Geschöpf seine seltsame Waffe empor. Im selben Augenblick wurde Beatrice schwindlig. Alles schien sich um sie herum zu drehen – die Sterne, die Überreste des Feuers, die langen dürren Grashalme, der Boden, die Dunkelheit …

Als Beatrice wieder zu sich kam, war es immer noch dunkel.

Was für ein verrückter Traum, dachte sie und rieb sich die Augen. Offensichtlich hast du dir zu viele Mystery-Serien im

Fernsehen angeschaut. Allerdings wäre Fox Mulder bestimmt stolz auf dich. Ob die beiden Männer schon fort sind?

Beatrice setzte sich auf. Der Schrei stieg ihr so plötzlich und unerwartet in die Kehle, dass sie ihn nicht mehr unterdrücken konnte. Wenn jetzt nicht innerhalb der nächsten zehn Minuten Menschen angerannt kamen, dann gab es hier auch keine. Diesen Schrei musste jeder im Umkreis von mehreren Kilometern gehört haben.

Keuchend wischte sie sich den Schweiß von der Stirn. Sie hatte erwartet, in der Ruine zu liegen, in der sie sich versteckt hatte, als sie am frühen Abend die beiden Männer beobachtet hatte. Doch tatsächlich lag sie neben dem Feuer, fast hundert Meter von der Ruine entfernt und genau an der Stelle, wo sie im Traum Saddin und seinen Begleiter gesehen hatte und wo dieses seltsame Licht erschienen war. Hatte sie etwa so lebhaft geträumt, dass sie im Schlaf gewandert war? Oder war es am Ende doch kein Traum gewesen? Aber was hatte sie eigentlich gesehen?

Sie versuchte sich an jede Kleinigkeit ihres Traums – oder was auch immer es gewesen sein mochte – zu erinnern. Doch je mehr sie es versuchte, umso mehr verschwammen die Einzelheiten vor ihren Augen wie die Bilder eines Traums, an den man sich bereits ein paar Minuten nach dem Aufwachen nicht mehr erinnern konnte. Zu allem Überfluss begannen auch noch hinter ihrer Stirn heftige Kopfschmerzen zu pochen.

»Es hat keinen Zweck«, sagte sie leise, rieb sich die Nasenwurzel und wünschte sich nichts sehnlicher als ihre kleine rote Dose Tiger Balm, die sie zu Hause immer in ihrer Handtasche bei sich trug. Mit dem nach Kampfer und Menthol duftenden Balsam bekämpfte sie gewöhnlich ihre Kopfschmerzen erfolgreicher als mit Medikamenten. »Ich werde wohl niemals dahinter kommen.« Das Pferd schnaubte, stieß

369

sie auffordernd an und stampfte einmal mit dem Huf auf den Boden.

»Du hast Recht«, sagte Beatrice und streichelte dem Tier über die Nase. »Wir sollten jetzt endlich aufbrechen.«

Mühsam rappelte sie sich auf. Sie fühlte sich immer noch ein bisschen schwindlig und war froh, als sie endlich im Sattel saß. Die Sterne über ihr waren in der Zwischenzeit nur unwesentlich weitergewandert. Was auch immer hier geschehen war, es hatte ganz offensichtlich nicht lange gedauert. Sie sah sich noch einmal um. Vor ihr lag die Steppe, im Hintergrund standen die Ruinen des Bauernhofs. Nichts hatte sich verändert, alles war noch genauso wie vorher. Abgesehen von der Feuerstelle, die jetzt schwarz und düster inmitten des im Sternenlicht silbrig glänzenden Grases lag wie der berühmte Tintenfleck an Martin Luthers Zellenwand. Plötzlich fröstelte es sie. Etwas in der Asche schimmerte hell, viel heller als die Asche. Und die Umrisse dieses Objekts erinnerten sie fatalerweise an die Kalotte eines menschlichen Schädels.

Beatrice riss das Pferd herum, trat ihm in die Flanken und galoppierte in Richtung Norden davon. Sie konnte sich nicht auch noch mit ihren Hirngespinsten belasten. Sie hatte Wichtigeres zu tun. Schließlich musste sie Qazwin unbedingt vor Hassan und seinen Leuten erreichen. Sie musste Michelle finden und Ali rechtzeitig vor der drohenden Gefahr warnen. Ganz gleich, was auch immer hier geschehen war oder nicht, es würde wohl ein Rätsel bleiben. Und es ging sie auch nichts an.

»Herr, da ist …«

Weiter kam der Diener nicht. Er wurde so unsanft zur Seite gestoßen, dass er gegen die Wand prallte und vor Schmerz aufschrie.

»Beim Barte des Propheten!«, brüllte Hassan. Doch dann

erkannte er den Mann, der sich auf so rabiate Weise Zutritt zu seinem Gemach verschafft hatte, und sein Zorn milderte sich. Es war Harun. Er war einer der Brüder und gleichzeitig Mitglied der Leibgarde seines Vaters. Jemand wie Harun würde es niemals wagen, ihn mitten in der Nacht zu stören – es sei denn, er hatte einen wichtigen Grund. »Was gibt es?«

Harun warf dem Diener einen misstrauischen Blick zu, und Hassan nickte.

»Geh, ich brauche dich heute nicht mehr.«

Der Diener verneigte sich und verließ das Zimmer, nicht ohne Harun zuvor hasserfüllt anzusehen und sich seine schmerzenden Rippen zu halten. Hassan wartete noch, bis sich die Tür hinter dem Diener geschlossen hatte und seine Schritte auf dem Flur verhallt waren, dann erst wiederholte er seine Frage.

»Nun, Harun, was ist so wichtig, dass du mich mitten in der Nacht in meinem Schlafgemach überfällst wie ein Dieb?«

»Verzeiht, Herr und Großmeister«, antwortete Harun und verneigte sich. Dass Hassan mit bloßem Oberkörper und nur mit einer leichten Schlafhose bekleidet vor ihm stand, schien seiner Ehrfurcht keinen Abbruch zu tun. »Ich würde es gewiss nicht wagen, Euch in Eurer wohlverdienten Ruhe zu stören, Herr, doch es ist etwas vorgefallen, das keinen Aufschub duldet. Eure Anwesenheit ist dringend erforderlich.«

»So. Und worum handelt es sich?«

»Das … das wage ich Euch nicht zu sagen. Nicht hier. Ihr solltet es mit Euren eigenen Augen sehen, Herr. Ich muss Euch daher bitten, mich zu begleiten.«

»Darf ich wenigstens wissen, wohin ich mit dir gehen soll?«

»Natürlich, Herr!«, erwiderte Harun rasch und verneigte sich. Seine Ohren glühten wie die untergehende Sonne. Ihm war deutlich anzumerken, wie unangenehm ihm die ganze

Angelegenheit war, und trotzdem hatte Hassan den Eindruck, dass da noch etwas anderes dahinter steckte. Der Mann trieb gewiss keine Scherze mit ihm. Er sah aus, als ob er Angst hätte. »Ihr müsst mich in den Kerker begleiten.«

Hassan runzelte die Stirn. »In den Kerker?«

»Ja, Herr«, sagte Harun mit deutlich zitternder Stimme. »Der Kerkermeister hat in einer der Zellen etwas entdeckt, das Ihr Euch ansehen müsst.«

»Ich kleide mich rasch an.«

Während er mit Harun durch den Palast zum Kerker ging, fragte Hassan sich nicht, was von so großer Bedeutung sein konnte, dass seine Anwesenheit dort mitten in der Nacht vonnöten war. Solche Fragen waren überflüssig. Er würde die Antwort ohnehin erst vor Ort erfahren, und bis dahin konnte er die Zeit besser nutzen, indem er die neunundneunzig Namen Allahs rezitierte.

Als sie endlich im Kerker ankamen, merkte Hassan sofort, dass Harun nicht übertrieben hatte. Alle Wachen schienen in Aufruhr zu sein. Sie standen in kleinen Gruppen beieinander, ihre unterdrückten Stimmen klangen aufgeregt. Doch sobald sie Hassan erkannten, verstummten sie und verneigten sich.

»Was ist hier los?«, fragte Hassan, richtete sich zu seiner vollen Körpergröße auf, verschränkte die Arme vor der Brust und sah streng von einem zum anderen. »Wer will es mir erklären? Wo ist der Kerkermeister?«

»Hier bin ich, Herr.«

Der Kerkermeister trat einen Schritt vor. Obwohl er nicht zu den größten Männern zählte und sein Haar bereits grau wie Asche war, war er eine furchteinflößende Erscheinung mit seinen kräftigen, muskulösen Armen, den breiten Schultern und der quer über dem Gesicht verlaufenden Narbe.

Hassan kannte die Geschichten über diesen Mann und seine ungewöhnliche Grausamkeit gut, die vor vielen Jahren zu seiner Strafversetzung von den Soldaten in den Kerker geführt hatte. Doch diese Berichte kümmerten ihn nicht. Wer erwartete schon Barmherzigkeit und Sanftmut von einem Kerkermeister?

»Erzähle mir, was vorgefallen ist«, verlangte Hassan.

»Kommt mit mir, und seht selbst«, entgegnete der Kerkermeister statt einer Erklärung. Er riss eine der Fackeln von der Wand und ging ein paar Schritte voraus. Dann blieb er stehen und wandte sich um.

»Gut, ich komme. Harun ...«

Doch der Kerkermeister unterbrach ihn. »Allein.«

Hassan öffnete den Mund, um den Mann wegen seiner Unverfrorenheit zurechtzuweisen und ihm die angemessene Strafe anzudrohen, doch ein Blick in dessen Augen genügte, und er schwieg. Diese Augen waren kalt und dunkel wie der Tod selbst. Ein solcher Mann ließ sich nicht einschüchtern. Schon gar nicht durch Worte. Hassan nickte nur und folgte ihm.

Sie stiegen eine schmale steinerne Treppe hinab und gingen einen engen Gang entlang. Es war keinesfalls das erste Mal, dass Hassan den Kerker betrat. Er kam oft hierher, um Verhöre zu überwachen, Hinrichtungen anzuordnen oder Gefangene zu begnadigen – was allerdings nur selten geschah. Trotzdem fühlte er sich in dieser Nacht ebenso unbehaglich wie damals als Achtjähriger, als ihn sein Vater zum ersten Mal in den Kerker mitgenommen hatte, um ihm zu zeigen, wie das Strafsystem der Stadt Gazna organisiert war. Hinter den Zellentüren vor ihnen polterten und murrten die Gefangenen. Ihren Schreien entnahm Hassan, dass sie ihre abendliche Essensration nicht erhalten hatten. Doch sobald sie sich den Zellen näherten, verstummten die Gefangenen, als hätten sie die Schritte der schweren, eisenbeschlagenen Stiefel des Kerkermeisters erkannt und wollten um jeden Preis vermeiden, seine Aufmerksamkeit auf sich zu lenken.

»Es war klug von Euch, auf meinen Rat zu hören«, sagte der Kerkermeister mit seiner tiefen, rauen Stimme, deren Klang einige Gefangene dazu veranlasste, zu wimmern und zu heulen wie verwundete und verängstigte Tiere. »Ich bin sicher, es ist nicht in Eurem Sinne, dass noch mehr Augen zu sehen bekommen, was ich Euch zeigen will.«

»Und wohin führst du mich?«, fragte Hassan. Er wurde allmählich wütend. Wie kam es, dass dieser Mann, dieser alte ehemalige Soldat, der zur Strafe seinen Dienst hier im Kerker verrichten musste, anstatt zur Ehre Allahs und für Subuktakin zu kämpfen, ihn in dieser Nacht so aus der Fassung brachte? Warum ließ er es zu, dass dieser heruntergekommene Kerl, der sich gewiss nicht an das Verbot des Genusses von berauschenden Getränken hielt, so mit ihm sprach? An jedem anderen Tag hätte er ihn längst zu fünfzig Peitschenhieben verurteilt. Nicht mehr, denn schließlich war dieser Mann nützlich. Es gab nicht viele, die sich damit brüsten konnten, dass Wachen und Gefangene gleichermaßen vor ihnen zitterten. Und trotzdem, eigentlich sollte er den Kerl für seine Frechheit bestrafen. Warum tat er es nicht?

Später, dachte Hassan, später. Erst will ich wissen, was er mir zu zeigen hat.

»Ich bringe Euch nach unten«, antwortete der Kerkermeister, und ein breites Grinsen verzerrte sein entstelltes Gesicht zu einer grässlichen Fratze. »Dorthin, wo die schlimmsten Verbrecher in ihren Zellen hocken und auf ihr Ende warten – die Verräter, die Ehebrecher, die Gotteslästerer.«

Hassan schluckte. Er kannte das unterste Stockwerk des Kerkers gut. Oft war er dort, um Ketzer zu verhören oder ihrer gerechten Strafe zuzuführen. Zuletzt in der vergangenen

Nacht, als er Tariq aus seiner Zelle geholt und ihn in das verfallene Haus gebracht hatte.

Endlich kamen sie im untersten Stockwerk an, einem Labyrinth, verwinkelter und verwirrender als alle anderen Stockwerke des Kerkers. Der Gestank, der hier herrschte, war schier unerträglich, er raubte einem den Atem. Es roch, als hätte die Hölle einige ihrer Schleusen geöffnet, um den Gefangenen in ihren Zellen einen Vorgeschmack darauf zu geben, was sie nach ihrem Ableben erwartete. Hassan schnappte mühsam nach Luft und fragte sich, ob es hier in der vergangenen Nacht auch schon so gestunken hatte. Es war ihm nicht aufgefallen. Oder war die Hölle so zornig über die Entführung einer ihrer Söhne, dass sie die Luft verpestet hatte? Um nicht ohnmächtig zu werden oder gar zu ersticken, hielt er sich ein Tuch vor die Nase. Der Kerkermeister warf ihm einen Blick zu und grinste. Ihn schien der Gestank nicht zu stören.

Vor einer der Zellen stand ein Wachtposten. Schon von weitem erkannte Hassan, um welche Zelle es sich dabei handelte. Hier war er in der vergangenen Nacht gewesen, hier hatte er Tariq in Ketten legen und ihn dann hinausbringen lassen.

»Verschwinde«, herrschte der Kerkermeister seinen Untergebenen an. »Melde dich im Quartier. Oben gibt es genug zu tun.«

Der Wachtposten nickte und machte sich aus dem Staub, als würde ihn oben das Paradies erwarten. Und Hassan begann sich allmählich doch zu fragen, warum. Was war hier geschehen, das alle derart verängstigte und in Aufregung versetzte?

Der Kerkermeister nahm einen gewaltigen Schlüsselring von seinem Gürtel. Das rostige Schloss quietschte erbärmlich, als er den Schlüssel darin umdrehte, und nur widerwillig ließ sich die von Feuchtigkeit und Kälte verzogene Tür öffnen.

Bestialischer Gestank schlug Hassan entgegen und traf ihn wie eine ins Gesicht geschmetterte Faust, sodass er zurücktaumelte. Auch hier hatte es vergangene Nacht nicht so gestunken. Gewiss nicht. Es wäre ihm doch aufgefallen.

»Bitte, tretet ein«, sagte der Kerkermeister und machte eine Verbeugung. »Doch wappnet Euch. Wenn Ihr einen Fuß über diese Schwelle setzt, betretet Ihr das Reich des Bösen.«

Hassan schluckte. Das Grinsen des Kerkermeisters war diabolisch. War dies wirklich der Kerkermeister, den er kannte? Oder war ein Dämon, vielleicht sogar der Teufel persönlich in die Haut des Kerkermeisters geschlüpft, um ihn in eine Falle zu locken? Nur zögernd betrat er Tariqs Zelle. Schritt für Schritt ging er vorwärts und erwartete jeden Augenblick das Geräusch der hinter ihm zuschlagenden Tür zu hören, um dann den Geschöpfen der Hölle schutzlos und allein ausgeliefert zu sein. Doch nichts geschah.

Er stand in der Zelle. Der Boden des kleinen, kaum zehn mal zehn Fuß messenden Raums war mit altem schimmligem Stroh bedeckt, in dem Maden und zahllose Spinnen herumkrochen. In einer Ecke raschelte es verdächtig. Ratten. Im ganzen Kerker wimmelte es von diesen widerlichen Tieren. Sie fraßen Unrat und Insekten, von denen es hier mehr als genug gab. Sie lebten von den Nahrungsrationen der Gefangenen, den Leichen, die manchmal in ihren Zellen verwesten, unbeachtet und vergessen von den Wachen. Berichten zufolge machten sie noch nicht einmal vor den lebenden Häftlingen halt. Der Tisch im Kerker war stets reich gedeckt, die Ratten waren fett, und manche von ihnen wurden so groß wie Katzen. Doch das störte Hassan nicht. Wer hier im Kerker saß, hatte das alles verdient – die Dunkelheit, den Hunger und den Durst, den Gestank und natürlich auch die Ratten. Aber warum hatte man ihn jetzt hierher gebracht? Er konnte nichts Ungewöhnliches oder gar Beängstigendes entdecken.

»Reich mir die Fackel!«, rief er dem Kerkermeister zu. »Es ist zu dunkel.«

Das Licht der Fackel erhellte die kleine Zelle, als der Kerkermeister eintrat, und im selben Augenblick konnte Hassan sehen, weshalb man ihn gerufen hatte. Der Anblick traf ihn derart überraschend, dass ihm der Atem in der Kehle stecken blieb und seine Knie zu zittern anfingen. Wahrlich, der Kerkermeister hatte nicht übertrieben. Dies war der Vorraum zur Hölle.

Die Wände waren bedeckt mit hunderten von Gesichtern, manche groß wie Melonen, andere so klein, dass man sie kaum erkennen konnte. Sie waren verzerrt vor Angst, Wut und Hass, sie lachten irre, schrien vor Schmerz, waren in einer diabolischen Ekstase verzückt oder von ungezählten Narben entstellt. Hassan glaubte fast die Stimmen zu hören, die aus den vermutlich mit Schmutz, Ruß und Blut gezeichneten Mündern kamen. Heisere, kehlige Stimmen, die eher den Stimmen von Tieren glichen. Und dann wurde ihm plötzlich die ganze Dimension dessen, was er sah, klar. Ihm wurde speiübel. Dies waren keine verschiedenen Gesichter. Sie sahen zwar alle unterschiedlich aus, doch das lag allein daran, dass jedes einen anderen Ausdruck hatte, ein anderes Gefühl verkörperte. Letztlich handelte es sich jedoch immer um ein und dasselbe Gesicht – seins.

Hassan schluckte mehrmals, bis die bittere Galle ihren Weg wieder zurück in seinen Magen gefunden hatte.

»Beim Barte des Propheten«, flüsterte er. »Was …«

»Ich wusste, dass es Euch interessieren würde«, sagte der Kerkermeister. Er stand lässig gegen den Türpfosten gelehnt, mit vor der Brust verschränkten Armen und übereinander geschlagenen Beinen, als hätte er schon schrecklichere Dinge gesehen.

»Erzähle mir alles, was du darüber weißt.«

Der Kerkermeister zuckte mit den Schultern. »Das ist nicht viel. Ich kümmere mich wenig um das Schicksal der Gefangenen, es ist zu anstrengend bei den vielen Neuzugängen und Abgängen, insbesondere hier unten. Hier, im untersten Stockwerk, gibt es nur zwei Arten von Gefangenen – die, die innerhalb kurzer Zeit dem Henker vorgeführt werden, und die, die vergessen werden. Dieser Gefangene war seit über sieben Jahren hier. Ein weitgehend unauffälliger Bursche, hat nie gebrüllt, niemals Ärger gemacht so wie die anderen. Kann mich nicht erinnern, dass ich ihn jemals hätte züchtigen müssen. Er war einer von denen, die hier unten vergessen werden. Trotzdem wurde er, so wie mir einer der Wachen berichtete, in der vergangenen Nacht abgeholt. Doch vielleicht wisst Ihr bereits davon?«

Hassan atmete tief ein. Er musste sich jetzt beherrschen, er durfte sich keine Blöße geben, kein falsches Wort sagen.

»Woher sollte ich das wissen?«

Doch der Kerkermeister ging nicht darauf ein.

»Er kam nicht zurück. Wahrscheinlich hat es ihn erwischt, und sein Kadaver liegt nun in irgendeiner Grube und fault langsam vor sich hin.«

»Oder seine Kumpane haben ihn befreit«, sagte Hassan und versuchte das spöttische Grinsen einfach zu übersehen. Stattdessen konzentrierte er sich schaudernd auf die Zeichnungen. Aus einer Eingebung heraus stieß er das Stroh mit dem Stiefel beiseite – um im nächsten Augenblick vor Entsetzen zurückzuweichen. Tatsächlich, seine Ahnung hatte ihn nicht getäuscht. Auch der Steinboden war mit diesen grauenvollen Zeichnungen bedeckt. »Allah!«

»Ja, der Kerl hat die Zeit, die er hier verbracht hat, ausgiebig genutzt«, sagte der Kerkermeister und warf einen gleichgültigen Blick auf den Boden.

»Bei allen Heiligen Allahs!«, rief Hassan aus. Ihm war vor

Abscheu und Ekel übel geworden. »Dieser Mann muss wahnsinnig gewesen sein.«

»Wahnsinnig? Nein, ich denke ...«

»Er muss wahnsinnig gewesen sein«, unterbrach Hassan den Kerkermeister barsch. »Kein gottesfürchtiger Mann würde so etwas tun.«

Der Kerkermeister zuckte erneut mit den Schultern, gefühllos, gleichgültig. Offensichtlich hatte er keine Lust, sich mit Hassan darüber zu streiten, ob Tariq nun verrückt gewesen war oder nicht. Ihm schien das alles hier egal zu sein. Oder er wusste mehr, als er zugeben wollte.

»Was sollen wir damit machen?«, fragte er und deutete mit dem Kopf auf die Zeichnungen.

Hassan dachte kurz nach.

»Nehmt einen Gefangenen aus einer der Zellen hier unten, einen, dessen Hinrichtung unmittelbar bevorsteht. Verbindet ihm die Augen und gebt ihm Wasser und eine Bürste, um die Wände und den Boden sauber zu schrubben. Wenn keine Spuren der Zeichnungen mehr sichtbar sind, räuchert die Zelle aus. Und dann lasst einen Imam kommen, einen getreuen Diener Allahs, der die Zelle mit seinen Gebeten reinigt.«

»Sehr wohl«, sagte der Kerkermeister und deutete eine Verbeugung an. »Euer Wunsch ist mir Befehl.«

Doch der Spott in seiner Stimme war so deutlich, dass Hassan vor Wut mit den Zähnen knirschte und für einen Augenblick sogar seinen Abscheu und seine abgrundtiefe Angst vor dem Bösen vergaß, dass sich hier über Jahre hinweg in dieser Zelle versteckt gehalten hatte. Wahrlich, vielleicht sollte er den Kerkermeister doch noch angemessen bestrafen. Eine Bitte an seinen Vater, ein kurzer Befehl, und dann konnte dieser unverschämte Kerl die Zellenwände mit verbundenen Augen schrubben ...

Aber Hassan bezwang seinen Zorn. Allah würde ihm den Tag und die Stunde zeigen, an dem er den Kerkermeister für seine Frechheiten bestrafen konnte. Ohne ihn noch eines Blickes zu würdigen, ging er an ihm vorbei und verließ die Zelle.

Als er schließlich in seinem Gemach angekommen war, kleidete er sich wieder aus und legte sich auf das Bett. Doch an Schlaf war nicht zu denken. Jedes Mal, wenn er die Augen schloss, sah er wieder die Gesichter vor sich. Sie grinsten ihn an, verhöhnten und verspotteten ihn. Grässliche Schreie gellten aus ihren verzerrten Mündern, und manche von ihnen lachten ihn aus und streckten ihm die Zungen heraus. Irgendwann konnte er diese albtraumhaften Bilder nicht mehr ertragen. Er stand auf und trat zum Fenster.

Er erinnerte sich an die Geschichten, die ihm seine Amme erzählt hatte. Sie war ein fettes, zahnloses Weib gewesen und so alt, dass sie bereits seinen Vater aufgezogen hatte. Es waren düstere, beängstigende Geschichten von Dämonen und Gespenstern, von den Verlockungen und Fallstricken der Hölle, den Winkelzügen des Teufels und der Bosheit der Menschen. Eine Geschichte war ihm besonders im Gedächtnis geblieben. Gerade in diesem Moment erinnerte er sich so gut daran, dass er wieder fünf Jahre alt zu sein schien. Die Amme saß an seinem Bett. In ihrer schwarzen Kleidung mit den dürren Händen und der scharf gebogenen Nase sah sie aus wie eine Krähe. Das kleine schwache Talglicht warf bizarre, heftig zuckende Schatten an die Wand seines Zimmers. Oft hatte er geglaubt, dass in diesen Schatten die beängstigenden Gestalten aus den Erzählungen der Amme zum Leben erwachten. Und dann hatte sie mit ihrer heiseren, brüchigen Stimme zu erzählen begonnen: »Es gibt Menschen, die stehen mit dem Teufel im Bunde. Sie haben von ihm persönlich die Anweisung bekommen, die Gesichter anderer zu zeichnen. Natürlich weiß jedes Kind, dass der Koran solch einen Frevel verbietet. Allah allein ist der Schöpfer allen Lebens. Aber nur wenige wissen, dass die Seele des Menschen, der gezeichnet wurde, in dem Papier gebannt wird. Sie ist dazu verdammt, für immer und ewig dort zu bleiben. Niemals wird sie den Weg ins Paradies finden. Ein Mensch, der gezeichnet wird, ist für immer verloren. Hüte dich also, Hassan! Hüte dich vor denen, die sich ›Künstler‹ nennen und meinen, sie könnten sich über die Verbote des Korans hinwegsetzen. Hüte dich!«

Hassan spürte, wie sein Herz klopfte und dieselbe Angst ihm die Kehle zuschnürte, die ihn damals als kleiner Junge nächtelang wach gehalten hatte. »Hüte dich!«, hatte sie gesagt. Er hat sich nicht vorgesehen. Nicht genug jedenfalls. Er hätte Tariq sofort dem Henker übergeben müssen, als er ihn vor Jahren in den Kerker bringen ließ. Er hatte es nicht getan, aus Sentimentalität und der Scheu heraus, jemanden, den er einst als seinen Freund bezeichnet hatte und dessen Familie angesehen war in der Stadt, töten zu lassen. Jetzt musste er für seine Nachlässigkeit und seine törichte Gutmütigkeit teuer bezahlen. Seine Seele war für immer gefesselt, gebannt in hunderten von Zeichnungen, die im Kerker die Wände und den Boden bedeckten. Hatte Tariq deshalb im Angesicht des Todes gelächelt, weil er wusste, dass er Hassan das Schlimmste angetan hatte, das man einem Menschen antun konnte? Dass er ihm für alle Ewigkeit den Zugang zum Paradies verwehrt hatte?

Er sank auf die Knie, rang seine Hände, raufte sich die Haare und den Bart vor Verzweiflung.

»Allah, ich flehe Dich an, erhöre Deinen Diener! Sei barmherzig und gib Deinem Diener die Chance, sich reinzuwaschen von den Flecken der Sünde und des Frevels, von dem abscheulichen Gestank der Verfehlung. Lass mich im selben Maße, wie die Striche dieser Zeichnungen von den Wänden der Zelle verschwinden, vor Dir gereinigt sein. Es war nicht meine Schuld. Ich habe ihn nicht darum gebeten, mein Gesicht zu zeichnen. Und hätte ich davon gewusst, ich hätte ihn schon viel früher für seinen Frevel bestraft. Ich flehe Dich an, o großmütiger Schöpfer. Verwehre mir nicht den Zugang zu Deinem Reich. Ich folge Deinem Wort und Deinem Willen noch mehr als jemals zuvor. Ich werde alle Frevler bestrafen, Deine Feinde vernichten und jeden bis ans Ende der Welt jagen, der es wagt, gegen Dein Wort zu verstoßen. Ich werde mich für immer den Verlockungen von Ruhm und Reichtum entziehen. Ich werde niemals eine Frau berühren, das gelobe ich. Bitte ...«

Und in seiner abgrundtiefen Verzweiflung schlug Hassan die Hände vors Gesicht und weinte.

XVIII

Ali! Ali, wach auf!«
Die Stimme, die ihn rief, klang hoch und zart wie die Stimme eines kleinen Mädchens.

Was für ein schöner Traum, dachte Ali und drehte sich auf die andere Seite. Ein Traum, in dem die Tochter von Beatrice zu mir gekommen ist, um bei mir zu wohnen.

»Ali, komm schon! Steh auf!«

Die Stimme ließ nicht locker. Und jetzt rüttelte jemand sogar an seiner Schulter und zog an seiner Decke. Also, dass war doch ...

Ali drehte sich um und schlug die Augen auf. An seinem Bett stand das wohl bezauberndste Wesen, das es auf der Welt geben konnte – Michelle. Jeden Morgen, wenn er aufwachte, fürchtete er, dass es sie gar nicht gab, dass sie nichts weiter als eine Gestalt aus einem wunderschönen Traum war. Und jeden Morgen, wenn er dieses kleine Mädchen über den Flur hüpfen sah, das Licht auf ihren langen blonden Haaren, dann war er unendlich erleichtert, dass er sich offensichtlich geirrt hatte. Sie war kein Traumgebilde.

Ali lächelte zärtlich. Doch sein Lächeln wurde nicht erwidert, denn gerade in diesem Augenblick war dieses bezaubernde Wesen, das im Nachthemd und mit nackten Füßen vor seinem Bett stand, ganz offensichtlich wütend.

»Willst du denn immer nur schlafen, schlafen, schlafen?«,

schrie sie und starrte ihn mit vor der Brust verschränkten Armen, zornig gerunzelter Stirn und zusammengezogenen Augenbrauen finster an. Sogar ihre klaren blauen Augen, die denen ihrer Mutter so ähnlich waren, wirkten an diesem Morgen dunkler als sonst.

Ali sah sich verwirrt um. Hatte er etwa den Weckruf des Muezzin überhört und verschlafen? Doch ein Blick verriet ihm, dass es noch sehr früh war. Das Licht, das durch die Vorhänge in sein Schlafgemach fiel, hatte die Zartheit der Morgendämmerung. Der Tag war so jung, dass noch genügend Zeit blieb, um im Bett zu liegen, die wohlige Wärme zu genießen und dabei seinen Gedanken nachzuhängen.

»Kannst du nicht mehr schlafen, meine Kleine?«, fragte Ali und streckte seine Hand aus, um dem Mädchen über den Kopf zu streicheln. Doch sie wich einen Schritt zurück. »Komm noch in mein Bett.«

»Nein!«, sagte sie so heftig, dass Ali überrascht aufsah. Normalerweise konnte Michelle es gar nicht abwarten, in sein Bett zu kommen und sich eine Geschichte erzählen zu lassen. Was war nur heute mit ihr los? »Wir haben gar keine Zeit. Wir müssen alles vorbereiten. Mama kommt.«

»Mama?« Ali setzte sich auf, sein Herz begann schneller zu klopfen. Beatrice sollte kommen? Aber woher …

Sein Herzschlag beruhigte sich ebenso schnell wieder. Er ließ sich auf sein Bett zurücksinken. Es war sehr früh am Morgen, offensichtlich war er immer noch nicht ganz wach. Nur so ließ es sich erklären, dass er sich – wenn auch bloß für einen kurzen Moment – von den Traumvorstellungen und Fantasien eines kleinen Mädchens hatte anstecken lassen. Woher sollte Michelle denn wissen, dass ihre Mutter kommt? Sie konnte ihr kaum einen Brief aus der Zukunft geschrieben haben. Es war klar, das Kind hatte geträumt. Leider.

»Komm noch ins Bett, meine Kleine«, sagte Ali und versuchte sich seine Enttäuschung nicht anmerken zu lassen. Es gab Tage, an denen wünschte er sich in die Kindheit zurück, zurück in jene Zeit, als Träume noch Wirklichkeit waren.

»Schau, die Diener schlafen auch noch alle. Wir können jetzt gar nichts tun. Komm ins Bett. Nur so lange, bis der Muezzin seinen Morgengesang anstimmt. Falls deine Mama heute kommt, dann sicher nicht so früh. Wir haben noch genug Zeit.«

Dieses Argument schien sie zu überzeugen. Sie kletterte auf das Bett, kroch unter die Decke und kuschelte sich an Ali.

»Erzählst du mir eine Geschichte?«

Ali seufzte. Eigentlich hatte er noch ein wenig die Augen zumachen wollen. Der Tag würde anstrengend genug werden. Doch wenn eine Geschichte das Kind seinen Traum vom Besuch von Beatrice vergessen ließ, so war das bestimmt nicht schlecht. Er konnte die Vorstellung nicht ertragen, Michelle den ganzen Tag vergeblich auf ihre Mutter warten zu sehen.

»Also gut. Eine Geschichte. Kennst du schon die von der Prinzessin und dem Diamanten?«

»Nein«, antwortete sie, und ihre blauen Augen strahlten erwartungsvoll.

Und dann begann Ali zu erzählen.

Doch Ali hatte sich getäuscht. Michelle vergaß ihren Traum keineswegs. Sie saßen beim Frühstück, Ali trank noch eine letzte Tasse Mokka, um seine Lebensgeister anzuregen, die in diesen frühen Morgenstunden immer ein wenig träge waren, als sie wieder davon anfing.

»Können wir heute zum Mittagessen Kürbissuppe mit Fleischklößchen kochen?«

Die Frage kam so überraschend, dass Ali fast die Tasse aus der Hand geglitten wäre.

»Kürbissuppe mit Fleischklößchen? Wieso ...«

»Es ist Mamas Lieblingsessen. Wenn sie kommt ...«

Ali zuckte mit den Schultern. »Kürbis? Was ist das?«

»Du kennst keinen Kürbis?«, fragte Michelle erstaunt. »Ein Kürbis ist so groß und ziemlich rund. Und er ist orange. Fast wie eine Melone. Aber anders.«

Ali kratzte sich am Kopf. Eine orangefarbene Melone? Vielleicht gab es so eine Frucht in Michelles Heimat. Oder es war eine Errungenschaft der Zukunft. Er wusste jedenfalls nicht, woher er eine orangefarbene Melone nehmen sollte.

»Wir können es versuchen. Aber ich weiß nicht, ob wir zu dieser Jahreszeit irgendwo auf dem Markt so einen ... Kürbis kaufen können. Ich werde gleich nach dem Frühstück mit der Köchin sprechen.«

»Das ist doch kein Problem«, erwiderte Michelle und rutschte aufgeregt auf ihrem Sitzpolster hin und her. »Du rufst einfach die ›Grüne Kiste‹ an und die bringen dann einen Kürbis.«

Ali blieb der Mund offen stehen. Er hatte keine Ahnung, wovon dieses Kind sprach. Manchmal wurde es ihm geradezu schmerzhaft bewusst, dass sie aus einer fernen Zukunft stammte. Sie kannte viele Dinge, die ihm und all seinen Zeitgenossen fremd waren. Und manchmal fühlte er sich diesem Vorsprung nicht gewachsen.

»Nun, wir werden sehen«, sagte er ausweichend, damit sie ihm seine Unsicherheit nicht anmerkte. »Mach dir jetzt nur keine Gedanken darüber. Ich werde gleich mit der Köchin sprechen, dann sehen wir weiter.«

Und er widmete sich wieder seinem Mokka. Bis zum Mittagessen waren noch ein paar Stunden Zeit. Vielleicht würde Michelle bis dahin ihre fixe Idee von Beatrices Besuch vergessen haben. Allerdings hatte Ali keine großen Hoffnungen. Er kannte Michelle mittlerweile sehr gut. Wenn sich dieses kleine Mädchen erst einmal etwas in den Kopf gesetzt

hatte, dann war es ihm durch nichts und niemanden auszu-
treiben.

Beatrice war noch vor Sonnenaufgang aufgebrochen. Sie hatte sich nicht einmal mehr die Zeit für ein Frühstück genommen. Alles kribbelte in ihr, sie war nervös und aufgeregt wie
ein Kind am Heiligen Abend kurz vor der Bescherung. Der
Karte nach zu urteilen musste sie nun bald Qazwin erreichen.
Qazwin! Allein der Name der Stadt hatte einen verlockenden
Klang.

Nachdem sie etwa eine Stunde lang geritten war, erreichte
sie einen Hügel. Sie zügelte das Pferd und stieg ab. Das Tier
nutzte die Pause, um zu grasen, während sie selbst den Hügel
hinaufging, um zu sehen, was auf der anderen Seite lag. Ihre
Erwartungen, Träume und Hoffnungen wurden nicht enttäuscht. Parzival schaute nach langen, einsamen Wanderungen endlich den Heiligen Gral.

In der Ebene vor ihr, höchstens fünf Kilometer entfernt, er-
kannte Beatrice die verschwommenen Umrisse einer Stadt.
Die Mauern, Türme und Kuppeln verschmolzen fast mit ihrer
Umgebung in dem frühmorgendlichen Dunst, der von den
Feldern ringsumher aufstieg. Natürlich konnte es sich um
eine Täuschung handeln, eine Luftspiegelung. Trotzdem war
sie sicher, dass sie endlich ihr Ziel erreicht hatte. Nach zehn
Tagen einsamen Ritts lag endlich die Stadt Qazwin vor ihr.
Die Karte hatte Recht behalten. Gelobt sei Allah!

Beatrice lief den Hügel so schnell wieder hinab, dass sie
beinahe das Gleichgewicht verloren hätte. Sie schwang sich in
den Sattel und trat dem Pferd kräftig in die Flanken. Sie
wurde immer nervöser. Warum war sie nicht schon gestern
Abend weitergeritten? Eine lächerliche Wegstunde hatte sie
von der Stadt Qazwin getrennt. Wäre sie nicht so träge gewesen, sie wäre vermutlich in diesem Augenblick bereits bei Mi-

chelle. Doch dann zügelte sie das Pferd und verlangsamte das Tempo. Wie hätte sie ihre Tochter in der Nacht finden sollen? Hätte man sie, eine allein reisende Frau, überhaupt in die Stadt gelassen? Und wie sollte es jetzt weitergehen, wenn sie erst die Tore der Stadt durchschritten hatte? Wie sollte sie Michelle und Ali finden? Sollte sie einfach die Händler auf dem Basar und die Barbiere nach den beiden fragen? Bestimmt kannte jemand den Arzt Ali al-Hussein ibn Abdallah ibn Sina und konnte ihr sein Haus zeigen. Allerdings war diese Vorgehensweise auch gefährlich. Sie zog dadurch viel zu viel Aufmerksamkeit auf sich und natürlich auch auf Ali. Vielleicht wäre es doch besser gewesen, Qazwin am späten Abend zu erreichen. Im Licht der Fackeln hätte sie sich leichter krank stellen und nach einem Arzt fragen können als am helllichten Tag. Ach, wenn sie doch nur gestern Abend nicht so früh ihr Lager aufgeschlagen hätte.

Beatrice schüttelte sich und atmete tief ein, um die quälenden, wie Mühlsteine in ihrem Kopf kreisenden Gedanken abzuschütteln. Sie würde Ali und Michelle schon finden. Sie würde einfach alles auf sich zukommen und sich wie bisher von ihrem Gefühl leiten lassen. Und dann, mit ein bisschen Glück, würde sie schon heute Abend mit ihrer Kleinen wieder zusammen sein. Und natürlich mit Ali ...

Auf der Straße nach Qazwin herrschte nur wenig Betrieb. Beatrice überholte einen Bauern, der auf seinem zweirädrigen, von einem dürren, struppigen Maultier gezogenen Karren zwei große Weidenkörbe mit Gemüse transportierte. Und eine Frau kam ihr entgegen, die mit einem Korb auf ihrem Kopf die Stadt verließ. Sonst traf sie niemanden. Das Stadttor stand offen, und die Wachen, die auf den Türmen zu beiden Seiten des Tors postiert waren, achteten nicht auf sie. Zwei von ihnen verkürzten sich die Zeit mit einem Würfelspiel, einem war das Kinn auf die Brust gesunken, und der Vierte starrte so gelangweilt und stumpfsinnig vor sich hin, dass er bestimmt auch bald einschlafen würde. Beatrice war überrascht. In Gazna wäre eine derartige Schlamperei unmöglich gewesen. Dort hatte jeder Soldat so gewissenhaft seine Aufgaben erfüllt, als hätte sich die Stadt im Zustand des immer währenden Krieges befunden. Hier hingegen schien niemand mit der Ankunft von Feinden zu rechnen. War Qazwin eine wirklich freie Stadt? Oder war der hiesige Herrscher einfach nur zu nachlässig und mit anderen Dingen beschäftigt, um sich um die Verteidigung der Stadtmauern zu kümmern?

Beatrice überlegte kurz, ob sie die Wachen nach Ali fragen sollte, doch sie entschied sich dagegen. Sie wollte die vier Männer nicht stören. Auf diese Weise konnte sie wenigstens unbeobachtet in die Stadt hinein. Und das war ein Vorteil, der möglicherweise eines Tages von Nutzen sein würde.

Die Stadt machte so früh am Morgen noch einen verschlafenen Eindruck. Nur wenige Menschen waren auf der Straße – ein paar Frauen mit Krügen waren auf dem Weg zum Brunnen, ein Gerber schleppte sich mit einem Stapel Tierhäuten auf den Schultern dahin. Es war ruhig und friedlich. Die Geschäfte waren noch geschlossen, die breiten Tische auf dem Basar leer.

Du hättest dir gar keine Gedanken über dein Vorgehen zu machen brauchen, dachte Beatrice. Hier ist sowieso niemand, den du nach Ali fragen könntest.

Sie stieg ab und führte das Pferd zu einem Brunnen. Auch hier zeigte sich wieder einmal die Liebe der arabischen Bevölkerung zu den Pferden, denn neben dem Brunnen stand ein Trog bereit, in den man frisches Wasser für die durstigen Tiere schöpfen konnte. Während das Pferd gierig trank, schöpfte Beatrice für sich selbst ebenfalls Wasser, wusch sich das Gesicht und trank. Dann setzte sie sich auf eine der Stufen, die zum Brunnen führten, und fragte sich, wie es weiter-

gehen sollte. Sie steckte ihre Hand in die Tasche. Dort war
der Saphir, der Stein der Fatima, ihr ständiger Begleiter seit
ihrer Ankunft in dieser Zeit. Manchmal glaubte sie, dass er
zu ihr sprach. Nicht mit Worten natürlich, aber durch Zeichen, Ereignisse, Gedanken und Träume. Und manchmal
hatte sie sogar den Eindruck, dass der Stein sich veränderte,
größer oder kleiner wurde, schroffer oder glatter, als wäre er
in Wahrheit ein lebendiges Wesen. Gerade jetzt fühlte er sich
warm an, ja, wohlig warm, als hätte er längere Zeit neben einem offenen Feuer gelegen und dessen Wärme in sich gespei-
chert. Und plötzlich war sie wieder zuversichtlich. Beatrice
drehte den Stein in ihrer Tasche und strich mit dem Daumen
über seine raue Bruchkante, wie man einem kleinen Haustier
über den Kopf streicheln würde. Der Stein hatte sie so weit
geführt, er würde sie auch dieses Mal bis ans Ziel bringen.

Das Pferd hatte sich mittlerweile satt getrunken und ging
nun langsam um den Brunnen herum auf der Suche nach etwas Essbarem. Natürlich fand es auf dem staubigen, mit großen Steinquadern gepflasterten Boden nichts. Es stupste Beatrice auffordernd an und schnaubte, während die Stadt um sie
herum allmählich zum Leben erwachte. Die schweren Fensterläden vor den Geschäften öffneten sich, und die Händler
begannen damit, ihre Waren auf den Tischen auszubreiten.
Frauen und Männer bevölkerten die Straßen, um einzukaufen
oder ihren Tagewerken nachzugehen. Beatrice erhob sich,
griff nach den Zügeln und führte das Pferd in eine der Gassen
hinein. Sie hatte keine Ahnung, wohin sie dieser Weg bringen
würde. Doch da sie sich in Qazwin nicht auskannte, war dieser Weg ebenso gut oder schlecht wie jeder andere.

Eine ältere Frau mit einem breiten, freundlichen Gesicht
pries ihre kleinen flachen Brote an, die sie auf einem seltsamen, einem Tonkrug ähnlichen Ofen direkt auf der Straße
buk. Ihre lauten Rufe übertönten beinahe das Hämmern des

Schuhmachers, neben dessen Werkstatt sie ihre »Backstube« eingerichtet hatte. Sie erinnerte Beatrice an die Berberfrau, die im Hotel während ihres Tunesienurlaubs zum Frühstück im Speisesaal Fladenbrote gebacken hatte. Der Ofen hatte genauso ausgesehen wie dieser hier. Und die Brote waren einfach köstlich gewesen.

Der Duft der frischen, knusprigen Fladen stieg Beatrice in die Nase, und sie merkte, dass sie Hunger hatte. Während sie noch überlegte, ob sie nicht ein Brot kaufen sollte, kam ihr ganz plötzlich wie aus heiterem Himmel ein schrecklicher Gedanke. Woher nahm sie die Gewissheit, dass dies hier tatsächlich die Stadt Qazwin war? Sie war zwar recht gut im Kartenlesen, musste allerdings zugeben, dass das in nicht geringem Masse mit den zahlreichen Hinweisschildern zusammenhing, die einem auf den Straßen des 21. Jahrhunderts in jedem zivilisierten Land der Welt die Orientierung erleichterten. Hier jedoch gab es keine Wegweiser. Vor dem Stadttor stand kein Schild mit der Aufschrift »Willkommen in Qazwin« in arabischer und englischer Sprache. Diese Stadt, deren Anblick sie noch vor einer Stunde so bejubelt hatte, konnte ebenso gut Bagdad, Teheran oder eine beliebige andere Stadt sein. Es reichte schon, wenn sie sich täglich nur um ein oder zwei Grad in der Himmelsrichtung geirrt hatte und nicht genau nach Norden geritten war. Dann konnte sie jetzt bereits fünfzig oder gar hundert Kilometer von Qazwin entfernt sein.

»Wollt Ihr Brot kaufen?«, fragte die Frau und lächelte freundlich, während sie mit ihren kleinen kräftigen Händen aus einem Klumpen Teig einen Fladen formte und ihn auf die Vertiefung an der Oberseite des »Ofens« warf. Nach einer Weile wendete sie den Fladen – ohne jedes Hilfsmittel, nur mit der bloßen Hand. »Ihr habt gewiss Hunger.«

Die Frau nahm den Fladen vom Ofen und reichte ihn Beatrice. Geistesabwesend holte diese ihren Beutel hervor und kramte ein Geldstück heraus. Natürlich hätte sie die Frau nach dem Namen der Stadt fragen können. Das wäre schließlich die einfachste Sache der Welt gewesen. Aber sie hatte Angst davor. Sie fürchtete aufzufallen, Verdacht zu erregen, die Menschen dieser Stadt unnötig auf sich aufmerksam zu machen – und ließ es bleiben. Statt die Frage, die ihr so auf der Seele brannte, zu stellen, nahm sie das heiße Brot und biss hinein, ohne dabei auf den Geschmack zu achten oder zu bemerken, dass sie sich die Zunge verbrannte. Sie hörte nicht einmal, dass die Frau hinter ihr herrief, dass sie für das Geld alle Brote auf einmal haben könne. Sie war verzweifelt. Ihre Kehle schnürte sich zu. Und das Brot, das bestimmt unter anderen Umständen köstlich geschmeckt hätte, verdichtete sich in ihrem Mund zu einem klebrigen Klumpen, an dem sie würgte. Dies war bestimmt nicht Qazwin. Sie hatte sich geirrt. Sie war falsch geritten, hatte den Sonnenstand falsch interpretiert. Sie konnte mit ihrer Suche noch einmal ganz von vorn beginnen, oder? Dabei drängte die Zeit. Womöglich hatte Hassan bereits eine Spur von Ali gefunden. Und dann gab es schließlich auch noch die Fidawi.

Während Beatrice hin und her überlegte, stolperte sie beinahe über eine Frau, die vor ihr auf dem Boden hockte und die Ware eines Gemüsehändlers prüfte.

»Pass doch auf, du dummes Ding!«, fuhr die Frau sie an. Sie war korpulent, und ihr Gesicht war dunkelrot, vielleicht auch vor Zorn. Doch Beatrice hätte es nicht gewundert, wenn ihr Blutdruck eigentlich behandlungsbedürftig gewesen wäre. »Reicht es nicht aus, dass mir mein Herr schon Ärger macht, musst du mir auch noch dazwischentrampeln!«

»Verzeih«, erwiderte Beatrice spitz. Sie war jetzt nicht in der Stimmung für Diplomatie. »Ich habe dich nicht gesehen. Wer rechnet auf dem Basar auch damit, dass jemand seinen fetten Hintern den Leuten rücksichtslos in den Weg schiebt?«

»Das ist doch ...« Die Stimme der Frau überschlug sich fast. Sie sprang auf und schob die Ärmel von ihren gewaltigen Armen hoch. Unwillkürlich wich Beatrice einen Schritt zurück. Diese Frau war nicht einfach nur fett, sie war ohne Zweifel auch kräftig; eine Frau, die mit ihren Händen schwer arbeitete; eine Frau, die ohne Zweifel ein Dutzend lärmende Kinder in Schach halten und zur Not verprügeln konnte; eine Frau, mit der es selbst Männer nicht ohne weiteres aufnehmen würden. Es war klar, sie war einen Schritt zu weit gegangen. Hoffentlich konnte sie das noch rechtzeitig ausbügeln, bevor sie in eine Schlägerei mit dieser Matrone verwickelt und den Kürzeren ziehen würde.

»Entschuldige«, sagte Beatrice und versuchte freundlich und versöhnlich zu klingen. »Ich wollte dich nicht beleidigen. Ich habe dich nur überhaupt nicht gesehen. Vielleicht kann ich dir meinen guten Willen beweisen, indem ich deinen Einkauf bezahle und dir beim Nachhausetragen behilflich bin? Ich habe ein Pferd dabei.«

Die Frau starrte sie einen Augenblick finster an, dann glätteten sich die Zornesfalten auf ihrer Stirn. Schließlich nickte sie.

»Einverstanden.«

Beatrice bezahlte und lud einen Sack auf ihr Pferd. Er war erstaunlich klein und leicht, verglichen mit der Summe, die sie dem Gemüsehändler gegeben hatte. Was hatte die Alte wohl gekauft? Trüffel?

»Verzeih mir, dass ich so barsch gewesen bin«, sagte die Frau, nachdem sie eine Weile schweigend nebeneinander hergegangen waren. »Aber heute ist ein Tag ...« Sie schüttelte den Kopf, seufzte schwer und rieb sich ihr Kreuz, als hätte sie Rückenschmerzen. Bei ihrem Übergewicht eigentlich auch kein Wunder. Dem watschelnden Gang nach zu urteilen litt sie außerdem an einer Arthrose der Knie- und Hüftgelenke.

»Ja, solche Tage gibt es«, stimmte Beatrice aus vollem Herzen zu. Wenn sie sich auch nicht vorstellen konnte, was schlimmer war, als auf der Suche nach der eigenen Tochter vielleicht zehn Tage lang in die falsche Richtung geritten zu sein.

»Stell dir vor, was mein Herr heute früh von mir verlangt hat«, erzählte die Frau weiter. »Er wünscht zum Mittagsmahl eine Suppe aus orangefarbenen Melonen vorgesetzt zu bekommen! Ich habe dreimal nachgefragt, ob ich ihn falsch verstanden habe und er vielleicht etwas anderes meint. Doch nein, es sollen Melonen sein. Jetzt! Und noch dazu orangefarbene. Seit den frühen Morgenstunden bin ich nun schon auf den Beinen und laufe kreuz und quer durch die Stadt, um endlich einen Händler zu finden, der zu dieser Zeit Melonen verkauft. Und dann hat dieser Wucherer, dieser Gauner und Halsabschneider für diese drei lächerlich kleinen Dinger, die kaum größer sind als eine Männerfaust, ein halbes Königreich verlangt!« Sie klopfte entrüstet auf den Sack. »Und schmecken werden sie gewiss nicht. Sie sind innen bestimmt noch grün und hart. Und außerdem sind sie gelb. Ich kann mir nicht vorstellen, wie ich daraus eine schmackhafte Suppe mit Fleisch kochen soll.« Sie seufzte wieder und wischte sich den Schweiß von der Stirn. »Ich bin Köchin, musst du wissen. Und eigentlich diene ich meinem Herrn sogar gerne. Er ist ein recht vernünftiger Mann. Er hat zwar seltsame Gewohnheiten, ist oft bis spät in die Nacht hinein wach und wünscht dann noch ein kaltes Mahl. Vor einiger Zeit hatte er sogar mitten in der Nacht einen Gast, den ich noch bekochen musste, und gegessen haben die Herrschaften dann doch nichts mehr. Aber das ist bei Gelehrten wohl oft so. Sie sind unberechenbar und seltsam in ihren Gewohnheiten und Wünschen – habe ich mir sagen lassen. Aber sonst ist er ein wahrlich gütiger Herr. Er ist großzügig. Ich kann nichts

Schlechtes über ihn sagen. Doch das …« Sie schüttelte erneut den Kopf. »Melonensuppe! Männer haben manchmal seltsame Vorstellungen. Und vermutlich wird sie dem Kind noch nicht einmal schmecken.«

Sie gingen die Straßen entlang, während Beatrice das Geplauder der Köchin an sich vorbeiplätschern ließ und überlegte. Sollte sie diese Frau nach dem Namen der Stadt fragen? Immerhin waren sie miteinander ins Gespräch gekommen. Es würde bestimmt keinen Verdacht erregen. Und selbst wenn, wer würde schon eine Köchin nach ihrer Meinung befragen?

»Ich bin da«, sagte die Köchin, und Beatrice erschrak. Sie war noch zu keinem Ergebnis gekommen. »Dies ist das Haus meines Herrn.«

Sie standen vor einem breiten Tor. Das Haus machte einen vornehmen Eindruck. Die Mauern waren frisch gekalkt, und die Fenstergitter waren Meisterwerke der Schnitzkunst.

»Ich danke dir für deine Begleitung.«

»Wie ich sagte, habe ich eine Schuld zu begleichen«, erwiderte Beatrice und nahm den Sack mit den Melonen vom Sattel. Dann fasste sie sich ein Herz. »Es mag dir seltsam erscheinen, doch ich bin viele Tage gereist. Ich bin fremd hier und weiß nicht, wo …« Sie biss sich auf die Lippe. Sollte sie wirklich diese verrückte Frage stellen? »Kannst du mir sagen, wie diese Stadt heißt?«

Das Gesicht der Köchin entspannte sich wieder, und erst jetzt wurde Beatrice bewusst, dass die Frau gedacht haben musste, dass sie bei ihr um eine Unterkunft betteln wollte.

»Natürlich. Du bist hier in Qazwin.«

Beatrice hätte die Köchin umarmen können. Sie hatte sich mal wieder umsonst Sorgen gemacht. Sie war richtig geritten, sie hatte ihr Ziel erreicht. Und da sie schon mal damit angefangen hatte, konnte sie jetzt auch noch weiterfragen.

»Ich habe noch eine Bitte. Kennst du einen Arzt? Ich brauche dringend seinen Rat.«

»Natürlich«, antwortete die Köchin und lächelte breit. »Da bist du hier genau richtig. Mein Herr ist Arzt. Hatte ich das nicht erwähnt?«

Beatrice öffnete den Mund vor Staunen und Überraschung. Sie glaubte sich verhört zu haben. Das war doch wohl mehr als Zufall. Von allen Menschen, die an diesem Tag auf den Straßen von Qazwin unterwegs waren, war sie ausgerechnet über die Köchin eines Arztes gestolpert? Am liebsten hätte sie vor Freude laut gejubelt. Jetzt hatte sie keine Zweifel mehr daran, Ali und Michelle zu finden. Einen Arzt nach einem Kollegen zu fragen, würde vielleicht zu Unmut und verletztem Stolz führen, aber auf keinen Fall Verdacht erregen. Sie war gerettet.

»Ich kann dir natürlich nicht versprechen, wann mein Herr dich empfangen wird«, sagte die Köchin und klopfte mit einem eisernen Türklopfer gegen das Tor. »Er ist immer sehr beschäftigt. Viele Kranke suchen ihn jeden Tag auf, manche kommen sogar von weit her. Und wenn er keine Kranken behandelt, vertieft er sich in seine Bücher. Er ist sehr gelehrt. Aber eines kann ich dir versichern, seit ich ihm diene, hat mein Herr noch nie jemanden fortgeschickt, der ihn um seine Hilfe gebeten hat.«

Das schwere Tor öffnete sich und gab den Blick auf einen Durchgang frei, der so groß und breit war, dass sogar ein Reiter bequem in das Innere des Hauses gelangen konnte. Beatrice hatte kaum ihren Fuß über die Torschwelle gesetzt, als sie eine helle Stimme hörte.

»Es hat geklopft! Das wird sie sein!«

Sie erstarrte. Das Blut wich ihr aus Kopf und Oberkörper und versackte in den Beinen, die plötzlich schwer wie Blei waren, während in ihrem Gehirn ein Vakuum entstand und ihr

Herz ein paar Schläge lang aussetzte. Sie merkte zwar, dass die Köchin mit ihr sprach, dass man sie am Ärmel zog und rüttelte, wie man es mit Schlafenden oder Ohnmächtigen tat, doch sie hatte nur Augen für das kleine Geschöpf, das um die Ecke gehüpft kam.

Michelle.

Aber das konnte nicht wahr sein, sie musste sich täuschen, das war nicht möglich, das war des Zufalls zu viel. Das kleine Mädchen war bestimmt nur eines der Kinder des Arztes. Es trug ja auch arabische Kleidung. Und die Ähnlichkeit, die Farbe des Haares war nichts weiter als ein Trugbild, eine grausame Laune des grellen Sonnenlichts, das von dem Innenhof in den Durchgang flutete.

»Mama!« Die helle Stimme wirkte wie intravenös verabreichtes Adrenalin, wie ein Defibrillator bei einer erfolgreichen Reanimation. Beatrices Herz fing wieder an zu schlagen und das Blut in ihr Gehirn zu pumpen. Und langsam begann sie wieder zu denken. Das war wirklich ... »Mama!«

Das kleine Mädchen breitete seine Arme aus und rannte auf sie zu. Als es bis auf wenige Schritte an sie herangekommen war, hatte Beatrice begriffen, was hier geschah und wer dieses Geschöpf mit den wehenden blonden Haaren und dem strahlenden Lächeln war. Und endlich wich auch die Erstarrung von ihr. Michelle! Doch erst als sie das Mädchen umarmte, den kleinen warmen Körper spürte und das weiche Haar streichelte, begann sie daran zu glauben, dass dies kein Traum war. Dass sie aller widrigen Umstände zum Trotz wirklich und wahrhaftig ihre Tochter gefunden hatte.

»Du warst lange weg«, sagte Michelle und runzelte unwillig die Stirn, als hätte sich Beatrice lediglich von der Arbeit verspätet. Dann befreite sie sich aus ihren Armen und zog an ihrer Hand. »Komm, Mama. Ali wartet schon auf dich.«

Ali! Beatrice wischte sich die Tränen von den Wangen. Sie brachte keinen Ton heraus.

»Warum weinst du, Mama?«, fragte Michelle und blickte sie so überrascht an, als wäre es das erste Mal, dass sie Tränen sah. »Bist du traurig?«

»Nein, Kleines«, antwortete sie mit heiserer Stimme. »Manchmal weint man auch, weil man sich so sehr freut. Und ich freue mich, dass ich dich endlich wiederhabe.« Sie versuchte erneut ihre Tränen zu trocknen. Der Ärmel ihres Reisegewands war bereits völlig durchnässt, sodass sie den anderen nehmen musste.

»Nun komm endlich!«, sagte Michelle und zog so ungeduldig an Beatrices Hand und Arm, dass sie beinahe das Gleichgewicht verlor. »Ali wartet auf dich. Komm schon!«

Beatrice gab nach. Sie ließ sich von dem Kind quer durch den Innenhof ziehen, in das Haus hinein, eine Treppe hinauf, einen Gang entlang, eine andere Treppe hinunter und wieder einen Gang entlang. Vor einer schlichten Tür aus dunklem poliertem Holz hielt Michelle schließlich an.

»Das ist sein Arbeitszimmer«, erklärte sie Beatrice.

»Michelle, wenn Ali jetzt arbeitet, dürfen wir ihn nicht stören.«

»Doch«, erwiderte Michelle so würdevoll, wie es nur kleine Kinder vermögen. »Wenn etwas Wichtiges geschehen ist.« Dann wandte sie sich der Tür zu und klopfte.

»Es ist überhaupt nicht besser geworden«, sagte der Muezzin und klang beinahe beleidigt. »Mein Hals schmerzt immer noch.«

Ali hörte ihm aufmerksam zu, doch in seinem Innern brodelte es. Wenn das stimmte, wenn der Alte immer noch dieselben Halsschmerzen haben sollte wie am Anfang, wenn die von ihm verordnete Tinktur wirkungslos gewesen ist, weshalb war er nicht schon eher zu ihm gekommen, sondern hatte fast zwei Monate mit seinem Besuch gewartet? Natürlich hätte er den Muezzin danach fragen können, doch er schwieg. Es gab Fragen, die durfte man als Mensch stellen, einem Arzt jedoch waren sie verboten.

»Außerdem ist meine Stimme nicht mehr dieselbe wie früher. Ich bin heiser und krächze nur noch wie eine Krähe.«

Schmerzen mochte der Alte noch haben, doch diesen Vorwurf konnte Ali nicht nachvollziehen. Seit mehreren Wochen konnte er sich jeden Tag fünfmal davon überzeugen, dass mit der Stimme des Alten alles in Ordnung war. Wer so laut zu singen vermochte, dass es in der ganzen Stadt zu hören war, der war gewiss nicht heiser. Doch wieder hielt Ali seinen Mund und nickte nur.

»Ich werde Euch erneut untersuchen müssen«, sagte Ali, holte seine Instrumente aus einem Holzkasten und breitete sie auf einem sauberen Leinentuch vor dem Alten aus. »Öffnet bitte Euren Mund.«

Wie er es erwartet hatte, konnte er im Mund und Rachen des Muezzin nichts finden, das auf eine Entzündung oder gar Geschwulst hingedeutet hätte. Trotzdem untersuchte er den Mann gewissenhaft. Es gab Patienten, denen gegenüber man sich nicht die kleinste Nachlässigkeit erlauben durfte, wenn man es nicht auf eine unerfreuliche Begegnung mit dem Richter abgesehen hatte. Und erst, als er alle medizinischen Möglichkeiten ausgeschöpft und alle bekannten Symptome und Krankheiten in Gedanken geprüft und wieder verworfen hatte, legte er die Instrumente in die Schale und sah den Muezzin an.

»Ich kann nichts entdecken, das Eure Beschwerden erklärt«, sagte er nach einer Weile. »In eurem Rachen finde ich weder eine Schwellung noch eine Rötung.«

»Und trotzdem muss ich ständig husten«, erwiderte der

Muezzin und räusperte sich, um Ali zu zeigen, wie schlecht es ihm doch ging.

»Ich vermute, dass es sich um eine leichte Reizung handelt, eine Folge der Entzündung, die Ihr lange Zeit nicht beachtet und behandelt habt. Unangenehm, aber völlig harmlos.«

»Ihr vermutet, aber wissen könnt Ihr es nicht?«

Ali biss die Zähne zusammen und zählte stumm bis zehn. Es gab Tage, an denen er sich fragte, weshalb er jemals die blödsinnige Idee gehabt hatte, Arzt werden zu wollen. Am liebsten wäre er dem Muezzin an die Gurgel gegangen.

»Richtig«, entgegnete Ali so kühl und sachlich wie möglich. »Da ich nicht einmal die Anzeichen einer Reizung in Eurem Mund finde, kann ich das nur vermuten.«

»Könnte das Elixier, das Ihr mir gegeben habt, diese Veränderung hervorgerufen haben?«

Ali hielt den Atem an, um nicht zu explodieren.

Das Elixier hat dir deine Stimme, vielleicht sogar dein Leben gerettet, du dämlicher, vertrottelter Greis, dachte er. Doch er war lange genug Arzt, um sich auch in solchen Situationen unter Kontrolle halten zu können. Ständige Wiederholungen trainieren.

»Wenn Ihr das Elixier nicht vertragen hättet, würdet Ihr bereits während der Einnahme unter Bauchgrimmen, Übelkeit, vielleicht sogar zu häufiger Darmentleerung gelitten haben. Doch selbst das sind Symptome, die einen Monat nach Beendigung der Behandlung längst abgeklungen wären. Solche Wirkungen jedoch, wie Ihr sie zurzeit beklagt, sind bei diesem Elixier ausgeschlossen.«

»Wirklich?«

»Ja, Ihr könnt mir glauben.«

Der Muezzin runzelte unwillig die Stirn, so als hätte er nicht das erreicht, was er eigentlich mit seinem Besuch hatte erreichen wollen. Ali fragte sich, ob der Alte lieber von ihm gehört hätte, dass er nur noch wenige Tage zu leben hatte. Vielleicht hatte er ja insgeheim keine Lust mehr, jeden Morgen vor allen anderen Einwohnern der Stadt aufzustehen. Vielleicht wollte er nichts anderes als länger schlafen. Wenn er todkrank wäre, müsste man ihn dann nicht die verbliebenen Tage seines Lebens schonen? Oder vielleicht sah er sich aber auch in der Rolle des Märtyrers, der von allen bewundert wird, weil er trotz seiner tödlichen Krankheit, trotz seines furchtbaren und unabwendbaren Schicksals gewissenhaft seine Pflicht erfüllte?

Ali trat zu seinem Arzneischrank und ging die Aufschriften auf den Flaschen und Kästen durch, während er überlegte, welches Kraut, welche Tinktur er dem Alten verordnen könnte. Schließlich blieb sein Blick auf einem Holzkasten haften. Camomilla officinalis. Das war die Lösung.

»Ich gebe Euch eine Arznei mit, die schon bald Eure Beschwerden lindern und die Reizung mildern wird«, sagte Ali, wog einige Hand voll Kamilleblüten ab und schüttete sie in ein Baumwollsäckchen. »Aus einem Löffel voll Blüten lasst Ihr täglich einen Sud zubereiten, mit dem Ihr mehrmals am Tag Euren Mund ausspült. Sollten die Beschwerden in fünf Tagen immer noch nicht vollständig abgeklungen sein, so schickt einen Boten, damit ich Euch noch mehr geben kann.«

Der Muezzin nahm das Säckchen und roch argwöhnisch daran.

»Was ist das?«

»Kamille. Ein vortreffliches Kraut, das jede Reizung innerhalb kürzester Zeit zur Abheilung bringt. Ich wende es sogar bei stark geröteten, geschwollenen Wunden und Hautausschlägen an. Außerdem ist es so mild, dass keinerlei unerwünschte Reaktionen zu erwarten sind.«

»Und wenn ...«

Ein Klopfen unterbrach den Muezzin in seiner Rede.

»Du weißt doch, dass ich nicht gestört werden möchte«, sagte Ali unwirsch, als der blonde Schopf von Michelle im Türrahmen erschien. »Geh bitte, ich habe nachher Zeit für dich.«

»Aber es ist wichtig«, entgegnete das kleine Mädchen mit einem strahlenden Lächeln. »Schau mal, wer gekommen ist!«

Sie riss die Tür auf, und im nächsten Augenblick erstarrte Ali. Er wusste nicht, was er sagen oder tun sollte, wie er sich verhalten sollte, ob er gerade träumte. Oder war er, ohne dass er es gemerkt hatte, gestorben, und dies war nun das Paradies? Dort, direkt vor seiner Tür, nur ein paar lächerliche Schritte von ihm entfernt, stand … Er schüttelte den Kopf und rieb sich die Augen. Aber nein, das konnte nicht sein, das war nicht möglich, sie war nicht hier, sie lebte viele, viele Tagereisen entfernt in einem fremden Land – und natürlich auch in einer ganz anderen Zeit. Sie konnte niemals jetzt, in diesem Augenblick, hier sein und ihn anlächeln. Und doch, diese Frau, die in der Tür stand und ihn ansah, hatte eine verblüffende Ähnlichkeit mit ihr. Es waren ihre Augen, ihr Gesicht, ihr Lächeln. Oh, allein für dieses Lächeln wäre er mit Freuden in den Tod gegangen, hätte sich foltern oder bei lebendigem Leibe verbrennen lassen.

»Wir wollten dich nicht stören«, sagte Beatrice. Ali rieselten beim Klang ihrer Stimme wohlige Schauer über den Rücken. »Du behandelst gerade einen Patienten. Wir kommen später wieder.«

Bitte wiederhole diese Worte. Bitte sag sie noch einmal, damit ich tatsächlich glauben kann, dass du jetzt, in diesem Moment, vor mir stehst. Sag es noch einmal, diese süßen Worte, im Vergleich zu denen selbst die Verheißungen des Paradieses nichts waren als dröhnendes Erz und lärmende Pauken – »Wir wollten dich nicht stören.«

Dann wandte sie sich ab, die Tür drohte sich zu schließen,

und endlich, bevor es zu spät war, löste sich Alis Zunge wieder aus ihrer Erstarrung.

»Nein! Bleib. Ich …« Er konnte nichts mehr sagen. Er lief ihr entgegen und blieb wieder stehen, mittlerweile nur noch zwei Schritte von ihr entfernt. »Du bist wirklich da.«

Er kam sich vor wie ein Dummkopf. Kaum zu glauben, dass er mehrere Sprachen in Wort und Schrift beherrschte, die Werke aller Gelehrten gelesen hatte und selbst Bücher verfasste. Er hatte diese Frau, die er über alles liebte, siebzehn Jahre lang nicht gesehen. Nun stand sie endlich vor ihm. Und das Erste, was er ihr zu sagen hatte, war: »Du bist wirklich da.«

Hinter seinem Rücken räusperte sich und hüstelte jemand, und erst in diesem Augenblick erinnerte Ali sich wieder daran, dass er nicht allein in seinem Arbeitszimmer war.

»Verzeiht meine Unaufmerksamkeit«, sagte er und wandte sich an den alten Mann. Die Worte kamen glatt und freundlich über seine Lippen. Er war eben geübt darin, seine wahren Gefühle zu verbergen. Doch in seinem Innern zitterte er und bebte, als hätte er gerade eine göttliche Erscheinung gesehen. »Darf ich vorstellen? Das ist meine Frau.«

Der Muezzin warf Ali einen kurzen Blick zu, betrachtete dann Beatrice von Kopf bis Fuß, um wieder Ali anzusehen – streng, verärgert, erbost.

»So«, sagte er nur.

Und im gleichen Moment fiel Ali ein, dass es wohl kaum zwei Monate her war, als er diesem Mann hier erzählt hatte, dass seine Frau, die Mutter seiner Tochter, gestorben sei. Und eben jene Frau stand just in diesem Augenblick gesund und quicklebendig vor ihnen. Ali schluckte. Dieser Fehler würde gewiss nicht ohne Folgen bleiben. Doch dann schüttelte er den Kopf, schüttelte die Sorgen ab wie ein Hund, der ins Wasser gefallen war. »Carpe diem« hatten die Römer gesagt. Genieße den Tag. Lebe das Heute. Morgen ist erst morgen. Und über die Zukunft kannst du dir dann Gedanken machen, wenn es so weit ist. Genieße den Augenblick, bevor er dir wieder entgleitet und sich am Ende doch als Traumgebilde, als Hirngespinst entpuppt.

»Verzeiht meine Unhöflichkeit«, sagte er zum Muezzin, obwohl er wusste, dass es nichts als leeres Geschwätz war, Verschwendung von Atemluft. Der Muezzin würde ihm niemals verzeihen. Und er selbst brauchte keine Vergebung von diesem harten, humorlosen und engstirnigen Mann, den er weder seiner Person noch seines Amtes wegen schätzte. »Ich möchte Euch bitten, jetzt zu gehen. Meine Frau und ich waren lange Zeit voneinander getrennt.«

»Natürlich«, erwiderte der Muezzin und wich Alis Blick aus. »Die Liebe bahnt sich ihren Weg und überwindet alles, was ihr hinderlich sein könnte. Ich verstehe Euch.«

Er senkte seine Stimme zu einem vertrauensvollen Ton und klopfte Ali auf die Schulter, wie die Freunde eines jungen Bräutigams es zu tun pflegen, bevor die Hochzeitsnacht beginnt. Doch das Gesicht des Alten war nichts als eine grinsende Fratze, verzerrt vor Wut und Neid. Er sah Beatrice noch einmal an, als wollte er sich jede Einzelheit ihrer Erscheinung genau einprägen, dann ging er hoch erhobenen Hauptes davon.

»Ich hoffe, du bekommst jetzt meinetwegen keinen Ärger«, sagte Beatrice und sah dem Alten nach.

Ali zuckte gleichmütig mit den Schultern. Er fühlte sich frei und leicht. Er hätte fliegen können, wenn er nur gewollt hätte. Niemand konnte ihm in diesem Augenblick etwas anhaben – wenigstens kein Sterblicher.

»Keine Sorge, das war nur der Muezzin«, sagte er leichthin, »ein unangenehmer, aber harmloser Kerl, ähnlich wie die Halsentzündung, wegen der ich ihn vor ein paar Wochen behandelt habe. Der kann mir bestimmt nicht gefährlich werden.«

»Vielleicht hast du Recht«, entgegnete Beatrice, doch ihr Gesicht war geradezu erschreckend ernst. »Trotzdem solltest du vorsichtiger sein. Du bist in Gefahr. Und Menschen wie dieser Muezzin könnten ...«

»Ich weiß.« Natürlich hatte sie Recht. Doch er wollte es nicht hören. Wenigstens nicht jetzt. Es gab Momente, in denen man einfach die Augen und Ohren vor der Wahrheit und ihren Grausamkeiten verschließen musste. Carpe diem.

Verzeih mir, Saddin. Verzeih, dass ich alle Vorsicht außer Acht lasse, doch es ist nur für heute, nur für diesen Tag.

Dann drehte Ali sich wie ein Derwisch einmal um sich selbst und klatschte laut in die Hände.

»Was haltet ihr zwei davon, wenn ich Mahmud befehle, alle Patienten fortzuschicken, und für den Rest des Tages meine Praxis schließe? Heute wird weder gearbeitet noch Trübsal geblasen. Heute feiern wir.«

»Hurra!«

Michelle riss ihre Arme hoch und klatschte ebenfalls in die Hände. Das kleine Mädchen strahlte vor Freude und hüpfte auf und ab wie ein Frosch. Ali sah Beatrice an. Sie schien kurz zu überlegen, dann lächelte auch sie.

»Gut«, sagte sie und nickte. »Heute werden wir feiern.«

Es hatte länger als sonst gedauert, Michelle dazu zu bewegen, ins Bett zu gehen. Und noch länger hatte es gedauert, bis Beatrice endlich ihr Zimmer verlassen durfte. Zu groß war die Angst des Kindes, dass Beatrice am nächsten Morgen nicht mehr da war. Sie hatte ihre kleinen Arme um ihren Hals geschlungen, sich an sie geklammert, geweint und gejammert, bis Beatrice sie endlich so weit beruhigt hatte, dass sie sich zudecken ließ. Und dann war sie noch so lange bei ihr geblieben, bis sie eingeschlafen war. Als sie endlich zum Turm hinaufstieg, wo Ali auf sie wartete, war Mitternacht schon vorüber.

»Ich wusste gar nicht, wie sehr ich es genieße, dieses Kind ins Bett zu bringen«, sagte Beatrice und trat neben Ali, der im schwachen Licht der Sterne kaum mehr war als ein schwarzer Fleck in der Dunkelheit.

»Ich weiß«, entgegnete er leise, ohne sie dabei anzusehen. »Ich danke Allah jeden Tag erneut für diese Gnade.«

Sie schwiegen. Beatrice wusste nicht, wie sie sich ihr Wiedersehen mit Ali vorgestellt hatte. Den ganzen Tag über hatten sie geredet und geredet und geredet, immer wieder unterbrochen von Michelle, die Beatrice das Haus vom Keller bis zum Dachboden gezeigt, ihr jeden Diener und jede Dienerin vorgestellt und alles erzählt hatte, was es aus Sicht eines knapp vierjährigen Mädchens zu erzählen gab. Für Nähe war bislang keine Zeit gewesen. Und jetzt standen sie nebeneinander, kaum eine Handbreit voneinander entfernt, und trauten sich nicht, sich zu berühren. Sie waren wie zwei Teenager bei ihrem ersten Date. Wenn Saddin jetzt an Alis Stelle gewesen wäre – ob er wohl auch so schüchtern wäre? Im gleichen Augenblick hätte sie sich für diesen Gedanken ohrfeigen können. Für sie waren lediglich vier Jahre verstrichen. Für Ali waren es siebzehn. Diese Zeitspanne mussten sie erst überbrücken. Und das war unter Umständen schwieriger und komplizierter, als eine Zeitreise mit einem der Steine der Fatima anzutreten. Sie mussten beide einfach Geduld haben.

»Es war hier«, sagte Ali plötzlich und, wie es schien, ohne jeden Zusammenhang. »Dort drüben, direkt neben der Tür.«

»Was?«

»Saddin.« Ali drehte sich um und trat ein paar Schritte auf die Tür zu. Beatrice folgte ihm. »Er ist hier gestorben – in meinen Armen.« Er holte tief Luft und blickte hinauf in den

Himmel, als wollte er nicht ihr, sondern den Sternen seine Geschichte erzählen. »Es war an jenem Abend, als er Michelle in mein Haus gebracht hat. Saddin erzählte mir, dass sie beide verfolgt würden. Von ›Fidawi‹, wie er sie nannte. Er bat mich, auf Michelle Acht zu geben, sie in mein Haus aufzunehmen, als wäre sie meine eigene Tochter.«

Beatrice hielt den Atem an. Saddin war zwar klug, doch woher hatte er *das* wissen können?

»Es war hier. Wir standen dort drüben an der Mauer. Genau dort, wo wir beide eben gestanden haben. Ich hatte ihm gerade gesagt, dass ich bei meinem Lebenswandel die Verantwortung für ein Kind nicht übernehmen könne, als sie plötzlich da waren. Sie kamen über die Mauer gekrochen wie zwei finstere Schatten, direkt aus der Hölle entstiegen.«

»Fidawi?«

Ali nickte. »Saddin zog sofort seine Schwerter und stellte sich den beiden entgegen. Und ich ...« Er brach ab, schluckte hörbar, als ob er einen zu großen Bissen im Mund hätte, der sich weder kauen noch hinunterschlucken ließ. »Er sagte, ich solle ins Haus gehen. Und das tat ich. Ich lief ins Haus.« Er senkte seinen Kopf. »Als ich nach einiger Zeit wiederkam, war es zu spät. Die beiden Fidawi waren bereits tot, und Saddin ...« Im Licht der Sterne konnte Beatrice erkennen, wie eine einzelne Träne an seiner Wange hinunterlief und sich in seinem Bart verfing, wo sie im Licht der Sterne funkelte wie ein winziger Diamant. »Er lebte noch, doch er war sehr schwer verletzt. Eine Bauchwunde. Er blutete stark. Sein rechtes Bein war bereits kalt und gefühllos. Trotzdem ...« Er biss sich auf die Lippe. »Es hätte bestimmt eine Möglichkeit gegeben. Irgendetwas. Doch ich habe nichts für ihn getan. Gar nichts.«

Beatrice schloss die Augen. Zu deutlich sah sie die Szene vor sich, sah, wie Saddin langsam verblutete. Automatisch ging sie alle Optionen durch, fragte sich, ob sie Saddin hätte retten können. Alis Angaben nach zu schließen war vermutlich im Kampf seine Aorta an jener Stelle verletzt worden, an der sie sich in die beiden Beinarterien gabelt. Mit einer Notoperation und mindestens einem halben Dutzend Blutkonserven hätte man vielleicht sein Leben retten können – vorausgesetzt, dass die Blutgerinnung noch funktionierte und der Blutverlust noch nicht so groß war, dass seine Organe dadurch Schaden genommen hatten. Ob man jedoch das Risiko eingegangen wäre, ihm auch das Bein zu erhalten, das wagte Beatrice zu bezweifeln. So weit die Chancen, die Saddin im 21. Jahrhundert gehabt hätte, unter den Händen eines gut ausgebildeten, eingespielten Teams von Chirurgen, Anästhesisten und Schwestern auf einer modernen, mit allen technischen Möglichkeiten ausgestatteten Intensivstation. Hier in Qazwin allerdings hätte auch sie nicht mehr tun können, als Ali getan hatte.

»Es war nicht deine Schuld«, sagte Beatrice, doch Ali schien sie nicht zu hören. Er stand neben der Tür und starrte auf den Boden, als könnte er dort immer noch das Blut sehen.

»Jeden Tag, jede Nacht frage ich mich, ob ich das Richtige getan habe.«

»Das hast du«, sagte Beatrice, trat neben ihn und legte eine Hand auf seine Schulter. »Du konntest nichts mehr für ihn tun. Wahrscheinlich hat ein Schwertstreich die Aorta verletzt. Selbst zu Hause, in meinem Jahrhundert mit all unserer Technik und unseren medizinischen Möglichkeiten hätte er nur eine geringe Chance gehabt, diese Verletzung zu überleben. Und dann hätte man ihm vermutlich sogar noch das Bein amputieren müssen. Hättest du Saddin das antun wollen?«

»Aber ich habe ihn allein gelassen!«, rief Ali. »Statt gemeinsam mit ihm zu kämpfen, wie es meine Pflicht als Mann gewesen wäre, bin ich davongelaufen. Ich habe ihn im Stich gelassen.«

Beatrice nahm sein tränenfeuchtes Gesicht in ihre Hände und sah ihm in die Augen.

»Saddin hat dich fortgeschickt, Ali, und er wusste genau, was er tat. Er wusste, dass du gegen einen der Fidawi keine Chance gehabt hättest. Du bist Arzt, kein Krieger. Wärst du hier oben geblieben, du wärst ihm vermutlich nur im Weg gewesen und am Ende selbst auch noch gestorben. Außerdem …« Beatrice presste die Lippen aufeinander, Tränen brannten in ihren Augen. »Er wusste, dass Michelle ihren Vater braucht.«

Für einen Moment sah Ali verwirrt aus. Dann endlich schien er zu begreifen, denn seine Augen leuchteten auf.

»Beatrice! Du meinst doch nicht etwa, dass …«

»Doch, Ali. Michelle ist deine Tochter.«

Jede Farbe wich aus Alis Gesicht. Er starrte Beatrice an, als wäre sie ein Geist, und für einen Augenblick fürchtete sie, er würde ohnmächtig werden. Doch dann kehrte das Leben in ihn zurück. Er schlang seine Arme um sie und drückte sie so fest an sich, dass sie kaum noch Luft bekam. Er lachte und weinte gleichzeitig, dankte Allah und pries sein Glück. Und dann war sie wieder da, die Nähe, die tiefe Zuneigung, die sie vor Jahren verbunden hatte. Sie küssten sich.

Eng aneinander geschmiegt standen sie auf dem Turm und blickten zu den Sternen hinauf. Beatrice seufzte. Wie sehr hatte sie sich nach Ali gesehnt, nach seinen Umarmungen, seiner Wärme. Jetzt war es so weit. Und doch konnte sie es nicht wirklich genießen, sich nicht einfach diesem Glücksgefühl hingeben und ein ganz normales Leben führen. Es gab etwas zu erledigen. Sie hatten einen Auftrag zu erfüllen. Und da waren immer noch Hassan und die Fidawi.

»Wir müssen den Juden Moshe Ben Maimon aufsuchen, Ali«, sagte sie.

»Ja, ich weiß«, erwiderte er, und in diesem Augenblick wusste Beatrice, dass auch er gerade an die Steine der Fatima und die Gefahr gedacht hatte, die sowohl den Saphiren als auch ihnen selbst drohte. »Morgen werden wir zu ihm gehen, gleich nach dem Frühstück.«

XIX

Die Sonne ging gerade auf, als sich Mustafa und Osman der Stadt Qazwin näherten. Sie waren erst vor knapp zwei Tagen in Alamut aufgebrochen und seither ohne Unterbrechung geritten. Sie hatten nicht geschlafen und ihre kargen, aus trockenen Weizenfladen bestehenden Mahlzeiten stets im Sattel eingenommen. Lediglich zu den Gebetszeiten waren sie von den Pferden gestiegen, um ihre Pflichten Allah gegenüber nicht zu versäumen. Und manchmal hatten sie an einem Bachlauf oder einer Zisterne angehalten, um ihre Wasserflaschen aufzufüllen und die Tiere trinken zu lassen. Mittlerweile war Mustafa völlig erschöpft. Er war das Reiten nicht gewöhnt. Jetzt war er müde und hungrig, jeder Knochen und jeder Muskel in seinem Leib taten ihm weh. Vor seinen Augen tanzten Trugbilder auf und ab, verlockende Bilder von mit dampfenden Hirsebrei gefüllten Schüsseln und mit weißen Laken bedeckten Lagern aus goldfarbenem Stroh.

Erschrocken zuckte Mustafa zusammen und setzte sich wieder aufrecht in den Sattel. Er konnte es kaum glauben, doch er war tatsächlich im Sitzen eingeschlafen. Um ein Haar wäre er dabei einfach zur Seite gekippt und vom Pferd gefallen. Mustafa warf Osman einen kurzen Blick zu. Ob der Meister dieses Zeichen seiner Schwäche bemerkt hatte? Anscheinend nicht, denn er sah weiterhin mit unbewegtem Gesicht geradeaus. Mustafa seufzte. Er bewunderte und verehrte

Meister Osman. Er saß immer noch so kerzengerade auf seinem Pferd, als wären sie gerade erst vor kurzem aus Alamut
aufgebrochen. Und dabei hatte der Meister noch viel größere Strapazen hinter sich gebracht, war er doch erst zwei
Tage zuvor aus Gazna zurückgekehrt. Mustafa schüttelte
sich, straffte die Schultern und kniff sich in den Oberschenkel. Wenn dieser Mann seinen Dienst für Allah so gewissenhaft versah, dass er darüber sogar Hunger, Durst und Müdigkeit vergaß, durfte auch er nicht einschlafen. Dann musste er
stark sein, um der Ehre, ein Fidawi sein zu dürfen, gerecht zu
werden. Und stark sein für Allah bedeutete vor allem, an jedem Tag und in jeder Stunde die eigenen Schwächen zu überwinden. Das hatte Meister Osman gesagt.

Mustafa lächelte, als er an jenen Augenblick vor zwei Tagen zurückdachte, als Meister Osman ihn zu sich rufen ließ
und vor allen versammelten Brüdern die Botschaft des Groß-
meisters vorgelesen hatte, durch die Mustafa zu einem Fidawi
ernannt wurde. Vor Freude und Aufregung hatten ihm die
Knie gezittert, als er vor den hohen Stuhl getreten war, den
Meister Osman in Vertretung des Großmeisters besetzt hielt.
Mit heftig klopfendem Herzen hatte er die Weihe empfangen.
Osman war zu ihm getreten und hatte eigenhändig Mustafas
linken Arm entblößt, um ihm mit einem im Kohlefeuer zum
Glühen gebrachten Eisen das Zeichen der Fidawi auf den
Oberarm zu brennen – ein Oval mit dem Schriftzug »Es gibt
keinen Gott außer Allah«. Vor Schmerz waren ihm die Trä-
nen in die Augen gestiegen, als sich das Eisen durch seine
Haut bis tief ins Fleisch hineingefressen hatte. Trotzdem war
es ihm gelungen, nicht zu schreien. Und er hatte in Meister
Osmans Augen gesehen, dass dieser zufrieden mit ihm war.
Dann endlich hatte er die Insignien der Fidawi erhalten – den
schlanken, leicht gebogenen Dolch mit der Aufschrift »Allah
ist groß« auf Griff und Klinge, die Würgeseile für die beson-

ders schwierigen, die heimlichen Aufträge und den langen Säbel, der so scharf war, dass man sogar ein Haar damit hätte spalten können. Nachdem seine Wunde verbunden worden war und sie bei einem ausgiebigen Festmahl mit allen Brüdern gefeiert hatten, hatte Meister Osman ihn schließlich beiseite genommen. Er war mit ihm auf den Turm der Festung gegangen, dorthin, wo alle Fidawi ihre Aufträge mitgeteilt bekamen, und hatte ihm erklärt, dass es so weit sei. Er sollte seine erste Aufgabe bekommen, um sich vor Allah und allen Mitgliedern der Bruderschaft der Ehre, ein Fidawi zu sein, würdig zu erweisen. Und jetzt waren er und Meister Osman – jener Mann, den Mustafa neben dem Großmeister am meisten verehrte und bewunderte – gemeinsam auf dem Weg nach Qazwin, um dort einen gottlosen Mann ausfindig zu machen, der eine Vielzahl von Verbrechen gegen Allah und Seine Kinder begangen hatte. Mustafa konnte sein Glück, zu den wenigen Auserwählten zu gehören, immer noch nicht fassen.

»Wir sind bald am Ziel«, sagte Osman, ohne ihn anzusehen. Der Meister sprach nicht oft, doch wenn er das Wort an Mustafa richtete, saugte dieser jede einzelne Silbe ebenso in sich auf wie die Worte aus dem Koran. »Wenn wir die Tore von Qazwin erreichen, verhältst du dich still. Wir wissen nicht, wie aufmerksam die Stadtwachen sind und wie sie sich Fremden gegenüber benehmen.«

Mustafa nahm seinen ganzen Mut zusammen, um endlich jene Frage zu stellen, die ihn beschäftigte, seit sie aus Alamut aufgebrochen waren.

»Meister, was werden wir tun, wenn wir in Qazwin sind? Wie wollen wir diesen gottlosen Ketzer finden?«

Osman runzelte missbilligend die Stirn. »Wir dürfen kein Aufsehen erregen«, antwortete er. »Also halte deinen Mund und tue nur, was dir gesagt wird. Du wirst alles erfahren, was du wissen musst – wenn die Zeit dafür gekommen ist.«

Mustafa senkte den Blick und wurde rot bis zu den Ohren. Er wollte nicht den Zorn des Meisters auf sich lenken. Aber vielleicht antwortete Meister Osman auch nur deshalb so ausweichend, weil er selbst nicht so genau wusste, wie sie weiter vorgehen und unauffällig den gefährlichen Ketzer in Qazwin suchen sollten? Vielleicht war er sich noch nicht einmal sicher, ob sie diesen Mann überhaupt in Qazwin finden würden?

Diese Gedanken blitzten so jäh und unerwartet in seinem Kopf auf, dass Mustafa erschrocken zusammenzuckte. Ihm wurde abwechselnd heiß und kalt. So etwas durfte er nicht denken, das war Frevel. Er sollte gehorsam sein bis in den Tod – das hatte er erst vor wenigen Tagen geschworen. Schickte der Teufel ihm jetzt diese Gedanken, um ihn in Versuchung zu führen? Oder handelte es sich um eine jener Prüfungen, von denen Meister Osman bei seiner Einweihung gesprochen hatte? Eine jener Prüfungen, denen sich die Fidawi immer wieder unterziehen mussten – Zweifel an ihrem Auftrag, Ablehnung der Worte des Großmeisters, Furcht vor dem, was sie tun sollten. Das sei die wahre Herausforderung der Fidawi, hatte Meister Osman bei seiner Weihe gesagt. Jeden Tag erneut gegen sich selbst zu kämpfen – und zu siegen.

Mustafa schüttelte den Kopf und schlug sich mit der Faust gegen die Stirn, um diese ungehörigen, verbotenen Gedanken zu vertreiben. Meister Osman hatte ihm diese Aufgabe anvertraut. Der Großmeister selbst hatte ihm diese Aufgabe anvertraut. Allah erwartete von ihm, dass er seinen Dienst gehorsam und gewissenhaft verrichtete. Er würde lieber sterben als einen von ihnen zu enttäuschen. Mustafa straffte wieder die Schultern. Ja, er würde stark sein. Er würde seine Zweifel, seinen Spott, seine aufkeimende Unsicherheit besiegen. Er würde Allah um Vergebung bitten und genau das tun, was Meister Osman von ihm verlangte.

Wie sich herausstellte, waren Osmans Bedenken bezüglich des Verhaltens der Stadtwachen völlig unbegründet. Das Tor stand einladend offen, und von den Wachen war weit und breit nichts zu sehen. Ungehindert und ohne dass sich jemand um sie gekümmert hätte, ritten sie in die Stadt hinein.

Mustafa sah sich staunend um. Er stammte aus einem kleinen Dorf in den Bergen, weit entfernt von jeder Stadt. Sie waren alle Ziegenhirten und so arm, dass sie eben gerade genug hatten, um ihren Hunger zu stillen. Niemand aus dem Dorf konnte es sich leisten, in die Stadt zu reisen. Nur sein Vater hatte einmal mit Mustafas älterem Bruder, der sehr krank gewesen war, den langen und beschwerlichen Weg auf sich genommen, um in der Stadt einen Arzt aufzusuchen, dessen Ruf sogar in ihr kleines Dorf gedrungen war. Mustafas Vater wurde es nie müde, von den Wundern, der Schönheit und der Pracht der Stadt zu erzählen – und der Großzügigkeit des Arztes, der seinen Sohn geheilt und als Lohn nur um ein Zicklein gebeten hatte. Die Kinder des Dorfes hingen jedes Mal wie gebannt an seinen Lippen. Doch jetzt, da Mustafa alles zum ersten Mal mit eigenen Augen sah, wusste er, dass die Worte seines Vaters nichts als ein trüber Schatten der Wirklichkeit waren. In Wahrheit war alles noch viel schöner, größer und prächtiger, als er es sich vorgestellt hatte.

Er bestaunte die engen Straßen, die trotz der frühen Morgenstunde voller Menschen waren. Er begegnete Frauen, die Körbe und Krüge auf ihren Köpfen balancierten, Kindern, die Lämmer trugen oder Schafe und Ziegen geschickt durch die engen Gassen trieben, Männern, die schwere Säcke schleppten, breiten Ochsenkarren, schwer beladen mit Brennholz und Körben voller Steine, und Reitern in kostbaren Gewändern. Überall auf den Plätzen, den Straßen, auf Tischen und auf Decken hatten Händler ihre Waren ausgebreitet. Es gab Gemüse und Obst im Überfluss, köstlichen goldgelben Honig, Säcke voller namenloser Kräuter und Gewürze, die in allen Farben leuchteten und die zwar fremdartig, aber dennoch verführerisch dufteten, feine Lederwaren und reich verziertes Geschirr aus schimmerndem Messing und Kupfer. Mustafa konnte sich an all den Herrlichkeiten nicht satt sehen.

»Hüte dich davor, den Verlockungen der Stadt zu erliegen«, sagte Osman leise. Erneut zuckte Mustafa erschrocken zusammen. Hatte der Meister etwa seine Gedanken gelesen? »Alles, was du hier siehst, ist nichts als Blendwerk. In Wahrheit handelt es sich um die Fallstricke des Teufels, so kunstvoll gewebt und unsichtbar gespannt, dass nur der Weise, dessen Herz rein ist vor Allah, sie wahrnehmen kann. Hüte dich also, damit du nicht strauchelst und der Teufel seinen Sieg über dich erringt.«

Mustafa nickte und hielt von nun an seine Augen starr geradeaus gerichtet, um sich nicht von den vor ihm ausgebreiteten Reizen ablenken und in die Irre führen zu lassen. Doch ein Teil von ihm wünschte sich nichts sehnlicher, als frei und unbeschwert durch die engen Gassen der Basare zu streifen, hier das knusprige weiße Brot zu kosten, dort von den Melonen zu probieren, die herrlich schimmernden Stoffe zu berühren, die wohl aus jener Faser gewebt waren, die Seide genannt wurde, und ein Stück von den Würsten zu kaufen, deren Duft allein einem das Wasser im Mund zusammenlaufen ließ. Frei und unbeschwert? Allah allein war in der Lage, wahre Freiheit zu schenken. Mustafa seufzte. Er musste wohl noch sehr viel lernen, bevor er auch in seinem Innern ein echter Fidawi war. Oder hatte der Teufel etwa schon Besitz von ihm ergriffen?

»Willst du immer noch wissen, was wir als Nächstes tun werden?«, fragte Osman in spöttischem Ton.

Mustafa senkte den Blick. Seine Wangen brannten vor Scham.

»Meister, es war niemals meine Absicht …« Sein hilfloses Stammeln brach ab. Er hatte den Meister erzürnt. Zweimal an einem Morgen. Wie sollte er das nur wieder gutmachen? »Verzeiht mir.«

»Nicht mich, sondern Allah solltest du um Vergebung bitten«, sagte Osman. »Doch ich will deine Neugierde befriedigen. Wir werden eine Moschee aufsuchen. Während ich mich um alles andere kümmere, wirst du ausreichend Gelegenheit haben, diesen schändlichen Flecken von deiner Seele zu waschen.«

»Ja, Meister«, erwiderte Mustafa kläglich. Am liebsten hätte er sich tief in einem der Säcke verkrochen, die an seinem Sattel hingen, so sehr schämte er sich.

»Du musst noch viel lernen, sehr viel«, sagte Osman und richtete seinen Blick wieder wie üblich nach vorne. Manchmal fragte sich Mustafa, ob Meister Osman fern am Horizont die Herrlichkeiten des Paradieses sehen und sich deshalb von diesem Anblick nur schwer losreißen konnte. »Aber du bist auch noch jung, Mustafa. Wir dürfen die Hoffnung jetzt noch nicht aufgeben.«

Wie es Brauch war, zogen sich Mustafa und Meister Osman die Schuhe aus, bevor sie in den Innenhof der Moschee gingen. In einem Becken aus weißem Marmor wuschen sie sich die Füße. Das Wasser war klar und herrlich kühl, sodass es nicht nur den Schmutz, sondern auch die Müdigkeit von ihnen abspülte. Erst dann wagten sie es, das Innere der Moschee zu betreten.

Meister Osmans Ermahnungen, kein Wort zu sagen, waren überflüssig. Die Moschee war das schönste, prächtigste Gebäude, das Mustafa jemals gesehen hatte, und sprachlos vor Staunen schaute er sich die Herrlichkeiten an. Zierliche Säulen aus weißem Marmor trugen die Kuppel. Sie war mit blauen und goldenen Mosaiksteinchen ausgelegt und erhob sich so hoch über ihren Köpfen, dass sie aussah wie der Himmel voller goldener, blinkender Sterne. Er betrachtete voll Bewunderung die farbenprächtigen Mosaike, die mit Koranversen in goldenen Lettern geschmückt waren, die prächtigen glänzenden Messinglampen und die kostbaren weichen Teppiche, die den Boden bedeckten. Doch am schönsten und prächtigsten war der Mihrab, die Gebetsnische, die wie in jeder Moschee in der Welt der Gläubigen auch hier in Qazwin die Richtung von Mekka anzeigte, der heiligen Stadt des Propheten.

Der Gebetsraum war so gut wie leer. Ein junger Mann kniete in der Nähe des Mihrab und betete, ein älterer Mann erteilte einem Jungen geflüsterte Anweisungen, der das Öl in den Lampen auffüllte. Meister Osman gab Mustafa einen Wink, ihm zu folgen, und wandte sich dann an den Mann, der seiner Kleidung und seinem langen Bart nach zu urteilen der Imam oder der Muezzin der Moschee sein musste.

»Herr«, sagte Meister Osman und verneigte sich ehrfürchtig, »verzeiht, dass ich es wage, Euch zu belästigen.«

Der Mann musterte sie beide mit einem kurzen Blick, dann nickte er.

»Nur zu, mein Sohn«, sagte er und lächelte. »Was ist dein Begehr?«

»Herr, ich komme von weit her. Mein Sohn«, er deutete auf Mustafa, »ist krank. Wir haben den weiten Weg nach Qazwin auf uns genommen, in der Hoffnung, dass er durch Eure Fürsprache, Allahs Wille und einen gottesfürchtigen Arzt wieder gesund werden möge.«

Der alte Mann lächelte wieder und legte eine Hand auf Mustafas Kopf.

»Ich bin sicher, dass Allah barmherzig sein und Eure Bitten

erhören wird. Er sorgt stets für jene, die Ihm treu ergeben sind. Doch einen gottesfürchtigen Arzt kann ich Euch leider nicht nennen.« Er schien kurz nachzudenken. »Wie stark ist dein Glaube, mein Sohn?«

Meister Osman sah auf. »Ich habe zweimal die Kaaba gesehen, und ich wäre bereit zu sterben, wenn dies Allahs Wille sein sollte.«

Der Alte wirkte beeindruckt.

»So kann ich dir den Arzt nennen, der deinem Sohn vielleicht helfen kann. Sein Name ist Ali al-Hussein ibn Abdallah ibn Sina. Er ist ein ... Nun ja, ich habe bereits den Emir gebeten, ihn wegen seines schändlichen Lebenswandels einzukerkern oder der Stadt zu verweisen.« Der Muezzin sah Mustafa mitleidig an. »Doch auch wenn er kein gottesfürchtiger Mann ist, so kann er vielleicht trotzdem deinem Sohn helfen.«

»Allah allein hat die Macht, sich der Bösen zu bedienen, um Seinen Kindern beizustehen«, erwiderte Osman. »Er wird uns in Seiner unermesslichen Güte vor dem ansteckenden Odem des Frevels beschützen.«

»Wahr gesprochen«, stimmte der Alte zu. »Einen Mann mit weniger gefestigtem Herzen würden die Verlockungen, die im Hause dieses Arztes warten, vom rechten Weg abbringen. Doch ich bin sicher, dass ihr beide die Prüfung bestehen werdet.«

Der alte Mann nannte ihnen den genauen Weg zum Haus des Arztes. Dann knieten Mustafa und Meister Osman Seite an Seite nieder, um zum Mihrab gewandt Allah für Seine weise Führung zu danken und Ihn um Seinen Beistand zu bitten, bevor sie sich auf den Weg zum Haus des Arztes machten.

Mustafa war ganz aufgeregt, als sie wenig später das Haus erreichten, in dem der Ketzer wohnen sollte. Denn dass es sich bei dem genannten Arzt um jenen verabscheuungswürdigen Verbrecher handelte, daran bestand für ihn kein Zweifel mehr. Doch während sie darauf warteten, dass ihnen endlich das Tor geöffnet wurde, stellte er sich immer wieder dieselbe Frage: Wie konnte ein Mann, dem Allah in Seiner allumfassenden Barmherzigkeit die Fähigkeit und das Wissen geschenkt hatte, Menschen zu heilen und ihre Leiden zu lindern, sich von Allahs Wort abwenden?

Endlich, als sie schon glaubten, sie hätten an das falsche Tor geklopft, wurde eine Luke geöffnet, und das breite Gesicht eines Wächters kam zum Vorschein.

»Was wollt ihr?«, brummte er und warf ihnen beiden einen derart finsteren Blick zu, dass Mustafa bestimmt wieder gegangen wäre, wenn er allein hier gestanden hätte. Doch Meister Osman ließ sich nicht einschüchtern.

»Wenn dies das Haus des Arztes Ali al-Hussein ibn Abdallah ibn Sina ist, so wie man mir gesagt hat, erbitte ich Einlass«, antwortete er in höflichem Ton, obwohl Mustafa keinen Augenblick daran zweifelte, dass der Meister den Torwächter ebenso gut hätte töten können, um sich Einlass zu verschaffen. »Mein Sohn ist schwer erkrankt. Und mir kam zu Ohren, dass dein Herr über das Wissen verfügt, ihn wieder gesund zu machen.«

»Das stimmt«, erwiderte der Wächter mit einem höhnischen Grinsen. »Allerdings ist mein Herr nicht da. Er ist fortgegangen.«

»Das vergrößert unser Unglück«, sagte Meister Osman. »Doch ich bitte dich, wenigstens so lange warten zu dürfen, bis er wieder nach Hause zurückgekehrt ist, damit wir ihm dann unser Anliegen vortragen können.«

Der Wächter zuckte mit den Schultern. »Von mir aus. Es kann aber lange dauern.«

»Das ist uns gleich«, entgegnete Meister Osman. »Wir haben einen weiten Weg auf uns genommen, um deinen Herrn aufzusuchen. Wir können warten.«

Da der Torwächter keine Anstalten machte, sie in das Haus zu lassen, breitete Meister Osman seinen Reisemantel direkt auf der Straße vor dem Tor aus, setzte sich darauf und zog Mustafa neben sich.

»Er wird es nicht lange aushalten«, raunte der Meister Mustafa ins Ohr. »Bald wird er uns ins Haus lassen, um weiteres Aufsehen zu vermeiden, und dann werden wir feststellen, ob dies hier wirklich das Haus jenes Mannes ist, den wir suchen.«

»Aber Meister!«, wagte Mustafa endlich zu sagen. »Dieser Mann ist Arzt! Wie kann solch ein Mann ...«

»Als Allah den Menschen erschuf, wollte Er keine Untertanen, die Seinem Wort folgen wie das Vieh seinem Hirten. Deshalb hat es Allah in Seiner unendlichen Gnade gefallen, Seinen Kindern einen freien Willen zu geben. Und manche nutzen diesen Willen, um sich von Allah, ihrem Schöpfer, loszusagen.«

Mustafa erschauderte. Es war ihm unverständlich, wie ein Mensch so etwas tun konnte. Wie er sehenden Auges das Paradies gegen die Hölle eintauschen konnte.

Der Laden des Ölhändlers Levi war still und strahlte Ruhe und Frieden aus. Warmes Sonnenlicht flutete durch die geöffnete Tür herein und setzte den Verkaufstisch und das dahinter stehende Regal in dezentes, nahezu sakral anmutendes Licht. Wären sie nicht in Qazwin, sondern in Paris oder London gewesen, es hätte sich bei diesem Geschäft ohne weiteres um eine Galerie oder exklusive Parfümerie handeln können, eingerichtet in jenem minimalistischen Stil, der Anfang des 21. Jahrhunderts bei der Designer-Elite so beliebt war. Doch Beatrice gab sich dieser Illusion nicht hin. In den großen Krügen, die in dem Regal standen, wurden keine teuren Hautcremes aufbewahrt. Und was hier so intensiv duftete, waren weder handgefertigte Seifen noch Parfüms, es waren die aus einer Vielzahl stark duftender Kräuter hergestellten Öle und Salben, die bei orientalischen Bestattungen benötigt wurden. Wer diesen Laden betrat, wollte nicht sein Bedürfnis nach Schönheit und Luxus befriedigen. Wer zu Moshe Ben Levi kam, hatte einen Toten zu beklagen.

Ali und Beatrice waren allein im Laden. Von draußen drang das Hämmern der Steinmetze und das Klappern der Webstühle zu ihnen herein, friedliche Geräusche, die beinahe vergessen ließen, dass in dieser Straße nur Grabsäulen und Leichentücher hergestellt wurden. Ein Schauer lief Beatrice über den Rücken, als sie an die Schar weiß gekleideter weinender Frauen dachte, die einem von mehreren jungen Männern getragenen Sarg gefolgt waren. Sie waren ihnen nur wenige Meter vom Haus des Juden entfernt begegnet. Und ihr Ziel war eindeutig. Ein großes schwarzes Tor stand weit offen, und in der Ferne konnte man die steinernen Grabmale sehen, die Grabstätten der wohlhabenden Bürger von Qazwin, die sich wie eine Fortsetzung der gesellschaftlichen Ordnung der Lebenden über die schlichten Gräber der Armen und Mittellosen erhoben.

Als auch nach einer Weile niemand kam, räusperte Ali sich laut, und gleich darauf waren aus dem hinteren Teil des Ladens Schritte zu hören.

»Verzeiht, dass ich Euch warten ließ«, sagte ein junger Mann mit einem freundlichen Lächeln auf dem schmalen Gesicht. Er trug makellos weiße Kleidung, eine runde weiße Kappe auf dem Hinterkopf und lange Schläfenlocken. »Womit kann ich Euch dienen?«

Beatrice spürte, wie ihr die Röte ins Gesicht schoss. Es war dasselbe Gefühl, das sie empfunden hatte, als sie auf einem Spaziergang in Paris durch Zufall in das jüdische Viertel gestolpert war – eine Mischung aus Verlegenheit, Unsicherheit und Scham, verbunden mit dem Gefühl des Verlustes, einem Gefühl, wie Beinamputierte es beschreiben, wenn sie ein Kribbeln in ihrem Fuß spüren, der gar nicht mehr existiert. Es waren die Nachwirkungen der von den »Braunen Horden« begangenen Verbrechen gegen ein Volk, das einst ein wesentlicher kreativer Teil der deutschen Kultur gewesen war. Es war ihr persönlicher Anteil an der Strafe. Sie war nur froh, dass Ali bei ihr war und für sie das Sprechen übernehmen konnte.

»Der Friede sei mit Euch«, sagte Ali mit seltsam heiserer Stimme, und für einen Moment hatte Beatrice den Verdacht, dass es ihm nicht besser erging als ihr. Auch er schien sich den Juden gegenüber unsicher zu fühlen. Vielleicht sogar unterlegen? »Wir möchten mit Rabbi Moshe Ben Maimon sprechen.«

Der junge Mann hob überrascht eine Augenbraue.

»Oh, Herr, verzeiht, aber Ihr müsst Euch irren. Jemand hat Euch eine falsche Adresse genannt. Hier wohnt kein Rabbi dieses Namens. Ihr solltet Euch an ...«

»Gebt Euch keine Mühe«, unterbrach ihn Ali. »Ich habe mit Moshe Ben Maimon bereits vor einiger Zeit gesprochen. Hier in diesem Haus. Außerdem schickt mich Saddin.«

Der junge Mann neigte seinen Kopf.

»Ich verstehe«, sagte er. »Dann betrübt es mich umso mehr, Euch mitteilen zu müssen, dass Rabbi Ben Maimon schwer erkrankt ist. Er ist kaum in der Lage, das Bett zu verlassen, und kann zurzeit leider niemanden empfangen.«

»Aber ...«

Ali und Beatrice sahen sich entsetzt an.

»Es ist wirklich wichtig!«, platzte Beatrice heraus. »Verzeiht, es muss Euch ungehörig erscheinen, dass wir trotz seiner Krankheit um ein Gespräch mit ihm bitten, aber wir haben keine andere Wahl. Wir ...« Sie fuhr sich mit der Zunge über die Lippen. Was sollte sie sagen? Wie wäre es mit der Wahrheit? In diesem Haus wussten bestimmt alle Bescheid. »Geht zu Rabbi Ben Maimon und sagt ihm, dass wir Fragen zu den Steinen der Fatima haben. Fragen, die niemand anders als er selbst beantworten kann. Und wir brauchen diese Antworten schnell. Die Fidawi sind uns auf den Fersen.«

»Wenn das so ist ...« Er schien nachzudenken, dann nickte er. »Gut, ich werde sehen, was ich für Euch tun kann. Aber versprechen kann ich Euch nichts. Wartet bitte einen Augenblick«, meinte er und verschwand.

Die Zeit verstrich unendlich langsam und qualvoll. Beatrice wagte kaum sich zu rühren, während Ali in dem Geschäft auf und ab ging wie ein nervöses Tier. Beatrice kam schon der Verdacht, dass dies eine effiziente Taktik sein könnte, um unliebsame Besucher loszuwerden, als der junge Mann endlich doch wiederkam. Aber diesmal war er nicht allein. Ein Junge begleitete ihn, ebenso in ein knöchellanges weißes Gewand gekleidet wie er.

»Seid willkommen, Ali al-Hussein«, sagte der Junge und verneigte sich vor Ali und Beatrice. »Benjamin hat dem Rabbi alles erzählt. Rabbi Ben Maimon ist bereit, Euch zu empfangen.«

Beatrice schloss vor Erleichterung die Augen und schickte ein Dankgebet zum Himmel.

»Doch ich muss Euch bitten, nicht zu lange zu bleiben«, sagte der junge Mann, der Benjamin hieß. »Der Rabbi ist sehr schwach. Selbst die geringste Aufregung oder Anstrengung könnte ihn töten.«

»Wir werden uns daran halten«, erwiderte Ali und verneigte sich vor dem jungen Juden.

»Ich muss mich auf Eure Worte verlassen, Ali al-Hussein

ibn Abdallah ibn Sina«, sagte Benjamin, und Beatrice fragte sich, woher er wohl Alis Namen kannte. Waren sie sich schon früher begegnet? »Isaac, begleite die beiden jetzt zum Rabbi.«

Im Zimmer des Rabbi war es heiß. Die Vorhänge waren zum Schutz vor der Sonne zugezogen, und obwohl draußen sommerliche Temperaturen herrschten, brannte in einer Ecke des Raums ein Feuer. In einem breiten Lehnstuhl saß ein Greis. Er war klein, mager und so blass, dass er fast durchsichtig zu sein schien. Seine Augen lagen tief in ihren Höhlen, seine Wangen waren eingefallen. Schlaff ruhten seine mageren, von Arthrose und Rheuma entstellten Hände auf den Armlehnen seines Stuhls. Mehrere Decken waren über seine Knie gebreitet, um ihn vor einer Kälte zu schützen, die im schottischen Hochland herrschen mochte, aber bestimmt nicht hier in dieser Stadt. Ein einziger Blick reichte aus, und Beatrice wusste, dass Benjamin keineswegs übertrieben hatte. Moshe Ben Maimon war wirklich sehr krank. Mehr noch, dieser Mann war vom Tod gezeichnet.

Gut, dass wir nicht länger gewartet haben, dachte sie, während sie gemeinsam mit Ali näher an den Lehnstuhl herantrat. Wer weiß, morgen wäre es vielleicht schon zu spät gewesen.

»Ali al-Hussein«, sagte der Alte mit einer Stimme, die so zittrig und brüchig klang, dass man befürchten musste, er würde keine Luft mehr bekommen. »Ich habe nicht erwartet, Euch noch einmal zu sehen.«

»Falls ich Euch bei unserer letzten Begegnung erzürnt haben sollte ...«

Doch der Greis winkte ab. »Lasst gut sein, Freund. Ihr seid jung und ungestüm. Früher oder später hättet Ihr selbst die Wahrheit herausgefunden. Aber ich habe nicht daran geglaubt, dass ich es noch erleben würde.« Er hustete und schloss erschöpft die Augen. »Wie ihr seht, sind meine Tage gezählt.«

»Ihr solltet nicht so reden«, widersprach Beatrice und warf Ali einen flehenden Blick zu. »Wir sind Ärzte. Vielleicht können wir Euch …«

»Ihr müsst Beatrice sein«, sagte der Greis und lächelte sie an, »die Frau, von der Saddin immer erzählt hat. Er sagte, dass Ihr einen der Saphire besitzt, die man die Steine der Fatima nennt.«

»Ja, deshalb sind wir …«

»Habt Ihr ihn jetzt bei Euch?«

Beatrice nickte. Und noch bevor sie darüber nachgedacht hatte, holte sie den Saphir aus dem Beutel heraus, den sie immer in einer geheimen Tasche ihres Kleides bei sich trug, und hob ihn zwischen Daumen und Zeigefinger hoch. Das Licht des flackernden Feuers brach sich in dem Saphir und tauchte die Hälfte des Raums in ein unwirkliches blaues Licht.

»U-bina«, flüsterte Moshe Ben Maimon, und in seine Augen trat ein seltsames Leuchten. »Die Einsicht. Er ist der zweite der sieben. Als ich ihn das letzte Mal gesehen habe, war ich noch ein junger Mann. Und Gott allein weiß, wie lange das her ist.«

»Ihr erkennt den Stein aus dieser Entfernung?«, fragte Beatrice ehrlich verblüfft und legte den Saphir in Moshes ausgestreckte Hand. »Und Ihr habt ihm sogar einen Namen gegeben?«

»Jeder der Steine der Fatima trägt einen Namen. Jeder der sieben«, erwiderte der Alte und lächelte, während seine Finger beinahe zärtlich die Konturen des Saphirs entlangfuhren, als wäre dieser ein seit langer Zeit vermisster Freund. »Doch nicht ich habe ihnen diese Namen gegeben, sie tragen sie seit ihrer Erschaffung. Habt Ihr das nicht gewusst?«

Beatrice schüttelte den Kopf. Es gab viel, was sie über die

Steine der Fatima nicht wusste. Im Grunde genommen hatte sie bisher nichts gewusst, außer dass es sich um mehrere Bruchstücke handelte, die – der Legende nach – aneinander gefügt ein Auge darstellen sollten. Und dass diese Steine die Macht hatten, ihre Träger kreuz und quer durch die Weltgeschichte zu schicken.

»Es sind sieben? Aber ich dachte, die Zahl der Steine der Fatima sei unbekannt. Woher wisst Ihr, dass ...«

»Langsam, langsam, alles der Reihe nach. So viel Zeit werde ich wohl noch haben«, sagte der Rabbi mit einem amüsierten Funkeln in den Augen. Dann winkte er Isaac zu sich. »Schaffe zwei Stühle und etwas zu essen herbei. Vergiss auch die Mandeln nicht.«

Ali wurde dunkelrot im Gesicht und starrte auf den Boden, während der Junge zwei bequeme Stühle heranschleppte und sie gegenüber vom Lehnstuhl des Alten aufstellte. Dann lief er hinaus und kam wenig später mit einem Tablett mit frischem Obst, getrockneten Feigen und Datteln und einem Teller mit frisch gerösteten Mandeln zurück.

»Danke, Isaac«, sagte Moshe Ben Maimon. »Und jetzt bring mir bitte den Kasten.«

Isaac reichte dem Rabbi einen viereckigen schmucklosen Kasten aus dunklem Holz. Der Alte nahm den Kasten auf seinen Schoß. Seine knorrigen Finger streichelten den Deckel, als würde sich darin nichts Geringeres als der Heilige Gral befinden.

Ein Tagebuch, dachte Beatrice und spürte, wie die Aufregung in ihren Fingerspitzen kribbelte. Bestimmt bewahrt Moshe darin ein Tagebuch mit den Aufzeichnungen über alle seine Reisen auf. Oder es ist eine Liste mit den Orten, an denen die einzelnen Bruchstücke des Auges der Fatima zu finden sind.

»Zuerst muss ich euch ein paar Dinge erklären, damit ihr

verstehen könnt. Allerdings werden meine Ausführungen wohl eher religiöser denn wissenschaftlicher Natur sein«, sagte Moshe und warf Ali einen auffordernden Blick zu. »Es ist nicht meine Absicht, Euren Zorn heraufzubeschwören.«

»Das ist ...«, Ali räusperte sich. Er wirkte so verlegen und befangen, wie Beatrice es von ihm gar nicht gewohnt war. »Das ist gleich. Dank Eurer scharfen Worte habe ich mittlerweile eingesehen, dass Ihr Recht hattet. Nicht alles, was auf dieser Welt geschieht, kann wissenschaftlich erklärt werden. Wenigstens vorläufig nicht. Und ich stimme Euch zu, dass jeder wahre Wissenschaftler bereit sein muss, seine eigenen Thesen zu überprüfen und – falls nötig – zu widerrufen.«

Der Rabbi nickte anerkennend, aber auch amüsiert, sodass Beatrice sich fragte, was wohl beim ersten Treffen der beiden Männer vorgefallen war, auch wenn sie sich das gut vorstellen konnte. Sie kannte schließlich ihren Ali – seinen scharfen Verstand, seine rasche Auffassungsgabe, seinen unerschütterlichen Glauben an Vernunft und Wissenschaft, aber auch seinen zuweilen bis an Arroganz grenzenden Starrsinn, wenn es um die Verteidigung seiner eigenen Theorien ging.

»Das ›Auge der Fatima‹... «, sagte Moshe und streichelte gedankenverloren den Kasten auf seinem Schoß. »Ihr wisst vermutlich, wie es der Legende nach entstand?«

»Nach dem Tod des Propheten entbrannte ein Streit unter seinen Nachfolgern«, antwortete Beatrice und kam sich dabei vor wie im Deutschunterricht der zehnten Klasse. Damals hatte ihr Lehrer auch immer diese völlig sinnlosen und langweiligen »Verständnisfragen« gestellt, die selbst der letzte Trottel beantworten konnte. Trotzdem hatte sie sich immer gemeldet. Klar, früher hatte es dafür schließlich auch Zensuren gegeben. Und jetzt? Jetzt konnte sie wenigstens einem alten, sterbenden Mann eine Freude machen. »Sie konnten sich nicht einigen, wer von ihnen im Besitz der Wahrheit war. Um

diesen Streit endlich zu beenden, hat Fatima auf dem Sterbe-
bett ein Auge geopfert, das Allah in einen wunderschönen
großen Saphir verwandelt haben soll. Doch anstatt sich jetzt
zu einigen, entbrannte der Streit nur noch heftiger. Jeder
wollte das Auge für sich haben.«

»Richtig«, Moshe nickte ihr zu. »So oder so ähnlich erzählen es die Legenden, und so oder so ähnlich könnte es tatsächlich gewesen sein. Als Gott in Seinem großen Zorn über
die Habgier und den Starrsinn der Menschen das Auge der
Fatima schließlich zerschmetterte, zerschlug Er es in sieben
Teile, denn selbst in Seinem großen Zorn wollte Er die Menschen nicht bestrafen.« Der alte Mann schloss die Augen und
lächelte. »Gottes Güte und Geduld mit Seinen Kindern ist
wahrlich unbegrenzt. Jedes einzelne Teil des Auges steht für
eine der sieben Gaben des Geistes. Jeder einzelne Saphir ist
die Verkörperung einer der sieben Gaben und bildet eine
Stufe auf dem Weg zur Wahrheit oder zur ›Erleuchtung‹,
wie es ein guter Freund von mir einmal bezeichnet hat. Ein
Freund übrigens, in dessen Obhut u-bina lange Zeit gewesen
ist, Beatrice. Dort wurde er über viele Jahre hinweg beschützt
und …« Er schüttelte den Kopf und rieb sich die Augen.
»Verzeiht, ich schweife ab. Das ist eine andere Geschichte.
Sie hat für euch und eure Fragen keine Bedeutung. Die sieben Saphire sind Weisheit, Einsicht, Rat, Erkenntnis, Stärke,
Frömmigkeit und Gottesfurcht. Und jeder der Steine hat die
Macht, seinem Träger dieses in ihm wohnende Wissen zu of-
fenbaren.«

»Und Ihr …«

»Ja, ich hatte die große Ehre, bereits Hüter von jedem von
ihnen gewesen zu sein«, sagte Moshe, und ein eigenartiges,
fast trauriges Lächeln lag auf seinen Lippen. »Sie haben mich
auf so vielen Reisen begleitet, dass sich die Spanne meines Lebens gut und gerne verdreifachen lässt. Ich habe viel von ih-

nen gelernt, sehr viel, und dabei leider auch viel über die Torheit der Menschen erfahren. Sie sind habgierig und neidisch, anstatt zu teilen. Es gefällt ihnen zu hassen, anstatt zu lieben. Sie vernichten sich gegenseitig und vergessen dabei, dass sie selbst nicht einmal in der Lage sind, einem Wurm neues Leben zu spenden.«

Er klappte den Deckel des Kastens auf, und plötzlich füllte sich der Raum mit einem warmen Licht. Vor Alis und Beatrices staunenden Augen lagen ausgebreitet auf dunklem Samt fünf Saphire. Sie waren so in kleine Mulden gebettet worden, dass ihre Bruchstellen direkt aneinander lagen und sie gemeinsam die Form eines etwas mehr als männerfaustgroßen Auges ergaben. Das heißt beinahe, denn unübersehbar fehlten zwei Teile.

»Ruach-chokma – die Weisheit, ruach-eca – der Rat, ugebura – die Stärke, wejirat Jahwe – die Gottesfurcht und jirat Jahwe – die Frömmigkeit«, sagte Moshe, während sein knochiger Zeigefinger von einem Saphir zum anderen wanderte. »U-bina – die Einsicht habt Ihr jetzt in Eurem Besitz, Beatrice. Es fehlt nur noch ruach-daat – die Erkenntnis, der Stein, den Eure Tochter bei sich hat. Und dann …«

»Dann ist das Auge vollständig!« Alis Stimme war vor Aufregung und Ehrfurcht leise. Nun, da das Auge sichtbar vor ihm lag, schien er keine Schwierigkeiten mehr zu haben, den Prophezeiungen zu glauben.

»Ja«, sagte Moshe. »Dann ist das Auge vollständig.«

»Was geschieht, wenn alle Teile wieder beisammen sind?«, fragte Beatrice in die entstandene Stille hinein. Ihr Herz klopfte heftig. Das alles war so unwahrscheinlich, so fabelhaft, so fantastisch, dass sie nicht glauben konnte, es wirklich zu erleben. Es war ein Märchen, eine Fantasiegeschichte, die Vorlage zum Drehbuch *Indiana Jones und das Auge der Fatima*. Und doch musste es wahr sein, denn sie spürte die Gänsehaut, die über ihren Körper kroch. Und sie spürte die sengende Hitze des Feuers im Kamin, die ihr gleichzeitig den Schweiß aus allen Poren trieb.

»Die Legende sagt, dass sich die Söhne Allahs wieder vereinen werden«, antwortete Moshe, und Beatrice schüttelte verwundert den Kopf. Sie dachte an den Konflikt zwischen Israel und den Palästinensern, die Selbstmordattentäter, die Militäraktionen im Gazastreifen und die zahlreichen sinnlosen, unschuldigen Opfer auf beiden Seiten. Und die Fidawi. Moshe selbst war Jude. Auch wenn er von den Konflikten des 20. Jahrhunderts noch nichts wissen konnte, so waren Juden und Araber bereits im Mittelalter nicht gerade freundschaftlich miteinander verbunden. Bestenfalls waren sie gleichgültige Nachbarn. War ein geeintes arabisches Volk aus jüdischer Sicht gesehen nicht viel zu gefährlich?

»Vielleicht hat die Legende Recht«, fuhr der Alte fort. »Vielleicht werden die Söhne Allahs wirklich wieder ein Volk sein. Meiner Erfahrung mit den Steinen nach zu urteilen wird diese Einheit jedoch anders aussehen, als sich das viele arabische Führer erträumen.« Sein leises, heiteres Lachen ging rasch in Husten über. Der Anfall wurde so heftig, dass Beatrice sich in Gedanken bereits auf eine Reanimation vorbereitete, als Isaac ihm einen Becher mit einer stark duftenden Flüssigkeit an die Lippen hielt und Moshe Ben Maimon sich ebenso schnell und überraschend wieder erholte. »Doch was wirklich geschehen wird, wenn das Auge jemals wieder vollständig sein sollte, weiß nur Gott allein.«

Beatrices Blick ruhte auf dem beinahe vollständigen Auge. Nie zuvor hatte sie etwas so Schönes gesehen. Sie konnte den Blick gar nicht mehr abwenden. Es war, als hätte sich die Trost spendende Wärme, die sie schon immer in ihrem Stein gefühlt hat, potenziert. Und sie stellte sich vor, was passieren würde, wenn sie ihre beiden Teile hinzufügen würde. Wie ein geheimnisvolles gleißendes Licht die Bruchstücke nahtlos aneinander schweißen und das Auge, endlich wieder vollständig nach Jahrhunderten der Trennung, sie ansehen würde – klar und überirdisch schön. Ob es dann wohl auch blinzelte?

»Und was ist mit den Fidawi?«, fragte Ali.

Moshe Ben Maimon stieß einen tiefen Seufzer aus, der aus dem Mund des Alten wie sein letzter Atemzug klang.

»Ich brauche euch wohl nicht zu sagen, dass sie gefährlich sind«, antwortete er leise. »Sie haben bereits Saddin getötet und können es sicher kaum erwarten, ihre getöteten Brüder zu rächen. Allerdings wisst ihr nicht, wie gefährlich sie wirklich sind. Denn sie werden getrieben von den mächtigsten Gefühlen, zu denen Menschen fähig sind – Angst und Hass. Sie hassen alles, was nicht denselben Glauben hat wie sie. Und deshalb fürchten sie die Steine der Fatima. Sie fürchten sich vor dem, was geschehen könnte, wenn das Auge eines Tages wieder vereint sein sollte. Sie fürchten die Erkenntnis, dass alle Wege zur Quelle führen.« Ein trauriges Lächeln huschte über sein Gesicht. »Eine Angst, die sie übrigens mit vielen anderen teilen, nicht nur Muslimen. Sie behaupten, sie wollen die Steine der Fatima vor der Hand der Ungläubigen und Frevler retten, doch letztlich versuchen sie nur mit allen Mitteln die Vereinigung der Saphire zum Auge zu verhindern.«

»Aber wenn wir das Auge jetzt zusammenführen, dann ist es doch sicher? Dann ist die Voraussetzung erfüllt, und die Prophezeiung kann eintreten. Wenn wir es jetzt, in diesem Augenblick ...«

»Tragt Ihr auch ruach-daat bei Euch?«

»Nein«, antwortete Beatrice. »Er ist bei Michelle in Alis Haus. Doch wir können ...«

»So hat es keinen Sinn.« Er lehnte sich erschöpft in seinem Sessel zurück. »Manchmal wünsche ich mir, ich könnte dabei sein, wenn das Auge endlich zusammengefügt wird.«

432

»Aber was spricht denn dagegen?«, warf Beatrice ein. »Einer von uns könnte den fehlenden Saphir holen, und dann können wir hier …«

»Nein. Wenn es Gott, dem Allmächtigen, gefallen hätte, mich an diesem Ereignis teilhaben zu lassen, es wäre schon längst geschehen. Ich war schon so oft nahe daran, alle Steine in meiner Obhut zu haben. Doch immer wieder ging einer von ihnen verloren oder wurde gestohlen, oder ist einfach verschwunden.« Moshe schüttelte den Kopf. »Es steht uns nicht zu, den Ratschluss Gottes zu kennen. Außerdem habe ich schon zu viel gesehen. Ich bin müde. Es wird Zeit, dass ich die Aufgabe, die Steine zu beschützen, an jemanden übertrage. Jemanden, der jünger und stärker ist als ich.« Er reichte Beatrice den Kasten.

Beatrice sah den alten Juden mit offenem Mund an, und es dauerte eine Weile, bis sie begriffen hatte.

»Ich?!«, rief sie schließlich aus und wusste in diesem Augenblick nicht, ob sie sich über die Ehre freuen oder daran verzweifeln sollte. Eigentlich hatte sie doch nichts anderes vorgehabt, als ihre Tochter wieder nach Hause zu bringen, um dort ein ganz normales Leben zu führen. Die Verantwortung für ein rätselhaftes archaisches Artefakt zu übernehmen, das die Welt vielleicht nicht gerade retten, aber immerhin besser machen sollte, war wohl etwas zu viel verlangt. Dies hier war nicht Hollywood. Sie war keine Heldin. Sie war Chirurgin, Mutter und mehr als zufällig in diese ganze Geschichte hineingestolpert. »Aber warum ausgerechnet ich? Ich wollte doch nur …«

Moshe lächelte mild und verständnisvoll. »Ich kann Euch verstehen«, sagte er und brachte Beatrice damit auf die Palme. Wenn er sie so gut verstehen konnte, weshalb mutete er ihr das denn zu? »Niemand bewirbt sich um diese Aufgabe. Sie wird uns übertragen, als Zeichen des in uns gesetzten Vertrauens. Nicht ich habe Euch auserwählt. Das Auge hat es getan – und damit der Wille, der das Auge lenkt.«

Beatrice wurde schwindlig. Was sollte sie tun? Am besten, sie würde jetzt gleich einen Teil der Aufgabe erfüllen und ihren Stein zu den anderen legen. Vielleicht ließ Moshe sich doch noch überreden, selbst bis zum Schluss weiterzumachen. Sie streckte ihre Hand aus, um ihren Stein ebenfalls in den Kasten zu legen, als Moshe plötzlich ihr Handgelenk umklammerte. Seine dürren Finger waren so kalt, als ob er bereits tot wäre, und trotzdem hatten sie eine erstaunliche Kraft.

»Nein«, sagte er mit Nachdruck. »Noch nicht. Es ist zu gefährlich.«

»Warum?«

»Ihr müsst die Steine von hier fortbringen. Auf dem Weg zu eurem Haus könnten euch Fidawi begegnen und den Kasten in ihre Gewalt bringen. Sechs Steine wären dann für lange Zeit verloren.« Er nickte zur Bekräftigung seiner Worte. »Behaltet u-bina wie Ihr es gewohnt seid bei Euch in dem Beutel, bis ihr zu Hause seid und Ihr auch noch ruach-daat zu den anderen hinzufügen könnt. Sollten die Fidawi euch überfallen, wären wenigstens zwei der sieben immer noch beieinander.«

Beatrice warf Ali einen Blick zu. Er zuckte mit den Schultern. Offensichtlich leuchteten auch ihm die Argumente des Alten nicht wirklich ein. Aber wenn sie ihm damit eine Freude machen konnte, wollte sie es tun. Immerhin würde er nicht mehr lange zu leben haben. Und da die Steine mittlerweile seit mehreren hundert Jahren getrennt waren, würde eine Stunde mehr oder weniger auch nicht ins Gewicht fallen.

»Bringt die Steine aus Qazwin raus«, fuhr Moshe Ben Maimon fort und ließ Beatrices Handgelenk endlich los. »Die Fidawi sind der Spur der Steine schon einmal bis hierher gefolgt. Meine Söhne konnten zwar die Toten unbemerkt verscharren und jeden Hinweis auf ihre Anwesenheit hier in der Stadt verwischen, doch ich bin sicher, es wird nicht mehr lange dauern, bis sie die Spur ein zweites Mal finden. Selbst wenn sie eine Niederlage hinnehmen müssen, geben sie nicht auf. Vielleicht sind sie sogar schon hier.« Er sank in seinem Sessel zusammen und wirkte noch kleiner als zuvor. »Und nun geht. Ich bin müde.«

Isaac eilte zu ihm, nahm seine Hand und schaute ihm in die Augen.

»Ihr habt den Rabbi gehört«, flüsterte er Ali und Beatrice zu. »Geht. Wenn ihr noch Fragen habt, kommt an einem anderen Tag wieder. Rabbi Ben Maimon braucht jetzt Ruhe.«

Beatrice und Ali sahen sich an, dann erhoben sie sich gemeinsam. Isaacs Worte klangen in Beatrices Ohren wie blanker Hohn. Und ob sie noch Fragen hatte! Sie hatte sogar den Eindruck, dass während des Gesprächs mehr neue Fragen aufgetaucht als alte beantwortet worden waren. Saddin hatte Recht, Moshe Ben Maimon vermochte ihr bestimmt alles über die Steine der Fatima zu erzählen, was ein Mensch nur darüber wissen konnte. Doch nach ihrer vorsichtigen Schätzung würde das ein intensives Studium von ein bis zwei Jahren erfordern. So viel Zeit hatten sie aber nicht. Moshe würde bald sterben. Und so sehr es sie auch ärgerte, sie konnten den alten kranken Mann unmöglich noch länger mit ihren Fragen belästigen. Also verließen sie das Haus.

Moshe Ben Maimon hörte die Schritte seiner Besucher, als sie den Innenhof durchquerten, und das Zuschlagen der Haustür. Wie gern hätte er den beiden mehr erzählt, ihnen all jene Fragen beantwortet, die er in ihren Augen gesehen hatte. Doch wie sollte er das in der Kürze der Zeit, die ihm noch blieb, tun, er, der selbst viele, kaum mehr gezählte Leben gebraucht hatte, um die Antworten zu finden? Und statt der Erleichterung darüber, dass nun endlich nach vielen Jahrzehnten die Bürde, die Steine der Fatima zu beschützen, von seinen Schultern genommen war, spürte er nur, wie seine Kraft ihn verließ. Endgültig.

»Ich bin so müde, Isaac«, flüsterte er dem Jungen zu, der sich besorgt über ihn beugte. »So unendlich müde.«

»Ich weiß, Rabbi, ich weiß. Ich bringe Euch in Euer Bett.« Isaac hob ihn auf seine jungen, starken Arme wie ein kleines Kind und trug ihn zum Bett. »Ihr müsst schlafen, Rabbi. Und morgen früh werdet Ihr Euch wieder kräftiger fühlen.«

Moshe lächelte. Morgen. Nein, morgen würde es für ihn nicht mehr geben. Aber er würde schlafen. Endlich nur noch schlafen. Nicht mehr reisen, nicht mehr kämpfen. Nie mehr.

»Geh jetzt, Isaac«, sagte er und schloss seine Augen. »Lass mich allein.«

»Wie Ihr es wünscht, Rabbi.«

Moshe hörte, wie sich die leichten, schnellen Schritte des Jungen entfernten. Die Tür fiel hinter ihm ins Schloss. Endlich. Ruhe.

Moshe Ben Maimon war beinahe eingeschlafen, als er plötzlich aufschreckte. Etwas Hartes, Spitzes bohrte sich in seine Rippen. Mit kalten zitternden Fingern tastete er in seinem Bett nach dem Gegenstand und erstarrte. Er brauchte es nicht zu sehen, um zu wissen, was es war. Er fühlte es. Er kannte jede Rundung, jede Spitze der Bruchkante ganz genau. Es war u-bina, die Einsicht. Wie der Saphir, den Beatrice noch vor wenigen Momenten vor seinen Augen wieder in ihren Beutel gesteckt hatte, in sein Bett gekommen war, war ohne Bedeutung; eine Frage, die ein Sterblicher ohnehin nicht beantworten konnte, eines der ungezählten Wunder der Steine der Fatima. Moshe atmete tief ein. Es war also noch nicht vorbei. Aus irgendeinem Grund war seine Aufgabe immer noch nicht erfüllt. Dabei war er so müde. Er hatte nicht einmal mehr genügend Kraft, um zornig zu werden. Zornig auf einen Ratschluss, der weit über das Maß hinausging, das ein Einzelner ertragen konnte.

»O Adonai, o Zebaoth«, flüsterte er nur, als er spürte, wie sich das Zimmer um ihn herum zu drehen begann. Seine gefühllosen Finger umklammerten den Stein fester, und seine Augen füllten sich mit Tränen. »Warum? Warum nur?«

XX

Den Heimweg legten Ali und Beatrice schweigend zurück. Zu viel ging jedem von ihnen durch den Kopf, musste erst einmal überdacht und verarbeitet werden. Und zu groß war die Angst, dass sie belauscht werden könnten und sich hinter einem der zahlreichen Händler, Bettler, Bauern und Hirten, die ihnen in den schmalen Gassen begegneten, in Wahrheit ein Fidawi verbarg. Zu Hause, hinter geschlossenen Türen und Fensterläden, würden sie reden, lange, ausführlich. Da war Beatrice ganz sicher. Vielleicht würden sie es sogar wagen, heute noch einmal den Kasten zu öffnen und die beiden fehlenden Steine hineinzulegen. Vielleicht.

Ihre Befürchtungen waren überflüssig. Sie erreichten Alis Haus ohne Schwierigkeiten. Niemand hatte sie aufgehalten, niemand hatte sie angesprochen oder versucht in den Korb zu greifen, in dem Beatrice unter einem Stapel Tüchern die Schatulle mit den kostbaren Saphiren versteckt hatte. Niemand war ihnen gefolgt, so weit sie das beurteilen konnte, denn nach allem, was sie bislang über die Fidawi gehört hatte, waren diese Burschen ebenso geschickt wie japanische Ninja-Krieger – lautlos, unsichtbar und absolut tödlich.

Sie hatten kaum das Haus betreten, als auch schon einer der Tordiener herbeigeeilt kam und Ali mit der Nachricht überraschte, dass ein Mann mit seinem kranken Sohn vor dem Tor seiner Praxis auf ihn wartete.

Ali runzelte gequält die Stirn. »Hast du ihnen nicht gesagt, dass ich heute keine Patienten empfange?«

»Natürlich, Herr«, erwiderte der Diener, und es war ihm sichtlich unangenehm, diese Nachricht zu überbringen. »Ich habe es ihnen gesagt. Doch sie ließen sich davon nicht beeindrucken. Sie haben eine lange Reise auf sich genommen, nur um Euren Rat zu hören – so sagten sie wenigstens. Und jetzt sitzen sie seit den Morgenstunden vor Eurem Tor und warten auf Eure Rückkehr.« Der Diener senkte ein wenig den Kopf und wagte kaum Ali in die Augen zu sehen. »Mittlerweile hat sich eine neugierige Menschenmenge um die beiden herum versammelt. Ich wollte bereits nach den Soldaten schicken lassen, um die Leute zu vertreiben, doch Mahmud hat es nicht zugelassen, Herr. Er befürchtete einen Tumult, der Eurem Ansehen und Eurem Ruf empfindlichen Schaden zufügen könnte.«

»Als ob das nicht schon längst geschehen wäre«, stöhnte Ali und fuhr sich mit beiden Händen durch das Haar, sodass es wild nach allen Seiten abstand. »Und warum, so frage ich dich und all die anderen Trottel, die ich eigens zu dem Zweck durchfüttere, damit sie meine Tore bewachen, habt ihr das zugelassen? Weshalb habt ihr die beiden nicht einfach ins Haus gebeten? Sie hätten hier warten können. Wenigstens wäre dann mein Name nicht in Verruf gekommen.«

»Herr, aber Ihr selbst habt doch …«, stammelte der Diener, der ängstlich ein paar Schritte zurückwich. »Ihr habt doch selbst erst vor wenigen Wochen befohlen, dass wir niemanden in Eurer Abwesenheit Zutritt zu Eurem Haus gewähren dürfen. Ihr habt es uns sogar bei schweren Strafen verboten, und Ihr habt auch …«

»Ja, ja, schon gut.« Ali winkte ab, schüttelte den Kopf und fuhr sich noch einmal durch das Haar. »Dann lass sie eben jetzt herein. Wollen wir hoffen, dass sich noch etwas retten lässt.« Er warf Beatrice einen Blick zu. »Eigentlich gibt es jetzt wohl Wichtigeres zu tun, aber …« Er zuckte hilflos mit den Schultern.

»Das ist eben unser Job, unser Beruf«, fügte Beatrice hinzu, als ihr einfiel, dass Ali mit dem Begriff Job wohl kaum etwas anfangen konnte. »Der Eid des Hippokrates. Du weißt schon.«

»Ja«, sagte Ali und seufzte, als würde er in diesem Augenblick wie Atlas das Gewicht der Welt auf seinen Schultern tragen. »Ich weiß. Begleitest du mich?«

Ohne zu zögern stimmte Beatrice zu. Das war beinahe wie früher, als sie gemeinsam in Buchara Patienten behandelt hatten. Jeden Tag hatten sie stundenlang über medizinische Fragen diskutiert. Und immer wieder hatten sie sich wegen Meinungsverschiedenheiten bezüglich einer Diagnose oder einer Therapie gestritten. Doch vor allem hatten sie voneinander gelernt. Ali hatte vieles über Anatomie, Physiologie und Pathologie erfahren, was man in seiner Zeit noch nicht wusste, und Beatrice hatte die Wirkung von Kräutern kennen und schätzen gelernt. Eine Form der Medizin, die sie bis zu diesem Zeitpunkt als antiquierten mittelalterlichen Hokuspokus und das Geschwätz esoterischer Spinner abgetan hatte.

Als sie gemeinsam Alis »Praxisräume« betraten – so konnte man wohl am ehesten den Bereich des Hauses bezeichnen, in dem er Patienten zu empfangen pflegte und seinen Studien nachging –, waren der Mann und sein Sohn schon dort. Der Junge, ein knochiger Bursche mit rabenschwarzen Locken, hockte in einer Ecke des Zimmers und sah ihnen so finster entgegen, dass Beatrice sich fragte, was sie ihm wohl getan hatten. Sein Vater hingegen, ein magerer, hoch gewachsener Mann, ärmlich, aber sauber gekleidet, stand vor Alis Bücherregal und hielt einen der kostbaren Bände in den Händen, als würde er darin lesen.

»Seid gegrüßt«, sagte Ali, und eine steile Zornesfalte erschien zwischen seinen Augenbrauen. Beatrice kannte diesen Blick. Seine Bücher waren ihm heilig. Und nichts hasste er mehr, als wenn sich jemand ohne sein Wissen und Einverständnis daran zu schaffen machte. »Hast du gefunden, wonach du suchst?«

»Oh, verzeiht«, sagte der Mann und stellte das Buch wieder ins Regal zurück, ruhig und sicher, so als würde er sich keineswegs bei einem Unrecht ertappt fühlen. Dann verneigte er sich. »Der Friede Allahs sei mit Euch.«

Ali nickte nur knapp.

»Es muss Euch ungehörig erscheinen, dass ich mir, ohne erst Eure Erlaubnis abzuwarten, eines der Bücher genommen habe, um darin zu lesen.«

»Tatsächlich?«

»Ja«, erwiderte der Mann gelassen. Vielleicht war ihm der beißende Spott in Alis Stimme entgangen. Allerdings hatte Beatrice eher den Eindruck, dass es ihn überhaupt nicht kümmerte. Das war merkwürdig. Normalerweise war sie von den Angehörigen der niederen Schichten mehr Unterwürfigkeit gewohnt. »Ihr habt sehr interessante Bücher in Eurer Sammlung, Herr. Offensichtlich seid Ihr ein Mann auf der Suche nach der Wahrheit. Doch wenn ich Euch einen Rat geben darf, werft diese Bücher alle fort. Sie werden Euch nichts nützen. Ein Mann bedarf nur eines einzigen Buches, um die Wahrheit zu finden.«

»Ich vermute, du sprichst vom Koran?« Ein seltsames Lächeln lag auf Alis Lippen, und Beatrice versteifte sich. Am liebsten hätte sie ihm zugerufen, den Mund zu halten, nichts mehr zu sagen, einfach nur noch zu schweigen. Ali konnte sich jetzt innerhalb weniger Sekunden in Gefahr bringen und um Kopf und Kragen reden. Doch sie wusste, dass es sinnlos gewesen wäre. Sie beide waren sich in vieler Hinsicht sehr ähnlich. »Nun, ich habe die Erfahrung gemacht, dass eine Sichtweise nichts anderes ist als eine Sichtweise und damit eben nur ein Teil der Wahrheit. Nicht mehr und nicht weniger. Doch du hast mit deinem Sohn den weiten Weg sicher nicht auf dich genommen, um mit mir über die Weisheit des Korans zu plaudern. Was führt euch zu mir?«

»Mein Sohn, Herr«, antwortete der Mann und deutete auf den Jungen, der immer noch wie ein bockiges kleines Kind in der Ecke saß, »er ist krank. Wir wissen nicht, was ihm fehlt. Doch seit einiger Zeit spricht er nicht mehr.«

Scheinbar ohne Übergang redete der Mann von dem Kind. Und doch gefiel Beatrice der Blick nicht, mit dem er Ali jetzt ansah. Keiner von ihnen kannte diesen Mann. Niemand wusste, woher er kam. Vielleicht war er wirklich nur das, was er zu sein vorgab – ein armer Hirte, der Hilfe für seinen kranken Sohn brauchte. Doch weshalb dann das Interesse für Alis Bücher? Natürlich konnte er ein Imam aus einem der armen, verstreut in den Bergen liegenden Dörfer sein. Das könnte sein merkwürdiges Verhalten durchaus erklären, denn die Geistlichen im Islam waren – ganz gleich, ob mittellos oder wohlhabend – grenzenlosen Respekt gewohnt. Allerdings hatte sie einen ganz anderen Verdacht. Schließlich war es die einfachste Sache der Welt, eine Krankheit wie die beschriebene vorzutäuschen. Ihr wurde abwechselnd heiß und kalt. Was hatte Saddin im Traum zu ihr gesagt? Die Fidawi würden sogar Frauen und Kinder für ihre Zwecke benutzen.

Ali ging zu dem Jungen, um ihn zu untersuchen, während Beatrice den Vater nicht aus den Augen ließ und jede seiner Bewegungen genau beobachtete. Doch sie konnte nichts Auffälliges bemerken, keinen Dolch, der unter der Kleidung hervorschaute, keine verräterische Ausbuchtung eines Schwertgriffs.

Nach einer Weile erhob sich Ali, schüttelte den Kopf und bat den Jungen, im Hof zu warten. Erst als der Knabe fort war, wandte er sich an den Vater.

»Ich kann zurzeit keine Ursache für seine Erkrankung feststellen«, sagte er und ging zu dem Schrank hinüber, in dem er seine Arzneien aufbewahrte. »Doch ich weiß aus Erfahrung, dass Kinder oft auf schreckliche Erlebnisse mit Stummheit reagieren. Hier habe ich ein Fläschchen mit Orangenblütenöl. Gib jeden Abend ein paar Tropfen davon in eine Schüssel Wasser. Der Junge soll sich damit waschen. In den meisten Fällen ist der Schock nach einigen Wochen behoben, und der Junge spricht wieder genau wie früher.«

»Herr, ich danke Euch«, sagte der Mann und verneigte sich vor Ali. Doch seine Unterwürfigkeit und Dankbarkeit kamen Beatrice falsch und gestellt vor. »Was schulde ich Euch?«

»Nichts«, antwortete Ali. »Rechne es als Entschädigung für die ungebührlich lange und unbequeme Wartezeit.«

Sie gingen hinaus in den Hof, wo der Junge neben dem alten Ziegenbock kniete, der dort an einer Säule festgekettet war, und ihm das Fell kraulte.

»Du hast ihn immer noch?«, fragte Beatrice überrascht, und ohne auf den seltsamen Blick des Mannes zu achten, ging sie ebenfalls zu dem Tier. »Wie alt ist er denn mittlerweile?«

»Fast achtzehn«, antwortete Ali und folgte ihr gemeinsam mit dem Mann. »Ein Hirte brachte ihn mir vor mehr als siebzehn Jahren aus Dankbarkeit dafür, dass ich seinen Sohn geheilt habe – von derselben Krankheit übrigens, unter der dein Sohn leidet. Ich konnte mich damals nicht dazu entschließen, ihn schlachten zu lassen. Ich verabscheue Ziegenfleisch. Und jetzt ist er alt, zäh, widerspenstig und zuweilen sogar richtig bösartig. Meine Köchin hat er noch vor gar nicht langer Zeit so geärgert, dass sie sich drei Tage lang nicht traute, den Hof zu überqueren. Doch dein Sohn scheint sehr gut mit ihm umgehen zu können.«

»Ja«, antwortete der Mann. »Es steckt ihm im Blut. In unserem Dorf sind wir alle Ziegenhirten.«

Er packte den Bock, der anscheinend noch nicht genau wusste, ob ihm die plötzliche Aufmerksamkeit gefallen sollte oder nicht, an einem Horn und schüttelte ihn. Empörtes Gemecker war die Folge. Wütend riss sich der Bock los, und der Mann musste hastig zur Seite springen, um sich vor den langen, spitzen Hörnern in Sicherheit zu bringen.

Ali lächelte. Dann winkte er einen Diener herbei und befahl ihm, die beiden Hirten hinauszuführen.

»Herr, ich danke Euch«, sagte der Mann noch einmal und verneigte sich wieder eine Spur zu tief, als dass Beatrice ihm Glauben schenken konnte. »Vielleicht wird Allah, der Allmächtige, unsere Wege eines Tages wieder kreuzen lassen. Und vielleicht haben wir dann Gelegenheit, über die unendliche Weisheit des Korans zu sprechen.«

»Ja, vielleicht«, erwiderte Ali ohne Begeisterung.

»Ich freue mich schon auf unsere nächste Begegnung.«

Ali und Beatrice sahen ihnen nach, bis sich das Tor hinter ihnen geschlossen hatte.

»Wer waren die beiden, Ali?«, fragte Beatrice. Sie spürte, wie sie vor Anspannung zitterte. Ihr war plötzlich kalt, als würde es gleich anfangen zu schneien. Hier in diesem Hof. »Fidawi?«

»Ich weiß es nicht«, antwortete Ali. »Aber eines ist sicher, Hirten waren sie nicht. Wenigstens nicht der Mann.« Geistesabwesend klopfte er dem Ziegenbock den Rücken. »Kluges Tier.«

»Dir hätte etwas mehr Klugheit auch gut zu Gesicht gestanden«, sagte Beatrice. »Du hättest viel vorsichtiger sein sollen.«

»Vielleicht hast du Recht. Aber wenn die beiden tatsächlich Fidawi waren, kennen sie mich bereits. Dann wollten sie sich nur vergewissern, dass dies hier wirklich mein Haus ist, bevor sie losschlagen. Nun wissen sie es. Ich werde Wachen aufstellen lassen.«

Beatrice holte tief Luft. Die Angst pochte in ihr, sie fühlte ihren Herzschlag bis in die Fingerspitzen. Sie dachte an alles, was sie über die Fidawi gehört und gelesen hatte – die Informationen im Internet, die Furcht des Karawanenführers, die panische Angst in Maleks Stimme, als sie diese Leute ihm gegenüber das erste Mal erwähnt hatte. Wenn diese beiden wirklich Fidawi waren, dann würden Wachen bestimmt nicht viel nützen.

Mustafa brauchte keine Ermahnungen mehr, still zu sein. Wie in Trance ging er neben Meister Osman her, der seinerseits ungewöhnlich gesprächig war. Der Gedanke, den verhassten Frevler endlich ausfindig gemacht zu haben, schien die Zunge des Meisters förmlich zu beflügeln. Mustafa dachte nach. Sein Verstand arbeitete langsam und schwerfällig, und es strengte ihn an, sich zu konzentrieren, während der Meister direkt neben ihm unablässig über die Großmut Allahs und die Todsünden der Frevler sprach.

Er hatte das Brandzeichen im zottigen Fell des Ziegenbocks sofort erkannt. Vermutlich hätte er es sogar mit geschlossenen Augen ertasten können. Alle Ziegen, die jemals in seinem Heimatdorf geboren worden waren, trugen dieses Zeichen. Und noch während er sich gefragt hatte, wie ein Bock aus seinem Heimatdorf in das Haus dieses Arztes kam, hatte al-Hussein die Geschichte von dem Hirten und seinem kranken Sohn erzählt. Die Geschichte *seines* Vaters! Sein eigener Vater war der arme Hirte, der dem Arzt aus Dankbarkeit das Zicklein gebracht hatte. Und der kranke Junge war niemand anderer als sein Bruder gewesen. Genau in diesem Augenblick hatten seine Zweifel begonnen.

Jetzt nagten sie an ihm, fraßen sich durch seinen Leib und brannten ein Loch in seinen Schädel. Es war klar, dass Meister Osman vorhatte, al-Hussein, den er für einen gefährlichen Ketzer hielt, zu töten. Deswegen hatten sie schließlich den Weg von Alamut nach Qazwin auf sich genommen, dafür waren sie Fidawi geworden, das war ihr vom Großmeister persönlich erteilter Auftrag. Aber war dieser Mann wirklich ein Frevler? Er hatte immerhin seinen Bruder geheilt und von seinem Vater noch nicht einmal Lohn gefordert. Gut, es war viele Jahre her, und Menschen konnten sich auch zum Schlechten hin verändern, doch Mustafas Vater schwärmte noch heute von der Güte und der Weisheit dieses Arztes. Und auch heute hatte er ihnen einen Rat gegeben, ohne eine Gegenleistung zu erwarten. War dieser Mann nur deshalb ein Frevler, weil er all diese Bücher las? Hatte der Dienst am Menschen, das Heilen von Kranken nicht mindestens ebenso viel Gewicht, war ebenso wertvoll wie der Dienst der Fidawi? War dieser Mann, dieser Arzt, nicht ebenso ein treuer Diener Allahs wie sie? Durften sie so einen Mann töten? Und vor allem, durfte er, dessen Familie al-Hussein zu Dank verpflichtet war, an seinem Tod mitschuldig werden? War das Töten von Menschen nicht in Wirklichkeit Mord – ein Verbrechen, das Allah zutiefst verabscheute? Stellten sie sich selbst, indem sie sich des Mordes als Mittel bedienten, nicht auf dieselbe Stufe wie die abscheulichsten, ehrlosesten Verbrecher? Das alles kreiste in Mustafas Kopf herum, zerrte an seinen Nerven und ließ seinen Magen revoltieren. Immer wieder wog er seine Gedanken und Gefühle gegen das ab, was er bei seiner Weihe geschworen hatte – Allah zu dienen bis zum Tod und dem Großmeister bedingungslos zu gehorchen. Es war, als würden zwei Mustafas zur selben Zeit in ihm wohnen und einen Ringkampf um seine Seele austragen. Doch als sie schließlich die Moschee erreicht hatten, wo sie nach dem Willen des Meisters die Zeit bis zum Abend im Gebet verbringen wollten, war er endlich zu einem Ergebnis gekommen.

Schweigend nahmen sie ihr Mittagessen ein. Selbst Michelle, die für gewöhnlich plapperte wie ein Wasserfall, war erstaunlich still. Beatrice kam sich vor, als würde sich Alis Haus im Belagerungszustand befinden. Überall in den Fluren, vor den Türen und auf dem Turm des Hauses standen bewaffnete Diener herum. Und selbst der Junge, der ihnen die Speisen brachte, trug an seinem Gürtel einen kleinen Dolch, als wäre jeden Augenblick mit einer Invasion zu rechnen. Vermutlich hätte Beatrice diesen Anblick als tröstend empfinden sollen, doch das Gegenteil war der Fall. Der Anblick der Diener erschreckte sie und erinnerte sie daran, wie ohnmächtig und schwach sie im Grunde waren. Wenn ein Fidawi einen Weg finden wollte, zu ihnen vorzudringen oder sie umzubringen, so würde er einen finden. Zur Not würden die Kerle einfach ihr Wasser vergiften. Ob drei oder dreißig Tote, das war solchen Menschen völlig egal. Hauptsache, die »Richtigen« waren dabei.

Sie nahmen gerade den letzten Bissen zu sich, als plötzlich Lärm zu ihnen drang. Beatrice erschrak derart, dass sie den Messingbecher losließ, der laut scheppernd zu Boden fiel, und das Wasser quer über den Tisch, über die Polster und ihre Kleidung spritzte. Auch Ali schien wie erstarrt. Atemlos lauschten sie dem Klirren von Waffen, den lauten, wütenden Stimmen und schließlich den Schritten schwerer Stiefel, die sich dem Speisezimmer näherten.

Ein Teil von Beatrice wollte den Raum so schnell wie möglich verlassen, fliehen, aus dem Haus laufen und versuchen in den verwinkelten und belebten Gassen der Stadt unterzutauchen. Doch der andere Teil mahnte zur Besonnenheit. Fidawi waren lautlos, heimlich. Der Meuchelmord war ihre Spezialität. Sie kamen in der Dunkelheit auf leisen, weichen Sohlen und nicht mit harten, eisenbeschlagenen Absätzen ähnlich den Stiefeln von Soldaten. Und wenn sie sich irrte? Wenn dies doch …

Beatrice erstarrte. Die Schritte hatten vor der Tür Halt gemacht. Ihr Herz blieb fast stehen. Wenn sie sich geirrt hatte, dann war es jetzt zu spät. Dann war es vorbei. Ende. Aus. Game over.

Ali erhob sich. Es war ein verzweifelter, geradezu lächerlicher Versuch, sich dem Unvermeidlichen zu stellen, dem unabwendbaren Schicksal entgegenzutreten. Beatrice wollte ihn zurückhalten. Vielleicht konnte Besonnenheit sie retten. Vielleicht lauschten die Fidawi nur an der Tür. Wenn sie sich ganz still verhielten, gingen sie vielleicht einfach vorbei, ohne sie zu finden. Doch noch ehe sie etwas tun konnte, wurde die Tür aufgerissen.

»Herr, verzeiht, wenn wir Euch stören.« Die Stimme des Dieners dröhnte laut in Beatrices Ohren, und doch klang sie so lieblich wie der Gesang einer Nachtigall. Vor grenzenloser Erleichterung schloss sie die Augen. Auch Ali sank wieder auf sein Sitzpolster zurück. »Diesen Burschen hier haben wir vor der Hintertür zur Küche erwischt.«

Ein anderer Diener, rot vor Zorn und Empörung, kam herein. Hinter sich her zerrte er einen mageren Jungen, den er am Ohr gepackt hielt. Das Kind jammerte und stöhnte, bat mit schmerzverzerrtem Gesicht um Gnade, doch der Diener ließ nicht locker.

»Lass ihn los«, befahl Ali. Dann wandte er sich an den Jungen, der sich das blutunterlaufene Ohr rieb. »Was hast du hier zu suchen? Was hast du in meinem Haus verloren?«

»Herr, ich …«

»Stehlen wollte er!«, rief der Diener empört, packte den Jungen am Arm und schwang eine große Suppenkelle, als wollte er sie dem Kind auf den Kopf schlagen. »Herr, überlasst ihn mir, und ich prügle ihn so lange, dass er es für den Rest seines Lebens bleiben lässt, in die Häuser rechtschaffener Menschen einzudringen, um sie zu bestehlen.«

»Ich bin kein Dieb!«, rief der Junge entrüstet und riss sich los. »Ich bin …«

Ali runzelte die Stirn. »Sag mal, du bist doch der Sohn des Hirten, den ich heute früh behandelt habe?«

»Ja, Herr.«

»Nun, meine Behandlung scheint von einem überraschenden Erfolg gekrönt zu sein«, sagte Ali spöttisch. »Offensichtlich hast du deine Sprache wiedergefunden.«

»Herr, ich …« Der Junge wurde dunkelrot im Gesicht und senkte verlegen seinen Blick. »Es tut mir Leid. Ich …«

»Dir tut es also Leid?« Ali war zornig. Und für einen Augenblick befürchtete Beatrice, dass er die Beherrschung verlieren, dem Diener die schwere Kelle aus der Hand reißen und den Jungen damit schlagen würde. »Was tut dir denn Leid? Dass du und dein ›Vater‹ mich angelogen habt? Dass ihr zwei meine Hilfsbereitschaft ausgenutzt habt, um mich auszuspionieren? Dass du dich hinterrücks in mein Haus geschlichen hast?« Er holte tief Luft. »Vielleicht stimmt es und du bist wirklich kein Dieb, aber du bist ein abscheulicher Betrüger. Und solches Gesindel dulde ich nicht in meinem Haus!« Er wandte sich an die Diener. »Wirft ihn hinaus.«

Die beiden Männer nickten grimmig und packten den Jungen bei den Armen.

»Nein!«, rief dieser und wehrte sich mit Händen und Füßen. »Nicht! Schickt mich nicht fort. Ich muss Euch doch …« Der Griff der Diener wurde so fest, dass er aufschrie. »Bitte, Herr, hört mich an! Ich will Euch doch nur warnen.«

Ali gab den Dienern einen Wink, und obwohl ihnen deutlich anzusehen war, dass sie es nicht gern taten, ließen sie den Jungen los.

»So, du willst mich also warnen«, sagte Ali und baute sich mit vor der Brust verschränkten Armen vor dem Jungen auf. »Wovor denn? Und kannst du mir sagen, weshalb ich dir, einem abscheulichen Betrüger, Glauben schenken soll? Vielleicht ist es nur ein gemeiner Trick?«

»Nein, Herr, bestimmt nicht, ich …« Er warf den beiden Dienern einen ängstlichen Blick zu. »Bitte, Ihr müsst mir zuhören. Aber nur Ihr. Und sie.« Er deutete mit dem Kopf auf Beatrice.

Ali sah Beatrice kurz an, dann nickte er. Offensichtlich dachte er das Gleiche wie sie. Wenn der Junge und der Mann wirklich etwas im Schilde führten, so war dies bestimmt der beste Zeitpunkt, herauszufinden, worum es sich handelte.

»Geht«, befahl Ali den beiden Dienern. »Und nehmt Michelle mit. Bringt sie in die Küche. Die Köchin soll ihr einen Pfannkuchen mit Sirup geben. Einer von euch bleibt aber in Rufweite, falls wir doch noch Hilfe benötigen. Nun«, wandte er sich wieder an den Jungen, nachdem die beiden Diener mit Michelle den Raum verlassen hatten, »was willst du uns sagen?«

Der Junge trat von einem Fuß auf den anderen, nestelte am Kragen seines langen Hemdes und schien nicht zu wissen, wie er beginnen sollte. Doch dann sprudelten plötzlich die Worte nur so aus ihm heraus.

»Ich muss Euch warnen, Herr. Meister Osman will Euch töten. Er wird bis zum Sonnenuntergang warten, dann in Euer Haus eindringen und Euch umbringen. Er hält Euch wie die anderen auch für einen Frevler, einen Ketzer und wird sich gewiss nicht überzeugen lassen, es nicht zu tun. Der Befehl kommt außerdem vom Großmeister. Eigentlich müsste auch ich ihm gehorchen, aber ich kann nicht. Wegen dem Ziegenbock. Ihr habt doch ...«

»Nun mal ganz langsam«, sagte Ali beschwichtigend und legte dem Jungen beide Hände auf die Schultern. »Fang jetzt ganz von vorne an. Wie heißt du und woher kommst du?«

»Mein Name ist Mustafa. Ich wurde in einem Dorf in den Bergen geboren. Doch dann ging ich nach Alamut.« Und Wort für Wort erfuhren Ali und Beatrice, wie Mustafa zu einem Fidawi wurde, wie er mit Osman nach Qazwin geritten ist, um dort seinen ersten Auftrag zu erfüllen, wie sie Alis Haus ausgemacht und Osman die Krankheit erfunden hatte, damit sie ungestört das Haus ausspionieren konnten, um herauszufinden, wie sich ihr Auftrag am besten ausführen ließ.

»Wo ist dein Meister jetzt?«, fragte Beatrice, die nicht einen Augenblick an den Worten des Jungen zweifelte.

»Er hält sich in der Moschee auf und ist im Gebet versunken. Er glaubt, dass ich das ebenfalls tue, denn alle Fidawi bereiten sich auf ihren Auftrag mit langer Meditation und Gebet vor. Doch wenn die Sonne untergegangen ist, wird er seine Vorbereitungen beendet haben. Und dann wird er heimlich in Euer Haus eindringen, um Euch zu töten.«

»Aber eines verstehe ich nicht«, sagte Ali und schüttelte den Kopf. »Warum erzählst du uns das alles? Ich denke, du bist auch ein Fidawi?«

»Ja, Herr«, antwortete Mustafa und senkte beschämt den Blick. »Auch ich bin einer. Und ich muss Euch gestehen, dass auch ich die Absicht hatte, Euch zu töten. Ich hielt Euch für einen Frevler, einen Ketzer. Doch dann ...« Er schluckte, hob seinen Kopf und sah Ali an. In seinen dunklen Augen schimmerten Tränen. »Dann sah ich den Ziegenbock. Und das hat alles geändert.«

»Der Ziegenbock?«, fragte Ali und warf Beatrice einen

Blick zu, als würde er vermuten, mit dem Verstand des Jungen sei etwas nicht in Ordnung. »Was ist mit ihm?«

»Ich habe das Brandzeichen erkannt, Herr. Es ist das Brandzeichen meines Heimatdorfs. Und dann habt Ihr die Geschichte von dem Hirten erzählt, der mit seinem Sohn zu Euch gekommen sei und …« Eine Träne rollte seine Wange hinab. »Der Hirte war mein Vater, Herr. Und es war mein Bruder, den ihr damals geheilt habt. Seit jenem Tag hören beide nicht auf, von Eurer Güte und Weisheit zu schwärmen. Mein Bruder hat mittlerweile selbst Frau und Kinder, und auch er erzählt ihnen immer wieder von Euch.« Er schüttelte den Kopf. »Ich konnte es doch nicht zulassen, dass Meister Osman Euch tötet. Selbst wenn ich jetzt kein Fidawi mehr bin und meine Familie nicht den versprochenen Lohn bekommt, falls ich bei einem meiner Aufträge sterben sollte.«

Ali nickte geistesabwesend und tätschelte Mustafa den Kopf. Beatrice war übel. Sie wagte nicht einmal sich vorzustellen, unter welchen Gewissenskonflikten der Junge in den vergangenen Stunden gelitten hatte.

»Nun gut«, sagte Ali und begann im Zimmer auf und ab zu gehen. »Was sollen wir jetzt deiner Meinung nach tun?«

»Seid vorsichtig. Stellt überall Wachen auf, besonders auf dem Turm Eures Hauses. Er ist der schwächste Punkt. Doch am besten wäre es für Euch, die Stadt auf der Stelle zu verlassen. Bis zum Sonnenuntergang habt Ihr noch Zeit. Meister Osman ist die rechte Hand des Großmeisters. Wenn er in ein Haus gelangen will, dann schafft er es auch, ganz gleich, wie gut es bewacht wird.«

Ja, das war genau das, was Beatrice befürchtet hatte.

»Ich muss jetzt gehen, Herr, sonst wird Meister Osman misstrauisch. Vielleicht gelingt es mir, ihn noch ein wenig aufzuhalten, doch versprechen kann ich Euch nichts.«

»Wir danken dir, Mustafa«, sagte Beatrice und gab dem Jungen einen Kuss auf die Wange. »Du hast uns das Leben gerettet. Und ich bin sicher, dass Allah dich eines Tages dafür belohnen wird.«

»Ich werde die Diener rufen, damit sie dich aus dem Haus geleiten.«

»Nein, Herr. Ich gehe heimlich.«

Staunend sahen Beatrice und Ali zu, wie Mustafa sich auf das Fensterbrett schwang und dann wie eine Katze die Hauswand entlangkletterte und über die Dächer verschwand.

»Wer hätte das geahnt, dass mir dieser stinkende alte Ziegenbock einmal das Leben retten würde.« Ali schüttelte fassungslos den Kopf. »Wenn ich ihn nun damals geschlachtet hätte ...«

»Wunderbar und geheimnisvoll sind die Wege Allahs«, sagte Beatrice. »Aber was sollen wir tun? Sollen wir bleiben und versuchen uns zu verteidigen, oder sollen wir die Stadt verlassen?«

»Ich weiß nicht ...«

In diesem Augenblick klopfte es erneut an der Tür.

»Herr, verzeiht, doch ein Bote brachte diesen Brief.«

Der Diener reichte Ali ein zusammengerolltes Pergament. Er entrollte es, las und runzelte die Stirn.

»Was steht in dem Brief?«, fragte Beatrice.

»Die Antwort auf deine Frage.« Ali zerknüllte das Pergament zornig zu einer Kugel. »Der Emir schreibt mir. Die Beschwerden über mein anzügliches Verhalten häufen sich. Angesichts meiner Verdienste um seine Gesundheit gewährt er mir eine Gnade. Er gibt mir drei Tage Zeit, die Stadt zu verlassen. Andernfalls sieht er sich gezwungen, mich zu verhaften und in den Kerker zu werfen. Drei Tage.« Ali schnaubte wütend. »Wir werden nicht so lange brauchen, um unsere Habseligkeiten zu packen und den Staub dieser Stadt von unseren Füßen zu schütteln. Geh zu Michelle und packt alles ein, was ihr mitnehmen wollt. Wir verlassen Qazwin noch heute.«

Beatrice rannte beinahe zum Zimmer ihrer Tochter. Bis zum Sonnenuntergang. Es waren zwar noch ein paar Stunden, doch ein paar Stunden sind nicht viel, wenn man im Begriff ist, ein ganzes Leben hinter sich zu lassen. Sie riss die Tür auf. Ihr kleines Mädchen saß auf dem Boden und spielte mit ein paar Kugeln. Sie zuckte erschrocken zusammen und sah ihre Mutter aus großen, angstvollen Augen an.

»Michelle, zieh dich an und räum deine Spielsachen zusammen«, sagte Beatrice, während sie eine der Truhen öffnete, ein paar Kleider herausnahm und in einen Beutel stopfte.

»Fahren wir weg?«, fragte Michelle, ohne auch nur einen Finger zu rühren. Sie wirkte wie paralysiert.

»Ja«, antwortete Beatrice und sah sich hastig im Zimmer um, ob sie etwas Wichtiges vergessen hatte. »Wo hast du den blauen Glücksstein?«

»Hier«, sagte Michelle, griff in eine Tasche ihres Kleides und reichte Beatrice den Stein der Fatima. »Fahren wir nach Hause?«

Beatrice betrachtete völlig in Gedanken versunken den Saphir. Dieser Stein hatte Michelle hierher gebracht. Er war der letzte, der noch fehlte, um das Auge zu vervollständigen. Er war traumhaft schön, ebenso wie die anderen. Und doch war er ein Individuum, hatte einen eigenen Charakter und eigene Kräfte – wenn sie Moshe Ben Maimon glauben wollte. Aber sie hatte keinen Grund, es nicht zu tun. Sie drehte den Stein zwischen ihren Fingern. Wie hatte der Rabbi ihn genannt? War das die Erkenntnis, oder war es die Einsicht? Sie hatte es schon wieder vergessen. Ach, wenn sie doch nur die Gelegenheit gehabt hätte, länger mit Moshe zu sprechen.

»Mama!« Erst jetzt merkte sie, dass Michelle ungeduldig an ihrem Ärmel zog. »Fahren wir wieder nach Hause?«

»Nein, Kleines, wir machen einen Ausflug«, sagte Beatrice und streichelte ihr liebevoll über den Kopf. »Beeil dich, Michelle, wir haben nicht viel Zeit.«

Sie half ihrer Tochter beim Anziehen des Reisemantels, räumte hastig noch ein paar Spielsachen in einen zweiten Beutel, und dann liefen sie gemeinsam den Flur zum Schlafgemach entlang, wo Ali ebenfalls damit beschäftigt war, Kleidungsstücke zusammenzupacken.

»Bitte warte draußen auf uns, Schatz«, sagte Beatrice und gab Michelle einen hastigen Kuss auf die Stirn. Die Kleine hatte sie auf eine Idee gebracht. Natürlich war es eine tollkühne, völlig verrückte Idee, aber vielleicht war es ihre einzige Chance, das Auge der Fatima wirklich in Sicherheit zu bringen. »Ali und ich müssen noch etwas miteinander besprechen. Wir kommen gleich.« Sie wartete, bis Michelle die Tür hinter sich geschlossen hatte, dann wandte sie sich an Ali. »Wohin wollen wir fliehen?«

»Nach Isfahan«, antwortete Ali, während er ein paar Bücher zwischen die Kleidungsstücke packte. »Saddin sagte mir, dass der Herrscher dort ein weltoffener, vernünftiger Mann sei, zu dem ich jederzeit flüchten könnte, sobald mir Gefahr droht.« Er warf Beatrice einen kurzen Blick zu. »Hast du die Steine?«

»Ja«, sagte sie ungeduldig und deutete auf den Kasten, der auf ihrem Bett lag. »Und den von Michelle habe ich auch. Aber hältst du es wirklich für richtig, nach Isfahan zu gehen? Ich meine, wie sicher sind wir – und das Auge der Fatima – dort wirklich? Die Fidawi können uns überall aufspüren. Und der Herrscher kann jederzeit sterben oder gestürzt werden.

Was ist, wenn sein Nachfolger nicht so tolerant ist, sondern ein Fanatiker? Willst du dann wieder weiterziehen und um dein Leben fürchten?«

Er zuckte hilflos mit den Schultern. »Hast du vielleicht einen besseren Vorschlag?«

Beatrice setzte sich auf das Bett. Ihre Wangen glühten vor Aufregung.

»Wir können dorthin fliehen, wo uns die Fidawi niemals finden werden, dorthin, wo wir wirklich sicher sind«, sagte sie und klopfte auf den Kasten. »Wir haben die Steine, Ali. Und wir können sie benutzen.« Ali sah sie an, als ob er kein Wort verstanden hätte. »Ich weiß, es klingt verrückt, aber warum sollten wir nicht ...«

»Du meinst, wir sollten zusammen irgendwo anders hingehen?«

Beatrice ergriff seine Hände.

»Nein, Ali, nicht irgendwo anders«, sagte sie, »sondern nach Hause. Dorthin, wo Michelle und ich herkommen.«

Ali wurde bleich, und Beatrice war nicht ganz klar, ob es nun daran lag, dass er noch nie die Macht der Steine am eigenen Leib erfahren hatte, oder ob ihm der Gedanke an die Zukunft Angst machte.

»Und wie sollen wir das anfangen? Ich meine, wie kannst du sicher sein, dass die Steine uns genau dorthin bringen, wo wir hinwollen?«

»Jeder von uns nimmt einen Stein in die Hand. Und der Rest ist Gottvertrauen. Glaube ich wenigstens.«

»Hm.«

»Du brauchst dich nicht zu fürchten, Ali. Ich bin bei dir. Ich werde dir alles erklären, was nötig ist, um sich bei uns zurechtzufinden. Außerdem weiß ich, dass es im 21. Jahrhundert keine Fidawi mehr gibt. Das Auge der Fatima wäre vor ihnen in Sicherheit. Und glaube mir, in meiner Zeit könnten wir den Frieden, den das Auge der Fatima verspricht, wirklich gut gebrauchen.«

Ali antwortete nicht gleich.

»Dein Vorschlag klingt wirklich verrückt, und doch scheint er der einzige wirklich Erfolg versprechende zu sein«, sagte er schließlich und schüttelte den Kopf. »Leg eure beiden Steine zu den anderen. Und dann lass uns erst einmal sehen, was passiert, bevor wir uns zu einem derart gewagten Schritt entscheiden.«

Vielleicht hegte Ali die kindliche Hoffnung, dass aus dem wieder zusammengefügten Auge Blitze hervorschössen, die alles Böse in der Welt vernichten und sich somit ihre Probleme mit einem Schlag in nichts auflösen würden. Sie würden ihr Leben weiterführen können und eine ganz normale Familie unter tausenden von normalen Familien sein. Eine wunderbare Vorstellung, doch Beatrice glaubte nicht daran. Das wäre zu einfach. Und wenn Gott sich alles so einfach gedacht hätte, hätte er seinen Sohn nicht ans Kreuz nageln und drei Tage später auferstehen lassen müssen. Trotzdem stimmte sie Alis Vorschlag zu und öffnete den Kasten.

Vor ihren Augen lagen die Steine der Fatima. Fünf Saphire von so unvergleichlicher Schönheit, dass einem beinahe die Augen wehtaten, wenn man sie ansah. Beatrice öffnete ihre Faust und legte den sechsten dazu. Nun fehlte nur noch einer. Ihr Herz begann schneller zu schlagen, als sie den kleinen Beutel hervorholte, in dem sie ihren Stein aufbewahrte. Sie konnte es immer noch nicht glauben. Bald, nur noch wenige Sekunden, dann würde das Auge vollständig sein. Ein Märchen würde wahr werden und dann …

Dann setzte ihr Herzschlag aus – vor Schreck, vor maßlosem Entsetzen. Der Beutel war leer. Sie durchwühlte den Beutel, die Geheimtasche, in die sie den Beutel gesteckt hatte, krempelte beides um, suchte alle anderen Taschen ab, die sich an ihrer Kleidung befanden, tastete die Wäsche ab. Vielleicht hatte sie den Saphir in ihrer Verwirrung woanders hingesteckt, vielleicht war er durch das Futter in die Kleidung gerutscht und hatte sich dort verfangen. Vielleicht ...

... hatte sie ihn verloren? War der Stein, das kostbarste Kleinod, das es auf dieser Welt gab, gestohlen worden?

Beatrice wurde schwarz vor Augen. Ihr war schlecht. Alles drehte sich um sie, und sie spürte, wie ihr Kreislauf versagte und sich das Blut in ihren Beinen sammelte. Fünf Liter Blut. Das Volumen schien ihre Waden sprengen zu wollen, während ihr Kopf sich leicht und hohl anfühlte wie ein mit Gas gefüllter Luftballon.

»Beatrice, was ist los?«

Erst jetzt begriff sie, dass Ali mit ihr sprach, dass er sie auf das Bett gelegt hatte, ihr Wangen tätschelte und ihr Wasser ins Gesicht sprengte. »Was ist mit dir? Hast du ...«

»Ich habe ihn nicht mehr, Ali«, flüsterte sie und war selbst erschrocken, wie geisterhaft ihre Stimme klang. »Ich habe den Stein der Fatima verloren.«

Sie saßen nebeneinander auf dem Bett, eng aneinander geschmiegt wie zwei Menschen, die soeben vom Schicksal mit einer Hiobsbotschaft geschlagen worden waren. Ali hatte seine Kleidung ebenfalls durchsucht, sie hatten das Schlafgemach auf den Kopf gestellt, Decken und Kissen durchwühlt – vergeblich. Sie hatten hin und her überlegt, wo und wie Beatrice den Stein verloren haben könnte. Oder hatte ihn vielleicht Mustafa gestohlen? War die Warnung nur vorgetäuscht und alles bloß Theater gewesen, um sich erneut an sie heranzuschleichen und ihr den Stein wegzunehmen? Doch egal, was sie auch überlegten, das Ergebnis blieb immer dasselbe – der Stein der Fatima, das fehlende siebte Stück, war weg.

»Was sollen wir jetzt tun?«, fragte Beatrice wohl schon zum zwanzigsten Mal. »Was sollen wir nur machen?«

Ali schüttelte den Kopf, langsam und bedächtig.

»Vielleicht können wir nichts dafür. Vielleicht sollte das Auge noch nicht vollständig sein. Vielleicht ist die Zeit noch nicht gekommen. Und wir ...«

Beatrice sah ihn an. Sie ahnte bereits, was er sagen wollte, noch bevor er weitersprach. Natürlich. Es war logisch, vernünftig, die einzige sinnvolle Konsequenz, die man aus den Ereignissen ziehen konnte. Trotzdem, sie wollte es nicht hören. Sie schüttelte den Kopf und hielt sich die Ohren zu. Doch Ali fuhr unbeirrt fort. Wie konnte er nur so unbarmherzig sein?

»Wir müssen uns trennen, Beatrice«, sagte er leise und ruhig, mit einer Stimme, als würde er ihr bloß erzählen, dass für morgen Regen angekündigt war und ihr geplanter Ausflug zur Ostsee wahrscheinlich ausfallen musste.

»Nein, Ali, wir werden einen anderen Weg finden. Es muss einen anderen Weg geben. Wir können vielleicht doch ...«

»Nach Isfahan gehen? Nur um, wie du vorhin selbst gesagt hast, nach wenigen Wochen wieder fliehen zu müssen?« Er lächelte. »Du hattest Recht, Beatrice. Hier in diesem Land, unter den Augen der Fidawi sind die Steine der Fatima nicht sicher. Und ihr beide auch nicht. Geh zurück. Bring Michelle und die Saphire zu dir nach Hause, in deine Welt.«

»Und was ist mit dir? Willst du etwa nicht mitkommen?« Beatrice war wütend, empört, verzweifelt. Und doch kannte sie die Antwort. Kannte sie ebenso wie das Ende von *Der mit dem Wolf tanzt*, einem Film, den sie mindestens fünfzehnmal gesehen hatte. Einem Film ohne Happyend.

»Du weißt genau, dass es nicht geht«, sagte Ali leise und legte ihr gleich einen Finger auf den Mund, um jeden Widerspruch im Keim zu ersticken. »Jemand muss den verlorenen

Stein suchen. Wir können kaum erwarten, dass Moshe Ben Maimon das tut. Der alte Mann liegt im Sterben. Vielleicht ist er sogar in diesem Augenblick schon tot. Und abgesehen von ihm und uns beiden weiß niemand, wo sich die restlichen Steine der Fatima befinden.«

»Du willst also wirklich ...«

»Ja.« Ali schluckte, und für einen Augenblick sah es so aus, als würde er die Beherrschung verlieren. Und sich vielleicht doch anders entscheiden. Für sie. Für eine gemeinsame Zukunft. »Ich gestehe, dass es mir genauso wenig gefällt wie dir, aber es ist die einzige Möglichkeit. Ich muss es tun.«

Beatrice schlang ihre Arme um seinen Hals. Sie konnte und wollte es einfach nicht glauben, dass dies wirklich das Ende sein sollte, dass sie Ali verlassen sollte, wieder nach Hause gehen sollte ohne ihn. Das war brutal, unverantwortlich.

»Kommst du nach, sobald du den Stein gefunden hast?«, fragte Beatrice. Doch sie wusste, dass sie sich diese Frage hätte schenken können. Es war die Frage eines kleinen Mädchens nach dem Weihnachtsmann, dem Sandmann und den Wichteln.

»Ich liebe dich, Beatrice«, sagte Ali mit heiserer Stimme. Er war in diesem Augenblick offensichtlich stärker als sie. Und klüger. Er gab keine Versprechen, die niemand einhalten konnte. »Und ich werde dich immer lieben.« Er küsste sie sanft und zärtlich und umfasste ihr Gesicht. »Versprich mir glücklich zu werden, wenn du wieder in deiner Welt bist. Ich meine ...« Er schluckte erneut. Es klang, als ob er an einem Stück Fleisch würgen würde, so schwer fiel es ihm, weiterzusprechen. »Du musst mir dein Wort geben, dass du nicht allein bleibst um meinetwillen. Du musst auch an Michelle denken. Sie braucht einen Vater. Natürlich nicht den erstbesten, der dir über den Weg läuft. Du solltest dir schon mit der Wahl

Zeit lassen. Es gibt so viele unanständige, verantwortungslose Männer ...«

»Ja, Ali«, erwiderte Beatrice heftig. Noch wollte sie sich nicht geschlagen geben, noch wollte sie kämpfen. Die Lage war zwar aussichtslos, es stand sieben zu null gegen sie, und das Spiel würde jeden Augenblick abgepfiffen werden, aber sie wollte nicht kampflos untergehen. Und vielleicht geschah ja doch noch ein Wunder. »Und deshalb brauchen wir dich. Ich liebe dich. Du bist Michelles Vater, und deshalb ...«

»Nein, Beatrice. Mein Platz ist hier. Und das weißt du.« Er streichelte zärtlich ihr Gesicht. »Geh. Wir müssen uns beeilen. Bis zum Sonnenuntergang haben wir nicht mehr viel Zeit.«

»Ali, ich ...«

»Geh. Es ist besser, wenn wir uns hier und jetzt verabschieden, glaube mir. Je länger es dauert ...« Seine Stimme brach, und er drückte sie an sich.

»Gut, Ali, ich werde mein Versprechen halten«, sagte Beatrice nach einer Weile. »Aber nur unter einer Bedingung. Du musst mir schwören, das Gleiche zu tun. Suche dir eine Frau, heirate sie und werde glücklich mit ihr.«

Er schloss für einen kurzen Moment die Augen, dann nickte er.

»Gut«, sagte er schließlich. »Ich verspreche es dir, auch wenn es mir schwer fällt.«

Sie küssten sich noch einmal. Dann stand Beatrice auf, nahm den Kasten mit den sechs Saphiren an sich und verließ das Schlafgemach, ohne sich umzudrehen.

Mustafa lief hinter Meister Osman her. Obwohl die Sonne erst vor kurzem untergegangen war, war es schon ziemlich dunkel. Wolken verdeckten den Himmel, und es sah aus, als würde es in der Nacht anfangen zu regnen – eine Seltenheit zu dieser Jahreszeit. Mustafa hatte Meister Osman bisher nur bei der Ausbildung in Alamut zugesehen und ihn immer wegen seiner Geschicklichkeit bewundert. Doch nie zuvor hatte er ihn bei der Ausführung eines Auftrags beobachten dürfen – und er war stumm vor Staunen. Er konnte den Meister kaum sehen. In seiner dunkelgrauen Kleidung verschmolz er fast mit der Nacht und den Dächern, war kaum mehr als ein huschender Schatten, lautlos und nur für geübte Augen sichtbar. Geschickt wie eine Katze sprang er über Abgründe, kletterte lautlos und geschmeidig die steilsten Dächer empor oder ließ sich an einem Seil eine Wand hinab wie eine Spinne an ihrem Faden. Mustafa hatte erhebliche Mühe, ihn nicht aus den Augen zu verlieren und ihm schnell genug zu folgen. Er dachte daran, dass seine Ausbildung noch nicht beendet war, dass er noch viel lernen musste, um eines Tages ebenso geschickt zu sein wie Meister Osman.

Und dann fiel ihm ein, dass er seine Ausbildung gar nicht mehr beenden würde, dass er, wenn die Sonne wieder aufging, kein Fidawi mehr war, selbst wenn Allah gnädig sein und Meister Osman niemals erfahren würde, was er getan hatte. Er konnte nicht mehr nach Alamut zurück. Er hatte seinen Auftrag verraten. Er hatte die Fidawi verraten. Er hatte den Großmeister selbst verraten. Doch auch wenn das nicht gewesen wäre, würde er nicht mehr nach Alamut zurückkehren können. Er hatte hinter den Vorhang der Bruderschaft geblickt, den dichten aus Glauben und Frömmigkeit gewobenen Schleier gelüftet. Und da hatte er Härte, Selbstherrlichkeit und sogar gemeinen Mord gesehen. Nein, er konnte nicht zurück. Er hatte für sich entschieden, dass er Allah nicht dienen konnte – wenigstens nicht auf die Weise der Fidawi, nicht mit gemeinem Mord. Wie er sich von Meister Osman trennen sollte, wusste er noch nicht. Er würde es auf sich zukommen lassen. Und falls Meister Osman ihn durchschauen sollte, war ohnehin alles egal. Dann war er noch bevor die Sonne wieder aufging tot.

»Komm, beeil dich!«, zischte Meister Osman ihm zu. »Es ist nicht mehr weit. Hast du alles bei dir?«

Mit steifen Fingern tastete Mustafa seinen Gürtel ab und nickte. Ja, da hingen sie, die Gegenstände, über deren Besitz er noch vor wenigen Tagen so unendlich stolz gewesen war – das Würgeseil, der Dolch, die Phiole mit dem tödlichen Gift. Jetzt wurde ihm bei dem bloßen Gedanken an sie übel.

»Gut. Wir gehen vom Turm aus ins Haus und prüfen zuerst die Lage. Lautlos, wir wollen nicht die ganze Dienerschaft auf dem Hals haben. Du übernimmst das Mädchen. Ich kümmere mich um die Frau und den Mann.«

Mustafa nickte. »Wie soll ich …«

»Nimm das Würgeseil. Dann schreit das Balg nicht so.« Meister Osman sprach über den Mord, als würden sie nichts anderes tun als eine Melone vom Feld ernten. Eisige Kälte kroch über Mustafas Rücken und ließ ihn erzittern. »Hast du noch Fragen?«

»Nein, es ist nur …«

Der Meister nickte kurz. »Beim ersten Mal ist jedem etwas unwohl«, erklärte er ernst und tätschelte Mustafa kurz den Kopf. »Aber du darfst nie vergessen, dass du es für Allah tust. Es ist deine heilige Pflicht. Und Allah wird dich – und gegebenenfalls deine Familie – für diesen Dienst reich belohnen.«

»Ja, Meister«, erwiderte Mustafa und fuhr sich mit der Zunge über die trockenen Lippen. Seine Kehle war wie ausgedörrt. Er konnte sich nicht vorstellen, weshalb er jemals den Wunsch gehabt hatte, ein Fidawi zu werden. War er etwa die ganze Zeit über mit Blindheit geschlagen gewesen?

Sie liefen noch über zwei weitere Dächer, dann erreichten sie den Turm, der zum Haus des Arztes gehörte. Niemand schien sie zu bemerken, Wachen gab es keine. Mustafas Herz klopfte schneller. Hatte der Arzt die Stadt bereits verlassen, oder hatte er seine Warnungen ignoriert? Nicht mehr lange, und sie würden es wissen.

Sie kletterten über die Mauer und ließen sich lautlos auf die Plattform gleiten. Während Meister Osman zur Tür huschte, um zu prüfen, ob sie verschlossen war, und sie zu öffnen, betrachtete Mustafa den Himmel. Die Wolken schoben sich ein wenig zur Seite, und er konnte ein paar Sterne sehen. Er musste zweimal hinschauen, bis er begriff, dass das, was er dort oben sah, die Form eines Auges hatte.

»Meister!«, flüsterte Mustafa und deutete nach oben. »Seht nur. Was ist das? Was hat das zu bedeuten?«

Meister Osman blickte kurz von seiner Arbeit auf.

»Dies ist das Auge der Fatima«, sagte er, und im schwachen Licht der Sterne konnte Mustafa sein Lächeln erkennen. »Das ist ein gutes Zeichen. Allahs Segen ruht auf uns. Schon bald werden wir die Frevler bestrafen, und der Stein der Fatima wird uns gehören. Uns, den rechtmäßigen Erben des Auges.«

Er widmete sich wieder dem Türschloss, und mit wenigen geschickten Handbewegungen hatte er es geöffnet.

»Ich gehe hinein. Warte hier, bis ich dir ein Zeichen gebe oder zurückkomme.«

Mustafa war allein – allein mit seinen Gedanken, seinen Gewissensbissen und seinen Zweifeln. Wenn der Arzt und seine Familie sich nun doch noch im Haus befanden? Hätte er nicht lieber schon viel eher Meister Osman zurückhalten sollen? Vielleicht sollte er jetzt selbst die Gelegenheit nutzen und fliehen? Doch er konnte sich nicht rühren. Unablässig starrte er das Auge an, das klar und deutlich über ihm stand und ihn anzusehen schien – freundlich, gütig, tröstend. Vielleicht würde doch noch alles gut werden. Vielleicht ...

In diesem Moment begann sich das Auge zu drehen. Zuerst glaubte Mustafa, ihm wäre schwindlig und er würde gleich ohnmächtig werden, doch ein Blick in die Umgebung sagte ihm, dass alles in Ordnung war. Die Welt stand still, so wie es sich gehörte. Nur das Auge aus Sternen über ihm am Himmel drehte sich um sich selbst – schneller und immer schneller. Die Sterne waren keine einzelnen Punkte mehr. Sie verschmolzen miteinander zu Linien und Kreisen aus Licht, sich kringelnden Schlangen gleich, nur dass diese Schlangen schneller waren als alles, was er in seinem bisherigen Leben gesehen hatte. Und dann öffnete sich mitten in den hellen Kreisen ein schwarzes Loch, ein riesiger Schlund, der alles in sich hineinzusaugen schien, was ihn umgab. Ein heftiger Wind kam auf und zerrte an Mustafas Kleidern und Haaren. Er hielt sich fest, um nicht ebenfalls hochgerissen zu werden und für immer in dem düsteren Loch zu verschwinden. Und dann war alles vorbei, ebenso plötzlich und unerwartet, wie es begonnen hatte.

Mustafa schüttelte verwundert den Kopf. In diesem Augenblick drang Lärm zu ihm herauf – das metallische Klirren von gegeneinander prallenden Säbeln und Schwertern, dumpfe Schläge, wütende Schreie. Was war dort unten los? Hatte der Arzt den Fidawi eine Falle gestellt und Meister Osman mit einer Schar von bewaffneten Soldaten erwartet? Noch während er darüber nachdachte und sich fragte, ob er lieber auf den Meister warten oder ihm vielleicht doch folgen sollte, verstummte der Lärm. Und dann näherten sich ihm Schritte. Sie kamen die Treppe herauf.

»Vielleicht ist der andere Fidawi noch oben auf dem Turm. Diese Kerle kommen meistens zu zweit.«

Mustafa erstarrte. Das war nicht Meister Osmans Stimme. Und im selben Augenblick wusste er, dass der Meister tot war. Die Soldaten hatten ihn, der in der Bruderschaft als unbesiegbar galt, getötet. Und jetzt suchten sie nach ihm.

Sie würden auch ihn töten, so viel stand fest. Und trotzdem gelang es Mustafa nicht, auch nur ein Glied zu rühren. Der Schweiß brach ihm aus allen Poren aus, und doch schaffte er es nicht, auch nur einen Schritt auf die Mauer des Turms zuzugehen. Er stand da wie gelähmt.

Allah, hilf mir! Was soll ich tun?, flehte er, während er wie versteinert seinem drohenden Schicksal entgegensah.

Zu spät fiel ihm ein, dass Meister Osman es leicht mit fünf Soldaten hätte aufnehmen können. Viel zu spät dachte er daran, dass lediglich eine Hand voll Menschen von der Existenz der Fidawi wussten. Wer oder was auch immer gerade die Treppe emporstieg, war also mehr als gefährlich. Es war tödlich. Und er hatte nichts, um sich zu verteidigen. Nichts außer al-Husseins Wort, dass er ihn vor dem Angriff des Meisters gewarnt hatte. Und wenn der Arzt die Stadt bereits verlassen hatte? Wenn niemand mehr hier war, der seine Stimme zu seiner Verteidigung erheben konnte? Dann war er schutzlos. Dann war dies hier sein Ende.

Die Tür öffnete sich – langsam, vorsichtig. Und plötzlich waren zwei Männer auf der Plattform. Sie waren so schnell, dass sie Mustafa bereits gegenüberstanden, bevor er sie wirklich bemerkt hatte. Ihre scharfen, schlanken Säbel blitzten einmal kurz auf, und dann spürte er auch schon das kalte, scharfe Metall an seiner Kehle. Auf ihren entblößten Unterarmen prangte ein Symbol, ein mit dunkler Tinte in die Haut geritztes Zeichen. Es hatte die Form eines Auges. Es gab keinen Zweifel mehr, diese beiden Männer gehörten zu den »Hütern des Auges der Fatima«, den erbitterten Gegnern der Fidawi. Meister Osman hatte die Brüder immer wieder vor ihnen gewarnt. Und jetzt standen sie hier, direkt vor ihm, und die Spitzen ihrer Klingen bohrten sich in seinen Hals. Mustafa schluckte. Er war verloren.

»Sieh mal an, ein Junge«, sagte der eine und lächelte grimmig. »Diese verfluchten Fidawi kennen keine Scheu. Selbst Kinder verseuchen sie schon mit ihren Irrlehren. Aber ...«

»Lass gut sein. Darüber können wir zu einem anderen Zeitpunkt reden.« Der zweite Hüter wandte sich an Mustafa. »Wie ist dein Name, Sohn?«

»Mustafa.« Seine Stimme war kaum zu hören, und er zitterte jetzt wie ein Kaninchen vor der Schlange.

»Mustafa?« Er nickte und steckte seinen Säbel wieder in die Scheide zurück. Doch Mustafa zweifelte keinen Augenblick daran, dass der Mann die Waffe schneller als ein Wimpernschlag wieder ziehen konnte. Meister Osman hätte es gekonnt. Und diese beiden waren besser als er, sonst hätten sie ihn niemals töten können. »Wir haben nicht die Absicht, dich zu töten oder dir ein Leid zuzufügen. Ali al-Hussein hat uns von dir erzählt. Wir wissen, dass du ihn und seine Familie gewarnt hast.«

»Wo sind sie? Sind sie ...«

Der Hüter lächelte. Es war ein freundliches Lächeln.

»Sie haben deine Warnung beherzigt und Gazna rechtzeitig verlassen.«

Mustafa schloss erleichtert die Augen.

»Allah sei Dank.« Und dann fiel ihm etwas ein, etwas, an das er bisher noch gar nicht gedacht hatte. Was wurde nun aus ihm? Sollte er wieder in sein Dorf zurückkehren? Oder ...

»Komm mit uns«, sagte der andere Mann. »Du kannst weder in dein Dorf zurückkehren noch zu den Fidawi gehen.«

»Egal, wohin du fliehst, sie werden dich suchen und töten. Dein Name steht jetzt auch auf ihrer Todesliste, denn du hast sie verraten. Und es wird nicht lange dauern, bis sie es wissen.«

»Aber ...«

»Komm«, sagte der Hüter mit einem freundlichen Lächeln und streckte ihm seine Hand entgegen. »Wir werden überall verbreiten lassen, dass wir zwei Fidawi getötet haben. In ein paar Jahren wird niemand mehr glauben, dass du doch am Leben bist. Dann kannst du frei entscheiden, wohin du gehen willst.«

»Außerdem brauchen wir gute Männer, die bereit sind, ihrem Gewissen zu folgen.«

Mustafa sah von einem zum anderen. Irgendwie konnte er es noch nicht so recht glauben. Sollte er wirklich kurz nachdem er sich von den Fidawi losgesagt hatte die Seiten wechseln und zu den »Hütern des Auges« gehen? Und doch, die beiden Männer hatten ihm gerade ein neues Leben angeboten, eine zweite Chance.

»Ja«, sagte er, und zum ersten Mal seit langer Zeit fühlte er sich frei. »Ich komme mit euch.«

Die beiden Männer gingen zur Tür. Doch Mustafa folgte ihnen nicht gleich. Er blieb stehen und sah noch einmal in den Himmel. Über ihm stand wieder das Auge, ruhig, klar und freundlich. Es schien zu lächeln und ihm zuzuzwinkern, und Mustafa wusste plötzlich, dass alles sich zum Guten wenden würde. Für den Arzt, seine Familie – und für ihn selbst. Er hatte sich richtig entschieden. Und auf diesem Weg würde er bleiben. Dann schoben sich die Wolken vor die Sterne. Das Auge war verschwunden.

XXI

Es klingelte – laut, hemmungslos und aggressiv. Es war nicht das Klingeln der feinen silbernen Glöckchen, wie sie in den Läden der Händler in den vornehmen Straßen des Basars hingen. Es war auch nicht das Klingeln der Schellen von Gauklern oder das Läuten der Glocken, die Hirten ihren Tieren um den Hals banden, um sie im Gebirge nicht zu verlieren. Nein, dieses Klingeln war schrill und alarmierend. Wie die Alarmglocke in einem öffentlichen Gebäude – einem Krankenhaus zum Beispiel. Oder wie …

Wie eine Türglocke. Wie *meine* Türglocke!

Mit einem Ruck setzte sich Beatrice auf. Aber das war doch … Unmöglich! Sie war doch noch vor wenigen Augenblicken gemeinsam mit Michelle in Alis Haus gewesen. Und jetzt? Dies war eindeutig ihr Sofa. Dort drüben stand ihr Schrank. Das war ihr Tisch. Ihr Bild. Und *ihre* Türglocke!

Sie blickte hinunter auf ihre linke Faust, die auf einem schmalen Kasten auf ihrem Schoß lag. Die Hand fühlte sich seltsam taub an. Die Finger waren so fest um einen Gegenstand gekrallt, dass sie ihre Rechte zu Hilfe nehmen musste, um sie wieder auseinander zu biegen. Und da lag er, mitten auf ihrer Handfläche in seiner ganzen Pracht und Schönheit – der Stein der Fatima. Sie war nicht überrascht. Und wenn sie gleich den Deckel öffnen würde, würden sie darin sein – die anderen Steine, die fehlenden Saphire. Alle, bis auf einen. Bis auf jenen Stein, den sie irgendwo in Qazwin verloren hatte – der Grund dafür, weshalb Ali nicht bei ihr sein konnte und sie jetzt hier allein war.

Allein? Mein Gott, es läutet ja immer noch an der Tür.

Beatrice sprang auf. Das Läuten wurde mittlerweile begleitet von einem Hämmern und Klopfen. Es klang geradezu verzweifelt. Und jetzt hörte sie auch eine Stimme. Es war die aufgeregte Stimme eines Mannes.

»Bea! Beatrice! Bist du da drin? Öffne die Tür!« Erneutes Hämmern. Durch die geschlossene Tür konnte sie ein Piepsen hören wie von Handytasten, und dann erklang wieder die Stimme des Mannes. Etwas leiser, ja, aber nicht weniger ängstlich und verzweifelt. »Hier Dr. Thomas Breitenreiter. Ich brauche ein Team, das eine Wohnungstür öffnen kann, und einen NRW. Eine Person, weiblich, vermutlich liegt sie bewusstlos in ihrer Wohnung. Ja, ich bin in der …«

Beatrice öffnete die Tür. Thomas war leichenblass. Die Hand, die das Handy hielt, zitterte. Er starrte sie an, entgeistert und gleichzeitig erleichtert. Und Beatrice hatte den Eindruck, dass er, den normalerweise nichts auf der Welt erschüttern konnte, in diesem Augenblick wirklich sprachlos war. Aus dem Handy erklang eine ungeduldige Stimme.

»Hallo? Hallo? Wo …«

»Ich … Es hat sich erledigt. Danke und Entschuldigung für die Störung.« Er klappte das Handy zusammen und schob es in die Tasche seiner Lederjacke. »Beatrice, ich …«

»Komm herein.« Sie trat einen Schritt zur Seite, um ihn an sich vorbeizulassen.

»Du musst schon entschuldigen, dass ich hier so hereinplatze, aber …« Er schluckte und betrachtete sie aufmerksam von Kopf bis Fuß. »Geht es dir gut?«

Beatrice überlegte einen Augenblick. Ging es ihr gut? Sie hatte gerade eine Reise über mehrere Jahrhunderte hinweg hinter sich. Sie hatte ein heiliges Kleinod erhalten, auf das sie fortan aufpassen sollte. Sie hatte den Mann, den sie liebte, in der Vergangenheit zurückgelassen und wusste nicht, ob ihre Tochter den Sprung in die Gegenwart ebenfalls geschafft hatte. Ging es ihr gut? Nein. Sie fühlte sich hart am Rande des Wahnsinns. Und doch ging es ihr auch nicht schlecht. Nicht so schlecht jedenfalls, wie es ihr angesichts der Lage hätte gehen können. Deshalb zuckte sie mit den Schultern und bot Thomas einen Platz auf dem Sofa an.

»Deine Eltern haben bei uns im Krankenhaus angerufen«, sagte er und zerdrückte eine bereits ziemlich zerknautschte Packung Zigaretten noch mehr. »Sie waren ziemlich aufgelöst. Sie erzählten, du seist nach Hause gefahren, weil du Nachforschungen über die Ursache von Michelles Koma anstellen wolltest. Sie hätten versucht dich telefonisch zu erreichen, aber du würdest dich nicht melden.«

Beatrice verspürte einen schmerzhaften Stich.

»Was ... Ist etwas mit Michelle?«

»Nein. Der Zustand der Kleinen ist unverändert – wenigstens sind das meine letzten Informationen von vor etwa einer halben Stunde. Sie haben sich um *dich* Sorgen gemacht.« Er fuhr sich durchs Haar. »Natürlich habe ich sie beruhigt. Aber ich habe daran gedacht, wie durcheinander du warst. Und ich fürchtete, dass ... dass du dir ... Ich meine ...«

Beatrice lächelte. Thomas Breitenreiter, der kaltschnäuzigste Chirurg der Abteilung, der Schrecken aller Studenten und Schwestern, der Einzige, der dem Chef in jeder Hinsicht ebenbürtig war, saß vor ihr wie ein Häuflein Elend am Rande eines Nervenzusammenbruchs. Er war irgendwie rührend in dieser völlig unerwarteten Rolle des von Hilflosigkeit und Besorgnis gebeutelten ... Ja, was eigentlich? Kollegen? Freundes? Oder sogar mehr?

»Mir geht es gut«, sagte sie und nahm ihm behutsam die

zerknüllte Zigarettenschachtel aus der Hand. »Die solltest du wegwerfen. Was da drin ist, taugt bestimmt höchstens noch zum Selberdrehen.«

»Bewundernswert«, erwiderte er, und sie wusste, dass er es ernst meinte. »Wenn ich mir vorstelle, Michelle wäre meine Tochter. Ich weiß nicht, ob ich so einen klaren, kühlen Kopf bewahren könnte.«

Glaube mir, ich auch nicht, dachte Beatrice. Aber das ist eben so, wenn man am Rande des Abgrunds steht und aus der Tiefe der Wahnsinn winkt …

In diesem Augenblick klingelte das Telefon. Das Geräusch zuckte durch Beatrices Körper wie ein Blitz, und ihre Selbstbeherrschung fiel von einer Sekunde zur nächsten ab.

»Bitte, Thomas, bitte, tu mir den Gefallen, geh du ans Telefon«, sagte sie mit kläglicher Stimme.

Doch seine Hand zitterte kaum weniger, als er den Hörer ergriff und sich meldete. Dann hielt er ihn ihr hin.

»Deine Eltern. Aus dem Krankenhaus.«

»Was ist los?«, fragte Beatrice und sah ihn mit weit aufgerissenen Augen an, ohne den Hörer zu nehmen. Ihre Stimme klang seltsam fremd, schrill und hysterisch. »Was ist mit Michelle? Sag du es mir, bitte, Thomas. Ich könnte es nicht ertragen, durch dieses anonyme, technische Dings …«

Thomas nickte. Er war blass. Seine Finger spielten nervös mit der Telefonschnur, und er musste sich nicht weniger als dreimal räuspern, bevor er seine Stimme im Griff hatte. Dann jedoch klang sie normal, so wie immer, wenn er sich vom OP aus auf einer der Stationen nach dem Befinden eines seiner Patienten erkundigte.

»Beatrice ist nicht in der Lage, selbst ans Telefon zu kommen. Bitte sagen Sie mir, worum es geht, ich werde es ihr sofort mitteilen.« Er hörte zu, sah dabei starr aus dem Fenster und kaute auf seiner Unterlippe, wie er es immer tat, wenn er nicht gerade eine Zigarette oder einen Kugelschreiber zur Hand hatte, auf denen er herumkauen konnte. »Gut, ich sage es ihr. Wir kommen gleich.«

Er legte den Hörer auf. Beatrice hatte den Eindruck, sie hätte plötzlich das empfindliche Gehör einer Fledermaus. Das Einrasten des Hörers auf der Gabel klang laut und hässlich. Thomas wandte sich ihr zu. Verschreckt wich sie zurück, kroch auf das Sofa. Sie wollte sich die Ohren, den Mund und die Augen zuhalten – nichts hören, nichts sehen, nichts sagen. Aber unglücklicherweise hatte sie nicht genug Hände dafür. Sie blickte in sein Gesicht, dieses Gesicht, dass mit einem Mal so angegriffen und alt ausschaute, als wäre er selbst betroffen, als wäre Michelle auch seine Tochter. Eine Träne lief über seine Wange, seine Unterlippe zitterte.

Es ist nicht gelungen, schoss es Beatrice wie ein Stromschlag durch den Kopf. Michelle hat es nicht geschafft.

Plötzlich war alles still. Es gab keine Geräusche mehr. Der Verkehrslärm von der Hauptstraße vor ihrem Haus war verstummt, die Vögel waren verstummt, ihr eigener Herzschlag war verstummt. Nichts bewegte sich mehr – Thomas, sie selbst, die ganze Welt. Stillstand. Tod.

Doch dann sah sie seine Augen. Braune, vollmilchschokoladenfarbene Augen, in deren Tiefe eine Wärme, ja fast eine Freude leuchtete, die zu der schrecklichen, alles vernichtenden Nachricht nicht ganz passen wollte. Und dann, langsam, ganz langsam, Buchstabe für Buchstabe kamen die Worte aus seinem Mund. Sie kamen so langsam, dass Beatrice fast die Schallwellen sehen konnte, die sie erzeugten.

»Es ist alles gut. Michelle ist vor etwa einer Viertelstunde aufgewacht.«

Beatrice saß auf den Stufen der Hintertreppe ihres Hauses und sah in den Himmel hinauf. Die Kälte dieser Aprilnacht spürte sie kaum. Ihr war warm, so wohlig warm, als wäre sie gerade in der Sauna gewesen, oder als wäre dies eine laue Juninacht auf Sizilien, angefüllt mit dem Duft der Orangenblüten und dem Zirpen der Grillen.

Sie genoss den ungetrübten Blick auf die Sterne. Es war spät, schon weit nach Mitternacht, nur hin und wieder fuhr jenseits des Tors ein Auto vorbei, und in den meisten Fenstern der umliegenden Häuser waren bereits die Lichter erloschen. Kein Wunder, es war Mittwoch. Alle Berufstätigen mussten früh aufstehen, um zur Arbeit zu gehen. So wie sie selbst auch – für gewöhnlich.

Unvorstellbar, dass sie vor nicht einmal vierundzwanzig Stunden aufgestanden und zur Arbeit ins Krankenhaus gefahren war. Dass vor nicht einmal zwölf Stunden ihre Mutter im Krankenhaus angerufen und von Michelles Koma erzählt hatte. Dass es noch keine fünf Stunden her war, seit ihr kleines Mädchen wieder aufgewacht war. Nicht einmal vierundzwanzig Stunden waren vom Frühstück bis jetzt vergangen, und trotzdem lag ein ganzes Leben dazwischen.

Aus der Küche drangen die Geräusche von klapperndem Geschirr an ihr Ohr und überflutete sie erneut mit dem Gefühl dieser Wärme. Thomas war damit beschäftigt, ihnen etwas zu essen zu machen. Sie hatte ihn nicht darum bitten müssen, er hatte es selbst angeboten. Ebenso wie es für ihn selbstverständlich gewesen zu sein schien, sie in das Kinderkrankenhaus zu fahren, dort bei ihr zu bleiben, gemeinsam mit ihr mit den Ärzten zu sprechen und sie auch wieder nach Hause zu bringen. Und die Tatsache, dass er allein in ihrer Küche herumhantierte, war ihr noch nicht einmal unangenehm. Unangenehm war ihr höchstens der Gedanke daran, wie oft sie Thomas für einen unsensiblen, arroganten Kerl gehalten hatte. Wie sehr man sich in Menschen doch täuschen konnte.

»So, da bin ich wieder«, sagte Thomas. Er hatte zwei große Teller in den Händen und eine Flasche Wein und zwei Gläser unter dem Arm geklemmt. Er drückte ihr einen Teller in die eine, ein Glas in die andere Hand, schenkte den Rotwein ein und setzte sich dann neben sie auf die Stufen. Beatrice atmete tief ein. Ihr war nie zuvor aufgefallen, dass sie seinen Duft mochte, diese Mischung aus Azzaro, Zigarettenrauch und Desinfektionsmittel.

»Was ist?«, fragte er.

Beatrice schüttelte den Kopf. Sie konnte sich das Lächeln nicht verkneifen angesichts des mit Käse, Schinken, Tomaten und Gurken belegten Brotes. Fehlte eigentlich nur noch die Dose Cherry-Coke. Stattdessen gab es Rotwein, eine durchaus akzeptable Alternative.

»Es ist nichts«, sagte sie und biss in ihr Brot. Sie hatte einen Hunger, als hätte sie seit mindestens hundert Jahren nichts mehr gegessen. »Ich musste nur gerade an jemanden denken.« Was hätte wohl ihr Exfreund Markus Weber in so einer Situation serviert? Vielleicht Trüffelcroustini auf Blattsalaten der Saison? Sherrytomaten auf gebackenem Ziegenfrischkäse? Oder hätte er einen Lieferservice angerufen – natürlich nur den besten der Stadt? Auf alle Fälle wäre es edel und teuer gewesen. Und lediglich gewollt spontan.

Thomas biss so herzhaft in sein Brot, dass Beatrice lachen musste.

»Entschuldigung«, nuschelte er mit vollem Mund und wischte sich mit dem Zeigefinger einen Rest Mayonnaise aus dem Mundwinkel. »Ich weiß nicht, wie es dir geht, aber ich habe wirklich einen Mordshunger.«

»Welcher Chirurg kann schon einem gefüllten Kühlschrank widerstehen?«

Sie mussten beide lachen und stießen an. Rotwein in alten Wassergläsern. Markus hätte sich vor Abscheu geschüttelt und den allgemeinen Verfall der Sitten beklagt. Beatrice hingegen fühlte sich wohl.

»Ich danke dir, Thomas. Ich danke dir wirklich von ganzem Herzen. Was du heute für mich – und Michelle – getan hast …«

»Du redest Unsinn. Michelle ist wieder bei Bewusstsein, und das allein zählt. Wenn nichts dazwischenkommt, wird sie morgen auf die normale Kinderstation verlegt. Sie werden noch ein paar Untersuchungen machen, und wenn sie nichts finden, kannst du sie schon in wenigen Tagen wieder mit nach Hause nehmen. Und du brauchst dir keine Sorgen zu machen, schließlich bin ich für den Dienstplan zuständig. Nutze die Möglichkeit und bleib so lange bei ihr, wie es geht. Das ist für euch beide das Beste.« Er streckte die Hand nach ihrem Teller aus. »Möchtest du auch noch etwas?«

»Ja, gerne. Noch mal das Gleiche.«

Thomas verschwand wieder in der Küche. Nachdenklich drehte Beatrice das Glas in ihren Händen. Natürlich würden die Ärzte nichts finden. Michelle war schließlich gesund. Sie würden sie bestimmt schon morgen auf die normale Kinderstation verlegen. Ein paar Untersuchungen, vielleicht ein abschließendes MRT vom Kopf, dann würde man Michelle entlassen – ein gesundes fast vierjähriges Mädchen, dass lediglich ein sehr seltsames Erlebnis hinter sich hatte. Und dann …

In diesem Augenblick nahm sie einen anderen, ebenfalls vertrauten Geruch war. Amber und Sandelholz. Beatrice blickte auf. Da stand Saddin. Keine zwei Meter von ihr entfernt lehnte er an der Hauswand und lächelte sie an.

»Geht es dir gut?«, fragte er.

»Ja, jetzt ja. Meine Tochter …«

»Ich weiß. Du vergisst, dass auch ich sie kenne. Es freut mich, dass sie wieder aufgewacht ist.«

»Ja. Und trotzdem ...«

»Du denkst an Ali?«

Beatrice zuckte zusammen, als sie merkte, dass sie gar nicht so traurig war, wie sie eigentlich sein sollte angesichts der Tatsache, dass sie gerade den Vater ihrer Tochter, ihren Mann in einem anderen Zeitalter zurückgelassen hatte. Aber woher kam es, dass sie ihn nicht so sehr vermisste?

»Fehlt er dir sehr?«

»Nun, ich ...«

»Mach dir deswegen keine Vorwürfe«, sagte Saddin. »Ihr habt euch gegenseitig ein Versprechen gegeben. Erinnerst du dich daran?«

»Natürlich, ich ...«

»Ali hat sich daran gehalten. Du solltest es ebenfalls tun. Ohne schlechtes Gewissen.«

Beatrice holte tief Luft. Möglicherweise lag es ja am Wein, dass sie sich so leicht und beschwingt fühlte.

»Mal sehen. Darf ich dir ein paar Fragen stellen?«

Saddin lächelte. »Natürlich. Ich habe auch nichts anderes von dir erwartet.«

Sie hätte ihn eigentlich nach Malek und Yasmina, nach Mustafa und den Fidawi fragen können. Doch das alles interessierte sie nicht wirklich. Obwohl ...

»Der Stein ist nicht bei den Fidawi«, sagte Saddin, ohne dass sie die Frage ausgesprochen hatte. »Moshe hatte ihn. Er ist aus deinem Beutel gefallen, als du und Ali bei ihm wart. Oder so ähnlich.« Er lachte, als ob das Ganze ein guter Witz wäre. »Der Großmeister, der Alte vom Berg, hat ganz schön getobt, als ihm klar wurde, dass der Stein ihm durch die Lappen gegangen war. Allerdings hat er nicht erfahren müssen, dass über Jahrzehnte hinweg die Steine der Fatima in jüdischer Hand waren. Ich hätte zu gern sein Gesicht gesehen, als man es ihm gesagt hat.«

Beatrice biss sich auf die Lippen. Eine Frage brannte ihr auf der Seele, aber sie konnte sich nicht dazu durchringen, sie zu stellen.

»Nur zu, heraus mit der Sprache«, sagte er, noch während sie hin und her überlegte.

»Saddin, warum ist das Auge nicht vollständig?«

Er zuckte mit den Schultern. »Keine Ahnung.«

»Ich meine, wir hatten doch alle Steine. Für einen kurzen Augenblick hatten wir wirklich alle beisammen und ...«

»Hattet ihr das wirklich?« Saddin schüttelte den Kopf. »Nein, es waren nie alle sieben in einem Raum, oder?«

Natürlich hatte er Recht. Aber irgendwie hatte sie gehofft ...

»Es wäre schön gewesen«, sagte sie leise und senkte den Kopf. Plötzlich fühlte sie sich mutlos.

Sie hörte das Rascheln von Saddins Kleidung, als er näher trat und sich vor sie kniete. Es klang wie der Frühlingswind, wenn er durch das erste junge Grün der Bäume fuhr.

»Eines Tages, wenn die Zeit gekommen ist, wird das Auge vollständig sein«, sagte er und hob ihr Kinn mit einem Zeigefinger hoch, sodass sie ihm in die Augen sehen konnte. Augen, in denen die Sterne schimmerten. »Und das sollte dir Trost genug sein. Du musst jetzt dein Leben weiterführen.«

»Muss ich wieder auf Reisen gehen?«

»Ich weiß es nicht. Aber ich werde da sein, falls du mich brauchen solltest. Und ich bin keineswegs der Einzige.« Er neigte seinen Kopf zur Seite und lauschte dem Pfeifen, das aus der Küche zu ihnen drang. Dann gab er ihr einen Kuss und erhob sich wieder. »Denke an das Versprechen, das du Ali gegeben hast.«

»Ja, aber was wird jetzt aus mir?«

Er drehte sich um und zuckte mit den Schultern. Um seine

Lippen spielte das typische Lächeln – halb spöttisch, halb belustigt, halb liebevoll.

»Was du willst, Beatrice. Du bist erwachsen. Entscheide dich – Chirurgin, Mutter, Ehefrau oder alles auf einmal. Du hast die Wahl.«

»Und was ist mit den Steinen?«

»Verschließe sie in einem Schrank. Und rede mit niemandem darüber. Höchstens mit einer Ausnahme. Michelle hat mir auch versprochen, darüber zu schweigen. Und wie ich sie kenne, wird sie ihr Versprechen halten.«

Dann drehte er sich um und ging. Und nach ein paar Schritten war er verschwunden. Es sah beinahe so aus, als wäre er mit der Regentonne verschmolzen.

»Hast du mit jemandem gesprochen?«, fragte Thomas, der gerade in diesem Augenblick mit zwei Tellern und einem weiteren Stapel lecker belegter Brote wiederkam.

»Nein«, antwortete Beatrice und fragte sich, ob Thomas wirklich Saddins Stimme gehört haben konnte. Nein, das war unmöglich.

»Ich dachte, ich hätte eben eine Männerstimme gehört. Und dann dieser Geruch.« Er schnupperte. »Das riecht nach einem Rasierwasser. Irgendetwas Orientalisches. Es erinnert mich ...«

»Das müssen die Blumen sein«, sagte Beatrice und biss in ihr Brot.

Die sechs Steine der Fatima lagen in dem Holzkasten, gut verschlossen und im obersten Regal ihres Kleiderschranks versteckt. Dort würden sie sicher sein. Wenigstens vorläufig. Ob sie Thomas eines Tages von den Steinen der Fatima erzählen würde? Vielleicht. Irgendwann. Seltsamerweise hatte sie sogar das Gefühl, dass er ihr glauben würde. Ausgerechnet Thomas. Niemals hatte sie an ihn gedacht. Und doch saß sie jetzt hier auf den Stufen ihres Hauses und spürte beim Klang seines Gesangs aus der Küche eine wohlige Wärme. Das Leben war doch seltsam.

Beatrice blickte in den Sternenhimmel hinauf. Direkt über ihr stand das Auge und lächelte auf sie herab.

Epilog

Ich glaube, er wacht auf.«
»Meinst du wirklich?«

»Doch, er hat eben mit den Lidern gezuckt. Und siehst du, seine Hand? Sie bewegt sich.«

Das aufgeregte Flüstern kam näher. Und obwohl er es eigentlich nicht wollte, obwohl er nichts mehr herbeisehnte als seine Ruhe, seinen Frieden, konnte er nicht anders.

Solange auch nur ein Funke Leben einen Menschen beseelt, verliert er nicht seine Neugierde, dachte Moshe Ben Maimon und versuchte die Augen zu öffnen, obwohl er es eigentlich gar nicht wollte. Er wollte nicht sehen, wohin der Stein ihn jetzt schon wieder gebracht hatte. Er wollte sich nicht wieder in eine andere Zeit, eine andere Umgebung eingewöhnen, nicht wieder lieb gewonnene Menschen zurücklassen müssen. Er wollte ein für alle Mal seinen Frieden haben. Und trotzdem konnte er nicht anders.

Moshe Ben Maimon öffnete die Augen. Über ihn gebeugt stand ein Mann. Ein Mann mit rabenschwarzem Haar und dunklen Augen. Daneben stand eine Frau. Sie war alles andere als jung, aber trotzdem war sie schön mit ihrer hellen, faltigen Haut, den schlohweißen, langen Haaren, den blassblauen Augen und der aristokratischen Nase. Von allen Menschen, denen er auf seinen ungezählten Reisen begegnet war, liebte er dieses Gesicht am meisten. Es war Sarah, seine Frau.

Und er wusste, wo er sich befand. Er war zu Hause. In Kairo. Endlich.

Moshe Ben Maimon schloss die Augen wieder und weinte – vor Freude darüber, zu Hause zu sein, und vor Scham, weil er, wenn auch für einen kurzen Augenblick, gezweifelt und nicht mehr an Gottes unendliche Güte geglaubt hatte.

Als er die Augen erneut öffnete, beugte sich Sarah über ihn. Sie streichelte sein Haar, küsste seine Stirn, seine Wangen, seinen Mund.

»Ich bin so froh, dass du wieder bei uns bist«, sagte sie, und er spürte ihre heißen Tränen auf seiner Haut. »Wir fürchteten schon, du würdest uns für immer verlassen, ohne dass du noch einmal das Bewusstsein wiedererlangst.«

Moshe Ben Maimon nahm die Hände seiner Frau, küsste sie und legte sie auf seine Brust.

»O nein, wie könnte ich das tun.« Er lächelte. »Ein wenig Zeit ist mir noch vergönnt. Gerade noch so viel, um einige wichtige Angelegenheiten wie zum Beispiel mein Begräbnis zu regeln.«

»Dein Begräbnis? Du darfst so etwas nicht sagen, Moshe«, entgegnete Sarah, und Empörung und Angst schwangen gleichermaßen in ihrer Stimme mit. »Du wirst sehen, wenn du erst wieder zu Kräften gekommen bist, wirst du wieder in der Synagoge predigen. So war es doch bisher immer.«

»Ja, aber diesmal wird es anders sein.«

Sarah schüttelte den Kopf. Er wusste, dass sie eigentlich weinen wollte, doch sie war stark und tapfer. Sie unterdrückte die Tränen und lächelte – für ihn.

Herr, ich danke Dir, dass Du mir diese Frau an meine Seite gestellt hast. In all den Jahren war sie mein Trost und meine Kraft.

»Ali al-Zadeh, komm näher.« Er winkte den jungen Mann zu sich ans Bett, den Mann, der sein Freund und Assistent war, obwohl es vielen traditionellen Juden in Kairo und ganz Ägypten ein Dorn im Auge war, dass gerade er, ihr Vorsteher und Rabbi, einen Muslimen zum Gehilfen hatte. »Ich möchte dich bitten, nach meinem Tod meine Schriften zu verwalten und sie vor denen zu beschützen, die immer noch an den Buchstaben des Gesetzes festhalten und mich als Ketzer beschimpfen. Du bist mein Schüler, meine rechte Hand – und mein Freund.«

Der Araber verneigte sich voller Ehrfurcht.

»Rabbi, es war mir eine Ehre, Euch bei Eurer Arbeit behilflich gewesen zu sein. Ich danke Euch, dass Ihr mir Eure Gedanken mitgeteilt habt, dass ich es war, der Eure Gedanken niederschreiben durfte. Dass ich ...«

»Schon gut, schon gut«, sagte Moshe. »Wenn du weitersprichst, werde ich noch eingebildet. Doch ich habe noch zwei Anliegen. Habe ein Auge auf Sarah. Sie wird dich nach meinem Tod brauchen. Die Juden hier in Kairo werden sie noch ganz verrückt machen mit Trauer- und Gedächtnisfeiern.«

»Lange Zeit war sie für mich wie eine Mutter. Und es wird mir und meiner Familie eine Freude und Ehre sein, sie auch als solche bei uns aufzunehmen.«

»Und nun das Zweite. Nimm diesen Stein, Ali, und bewahre ihn gut.« Er drückte Ali den Saphir in die Hand.

»Aber das ist ...« Der junge Mann starrte ungläubig auf seine Handfläche, von der ein blaues Licht ausging und die Decke des Zimmers leuchten ließ. »Das ist doch ...«

»Ja, du hast Recht, Ali. Es ist u-bina. Gib ihn weiter in deiner Familie wie ein besonders kostbares Erbe, ein sorgsam gehütetes Geheimnis, denn viele gieren nach u-bina, und viele sind bereit, dafür zu töten. Doch er muss in deiner Familie bleiben, bis eines fernen Tages einer deiner Nachkommen eine Frau trifft, deren Name Beatrice Helmer ist. Dieser Frau könnt ihr den Stein ohne Sorge geben. Sonst niemandem. Hast du verstanden?«

Ali nickte. Seine Augen waren weit aufgerissen. Voller Ehrfurcht und mit ungläubigem Staunen hielt er den kostbaren Saphir in seiner Hand und presste ihn an die Brust.

»Rabbi, bei allem, was mir heilig ist, bei Allah und allen Seinen Engeln, ich schwöre, dass ich und meine Familie gut auf u-bina Acht geben werden. Wir werden den Stein der Fatima beschützen und sogar unser Leben opfern, wenn es sein muss, um ihn zu verteidigen. Nie hat es eine größere Ehre gegeben. Die Familie al-Zadeh wird darauf immer stolz sein und Euch danken auf ewig.«

Moshe lächelte. Ali war ein aufrichtiger Mann. Er würde seinen Schwur halten. Ali al-Zadeh. Das Leben verlief in Kreisen.

Er hatte alles geregelt. Sechs Steine der Fatima waren in Sicherheit bei Beatrice. Der siebte wartete geduldig in Alis Hand darauf, irgendwann Beatrice zu begegnen. Sarah war bei ihm. Er fühlte ihre Hand, die Wärme ihrer Lippen. Fast fünfzig Jahre lang hatte sie ihn begleitet durch ein bewegtes Leben voller Widersprüche, Zweifel, Verleumdungen und Ehrungen. Sie hatten sich geliebt. Und sie hatte ihn auch dann nicht im Stich gelassen, wenn er wieder einmal mit einem der Steine der Fatima auf Reisen gewesen war. Seinen Traum, das Auge zusammenzufügen, hatte er nicht mehr verwirklichen können. Doch seine Vision, dass Juden, Christen und Moslems als drei Brüder desselben Vaters miteinander in Frieden leben konnten, hatte ihn nicht verlassen. Zu keiner Zeit, auch jetzt nicht. Das Auge der Fatima würde den Boden dafür bereiten. Irgendwann würde die Zeit kommen.

Moshe lächelte. Ja, jetzt konnte er beruhigt die Augen schließen und endlich schlafen, schlafen, schlafen …

Die Hamburger Chirurgin Beatrice Helmer
auf ihrem Weg durch die Zeiten –
Zeitreiseromane vom Feinsten!

Franziska Wulf bei Knaur:

Die Steine der Fatima

Roman

Das Rätsel der Fatima

Roman

... und die Zeitreise geht weiter:

Das Auge der Fatima

Roman

Nichts erinnert mehr an Beatrice Helmers Zeitreisen, die sie zuerst
in den Orient und dann ins China zur Zeit Marco Polos geführt haben – nichts außer den beiden geheimnisvollen Steinen, die unberührt in ihrem Schrank liegen. Doch eines Tages entdeckt sie, dass
ihre Tochter einen der Steine gefunden hat und offenbar selbst in
der Vergangenheit verschollen ist. Erneut begibt sich Beatrice auf
die große Reise – und findet sich mitten in der Wüste und im Mittelalter wieder. Wo aber ist ihr Kind?

Knaur

Die Faszination des alten Ägypten!

Birgit Fiolka bei Knaur

Sit-Ra

Weise Frau vom Nil

Sit-Ra, Tochter adliger Herkunft, wird wegen einer ungewollten Schwangerschaft von ihrer Familie verstoßen und von der Königin Nofretete als Amme für ihr eigenes Kind an den Hof geholt. Bald ist Sit-Ra verstrickt in das Intrigenspiel der Mächtigen und muss um ihr Leben fürchten ...

Sit-Ra

Die Rache der weisen Frau

Als einzige thronberechtigte Nachfahrin Echnatons beschließt Prinzessin Sit-Ra, um ihren Machtanspruch zu kämpfen. Dieser wird ihr jedoch vom Reichsverweser Horemheb und seiner Gemahlin streitig gemacht. Doch Sit-Ra gibt nicht auf – und verfällt schon bald dem herben Charme des lebenserfahrenen Horemheb ...

Bint Anat

Tochter des Nil

Bint-Anat wird als erste Tochter Ramses II. in die intrigante Königsfamilie hineingeboren. Von ihrer Mutter vernachlässigt, muss sich das intelligente Mädchen allein in der gefährlichen Welt des Palastes zurechtfinden. Schon bald ist Bint-Anats Leben in Gefahr ...

Knaur

Gilbert Sinoué
Der blaue Stein

Roman

In eine Tafel aus Saphir sind seit Urzeiten die Antworten auf die großen Fragen der Menschheit eingemeißelt. Im bedrohlichen Schatten der spanischen Inquisition machen sich drei höchst gegensätzliche Männer auf die abenteuerliche Suche nach dem »Blauen Stein«: ein Rabbi, ein Scheich und ein Franziskanermönch.

Ein faszinierender Roman
vom Noah Gordon Frankreichs!

Knaur

Die faszinierende Welt des alten Ägypten

Brigitte Riebe

Isis

Roman

Theben im siebenten vorchristlichen Jahrhundert: Liebe und Eifersucht bestimmen die Beziehung der ungleichen Brüder Anu und Khay zu der schönen Bildhauertochter Isis. Als diese sich für den ruhigen, beinahe schüchternen Anu entscheidet, scheint sich der aufbrausende Khay nicht in die Rolle des Verlierers fügen zu wollen. Aus Angst um ihre Tugend sucht Isis Rat bei der von einem dunklen Geheimnis umgebenen Seherin Meret, die ihre Kindheit und Jugend bei den Priesterinnen auf der Insel Philae verbrachte. Und Meret hat eine furchtbare Vision: Brudermord! Wird der Mythos um Isis und Osiris auf grausame Weise Wirklichkeit, oder gelingt es den Frauen, durch die Kraft der Liebe das vermeintlich unentrinnbare Schicksal aufzuhalten?

»Historienthriller und Frauenroman in einem!«
Süddeutsche Zeitung

Knaur

Peter Prange
Das Bernstein-Amulett

Eine Familiengeschichte in Deutschland

Herbst 1990 – nach der Wiedervereinigung. In einem Saal des ehemaligen Gutshofs Daggelin im Osten Deutschlands feiert die Familie Reichenbach den fünfundsechzigsten Geburtstag Barbaras. In die Feier platzt ein betrunkener und verwahrloster Mann: Christian, der Lieblingssohn Barbaras. Er bringt einen höhnischen Toast auf seine Mutter aus, als Geschenk wirft er eine Kette mit einem Bernstein-Amulett als Anhänger auf den Tisch. Genau dasselbe Schmuckstück, wie Barbara es am Hals trägt. Auch Christians Kette, die echte, hat einmal Barbara gehört ...

»Eine große und dramatische Liebesgeschichte.«
3sat

Knaur